LE DÉSOSSEUR

DU MÊME AUTEUR
chez le même éditeur

Dix-Huit Heures pour mourir

JEFFERY DEAVER

LE DÉSOSSEUR

roman

Traduit de l'anglais
par Pierre Girard

CALMANN-LÉVY

Titre original américain :
THE BONE COLLECTOR
(Première publication : Viking Penguin, New York, 1997)

ISBN 2-7021-2849-1

Pour les miens,
Dee, Danny, Julie, Ethel et Nelson...
Et pour Diana aussi.

I

REINE D'UN JOUR

Dans le New York d'aujourd'hui, le présent occupe une telle place que le passé s'est perdu.

John Jay CHAPMAN

De vendredi, 10 h 30 à samedi, 3 h 30

1

ELLE NE SOUHAITAIT qu'une chose : dormir.

L'avion s'était posé avec deux heures de retard, il y avait eu une attente interminable pour récupérer les bagages, et pour couronner le tout le service des voitures s'était planté : la limousine qui devait les prendre était déjà repartie depuis une heure. Ils avaient donc pris la file d'attente pour les taxis.

Elle attendait parmi les autres voyageurs, son corps mince légèrement fléchi par le poids de l'ordinateur portable. John continuait à piapiater à propos de taux d'intérêt et de nouvelles façons de restructurer l'accord, mais elle pensait seulement : vendredi soir, 10 h 30. Me déshabiller, et au lit !

Elle regardait s'écouler le flot ininterrompu des taxis jaunes. Quelque chose dans la couleur et la similarité des voitures la faisait penser à des insectes. Et elle se rappela avec un frisson la sensation de dégoût qu'elle éprouvait, enfant, lorsqu'elle courait dans la montagne avec son frère et qu'ils tombaient sur un blaireau éventré ou renversaient d'un coup de pied un nid de fourmis rouges et se penchaient sur la masse grouillante de corps et de pattes minuscules.

T. J. Colfax avança de son pas traînant vers le taxi qui venait de se détacher de la file pour s'arrêter dans un crissement de pneus.

Le chauffeur déclencha la commande d'ouverture du coffre sans quitter son siège. Ils durent charger eux-mêmes leurs bagages, ce qui eut le don d'agacer John. Tammie Jean ne s'en formalisa pas ; il lui arrivait encore d'oublier qu'elle disposait d'une secrétaire pour taper ses textes et classer ses dossiers. Elle jeta sa valise dans le coffre, rabattit le capot et se glissa dans la voiture.

John la suivit, fit claquer la portière, sortit un mouchoir pour essuyer son visage grassouillet et sa calvitie naissante, apparemment épuisé par l'effort qu'il venait de fournir pour soulever son sac de voyage.

« 72e Rue, d'abord, marmonna-t-il en fixant la paroi de Plexiglas qui les séparait du chauffeur.

— Puis l'Upper West Side », ajouta Tammie Jean. Le Plexiglas était tellement rayé qu'on ne voyait de l'homme que sa silhouette.

Le taxi démarra en trombe et s'engagea sur la voie rapide en direction de Manhattan.

« Regardez, dit John. Voilà pourquoi il y avait autant de monde. »

Il montrait du doigt un grand panneau souhaitant la bienvenue aux délégués étrangers attendus pour la conférence de l'Organisation des Nations unies, qui s'ouvrait le lundi suivant. La ville accueillait, à cette occasion, une dizaine de milliers de visiteurs. Tammie Jean regarda les gigantesques panneaux sur lesquels des Noirs, des Blancs et des Asiatiques souriaient et saluaient de la main. D'un point de vue artistique, c'était plutôt raté. Les proportions et les couleurs étaient mauvaises. Et tous les visages avaient une mine terreuse.

« Détrousseurs de cadavres », murmura Tammie Jean.

La voiture fonçait maintenant sur la route à plusieurs voies dont le bitume luisait à la lumière jaunâtre diffusée par de hauts réverbères. Ils dépassèrent les anciens arsenaux de la marine, les quais de Brooklyn.

John se tut enfin, prit son Texas Instruments et se mit à aligner des chiffres. Tammie Jean, calée contre le dossier de la banquette, regardait défiler les trottoirs humides et les visages renfrognés des gens assis devant les immeubles surplombant la voie rapide. Tous semblaient plongés dans une sorte de coma par la chaleur ambiante.

Il faisait chaud, aussi, à l'intérieur de la voiture, et elle tendit la main pour abaisser la vitre. Elle constata sans surprise que la commande ne répondait pas. Elle essaya, sans plus de succès, du côté de John. Elle s'aperçut alors que les clapets de verrouillage des portières étaient absents.

Les poignées également.

Elle tâtonna à l'emplacement de la poignée. On l'avait, semblait-il, sciée au ras de la portière.

« Qu'est-ce qu'il y a ? demanda John.

— Les portières... Comment fait-on pour ouvrir ? »

Tandis que John examinait tour à tour chacune des portières, le panneau indiquant le tunnel apparut et disparut aussitôt.

« Eh ! dit John en s'adressant à la paroi de Plexiglas. Vous avez loupé l'embranchement ! Où allez-vous comme ça ?

— Il veut peut-être passer par le pont de Queensboro », suggéra Tammie Jean. C'était un itinéraire plus long, mais qui évitait le péage du tunnel. Elle se pencha en avant pour frapper avec sa bague contre le Plexiglas.

« Vous prenez par le pont ? »

L'homme ne répondit pas.

« Eh ! »

Un instant plus tard, ils passaient en trombe devant l'embranchement conduisant au Pont de Queensboro.

« Merde ! s'écria John. Où nous emmène-t-il ? À Harlem ? Je parie qu'il nous emmène à Harlem ! »

Tammie Jean regarda au-dehors. Une voiture les dépassait lentement. La jeune femme se mit à marteler la vitre de sa portière.

« Au secours ! cria-t-elle. S'il vous plaît... »

Le conducteur lui jeta un regard, puis un autre, en fronçant les sourcils. Il ralentit et se plaça derrière eux, mais sur un brusque coup de volant le taxi s'engagea sur la bretelle de sortie vers le Queens, puis bifurqua dans une petite rue pour foncer à travers une zone d'entrepôts. Ils devaient rouler à plus de cent à l'heure.

« Mais que faites-vous ? » Tammie Jean frappa contre le Plexiglas. « Ralentissez ! Où... ?

— Mon Dieu, non, murmura John. Regardez... »

Le chauffeur venait de tirer sur son bonnet, qui lui recouvrait maintenant le visage. C'était une cagoule.

« Que voulez-vous ? cria Tammie Jean.

— De l'argent ? Nous vous donnerons de l'argent ! »

Silence à l'avant du taxi.

Tammie Jean ouvrit précipitamment sa mallette pour en extraire le petit ordinateur. Elle prit du recul et le projeta de toutes ses forces contre la vitre. La vitre résista au choc, mais le bruit parut affoler le chauffeur. Le taxi fit une embardée et faillit heurter le mur de briques de l'immeuble qu'ils longeaient à toute vitesse.

« De l'argent ! Combien ? Je peux vous donner beaucoup

d'argent ! » bredouilla John, des larmes roulant sur ses grosses joues.

Tammie Jean cogna à nouveau contre la vitre avec l'angle de l'ordinateur. L'écran de l'appareil se détacha mais la vitre resta intacte.

Elle essaya encore. L'ordinateur s'ouvrit en deux et lui tomba des mains.

« Ah, merde... »

Ils furent tous deux projetés en avant. Le chauffeur venait de s'arrêter dans une impasse obscure entre des bâtiments délabrés.

Il sortit de la voiture, un petit pistolet à la main.

« Non, je vous en prie... », murmura-t-elle.

L'homme se pencha pour regarder à travers la vitre sale de la portière. Il resta ainsi un long moment, tandis qu'ils se recroquevillaient à l'autre extrémité de la banquette, en sueur, serrés l'un contre l'autre.

Il avait mis ses mains en coupe pour ne pas être gêné par les lumières venant de la rue et les regardait attentivement.

On entendit une détonation. Tammie Jean tressaillit et John poussa un cri étouffé.

Au loin, par-delà la silhouette du chauffeur, le ciel s'illumina de rouge et de bleu. Il y eut d'autres détonations, des sifflements. L'homme se retourna et une immense araignée orange étendit ses pattes sur la ville.

Un feu d'artifice. Il était annoncé, se rappela Tammie Jean, dans le *Times* qu'elle avait feuilleté au cours du vol. Offert aux délégués par le maire et le secrétaire général de l'ONU, pour saluer leur arrivée dans la plus grande ville du monde.

Le chauffeur s'était déjà retourné vers eux. Il tira sur la poignée qui se souleva avec un déclic sonore, et ouvrit lentement la portière.

L'appel était anonyme, comme toujours.

Aucun moyen de savoir, donc, de quel terrain vague il s'agissait. Le type du commissariat central avait simplement annoncé dans son message radio : « Il a dit 37e Rue, du côté de la 11e. C'est tout. »

Les gens qui signalaient un crime étaient rarement précis dans leurs indications.

En nage, déjà, alors qu'il était à peine neuf heures du matin,

Amelia Sachs s'avança dans l'herbe haute. Elle ne marchait pas droit mais procédait selon la technique de ratissage utilisée par les spécialistes de la police, en décrivant des S sur le terrain. Rien en vue. Elle pencha la tête vers le micro épinglé sur son chemisier d'uniforme bleu marine.

« Ici portable 5-8-8-5. Je ne vois rien, central. Vous n'avez pas d'autre indication ?

— Rien de plus pour la localisation, 5-8-8-5, répondit la voix noyée dans un grésillement de parasites. Mais il y a autre chose... L'homme qui nous a appelés a dit qu'il espérait que la victime était morte. Pour son bien. Terminé.

— Répétez, central.

— Il a dit qu'il espérait pour lui que le type était mort. Terminé.

— Terminé. »

Espérait que le type était mort ?

Amelia Sachs enjamba péniblement une chaîne distendue pour pénétrer dans une autre parcelle vacante. Toujours rien.

Elle avait envie de laisser tomber. De composer le code 10-90 signifiant Recherche infructueuse, et de retourner à Deuce, le commissariat où elle était officiellement affectée. Elle souffrait des genoux et bouillait littéralement — il faisait, en ce mois d'août, une chaleur épouvantable. Envie de se retrouver à Port Authority, de traîner un peu avec les collègues, et de boire un grand thé glacé. Ensuite, à 11 h 30 — plus que deux heures à tirer — elle irait au vestiaire, viderait son casier et filerait en ville pour la séance de formation.

Mais elle n'allait pas faire l'impasse sur cet appel — elle ne le pouvait pas. Elle continua donc d'avancer : le long du trottoir brûlant, à travers une brèche entre deux immeubles abandonnés, puis sur un autre terrain vague envahi par la végétation.

Elle enfonça un index fuselé dans la casquette d'uniforme, et sentit la masse des cheveux roux rassemblés au sommet de son crâne. Elle se gratta frénétiquement, glissa le doigt sous la casquette et recommença à gratter. La sueur qui ruisselait sur son front la chatouillait et elle se frotta aussi les sourcils.

Tout en pensant : mes deux dernières heures dans la rue. Je n'en mourrai pas.

Comme elle s'enfonçait plus avant dans les fourrés, elle se sentit mal à l'aise pour la première fois de la matinée.

Quelqu'un me regarde.

Le vent chaud secouait à grand bruit le feuillage desséché et s'y ajoutait le grondement incessant des voitures et des camions allant et venant à l'entrée du Lincoln Tunnel. Elle pensa, comme cela arrive souvent aux agents en patrouille : il y a un tel bruit dans cette foutue ville que n'importe qui pourrait s'approcher derrière moi à portée de couteau sans que je l'entende.

Ou me vider un chargeur dans le dos...

Elle fit une brusque volte-face. Rien, sinon des branchages, des carcasses rouillées et des détritus.

Elle escalada un tas de cailloux en grimaçant de douleur. Amelia Sachs, trente et un ans — *à peine* trente et un ans, aurait dit sa mère — souffrait d'arthrite. Héritée de son grand-père aussi sûrement qu'elle tenait de sa mère sa silhouette longiligne et de son père sa beauté et le choix de sa carrière (l'origine des cheveux roux étant laissée à l'appréciation de chacun). Un nouvel élancement de douleur la fit tressaillir tandis qu'elle se frayait un chemin à travers un haut fourré d'arbustes moribonds. Elle s'immobilisa, par chance, à quelques centimètres d'un à-pic d'une dizaine de mètres.

À ses pieds, une tranchée obscure ouverte dans le soubassement rocheux du West Side pour le passage des trains remontant vers le nord.

Plissant les paupières, elle scruta un point précis, tout au fond, à côté de la voie ferrée.

Qu'est-ce que c'est que ça ?

Un tas de terre fraîchement retournée, une petite branche dressée au sommet ? Cela avait l'air de...

Oh, Seigneur...

Elle frissonna. Sentit la nausée qui montait, le picotement sur sa peau comme une onde de feu. Elle parvint à étouffer, tout au fond d'elle-même, cette voix minuscule qui lui disait de tourner les talons, de faire comme si elle n'avait rien vu.

Il espérait que la victime était morte. Pour son bien.

Elle courut vers l'échelle métallique qui descendait jusqu'au remblai de la voie ferrée, tendit la main pour saisir la rampe, s'arrêta juste à temps. Merde. Il y avait peut-être des empreintes. Elle risquait de les effacer. Bon, va pour la méthode sportive. En respirant très fort pour faire taire la douleur de ses articulations, elle entreprit la descente le long de la paroi rocheuse, glissant ses chaussures réglementaires — astiquées et étincelantes comme de l'acier pour cette première journée de sa nouvelle affectation — dans les anfractuosités. Arrivée à un mètre du sol, elle sauta et courut vers la tombe.

« Oh, non... »

Ce n'était pas une branche qui se dressait au sommet du tumulus, mais une main. Le corps avait été enfoui verticalement et on l'avait recouvert de terre, ne laissant dépasser que l'avant-bras, le poignet et la main. Elle regarda fixement l'annulaire ; on l'avait dépouillé de sa chair comme on taille un crayon, avant d'enfiler sur l'os mis à nu et encore sanguinolent une bague de femme ornée de diamants.

Amelia Sachs tomba à genoux et se mit à creuser des deux mains, comme un chien qui fait son trou. Tout en projetant des gerbes de terre derrière elle, elle nota que les autres doigts étaient écartés et anormalement recourbés. Elle en conclut que la victime était vivante lorsqu'on lui avait jeté au visage la dernière pelletée.

Et peut-être l'était-elle encore.

Elle continua à creuser frénétiquement la terre meuble, s'entaillant la main sur un tesson de bouteille, mêlant son sang rouge sombre à la terre encore plus sombre. Elle atteignit les cheveux, et au-dessous un front dégarni à la peau bleuâtre, cyanosée par le manque d'oxygène. Elle creusa encore pour dégager les yeux éteints et la bouche, qui s'était tordue en une horrible grimace tandis que la victime luttait pour se maintenir au-dessus de la terre noire qui la submergeait.

Ce n'était pas une femme. En dépit de la bague. C'était un homme de forte corpulence, âgé d'une cinquantaine d'années. Aussi mort et inerte que le sol dans lequel il semblait flotter.

Elle recula d'un pas, sans parvenir à détacher son regard des yeux de l'homme, trébucha et faillit s'étaler sur la voie ferrée. Une minute passa sans qu'elle puisse penser à quoi que soit. Sinon à ce que cela avait dû être de mourir ainsi.

Puis, *allons*, petite. Te voici sur une scène de crime et tu es officier de police.

Tu sais ce que tu dois faire.

ASDP.

A pour Arrêter un coupable identifié.

S pour Sécuriser les indices matériels et retenir les témoins.

D pour délimiter le périmètre.

P pour...

Pour quoi, au juste ?

Elle se pencha sur le micro. « Portable 5-8-8-5 à Central. Suite. J'ai un 10-29 le long de la voie ferrée à 3-8 et 11. Homicide, K. Envoyer des hommes, du matériel pour les relevés, un fourgon et un médecin. Terminé.

— Roger, 5-8-8-5. Vous tenez le type qui a fait le coup ? Terminé.

— Il n'y a pas de type.

— 5-8-8-5. Terminé. »

Amelia regarda fixement le doigt dépouillé de sa chair. La bague incongrue. Les yeux. Et le rictus... ah, cette saloperie de rictus. Un frisson la secoua de la tête aux pieds. Amelia avait déjà nagé dans des rivières infestées de serpents et se vantait de pratiquer sans crainte le saut à l'élastique d'un pont de trente mètres. Mais l'idée d'enfermement, l'idée d'être piégée, enfouie, immobilisée, pouvait la jeter dans la panique avec la violence d'un choc électrique. C'était pourquoi, sans doute, Amelia allait toujours d'un pas si rapide lorsqu'elle était à pied, et conduisait ses voitures à la vitesse de la lumière.

Tant que tu bouges, on ne peut pas t'attraper...

Elle entendit quelque chose, pencha la tête pour écouter.

Un grondement souterrain, de plus en plus fort.

Une envolée de vieux papiers le long de la voie ferrée. Des tourbillons de poussière tout autour d'elle comme autant de derviches fantomatiques soulevés par la colère.

Puis un long gémissement sur une note basse...

Amelia Sachs, un mètre soixante-dix-sept, se retrouva face aux trente tonnes d'une locomotive de la société mixte de transports ferroviaires interurbains. La masse compacte d'acier rouge, bleu et blanc arrivait lourdement, obstinément sur elle, à quelque dix-huit kilomètres à l'heure.

« Arrêtez ! »

Le mécanicien n'eut pas l'air de la voir.

Amelia s'élança à petites foulées vers la voie ferrée, se campa entre les rails et agita les bras pour lui faire signe de s'arrêter. L'homme mit la tête à sa portière.

« Vous ne pouvez pas passer », lui dit-elle.

Il lui demanda pourquoi. Elle lui trouvait l'air terriblement jeune pour conduire une aussi grosse machine.

« Vous êtes sur une scène de crime. Arrêtez votre moteur, s'il vous plaît.

— Madame, je ne vois pas de crime. »

Mais elle n'écoutait pas. Elle avait levé la tête et regardait une brèche dans la clôture métallique du viaduc, tout en haut, du côté de la 11e Avenue.

On avait pu, par là, amener le corps sans être vu — il suffisait de laisser sa voiture sur l'avenue et de le traîner sur l'étroit passage jusqu'à la voie. Sur la 37e Rue, qui croisait l'avenue, on pouvait être vu depuis une douzaine de fenêtres.

« Le train, monsieur. Vous le laissez ici.

— Je ne peux pas le laisser ici comme ça.

— Coupez le moteur, s'il vous plaît.

— On ne coupe pas les moteurs des locomotives pour un oui ou pour un non. Ils tournent en permanence.

— Et appelez votre chef. Quelqu'un. Dites-leur d'arrêter aussi le convoi qui arrive en face.

— On ne peut pas faire ça.

— S'il vous plaît, monsieur. J'ai le numéro de votre véhicule.

— Mon véhicule ?

— Je vous conseille d'obtempérer immédiatement, aboya Amelia.

— Qu'est-ce que vous allez faire, madame ? Me coller une contredanse ? »

Mais elle était repartie à l'escalade de la paroi empierrée, ses mauvaises articulations craquant à tout va, avec sur les lèvres un goût de poussière de chaux, de craie et de transpiration. Elle courut jusqu'au passage qu'elle avait remarqué depuis la voie et se retourna, pour examiner la 11e Avenue et le Javits Center qui se dressait de l'autre côté de la chaussée. Des nuées de badauds et de journalistes se bousculaient dans le hall d'entrée. Une grande banderole proclamait *Bienvenue aux délégués des Nations unies !* Mais de bonne heure ce matin-là, quand les rues étaient encore désertes, celui qui avait fait le coup avait pu facilement garer sa voiture et traîner le corps sans qu'on le remarque. Amelia fit quelques pas sur la 11e Avenue et embrassa du regard les six voies encombrées de voitures et de camions.

Allons-y.

Plongeant dans le flot, elle fit tout arrêter et la circulation se figea sur les trois voies qui se dirigeaient vers le nord. Plusieurs conducteurs tentèrent de filer par les côtés et elle dut en interpeller deux, et finalement tirer des poubelles au milieu de la chaussée où elle dressa une barricade pour être certaine que les citoyens ne se déroberaient pas à leur devoir civique.

Elle s'était enfin rappelé le dernier point dans les règles à observer par le premier officier présent sur une scène de crime.

P pour protéger le périmètre concerné.

Les coups de klaxon rageurs commencèrent à monter dans le ciel brumeux du matin, accompagnés par les cris encore plus rageurs des conducteurs. Et les sirènes se mêlèrent à la cacophonie avec l'arrivée des voitures de police.

Trois quarts d'heure plus tard, le site grouillait de policiers en uniforme arrivés par dizaines— beaucoup plus nombreux que ne le laissait présager la nature du crime, aussi affreux fut-il. Mais, comme Amelia l'apprit d'un autre flic, l'affaire était des plus sensibles, elle allait faire la une des médias — la victime étant l'un des deux passagers qui avaient débarqué la veille au soir à l'aéroport Kennedy, avaient pris un taxi pour se rendre en ville et n'étaient jamais arrivés à destination.

« CNN est déjà sur le coup », murmura l'homme en uniforme.

Amelia ne fut dont pas surprise d'apercevoir le blond Vince Peretti, chef de la Central Investigation and Resource Division[1], qui supervisait les opérations sur le terrain, se hisser au sommet du talus et s'y camper pour épousseter son complet à mille dollars.

Elle fut en revanche étonnée de constater qu'il avait remarqué sa présence et lui faisait signe d'approcher, un mince sourire sur son visage rasé de près. Elle s'attendait plus ou moins à un hochement de tête approbateur pour s'être livrée à son petit numéro d'escalade. Bien vu pour les empreintes sur l'échelle, Amelia. Ou peut-être même des félicitations. Pour la dernière heure de sa dernière journée dans la police urbaine. Un départ en pleine gloire.

Il la regarda de la tête aux pieds. « Officier Sachs, vous n'êtes pas une débutante, tout de même ? Je ne m'avance pas trop en le disant ?

— Je vous demande pardon, chef ?

— Vous n'êtes pas une débutante, à ce que je crois savoir ? »

Techniquement parlant, elle n'en était pas une, tout en n'ayant que trois années de service à son actif, c'est-à-dire beaucoup moins que la plupart des policiers du même âge, qui comptaient tous neuf ou dix ans d'ancienneté. Amelia avait

1. Bureau central des enquêtes et recherches. *(N.d.T.)*

traîné quelques années avant d'entrer à l'académie. « Je ne vous comprends pas très bien. »

Le sourire disparut, remplacé par une mimique d'exaspération. « Vous étiez bien la première sur les lieux ?

— Ouichef.

— Pourquoi avez-vous bouclé la 11e Avenue ? À *quoi* pensiez-vous donc ? »

Elle suivit du regard la large avenue, où la circulation restait bloquée par sa barricade de poubelles. Elle s'était habituée au concert des klaxons, et elle se rendait compte maintenant qu'ils faisaient un vacarme assourdissant ; les voitures étaient immobilisées sur une longueur de plusieurs kilomètres.

« Chef, le premier officier sur les lieux a pour mission d'arrêter l'auteur du délit, de retenir tout témoin potentiel, de protéger...

— Je connais le règlement, officier. Vous avez bouclé l'avenue pour protéger le site ?

— Ouichef. J'ai pensé que celui qui avait fait ça n'avait pas pu se garer dans la rue qui coupe l'avenue. Il risquait trop d'être vu depuis les fenêtres de ces appartements. Vous les voyez ? Il m'a donc semblé préférable de boucler la 11e.

— Eh bien, il vous a mal semblé. Il n'y avait pas d'empreintes de pas sur *ce* côté de la voie, et il y en avait, de deux sortes différentes, allant vers l'échelle qui conduit à la 37e.

— J'ai aussi fermé la 37e Rue.

— Justement. Ça suffisait. Et le train ? demanda-t-il. Pourquoi avez-vous arrêté ce train ?

— Mais, chef... J'ai pensé que le passage d'un train risquait d'effacer des indices. Ou de...

— Ou de *quoi*, officier ?

— Je ne me suis pas très bien exprimée, monsieur. Je voulais dire...

— Et l'aéroport de Newark ?

— Ouichef. » Elle regarda autour d'elle, cherchant de l'aide. Il y avait d'autres officiers mais ils s'appliquaient à ne rien entendre du savon qu'on était en train de lui passer. « Newark, vous disiez, chef ?

— Mais oui, pourquoi ne pas fermer Newark, aussi, pendant que vous y étiez ? »

Ah, c'était trop, vraiment. Un humour de maître d'école. Elle pinça ses lèvres à la Julia Roberts mais dit d'un ton posé : « Chef, j'ai estimé que...

— Et il y avait le New York Thruway aussi, pourquoi pas ? Et le Jersey Pike, et le Long Island Expressway ! Et l'Interstate 70, jusqu'à Saint-Louis ! Par là aussi, on pouvait s'échapper. »

Elle releva légèrement la tête pour regarder Peretti en face. Ils avaient exactement la même taille, mais les talons de Peretti étaient plus hauts.

« J'ai reçu des appels du préfet de police, reprit-il, du patron de la gare routière de Port Authority, du bureau du secrétaire général des Nations unies, du responsable de cette expo... » Il désigna le Javits Center d'un hochement de tête. « Nous avons fichu en l'air le programme de cette séance d'ouverture de la Conférence, fait sauter le discours d'un sénateur des États-Unis et perturbé la circulation dans tout le West Side ! La voie ferrée se trouvait à vingt mètres du corps et l'avenue que vous avez fermée à plus de soixante-dix mètres de distance et dix bons mètres au-dessus. Même le Cyclone Eva n'avait pas semé un tel bordel dans l'Amtrak's Northeast Corridor !

— J'ai simplement pensé... »

Peretti sourit. Parce que Amelia Sachs était une très belle fille (pendant les années où elle avait « traîné » avant d'entrer à l'Académie de police, elle avait entre autres activités travaillé pour l'agence de mannequins Chantelle sur Madison Avenue), le chef flic décida de lui pardonner.

« Officier Sachs, dit-il, en lisant le nom épinglé sur sa poitrine chastement aplatie par le gilet pare-balles, tirez-en la leçon. En pareilles circonstances, il faut être capable de prendre la mesure des choses. Ce serait formidable, si on pouvait boucler la ville entière avec ses trois millions d'habitants chaque fois qu'il se commet un meurtre. Mais nous ne le faisons pas. Je dis ça dans un esprit constructif. Pour votre gouverne.

— En fait, chef, dit-elle brusquement, je quitte la police urbaine. Ma mutation prend effet à midi, aujourd'hui même. »

Il sourit avec entrain, en hochant la tête. « Restons-en là, donc. Mais pour ce qui est des faits, c'est bien *vous* qui avez décidé d'arrêter le train et de boucler l'avenue. »

Prenant son stylo humide de transpiration, il griffonna quelques mots d'une écriture rapide dans un petit calepin noir.

Ah, s'il vous plaît...

« Et maintenant, virez-moi ces poubelles. Et faites la circulation jusqu'à ce que l'avenue soit dégagée. Vous m'entendez ? »

Sans ouichef ni nonchef ni réponse d'aucune sorte, elle s'éloigna vers la 11e Avenue et commença lentement à enlever les poubelles. Chaque conducteur qui passait près d'elle lui adressait quelques mots, en marmonnant ou sur le ton de l'engueulade. Elle jeta un coup d'œil à sa montre.

Encore une heure.

Je n'en mourrai pas.

2

DANS UN BREF CLAQUEMENT D'AILES, le faucon atterrit sur le rebord de la fenêtre. La lumière, au-dehors, était éclatante en ce milieu de matinée, et on devinait une chaleur torride.

« Te voici », murmura l'homme. Puis il pencha la tête de côté en entendant sonner à la porte du rez-de-chaussée.

« C'est lui ? cria-t-il en direction de l'escalier. C'est ça ? »

Il n'y eut pas de réponse et Lincoln Rhyme se retourna vers la fenêtre. La tête de l'oiseau pivotait d'un mouvement rapide et saccadé, auquel le faucon donnait pourtant de l'élégance. Rhyme remarqua que ses serres étaient ensanglantées. Un lambeau de chair jaunâtre pendait du bec noir et recourbé. Il tendit son cou épais et se dirigea vers le nid avec des mouvements qui faisaient plus penser à un serpent qu'à un volatile. Là, il laissa choir le lambeau de chair dans la gorge béante du fauconneau au plumage bleu et duveteux. J'ai devant moi, songea Rhyme, la seule créature vivante de la ville de New York qui ne se connaisse pas de prédateur. Sauf peut-être Dieu lui-même.

Il entendit des pas, quelqu'un qui montait lentement les marches.

« C'était lui ? demanda-t-il à Thom.

— Non, répondit le jeune homme.

— C'était qui ? On a bien sonné à la porte ? »

Le regard de Thom se tourna vers la fenêtre. « L'oiseau est revenu. Regardez, il y a des traces de sang sur le rebord de votre fenêtre. Vous les voyez ? »

La femelle faucon arrivait à son tour. D'un bleu gris irisé, comme un poisson. Sa tête pivota, scrutant le ciel.

« Ils sont toujours ensemble. C'est pour la vie ? s'interrogea Thom. Comme les oies ? »

Le regard de Rhyme revint se fixer sur Thom, qui courbait sa taille mince, juvénile, pour examiner le nid à travers la vitre maculée d'éclaboussures.

« C'était qui ? » répéta Rhyme. Il sentait sa réticence à lui répondre, et cela l'agaçait.

« Un visiteur.

— Un visiteur. Ah. » Rhyme poussa un grognement. Il essaya de se rappeler quand il avait reçu un visiteur pour la dernière fois. Il y avait bien trois mois. Et qui était-ce ? Ce journaliste, peut-être, ou quelque cousin éloigné. Oui, Peter Taylor, l'un de ses spécialistes de la moelle épinière. Blaine, aussi, était venu plusieurs fois. Mais elle, bien sûr, n'était pas un *visiteur*.

« On gèle, ici », se plaignit Thom. Il voulut ouvrir la fenêtre. Sitôt le désir énoncé, il lui fallait le satisfaire. La jeunesse était ainsi.

« Laisse cette fenêtre fermée, ordonna Rhyme. Et dis-moi qui est ici, bon sang !

— On gèle !

— Tu vas déranger l'oiseau. Baisse plutôt la clim. D'ailleurs, *je* vais le faire moi-même.

— Nous sommes arrivés ici les premiers, dit Thom, en soulevant un peu plus le lourd panneau vitré. Les oiseaux le savaient très bien lorsqu'ils se sont installés. »

Les faucons, alertés par le bruit, lui jetèrent un regard courroucé. Mais ils avaient toujours un regard courroucé. Depuis ce rebord de fenêtre, ils régnaient sur les gingkos anémiés et les parcmètres du stationnement alterné qui composaient leur domaine.

« Qui est-ce ? répéta Rhyme.

— Lon Sellitto.

— Lon ? »

Thom parcourut la pièce du regard. « Quel foutoir ! »

Rhyme n'aimait pas qu'on fasse le ménage, ça le dérangeait. Il redoutait l'agitation, le bruit de l'aspirateur — qu'il trouvait particulièrement énervant. La pièce, qu'il appelait son bureau, lui convenait dans l'état où elle était, au premier étage de sa maison gothique de l'Upper West Side huppé, avec vue sur Central Park. C'était une assez grande pièce, de six mètres sur six, et chacun de ces trente-six mètres carrés était occupé. Il lui arrivait de fermer les yeux, et de s'amuser à repérer par leur odeur les divers objets qui s'y trouvaient. Les milliers de livres et de revues, la pile des photographies de la tour de Pise, les transistors de rechange pour la télé, les ampoules électriques sous leur couche de poussière, les tableaux d'affichage en liège. Vinyle, péroxyde, latex, tissus d'ameublement.

Trois sortes de Scotch pur malt.

De la merde de faucon.

« Je ne veux pas le voir. Dis-lui que je suis occupé.

— Et un jeune flic. Ernie Banks. Non, c'était un joueur de base-ball, n'est-ce pas ? Vraiment, vous devriez me laisser faire le ménage. On ne voit jamais autant la saleté que lorsqu'on a des visites.

— Des visites ? Ma parole, quelle drôle de chose ! À t'entendre, on se croirait au temps de la reine Victoria. Dis-leur plutôt en termes galants d'aller se faire voir ailleurs.

— Un vrai merdier... »

Thom parlait de la pièce, mais Rhyme songea qu'il y englobait son patron.

Les cheveux de Rhyme étaient noirs et épais comme ceux d'un garçon de vingt ans, bien qu'il eut deux fois cet âge, mais formaient des mèches hirsutes qui appelaient désespérément les ciseaux et le shampooing. Une barbe de trois jours donnait à son visage un aspect malpropre et il sentait depuis son réveil un chatouillement dans l'oreille — les poils, là aussi, avaient besoin d'être coupés. Il avait des ongles longs, aux pieds comme aux mains, et le pyjama qu'il n'avait pas changé depuis une semaine était maculé de vilaines taches. Ses yeux formaient deux fentes étroites dans un visage dont Blaine lui avait dit en maintes occasions, parfois mais pas toujours dans le feu de la passion, qu'elle le trouvait beau.

« Ils veulent vous parler, poursuivit Thom. Ils disent que c'est très important.

— Tu n'as qu'à les virer.

— Voilà presque un an que vous n'avez pas vu Lon.

— Et alors ? C'est une raison pour que j'aie envie de le voir maintenant ? Tu as fait fuir l'oiseau ? Ça me ferait mal, si c'était ça.

— C'est important, Lincoln.

— *Très* important, je sais, tu me l'as déjà dit. Qu'est-ce qu'il fiche, ce docteur ? Il a peut-être appelé. Je me suis assoupi, tout à l'heure. Et tu étais sorti.

— Vous êtes réveillé depuis six heures du matin.

— Non. » Il se tut quelques secondes. « Je me suis réveillé, d'accord. Mais ensuite je me suis rendormi. Profondément. Tu as vérifié qu'il n'y avait pas de message sur le répondeur ?

— Oui. Il n'y en avait pas de lui.

— Il a dit qu'il serait ici en milieu de matinée.

— Il est à peine onze heures. Vous voulez qu'on lance un avis de recherche ?

— Tu as téléphoné ? demanda abruptement Rhyme. Il a peut-être essayé d'appeler pendant que tu occupais la ligne.

— Je discutais avec...

— Est-ce que je t'ai reproché quelque chose ? Te voilà en pétard, maintenant. Je n'ai pas dit que tu ne devais pas téléphoner. Tu peux appeler qui tu veux quand tu veux. Je ne t'en ai jamais empêché. Je dis qu'il nous a peut-être appelés pendant que tu occupais la ligne, c'est tout.

— Non, ce n'est pas tout. La vérité, c'est que ce matin vous êtes décidé à emmerder le monde.

— Oh, ça va ! Il y a un truc qui s'appelle "signal d'appel", au cas où tu ne le saurais pas. Ça permet de recevoir deux appels à la fois. On devrait avoir ça. Qu'est-ce qu'il me veut, ce brave Lon ? Et son copain le champion de base-ball ?

— Vous n'avez qu'à le leur demander vous-même.

— C'est à *toi* que je le demande.

— Ils veulent vous voir. C'est tout ce que je sais.

— Et c'est *très* important.

— Lincoln ! » soupira le joli garçon, en passant une main dans ses cheveux blonds. Il portait un pantalon tabac et une chemise blanche ornée d'une cravate à fleurs impeccablement nouée. Lors de son embauche, un an auparavant, Rhyme lui avait dit qu'il pourrait rester en jeans et en T-shirt s'il le souhaitait. Mais Thom avait fait son uniforme de cette tenue irréprochable. Rhyme ne savait trop en quoi cela avait contribué à sa décision de le garder, mais le fait était là. Aucun de ceux qui l'avaient précédé n'avait tenu plus de six semaines. Et ils étaient exactement aussi nombreux à s'être fait virer qu'à être partis de leur plein gré.

« Bon, qu'est-ce que tu leur as dit ?

— Je leur ai demandé de me laisser quelques minutes, le temps de m'assurer que vous étiez présentable, et qu'ils pouvaient monter — mais pas pour longtemps.

— Tu as fait ça. Sans rien me demander. Merci, merci beaucoup. »

Thom recula de quelques pas en direction de l'étroit escalier qui plongeait vers le rez-de-chaussée. « Montez, messieurs !

— Ils t'ont dit quelque chose, hein ? reprit Rhyme. Tu me le caches. »

Thom ne répondit pas, laissant Rhyme guetter l'arrivée des deux hommes. Quand il les vit apparaître, il parla le premier, s'adressant à Thom : « Tire ce rideau, maintenant. Tu as déjà fait peur aux oiseaux. »

Ce qui signifiait, en réalité, qu'il ne supportait plus cette lumière envahissante.

Muette.

Cette saleté de ruban adhésif sur ses lèvres l'empêchait de prononcer un mot et ajoutait au sentiment d'impuissance que lui procuraient déjà les menottes à ses poignets et l'étreinte de ces doigts courts et brutaux sur son biceps.

Le chauffeur du taxi, la tête toujours recouverte de sa cagoule de skieur, l'entraîna le long du corridor sinistre et suintant l'humidité, où couraient des tuyaux et des canalisations de divers calibres. Ils étaient dans les sous-sols d'un immeuble. Où ? Elle n'en avait aucune idée.

Si seulement je pouvais lui parler...

Tammie Jean Colfax était une joueuse, réputée comme la plus coriace des négociatrices de son entreprise, la Morgan Stanley's.

De l'argent ? Tu veux de l'argent ? Je t'en donnerai, de l'argent, mon vieux. Des quantités ! Elle se répétait cela, en essayant d'accrocher le regard de l'homme, comme si elle avait pu lui transmettre ses pensées.

Je t'en priiiiiiiie, supplia-t-elle silencieusement, et elle se mit à réfléchir à la façon la plus rapide de retirer en liquide les quelques dizaines de milliers de dollars inscrits sur son compte en banque, et l'argent de son plan épargne retraite. *Oh, je t'en prie...*

Elle se remémora les événements de la nuit, revit l'homme tournant le dos aux lueurs du feu d'artifice pour les tirer hors du taxi et leur passer les menottes. Il les avait ensuite poussés dans le coffre de la voiture et celle-ci était repartie, roulant d'abord sur des pavés inégaux et sur des routes défoncées, puis lisses, puis de nouveau défoncées. Elle avait compris, au grondement des roues, qu'ils passaient sur un pont. Puis il y avait eu d'autres tournants, d'autres mauvaises routes. Puis le taxi s'était arrêté, le chauffeur était descendu et avait, semblait-il, ouvert un portail, l'entrée de quelque chose en tout cas. Elle avait cru comprendre qu'ils pénétraient dans un garage. Tous les bruits de la ville avaient disparu d'un coup et le halètement du pot d'échappement s'était fait beaucoup plus fort, réverbéré par les murs d'un espace clos.

Le capot du coffre s'était soulevé et l'homme l'avait tirée dehors. Il avait arraché l'anneau de diamants qu'elle portait au doigt pour le fourrer dans sa poche. Puis il l'avait poussée entre une double haie de visages fantomatiques peints dans des tons délavés et qui semblaient la fixer de leurs regards vides sur le plâtre qui s'écaillait — un boucher, un démon, trois enfants éplorés. Il l'avait fait descendre dans un sous-sol humide où il l'avait jetée par terre. Puis il était reparti par le même chemin, la laissant dans l'obscurité où régnait une odeur immonde de chair en putréfaction, d'ordures. Elle y était restée des heures à même le sol, dormant un peu, pleurant beaucoup. Un grand bruit l'avait réveillée en sursaut. Une déflagration. Tout près. Puis elle était retombée dans un mauvais sommeil.

Il était revenu la chercher une demi-heure plus tôt. Il l'avait ramenée à la voiture et enfermée dans le coffre et ils avaient roulé à nouveau une vingtaine de minutes. Jusqu'ici. *Ici ?*

Ils venaient de pénétrer dans un sous-sol mal éclairé. Au centre se trouvait une épaisse conduite peinte en noir ; il l'y enchaîna par ses menottes puis lui saisit les deux pieds et les tira en avant, pour la faire tomber en position assise. Il s'accroupit et lui lia les jambes avec une cordelette — l'opération lui prit plusieurs minutes ; il portait des gants de peau. Puis il se redressa et la fixa longuement, se pencha et d'un seul geste déchira son chemisier pour lui dénuder le torse. Il vint se placer derrière elle et elle retint sa respiration lorsqu'elle sentit ses mains sur ses épaules, tâtant la chair, pressant les omoplates.

Elle se mit à pleurer, à supplier à travers le bâillon.

Comprenant ce qui l'attendait.

Les mains descendirent le long de ses bras, puis sous les aisselles et autour de son corps. Mais il ne toucha pas ses seins. Non, les mains qui couraient maintenant sur sa peau semblaient chercher les côtes. Il les tâta et les caressa. Tammie Jean frissonna et voulut s'écarter. Il resserra son étreinte et continua à caresser, de plus en plus fort, cherchant l'os qui s'enfonçait sous la pression de ses doigts.

Il se releva. Elle entendit ses pas qui s'éloignaient. Le silence retomba, troublé seulement par les plaintes des climatiseurs et le ronronnement des ascenseurs. Puis elle laissa échapper un glapissement de frayeur en entendant du bruit derrière elle. Un bruit répétitif. *Wsssh. Wsssh.* Un bruit qu'elle connaissait bien mais sur lequel elle ne parvenait pas à mettre un nom. Elle voulut se retourner pour voir ce qu'il faisait, mais ne le put pas. De quoi s'agissait-il ? Elle écouta le bruit qui se répétait sur le même rythme régulier, et se retrouva dans la maison de sa mère.

Wsssh. Wsssh.

Le samedi matin dans le petit pavillon de Bedford, Tennessee. Comme c'était le seul jour de la semaine où sa mère ne travaillait pas, elle le consacrait surtout au ménage. Tammie Jean se réveillait alors que le soleil chauffait déjà et descendait l'escalier d'un pas mal assuré pour lui donner un coup de main. *Wsssh.* Tout en pleurant à ce souvenir, elle se demanda pourquoi l'homme mettait un tel soin à balayer le sol.

Il lut de l'étonnement et de l'embarras sur leurs visages.

Ce qui n'est pas si fréquent chez les policiers de la ville de New York.

Lon Sellitto et le jeune Banks (Jerry, pas Ernie) s'assirent, comme Rhyme les y invitait d'un mouvement de sa tête hirsute, sur deux mauvais fauteuils en rotin.

Rhyme avait énormément changé depuis la dernière visite de Sellitto, et l'inspecteur avait du mal à dissimuler le choc qu'il venait de ressentir en le revoyant. Tout comme Banks qui, pourtant, le rencontrait pour la première fois. Mais il y avait le désordre et le laisser-aller qui régnaient dans la pièce, ce regard soupçonneux qui allait de l'un à l'autre sans se fixer, et l'odeur, bien sûr, cette mauvaise odeur corporelle flottant autour de la créature qu'était devenu Lincoln Rhyme.

Il regrettait terriblement de les avoir laissés monter.

« Pourquoi n'as-tu pas appelé d'abord, Lon ?

— Tu nous aurais dit de ne pas venir. »

Exact.

Thom apparut en haut des marches et Rhyme l'arrêta. « Non, Thom, nous n'avons pas besoin de toi. » Il s'était rappelé que le garçon avait l'habitude d'offrir à boire ou à manger aux visiteurs.

Son côté bonne hôtesse.

Long silence. Sellitto — silhouette massive, traits chiffonnés, vingt ans de carrière derrière lui — ouvrit la bouche pour parler. Mais il n'alla pas plus loin, frappé de stupeur par la vue des couches-culottes pour adulte qui s'empilaient dans une boite à côté du lit.

« J'ai lu votre livre, monsieur », dit Jerry Banks. Le jeune flic maniait le rasoir d'une main maladroite, et on ne comptait plus les coupures sur son visage. Et ses cheveux, comme ils étaient joliment bouclés ! Seigneur, je lui aurais donné douze ans au maximum ! Plus ce monde vieillit, songea Rhyme, plus ses habitants semblent jeunes.

« Lequel ?

— Je connais, bien sûr, votre manuel sur la scène de crime. Mais je pensais au livre illustré. Celui que vous avez publié il y a deux ans.

— Il comportait du texte, aussi. *Surtout* du texte, en fait. Vous l'avez lu ?

— Bien sûr », répondit vivement Banks.

Il y avait contre l'un des murs de la pièce une pile impressionnante d'invendus des *Scènes de crime*.

« Je ne savais que vous étiez amis, Lon et vous, ajouta Banks.

— Ah. Lon ne vous a pas sorti l'album de la promotion ? Il ne vous a pas montré les photos ? Il n'a pas retroussé ses manches pour exhiber ses cicatrices en disant : “Tout ça date du temps où je travaillais avec Lincoln Rhyme” ? »

Sellitto ne souriait pas. Eh bien, je peux faire mieux si c'est ce qu'il veut, et il sourira encore moins. L'aîné des deux policiers fouillait maintenant sa serviette. Et qu'est-ce qu'il a là-dedans ?

« Pendant combien de temps avez-vous fait équipe ? demanda Banks, pour dire quelque chose.

— Je ne sais pas si c'est le bon mot », dit Rhyme. Il jeta un coup d'œil à la pendule.

« Nous ne formions pas une équipe, expliqua Sellitto. J'étais à la Criminelle, et lui dirigeait l'IRD.

— Ah », fit Banks, encore plus impressionné. La direction de l'Investigation and Resource Division était l'un des postes les plus prestigieux au sein de la police.

« Eh oui », dit Rhyme, en regardant vers la fenêtre comme s'il s'attendait à voir arriver le docteur à dos de faucon. « Les deux mousquetaires...

— Sept ans, tout de même, enchaîna Sellitto d'un ton patient qui mit aussitôt Rhyme hors de lui. Sept ans à travailler ensemble en bien des occasions.

— Sept belles années », reprit Rhyme sur le même ton.

Thom fronça les sourcils mais Sellitto ne saisit pas l'ironie de la remarque. Ou, plutôt, choisit de l'ignorer. « Nous avons un problème, Lincoln. Et besoin d'un coup de main. »

Paf. La liasse de papiers qu'il venait d'extraire de sa serviette atterrit sur la table de chevet.

« Un coup de main ? » Le rire fusa du nez si fin que Blaine l'avait toujours suspecté, à tort, d'être l'œuvre de quelque artiste du scalpel. Elle trouvait aussi les lèvres trop parfaites. (Il y manque une cicatrice, disait-elle, et il s'en était fallu de peu qu'elle ne palliât ce manque à l'occasion de l'un de leurs pugilats.) Mais pourquoi, s'interrogea-t-il, sa voluptueuse apparition s'obstinait-elle à revenir aujourd'hui ? Il s'était réveillé en pensant à son ex-épouse et s'était senti obligé de lui écrire une lettre, visible à ce moment même sur l'écran de l'ordinateur. Le silence retomba dans la pièce tandis qu'il exécutait, d'un seul doigt, la procédure de sauvegarde.

« Lincoln ?

— Ouichef. Un coup de main. J'ai bien entendu. »

Banks sourit malgré lui et à contretemps en se balançant sur son fauteuil pour passer d'une fesse sur l'autre.

« J'attends quelqu'un, annonça Rhyme.

— Quelqu'un ?

— Un médecin.

— Ah, bon ? » laissa échapper Banks, pour repousser le silence qui le mettait mal à l'aise.

« Au fait, comment vas-tu ? » demanda Sellitto, qui sentait la conversation lui échapper.

Les deux hommes ne lui avaient pas demandé de nouvelles de sa santé en arrivant. Les gens avaient tendance à éviter le sujet lorsqu'ils voyaient Lincoln Rhyme. On sentait trop que la réponse serait compliquée, et pénible à entendre.

« Ça va, dit-il simplement. Et toi ? Et Betty ?

— Nous avons divorcé, répondit Sellitto, très vite.

— Vraiment ?

— Elle a eu la maison et moi la moitié d'un enfant », dit le flic trapu, comme s'il répétait cette phrase pour la énième fois, et Rhyme subodora une rupture difficile derrière cette bonne humeur forcée. Il ne souhaitait pas en entendre plus. Il n'était pas surpris que ce mariage ait capoté. Sellitto avait toujours été un bourreau de travail. Il faisait partie de la centaine d'inspecteurs de première classe, et avait accédé à ce grade à l'époque où les promotions s'accordaient au mérite autant qu'à l'ancienneté. Rhyme l'avait vu travailler presque quatre-vingts heures par semaine. Dans les premiers mois de leur collaboration, il ne savait même pas que Sellitto était marié.

« Où habites-tu, maintenant ? » demanda Rhyme, avec l'espoir qu'une conversation anodine l'aiderait à se débarrasser de ses deux visiteurs.

« Brooklyn. The Heights. Il m'arrive d'aller à pied jusqu'à mon bureau. Tu te rappelles que je passais mon temps à faire des régimes ? Eh bien, j'ai fini par comprendre que le truc n'était pas de se priver, mais de prendre de l'exercice ! »

Il ne paraissait ni plus gros ni plus maigre que le Lon Sellitto que Rhyme avait connu trois ans et demi plus tôt. Ou quinze ans plus tôt, d'ailleurs.

« Un médecin, vous disiez, reprit le jeune Banks. En vue d'un...

— D'un nouveau traitement ? coupa Rhyme, achevant sa phrase. C'est bien ça.

— Bonne chance.

— Merci beaucoup. »

11 h 36. On était bien au-delà du « milieu de matinée ». Pour un homme qui pratique la médecine, il n'y a pas d'excuse à arriver en retard.

Il observa Banks qui regardait ses jambes. C'était la deuxième fois qu'il prenait ce boutonneux en flagrant délit de curiosité. Il ne fut pas surpris de le voir rougir.

« C'est pourquoi, dit Rhyme, je ne pense pas avoir le temps de vous aider.

— Mais il n'est pas encore là, ce médecin, n'est-ce pas ? » s'exclama Sellitto du ton qu'il employait habituellement pour démonter les alibis des assassins présumés.

Thom apparut sur le seuil avec un pot de café.

« Petit con, articula silencieusement Rhyme.

— Lincoln a oublié de vous le proposer, messieurs.

— Thom me traite comme un gamin.

— À juste titre, rétorqua le factotum.

— Bon, coupa sèchement Rhyme. Prenez donc un café. Je préfère, moi, le lait maternel.

— Trop tôt, dit Thom. Le bar n'est pas ouvert ! » La contrariété se peignit aussitôt sur les traits de Rhyme.

Le regard de Banks le parcourut une nouvelle fois de la tête aux pieds. Peut-être s'attendait-il à n'y voir que de la peau et des os. Mais le processus d'atrophie avait été enrayé peu après l'accident, par les médecins qui l'avaient astreint à d'épuisants exercices physiques. Tout comme Thom, qui était peut-être un petit con par moments, et se conduisait à d'autres comme sa vieille mère, mais s'était également révélé un excellent kinésithérapeute. Avec lui, Rhyme avait pratiqué des exercices quotidiens de rééducation passive. Thom prenait, méticuleusement, de véritables mesures de goniométrie pour apprécier l'amplitude des mouvements de chaque articulation du corps de Rhyme et en évaluer les progrès. Il lui faisait inlassablement travailler les muscles de ses bras et de ses jambes et s'il n'avait pas réalisé de miracle, du moins avait-il préservé une certaine tonicité, éliminé les crampes et maintenu une circulation sanguine à peu près normale. Pour un homme dont l'activité musculaire se limitait aux épaules, à la tête et à l'annulaire de la main gauche, Lincoln Rhyme était plutôt en bonne forme physique.

Le jeune inspecteur détourna son regard du tableau de commandes sophistiqué installé à proximité du doigt de Rhyme et relié à un autre tableau de commandes hérissé de fils et de câbles par lequel il agissait sur l'ordinateur et sur un écran mural.

La vie d'un grand handicapé passe par des fils électriques, lui avait dit un médecin, il y avait bien longtemps. Celle des riches handicapés, en tout cas. Des plus chanceux.

« Un meurtre a été commis ce matin de bonne heure dans le West Side, dit Sellitto.

— Un certain nombre d'hommes et de femmes, tous des sans-abri, ont disparu au cours de ces derniers mois, ajouta Banks. Nous avons d'abord pensé qu'il s'agissait de l'un d'eux. Mais il n'en était rien. La victime faisait partie des gens qui ont été reçus hier soir. »

Rhyme fixait d'un regard inexpressif le visage boutonneux du jeune flic. « Les gens qui ont été *reçus* ?

— Il ne regarde pas les journaux télévisés, intervint Thom. Si c'est de l'enlèvement que vous voulez parler, il n'est pas au courant.

— Tu ne suis pas les infos à la télé ? demanda Sellitto en riant. Toi mon salaud, qui lisait quatre journaux par jour et enregistrait les infos locales pour les regarder en rentrant chez toi ? Blaine m'a raconté que tu l'avais appelée Katie Couric, un soir en faisant l'amour !

— Je ne lis plus que de la littérature, répondit Rhyme, avec arrogance et une certaine mauvaise foi.

— La littérature, c'est aussi de l'information », ajouta Thom.

Rhyme ne parut pas l'entendre.

« Un homme et une femme qui rentraient d'un voyage d'affaires sur la Côte. Ils ont pris un taxi à l'aéroport Kennedy. Et ne sont jamais arrivés à destination.

— On nous a signalé quelque chose vers onze heures et demi du soir. Un taxi roulant vers l'ouest dans le Queens. Deux passagers, un homme et une femme, sur la banquette arrière. On les aurait vus alors qu'ils tentaient de sortir en brisant la vitre de la portière. Personne n'a relevé le numéro ni le nom de la compagnie.

— Ce témoin — celui qui a vu le taxi — a vu aussi le chauffeur ?

— Non.

— La passagère ?

— Non. Il n'a fourni aucun signalement. »

Onze heures quarante et une. Rhyme était furieux contre le docteur William Berger. « Sale affaire », murmura-t-il d'un air absent.

Sellitto poussa un long et bruyant soupir.

« Continuez, continuez, dit Rhyme.

— Il portait sa bague, reprit Banks.

— *Qui* portait *quoi* ?

— La victime. Le type dont on a trouvé le corps ce matin. Il portait au doigt la bague de la fille. Celle qui était avec lui dans le taxi.

— Vous êtes certains que cette bague était la sienne ?

— Il y avait ses initiales à l'intérieur.

— Vous avez donc affaire à un inconnu qui tient à vous faire savoir qu'il a la fille et qu'elle est encore vivante.

— Et vous savez comment il la lui a enfilée, cette bague ? »

poursuivit Banks, avec des yeux un peu trop écarquillés au goût de Rhyme.

« Je donne ma langue au chat.

— Il a écorché le doigt du type. Jusqu'à l'os. »

Rhyme esquissa un sourire. « Ah. Il est malin, celui-là, hein ?

— Qu'est-ce que ça a de malin ?

— C'était une façon comme une autre de s'assurer que personne ne piquerait la bague en passant. Elle était couverte de sang, n'est-ce pas ?

— Oui. Une horreur.

— Pas facile à voir, pour commencer. Et puis il y avait le risque de sida, d'hépatite... À supposer qu'ils le remarquent, peu de gens auraient osé mettre la main sur ce trophée. Elle s'appelle comment, Lon ? »

Le policier fit signe de la tête à son jeune collègue, qui feuilleta son calepin.

« Tammie Jean Colfax. On l'appelle par ses initiales, T.J. Vingt-huit ans. Elle travaille chez Morgan Stanley's. »

Rhyme remarqua que Banks portait lui aussi une bague. Une chevalière d'étudiant. Ce garçon était trop poli pour être passé directement du lycée à l'école de police. Il ne sentait pas le militaire non plus. Cette chevalière, si ça se trouvait, portait le blason de Yale. Et il était inspecteur de la Criminelle. Quelle époque !

Un léger tremblement agitait les mains du jeune flic serrées autour du gobelet de café. D'un geste infime de son propre annulaire sur le tableau de commandes auquel sa main gauche était fixée par un bandage, Rhyme baissa la climatisation. Il essayait d'éviter les manipulations pour des choses comme le chauffage ou la climatisation, réservant l'usage des commandes à des nécessités comme la lumière, l'ordinateur et l'écran sur lequel il pouvait tourner les pages. Mais quand la température de la pièce baissait trop, son nez se mettait à couler. Et *ça*, c'était une vraie torture pour un paralysé.

« Pas de demande de rançon ?

— Rien.

— C'est toi qu'on a mis sur l'affaire ? » Il s'adressait à Sellitto.

« Sous les ordres de Jim Polling. Oui. Et nous voudrions que tu jettes un coup d'œil au rapport qui contient les premières constatations. »

Le rire, à nouveau. « Moi, lire un rapport ? Voilà trois ans que je n'ai plus mis le nez dans ce genre de littérature ! Que voudriez-vous que je vous dise ?

— Une foule de choses, Linc.

— Qui dirige l'IRD, maintenant ?

— Vince Peretti.

— Ah, le fils du sénateur, se rappela Rhyme. C'est à lui qu'il faut le faire lire. »

Une seconde d'hésitation. « Nous préférerions que ce soit toi.

— Qui, nous ?

— Le patron. Et ton serviteur.

— Et comment, demanda Rhyme avec un sourire de collégienne, le capitaine Peretti prend-il cette marque de défiance ? »

Sellitto se leva et se mit à arpenter la pièce, en parcourant du regard les revues qui s'empilaient ici et là. *Revue scientifique médico-légale*. Catalogue d'équipement scientifique de Harding & Boyle. *Nouveau Bulletin annuel d'enquête médico-légale de Scotland Yard. Rapport de la société américaine des directeurs de laboratoires d'autopsie criminelle. Journal de l'Institut international de science médico-légale.*

« Regarde-moi tout ça, dit Rhyme. Les abonnements n'ont pas été renouvelés depuis des éternités. Et tu vois cette couche de poussière ?

— Tout croule sous la poussière, ici, Linc. Si tu te décidais un peu à bouger ton cul et à nettoyer cette porcherie ? »

Banks semblait horrifié. Rhyme refoula le rire démentiel qu'il sentait monter en lui. Il avait abaissé sa garde et son irritation avait fait place à de l'amusement. Il eut un pincement de regret d'avoir perdu le contact avec Sellitto, mais se reprit en toute hâte et grommela : « Je ne peux rien pour vous. Désolé.

— La Conférence pour la paix s'ouvre lundi. Nous...

— Quelle conférence ?

— À l'ONU. Avec les ambassadeurs, les chefs d'États et leurs suites. Dix mille personnes qui débarquent dans cette ville. Après ce qui s'est passé à Londres il y a deux jours... Tu es courant de cette histoire ?

— Quoi, *quelle* histoire ? demanda Rhyme d'un ton sarcastique.

— On a essayé de placer une bombe à l'hôtel où se tenait une réunion de l'Unesco. Du coup, le maire est mort de trouille à l'idée d'un attentat pendant la conférence. Il se voit déjà à la une du *Washington Post*.

— Sans compter l'autre petit problème, ajouta Sellitto, sur le même ton. Il se pourrait que cette Miss Tammie Jean ne rentre pas chez elle vivante. Jerry, donne-lui quelques détails. Ça le mettra en appétit. »

Banks, abandonnant les jambes de Rhyme, reporta son attention sur le lit — ce qui, de l'avis même de ce dernier, présentait beaucoup plus d'intérêt. Surtout le tableau de commandes. Il aurait pu provenir d'une navette spatiale et coûtait à peu près aussi cher. « Dix heures après qu'ils ont été enlevés, nous avons retrouvé le corps du passager du taxi — John Ulbrecht — blessé par balle et enterré vivant le long de la voie ferrée, près de la 37e Rue et de la 11e Avenue. La balle était du calibre .32. » Banks se tut une seconde avant d'ajouter : « Autrement dit, le calibre le plus souvent utilisé. »

C'était une façon de dire : inutile de se lancer dans de subtiles supputations quant au goût du bonhomme pour les armes exotiques. Il n'a pas l'air idiot, ce Banks, songea Rhyme, et il n'est atteint que d'extrême jeunesse. C'est un handicap qu'il surmontera, ou pas. Lincoln Rhyme estimait, pour sa part, n'avoir jamais été jeune.

« Des rayures sur la douille ?

— Six rainures, une distorsion à gauche.

— Il a donc un Colt, dit Rhyme, en jetant un nouveau coup d'œil au plan des lieux.

— Vous dites “il a”, continua le jeune inspecteur. Ce serait plutôt “ils ont”.

— Quoi ?

— Ceux qui ont fait le coup. Ils étaient deux. Il y avait deux séries d'empreintes de pas entre l'endroit où on a enterré la victime et l'échelle métallique qui monte vers la rue, expliqua Banks, en montrant le plan.

— Des empreintes aussi sur l'échelle ?

— Aucune. Elle a été nettoyée. Ils ont bien travaillé. Les empreintes vont de l'échelle à la tombe, et retour. De toute façon, il *fallait* qu'ils soient deux pour se coltiner le bonhomme. Il pesait plus de quatre-vingt-dix kilos. Un seul individu n'aurait pas pu le porter tout seul.

— Continuez.

— Ils l'ont amené jusqu'au trou, l'y ont balancé, lui ont tiré dessus avant de l'enterrer, sont repartis par l'échelle et ont filé sans laisser de traces. »

Rhyme ne se sentait pas vraiment intéressé. Il demanda toutefois : « Qu'attendez-vous de moi ? »

Sellitto sourit, découvrant ses dents jaunies et ébréchées. « Nous sommes devant un mystère, Linc. Un tas d'indices qui ne collent pas ensemble.

— Et alors ? » Il était rare que, dans ce genre de circonstances, on trouve des indices matériels cohérents.

« Je t'assure, c'est vraiment bizarre. Lis le rapport. S'il te plaît. Je le laisse ici. Comment ça marche, ce truc ? » Sellitto se tourna vers Thom, qui plaça le rapport sur le plateau de la machine à tourner les pages.

« Je n'aurai pas le temps, Lon, protesta Rhyme.

— C'est une sacrée machine que vous avez là », observa Banks, en regardant l'appareil. Rhyme ne répondit pas. Il jeta un coup d'œil à la première page, puis se mit à lire attentivement. Puis il déplaça d'un millimètre son annulaire gauche et un palpeur équipé d'un embout de caoutchouc tourna la page.

Il continua à lire. En se disant, ma foi, c'est effectivement bizarre.

« Qui était le responsable sur place ?

— Peretti lui-même. Quand il a su que la victime était l'un des deux passagers du taxi, il est venu et a pris les choses en main. »

Rhyme poursuivit sa lecture. Le style convenu du rapport de police retint son attention une minute. Puis la sonnerie de l'entrée retentit et son cœur bondit dans sa poitrine. Abandonnant le rapport, il chercha Thom des yeux et son regard froid disait clairement que l'heure n'était plus à la plaisanterie. Thom acquiesça d'un bref hochement de tête et descendit aussitôt.

Il n'y avait plus place, soudain, dans l'esprit de Lincoln Rhyme, pour les chauffeurs de taxis, les banquiers kidnappés, les empreintes et autres indices matériels.

« C'est le docteur Berger », annonça Thom dans l'interphone.

Enfin. Il était temps.

« Ma foi, je suis désolé, Lon. Je dois vous demander de me laisser. J'ai été content de te revoir. » Un sourire. « Vous êtes là sur une affaire intéressante. »

Sellitto hésita, puis se leva. « Mais tu vas lire ce rapport, n'est-ce pas, Lincoln ? Et tu nous diras ce que tu en penses ?

— Bien sûr », répondit Rhyme. Puis il laissa retomber sa tête sur l'oreiller. Les paralysés comme lui, qui conservaient une mobilité totale de la tête et du cou, pouvaient agir sur une douzaine de commandes par les mouvements de cette partie de leur corps. Mais Rhyme se ménageait des temps de repos. Les rares plaisirs sensuels qui lui restaient étaient si peu nombreux qu'il n'aurait pour rien au monde renoncé aux sensations exquises qu'il éprouvait chaque fois qu'il pouvait, après l'effort, nicher douillettement sa tête dans son oreiller à trois cents dollars. Il était épuisé. Les tendons de sa nuque le faisaient horriblement souffrir, il n'était même pas midi et il ne désirait plus qu'une chose : dormir.

À l'instant où Banks et Sellitto s'apprêtaient à franchir le seuil, il dit : « Une seconde ! »

Les deux policiers se retournèrent.

« Il y a une chose que vous devez savoir. Vous n'avez localisé qu'une scène de crime sur deux. La plus importante, c'est l'autre. Chez lui. C'est là qu'il se planque. Et vous n'êtes pas près de l'y débusquer.

— Qu'est-ce qui te fait dire ça ?

— Il n'a pas blessé le type à l'endroit où il l'a enterré. C'est là-bas qu'il lui a tiré dessus. Et c'est sans doute là-bas qu'il détient la fille. C'est un endroit en sous-sol, ou dans une zone particulièrement déserte de la ville. Les deux, peut-être... Parce que, Banks, ajouta Rhyme, pour répondre à la question que le jeune flic s'apprêtait à poser, il n'aurait pas pris le risque d'y descendre un homme et d'y séquestrer une fille si l'endroit n'était pas tranquille et bien reclus.

— Il a peut-être utilisé un silencieux ?

— Aucune trace de bourre de coton sur la douille, rétorqua sèchement Rhyme.

— Mais comment se fait-il qu'on n'ait pas relevé non plus la moindre trace de sang ? reprit Banks.

— D'après moi, la victime a reçu une balle en pleine figure, expliqua Rhyme.

— Ah... » Banks sourit d'un air idiot. « Comment le savez-vous ?

— C'est extrêmement douloureux, ça vous met hors d'état de vous défendre, et il y a très peu de sang avec une balle de calibre .32. Le coup est rarement mortel si on ne touche pas le cerveau. Une fois que sa victime était dans cet état-là, le type pouvait en faire ce qu'il voulait. Je dis *le* type, car je pense qu'il n'y en avait qu'un. »

Il y eut quelques secondes de silence avant que Banks ne souffle d'une voix à peine audible, comme s'il était en train de désamorcer une mine : « Mais... on a relevé deux séries d'empreintes de pas... »

Rhyme soupira. « Elles sont identiques. Elles proviennent du même individu qui a fait deux fois le trajet. Pour nous induire en erreur. Et les empreintes qui se dirigent vers le nord ont la même profondeur que celles qui vont vers le sud, ce qui montre qu'il ne portait pas une charge de quatre-vingt-dix kilos, ni dans un sens ni dans l'autre. La victime a été retrouvée pieds nus ? »

Banks consulta ses notes. « En chaussettes.

— Bien. C'est donc que le type portait les chaussures de sa victime lorsqu'il a effectué son petit aller et retour entre l'échelle métallique et la voie.

— S'il n'est pas descendu par l'échelle, *comment* a-t-il pu parvenir jusqu'à cet endroit ?

— Il a conduit l'homme le long des rails. En arrivant par le nord, probablement.

— Il n'y a pas d'autre échelle métallique permettant d'accéder à la voie sur une très longue distance, d'un côté comme de l'autre.

— Mais il y a des souterrains parallèles à la voie du chemin de fer, expliqua Rhyme. Ils communiquent par les sous-sols des anciens entrepôts qui bordent la 11e Avenue. C'est un chef de la mafia, Owney Madden, qui les a fait creuser à l'époque de la Prohibition pour acheminer le whisky de contrebande jusqu'aux trains qui partaient de la gare centrale pour remonter vers Albany et Bridgeport.

— Mais pourquoi n'a-t-il pas enterré sa victime, tout simplement, à proximité du souterrain ? Pourquoi a-t-il pris le risque de pousser le type jusqu'à la passerelle ?

— Vous ne *comprenez* donc pas le message qu'il voulait nous adresser ? » demanda Rhyme, une note d'impatience dans la voix.

Banks ouvrit la bouche pour parler, mais se contenta de secouer la tête.

« Il *fallait* qu'il mette le corps à un endroit où on pourrait le voir, poursuivit Rhyme. Il *fallait* que quelqu'un le découvre.

Voilà pourquoi il l'a laissé avec un bras en l'air. Il nous fait signe ! Pour attirer notre attention. Désolé, messieurs. Vous avez affaire à un homme seul, mais il est malin pour deux. Il y a non loin de là un accès au souterrain. Descendez-y, et cherchez les empreintes. Il n'y en aura pas. Mais vous devez tout de même le faire. La presse, n'est-ce pas... Quand cette histoire va sortir... Eh bien, bonne chance, messieurs. Je vous prie maintenant de m'excuser. Lon ?

— Oui ?

— N'oublie pas ce que je t'ai dit à propos de l'autre scène de crime. Quoi qu'il arrive, il vous faut la trouver. Et vite.

— Merci, Linc. N'oublie pas, toi, de lire ce rapport. »

Rhyme promit de le faire, et se rendit compte qu'ils croyaient à son mensonge. Absolument.

3

IL SAVAIT PARLER à ses patients. De tous les médecins que Rhyme connaissait, c'était celui qui s'y entendait le mieux. Et si quelqu'un pouvait se prévaloir d'une certaine expérience dans ce domaine, c'était bien Lincoln Rhyme. Il avait, d'après sa propre estimation, rencontré soixante-dix-huit médecins au cours des trois dernières années.

« Jolie vue, dit Berger, en regardant par la fenêtre.

— N'est-ce pas ? C'est magnifique », approuva Rhyme, qui, de son lit, n'apercevait que le ciel bouillonnant de chaleur au-dessus de Central Park. Le ciel, et les oiseaux — c'était tout ce qu'il voyait depuis trois ans, depuis qu'il avait quitté son dernier centre de rééducation. Il maintenait la plupart du temps les stores baissés.

Thom s'affairait pour faire rouler son patron sur un flanc puis sur l'autre, manœuvre destinée à lui dégager les poumons. Puis il sonda la vessie de Rhyme, comme il devait le faire toutes les cinq ou six heures. Après un traumatisme de la moelle épinière, les sphincters restent bloqués en position ouverte ou fermée. Rhyme avait eu de la chance : les siens étaient restés fermés — une chance, à condition d'avoir quelqu'un auprès de lui pour forcer avec une sonde enduite de gel les petits conduits récalcitrants et leur faire rendre gorge quatre fois par jour.

Le docteur Berger suivit d'un œil professionnel l'opération à laquelle Rhyme se prêtait avec le plus grand naturel, apparemment indifférent à ce viol de son intimité. Cette forme d'humilité est l'une des premières vertus qu'acquièrent les grands handicapés. Si certains s'efforcent parfois, sans trop de conviction, de cacher ce corps qu'on nettoie, qu'on vidange ou qu'on examine, les grands infirmes, les infirmes machos, n'y attachent aucune importance. Lors de son premier séjour en centre de rééducation, Rhyme avait vu les patients faire cercle autour de tel de leur compagnon après que celui-ci avait passé une soirée dans quelque fête ou en compagnie d'une fille, car, selon eux, la quantité d'urine permettait d'évaluer la réussite de la soirée. Il se rappelait encore l'admiration qu'il avait suscitée, un jour, en pissant la quantité record de 144,4 centilitres.

« Regardez sur le rebord de la fenêtre, docteur. Ce sont mes anges gardiens.

— Ah. Des faucons ?

— Des faucons pèlerins. Habituellement, ils nichent plus haut. J'ignore pourquoi ils ont choisi de vivre auprès de moi. »

Berger observa brièvement les oiseaux puis se détourna de la fenêtre en laissant retomber le rideau. Il ne s'intéressait guère à la gent volatile. L'homme n'était pas particulièrement costaud mais on le sentait en bonne forme physique — il devait courir, songea Rhyme. Bien qu'il fût sans doute proche de la cinquantaine, on ne voyait pas le moindre fil blanc dans ses cheveux noirs et il était aussi agréable à regarder que n'importe quel présentateur des actualités télévisées.

« C'est un sacré lit que vous avez là.

— Vous le trouvez bien ? »

Il s'agissait d'un Clinitron, énorme dalle rectangulaire gonflée à l'air liquide et contenant près d'une tonne de billes de verre enrobées de silicone. L'air comprimé maintenait en suspension les billes sur lesquelles reposait le corps de Rhyme. S'il avait senti quelque chose, il se serait senti flotter.

Berger buvait à petites gorgées le café que Rhyme lui avait fait servir par Thom et que ce dernier avait apporté en marmonnant, les yeux au ciel : « Serions-nous devenus mondains, tout à coup ?

— Vous étiez dans la police, m'avez-vous dit ?

— Oui. Je dirigeais le département de police scientifique de la ville de New York.

— Vous avez été blessé par balle ?

— Non. En enquêtant sur le terrain. Des ouvriers travaillant sur un chantier du métro avaient découvert le corps d'un jeune flic disparu six mois auparavant. On m'avait demandé de m'occuper personnellement de l'enquête et je m'étais aussitôt rendu sur les lieux. Une poutre a cédé, et je suis resté quatre heures bloqué sous les décombres.

— Le meurtrier s'en prenait uniquement à des policiers ?

— Il en avait tué trois et blessé un quatrième. Il était flic lui-même. Dan Shepherd. Un flic de base, sergent dans la police urbaine. »

Berger regarda la cicatrice rose qui barrait le cou de Rhyme et proclamait aussi clairement que si on y avait inscrit le mot en toutes lettres l'hémiplégie dont il était atteint. Par cette fistule, le tube implanté dans sa trachée l'avait alimenté en oxygène six mois durant après son accident. D'autres le conservent des années, voire leur vie entière. Mais Rhyme, grâce à sa propre nature entêtée et aux efforts des médecins, s'était délivré du tube de ventilation. Il disposait désormais de poumons capables, estimait-il, de le maintenir sous l'eau cinq bonnes minutes.

« Un traumatisme cervical, donc.

— C4.

— Ah. »

C4 désigne la zone touchée à la suite d'une lésion de la moelle épinière. Une telle blessure, située au-dessus de la quatrième vertèbre cervicale, aurait pu le tuer. Au-dessous de C4, il aurait récupéré l'usage de ses bras et de ses mains, sinon celui de ses jambes. Mais le traumatisme au niveau de cette fichue quatrième lui permettait seulement de rester en vie en dépit d'une quadriplégie à peu près totale. Plus de bras, plus de jambes. Les muscles intercostaux et ceux de la ceinture abdominale ayant à peu près disparu, il n'avait plus pour respirer que les mouvements de son diaphragme. Il pouvait remuer la tête et le cou, et très légèrement les épaules. Seul un heureux hasard avait voulu que la poutre en chêne, dans sa chute, épargnât une unique et minuscule chaîne de neurones. Grâce à quoi il pouvait aujourd'hui remuer son annulaire gauche.

Rhyme épargna au docteur le feuilleton de la première année : les fers qui lui perçaient le crâne et tiraient sur sa colonne vertébrale, les trois mois pendant lesquels sa tête était restée emprisonnée dans un étau d'acier et de plastique conçu pour maintenir la nuque dans une parfaite immobilité. Afin de permettre à ses poumons de fonctionner, un gros ventilateur les avait assistés une année durant, remplacé ensuite par un stimulateur du nerf phrénique. Puis il y avait eu les cathéters. Les opérations chirurgicales. Les ulcères provoqués par le stress. L'hypertension, la tachycardie, les escarres se transformant en plaies ulcéreuses, les crampes et les contractions des tissus musculaires qui se ratatinaient et menaçaient de lui faire perdre à jamais la précieuse mobilité de son doigt, l'exaspérante douleur virtuelle avec ces brûlures et ces élancements aux extrémités des membres dont il savait pourtant qu'ils étaient définitivement privés de sensations.

Il parla néanmoins à Berger du tout dernier épisode, les attaques de dysréflexie.

Le problème s'était posé récemment avec une fréquence accrue. Battements de cœur précipités, hausses de tension brutales, violents maux de tête. Une simple constipation suffisait à déclencher les symptômes. Il expliqua au médecin qu'il n'existait aucun moyen de les prévenir ou de les combattre, sinon éviter le stress et les tensions corporelles.

Le docteur Peter Taylor, spécialiste des lésions de la moelle épinière, s'inquiétait de cette multiplication des crises. La dernière datait d'un mois et s'était manifestée avec une telle violence que Taylor avait laissé des instructions précises à Thom pour qu'il intervienne avant l'arrivée d'un médecin : il avait prévenu Rhyme que de telles attaques, si elles n'étaient pas jugulées à temps, pouvaient provoquer un grave accident cardiaque.

Berger écouta ces informations d'une oreille attentive et relativement compatissante. « Avant d'en venir à ce qui est aujourd'hui mon activité principale, dit-il, je me suis spécialisé en orthopédie gériatrique, plus précisément dans les prothèses des hanches et la chirurgie des articulations. Mais je ne suis pas très calé en neurologie. Quelles sont vos chances de guérison ?

— Nulles. Vous comprenez mon problème, n'est-ce pas, docteur ?

— Je crois bien que oui. Mais j'ai besoin de vous entendre là-dessus. »

Rhyme secoua la tête pour rejeter en arrière une mèche rebelle. « Tout être humain a le droit de mettre fin à ses jours.

— Je crains de ne pas être d'accord avec vous. Dans la plupart des sociétés, les individus disposent de ce pouvoir, mais ce n'est pas un droit. Il y a une différence. »

Rhyme partit d'un petit rire bref et plein d'amertume. « La philosophie n'est pas mon fort. Mais je sais une chose, c'est que je ne dispose même pas, moi, de ce pouvoir. Voilà pourquoi j'ai besoin de vous. »

Lincoln Rhyme avait déjà demandé à quatre médecins de le tuer. Tous avaient refusé. Très bien, avait-il dit, je le ferai donc moi-même, et il avait cessé de s'alimenter. Mais l'attente de la mort s'était révélée une véritable torture, faite de nausées et d'épouvantables maux de tête. Le sommeil l'avait fui, le laissant à ses souffrances. Il avait donc renoncé à son projet et, lors d'une conversation terriblement embarrassée, avait demandé à Thom de le tuer. Le jeune homme, en larmes — c'était la première fois qu'il manifestait une telle émotion — lui avait répondu qu'il ne s'en sentait pas capable. Il était prêt à le regarder mourir sans faire un geste pour le ramener à la vie, mais pas à le tuer de ses propres mains.

Puis le miracle s'était produit. Pour autant qu'on pût parler de miracle.

Lors de la sortie des *Scènes de crime*, il avait reçu un certain nombre de journalistes. L'un d'entre eux avait reproduit ses propos dans le *New York Times* : « Non, je n'ai aucun autre livre en projet. Mon seul projet, désormais, est de mettre fin à mes jours. C'est plus facile à dire qu'à faire. Depuis plusieurs mois, je cherche quelqu'un susceptible de m'y aider. »

Cette déclaration, abrupte, avait attiré l'attention des responsables de la police new-yorkaise et d'un certain nombre de gens que Rhyme avait vus, soudain, resurgir de son passé. À commencer par Blaine, qui lui avait déclaré qu'il était un crétin de seulement songer à une chose pareille, qu'il ferait bien de cesser de ne penser qu'à lui-même — tout comme au temps où ils étaient ensemble — et que, pendant qu'elle y était, elle estimait de son devoir de l'informer qu'elle s'apprêtait à se remarier.

La petite phrase avait également éveillé l'intérêt de William Berger, qui l'avait appelé un soir de Seattle. Après un échange de propos anodins, Berger avait dit qu'il venait de lire l'article sur Rhyme dans le *New York Times*. Puis, après un silence : « Avez-vous déjà entendu parler de la Lethe Society[1] ? »

Oui, Rhyme connaissait l'existence de cette association qui militait pour le droit à l'euthanasie, et avec laquelle il cherchait depuis des mois à entrer en contact. Elle semblait beaucoup plus radicale et active que d'autres comme Safe Passage ou la Hemlock Society. « La police traque nos militants pour les interroger sur des dizaines de suicides assistés à travers tout

1. *Lethe* : contraction de *lethal*, qui signifie « mortel » au sens de poison mortel. *(N.d.T.)*

le pays, avait expliqué Berger. Nous sommes tenus à la plus grande prudence. »

Il était prêt à étudier la demande de Rhyme mais ne voulait pas agir dans la précipitation, et ils avaient eu plusieurs conversations au téléphone au cours des derniers mois. Ils se rencontraient ce jour-là pour la première fois.

« Vous n'avez aucun moyen d'en finir par vous-même ? »

En finir...

« Non. Même à la façon de Gene Harold, ce serait assez problématique. »

Harold était un jeune homme de Boston, paralysé lui aussi, et qui était néanmoins parvenu à se tuer. Dans l'impossibilité de trouver quelqu'un pour l'aider, il avait fait appel au peu d'autonomie dont il jouissait encore pour mettre le feu à son appartement et s'y précipiter dans son fauteuil roulant. Il était mort, brûlé au troisième degré.

Son cas était devenu, pour les partisans du droit à l'euthanasie, le symbole des tragédies provoquées par la loi qu'ils combattaient.

Berger, qui n'ignorait rien de cette affaire, secoua la tête avec compassion. « Non, vraiment, ce n'est pas une façon de mourir. » Il parcourut du regard le corps de Rhyme, les fils électriques, les manettes, les tableaux de commande. « Quelles sont vos capacités, d'un point de vue mécanique ? »

Rhyme lui expliqua le fonctionnement du dispositif qu'il actionnait d'un doigt, celui qu'il contrôlait en aspirant et en soufflant par la bouche, les manettes sur lesquelles il agissait par les mouvements de son cou, et le dictaphone informatisé grâce auquel il pouvait inscrire sur un écran les mots qu'il prononçait.

« Mais vous avez toujours besoin d'une aide ? dit Berger. Il faudrait, par exemple, que quelqu'un aille acheter une arme, la pointe sur vous et relie la détente à l'une de vos commandes ?

— Oui. »

Ce qui revenait à impliquer cette personne dans un homicide avec préméditation.

« Et votre matériel ? demanda Rhyme, à son tour. Il est efficace ?

— Mon matériel ?

— Celui que vous utilisez pour, hum, faire ce que vous avez à faire.

— Oui, il est parfaitement efficace. Aucun de mes patients ne s'en est plaint à ce jour. »

Rhyme cligna de l'œil et Berger éclata de rire. Rhyme en fit autant. Si on ne peut pas rire de la mort, alors de quoi rira-t-on ?

« Jetez-y un coup d'œil.

— Vous l'avez apporté avec vous ? » Le cœur de Rhyme s'emplit d'espoir. C'était la première fois depuis des années qu'il éprouvait cette bienheureuse sensation.

Le médecin ouvrit son attaché-case et — avec une certaine solennité, songea Rhyme — en sortit une petite bouteille de cognac, une fiole contenant des pilules, un sac en plastique et une bande de caoutchouc.

« Quel est ce produit ?

— Du Seconal. Personne ne prescrit plus ce médicament de nos jours. Jadis, les suicides étaient bien plus faciles. Un véritable jeu d'enfant. Mais on ne peut plus se tuer avec les tranquillisants modernes. Halcion, Librium, Dalmane, Xanrax... On peut s'endormir pour un bon bout de temps à condition d'y mettre la quantité, mais on finit toujours par se réveiller.

— Et le sac ?

— Ah, le sac. » Berger le prit. « C'est l'emblème de la Lethe Society. Un emblème officieux, bien entendu, ce n'est pas comme si nous avions un logo. Si les pilules et le cognac ne suffisent pas, on utilise le sac. Sur la tête, avec la bande de caoutchouc bien serrée autour du cou. On met quelques glaçons avant de refermer, car il fait assez chaud là-dedans au bout de quelques minutes. »

Rhyme ne pouvait pas détacher son regard des objets posés sur les genoux du médecin. Le sac était taillé dans un plastique épais comme un tablier de peintre. Le cognac était des plus ordinaires, remarqua-t-il, et les médicaments appartenaient à la catégorie des génériques.

« Jolie maison, dit Berger en regardant autour de lui. Central Park Ouest... Vous vivez de votre pension d'incapacité ?

— Plus ou moins. J'ai aussi fourni quelques prestations à la police et au FBI en tant que consultant. Après l'accident... L'entreprise chargée de creuser le tunnel a payé trois millions de dommages et intérêts. Ils ont tenté de décliner toute responsabilité, mais il est de règle, me semble-t-il, qu'un tétraplégique gagne automatiquement chaque fois qu'il poursuit une entreprise de construction devant les tribunaux, quel que soit le partage des responsabilités. Il lui suffit de se présenter devant la cour et d'y faire son numéro.

— Et vous avez publié ce livre ?

— Ça m'a rapporté un peu d'argent. Mais sans plus. Il n'a pas été un best-seller. »

Berger prit un exemplaire des *Scènes de crime* pour le feuilleter. « Sur les lieux des crimes célèbres. Voyez-vous ça ! » Il se mit à rire. « Il y en a une quarantaine, une cinquantaine ?

— Cinquante et une. »

Rhyme avait revisité — de mémoire et en faisant appel à son imagination, puisque l'ouvrage avait été écrit après son accident — tous les lieux où des crimes célèbres avaient été commis dans la ville de New York. Tous ceux, en tout cas, dont il se souvenait. La police en avait élucidé certains, et pas d'autres. Un chapitre était consacré à l'Old Brewery, le fameux immeuble de Five Points qui avait été le théâtre de treize meurtres en une seule nuit de 1839. Un autre chapitre racontait l'histoire de Charles Aubridge Deacon, qui avait assassiné sa propre mère le 13 juillet 1863, pendant les émeutes de la Guerre civile, avant de prétendre qu'elle avait été tuée par ses anciens esclaves et de provoquer ainsi de nouveaux massacres de Noirs. Le livre revenait aussi sur le triple crime passionnel perpétré par l'architecte Stanford White au sommet de l'immeuble du Madison Square Garden, et sur la disparition du juge Carter ; sur les méfaits de George Metesky, le poseur de bombes des années cinquante, et sur les tribulations de Murph the Surf, l'homme qui avait réussi à s'emparer du célèbre diamant Star of India.

« Arrière-cours d'immeubles du XIXe siècle, rivières souterraines, écoles hôtelières, récita Berger en tournant les pages du livre. Établissements de bains homosexuels, bordels de Chinatown, églises orthodoxes russes... Comment avez-vous appris autant de choses sur cette ville ? »

Rhyme haussa les épaules. Pendant les années passées à la tête de la police scientifique, il avait autant étudié la ville que la médecine légale. Son histoire, sa politique, la géologie de son sous-sol, sa sociologie, ses infrastructures. « La criminologie n'est pas une discipline abstraite. Mieux on connaît son environnement, mieux on la pratique... »

Il s'interrompit net en entendant vibrer dans sa propre voix quelque chose qui ressemblait à de l'enthousiasme.

Furieux contre lui-même de s'être laissé surprendre aussi facilement.

« Vous venez de marquer un point, docteur Berger, dit-il sèchement.

— Allons. Appelez-moi Bill. Je vous en prie. »

Mais Rhyme n'était pas disposé à se laisser amadouer. « Je connais le truc, dit-il. Prenez une feuille de papier et notez toutes les raisons pour lesquelles vous voulez vous suicider. Puis, sur une autre feuille, toutes les raisons que vous avez de ne pas le faire. Des mots comme *productif, utile, intéressant, défi*, vous viendront alors à l'esprit. De grands et gros mots. Des mots à dix dollars. Ces mots-là, pour moi, ne valent rien. Et d'ailleurs, je ne suis même pas capable de tenir ce foutu crayon pour le salut de mon âme !

— Lincoln. » Il y avait de la gentillesse dans la voix du médecin. « Je dois absolument m'assurer de la validité de votre candidature. Notre programme...

— Candidature ? Programme ? Ah, la tyrannie des euphémismes ! s'écria Rhyme avec amertume. Docteur, ma décision est prise. Je veux qu'on en finisse, aujourd'hui. Tout de suite.

— Pourquoi aujourd'hui ? »

Rhyme fixait à nouveau la bouteille de cognac, la fiole de pilules et le sac en plastique. « Pourquoi pas ? murmura-t-il. Quel jour sommes-nous ? Le vingt-trois août ? C'est une date qui en vaut une autre. »

Le docteur mit un doigt sur ses lèvres minces. « Je *dois* m'entretenir un moment avec vous, Lincoln. Si je suis convaincu que vous désirez réellement...

— Oui. Je le désire réellement », dit Rhyme, constatant une fois de plus combien les mots paraissaient faibles sans la mimique et les mouvements du corps qui auraient dû normalement les accompagner. Il aurait tant voulu saisir le bras de Berger, ou lever ses deux mains devant lui, les paumes tournées vers son interlocuteur.

Sans en demander l'autorisation, Berger sortit de sa poche un paquet de Marlboro, en alluma une, et ouvrit le cendrier métallique qu'il avait également sur lui. Il croisa les jambes. Il avait tout d'un étudiant qui frime dans le fumoir de quelque université huppée de la côte Est. « Lincoln, vous comprenez le problème, n'est-ce pas ? »

Bien sûr, il comprenait. S'il n'y avait pas eu de problème, Berger n'aurait pas été là et les propres médecins de Rhyme n'auraient pas refusé de « faire ce qu'il fallait ». Hâter une mort inéluctable était une chose ; un tiers des praticiens qui traitaient des malades en phase terminale avaient un jour ou l'autre prescrit ou administré des doses de médicament mortelles. La plupart des tribunaux fermaient les yeux sur ces pratiques, dès l'instant que leurs auteurs n'en faisaient pas étalage — comme le célèbre docteur Kevorkian.

Mais lorsque le patient était un infirme ? Un tétraplégique ? Un paralytique ? Un handicapé moteur ? Lincoln Rhyme avait quarante ans. Il n'était plus sous respiration artificielle. À moins que quelque gène défaillant niché dans son patrimoine génétique ne vienne lui jouer un vilain tour, il n'y avait aucune raison médicale pour qu'il ne soit pas un jour octogénaire.

« Je vais être franc, Lincoln. Je dois aussi m'assurer que tout ceci n'est pas une mise en scène.

— Une mise en scène ?

— De la justice. Je me suis déjà fait piéger. »

Rhyme se mit à rire. « L'attorney general[1] de la ville de New York est un homme fort occupé. Il ne perdrait pas son temps à placer des micros sur un paralytique pour s'offrir un euthanasiste ! »

Son regard se posa distraitement sur le rapport laissé par les deux policiers.

> *... trouvé dans un buisson sur un petit tas de sable blanc, à trois mètres de la victime en direction du sud-est : une boule de fibres, d'environ six centimètres de diamètre, de couleur grisâtre. Un échantillon de fibre soumis aux rayons X s'est révélé composé de A3, B5 (Si, Al), 022 (OH) 2. Aucune indication de provenance n'a pu être obtenue et il n'a pas été possible d'individualiser les fibres. Des échantillons ont été transmis pour analyse au laboratoire de chimie du FBI.*

« Je dois être prudent, c'est tout, continuait Berger. Je n'ai plus d'autre activité professionnelle que celle-ci. J'ai définiti-

1. Dans le système judiciaire américain, un *attorney general* élu dirige la police et la justice dans chaque État. Les *deputy attorneys* placés sous ses ordres (un par comté) cumulent les fonctions de juge d'instruction et de procureur : ils mènent l'enquête au nom de l'État, conduisent l'accusation et recquièrent à l'audience. Pour une lecture plus facile, nous avons laissé à ces derniers le nom de procureur. *(N.d.T.)*

vement abandonné l'orthopédie. Et de toute façon, c'est pour moi beaucoup plus qu'un travail. J'ai décidé de consacrer ma vie à aider mes semblables à achever la leur. »

Près de cette boule de fibres, à une dizaine de centimètres, deux fragments de papier. L'un porte l'inscription « Trois heures de l'après-midi » en caractères d'imprimerie (police Times Roman) et d'une encre identique à celle qu'utilisent les imprimés commerciaux. L'autre fragment semble être le coin d'une page de livre et porte le chiffre « 823 ». Le caractère est du Garamont et le papier pourrait provenir d'un annuaire. L'analyse chimique et l'exposition à la nihydrine et à une source de lumière alternative n'ont pas révélé de points de friction. Individualisation impossible.

Il y avait là plusieurs points intrigants pour Rhyme. La fibre, d'abord. Pourquoi Peretti n'avait-il pas compris de quoi il s'agissait ? C'était tellement évident ! Et pourquoi tous ces indices — les bouts de papier et la boule de fibres — étaient-ils ainsi rassemblés ? Quelque chose clochait.

« Lincoln ?

— Excusez-moi.

— Je disais... Vous n'êtes pas un grand brûlé en proie à d'intolérables souffrances. Vous avez un toit. Vous avez de l'argent, et du talent. Vous consultez pour la police... ce qui rend bien des services. Si vous le souhaitiez, vous auriez devant vous, mais oui, une vie *productive*. Une longue vie.

— Longue, oui. C'est bien le problème. Une longue vie. » Ce ton, ces manières polies commençaient à lui porter sur les nerfs. « Mais je ne *veux* pas d'une longue vie, dit-il d'un ton sec. C'est aussi simple que ça.

— Voyez-vous, reprit Berger, lentement, si vous deviez, ne serait-ce qu'une seconde, regretter cette décision, c'est moi qui en porterais la faute jusqu'à la fin de mes jours. Pas vous.

— Qui peut se prévaloir d'une absolue certitude dans une affaire comme celle-ci ? »

Son regard revint se poser sur le rapport.

Un boulon métallique était posé sur les deux fragments de papier. Il est marqué des lettres CE. Six centimètres de long, pas de vis dans le sens des aiguilles d'une montre, 1,5/1,6 cm de diamètre.

« J'ai un emploi du temps très chargé pour les jours qui viennent », annonça Berger, en consultant sa montre. Une Rolex ; la mort a toujours été une bonne affaire pour les vivants. « Donnons-nous une petite heure pour discuter maintenant, puis nous laisserons passer un jour ou deux afin de permettre à tout cela de se décanter, et je reviendrai. »

Quelque chose tracassait Rhyme. Une furieuse démangeaison, lot de tous les paralysés. Avec cette différence qu'il s'agissait cette fois d'une démangeaison purement intellectuelle. Comme celles qui l'avaient tourmenté tout au long de son existence, lorsqu'il était encore valide.

« Docteur, vous pourriez peut-être me rendre un service. Vous voyez ce rapport, là. Vous voulez bien le feuilleter pour moi, et me dire si vous y voyez la photographie d'un boulon ? »

Berger hésita.

« Une photo ?

— Oui. C'est une photo Polaroïd. Elle doit être collée quelque part, vers la fin. Cet appareil à tourner les pages est terriblement lent. »

Berger prit le rapport sur le cadre de l'appareil et le feuilleta comme Rhyme le lui demandait.

« Là. Arrêtez-vous là ! »

Tandis qu'il examinait la photographie, un sentiment d'urgence l'envahit tout entier. Oh non, pas ici, pas maintenant. Pitié, non !

« Excusez-moi, mais pourriez-vous revenir en arrière, à la page où le rapport était resté ouvert ? »

Berger s'exécuta.

Rhyme relut attentivement, en silence.

Ces bouts de papier...

Trois heures de l'après-midi... page 823.

Son cœur battait à se rompre. La sueur perlait à son front. Un violent bourdonnement lui emplit soudain les oreilles.

FOUDROYÉ EN PLEINE CONVERSATION AVEC LE DOCTEUR DE LA MORT... Quel beau titre pour les journaux !

Berger l'observait en clignant des paupières. « Lincoln ? vous vous sentez bien ? » Le regard du praticien s'était fait perçant.

« Docteur, il va falloir m'excuser, dit Rhyme du ton le plus détaché possible. Mais je dois maintenant m'occuper de quelque chose. »

Berger hocha lentement la tête, perplexe. « Vos affaires, finalement, ne sont pas tout à fait en ordre ? »

Souriant. Nonchalant. « J'étais en train de me dire... Il vaut peut-être mieux que je vous demande de revenir dans quelques heures. »

Attention, prudence. S'il sent que tu *désires* quelque chose, il est capable de t'étiqueter « non suicidaire » et de s'en retourner d'où il est venu avec son cognac, ses pilules et son sac en plastique.

Berger ouvrit son agenda. « Voyons... Pour aujourd'hui, ce n'est plus possible. Demain, alors... Non. Pas avant lundi. Autrement dit, après-demain. »

Rhyme hésita. Seigneur... Son désir le plus profond, le rêve qu'il caressait depuis des années était à portée de main. Oui ou non ?

Décide.

Il s'entendit répondre : « Très bien. Disons lundi », les traits crispés en un sourire désespéré.

L'autre ne le quittait pas des yeux. « Quel est le problème, au juste ?

— Oh... un garçon avec lequel je travaillais, avant. Il m'a demandé un avis. Sur le moment, je n'y ai pas prêté suffisamment attention. Il faut maintenant que je l'appelle. »

Non, ce n'était pas de la dysréflexie. Pas même une crise d'angoisse.

Lincoln Rhyme ressentait quelque chose qu'il n'avait plus ressenti depuis des années. Il était pressé. Il ne se tenait plus d'impatience.

« Pouvez-vous m'envoyer Thom ? Il est en bas, dans la cuisine.

— Oui, bien sûr. Avec plaisir. »

Rhyme surprit une petite lueur bizarre dans l'œil de Berger. De la méfiance ? Peut-être. Presque de la déception. Mais il n'avait pas le temps d'y réfléchir. On verrait plus tard. Le docteur sortit. Tandis que le bruit de ses pas diminuait dans l'escalier, il lança d'une voix de stentor : « Thom ? Thom !

— Quoi ? Qu'y a-t-il ? répondit la voix du jeune homme.

— Appelle Lon. Qu'il vienne ici. Tout de suite ! »

Il jeta un coup d'œil à la pendule. Midi passé. Il leur restait moins de deux heures.

4

« VOUS ÊTES TOMBÉS sur une mise en scène », dit Rhyme.

Lon Sellitto avait retiré sa veste, révélant une chemise méchamment chiffonnée. Il était adossé, les bras croisés, à une table couverte de livres et de papiers.

Jerry Banks était revenu lui aussi, et ses yeux bleus très clairs ne quittaient pas ceux de Rhyme ; le lit et toute sa technologie avaient cessé de l'intéresser.

Sellitto fronça les sourcils. « Ce type essaie de nous mener en bateau. Mais pourquoi ? Qu'est-ce qu'il voudrait nous faire croire ? »

Il arrivait souvent que les criminels, surtout dans les affaires de meurtre, maquillent les indices pour égarer les enquêteurs. Certains se montraient habiles à ce jeu, mais la plupart commettaient des erreurs ou des maladresses. Tel cet homme qui, après avoir battu sa femme à mort, avait tenté de faire croire à un crime crapuleux en subtilisant tous les bijoux de la victime... mais en laissant sur la commode de la chambre ses propres gourmettes et autres chevalières serties de diamants.

« Voilà justement ce qu'il y a d'intéressant, Lon, poursuivit Rhyme. Il ne s'agit pas de ce qui s'est passé mais de ce qui *va* se passer.

— Qu'est-ce qui te fait dire ça ? demanda Sellitto, sceptique.

— Ces bouts de papier. Ils disent "à trois heures, cet après-midi".

— Cet après-midi ?

— Regarde ! » Il eut un mouvement de tête impatient en direction du rapport.

« Ce bout de papier indique bien 3 heures, intervint Banks. Mais l'autre ne porte qu'un simple numéro de page.

— Ceci n'est pas un numéro de page. » Ryhme haussa un sourcil. Ils ne comprenaient toujours pas. « Logique ! S'il a laissé ces indices bien en évidence, ça ne pouvait être que pour une raison : pour nous dire quelque chose. Et dans ce cas, 823 signifie forcément autre chose qu'un numéro de page, puisque rien n'indique de quel livre provient cette page. Si, donc, ce n'est pas un numéro de page, c'est quoi ? »

Silence.

« C'est une *date* ! lâcha-t-il d'une ton sec, exaspéré. 8-23, vingt-trois août[1] ! Il va se passer quelque chose aujourd'hui, vingt-trois août, à trois heures de l'après-midi. Voyons maintenant cette boule de fibres. Vous savez ce que c'est ? De l'amiante.

— De l'amiante ? répéta Sellitto.

— Vous n'avez pas lu le rapport ? La formule y figure, en toutes lettres. Dioxyde de silicone. C'est *ça*, l'amiante ! Pourquoi Peretti a-t-il jugé nécessaire de l'envoyer au FBI pour analyse, voilà qui me dépasse. Donc, nous voici avec de l'amiante sur une voie de chemin de fer où il ne devrait pas s'en trouver. Et avec un boulon dont la tête est rouillée, mais non le pas de vis, ce qui signifie qu'il est resté longtemps vissé quelque part et qu'on l'en a retiré tout récemment.

— Il était peut-être enfoui, et le type l'a mis à jour en creusant la tombe ? » suggéra Banks.

— Non. Dans cette partie de la ville, le soubassement rocheux est très proche de la surface, ce qui veut dire que les nappes phréatiques le sont aussi. De la 34e Rue jusqu'à Harlem, le sol contient assez d'humidité pour oxyder le métal en quelques jours. Ce boulon serait complètement rouillé, et pas seulement au niveau de sa tête, s'il avait séjourné dans la terre. Non, on l'a retiré quelque part, on l'a apporté là et on l'y a laissé. Et le sable... Dites-moi : que vient faire du sable blanc sur une voie de chemin de fer en plein Manhattan ? Le sol y est composé de terreau, de vase, de granite et d'argile. »

Banks ouvrit la bouche, mais Rhyme ne lui laissa pas le temps de parler. « Et pourquoi, à votre avis, avoir rassemblé ces divers objets sur une aussi petite surface ? Notre

1. En anglais, les dates s'écrivent en donnant d'abord le mois, puis le jour. *(N.d.T.)*

bonhomme voulait nous dire quelque chose, bien sûr ! À propos, Banks, vous avez trouvé cette entrée sur le tunnel ?

— Vous aviez vu juste, répondit le jeune flic. On en a trouvé une, en effet, à une trentaine de mètres environ, vers le nord. Fracturée de l'intérieur. Vous aviez raison, aussi, pour ce qui concerne les empreintes de pas. C'était bien un aller et retour. Et pas de traces de pneus, non plus. »

Une boule d'amiante poussiéreuse, un boulon, deux bouts de papier arrachés à un journal et à un livre...

« On n'a touché à rien, depuis ?

— Le bouclage a été levé. »

Lincoln Rhyme, l'infirme aux poumons de tueur, poussa un puissant soupir de dégoût. « *Qui* a commis cette *erreur* ?

— Je n'en sais rien, répondit platement Sellitto. Le responsable de la sécurité, probablement. »

Rhyme comprit qu'il s'agissait de Peretti. « Dans ce cas, il va falloir faire avec ce que vous avez. »

Tous les indices susceptibles de révéler qui était l'homme qui avait enlevé les deux passagers du taxi, et ses intentions, étaient désormais soit dans le rapport, soit disparus à jamais, piétinés par les policiers, les badauds et les employés du chemin de fer. Le travail de routine — ratissage des environs immédiats, interrogatoire des témoins, recherche de pistes, toutes tâches traditionnelles des policiers — se poursuivait sans hâte. Mais l'examen des scènes de crime devait se faire « à la vitesse de l'éclair », comme Rhyme l'avait si souvent dit à ses hommes. Et il en avait renvoyé plus d'un, coupable de ne pas avoir agi assez vite à son goût.

« C'est Peretti qui a dirigé les opérations sur place ? demanda-t-il.

— Peretti, avec un effectif au complet.

— Un *effectif* ? rétorqua sèchement Rhyme. Qu'est-ce que vous entendez par "effectif au complet" ? »

Sellitto regarda Banks, qui expliqua : « Quatre techniciens du service Photo, quatre spécialistes des empreintes, huit hommes chargés des recherches. Le médecin légiste de service.

— Huit personnes pour chercher ? »

Le nombre de policiers nécessaires à l'examen du terrain, après un crime, s'exprime par une courbe en cloche : on considère que deux officiers de police constituent l'équipe la plus efficace en cas d'homicide simple. Seul, on risque de laisser passer des choses ; à trois et au-delà, on en laissera passer plus encore. Lincoln Rhyme avait toujours opéré seul dans ce type de circonstances. Il laissait les spécialistes des empreintes et ceux de la photo faire leurs relevés, leurs clichés et leurs enregistrements vidéo. Mais il ratissait toujours lui-même le terrain.

Peretti. Il avait lui-même embauché ce jeune homme, fils d'un riche politicien, six ou sept ans auparavant, et celui-ci s'était révélé un bon exécutant. Travailler pour la police scientifique est considéré comme un poste de choix et les candidats ne manquaient pas. Rhyme prenait un malin plaisir à raccourcir leur file d'attente en leur proposant de jeter un coup d'œil à l'album de famille — une collection de photographies particulièrement atroces prises sur le terrain. Certains blêmissaient, d'autres ricanaient. Quelques-uns lui rendaient l'album en haussant les sourcils comme pour dire : « Et alors ? » Et c'était à ceux-là que Lincoln Rhyme donnait la préférence. Vince Peretti en avait fait partie.

Sellitto venait de poser une question. Rhyme vit que le policier le regardait. Il répéta : « Tu vas travailler avec nous là-dessus, n'est-ce pas, Lincoln ?

— Travailler avec vous ? » Le rire partit comme une quinte de toux. « Impossible, Lon. Non. Je peux tout juste vous balancer quelques idées. C'est ce que j'ai déjà fait. Débrouillez-vous avec. Thom, appelle-moi Berger ! » Il regrettait maintenant d'avoir repoussé son tête-à-tête avec le médecin de la mort. Peut-être n'était-il pas trop tard. La perspective d'attendre encore un jour ou deux pour *en finir* lui était soudain insupportable. Et lundi... Il ne voulait pas mourir un lundi. Ce serait d'un commun...

« Je t'en prie, Linc.

— Thom !

— D'accord », dit le jeune homme, les mains levées en un geste de reddition.

Rhyme regarda sa table de chevet à l'endroit où la bouteille de cognac, le flacon de pilules et le sac en plastique étaient posés quelques instants plus tôt — si près de lui et pourtant hors de portée, comme l'étaient désormais toutes choses dans la vie de Lincoln Rhyme.

Sellitto composa un numéro sur son portable, la tête penchée de côté pour écouter son correspondant. Il se présenta. L'aiguille de la pendule, au mur, indiquait midi trente.

« Oui, monsieur. » La voix du policier n'était plus qu'un respectueux murmure. « Le maire », pensa Rhyme.

« C'est au sujet de l'enlèvement à l'aéroport Kennedy. J'en discutais à l'instant avec Lincoln Rhyme... Oui monsieur, il a quelques idées là-dessus. » Sellitto s'éloigna vers la fenêtre en fixant le faucon d'un œil absent tandis qu'il s'efforçait d'expliquer l'inexplicable à l'homme qui dirigeait la ville la plus mystérieuse du monde. Puis il raccrocha et se tourna vers Rhyme.

« Le patron et lui te veulent tous les deux, Linc. Toi et personne d'autre. Wilson lui-même l'a demandé. »

Rhyme éclata de rire. « Mais regarde, Lon, regarde donc cette pièce ! Regarde-*moi* ! Tu me crois capable, sérieusement, de prendre une affaire en main ?

— Une affaire ordinaire, peut-être pas. Mais il ne s'agit pas d'une affaire ordinaire, n'est-ce pas ?

— Désolé. Je n'en ai pas le temps, c'est tout. Ce médecin. Le traitement... Thom, tu l'as appelé ?

— Pas encore. Je vais le faire.

— Tout de suite ! Fais-le tout de suite ! »

Thom lança un bref regard à Sellitto, depuis le seuil de la chambre, et sortit. Rhyme comprit qu'il n'appellerait pas. Merde.

Banks suivit du bout du doigt, sur son visage, une mince estafilade laissée par le rasoir. « Je vous en prie, dites-nous seulement ce que vous en pensez ? Est-ce que le type, d'après vous... »

Sellitto, sans quitter Rhyme des yeux, lui fit signe de se taire.

Ah, imbécile que tu es, songea Rhyme. Ce bon vieux silence. Comme il nous fait horreur, et comme nous sommes pressés de le meubler ! Tant de suspects, tant de témoins avaient craqué dans des silences aussi lourds et aussi tendus que celui-ci ! À eux deux, Sellitto et lui *avaient* formé une équipe, une sacrée équipe. Rhyme connaissait les faits et Sellitto, les êtres.

Les deux mousquetaires... Le troisième, s'il en fallait un, était un personnage abstrait : la science, pure et imperturbable.

Le regard du policier glissa vers le rapport. « Lincoln. D'après toi, que va-t-il se passer, aujourd'hui même à trois heures ?

— Je n'en ai pas la moindre idée.

— Vraiment ? »

— ...

Facile, Lon, facile. Tu me revaudras ça.

« Il va la tuer. La fille du taxi. Et salement, je peux te le dire. Il ne l'enterrera pas vivante, il trouvera quelque chose de pire.

— Seigneur », murmura Thom, toujours planté sur le seuil de la pièce.

Pourquoi ne lui fichaient-ils pas la paix ? Fallait-il pour cela qu'il se décide à leur décrire la douleur qui lui déchirait la nuque et les épaules ? Ou la douleur virtuelle — beaucoup moins violente et infiniment plus inquiétante — voyageant sans répit dans ce corps désormais étranger ? Fallait-il qu'il leur dise l'infinie lassitude qu'il éprouvait à faire, jour après jour — quoi ? Tout ! Sans compter ce qui l'excédait et l'accablait encore plus : devoir à chaque instant s'en remettre à quelqu'un d'autre !

Peut-être fallait-il leur parler de ce moustique qui s'était introduit dans sa chambre la nuit précédente pour, une heure durant, s'acharner sur sa tête ? Épuisé jusqu'au vertige à force de secouer la tête pour le chasser, il l'avait finalement laissé se poser sur le lobe de son oreille et le piquer, en sachant que c'était la seule partie de lui-même qu'il pourrait frotter contre l'oreiller pour répondre à la démangeaison.

Sellitto le regardait en haussant les sourcils.

« Aujourd'hui, soupira Rhyme. Disons, un jour. Pas plus.

— Merci, Lon. Nous te sommes reconnaissants. »

Sellitto approcha une chaise. D'un signe de tête, il invita Banks à faire de même. « Bon. Dis-moi ce que tu penses de cette histoire. À quel jeu jouons-nous ?

— Pas si vite. Je ne travaille pas seul.

— Voilà qui me paraît raisonnable. De qui as-tu besoin ?

— Il me faut un technicien de l'IRD. Le meilleur. Ici, avec son matériel. Et une équipe d'intervention urgente. Ah, il va falloir que je téléphone, aussi. »

Tout en parlant, il regardait la bouteille de scotch posée sur la commode et songeait au cognac que Berger avait dans son attaché-case. Non, s'il devait un jour se saouler pour crever, ce ne serait pas avec une telle bibine. Il choisirait pour l'escapade finale un Lavagulin de seize ans d'âge, voire un voluptueux Macallan encore plus vénérable. Ou même — pourquoi pas ? — les deux.

Banks prit son portable.

« Quelle sorte de lignes ?

— Terrestres.

— Ici ?

— Bien sûr que non ! aboya Rhyme.

— Il veut dire qu'il lui faut des gens pour appeler quand il en aura besoin, expliqua Sellitto. De la Maison.

— Ah.

— Appelle-les, ordonna Sellitto. Qu'ils nous donnent deux ou trois standardistes pour dispatcher les appels.

— Lon, demanda Rhyme, qui enquête sur le terrain ce matin ? »

Banks étouffa un petit rire. « Les Hardy Boys. »

Un regard glacial de Rhyme le ramena au sérieux. « Les inspecteurs Bedding et Saul, monsieur », s'empressa d'ajouter le jeune flic.

Mais Sellitto souriait à son tour, en clignant de l'œil. « Les Hardy Boys, c'est comme ça que tout le monde les appelle, dit-il. Tu ne les connais pas, Linc. Ils viennent de la brigade d'Intervention criminelle.

— Ils se ressemblent comme deux gouttes d'eau, c'est pour ça, expliqua Banks. Et ils sont assez drôles quand ils parlent.

— Je ne veux pas des comiques.

— Non, ce sont des bons, dit Sellitto. Les meilleurs enquêteurs de terrain que nous ayons. Tu te rappelles cette fillette de huit ans enlevée par un cinglé, dans le Queens, l'an passé ? Bedding et Saul ont ratissé le quartier. Ils ont interrogé tout le monde — *deux mille deux cents* dépositions au procès-verbal ! Et c'est comme ça qu'on a sauvé la gamine. Quand on a appris que le corps qu'on avait découvert ce matin était celui du type enlevé à l'aéroport, le patron, Wilson, les a tout de suite mis sur le coup.

— Qu'est-ce qu'ils font en ce moment ?

— Ils cherchent des témoins. Sur le parcours de la voie ferrée. Et ils furètent du côté des chauffeurs de taxis pour essayer de savoir quelque chose sur le type qui nous intéresse.

— Tu as appelé Berger ? lança Rhyme, en direction du corridor où devait se trouver Thom. Non, bien entendu, tu ne l'as pas appelé ! Est-ce que le mot "insubordination" a un sens pour toi ? Rends-toi utile, au moins ! Approche un peu, et viens tourner les pages pour moi. Ce foutu rapport pèse des tonnes.

— Nous sommes vraiment d'humeur charmante, aujourd'hui, rétorqua le jeune factotum.

— Tiens-le *plus haut !* Ça m'éblouit. »

Il lut un instant en silence. Puis leva les yeux.

Sellitto était occupé au téléphone, mais Rhyme l'interrompit. « Quoi qu'il arrive aujourd'hui, si nous trouvons l'endroit où il se planque, ce sera une scène de crime. J'aurai besoin de quelqu'un pour y travailler.

— Très bien. J'appelle Peretti. Ça lui fera un os à ronger. Il doit déjà tirer la gueule parce qu'on le court-circuite. »

Rhyme poussa un grognement.

« Est-ce que je t'ai parlé de Peretti ?

— C'est lui la star de l'IRD, non ?

— Je ne veux pas de ce type, marmonna Rhyme. J'ai quelqu'un d'autre en tête. »

Sellitto et Banks échangèrent un regard. Sellitto sourit en lissant d'un geste machinal l'étoffe de sa manche de chemise. « Je ne sais pas à qui tu penses, Linc, mais sache que tu l'as déjà. N'oublie pas que tu es la Reine d'un Jour. »

Le regard braqué sur l'œil obscur.

T.J. Colfax, brune transfuge des monts du Tennessee, diplômée de la Business School de l'université de New York, courtière en bourse et réputée capable de vendre et d'acheter plus vite que son ombre, émergeait tout juste des profondeurs de son rêve. Ses cheveux emmêlés étaient plaqués sur ses joues, la sueur ruisselait sur son visage, son cou, sa poitrine.

Elle fixait l'œil obscur — un trou dans une conduite rouillée, à une vingtaine de centimètres au-dessus d'elle. On avait retiré la petite plaque permettant d'accéder à l'intérieur.

Elle aspira par le nez une bouffée d'air chargé de moisissure — la bouche toujours bâillonnée par une large bande de ruban adhésif. Le bâillon avait une odeur de matière plastique et de colle chaude. Et un goût amer.

Et John, se demanda-t-elle. Où était-il ? Ne pas penser, surtout, à la détonation qu'elle avait entendue dans le sous-sol au cours de la nuit. Élevée dans le Tennessee oriental, elle savait reconnaître le bruit d'un coup de feu.

Par pitié, pria-t-elle pour son patron. Faites qu'il ne lui soit rien arrivé de mal.

Garde ton calme. Tu ne vas tout de même pas te remettre à pleurer comme une idiote. Rappelle-toi ce qui s'est passé.

Dans le sous-sol, après le coup de feu, elle avait craqué, secouée de sanglots, et il s'en était fallu de peu qu'elle ne s'étouffe.

C'est ça. Du calme.

Regarde ce trou noir dans le tuyau. Imagine-toi qu'il te fait un clin d'œil. L'œil de ton ange gardien.

Tammie Jean était assise par terre, environnée de conduites, de tuyaux et de fils grouillants comme des serpents. Il faisait plus chaud ici que dans le petit restaurant que tenait son frère au bord de la route, plus chaud que sur le siège arrière de la Nova de Jules Whelan dix ans auparavant. Des gouttes d'eau perlaient, formant des stalactites sur les vieilles poutres au-dessus de sa tête. Une demi-douzaine d'ampoules électriques constituaient l'unique source de lumière. Au-dessus de sa tête encore — juste au-dessus — se trouvait un écriteau. Mais elle ne pouvait pas le lire, son regard n'allant pas au-delà du cadre rouge. Tout juste apercevait-elle, ponctuant le message, un gros point d'exclamation.

Elle se débattit une fois encore, mais les menottes très serrées bloquaient ses mouvements et meurtrissaient les os de ses poignets. Un cri désespéré, un hurlement animal jaillit de sa gorge. Mais l'épais bâillon qui lui fermait la bouche et le grondement lointain et obstiné des machines étouffèrent le son ; nul ne pouvait l'entendre.

L'œil noir la fixait toujours. Tu vas me sauver, n'est-ce pas ?

Un bruit métallique, brutal comme celui d'un verrou qui s'abat ou d'une porte qui claque sur un bateau, déchira soudain le silence. Il sortait du trou dans le tuyau. De cet œil bienveillant qui veillait sur elle.

D'une secousse, elle fit remonter ses menottes le long du tuyau en un ultime effort pour se mettre debout. Elle ne parvint qu'à se déplacer de quelques centimètres.

Pas de panique. Détends-toi. Tu vas t'en sortir.

C'est alors qu'elle lut ce qui figurait sur l'écriteau placé juste au-dessus d'elle. Grâce au petit déplacement qu'elle venait d'opérer, l'inscription était maintenant à la limite de son champ de vision.

Oh non. Oh, Mon Dieu...

Les larmes jaillirent à nouveau.

Elle vit sa mère, les cheveux tirés autour de son visage rond, dans la robe bleue à grosses fleurs qu'elle mettait pour faire le ménage, et l'entendit lui murmurer avec son accent traînant du

Tennessee : « Ça va aller, mon petit chou. T'en fais pas, ça va aller... »

Mais elle ne pouvait pas la croire.

Elle croyait ce que disait l'écriteau.

Danger maximal ! Vapeur sous pression à haute température. Ne pas retirer la plaque. Appeler Consolidated Edison en cas de nécessité. Danger maximal !

L'œil noir la regardait toujours. Il était braqué sur la chair rose de sa poitrine. Quelque part dans les profondeurs de la tuyauterie, un claquement se fit entendre — le choc du métal contre le métal. Des ouvriers travaillaient à coups de marteau pour resserrer les joints désunis.

Tammie Jean Colfax ne pouvait plus s'arrêter de pleurer. Elle entendit une nouvelle fois ce claquement de verrou. Puis un grondement, sourd et lointain. Et elle crut voir, à travers ses larmes, l'œil obscur cligner enfin dans sa direction.

5

« VOILÀ LA SITUATION, dit Lincoln Rhyme, une fille a été kidnappée et nous avons jusqu'à trois heures pour la retrouver.

— Et aucune demande de rançon », compléta Lon Sellitto, avant de se retourner pour répondre à son téléphone portable.

« Jerry, reprit Rhyme, décrivez-leur ce qu'on a trouvé ce matin. »

On n'avait pas vu depuis longtemps autant de monde dans la pénombre de la chambre. Après l'accident, bien sûr, il arrivait que des amis passent sans s'annoncer (ils avaient de bonnes chances de le trouver chez lui), mais il avait très vite mis le holà à ces visites. Tout comme il avait cessé de répondre aux messages qu'il recevait par téléphone, poussé par un désir croissant de réclusion et de solitude. Il avait passé des heures et des heures à travailler sur son livre, puis, faute d'inspiration pour en entreprendre un autre, à lire. Et quand la lecture lui devenait pénible ou ennuyeuse, il pouvait toujours se rabattre sur les films de location, la télévision et la musique. Puis il avait renoncé aux films et à la musique, et passé de longues heures à contempler les reproductions d'œuvres d'art que son garde-malade accrochait consciencieusement au mur, face à son lit. Et de cela aussi, il avait fini par se lasser.

La solitude.

C'était tout ce qu'il lui restait. Et, ah, combien il la regrettait maintenant !

L'homme à la silhouette courte et massive qui allait et venait dans la chambre, les traits tendus, s'appelait Jim Polling. On avait confié l'enquête à Sellitto, mais une affaire de cette nature exigeait la présence d'un capitaine à bord, et Polling s'était porté volontaire. Ils avaient entre les mains une véritable bombe à retardement, dont l'explosion pouvait détruire plus d'une carrière, et le grand patron, tout comme les gens du ministère, était trop heureux de trouver ce bouclier pour les protéger en cas de déflagration. Tous étaient des pratiquants assidus du noble art de la distanciation, et quand les Betacam commenceraient à tourner, leurs conférences de presse seraient émaillées d'expressions comme « délégué », « chargé de » et autres « après consultation de », et leurs têtes se tourneraient complaisamment vers Polling à chaque question délicate. Rhyme se demandait quel flic au monde, hormis ce Polling, serait assez fou pour endosser la responsabilité d'une telle affaire.

Mais Polling n'était pas un flic comme les autres. Parti d'un commissariat des quartiers modestes du nord de Manhattan, ce petit homme était devenu, grâce à ses succès, l'un des inspecteurs les plus célèbres de la police criminelle. Réputé pour son mauvais caractère, il s'était attiré de sérieux ennuis en abattant un suspect désarmé. Il était pourtant parvenu, contre toute attente, à se remettre en selle en démasquant Shepherd, le tueur en série qui avait pris les policiers pour cible — et c'était en enquêtant sur cette affaire que Rhyme avait été blessé. Promu capitaine après ce succès retentissant, Polling avait multiplié les signes d'un de ces changements radicaux de style et de mode de vie auxquels on assiste parfois chez certains hommes au tournant de la quarantaine, renonçant à ses jeans et à ses complets bon marché pour s'habiller chez Brooks Brothers (il portait ce jour-là une veste sport de Calvin Klein). Ce nouvel élan l'avait conduit, au terme d'une ascension sinueuse, à l'un des luxueux bureaux d'angle des étages supérieurs du One Police Plaza, siège du quartier général de la police new-yorkaise.

Un autre officier se tenait appuyé à une table non loin de là. Grand et maigre, la coupe de cheveux militaire, Bo Haumann avait rang de capitaine et dirigeait la Brigade d'intervention rapide de la police de New York.

Banks achevait son exposé de la situation quand Sellitto raccrocha et replia son portable. « Les Hardy Boys, dit-il.

— On n'a rien de plus sur le taxi ? demanda Polling.

— Rien. Ils continuent à chercher.

— Il n'y aurait pas une histoire de baise plus ou moins louche là-dessous ? Un petit copain braque ?

— Non, pas de petit copain. Elle sortait de temps en temps avec un type ou avec un autre. Mais on ne lui connaissait pas de relation suivie.

— Et toujours pas de demande de rançon ? demanda Rhyme.

— Non. »

La sonnette de l'entrée retentit au rez-de-chaussée. Thom sortit pour aller ouvrir.

Rhyme tendit l'oreille, écoutant les voix qui se rapprochaient.

Thom réapparut en haut des marches, accompagné d'une femme policier. À distance, elle paraissait jeune, mais comme elle s'approchait Rhyme lui donna environ trente ans. Grande et mince, elle avait la beauté un peu chevaline des filles qui présentent la mode chic dans les magazines.

Nous voyons nos semblables comme nous nous voyons nous-mêmes, et depuis son accident Lincoln Rhyme ne portait guère d'attention aux corps. Tout juste remarqua-t-il la haute taille, les hanches étroites et la chevelure flamboyante. Un autre aurait jaugé l'ensemble et lâché une exclamation flatteuse. Rhyme n'en fut même pas tenté. Le regard, seul, retint son attention.

On n'y lisait pas de la surprise — la fille était prévenue, à l'évidence — mais quelque chose d'autre. Une expression que Rhyme rencontrait pour la première fois chez un nouveau venu, car la réaction des gens était le plus souvent exactement l'inverse de celle-ci. Il la vit clairement se détendre en traversant la pièce pour venir vers lui.

« Officier Sachs ? murmura Rhyme.

— Ouichef, répondit-elle d'une voix bien timbrée en se retenant in extremis de lui tendre la main. Inspecteur Rhyme. »

Sellitto la présenta à Polling et à Haumann. Elle les connaissait, de réputation en tout cas, et Rhyme vit qu'elle était à nouveau sur ses gardes.

Son regard embrassa la chambre, les meubles sous leur couche de poussière, et Rhyme comprit qu'elle sentait l'atmosphère lugubre qui y régnait habituellement. Elle jeta un bref coup d'œil à l'une des reproductions, qui gisait sous une table, en partie déroulée. *Nighthawks* — les noctambules — d'Edward Hopper : quelques clients solitaires dans un restaurant, à une heure avancée de la nuit. Cette image avait été la dernière à se détacher du mur.

Rhyme lui expliqua rapidement pourquoi il pensait que le prochain enlèvement aurait lieu à trois heures. Amelia Sachs l'écouta en hochant calmement la tête mais il vit passer une lueur dans son regard — de la crainte ? Du dégoût ?

Jerry Banks avait instantanément réagi à l'entrée de la jeune femme et lui souriait avec insistance. Le regard qu'il obtint pour toute réponse lui fit comprendre qu'il n'y avait rien et qu'il n'y aurait probablement jamais rien à espérer pour lui de ce côté-là.

« Il se pourrait que ce soit un piège, dit Polling. Il y a peut-être une bombe qui nous attend à l'endroit où il a décidé de nous conduire, et au moment où nous entrerons...

— Je ne le pense pas, dit Sellitto. Pourquoi se donnerait-il tout ce mal ? Quand on veut tuer un flic, on a vite fait d'en trouver un et de lui tirer dessus. »

Un silence gêné suivit, pendant lequel, le regard de Polling alla rapidement de Sellitto à Rhyme. Le nom de Shepherd n'avait pas été prononcé, mais ils pensaient tous aux circonstances dans lesquelles Rhyme avait été blessé.

Mais le mot de gaffe ne signifiait pas grand-chose pour Lincoln Rhyme. « Je suis d'accord avec Lon. Je conseillerais tout de même la prudence aux équipes qui enquêtent sur le terrain. Notre homme semble agir selon ses propres règles. »

Tout en parlant, Rhyme suivait le regard d'Amelia Sachs, qui était revenu se fixer sur la reproduction de Hopper. Les clients de ce restaurant, au fond, n'étaient peut-être pas si seuls, songea-t-il. À y regarder de près, ils paraissaient plutôt contents de leur sort.

« Nous avons deux sortes d'indices, poursuivit Rhyme. Les indices classiques, ceux que le type n'avait pas l'intention de laisser derrière lui : poils ou cheveux, fibres, empreintes digitales, traces de sang éventuellement, empreintes de chaussures. Si nous en trouvons suffisamment — et avec un peu de chance — ils nous conduiront sur la scène du premier meurtre. Autrement dit, chez lui.

— Dans sa tanière, en tout cas, intervint Sellitto. Qui n'est peut-être qu'une planque occasionnelle.

— Une planque ? s'interrogea Rhyme, en hochant la tête. Tu as raison, Lon. Il a besoin d'un endroit comme ça. D'un camp de base, en quelque sorte. »

Il se tut quelques secondes avant de poursuivre : « Il y a ensuite les indices qu'il a semés intentionnellement. Outre les bouts de papier — qui nous donnent l'heure et le jour —, nous avons le boulon, la pelote d'amiante et le sable.

— Un vrai jeu de piste », grommela Haumann, en passant une main sur son crâne tondu. Rhyme se souvint qu'il l'avait connu alors qu'il n'était qu'un simple sergent instructeur. Il n'avait pas changé depuis.

« Donc, je peux dire aux huiles qu'on a une chance de récupérer la fille avant qu'il soit trop tard ? demanda Polling.

— Je crois que tu le peux, oui. »

Le capitaine s'éloigna pour téléphoner dans un angle de la pièce. Après avoir raccroché, il annonça d'un ton bougon : « Le maire. Le patron est avec lui. Ils ont prévu une conférence de presse dans une heure et j'ai intérêt à y être pour leur éviter de dire trop de conneries. Vous aviez d'autres informations pour eux ? »

Sellitto regarda Rhyme, qui se contenta de secouer la tête. « Trop tôt », dit l'inspecteur.

Polling donna à Sellitto le numéro de son portable et sortit. Sur le seuil de la chambre, il était déjà au pas de course.

Un type maigre et partiellement chauve, âgé d'un peu plus de trente ans, apparut à son tour en haut des marches : Mel Cooper, avec toujours son allure négligée et sa tête à jouer le voisin intello dans les sitcoms. Deux flics plus jeunes l'accompagnaient, chargés d'une malle-cabine et de deux valises qui semblaient peser plusieurs tonnes chacune. Les deux hommes posèrent leurs fardeaux et repartirent aussitôt.

« Mel.

— Inspecteur. » Cooper s'avança vers Rhyme et saisit la main droite inerte. C'était, songea Rhyme, son premier contact physique de la journée avec l'un de ses visiteurs. Cooper et lui avaient travaillé plusieurs années ensemble. Diplômé de chimie organique, de physique et de mathématiques, Cooper était expert en matière d'identification — empreintes, impacts et frottements, ADN et reconstitution médico-légale — et spécialisé dans l'analyse des indices matériels.

« Comment va le numéro un mondial de la criminologie ? » demanda-t-il.

Rhyme ne parut pas s'en offusquer. La presse lui avait décerné ce titre quelques années plus tôt en annonçant, à la stupéfaction générale, que le FBI venait de le sélectionner, lui, un civil responsable de la police urbaine, pour mettre sur pied son laboratoire de police scientifique. Jugeant insuffisant le terme d'expert, les journalistes avaient fait de lui un criminologue.

Cette appellation était en usage depuis plusieurs années aux États-Unis, où on l'avait inventée pour Paul Leland Kirk, patron de la célèbre école de Criminologie de l'université de Berkeley. Cette école, la première du pays, devait elle-même sa création au non moins légendaire Chief August Vollmer. Mais le titre de criminologue avait pris une connotation très chic dans un passé récent, et les étudiants de cette discipline, lorsqu'ils voulaient se faire mousser aux yeux de quelque créature rencontrée au hasard d'un cocktail, s'en prévalaient plus volontiers que de ceux de médecin légiste ou expert médico-légal.

« C'est le parfait cauchemar, observa Cooper. Vous montez dans un taxi et vous vous apercevez que le type qui tient le volant est un fou dangereux. Et cette fois, tout le monde a les yeux tournés vers nous à cause de cette foutue conférence. Je me disais bien qu'ils viendraient te chercher pour te mettre sur ce coup-là.

— Comment va ta mère ? demanda Rhyme.

— Elle se plaint toujours autant, et elle se porte dix fois mieux que moi. »

Cooper vivait avec la vieille dame dans la petite maison du Queens qui l'avait vu naître. Il avait une passion pour la danse, et plus particulièrement pour le tango. Pour être flic, on n'en est pas moins cancanier, et ses collègues n'avaient pas manqué de s'interroger sur les préférences sexuelles de Cooper. Rhyme, quant à lui, ne s'intéressait pas à la vie privée de ses collaborateurs, mais il avait été surpris comme tout le monde le jour où il avait découvert sa petite amie Greta, une superbe et robuste créature venue de Scandinavie pour enseigner les mathématiques supérieures à l'université de Columbia.

Cooper ouvrit la malle-cabine, dont l'intérieur était tapissé de velours. Il en sortit, en pièces détachées, trois gros microscopes qu'il se mit aussitôt à assembler.

« Bah, c'est le matériel que j'ai chez moi, rien de plus. » Il chaussa ses lunettes à monture métallique, l'air déçu.

« C'est que nous sommes chez moi, ici, Mel.

— Je croyais que tu logeais dans un laboratoire. Ça ne m'aurait pas surpris, en tout cas. »

Rhyme contemplait les instruments, gris, noirs et tout cabossés. Semblables à ceux parmi lesquels il avait vécu pendant quinze ans. Un microscope classique, un microscope à différenciation de phases et un modèle à lumière polarisée. Cooper ouvrit les valises, qui contenaient tout un assortiment de fioles, de bocaux et d'instruments. En un éclair, des mots revinrent à l'esprit de Rhyme, des mots qui faisaient partie naguère de son vocabulaire usuel : tubes à vide pour analyses de sang, acide acétique, orthotoluidine, agent luminescent, brosse magnétique, réaction de Ruhemann...

Cooper parcourut la chambre du regard. « Ça me rappelle tout à fait ton bureau, Lincoln. Tu arrives encore à *trouver* quelque chose dans ce fouillis ? Il va me falloir un peu de place.

— Thom ! »

Rhyme désigna d'un mouvement de tête la table la moins encombrée. Ils la débarrassèrent des livres, des papiers et des journaux qui s'y empilaient.

Sellitto s'était replongé dans le rapport. « Comment va-t-on l'appeler, ce type qu'on ne connaît pas ? On n'a pas encore de numéro d'affaire.

— Choisissez un nombre, dit Rhyme. N'importe lequel.

— Le numéro de page, proposa Banks. La date, je veux dire.

— Inconnu 823. C'est un nom qui en vaut un autre. »

Sellitto le griffonna sur la couverture du rapport.

« Hum... Je vous demande pardon, inspecteur Rhyme ? »

C'était la jeune femme policier. Rhyme tourna la tête vers elle.

« J'étais censée me trouver à midi à la Grande Maison. » Les policiers, entre eux, désignaient ainsi le quartier général de la police.

« Officier Sachs... » Il avait, depuis un moment, oublié sa présence. « Vous étiez la première sur les lieux, ce matin ?

— Oui. C'est moi qui ai été prévenue de l'appel anonyme. » Elle s'adressait à Thom.

« Je suis ici, officier », dit Rhyme d'un ton sec, en s'efforçant de rester calme. « Ici même. » Il avait horreur qu'on s'adresse à lui par l'intermédiaire d'un tiers — d'une personne *normale*.

La jeune femme se retourna vivement vers lui et il vit que la leçon avait été comprise. « Ouichef », dit-elle. Le ton s'était radouci, mais le regard restait glacial.

« Je ne fais pas partie des effectifs. Appelez-moi Lincoln.

— Pourriez vous me dire ce qu'il se passe, au juste ?

— Comment ?

— Pourquoi m'avez-vous fait venir ici ? Je sais que j'ai agi sans réfléchir ce matin. Si ce sont des excuses écrites que vous voulez, je vous les donnerai. Mais je suis déjà en retard pour prendre mon nouveau service, et je n'ai pas pu prévenir mon supérieur.

— Des excuses ?

— En fait, je me suis trouvée là, mais je n'avais aucune expérience de ces situations. J'ai plus ou moins improvisé.

— Mais de quoi voulez-vous parler ?

— C'est moi qui ai arrêté les trains et bloqué la circulation sur la 11e Avenue. C'est par ma faute que le sénateur n'a pas pu prononcer son discours dans le New Jersey et que plusieurs hauts responsables des Nations unies arrivés par l'aéroport de Newark ont raté l'ouverture de la Conférence. »

Rhyme riait doucement.

« Vous savez qui je suis ?

— J'ai entendu parler de vous, bien sûr. Je croyais...

— Que j'étais mort ?

— Non. Ce n'est pas ce que je voulais dire. » Ce mensonge lâché, elle se hâta de poursuivre : « Nous avions tous votre livre, à l'Académie de police. Mais on ne nous parlait pas de vous. Personnellement, je veux dire... » Elle leva les yeux et dit un peu gauchement, en regardant le mur : « En tant que premier policier présent sur les lieux, j'ai estimé qu'il valait mieux arrêter la circulation des trains et boucler l'avenue afin de protéger le site. C'est donc ce que j'ai fait, chef.

— Appelez-moi Lincoln. Et vous ?

— Moi ?

— C'est quoi, votre prénom ?

— Amelia.

— Amelia. À cause de l'aviatrice ?

— Nonchef. Par tradition familiale.

— Amelia, je ne veux pas entendre parler d'excuses. Vous avez eu raison, et Vince Peretti a eu tort. »

Sellitto tressaillit, surpris par ce manquement aux règles de bienséance hiérarchique, mais Rhyme l'ignora délibérément. Il était, après tout, l'une des rares personnes au monde autorisées à rester assises sur leur derrière en présence du président des États-Unis lui-même. Il poursuivit, donc : « Peretti s'est conduit, dans ces circonstances, comme s'il avait le maire de New York à ses basques, ce qui était le meilleur moyen de tout faire foirer. Il avait pris trop de monde avec lui, il n'aurait jamais dû rétablir comme il l'a fait la circulation des trains et des véhicules, et il n'aurait jamais dû lever aussi vite le périmètre de sécurité. Si les choses étaient restées en l'état, on aurait peut-être trouvé, qui sait, une carte de crédit avec un nom, ou une belle empreinte de pouce.

— C'est possible, intervint diplomatiquement Sellitto. Mais que ceci reste entre nous. » Ses yeux, allant d'Amelia Sachs à Jerry Banks, disaient clairement qu'il s'agissait d'un ordre.

Rhyme laissa fuser un rire impertinent. Puis il tourna la tête vers la jeune femme, qu'il surprit, comme Jerry Banks un peu plus tôt, à regarder ses jambes et son corps dont la forme se devinait sous la couverture abricot. « Je vous ai fait venir ici pour que vous travailliez avec nous sur la suite de cette affaire.

— Je vous demande pardon ? »

Elle s'adressait directement à lui, cette fois.

« Oui, pour travailler avec nous.

— Mais — elle rit à son tour — je n'appartiens pas à la Criminelle. Je faisais partie de la police urbaine. Je n'ai jamais travaillé sur...

— Ceci n'est pas une affaire ordinaire. L'inspecteur Sellitto vous le dira lui-même. N'est-ce pas, Lon ? Sinon, je ne vous aurais pas convoquée. Mais nous avons besoin, cette fois, d'un regard neuf. »

Elle se tourna vers Sellitto, qui resta silencieux. « Mais je... Je ne serai pas bonne pour ça, je le sais. J'en suis certaine.

— Très bien, dit Rhyme d'un ton agacé. Vous voulez la vérité ? »

Elle fit oui de la tête.

« Je veux quelqu'un d'assez gonflé pour sécuriser un périmètre en arrêtant un train et pour en assumer ensuite la responsabilité face à ses supérieurs.

— Merci d'avoir pensé à moi, ch..., euh, Lincoln. Mais...

— Linc, l'interrompit sèchement Rhyme.

— Officier Sachs, dit Sellitto, vous n'avez pas le choix. On vous a désignée pour m'assister sur cette enquête.

— Monsieur, je proteste. Je quitte la police urbaine aujourd'hui même. Pour raisons médicales. Mon transfert a pris effet il y a maintenant une heure.

— Pour raisons médicales ? » répéta Rhyme.

Elle hésita, avec un nouveau regard craintif à ses jambes. « Je souffre d'arthrite.

— Ah ?

— Chronique.

— J'en suis désolé pour vous.

— Si j'ai pris cet appel ce matin, c'était simplement parce que la personne qui aurait dû le recevoir était chez elle, en arrêt maladie. Je n'avais pas prévu ça.

— Ma foi, j'avais moi aussi d'autres projets en tête, dit Lincoln Rhyme. Bon. Voyons maintenant ce que nous pouvons tirer de ces quelques indices. »

6

« LE BOULON. »

Règle numéro un : examiner d'abord l'indice dont on s'explique le moins la présence.

Thom tournait et retournait le sachet transparent tandis que Rhyme examinait le boulon métallique dont la moitié supérieure était rouillée, et l'autre intacte.

« Tu es certain qu'il n'y a pas d'empreintes, Mel ? Tu as essayé le réactif à particules microscopiques ? C'est ce qu'il y a de mieux pour les objets exposés aux intempéries.

— Oui, je l'ai essayé.

— Thom, ordonna Rhyme, enlève-moi ces cheveux qui me tombent sur les yeux ! Coiffe-les en arrière. Je te l'ai déjà demandé ce matin. »

Le jeune homme, en soupirant, entreprit de peigner les mèches emmêlées. « Attention », dit-il à son patron, d'un ton lourd de menaces, tandis que celui-ci renversait la tête en arrière sous la vigueur des coups de brosse. Amelia restait assise dans son coin, la mine renfrognée. Elle avait replié ses jambes sous sa chaise dans la position de l'athlète sur la ligne de départ, et on sentait bien qu'elle n'attendait que le coup de feu pour s'élancer.

Rhyme revint à l'examen du boulon.

À la tête de la police scientifique, Rhyme avait commencé à constituer des bases de données. Sur les tabacs, les automobiles, les armes à feu, les munitions, les fibres, les étoffes, les pneus, les chaussures, les outils, les lubrifiants... il avait passé des centaines d'heures à établir, confronter, indexer, recouper d'innombrables listes d'informations.

Mais la police scientifique, même sous sa direction, n'était jamais allée jusqu'à établir un répertoire des matériaux de construction métalliques. Il se demandait maintenant pourquoi, était furieux contre lui-même de ne pas avoir pris le temps de le faire, et en voulait encore plus à Vince Peretti de ne pas y avoir pensé non plus.

« Il nous faut appeler tous les fabricants de boulons et tous leurs intermédiaires du nord-est des États-Unis. Non, du pays tout entier. Leur demander s'ils produisent un modèle comme celui-ci, et à qui ils le vendent. Faites parvenir par fax un descriptif et une photo du boulon à nos standardistes.

— Dites donc, ça risque de faire un millier de personnes à contacter ? intervint Banks. Tous les fabricants de quincaillerie du pays...

— Je ne le pense pas. Si le type a laissé cet indice pour nous, c'est qu'il signifie quelque chose. Sinon, il ne s'en serait pas donné la peine. Ces boulons ont une provenance bien précise, j'en prends le pari. »

Sellitto composa un numéro sur son portable. « J'ai tes standardistes, Linc. Ils sont quatre. Où peut-on se procurer une liste des fabricants ?

— Envoyez quelqu'un à la bibliothèque publique de la 42e Rue. On y trouve tous les annuaires professionnels. Et dites aux standardistes, en attendant, de se mettre au travail sur les pages jaunes. »

Sellitto répéta les instructions.

Rhyme jeta un coup d'œil à la pendule. 13 h 30.

« Maintenant, l'amiante. »

Le mot scintilla à son esprit, une fraction de seconde. Il sentit un tressaillement — là où il ne pouvait en sentir aucun. En quoi l'amiante lui était-elle familière ? Il avait lu quelque chose à ce sujet. Récemment, lui semblait-il, bien qu'il ne se fiât plus guère à son appréciation de la durée. Pour celui qui gît sans mouvement pendant des mois et des années, le temps ralentit et, parfois même, semble s'arrêter. Il se rappelait peut-être une lecture vieille de deux ans, ou plus.

« Que savons-nous de l'amiante ? » s'interrogea-t-il à haute voix. Personne ne réagit, mais peu lui importait, puisqu'il était lui-même en mesure de répondre. Et c'était mieux ainsi, de toute façon. « L'amiante est une molécule complexe, un polymère de silicate. Il ne brûle pas car, comme le verre, il est déjà oxydé. »

En travaillant sur les crimes du passé avec des médecins

légistes anthropologues et des odontologistes, Rhyme avait souvent visité des bâtiments isolés à l'amiante. Il n'avait pas oublié l'odeur particulière des masques qu'il leur fallait porter pour procéder à leurs fouilles. En fait, se rappela-t-il, c'était à l'occasion d'une opération de déflocage de l'amiante à la station de métro City Hall, trois ans et demi plus tôt, que des ouvriers avaient découvert le corps du policier tué par Dan Shepherd, qui l'avait ensuite jeté dans le local d'un générateur. À l'instant où il se penchait pour prélever une fibre sur la chemise bleu pâle du policier assassiné, Rhyme avait entendu la poutre craquer avant de se rompre. Il devait sans doute la vie au masque qui l'avait empêché de s'étouffer sous la masse de terre et de poussière qui le recouvrait.

« Il l'a peut-être emmenée sur un chantier de déflocage, dit Sellitto.

— C'est possible. »

Sellitto se tourna vers son assistant : « Appelle l'agence de l'Environnement et le service municipal concerné. Vois s'il y a quelque part un déflocage en cours. »

L'inspecteur s'exécuta.

« Bo, demanda Rhyme, la tête tournée vers Haumann, vous avez des équipes prêtes à entrer en action ?

— Oui, les hommes attendent les ordres, répondit le patron de la Brigade d'intervention rapide. Mais je dois vous prévenir qu'on nous a piqué la moitié de nos effectifs pour cette grande messe à l'ONU. Il a fallu les prêter aux services de sécurité.

— Des informations en provenance de l'agence de l'Environnement ! » annonça Banks. Il fit un signe à Haumann pour l'inviter à le suivre dans un angle de la pièce où ils écartèrent quelques piles de livre pour faire de la place. Comme Haumann étalait un plan de New York, quelque chose tomba par terre avec fracas.

Banks bondit. « Seigneur ! »

Rhyme, de son lit, ne pouvait voir l'objet. Haumann hésita une seconde avant de se baisser pour ramasser une vertèbre blanchie qu'il posa sur la table.

Rhyme sentit les regards qui convergeaient vers lui mais ne fit pas de commentaire. Haumann se pencha sur le plan tandis que Banks, qui n'avait pas lâché son téléphone, lui transmettait les informations sur les chantiers de déflocage. Le commandant marquait leurs emplacements d'un cercle de crayon rouge. Ils étaient nombreux, répartis sur cinq arrondissements. C'était décourageant.

« Il faut serrer de plus près. Voyons le sable, dit Rhyme à Cooper. Examine-le au microscope. Dis-moi ce que tu en penses. »

Sellitto tendit l'enveloppe contenant le sable au technicien, qui en versa le contenu sur une plaquette. Un petit nuage de poussière s'éleva au-dessus. Il y avait aussi un minuscule caillou, poli par l'usure, qui tomba au milieu du monticule de sable poudreux.

Lincoln Rhyme sentit sa gorge se serrer. Non pas devant ce qu'il voyait — il ne savait pas encore ce qu'il voyait —, mais sous l'effet de l'impulsion nerveuse qui partit brusquement de son cerveau pour se perdre quelque part en chemin vers son bras inerte, impuissante à réaliser son désir de prendre un crayon pour tâter de la pointe le petit caillou. Cela faisait des années qu'il n'avait ressenti un désir aussi violent. Il en eut presque des larmes aux yeux, et ne trouva pour se consoler que le souvenir du flacon de Seconal et du sac en plastique que le docteur Berger emportait partout avec lui — l'image de ces objets flottait encore dans la pièce, invisible pour tous sauf pour lui, comme celle d'un ange salvateur.

Il s'éclaircit la gorge. « Examine-moi ça de près !

— Quoi ? fit Cooper.

— Ce caillou ! »

Sellitto lui jeta un regard étonné.

« Ce caillou n'a rien à voir avec le reste. Je veux savoir pourquoi. Trouve-moi de quoi il est fait. »

Cooper souleva le caillou avec des pinces à embout de porcelaine pour l'examiner. Il chaussa des lunettes protectrices et projeta sur l'objet le faisceau d'une torche alimentée par une batterie aussi puissante que celle d'une automobile.

« Rien.

— Et au VMD ? »

Le VMD, *Vacum Metal Disposition*, est la Rolls des systèmes de détection d'empreintes sur les surfaces poreuses. Il consiste à vaporiser, sous vide, de fines particules d'or ou de zinc dans un flacon contenant l'objet à examiner ; les particules se collent sur les empreintes, lorsqu'il y en a, en faisant apparaître très clairement les volutes et les points de contact.

Mais Cooper n'avait pas apporté de VMD.

« Qu'est-ce que tu *as*, alors ? demanda Rhyme, contrarié.

— De la soude noire, du bain d'arrêt pour développement, de l'iode, de l'amidon noir, de la gentiane violette... »

Il avait également apporté de la nihydrine pour accentuer les irrégularités des surfaces poreuses et de la Super Glu pour les surfaces lisses. Rhyme se souvenait de la découverte qui avait fait sensation quelques années auparavant dans le monde de la médecine légale : en utilisant de la Super Glu pour réparer un appareil photographique, un technicien travaillant au Japon pour l'Armée américaine s'était aperçu à sa grande stupéfaction que les émanations de cette colle faisaient apparaître les empreintes digitales beaucoup plus clairement que tous les produits chimiques élaborés à cet effet.

C'était cette méthode qu'employait maintenant Cooper. Il plaça — toujours à l'aide de pinces — le petit caillou dans une boîte en verre et déposa une goutte de colle sur la plaquette chauffée déjà présente à l'intérieur de la boîte. Quelques minutes plus tard, il récupérait le caillou.

« Il y a quelque chose », dit-il. Il saupoudra le caillou avec de la poudre fluorescente. On y distinguait clairement une empreinte. Au beau milieu. Cooper la photographia au Polaroïd CU-5, et montra le cliché à Rhyme.

« Tiens-le plus près, dit Rhyme. Il examina l'image en plissant les paupières. C'est ça ! Il l'a roulé entre ses doigts ! »

Les empreintes sont évidemment différentes selon qu'on fait rouler un objet entre ses doigts ou qu'on se contente de le tenir. La différence est subtile — elle porte sur la largeur des stries en divers endroits —, mais elle ne faisait pas de doute pour Rhyme.

« Et ça ? Regardez bien. C'est quoi, ce trait, d'après vous ? »

Il y avait effectivement un trait, mince et recourbé, audessus du dessin principal.

« On dirait presque...

— Eh oui ! coupa Rhyme. C'est son ongle à *elle !* Normalement, on ne devrait pas avoir ça. Mais quelque chose me dit qu'il a marqué ce caillou intentionnellement.

— Mais pourquoi ? » demanda Amelia.

Agacé, une fois de plus, de constater que personne ne comprenait aussi vite que lui, Rhyme répondit sans la regarder : « Parce qu'il avait deux choses à nous dire. Il tenait, d'abord, à ce que nous sachions que sa victime était une femme. Au cas où nous n'aurions pas fait le rapprochement avec le corps retrouvé ce matin.

— Qu'est-ce qui le pousse à agir ainsi ? s'étonna Banks.

— Il veut faire monter les enchères, expliqua Rhyme. Nous en faire baver un maximum. Il nous informe que cette fille est en danger. Il sait que ces deux personnes — elle et le type de ce matin — ne sont pas n'importe qui, comme nous le savons nous aussi, même si nous prétendons que ça ne change rien. »

Le regard de Rhyme rencontra, un peu par hasard, les mains d'Amelia, et il s'étonna de les voir dans un état aussi lamentable chez une aussi jolie fille. Quatre doigts portaient à leur extrémité de petits pansements de couleur chair, et plusieurs autres laissaient voir des ongles rongés jusqu'au sang avec, pour l'un d'eux, un cuticule enflammé et barbouillé de sang séché. Il remarqua aussi l'inflammation de la peau sous les sourcils de la jeune femme, provoquée, pensa-t-il, par leur épilation ; et une rougeur à l'endroit où elle s'était grattée derrière l'oreille. Autant de gestes trahissant des habitudes d'automutilation. Il existait, décidément, mille façons de se détruire autres que les comprimés et le mauvais cognac.

« Ce qu'il voulait nous dire ensuite, c'est : je vous aurai prévenus. Il sait parfaitement ce que sont un indice ou une pièce à conviction. Il nous dit : inutile de perdre votre temps avec les méthodes classiques, vous ne trouverez pas la moindre trace susceptible de vous renseigner. C'est ce qu'*il* s'imagine, bien entendu. Mais nous trouverons. Croyez-moi, nous trouverons. » Rhyme, soudain, fronça les sourcils. « Le plan ! Il nous faut ce plan ! Thom !

— Quel plan ? demanda le jeune homme, surpris.

— Tu sais très bien duquel je parle ! »

Thom poussa un soupir. « Je n'en ai pas la moindre idée, Lincoln. »

Le regard tourné vers la fenêtre, Rhyme expliqua, comme s'il se parlait à lui-même : « Les passages souterrains pour la contrebande de l'alcool, l'isolation à l'amiante, tout ça date d'un certain temps. Disons que ça fait partie du New York historique. Je veux le plan de Randel.

— Qui se trouve... ?

— Dans la documentation pour mon livre, tiens ! Où veux-tu qu'il se trouve ? »

Thom se plongea dans les dossiers et en sortit la reproduction d'un plan en coupe de Manhattan, au format allongé.

« *Ça,* oui ! »

C'était le plan de Randel, réalisé en 1811 à la demande des autorités de la ville pour établir le tracé des rues de Manhattan. La carte était dessinée à l'horizontale, avec Battery Park en bas à gauche et Harlem en haut à droite. Ainsi représentée, l'île faisait penser à un chien qui s'élance, sa tête fine dressée pour l'attaque.

« Fixe-le au mur, Thom. »

Pendant que le jeune homme s'exécutait, Rhyme dit soudain : « Thom, nous allons t'engager. Donne-lui un bel insigne et tout le fourbi, Lon.

— Lincoln... commença Thom, à mi-voix.

— Tu ne disais pas que tu rêvais depuis toujours d'être une sorte de Sam Spade, ou d'inspecteur Kojak ?

— Non, Judy Garland tout au plus, rétorqua Thom.

— Eh bien, ce sera Jessica Fletcher, alors ! Tu es chargé de dresser le portrait de notre homme. Allons, prends ce stylo Mont-Blanc que tu laisses toujours si complaisamment dépasser de ta poche, et écris. »

Le jeune homme, en levant les yeux au ciel, prit son Parker et ramassa sous la table un calepin jaune à la couverture poussiéreuse.

« Attends, j'ai une meilleure idée. Prends l'une de ces reproductions, retourne-la et colle-la au mur avec du scotch — tu trouveras un marqueur pour écrire dessus. Que je puisse lire. »

Thom choisit des Nymphéas de Monet et fit ce qu'on lui demandait.

« Tout en haut, ordonna le criminologue, tu marques "Inconnu 823". Puis tu traces quatre colonnes : *Apparence. Résidence. Véhicule. Divers.* Magnifique. Et maintenant, allons-y. Que savons-nous de lui ?

— Véhicule... commença Sellitto. Un taxi jaune.

— Exact. Et dans la colonne "Divers", indique qu'il connaît les méthodes d'investigation sur le terrain.

— Ce qui pourrait signifier, ajouta Sellitto, qu'il n'est pas un inconnu chez nous.

— Comment ça ? demanda Thom.

— Il a peut-être un dossier, expliqua l'inspecteur.

— Faut-il préciser qu'il est armé d'un colt .32 ? demanda Banks.

— Et comment ! approuva son chef.

— Et aussi qu'il sait ce qu'on peut tirer d'une empreinte, dit Rhyme. Note également qu'il opère sans doute à partir d'une planque. Très bien, Thom. Regardez-le ! Il était né pour faire flic ! »

Thom lui lança un regard noir et s'écarta du mur en époussetant la manche de sa chemise, sur laquelle une toile d'araignée s'était accrochée.

« Et voilà, mes amis, dit Sellitto. M. 823 devant nous pour la première fois. »

Rhyme tourna la tête vers Mel Cooper. « Bon. Voyons maintenant ce sable. Qu'est-ce qu'on peut en dire ? »

Cooper releva ses grosses lunettes sur son front pâle. Il préleva une petite quantité de sable pour la déposer sur une plaque qu'il glissa sous le faisceau du microscope à lumière polarisée.

« Eh bien... voilà qui est curieux. Il n'y a pas de biréfraction. »

Les microscopes à lumière polarisée mettent en évidence cette double réfraction des cristaux et des fibres sur certaines matières. Le sable de mer se caractérise par une très forte biréfraction.

« Ce n'est donc pas du sable, murmura Rhyme. C'est quelque chose qu'on a broyé... tu peux l'individualiser ? »

L'individualisation... But ultime du criminologue. La plupart des indices matériels peuvent être *identifiés*. Mais une fois qu'on sait à quoi on a affaire, il y a le plus souvent des centaines ou des milliers de provenances possibles. Un indice *individualisé* est un indice qui ne peut avoir qu'une, ou un petit nombre de provenances : une empreinte digitale, un profil d'ADN, un éclat de peinture qui se place parfaitement comme la pièce manquante d'un puzzle sur la tôle de la voiture du suspect.

« Peut-être, répondit le technicien. Si je parviens à comprendre de *quoi* il s'agit exactement.

— Ce ne serait pas du verre pilé ? » suggéra Rhyme.

Le verre est principalement composé de sable, mais le processus de fabrication altère sa structure cristalline. On n'a pas de biréfraction avec du verre pilé. Cooper examina attentivement son échantillon.

« Non. Je doute que ce soit du verre. Si seulement j'avais un microscope à rayons X... »

Le microscope électronique, couplé à un générateur de rayons X, était un instrument souvent utilisé dans les laboratoires de la police ; il permettait de déterminer la composition des traces et des empreintes relevées sur le terrain.

« Qu'on lui en apporte un », ordonna Rhyme, à l'adresse de Sellitto. Puis il parcourut la chambre du regard. « Nous ne sommes pas suffisamment équipés. Je veux également un détecteur d'empreintes sous vide. Et un chromatographe à gaz. » Ce dernier instrument permet de déterminer, par spectrométrie, la composition d'un certain nombre de substances. Les criminologues peuvent ainsi analyser des échantillons inconnus d'un millionième de gramme et recouper leurs résultats avec les informations fournies par une banque de données dans laquelle sont répertoriées plusieurs centaines de milliers de substances.

Sellitto appela le laboratoire de la police pour passer commande du matériel.

« Mais nous ne pouvons pas attendre l'arrivée de tous ces joujoux, Mel. Tu vas devoir te débrouiller avec les bonnes vieilles méthodes. Essaie de m'en dire un peu plus sur ce drôle de sable.

— Il est mélangé à une petite quantité de poussière. Il y a du terreau, des particules de quartz, du feldspath et du mica. Mais très peu de matière végétale. Et un éclat de quelque chose qui pourrait être de la bentonite.

— De la bentonite... répéta Rhyme, d'un air satisfait. C'est une cendre volcanique qu'on utilisait pour prévenir les affaissements lorsqu'on devait établir les fondations des immeubles en terrain humide, dans les zones où le soubassement rocheux était trop bas. Il nous faut donc chercher un quartier construit sur l'eau ou près de l'eau, probablement au sud de la 34e Rue. Plus au nord, le soubassement rocheux affleurait et on n'avait pas besoin de couler du ciment. »

Cooper retira la plaque du microscope. « Je serais tenté de dire que c'est pour l'essentiel du calcaire. Attendez, je vois quelque chose de fibreux. »

Il tourna le bouton de mise au point. Rhyme aurait donné n'importe quoi pour approcher son œil de ce viseur. Il se rappelait les innombrables soirées qu'il avait passées, le visage pressé contre le caoutchouc gris et spongieux, à scruter des fibres, des particules d'humus, des cellules de sang humain ou des éclats de métal.

« Je vois autre chose. Une espèce de gros granule. Il se compose de trois couches. L'une me fait penser à de la corne, les deux autres ont l'air d'être du calcaire. Elles sont de couleurs un peu différentes. Celle qui ressemble à de la corne est légèrement translucide.

— Trois couches ? s'exclama Rhyme, d'un ton furieux. Bon Dieu, mais c'est du coquillage ! » Il s'en voulait de ne pas y avoir pensé plus tôt.

« Mais oui. » Cooper hocha la tête. « De la coquille d'huître, je crois. »

On trouvait des coquilles d'huîtres dans les couches du sous-sol, principalement le long des rives de Long Island et du New Jersey. Rhyme avait espéré que l'inconnu qui les narguait limiterait la zone des recherches à Manhattan — où le corps de sa victime avait été retrouvé le matin même.

« S'il nous faut fouiller toute la zone desservie par le métro, c'est sans espoir, murmura-t-il.

— Je vois encore autre chose, annonça Cooper. Je crois que c'est de la chaux. Mais très ancienne. Granuleuse.

— Du ciment, peut-être ? proposa Rhyme.

— C'est possible. Oui. Alors, je ne comprends pas la présence de ce fragment de coquillage, ajouta Cooper, en réfléchissant à voix haute. Autour de New York, les bancs de coquilles d'huîtres sont recouverts par de la vase et de la végétation. Là, on a un mélange avec du ciment et pas la moindre trace végétale.

— Les bords ! s'écria Rhyme, soudain. Comment sont les bords de ce fragment de coquille, Mel ? »

Le technicien se pencha sur l'œilleton de son microscope. « Fracturés, mais pas usés. C'est du matériau qu'on a broyé à sec, sous pression. Il n'a pas subi d'érosion par l'eau. »

Le regard de Rhyme glissa vers le plan de Randel, qu'il balaya de droite à gauche, pour scruter la croupe du chien bondissant.

« J'ai compris ! »

C'est en 1913 que F.W. Woolworth construisit le gratte-ciel de soixante étages qui porte encore son nom, et se distingue par son revêtement couleur de terre cuite et sa lourde ornementation de sculptures gothiques. Le Woolworth Building devait rester pendant seize ans l'immeuble le plus haut du monde. Comme le soubassement rocheux de Manhattan se trouvait à plus de trente mètres sous Broadway, on dut forer des puits très profonds pour assurer la solidité des fondations. Et les travaux avaient commencé depuis peu quand les ouvriers découvrirent les restes de l'industriel Talbott Soames, kidnappé en 1906. L'homme avait été enterré sous une épaisse couche de sable composé, en réalité, de coquilles d'huîtres broyées. Les journaux à sensation n'avaient pas manqué de faire le rapprochement entre ce détail et le goût immodéré du défunt magnat pour les mets les plus fins et les plus coûteux. Les coquilles d'huîtres se trouvaient en telle quantité le long de la pointe est de Manhattan qu'on les utilisait alors pour remblayer les terres basses. C'était à elles que Pearl Street devait son nom.

« La fille se trouve quelque part au centre ville, annonça Rhyme. Sans doute dans l'Eastside. Et peut-être près de Pearl Street. Sous la surface du sol, entre deux et cinq mètres. Peut-être sur un chantier de construction, ou dans une cave, un immeuble ancien ou un tunnel.

— Regarde si tu vois des chantiers de déflocage dans cette zone d'après ce qu'on nous a indiqué à l'agence de l'Environnement, Jerry, dit Sellitto à Banks.

— Du côté de Pearl Street ? Rien. » Le jeune policier étudiait le plan avec Haumann. « Il y a une trentaine de ces chantiers — dans Midtown, à Harlem et dans le Bronx. Mais rien au centre.

— L'amiante... l'amiante... » Rhyme réfléchissait tout haut. « Ça me dit quelque chose — mais quoi ? »

14 h 05.

« Bo, il faut qu'on se bouge. Envoie tes hommes là-bas et qu'ils commencent à fouiller. Tous les bâtiments qui longent Pearl Street. Et Water Street, également.

— Ouf, soupira le policier. Ça fait un sacré paquet d'immeubles. » Il sortit.

Rhyme regarda Sellitto. « Lon, tu ferais bien d'y aller. Tout va se jouer à une minute près. Vous ne serez pas trop nombreux à chercher. Vous aussi, Amelia, je veux que vous vous y mettiez.

— Écoutez, j'étais en train de me dire...

— Officier, coupa sèchement Sellitto. Ceci est un ordre. »

Une expression hostile crispa, une fraction de seconde, les traits réguliers de la jeune femme.

« Mel, tu es venu ici avec un fourgon ? demanda Rhyme.

— Un VIR. »

Chaque fois qu'un crime se commettait en ville, on voyait arriver sur les lieux d'énormes fourgons bourrés d'instruments et d'échantillons pour la recherche d'indices, mieux équipés que bien des laboratoires de certaines petites villes. Mais Rhyme, à l'époque où il dirigeait la police criminelle, avait commandé des véhicules plus légers — de type break — équipés d'un matériel de base. Ces Véhicules d'intervention rapide avaient une apparence bonasse, mais Rhyme, à force d'obstination, avait obtenu de l'administration qu'elle les dote des mêmes moteurs à turbopropulsion que les voitures d'interception des forces de police. Ils étaient souvent sur les lieux avant les voitures de patrouille de la police urbaine, et il n'était pas rare que le premier arrivé soit un technicien chevronné de la police criminelle — ce dont rêve tout procureur chargé d'enquêter sur un meurtre.

« Donne les clés à Amelia. »

Cooper tendit le trousseau à la jeune femme, qui se précipita dans l'escalier après un dernier regard à Rhyme. Le bruit de ses pas descendant les marches disait clairement sa fureur.

« Eh bien, Lon. Qu'est-ce qui te tracasse ? »

Sellitto regarda vers l'escalier en s'approchant de Rhyme. « Tu tiens vraiment à mettre la Fille à Papa sur ce coup ?

— La Fille à Papa ?

— Elle. Amelia, je veux dire. C'est comme ça qu'on l'appelle.

— Pourquoi ?

— Son père a travaillé chez nous pendant quarante ans, comme îlotier. Mais elle a horreur de ce surnom. Évite de le prononcer devant elle.

— Tu trouves que je n'aurais pas dû la prendre ?

— Oui. Qu'est-ce qui t'a donné cette idée ?

— Cette fille a crapahuté au bas d'un remblai de dix mètres pour ne pas contaminer la scène. Elle a bouclé une grande avenue et bloqué la circulation des trains. C'est ce que j'appelle prendre des initiatives.

— Franchement, Linc. Je connais une bonne douzaine de flics qui en auraient fait autant.

— Sans doute, mais c'est elle que je veux. » Le ton était sérieux, comme le regard qui accompagna ces mots, pour signifier à Sellitto qu'ils avaient passé un accord et qu'il n'était plus question d'y revenir.

« Ce que je peux te dire, reprit l'inspecteur à mi-voix, c'est que je viens de parler à Polling et que Peretti fait un foin de tous les diables parce qu'on l'a écarté, et que si le patron s'aperçoit — non, *quand* il va s'apercevoir — qu'on a chargé un flic de la police urbaine de faire les relevés, il y aura des problèmes.

— C'est probable, répondit doucement Rhyme. Mais quelque chose me dit que nous allons avoir aujourd'hui un certain nombre de problèmes autrement plus sérieux que celui-ci. »

INCONNU 823			
Apparence	**Résidence**	**Véhicule**	**Divers**
	A prob. une planque	Taxi jaune	Prob. fiché à la police Connaît trav. sur scènes de crime Connaît tech. relevés d'empreintes Arme : Colt .32

7

Le break fonçait entre les falaises noirâtres de Wall Street, en plein centre de New York.

Les doigts d'Amelia pianotaient sur le volant tandis qu'elle essayait de deviner où T.J. Colfax était retenue prisonnière. Mais cette recherche semblait vouée à l'échec. Le quartier des banques dans lequel s'enfonçait la voiture n'avait jamais semblé aussi imposant et hostile, avec ses immeubles aux fenêtres obscures, sa multitude de ruelles, de porches, d'impasses, de coins et de recoins.

Autant d'endroits où cacher un otage.

Elle revoyait la main sortant de terre à côté de la voie ferrée. L'anneau de diamant passé sur l'os ensanglanté. Amelia Sachs connaissait bien ce genre de bagues, qu'elle appelait les bagues de consolation, car c'étaient celles que les filles solitaires et riches s'offraient à elle-même. Elle en aurait eu une, si elle avait été riche.

Elle fonçait vers le sud, se faufilant entre les taxis et les cyclistes.

Malgré la lumière éclatante, le quartier gardait, sous cette chaleur de plomb, un aspect fantomatique. Les immeubles projetaient des ombres sinistres et la crasse qui les barbouillait faisaient penser à du sang coagulé.

Amelia prit un virage à plus de soixante à l'heure, les roues arrière dérapant sur l'asphalte ramolli par la chaleur, et enfonça la pédale de l'accélérateur pour atteindre le quatre-vingt-quinze.

Excellent moteur, songea-t-elle. Et elle décida de le pousser un peu plus pour voir comment le break se comportait à cent quinze.

Quelques années auparavant, après que son père était allé se coucher — il était généralement de service entre trois heures et onze heures du matin –, la jeune Amie Sachs ramassait prestement les clés de la Camaro et annonçait à sa mère qu'elle sortait pour faire les magasins — fallait-il rapporter quelque chose de la charcuterie de Fort Hamilton ? Et avant que sa mère ait le temps de répondre : « Non, mais prends le train, pas la voiture ! » l'adolescente s'éclipsait, mettait le contact et démarrait en trombe.

À son retour, trois heures plus tard, elle montait l'escalier sur la pointe des pieds et trouvait inévitablement en haut des marches une mère affolée et furieuse qui la gratifiait — pour son plus grand amusement — d'un sermon sur le risque de tomber enceinte et d'abîmer à jamais ce joli visage grâce auquel elle deviendrait un jour mannequin-vedette et gagnerait un million de dollars. Et quand la brave femme apprit enfin que sa fille ne courait pas les garçons mais se contentait de sillonner les autoroutes de Long Island à cent soixante à l'heure, elle lui déclara, plus furieuse et plus affolée que jamais, qu'elle se retrouverait tôt ou tard avec son joli visage en bouillie et ne gagnerait jamais un million de dollars comme mannequin-vedette.

Et ce fut encore pire après que Amelia eut obtenu son permis de conduire.

Elle se faufila entre deux rangées de camions à l'arrêt, en priant le ciel pour qu'un chauffeur ou un passager ne s'avise pas d'ouvrir sa portière. Mais déjà, avec un doux chuintement, le break s'éloignait.

Tant que tu bouges on ne peut pas t'attraper...

Lon Sellitto se massait le visage de ses doigts épais sans prêter la moindre attention à la conduite du véhicule. Il parlait de l'affaire avec son assistant comme un comptable discutant un bilan. Banks, quant à lui, avait cessé de lancer des regards énamourés aux yeux et aux lèvres d'Amelia Sachs. Il surveillait l'aiguille du compteur de vitesse.

Ils virèrent sur les chapeaux de roues à la sortie du pont de Brooklyn. Elle pensait à nouveau à la prisonnière, imaginant les ongles longs et les mains élégantes de T.J. Colfax tandis que ses propres doigts aux ongles rongés tapotaient le volant. Et une image revenait obstinément à son esprit : la main blême comme une branche de bouleau, dressée dans la terre humide. Le doigt ensanglanté.

« Il est un peu timbré », dit-elle soudain, dans un effort pour détourner le cours de ses pensées.

« Qui ? demanda Sellitto.

— Rhyme.

— On dirait le petit frère de Howard Hughes, dit Banks.

— Oui, ça m'a fait un choc, reconnut Sellitto. Je ne l'ai pas trouvé très bien. Il était beau garçon, pourtant. Mais, bon. Après ce qui lui est arrivé... Vous conduisez comme un chef, Sachs. Où allez-vous comme ça ?

— Je vais où on m'a demandé d'aller. On ne me l'a pas demandé, d'ailleurs, on me l'a *ordonné.* » Tout comme à toi, pensa-t-elle. « Il était vraiment aussi fort qu'on le raconte ?

— Rhyme ? Bien plus que ça. La plupart des unités d'Intervention, à New York, traitent une centaine de macchabées par an. Avec Rhyme, c'était le double. Même quand il dirigeait l'IRD. Voyez Peretti, par exemple. Il fait une sortie tous les quinze jours, et uniquement sur des affaires qui intéressent les médias. Ce n'est pas moi qui vous l'ai dit, officier.

— Nonchef.

— Rhyme, lui, allait sur le terrain. Et quand il n'était pas sur place, il traînait dans les parages.

— Qu'est-ce qu'il faisait ?

— Il traînait. Il regardait. Il faisait des kilomètres à pied. À travers toute la ville. Il achetait, il ramassait, il collectait des choses.

— Quelle sorte de choses ?

— Tout ce qui pouvait être un jour un indice. De la terre, des aliments, des enjoliveurs, des médicaments, des plantes... Prenez quelque chose au hasard, il l'aura déjà trouvé et répertorié. Alors, quand on tombait sur un indice au cours d'une enquête, ça l'aidait à savoir où le suspect était allé et ce qu'il avait fait. On cherchait Rhyme, et on le trouvait quelque part à Harlem, dans le Lower East Side ou du côté de Hell's Kitchen.

— Flic par atavisme ?

— Non. Son père était chercheur dans un laboratoire universitaire, ou un truc de ce genre.

— C'est là que Rhyme a fait ses études ? En sciences ?

— Oui. Il a suivi des cours à Champaign-Urbana, pour décrocher deux diplômes prestigieux, chimie et histoire. Il avait encore ses parents quand je l'ai connu, il y aura bientôt — bon Dieu — une quinzaine d'années, et il les a perdus depuis. Et il n'a ni frères ni sœurs. Il est né dans l'Illinois. D'où son prénom, Lincoln. »

Elle avait envie de demander s'il était, ou avait été, marié, mais elle n'en fit rien. « Est-ce que c'est vraiment un...

— Allons, vous pouvez dire le mot, officier.

— Un salopard ? »

Banks se mit à rire.

« Ma vieille maman avait une expression pour ça. Elle disait : "Celui-là, c'est un cas." Ça convient très bien à Lincoln Rhyme. C'est un cas. Un jour, un abruti de technicien a versé du luminol — c'est un réactif du sang — sur une empreinte au lieu d'y mettre de la nihydrine. Rhyme l'a viré sur-le-champ. Une autre fois, un flic est allé pisser dans un appartement où un meurtre avait été commis, et il a tiré la chasse. Rhyme était fou de rage. Il lui a dit de filer au sous-sol et de ramener tout ce qu'il trouverait dans le tuyau d'évacuation. » Sellitto s'interrompit quelques secondes pour rire. « Le flic, qui avait des gallons, lui a dit : "Comptez pas sur moi pour faire ça, je suis lieutenant." Et Rhyme, aussi sec : "Il y a du nouveau. Vous êtes plombier à partir de maintenant." Je pourrais vous en raconter des dizaines comme ça. Merde, officier, vous êtes à cent trente ! »

Ils passèrent en trombe devant la Grande Maison et elle se dit, amèrement : Voilà où je devrais être en ce moment. En train de faire connaissance de mes nouveaux collègues, et de suivre tranquillement le cours de formation, bien au frais dans l'air conditionné.

Elle évita adroitement un taxi qui venait de brûler un feu.

Bon sang, qu'il fait chaud. La chaleur de la poussière, la chaleur des gaz d'échappement. La puanteur de la chaleur. La ville au pire moment, dans toute son horreur. Les gens laissaient leur mauvaise humeur fuser comme l'eau grise qui jaillissait des bouches d'incendie dans Harlem. Deux ans auparavant, son petit ami et elle avaient réussi à trouver un peu de temps — de onze heures du matin à minuit — pour fêter Noël par une température de quatre degrés au-dessous de zéro. À la terrasse du Rockefeller Center, au bord de la patinoire, où ils s'étaient fait servir du café et du cognac. Ils étaient tombés d'accord, ce soir-là, pour dire que mieux valait une semaine de froid qu'une seule journée de chaleur au mois d'août.

Finalement, comme elle fonçait dans Pearl Street, elle aperçut le poste de commandement de Haumann. Après un coup de frein qui laissa des traces de caoutchouc sur deux bons mètres, elle gara le VIR entre le fourgon de Haumann et une ambulance.

« Vous conduisez sacrément bien. » Sellitto sortit de la voiture. Amelia remarqua, ravie, que les doigts de Jerry Banks laissaient une belle trace de transpiration sur la glace arrière, à l'endroit où il les avait appliqués pour ouvrir la portière.

Infirmiers, ambulanciers, agents en uniforme, les policiers étaient partout. Il y en avait déjà cinquante ou soixante en tout, et d'autres ne tarderaient pas à arriver. On avait l'impression que l'état-major du Police Plazza avait décidé de concentrer toutes ses forces sur ce quartier de New York. Amelia Sachs se dit que si quelqu'un voulait commettre un assassinat ou s'emparer de Gracie Mansion, la résidence du maire, le moment serait bien choisi.

Haumann s'approcha au pas de course. « Nous faisons du porte à porte pour repérer d'éventuels chantiers sur Pearl Street. Personne n'a entendu parler de déflocage, et personne n'a entendu appeler au secours. »

Comme Amelia s'apprêtait à sortir de la voiture, Haumann l'arrêta : « Non, officier. Les ordres, en ce qui vous concerne, sont de rester ici avec votre véhicule. »

Elle sortit néanmoins.

« Qui a dit ça, au juste ?

— L'inspecteur Rhyme. Je viens de l'avoir au téléphone. Vous devez l'appeler en arrivant. »

Haumann s'éloignait déjà. Sellitto et Banks couraient vers le poste de commandement.

« Inspecteur Sellitto ! » appela Amelia Sachs.

Il se retourna.

« Excusez-moi, inspecteur, mais qui est mon supérieur ? À qui dois-je en référer ?

— À Rhyme », dit-il, laconiquement.

Elle se mit à rire. « Mais je ne *peux* pas ! »

Sellitto la regardait sans comprendre.

« Juridiquement, je veux dire. C'est un *civil*. J'ai besoin d'un responsable, de quelqu'un qui me couvre, à qui je puisse rendre compte de ce que je fais.

— Officier, répondit Sellitto, d'un ton neutre, écoutez-moi bien. Nous rendons *tous* compte de ce que nous faisons à Lincoln Rhyme. Je me fiche éperdument qu'il soit civil, ou militaire, ou le fils de Batman. Compris ?

— Mais...

— Si vous avez une réclamation, faites-la par écrit, et demain. »

Et il repartit. Amelia le regarda s'éloigner puis retourna s'asseoir à l'avant du break et appela le standard pour dire qu'elle était arrivée. Et attendait les instructions.

Elle se mit à rire, le regard sombre, en entendant une voix de femme lui répondre : « 10-4, portable 5-8-8-5. Un message pour vous. L'inspecteur Rhyme va vous contacter. Terminé. »

L'*inspecteur* Rhyme.

« 10-4, terminé », répondit-elle, et elle regarda à l'arrière du break, en se demandant vaguement ce que pouvaient bien contenir ces valises noires.

14 h 40.

La sonnerie du téléphone retentit chez Lincoln Rhyme. Thom décrocha. « C'est une standardiste du quartier général.

— Passe-la-moi. »

L'amplificateur se mit à grésiller : « Inspecteur Rhyme, vous ne vous souvenez pas de moi, mais je travaillais à l'IRD quand vous y étiez encore. Je tenais le standard. Emma Rollins.

— Emma, bien sûr ! Comment vont les enfants ? » Rhyme se souvenait fort bien de cette Noire corpulente et toujours de bonne humeur, qui faisait des doubles journées pour élever ses cinq marmots. Il se rappelait qu'elle avait, une fois, mit une telle énergie à taper sur les touches qu'elle avait cassé l'un des appareils.

« Jerry entre en fac dans une quinzaine de jours et Dora fait toujours l'actrice, à ce qu'elle croit du moins. Les petits vont bien.

— C'est Lon Sellitto qui vous a recrutée, n'est-ce pas ?

— Nonchef. J'ai appris que vous vous occupiez de cette affaire et j'ai appelé une pote à moi qui travaille toujours chez vous. Il y a sûrement du boulot pour Emma, que je lui ai dit.

— Bravo. Vous avez quelque chose pour nous ?

— On a épluché l'annuaire des fabricants de boulons. Et un autre, qui donne tous les numéros des revendeurs. Voilà ce qu'on a trouvé. Grâce aux lettres qui sont marquées sur votre boulon, CE. Ça veut dire qu'il a été fabriqué spécialement pour Con Ed. »

Mais oui. Évidemment !

« On les marque comme ça parce qu'ils n'ont pas les mêmes

dimensions que la plupart des autres boulons vendus par cette entreprise — quinze seizièmes de pouce — et qu'ils ont un filetage plus serré. Le fabricant, c'est Michigan Tool and Die, à Detroit. On s'en sert pour les tuyauteries ancien modèle, à New York uniquement. Celles qui datent de cinquante ou soixante ans. Vu la façon dont on assemble les segments de tuyau, il faut que ça soit très serré à ces endroits-là. Comme les mariés pendant leur nuit de noce, à ce que m'a dit le bonhomme. Il croyait me faire rougir.

— Emma, je vous adore. Restez à votre poste, surtout.

— Ça, vous pouvez y compter.

— Thom ! tonna Lincoln Rhyme. Ça ne va pas, ce téléphone ! J'ai besoin de passer moi-même mes appels. Il y a une commande vocale dans l'ordinateur. Je peux m'en servir ?

— Elle était en option, et vous n'en avez pas voulu.

— Tu en es sûr ?

— Eh, oui !

— J'en ai besoin, maintenant.

— Nous ne l'avons pas.

— Fais *quelque chose*. Il faut que je puisse composer des numéros.

— Nous devons avoir quelque part une commande électronique avec une extension. » Thom fouilla dans une boîte posée par terre contre le mur. Il en sortit une petite console qu'il brancha sur le téléphone et sur une manette placée contre la joue de Rhyme.

« Ce truc est mal fichu !

— Ma foi, c'est tout ce que nous avons. Si on avait installé le système à infrarouges comme je vous le propose depuis un an, vous auriez pu faire tous les numéros que vous vouliez pour parler de cul à longueur de journée.

— Ça m'agace, tous ces fils ! »

D'un mouvement involontaire du cou, il repoussa la manette hors de sa portée. « Merde ! »

La tâche à accomplir était dérisoire, au regard de ce qu'on attendait de lui, mais elle semblait soudain impossible à Lincoln Rhyme. Il était à bout de forces, souffrant de la nuque et de la tête. Et surtout des yeux. Ils lui cuisaient et — c'était bien ça le plus *douloureux* pour lui — il avait follement envie de frotter ses doigts contre ses paupières fermées. Mais ce geste que faisait à chaque instant et sans y penser le reste de l'humanité, ce tout petit geste lui était interdit.

Thom remit la manette en place. Rhyme puisa dans ses ultimes ressources d'énergie de quoi se ressaisir et s'armer de patience et demanda : « Comment ça marche ?

— Vous voyez cet écran ? Il suffit de déplacer la manette pour amener le curseur sur un chiffre. Une fois que vous y êtes, vous attendez une seconde et le chiffre est enregistré. Et ainsi de suite jusqu'au numéro complet. Quand vous les avez tous, vous poussez sur la manette pour déclencher l'appel.

— Ça ne marche pas !

— Mais si ! Essayez encore. C'est une question d'entraînement.

— Nous n'avons pas le temps !

— Voilà trop longtemps que je réponds au téléphone pour vous, dit Thom, d'une voix mauvaise.

— D'accord », concéda Rhyme, un ton plus bas — c'était sa façon de s'excuser. « Je m'entraînerai, mais plus tard. En attendant, tu veux bien m'appeler Con Ed ? J'ai besoin de parler à un responsable, un chef de fabrication, par exemple. »

La corde lui faisait mal et les menottes lui faisaient mal mais le plus terrible, c'était le bruit.

Tammie Jean Colfax sentait toute l'eau de son corps ruisseler sur son visage, sa poitrine et ses bras tandis qu'elle luttait pour frotter la chaîne reliant les menottes contre le boulon rouillé. Ses poignets étaient devenus insensibles, mais elle avait l'impression d'entamer le métal par ce mouvement de va et vient.

Elle s'arrêta, épuisée, et tira sur ses bras d'un côté puis de l'autre pour conjurer la crampe qui menaçait. Puis elle tendit l'oreille à nouveau. C'étaient des ouvriers, pensait-elle, qui faisaient tout ce bruit en resserrant des boulons et en assemblant des segments de tuyaux. Encore quelques coups de marteau. Elle les imagina, achevant leur travail et songeant déjà au moment où ils pourraient rentrer chez eux.

Ne partez pas, supplia-t-elle en silence. Ne m'abandonnez pas. Tant que ces hommes étaient là, à travailler, elle ne risquait rien.

Un dernier coup de marteau. Sa vibration se prolongeant dans le silence.

Tire-toi d'ici, petite. Allons !

Maman...

Tammie Jean sanglota pendant plusieurs minutes, en pensant à ses parents, là-bas, dans le Tennessee. Elle avait les narines bouchées, mais comme elle commençait à s'étouffer elle éternua violemment, expulsant des flots de larmes et de morve. Elle reprit haleine. Cela lui redonna confiance. Et énergie. Elle se remit à limer.

« Je comprends qu'il y a urgence, inspecteur. Mais je ne vois pas comment je pourrais vous aider. Vous trouverez des boulons comme celui-ci dans toute la ville. Nous les posons sur les conduites de gaz, de carburant...

— Très bien, coupa Rhyme. Est-ce que vous utilisez de l'amiante pour isoler ces conduites ? »

La responsable de l'entreprise Con Ed hésita avant de répondre, sur la défensive. « Plus maintenant. Nous avons éliminé l'amiante à quatre-vingt-dix pour cent. Quatre vingt-*quinze*, même. »

Ce que les gens pouvaient être énervants, parfois. « J'ai bien compris. J'ai besoin de savoir, simplement, si on emploie encore de l'amiante comme isolant.

— Non, répondit vivement la femme. Enfin, jamais pour l'électricité. Uniquement pour la vapeur, et en très faibles quantités. »

La vapeur !

C'était le moins connu et le plus terrifiant des réseaux acheminant de l'énergie à travers la ville. Ed Con chauffait de l'eau à cinq cents degrés et la vapeur circulait à cent kilomètre/heure dans quelque cent kilomètres de conduites installés sous Manhattan.

Rhyme se souvenait maintenant d'avoir lu quelque chose à ce sujet. « Vous n'avez pas eu une rupture de canalisation, il y a quelques jours ?

— Oui, monsieur. Mais il n'y a pas eu de fuite d'amiante. Ce site était déjà défloqué, depuis plusieurs années.

— Mais il y a bel et bien de l'amiante autour de certaines de vos canalisations ? »

Elle hésita. « C'est-à-dire que...

— Où cette rupture s'est-elle produite ?

— Dans Broadway. À un pâté d'immeubles au nord de Chambers Street.

— Il n'y a pas eu un article dans le *Times* à ce sujet ?

— Je ne sais pas. Peut-être. Oui.

— Et cet article ne mentionnait-il pas la présence d'amiante ?

— Oui, admit-elle. Mais simplement pour signaler qu'il y avait eu, dans le passé, un problème de contamination par ce matériau.

— Cette conduite, celle qui s'est rompue... ce n'est pas celle qui traverse Pearl Street, plus au sud ?

— Attendez, que je vérifie. En effet, oui. À la hauteur de Hanover Street. »

Il vit T.J. Colfax, la fille aux ongles longs, tout près de mourir.

« Et c'est aujourd'hui même, à trois heures, qu'on doit la remettre en service en y envoyant de la vapeur ?

— C'est bien cela. D'un moment à l'autre.

— On ne peut pas faire ça ! cria Rhyme. Quelqu'un a trafiqué cette conduite ! Vous ne pouvez pas y renvoyer de la vapeur ! »

Cooper était penché sur son microscope. Il releva la tête, surpris.

« Ma foi, je ne sais pas... dit la femme, au bout du fil.

— Thom, appelle Lon, immédiatement ! lança Rhyme. Dis-lui qu'elle est dans un sous-sol, à l'intersection de Hanover et de Pearl Street. Côté nord ! Qu'on y envoie les pompiers, aussi ! »

Rhyme hurlait maintenant dans le récepteur. « Qu'on appelle les ouvriers qui sont sur place ! Tout de suite ! Il ne faut pas qu'ils envoient la vapeur. *Surtout* pas ! » Il répéta les mots, mécaniquement, furieux contre les raffinements de son imagination qui ne cessait de lui montrer, comme on fait défiler une boucle sans fin, la chair de la jeune femme rougissant et se désintégrant sous des jets de vapeur blanche.

La radio se mit à crachoter dans le break. Il était trois heures moins trois à la montre d'Amelia. Elle répondit.

« Ici portable 5-8-8-5, K...

— Laissez tomber ce baratin, Amelia, dit Rhyme. Nous n'avons pas le temps.

— Je...

— Je crois que nous savons où elle se trouve. Dans Pearl Street, à l'intersection avec Hanover Street. »

Elle regarda derrière elle et vit des dizaines de policiers foncer vers un vieil immeuble.

« Vous voulez que je...

— Tenez-vous prête à intervenir dès qu'ils l'auront trouvée.

— Mais je peux aider à...

— Non. Allez à l'arrière du break. Il y a une valise marquée 0-2. Prenez-la avec vous. Il y a aussi une lampe PoliLight comme celle dont Cooper s'est servi chez moi. Vous l'avez vue. Prenez-la aussi. Dans une autre valise, marquée 0-3, vous allez trouver un casque radio avec un micro incorporé. Branchez-le sur votre Motorola et rejoignez les policiers. Une fois dans l'immeuble, appelez-moi. Fréquence 37. On me passera la communication. »

Fréquence 37. La fréquence réservée aux urgences.

« Qu'est-ce que... », commença-t-elle. Mais la communication était déjà coupée.

Comme elle avait déjà à sa ceinture une longue torche halogène, elle laissa la grosse lampe de douze volts dans la voiture, prit la PoliLight et la valise, qui devait peser vingt-cinq kilos. J'avais bien besoin de ça pour mes fichues articulations. Elle referma sa main sur la poignée, les dents serrées pour lutter contre la douleur, et se hâta vers le carrefour.

Sellitto, hors d'haleine, courut jusqu'à l'immeuble. Banks les rejoignit.

« Vous avez entendu ? » demanda l'inspecteur.

Amelia hocha la tête. « C'est là ? »

Sellitto montra la ruelle qui longeait le bâtiment. « Il l'a forcément amenée par là. Il y a un poste de garde dans l'entrée. » Ils avançaient entre deux murailles dans la ruelle sombre et étroite, où stagnait une chaude odeur d'urine et de détritus.

« Là ! lança Sellitto. Ces portes ! »

Les policiers se séparèrent en plusieurs groupes pour se précipiter en courant sur les quatre portes. Trois étaient verrouillées de l'intérieur.

La serrure de la quatrième avait été fracturée et elle était fermée par une chaîne munie d'un cadenas. La chaîne et le cadenas étaient neufs.

« Voilà ! » Sellitto s'approcha, hésita une seconde. Il pensait sans doute aux empreintes. Puis il saisit la poignée et tira de toutes ses forces. La porte s'ouvrit de quelques centimètres mais la chaîne tint bon. Il ordonna à trois policiers de retourner à l'entrée principale pour descendre au sous-sol par l'intérieur.

Un policier descella un pavé et se mit à frapper sur la poignée de la porte. Une fois, cinq fois, dix fois. Il grimaçait de douleur à chaque coup, et le sang coulait à flots d'un de ses doigts blessé.

Un pompier accourut, armé d'un Halligan — à la fois pic et pince-monseigneur. Il coinça l'extrémité de l'outil dans la chaîne et, d'une traction brutale, fit sauter le cadenas. Sellitto regarda Amelia Sachs d'un air interrogateur. Elle lui rendit son regard.

« Eh bien, allez-y, officier ! dit-il d'un ton rogue.

— Quoi ?

— Ce n'est pas ce qu'il vous a dit ?

— Qui ?

— Rhyme. »

Zut, elle avait oublié de brancher ce casque. Elle se débattit quelques secondes avec les fils avant d'y parvenir. « Amelia, où...

— Je suis là !

— Devant l'immeuble ?

— Oui.

— Entrez-y. Ils ont coupé la vapeur, mais je ne sais pas s'ils l'ont fait à temps. Prenez avec vous un médecin et un homme de la Brigade d'intervention rapide. Filez jusqu'au local de la chaudière. C'est sans doute là que vous la trouverez — T.J. Colfax. Approchez-vous d'elle, mais pas en ligne droite depuis la porte. Je ne veux pas que vous passiez sur ses empreintes, s'il en a laissé. Compris ?

— Oui. » Elle secoua vigoureusement la tête, oubliant qu'il ne pouvait pas la voir. Puis, après avoir fait signe au médecin et à un policier de la BIR, elle s'enfonça dans le corridor humide et sombre où régnait un épais silence troublé par les gémissements des machines et les bruits de l'eau qui s'écoulait, invisible, le long des murs.

« Amelia, dit Rhyme.

— Oui ?

— Vous vous rappelez ce que nous avons dit à propos du risque d'embuscade ? D'après ce que je sais de lui maintenant, ce risque n'existe pas. Il n'est pas ici, Amelia. Ce ne serait pas logique. Mais gardez une main libre, prête à tirer. »

Pas logique.

« Entendu.

— Allez-y, maintenant. Vite ! »

8

UNE CAVERNE OBSCURE. Chaude, noire, humide.

Ils s'avancèrent tous trois, très vite, le long du couloir malpropre, vers la seule porte que voyait Amelia. Un écriteau indiquait CHAUFFERIE. Le policier de la BIR qui la précédait portait un casque et une combinaison pare-balles. Le médecin fermait la marche.

Les articulations de son bras droit et de son épaule la faisaient horriblement souffrir sous le poids de la valise. Elle la fit passer du côté gauche, faillit la laisser tomber et serra plus fort la poignée pour assurer sa prise. Ils poursuivirent leur chemin jusqu'à la porte.

Le policier poussa la porte qui s'ouvrit à la volée, et balaya du canon de sa mitraillette la pièce où quelques ampoules luttaient contre la pénombre. Le faisceau de la torche électrique fixée à l'arme traversa de sa lumière blafarde les nappes de vapeur qui stagnaient dans l'atmosphère. L'endroit sentait le renfermé, la moisissure. Et une autre odeur, écœurante.

Click. « Amelia ? »

La voix de Rhyme, éclatant sur fond de parasites, la pétrifia sur place. « Où êtes-vous, Amelia ? »

D'une main tremblante, elle baissa le volume.

« À l'intérieur, dit-elle, en reprenant sa respiration.

— Elle est vivante ? »

Amelia Sachs se dandina d'un pied sur l'autre en tendant le cou. Elle plissait les paupières, incertaine de ce qu'elle voyait. Puis elle comprit.

« Oh, non. » Sa voix n'était plus qu'un murmure. Elle luttait contre la nausée.

L'odeur écœurante, l'odeur de chair bouillie l'enveloppait.

Mais ce n'était pas le pire. Pas plus que la vue de la peau rouge vif, presque orange, qui se détachait par lambeaux. Sur le visage, il n'y en avait plus du tout. Non, le plus horrible était l'angle formé par le corps de Tammie Jean Colfax, l'impossible torsion qu'elle avait imprimée à ses membres et à son torse dans un ultime effort pour échapper au jet de vapeur brûlante qui la ravageait.

Il espère que la victime est morte. Pour son propre bien...

« Elle est vivante ? répéta Rhyme.

— Non, murmura Amelia. Je ne vois pas comment... Non.

— Vous êtes en sûreté ? »

Elle se tourna vers le policier, qui avait entendu et hocha la tête.

« Oui. Nous sommes en sûreté.

— Je veux que le policier de la BIR sorte, dit Rhyme, et que vous l'examiniez avec le médecin. »

Assaillie par l'odeur, elle eut un nouveau haut-le-cœur et fit un effort pour se maîtriser. Accompagnée du médecin, elle s'approcha de la conduite en faisant un large détour. Le médecin se pencha sur le corps sans le moindre signe d'émotion et toucha le cou. Il secoua la tête.

« Amelia ? » appela Rhyme.

Son deuxième cadavre depuis qu'elle servait dans la police. Et les deux dans la même journée.

« Décès confirmé », dit le médecin.

Elle hocha la tête et répéta du même ton neutre dans le micro : « Décès confirmé.

— Ébouillantée ? demanda Rhyme.

— Apparemment, oui.

— Attachée au mur ?

— À une conduite. Menottée, les mains dans le dos. Les pieds ligotés par une corde à linge. Bâillonnée avec du Chatterton. Il a ouvert la conduite de vapeur. À cinquante centimètres d'elle. Seigneur.

— Retournez jusqu'à la porte avec le médecin, et qu'il reparte en suivant le même chemin, reprit Rhyme. Attention où vous posez les pieds. »

Elle obéit, sans quitter le cadavre des yeux. Comment la peau pouvait-elle être aussi rouge ? Plus rouge qu'une coquille de crabe dans l'eau bouillante.

« Bien, Amelia. Au travail, maintenant. Ouvrez la valise. »

Elle ne répondit pas. Ne fit pas un geste.

« Amelia, vous êtes à la porte ?... Amelia ?

— Quoi ? répondit-elle, en hurlant.

— Êtes-vous à la porte ? »

Sa voix était d'un calme incroyable. On était loin du ton impérieux et sarcastique de l'homme qu'elle avait vu dans sa chambre quelques instants plus tôt. Et ce n'était pas seulement du calme, il y avait autre chose... Mais elle n'aurait su dire quoi.

« Oui, je suis à la porte. C'est de la folie !

— De la folie totale, acquiesça Rhyme, presque gaiement. La valise est ouverte ? »

Elle fit sauter le fermoir d'une chiquenaude et regarda à l'intérieur. Des pinces et des forceps, un miroir articulé sur son manche, des tampons de coton, des flacons de gouttes oculaires munis de leur pipette, de tubes, des ciseaux, des spatules, des scalpels...

Qu'est-ce que c'est que ce fourbi ?

... un plumeau, de la gaze, des enveloppes, des tamis, des brosses, des ciseaux, des sachets en papier et en plastique, des boites en fer blanc, des flacons — acide nitrique à 5 p. 100, nihydrine, silicone, iode, nécessaire à relever les empreintes.

Insensé. « Je crains que vous ne m'ayez pas comprise, dit-elle dans le micro. Je ne connais rien aux techniques d'investigation sur le terrain. »

Elle regardait le corps martyrisé. Des gouttes d'eau coulaient de ce qui avait été son nez. Quelque chose de blanc — l'os — perçait la joue. Et le visage n'était plus qu'une grimace d'angoisse. Comme celui qu'elle avait découvert le matin même.

« Je vous ai très bien comprise, Amelia. » Une note d'agacement dans la voix. « Bon. La valise est ouverte ? » Mais il restait calme et... comment, encore ? Oui, c'était bien *ça.* Charmeur. Cette voix aurait pu être celle d'un amoureux.

Je le déteste, pensa-t-elle. Ce n'est pas bien de détester un infirme. Mais bon Dieu que je le déteste !

« Vous êtes bien dans le sous-sol ?

— Ouimonsieur.

— Écoutez, il faut m'appeler Lincoln. Nous aurons fait amplement connaissance avant d'en finir avec ça. »

D'ici une heure, au maximum.

« Il y a des élastiques dans la valise, si je ne me trompe.

— J'en vois quelques-uns.

— Passez-les autour de vos chaussures. Si on trouve des empreintes, on pourra plus facilement les distinguer des vôtres.

— Voilà. C'est fait.

— Munissez-vous de quelques sachets et de quelques enveloppes. Mettez-en une douzaine dans votre poche. Vous savez vous servir de baguettes ?

— Je vous demande pardon ?

— Vous habitez bien à New York ? Vous n'allez jamais à Chinatown manger du poulet aux pousses de bambou ? Des nouilles froides au sésame ? »

Son cœur se souleva à l'évocation de la nourriture. Elle détourna le regard du corps accroché au tuyau et qui semblait se balancer devant elle.

« Oui, je sais me servir de baguettes, dit-elle.

— Regardez dans la valise. Je ne sais pas si vous les trouverez. On en mettait toujours à l'époque où j'enquêtais sur le terrain.

— Je n'en vois pas.

— Tant pis, vous trouverez des crayons. Mettez-les dans votre poche. Vous allez maintenant ratisser méthodiquement. Chaque centimètre carré. Vous êtes prête ?

— Oui.

— Dites-moi d'abord ce que vous voyez.

— Une grande pièce. Environ sept mètres sur dix. Des tuyaux rouillés partout. Sol en ciment craquelé. Murs de brique. Taches de moisissure et d'humidité.

— Pas de coffres ? Rien par terre ?

— Non, c'est vide. Il n'y a que les tuyaux, les cuves de fuel, et la chaudière. Il y a du sable — des coquilles, en tas sous une fente du mur. Et aussi un truc gris...

— Un truc ? » La voix était montée d'un ton. « Je ne connais pas ce mot. Qu'entendez-vous par "truc" ? »

Une bouffée de colère la secoua avec la violence d'une décharge électrique. Puis elle reprit son calme. « C'est de l'amiante, mais pas en boule comme celui de ce matin. En lambeaux, plutôt.

— Bien. Maintenant, le ratissage. Vous cherchez des empreintes de pas, et toutes les traces qu'il a laissées à notre intention.

— Vous croyez qu'il a fait ça ?

— Oh, je suis prêt à parier, dit Rhyme. Mettez les lunettes protectrices et servez-vous de la lampe PoliLight. Tenez-la près du sol. Ratissez la salle. Partout, centimètre par centimètre. Allez-y. Vous savez comment il faut s'y prendre ?

— Oui.

— Comment ? »

Elle se cabra. « Puisque je vous dis que je le sais !

— Allons, faites-moi plaisir. Comment ?

— D'arrière en avant dans une direction, puis d'arrière en avant dans la direction perpendiculaire.

— Et pas plus de trente centimètre à chaque pas. »

Elle l'ignorait. « Je sais, dit-elle.

— Allez-y. »

La lampe PoliLight s'alluma avec un éclat surnaturel. Elle savait que sous cet éclairage — dit source de lumière alternative — les empreintes digitales, les traces de sang et de sperme et certaines empreintes de pas devenaient fluorescentes. La lumière verdâtre faisait danser les ombres tout autour d'elle, et elle se pencha à plusieurs reprises sur des formes imprécises qui n'étaient que des fantômes.

« Amelia ? » appela Rhyme. Elle sursauta une nouvelle fois. « Oui ? Quoi ?

— Vous voyez des traces de pas ? »

Elle fixait le sol à ses pieds. « Je... euh, non. Je vois des traînées dans la poussière. Quelque chose... » Elle se reprocha aussitôt son imprécision. Mais Rhyme, contrairement à Peretti le matin même, ne la releva pas. « Je comprends, dit-il. Il a balayé.

— Mais oui ! dit-elle, surprise. C'est ça, des coups de balai ! Comment avez-vous deviné ? »

Rhyme se mit à rire — de quoi déchirer les tympans d'Amelia dans ce caveau sinistre. « Il a été assez malin pour effacer ses empreintes ce matin ; il ne va pas s'arrêter en si bon chemin. Je peux vous dire qu'il est fort, ce gars-là. Mais nous ne sommes pas mauvais nous non plus. Continuez. »

Elle fléchit à nouveau sur ses articulations en feu, scrutant le sol. « Il n'y a rien par ici. Rien du tout. »

Le ton avec lequel elle disait cela — comme pour conclure — n'échappa pas à Rhyme. « Vous venez tout juste de commencer, Amelia. Vous devez travailler sur trois dimensions. Ne l'oubliez pas. Vous vouliez dire qu'il n'y a rien par terre. Maintenant, examinez les murs. Commencez par le point le plus éloigné de la source de vapeur et regardez centimètre par centimètre. »

Elle contourna lentement l'horrible marionnette au centre de la pièce. Elle se souvenait d'avoir joué autour d'un mât enrubanné, à une fête de quartier dans Brooklyn, lorsqu'elle avait cinq ou six ans, tandis que son père la filmait avec fierté. Lentement, pas à pas... Cette salle était vide, mais il y avait des milliers d'endroits où regarder.

En vain...

Mais non. Sur un rebord, à un peu moins de deux mètres au-dessus du sol... Elle laissa échapper un petit rire nerveux. « J'ai trouvé quelque chose !

— Quoi ?

— Une grosse écharde de bois foncé.

— Les baguettes.

— Quoi ?

— Les crayons. Servez-vous-en pour la prendre. Elle est mouillée ?

— Tout est mouillé, là-dedans.

— Évidemment. La vapeur. Glissez-la dans un sachet en papier. Le plastique retient l'humidité, et avec cette chaleur les bactéries risquent de détruire les empreintes. Autre chose ? » Il y avait de l'excitation dans sa voix.

« Oui. Je ne sais pas. Des cheveux, je crois. Courts. Rangés en petit tas.

— Avec de la peau ?

— Non.

— Il y a un rouleau de ruban adhésif 3M dans la valise. Prenez-les avec ça. »

Elle parvint à les attraper presque tous, les glissa dans une enveloppe. Puis elle examina la surface de maçonnerie autour des cheveux. « Je vois des taches. On dirait de la rouille, ou du sang. » Elle se rappela soudain qu'elle avait la lampe PoliLight, et dirigea le faisceau sur les taches. « Elles sont fluorescentes.

— Vous savez faire un test d'identification du sang ?

— Non.

— Eh bien, disons que c'est certainement du sang. Vous croyez que c'est celui de la victime ?

— Je ne crois pas. Elle est trop loin, et il n'y a pas de traînée au sol jusqu'à son corps.

— Est-ce que les taches semblent indiquer une direction ?

— Oui. Elles vont jusqu'à une brique dans le mur. Elle est descellée. Il n'y a pas d'empreintes dessus. Je vais la déplacer. Je... Ah, mon Dieu ! » Elle fit deux pas en arrière, le souffle coupé, et faillit tomber.

« Qu'y a-t-il ? » demanda Rhyme.

Elle se rapprocha pour regarder à nouveau, incrédule.

« Amelia ? Dites quelque chose !

— C'est un os. Un os plein de sang.

— Humain ?

— Je n'en sais rien. Comment voulez-vous... je n'en sais rien !

— Prélevé récemment ?

— On dirait. Environ six centimètres de long et six centimètres de diamètre. Avec du sang et de la chair. Il a été scié. Mon Dieu, mais qui a pu faire...

— Restez calme.

— Et s'il l'avait pris sur quelqu'un d'autre ?

— Dans ce cas, nous aurions intérêt à trouver cette personne, et sacrément vite, Amelia. Mettez ça dans un sachet. En plastique, pour l'os. »

Pendant qu'elle s'exécutait, il dit : « C'est tout ce qu'il a laissé pour nous ? » Il semblait inquiet, maintenant.

« Oui.

— C'est donc tout ? Des cheveux, un os et une écharde. Il ne nous facilite guère les choses, hein ?

— Vous voulez que je rapporte tout ça à votre... bureau ? »

Rhyme riait maintenant. « Je voudrais bien vous dire que c'est terminé. Mais non. Nous avons encore à faire. Tâchons d'en savoir un peu plus sur l'Inconnu 823.

— Mais il n'y a plus rien, ici !

— Oh, si. Il y a un tas de choses, Amelia. Il y a son adresse et son numéro de téléphone et son portrait et ses désirs et ses espoirs. Il y a tout cela autour de vous. »

Ce ton professoral l'exaspérait. Elle resta silencieuse.

« Vous avez la torche électrique ?

— J'ai ma torche halogène réglementaire...

— Non, gronda-t-il. Ces torches donnent un faisceau trop étroit. Il vous faut la douze volts.

— Eh bien, je ne l'ai pas, répondit-elle sèchement. Vous voulez que je retourne la chercher ?

— Pas le temps. Inspectez les tuyaux. »

Elle y passa dix bonnes minutes, escaladant jusqu'au

plafond et illuminant avec le puissant faisceau halogène des recoins qui n'avaient pas vu la lumière depuis un demi-siècle. « Non, je ne vois rien.

— Retournez à la porte. Dépêchez-vous. »

Elle hésita une seconde, et obéit.

« Voilà. J'y suis.

— Fermez les yeux, maintenant. Qu'est-ce que vous sentez ?

— Ce que je sens ? C'est bien ce que vous avez dit ? »

Et si ce type était fou pour de bon ?

« Il faut toujours vous servir de votre nez. L'air que vous respirez peut vous apprendre une foule de choses. »

Elle prit une profonde inspiration, les yeux grands ouverts. « Ma foi, je *ne sais pas* ce que ça sent ici.

— Ce n'est pas une réponse. »

Elle souffla bruyamment, exhalant du même coup toute son exaspération, dans l'espoir qu'il l'entendrait. Puis elle se força à fermer les yeux et inspira, en luttant contre la nausée qui revenait. « Humidité, moisissure. Une odeur d'eau chaude et de vapeur.

— Faites comme si vous ne saviez pas d'où viennent ces odeurs. Décrivez-les.

— L'eau chaude. Le parfum de cette femme.

— Êtes-vous certaine que c'est le sien ?

— Mon Dieu, non.

— Vous en mettez, vous-même ?

— Non.

— Et si c'était une lotion après-rasage ? Celle du médecin ? Ou du policier qui vous a accompagnée ?

— Je ne crois pas. Non.

— Décrivez encore.

— C'est une odeur sèche. Comme celle du gin.

— Essayez de deviner : lotion après-rasage pour homme, ou parfum de femme ? »

Comment s'appelait ce que mettait toujours Nick ? Arrid Extra Dry.

« Je ne sais pas. Masculin, plutôt.

— Approchez-vous du corps. »

Elle jeta un rapide regard au tuyau, baissa les yeux vers le sol.

« Je...

— Allez-y. »

Elle s'approcha. La peau arrachée comme l'écorce au tronc d'un bouleau.

« Penchez-vous et sentez la peau de son cou.

— C'est que... Il n'y a plus beaucoup de peau.

— Je suis désolé, Amelia, mais il le faut. Il faut absolument que nous sachions si ce parfum était le sien. »

Elle se pencha, respira, aussitôt secouée par un violent haut-le-cœur.

Je vais dégueuler, se dit-elle. Comme la fois où on s'est pintés à mort au *Pancho's*, Nick et moi, avec leurs putains de daiquiris. On avait l'air fin, nous, les deux flics durs à cuire, en train de siffler des cocktails pour vieilles demoiselle pleins de petits poissons en plastique bleu... et après...

« Vous sentez le parfum ? »

Ça y est, ça me reprend... Nouveau haut-le-cœur.

Non. Non ! Elle serra les paupières, se concentra sur les élancements qui montaient de ses articulations. La plus douloureuse — celle du genou. Et, comme par miracle, la nausée disparut. « Ce n'est pas son parfum.

— Excellent. Notre ami serait-il assez coquet de sa personne pour s'asperger d'eau de Cologne ? Voilà qui pourrait être un moyen de le situer dans l'échelle sociale... À moins qu'il n'ait voulu masquer une autre odeur. Ail, cigare, poisson, whisky... C'est à voir. Et maintenant, Amelia, écoutez-moi bien.

— Oui ?

— Je veux que vous vous mettiez à sa place. Dans sa peau. »

Oh. Moi. Dans la peau d'un cinglé. J'avais bien besoin de ça.

« Je crains que ça ne nous prenne un peu trop de temps.

— On n'a jamais assez de temps sur une scène de crime, poursuivit Rhyme, conciliant. Mais ce n'est pas une raison pour se décourager. Faites comme si vous étiez lui. Jusqu'à présent, vous avez pensé comme vous et moi. Je veux maintenant que vos pensiez comme lui.

— Mais comment voulez-vous que je fasse ?

— Faites appel à votre imagination. C'est bien pour ça que le Bon Dieu nous en a donné une. Voilà. Vous êtes lui. Vous avez passé les menottes à cette fille et vous l'avez bâillonnée. Vous l'amenez ici. Vous l'attachez au tuyau. Elle a peur. Ça vous plaît.

— Qu'est-ce qui vous fait dire que ça lui plaît ?

— Ça *vous* plaît. Pas à *lui*. Comment je le sais ? Parce que je ne vois pas pourquoi notre ami, ou n'importe qui d'autre, se donnerait tout ce mal pour faire quelque chose s'il n'y prenait pas du plaisir. Bon. Vous connaissez les lieux. Vous y êtes déjà venu.

— Comment le savez-vous ?

— Il le fallait. On ne trouve pas par hasard un endroit désert avec une arrivée de vapeur sous pression. Et il a bien fallu qu'il vienne chercher les indices qu'il a laissés pour nous, ensuite, le long de la voie ferrée. »

Amelia Sachs écoutait, hypnotisée, cette voix calme et mélodieuse, toute en notes basses. Elle en oubliait que l'homme qui lui parlait était pratiquement privé de corps. « Ah, oui. C'est vrai.

— Regardez la plaque qui permet d'accéder à l'intérieur du tuyau. À quoi pensez-vous ?

— Je n'en sais rien. Que j'ai envie d'en finir. De sortir d'ici. »

Mais à peine avait-elle prononcé ces mots qu'elle pensait déjà : faux. Et elle comprit tout de suite ce que signifiait le claquement de langue de Rhyme dans son casque. « C'est vraiment ce que vous voulez ? demanda-t-il.

— Non. Je veux que ça dure.

— Mais oui ! À mon avis, c'est exactement ce que vous voulez. Vous pensez à ce que la vapeur va lui faire. Et quoi encore ?

— Je... »

Une pensée se forma dans son esprit, une image, plutôt. Elle vit la fille en train de se débattre. Et quelque chose d'autre... quelqu'un d'autre. *Lui!* Se dit-elle. L'Inconnu 823. Mais que faisait-il là ? Elle était tout près de comprendre. *Quoi ?...* Et soudain, tout disparut. Plus d'image, plus rien.

« Je n'en sais rien, murmura-t-elle.

— Vous êtes pressé, tendu ? Ou bien vous faites tranquillement ce que vous avez décidé de faire ?

— Je suis pressé. Il faut que je m'en aille. Les flics peuvent arriver d'un instant à l'autre. Et pourtant...

— Quoi ? »

Elle siffla entre ses dents en balayant la pièce du regard, à la recherche du détail qui avait fait naître cette pensée si vite évanouie.

Tout se mit à tanguer autour d'elle dans une obscurité épaisse trouée de lueurs fugitives, zigzagantes, emportées par des lambeaux de ténèbres tourbillonnantes.

Il a peut-être...

Oui ! C'est ça ! Son regard courut le long de la conduite de vapeur, se fixa sur une autre plaque d'accès dans un recoin obscur, une sorte de niche où la fille eut été beaucoup mieux cachée — cet endroit n'était pas visible depuis l'entrée, il fallait passer devant pour le découvrir, et cette deuxième plaque ne tenait que par quatre boulons, au lieu de huit, comme l'autre...

Pourquoi ne l'avait-il pas choisi plutôt ?

C'est alors qu'elle comprit.

« Il ne veut pas... *Je* ne veux pas m'en aller tout de suite parce que je veux la regarder.

— Pourquoi dites-vous ça ?

— Il y a un autre tuyau auquel j'aurais pu l'enchaîner, mais j'ai préféré celui qui était bien en vue.

— Pour pouvoir la regarder ?

— Oui, je pense.

— Pourquoi ?

— Pour vérifier qu'elle ne pouvait pas se sauver, peut-être. Qu'elle ne pouvait pas retirer son bâillon... Je ne sais pas.

— Très bien, Amelia. Mais qu'est-ce que ça veut dire ? Qu'est-ce que nous pouvons *déduire* de ce fait ? »

Sachs parcourut une nouvelle fois la pièce, cherchant l'endroit où l'homme s'était installé pour jouir de la meilleure vue possible sur l'agonie de sa victime. Et elle le trouva. Un recoin obscur entre deux grosses cuves à mazout.

« Oui ! s'écria-t-elle. C'est là qu'il était ! » Elle en oubliait le jeu de rôle. « Il a balayé ici. »

Elle projeta la lumière verte de la lampe PoliLight.

« J'ai une empreinte !

— Une empreinte ?

— On voit encore mieux la fille si on se penche en avant en s'appuyant sur cette cuve. C'est ce qu'il a fait, j'en suis certaine. Mais c'est bizarre, Lincoln. C'est... déformé. Sa main, je veux dire. » Elle frissonna à la vue de l'énorme paume.

« Il y a dans la valise un flacon d'aérosol marqué DFO. C'est une teinture fluorescente. Vaporisez-la sur l'empreinte, braquez la PoliLight et faites un cliché au Polaroïd. »

Quand ce fut fait, il lui dit : « Maintenant, passez le sol à l'aspirateur entre les deux cuves. Avec un peu de chance, il aura perdu un cheveu en se grattant, ou se sera arraché un bout d'ongle. »

Comme moi, songea Amelia Sachs. C'était l'une des raisons pour lesquelles sa carrière de mannequin avait tourné court — les ongles rongés jusqu'au sang, les sourcils enflammés. Elle avait lutté désespérément pour mettre fin à ces manies. Puis y avait renoncé, découragée, stupéfaite de constater que la répétition de gestes aussi minuscules pouvait changer le cours d'une existence.

« Mettez le filtre de l'aspirateur dans un sachet.

— En papier ?

— Oui, en papier. Et maintenant, le corps, Amelia.

— Quoi ?

— Eh oui. Il faut *aussi* vous occuper du corps. »

Elle se sentit défaillir. Pas moi, pas ça, par pitié. Trouvez quelqu'un d'autre. « Je ne dois pas y toucher avant que le médecin légiste l'ait examiné. C'est le règlement.

— Oubliez le règlement pour aujourd'hui, Amelia. C'est nous qui décidons. Le médecin légiste viendra après. »

Elle fit quelques pas jusqu'au corps de la fille.

« Vous savez dans quel ordre on doit procéder ?

— Oui. »

Encore un pas. Elle était maintenant tout près du corps martyrisé.

Puis elle se figea, les mains à quelques centimètres de la peau de la victime.

Je ne peux pas faire ça. Elle frissonna. Vas-y, se dit-elle, je te l'ordonne. Mais elle ne pouvait pas. Ses muscles ne répondaient plus.

« Amelia ? Officier Sachs ? Vous y êtes ? »

Incapable de répondre.

Je ne peux pas... C'était aussi simple que ça. Impossible. Je ne *peux* pas.

« Sachs ? »

Elle ferma les yeux. Et vit son père, en uniforme, se penchant au-dessus du trottoir brûlant de la 42e Rue pour aider un ivrogne couvert de croûtes à se relever et le prenant par le bras pour le raccompagner chez lui. Puis elle vit Nick, son Nick, sifflant une bière avec un grand rire dans un bar du Bronx, en compagnie d'un truand qui l'aurait tué sur-le-champ s'il s'était aperçu qu'il avait affaire à un jeune flic en civil. Les deux hommes de sa vie, faisant ce qu'ils avaient à faire.

Elle n'aurait pas su dire, sur le moment, pourquoi ces deux images surgies à son esprit l'avaient aidée à se ressaisir. « Oui, je suis là », dit-elle, et elle se mit au travail comme on le lui avait appris, recueillant les résidus sous les ongles, passant au peigne les cheveux et les poils pubiens. Tout en décrivant à Rhyme les gestes qu'elle faisait.

Sans regarder les orbites béants...

Sans s'attarder sur la chair écarlate.

En s'efforçant de ne pas sentir l'odeur.

« Prenez ses vêtements, dit Rhyme. Coupez si c'est nécessaire. Placez dessous une feuille de papier journal, d'abord, pour récupérer tout ce qui pourrait tomber.

— Je dois examiner l'intérieur des poches ?

— Non, nous le ferons ici. Enveloppez tout dans du papier. »

Elle coupa le chemisier et la jupe pour les retirer, puis la culotte. Elle tendit la main vers le soutien-gorge qui pendait de la poitrine, en lambeaux. Mais elle eut une impression bizarre quand elle le toucha — il se désintégrait sous ses doigts. Elle laissa échapper un petit cri en se rendant compte que ce n'était pas de l'étoffe, mais de la chair.

« Amelia ? Ça va ?

— Oui, dit-elle, dans un souffle. Ça va.

— Décrivez-moi les liens.

— Chatterton pour le bâillon, environ six centimètres de large. Menottes du modèle courant aux poignets, corde à linge aux chevilles.

— Braquez la lampe PoliLigth sur le corps. Il l'a peut-être touchée à mains nues. Cherchez les empreintes. »

Ce qu'elle fit. « Il n'y en a pas.

— Bon. Maintenant, coupez la corde — mais pas dans le nœud. Mettez-la dans un sachet en plastique. »

Elle s'exécuta. « Il nous faut aussi les menottes, dit Rhyme.

— D'accord. J'ai une clé.

— Non, Amelia. Il ne faut pas les ouvrir.

— Comment ?

— C'est là que nous avons le plus de chances de trouver des empreintes de notre bonhomme.

— Mais comment voulez-vous que je les prenne, sans me servir d'une clé ? » Elle se mit à rire.

« Il y a une scie à métaux dans la valise.

— Vous voulez que je scie les menottes ? »

Un silence. Puis Rhyme dit d'une voix douce : « Non, pas les menottes, Amelia.

— Mais enfin, qu'est-ce que je dois... Oh, non, vous ne le pensez pas sérieusement. Ses *mains* ?

— Il le faut. » Cette mauvaise volonté l'agaçait visiblement.

Trop, c'est trop. Libre à Sellitto et Polling de travailler avec un malade, si ça leur plaît. Mais moi, je n'irai pas plus loin.

« Pas question.

— Amelia, ce n'est qu'un moyen comme un autre de trouver des indices. »

La logique même, à l'entendre. Elle réfléchissait à toute allure, cherchant désespérément des excuses. « Il y aura du sang dessus, si je...

— Son cœur ne bat pas. Et d'ailleurs, ajouta-t-il comme un animateur de jeu télévisé recalant un candidat, le sang s'est coagulé sous l'effet de la chaleur. »

Nouveau haut-le-cœur. La gorge qui se noue.

« Allons, Amelia. Retournez à la valise. Prenez cette scie. Elle est dans le couvercle. » Et d'ajouter, glacial : « Je vous en prie.

— Pourquoi m'avez-vous demandé de lui curer les ongles, alors ? Il suffisait que je vous apporte les mains !

— Amelia, nous avons besoin de ces menottes. Il va falloir les ouvrir ici, et nous ne pouvons pas attendre que le médecin légiste ait fait son travail. »

Elle repartit vers l'entrée. Ouvrit la valise, prit la scie. Puis elle se tourna vers la fille, figée dans l'horreur de ses derniers instants au centre de la pièce.

« Amelia ? *Amelia* ? »

Dehors régnait toujours une atmosphère aussi lourde, immobile dans un ciel jaunâtre, et les immeubles environnants étaient maculés de suie comme des ossements calcinés. Mais Amelia n'avait jamais été aussi contente de retrouver l'air de la ville. Tenant la grosse valise noire d'une main, la scie à métaux de l'autre, le casque à écouteurs pendu à son cou comme une breloque inutile, elle passa sans un regard devant la foule des policiers et des curieux qui attendaient sa sortie et fila tout droit vers le break.

Comme elle arrivait à la hauteur de Sellitto, elle lui tendit la scie sans ralentir le pas, la lui jetant presque. « S'il y tient tant que ça, dites-lui qu'il vienne le faire lui-même. »

II

LE PRINCIPE DE LOCARD

Dans la vie réelle, on ne revient pas sur la scène du crime.

Vernon J. GERBERT,
lieutenant-commandant (retraité)
de la police de New York

SAMEDI, DE 16 HEURES À 22 H 15

9

« LA SITUATION EST DÉLICATE, monsieur. »

L'homme qui se tenait derrière le bureau avait tout d'un commissaire divisionnaire de série télévisée. Et c'était effectivement son grade. Le cheveu blanc, la bajoue naissante sous les verres cerclés d'or, l'air de poser en permanence pour les photographes.

« Quel est le problème, officier ? »

Le commissaire Randolph C. Eckert lui jeta un regard qu'Amelia Sachs reconnut aussitôt ; sa conception de l'égalité consistait à se montrer aussi dur avec les officiers femmes qu'avec les hommes.

« Je veux poser une réclamation, répondit-elle, crispée. Vous êtes au courant de cette affaire d'enlèvement dans un taxi ? »

Il hocha la tête. « Ah ! On ne parle plus que de *ça* dans toute la ville. Avec cette fichue conférence des Nations unies, poursuivit-il, c'est le monde entier qui nous regarde. C'est trop injuste ! On ne parle jamais du crime à Washington. Ou à Detroit. Enfin, à Detroit, oui. À Chicago, disons. Jamais ! Non, C'est sur New York que les gens tapent toujours. À Richmond, Virginie, l'année dernière, ils ont eu plus d'homicides par habitants que nous ! Je l'ai vérifié. Et je me ferais plutôt parachuter sans arme au beau milieu de Harlem que de rouler vitres baissées dans les quartiers Est de Washington DC !

— Ouichef.

— On a retrouvé la fille, mais morte, à ce que j'ai entendu. C'était sur toutes les radios. Ces journalistes...

— En ville. Tout à l'heure.

— Ah, c'est trop bête !

— Ouichef.

— Ils l'ont tuée ? Comme ça ? Sans demander de rançon ni rien ?

— Je n'ai pas entendu parler de rançon.

— C'est quoi, cette réclamation ?

— J'étais la première sur les lieux, ce matin.

— Vous êtes de la police urbaine ? demanda Eckert.

— J'étais. J'ai été muté aux affaires publiques. J'aurais dû intégrer mon nouveau service aujourd'hui même, à midi. Pour une session de formation. » Elle leva les mains, révélant le bout de ses doigts couronnés de sparadrap couleur chair, et les laissa retomber sur ses genoux. « Mais on m'a embarquée de force.

— Qui ?

— L'inspecteur Lon Sellitto, monsieur. Et le capitaine Haumann. Et Lincoln Rhyme.

— Rhyme ?

— Ouichef.

— Ce n'est pas le type qui dirigeait l'IRD, il y a quelques années ?

— Ouichef. C'est lui.

— Je le croyais mort. »

Ces types-là ne meurent pas, c'est leur égocentrisme qui les conserve.

« Il est vivant, monsieur, et bien vivant. »

Le commissaire divisionnaire regardait par la fenêtre. « Il ne fait plus partie de la maison. Qu'est-ce qu'il a à voir avec ça ?

— Il intervient comme consultant, je pense. Officiellement, c'est Lon Sellitto qu'on a mis sur l'affaire. Sous l'autorité du capitaine Polling. J'ai demandé cette mutation, et ça fait huit mois que je l'attendais. Mais ils m'ont envoyée sur la scène du crime. Je n'avais jamais fait ça. C'est absurde, et ça me déplaît, franchement, d'être chargée d'un travail pour lequel je n'ai pas été formée.

— Sur la scène du crime ?

— J'ai dû tout faire moi-même, sur ordre de Rhyme. Et seule. »

Eckert n'y comprenait rien. « Depuis quand un civil ordonne-t-il à des policiers en uniforme de faire quoi que ce soit ?

— C'est bien ce que je voulais dire, chef. » Le moment était venu de lancer l'hameçon. « Enfin je ne refuse pas d'aider jusqu'à un certain point. Mais de là à me demander de dépecer des victimes...

— Quoi ? »

Elle battit des paupières, comme étonnée qu'il ne soit pas au courant. Elle lui expliqua l'affaire des menottes.

« Dieu du ciel, mais quelle mouche les a piqués ? Ils ne se rendent pas compte que le pays tout entier a les yeux sur eux ? On a parlé de ce kidnapping toute la journée sur CNN. Lui couper les mains ? Dites-moi, vous ne seriez pas la fille d'Herman Sachs ?

— Oui.

— Un bon policier, celui-là. Un *excellent* policier. J'ai eu l'occasion de lui remettre l'une de ses citations. Un flic de terrain comme on voudrait en voir plus souvent. Il était sur les quartiers sud, c'est ça ?

— Hell's Kitchen. Mon secteur. »

Mon *ancien* secteur.

« Herman Sachs a probablement empêché plus de crimes de se commettre que tout le corps des inspecteurs n'en traite en une année. Il savait calmer le jeu, voyez-vous.

— Oui, il était comme ça, Papa.

— Ses mains ? reprit Eckert, avec une grimace de bouledogue. Mais la famille va nous attaquer ! Attendez un peu que ça se sache. Ils font des procès pour un oui ou pour un non, par les temps qui courent. Un violeur nous a traîné devant les tribunaux parce qu'il avait reçu une balle dans la jambe en se jetant sur un policier pour le poignarder. Son avocat a échafaudé toute une théorie dite du "choix du moindre mal". Faudrait qu'on les chatouille au lieu de tirer, maintenant, ou qu'on les neutralise au gaz paralysant. Ou qu'on leur demande poliment de se rendre, est-ce que je sais, moi ! Mais cette fois, il va falloir que j'en parle avec le maire et avec le patron, et qu'on remette les pendules à l'heure. J'ai des coups de fil à donner, officier. » Il regarda la pendule, au mur. « Vous avez fini votre service pour aujourd'hui ?

— Je dois passer au rapport chez Lincoln Rhyme. C'est là-bas que nous travaillons. » Elle pensa à la scie à métaux. Et elle ajouta calmement : « Dans sa chambre. C'est notre poste de commandement.

— Votre poste de commandement ? Dans la chambre d'un civil ?

— Je vous remercie d'avance de ce que vous pourrez faire, chef. J'ai attendu si longtemps cette mutation...

— Lui couper les mains. Bonté divine ! »

Elle se leva et sortit dans l'un de ces corridors où elle serait bientôt chez elle. Mais elle ne ressentit pas une véritable sensation de soulagement — pas aussi vite qu'elle s'y attendait, en tout cas.

Debout devant la fenêtre aux vitres épaisses, il regardait une meute de chiens errants aller et venir dans le terrain vague, de l'autre côté de la rue.

Il était au premier étage de ce bâtiment à la façade plaquée de marbre, construit pour abriter quelque administration au début du XIXe siècle. Entourée de terrains vagues et d'immeubles — certains abandonnés, d'autres occupés par des squatters plus souvent que par des locataires —, cette vieille maison était inhabitée depuis plusieurs années.

Le collectionneur d'os prit un morceau de papier de verre et se remit à frotter. Il baissa les yeux sur son travail. Puis regarda de nouveau par la fenêtre.

Ses mains répétaient un geste circulaire, précis. Le petit morceau de papier chuchotait, *chhhhh, chhhhh*... Comme une mère qui veut faire taire son enfant.

Une dizaine d'années auparavant — alors que New York croyait encore à son avenir —, un artiste délirant était venu habiter ici. Il avait accumulé sur deux étages, dans ces vastes pièces où régnaient le froid et l'humidité, tout un bric-à-brac d'objets anciens plus ou moins démantibulés. Grilles en fer forgé, fragments de moulages d'arches et grands panneaux de verre cathédrale, colonnes rongées par les intempéries. L'artiste avait aussi laissé sur les murs certaines de ses œuvres, peintes à même le plâtre qui s'écaillait : fresques, jamais terminées, montrant des ouvriers, des enfants, des amants angoissés. Des visages ronds, inexpressifs — un leitmotiv chez cet artiste — et des regards vides qui semblaient dire qu'on avait depuis longtemps arraché leur âme à ces corps alanguis.

Le peintre n'avait pas connu le succès, malgré une dernière idée pourtant brillante — son propre suicide — destinée à attirer sur lui les feux de la renommée, et la banque avait saisi la maison.

Chhhh...

Le collectionneur d'os était tombé sur cet endroit par hasard, l'année précédente, et s'y était tout de suite senti chez lui. Le fait d'habiter un quartier désert comptait beaucoup à ses yeux

— c'était évidemment commode. Et il y avait autre chose, qui le touchait plus directement : le terrain vague situé en face. Quelques années auparavant, une excavatrice y avait mis à jour une grande quantité d'ossements humains, révélant la présence de l'un des tout premiers cimetières de la ville. Les journaux s'étaient faits l'écho de cette découverte, certains en indiquant que les tombes ne contenaient peut-être pas seulement les restes des premiers habitants de New York mais aussi ceux d'Indiens Manates et Lenapes.

Il rangea l'objet qu'il venait de polir au papier de verre — un os carpien, mince et fragile — et prit le poignet, qu'il avait soigneusement détaché du radius et du cubitus la veille au soir, avant de se rendre à l'aéroport Kennedy pour y charger les premières victimes. Il avait mis l'os à sécher depuis plus d'une semaine et presque toute la chair avait disparu, mais il eut tout de même un peu de mal à séparer les os étroitement imbriqués. Ils se détachèrent avec de petits bruits mats, comme en font les poissons lorsqu'ils crèvent la surface d'un étang.

Ah, ces gens de la maréchaussée étaient plus malins qu'il ne l'avait prévu ! Il les avait observés tandis qu'ils cherchaient dans Pearl Street, en se demandant s'ils devineraient jamais à quel endroit il avait laissé la fille ramassée à l'aéroport. Et il avait été stupéfait de les voir soudain se précipiter vers le bon immeuble. Il s'était dit qu'il faudrait deux ou trois victimes avant qu'ils ne flairent une piste. Ils ne l'avaient pas sauvée, bien sûr. Mais il ne s'en était fallu que d'une ou deux minutes.

Comme dans la vie, souvent.

Le scaphoïde, le cuboïde, le pisiforme, le semi-lunaire, le crochu, le pyramidal... Les os, comme les pièces d'un casse-tête, se séparèrent sous ses doigts nerveux. Il en retira quelques lambeaux de chair et de tendons. Il sélectionna le grand trapèze — à la base duquel s'était trouvé le pouce — et se remit à polir.

Chhhhh, chhhhh...

Le collectionneur d'os regarda par la fenêtre en plissant les paupières et crut voir un homme debout devant l'une des anciennes tombes. C'était forcément un effet de son imagination, car l'homme était coiffé d'un chapeau melon et vêtu d'une gabardine de teinte moutarde. Il posa quelques roses sombres à côté de la dalle avant de tourner les talons pour s'éloigner, en se faufilant entre les attelages, vers le pont qui enjambait Canal Street à l'embouchure de Collect Pond. Qui était-il venu voir ? Ses parents ? Un frère ? Quelque membre de sa famille fauché par les terribles épidémies de grippe qui s'étaient abattues sur la ville récemment ?

Récemment ?

Non, pas récemment, bien sûr. Un siècle auparavant — *voilà* ce qu'il voulait dire.

Il regarda à nouveau. Il n'y avait plus la moindre trace des chevaux, ni de l'homme au chapeau melon. Il lui avait pourtant semblé les voir, en chair et en os.

Ils n'en étaient pas moins réels, à leur façon.

Tout revenait à nouveau — le passé. Il voyait des choses qui dataient *d'avant*, qui s'étaient produites *alors*, comme si elles étaient en train d'arriver. Pourtant, il pouvait empêcher cela. Il *savait* qu'il le pouvait.

Mais en regardant par la fenêtre, il se rendit compte que bien sûr il n'y avait ni avant ni après. Pas pour lui. Il ne cessait d'avancer et de reculer dans le temps, d'un jour, d'une année, d'un siècle ou deux, comme une feuille morte dans la bourrasque.

Il jeta un coup d'œil à sa montre. Il était temps d'y aller.

Après avoir posé l'os sur le dessus de la cheminée, il se lava méticuleusement les mains — comme un chirurgien. Pendant les cinq minutes suivantes il passa un rouleau adhésif sur ses vêtements pour en retirer toute trace de terre, de poussière ou de cheveux susceptible de conduire les policiers jusqu'à lui.

Il pénétra dans les anciennes écuries en passant devant une fresque inachevée — un boucher au visage joufflu dans son tablier blanc maculé de sang. Le collectionneur d'os s'apprêta à monter dans le taxi, puis se ravisa. L'imprévisibilité est la meilleure des défenses. Cette fois, il prendrait la voiture à cheval... le *coupé*, le coupé Ford. Il mit le moteur en marche, sortit, descendit pour refermer la porte du garage et donner un tour de clé.

Ni avant ni après...

Comme il longeait l'ancien cimetière, la meute l'entendit. Les chiens relevèrent la tête pour un bref regard à la Ford, puis se remirent à fouiller les buissons à la recherche de rats, et d'eau surtout, dans la chaleur accablante de l'après-midi.

Ni alors ni maintenant...

Il sortit de sa poche les gants et la cagoule et les posa à côté de lui tandis que la voiture prenait de la vitesse, laissant derrière elle le vieux quartier presque désert. Le collectionneur d'os partait à la chasse.

10

IL Y AVAIT QUELQUE CHOSE de changé dans la pièce, mais elle se demandait quoi.

Lincoln Rhyme le comprit à son regard.

« Vous nous avez manqué, Amelia, dit-il, d'une toute petite voix. Vous aviez des courses à faire ? »

Elle détourna les yeux. « Personne, apparemment, n'avait pensé à prévenir mon nouveau chef que je ne viendrais pas travailler aujourd'hui. J'ai pensé qu'il valait mieux le faire.

— Ah, oui. »

Elle fixait le mur, et comprenait petit à petit ce qui l'avait frappée. Outre l'équipement de base apporté par Mel Cooper, il y avait maintenant un microscope électronique à scanner couplé à un générateur de rayons X, un dispositif pour flottation et tests à haute température destiné aux tests sur le verre, un microscope de contrôle, un tube classificateur pour différencier les densités des sols et une bonne centaine de vases à bec, coupelles et fioles de produits chimiques.

Et au centre de la pièce, l'instrument qui faisait la fierté de Cooper : un chromatographe à gaz couplé à un ordinateur et à une spectrométrie de masse. Et un autre ordinateur, relié au propre terminal de Cooper au laboratoire de la police scientifique.

Amelia enjamba adroitement l'écheveau de câbles qui traversait la pièce jusqu'à la porte puis aux marches — la puissance requise par tous ces appareils excédait largement celle que pouvait fournir l'installation électrique de la maison. Et Rhyme, qui l'observait, fut frappé par la beauté de la jeune femme et par la grâce de ses mouvements.

Il la trouva, le temps d'un regard, extraordinairement

attirante. On dit souvent que le siège du désir réside dans le cerveau, et Rhyme savait combien c'était vrai. Que le circuit fut coupé quelque part ne suffisait pas à l'éteindre. Il se rappelait encore avec un léger tressaillement d'horreur ce qui s'était passé un certain soir, six mois après son accident. Il avait essayé avec Blaine. Simplement pour voir, avaient-ils dit, avec l'air de ne pas y attacher trop d'importance. Ce n'était pas une affaire.

Et ça n'avait *pas* été une affaire. Faire l'amour n'est déjà pas si simple, mais lorsqu'on complique encore l'équation avec des poches et des sondes, il y faut décidément beaucoup d'ardeur et de sens de l'humour, et infiniment plus de science qu'ils n'en possédaient l'un et l'autre. Et c'était surtout son expression à elle qui, très vite, avait tout gâché. Il avait compris au sourire volontaire de Blaine qu'elle agissait par pitié, et cela avait été comme un coup de poignard en plein cœur. Deux semaines plus tard, il déposait sa demande en divorce. Blaine s'était récriée mais avait signé, sans traîner, les papiers qu'on lui présentait.

Sellitto et Banks étaient revenus et classaient les indices collectés par Amelia. Elle y jeta un coup d'œil, vaguement intéressée.

« Les types du labo n'ont trouvé que huit empreintes récentes mais incomplètes, et elles provenaient toutes des deux employés de maintenance de l'immeuble, lui dit Rhyme.

— Ah. »

Il hocha vigoureusement la tête. « *Huit*, et pas une de plus !

— C'est un compliment qu'il vous fait, expliqua Thom. Appréciez-le à son prix. Et n'en espérez pas plus de lui.

— Je me passerai des sous-titres, Thom, je t'en prie.

— Je suis heureuse d'avoir pu donner un coup de main », dit-elle, le plus aimablement possible.

Mais enfin, que se passait-il ? Rhyme s'était attendu à la voir entrer en trombe dans sa chambre en jetant sur son lit les sachets contenant les indices. Avec la scie, peut-être, et les mains de la victime. Il s'était préparé à une discussion, sinon à une engueulade ; les gens, le plus souvent, prennent des gants pour se colleter avec un infirme. Il avait repensé à cette lueur, dans ses yeux, au moment où elle l'avait vu pour la première fois — signe, peut-être, de quelque attirance ambiguë entre elle et lui.

Mais non, il comprenait maintenant son erreur. Amelia

Sachs était comme tout le monde — gentille et polie, et le regard déjà tourné vers la sortie.

Ce fut comme si son cœur, en une fraction de seconde, se glaçait dans sa poitrine. Il parla en fixant une toile d'araignée à l'angle du plafond. « Nous nous demandions à quelle heure devait mourir la prochaine victime, officier. Mais l'heure ne semble pas fixée pour le moment.

— Nous croyons, enchaîna Sellitto, que ce salaud est déjà au travail sur sa victime, mais que la mort peut être lente et qu'il n'en connaît pas l'heure exacte. Il n'a pas une d'idée précise quant à l'heure de la mort. Lincoln pense qu'il a peut-être enterré un malheureux dans un endroit où il n'y a pas beaucoup d'air à respirer. »

Amelia plissa imperceptiblement les paupières en entendant cela. Rhyme le remarqua. Enterré vivant. Phobie pour phobie, celle-ci en valait une autre.

Ils furent interrompus par deux types en complets gris qui surgirent en haut des marches et entrèrent dans la chambre comme chez eux.

« Nous avons frappé, dit l'un.

— Nous avons sonné, dit l'autre.

— ... et pas de réponse. »

La quarantaine tous les deux, l'un plus grand que l'autre mais les mêmes cheveux blond pâle. Leurs sourires aussi se ressemblaient et, avant que l'accent traînant de Brooklyn ne vienne le contredire, Rhyme avait pensé : en voilà deux qui arrivent directement de leur cambrousse. L'un avait les ailes du nez ornées d'une traînée de taches de rousseur, roses et candides sur la chair pâle.

« Messieurs ? »

Sellitto présenta les Hardy Boys : inspecteur Bedding et inspecteur Saul, spécialistes du débroussaillage. Ils n'avaient pas leurs pareils pour ratisser, labourer le terrain en interrogeant tous ceux qui habitaient aux abords de la scène du crime afin de recueillir des bribes d'information et de rechercher des pistes. C'était un art en soi, mais Rhyme ne s'y était jamais initié, n'en avait jamais eu envie. Il se contentait de mettre à jour des faits bruts et de les communiquer à des policiers comme ceux-là qui, forts de ces informations, devenaient de véritables détecteurs de mensonges capables de mettre en pièce les plus solides alibis. Ils ne semblaient ni l'un ni l'autre surpris le moins du monde de venir au rapport devant un civil cloué dans son lit.

Saul, le plus grand, celui qui avait des taches de rousseur, dit : « Nous avons trouvé trente-six...

— ... trente-huit, si on ajoute les deux accros au crack. Il ne les compte pas. Moi, oui.

— ... témoins possibles. On les a tous interrogés. Sans grand résultat.

— Tous aveugles, sourds, amnésiques. Le truc habituel, quoi, vous voyez le tableau.

— Pas la moindre trace du taxi. On a ratissé le West Side. Que dalle. »

Bedding : « Dis-leur qu'il n'y a pas que des mauvaises nouvelles.

— On a trouvé un témoin.

— Un témoin ? répéta Banks, enthousiaste. Gé-nial !

— Continuez, dit Rhyme, beaucoup plus calme.

— Ce matin, près de la voie du chemin de fer.

— Il a vu un type qui descendait la 11e Avenue à pied, et qui a tourné...

— ... brusquement », précisa Bedding, celui qui n'avait pas de taches de rousseur.

« ... dans une ruelle conduisant au passage souterrain qui débouche sur la voie. Il y est resté un moment sans rien faire.

— À regarder. »

Rhyme trouvait la chose bizarre. « Ça ne ressemble pas à notre lascar. Il est bien trop malin pour prendre le risque d'être vu.

— Sauf que... », poursuivit Saul en levant un doigt, avec un clin d'œil à l'adresse de son acolyte.

— ... Il n'y avait qu'une fenêtre d'où on pouvait voir cet endroit-là.

— ... et que c'était justement celle où se trouvait notre témoin.

— Un lève-tôt, béni soit-il. »

Oubliant qu'il était furieux contre elle, Rhyme demanda : « Eh bien, Amelia, qu'en pensez-vous ?

— Je vous demande pardon ? » Elle se retourna vers lui, abandonnant la contemplation de la fenêtre.

« En fait, reprit-il, vous avez bloqué la 11e Avenue. Pas la 37e Rue. »

Elle ne savait que répondre, mais Rhyme, déjà, se retournait vers les jumeaux. « Signalement ?

— Notre témoin n'a pas été très précis.

— Il était beurré. Déjà.

— Il a dit que le type était de petite taille. Pas de couleur de cheveux. De race...

— ... blanche, probablement.

— Habillé comment ? demanda Rhyme.

— Vêtements de couleur sombre. C'est tout ce qu'on a pu lui tirer comme informations.

— Et que faisait-il ? demanda Sellitto.

— Je cite : "Il est resté planté là, à regarder la voie au-dessous. J'ai cru qu'il allait sauter. Quand le train arriverait, si vous voyez ce que je veux dire. Il a regardé sa montre une ou deux fois."

— Il a fini par s'en aller. Le témoin dit qu'il n'arrêtait pas de regarder à gauche et à droite. Comme quelqu'un qui craint d'être vu. »

Pourquoi était-il là ? se demandait Rhyme. Pour observer l'agonie de sa victime ? Ou bien était-il venu avant de l'enterrer, pour s'assurer que l'endroit était bien désert ?

« Il est reparti à pied ou en voiture ? demanda Sellitto.

— À pied. On a inspecté tous les parkings.

— Et les garages...

— ... des alentours. Mais ce n'est pas loin du Palais des Congrès, et il y a des parkings dans tous les coins. Leurs gardiens se plantent au milieu des rues en agitant des drapeaux orange pour rameuter les clients.

— Et avec la foire, la moitié étaient déjà complets à sept heures du matin. On a relevé au moins neuf cents numéros d'immatriculation.

— Vérifiez tout ça, dit Sellitto.

— C'est en train de se faire. On a sous-traité, dit Bedding.

— ... mais votre type n'est sûrement pas du genre à garer sa voiture dans un parking, poursuivit l'inspecteur. En prenant un ticket à l'entrée. »

Rhyme opina du chef. « Et l'immeuble de Pearl Street ?

— On y va de ce pas », répondit l'un des jumeaux, ou les deux.

Rhyme vit Amelia jeter un coup d'œil à sa montre, qui se détachait sur la chair blanche du poignet à côté de ses doigts rougis. Il demanda à Thom de reporter ces informations sur le tableau où se dessinait le portrait de l'inconnu.

« Vous voulez interroger ce type ? demanda Banks. Celui qui était à sa fenêtre ?

— Non. Je ne fais pas confiance aux témoins ! tonna Rhyme. Je veux me remettre au travail, maintenant. » Il regarda Mel Cooper. « Des cheveux, du sang, un os et une écharde. Commençons par l'os. »

Morgen...

La jeune Monelle Gerger ouvrit les yeux et se redressa lentement sur son lit au sommier fatigué. Depuis deux ans qu'elle habitait Greenwich Village, elle avait toujours autant de mal à se lever.

Son corps bien en chair, son corps de vingt et un ans, bascula en avant, et elle reçut dans ses yeux chassieux l'éclat du soleil d'août. « *Mein Gott...* »

Elle avait quitté le club à cinq heures, était rentrée chez elle à six heures, avait fait l'amour avec Brian jusqu'à sept... quelle heure était-il maintenant ?

Très tôt, elle en était certaine.

Elle regarda la pendule en plissant les paupières. Oh. 16 h 30.

Pas si *früh morgens*, finalement.

Café ou lessive ?

C'était à peu près à cette heure-là qu'elle s'était propulsée jusqu'au *Dojo's*, la veille, pour prendre son petit déjeuner : hamburger végétarien et trois tasses de café bien fort. Elle était tombée sur des connaissances, des copains du quartier qui aimaient sortir le soir, comme elle.

Mais elle s'était un peu trop laissée aller, ces derniers temps, négligeant ses tâches domestiques. Elle se glissa dans ses jeans, enfila par-dessus deux T-shirts informes et assez grands pour dissimuler sa silhouette courtaude, compléta le tout avec cinq ou six chaînes passées autour de son cou et alla chercher le panier de linge dans lequel elle jeta la boîte de poudre à laver.

Elle ouvrit les trois verrous qui fermaient sa porte de l'intérieur, prit le panier sous son bras et s'engagea dans le grand escalier mal éclairé. Arrivée au niveau du rez-de-chaussée, elle s'immobilisa.

Irgendwas stimmt hier nicht.

Mal à l'aise, Monelle balaya du regard l'escalier désert, les couloirs obscurs.

Il y avait quelque chose de changé.

L'éclairage ! Les ampoules de l'entrée étaient grillées. Non — elle regarda de plus près — il n'y avait *plus* d'ampoules.

Ces sales gamins étaient capables de voler n'importe quoi. Elle s'était installée dans cette résidence, qu'on appelait la « Deutsche Haus », parce qu'on lui en avait parlé comme d'un havre pour les artistes et les musiciens allemands. Mais ce n'était finalement qu'un immeuble malpropre et sans ascenseur aux appartements hors de prix, comme il y en avait des tas dans ce coin de l'East Village. À ceci près qu'ici, elle pouvait engueuler le gérant dans sa langue maternelle.

Poursuivant son chemin, elle ouvrit la porte du sous-sol pour pénétrer dans le local de l'incinérateur, plongé dans une obscurité si épaisse qu'elle dut avancer à tâtons en s'appuyant au mur pour ne pas trébucher sur les détritus qui jonchaient le sol.

Elle poussa la porte du corridor menant à la laverie.

Un léger bruit de pas. Comme un frôlement.

Elle fit volte-face et ne vit que des ombres immobiles. Les seuls bruits qui lui parvenaient étaient la rumeur assourdie de la circulation, les plaintes et les murmures d'un très vieil immeuble.

Un nouveau corridor plongé dans la pénombre et semé d'obstacles : caisses empilées, enchevêtrements de tables et de chaises au rebut. Et, là encore, pas la moindre ampoule. Un souvenir avait surgi de sa mémoire, un souvenir très lointain qui ajoutait à son malaise. Elle avait cinq ou six ans, et cheminait avec son père dans une ruelle étroite non loin de l'Obermain Brücke, pour se rendre au zoo. Son père, la prenant soudain par l'épaule, lui avait montré le pont du doigt en disant d'un ton détaché qu'un troll affamé habitait là-dessous. En franchissant le pont, sur le chemin du retour, il lui avait fait accélérer le pas. Elle sentit un frisson de terreur courir le long de son épine dorsale jusqu'à ses cheveux blonds coupés en brosse.

Quelle idiotie. Des trolls...

Elle poursuivit son chemin entre les murs suintants d'humidité, tendant l'oreille au bourdonnement de quelque appareil électrique. Elle entendait aussi, au loin, une chanson d'Oasis.

Le local des machines à laver était plongé dans l'obscurité.

Eh bien, si *ces* ampoules-là étaient envolées aussi, adieu la lessive. Elle remonterait au rez-de-chaussée pour tambouriner sur la porte de Herr Neischen jusqu'à ce qu'il accoure. Elle lui avait déjà fait un scandale à cause des verrous fracturés et non remplacés à la porte d'entrée et à la porte arrière de l'immeuble, et un autre parce qu'il ne chassait pas les gamins qui venaient se saouler à la bière sur les marches de l'entrée. Elle lui en ferait encore un pour ces ampoules.

Elle pénétra dans la laverie et pressa le commutateur.

Lumière. Trois grosses ampoules comme trois soleils, illuminant une pièce sale mais déserte. Monelle se dirigea vers la rangée de machines à laver et fourra le blanc dans la première, la couleur dans la suivante. Elle compta ses pièces, les glissa dans les fentes et poussa une première manette.

Rien.

Elle secoua la manette. Puis la machine tout entière. Pas de réaction.

« Merde. *Gottverdammte* immeuble. »

Puis elle vit la prise qui pendait au bout du cordon. Un crétin avait débranché les machines. Elle savait qui, d'ailleurs. Neischen avait un fils de douze ans, responsable de presque tous les dégâts qui se produisaient dans l'immeuble. Elle s'en était plainte l'année précédente, et le gamin avait essayé de lui donner des coups de pieds.

Elle attrapa le fil, s'accroupit, tendit la main pour chercher la prise à tâtons derrière la machine.

Et sentit le souffle de l'homme sur sa nuque.

Nein!

Il était tapi entre le mur et le lave-linge.

Elle poussa un cri bref et aperçut une cagoule et une silhouette sombre au moment où la main de l'homme se refermait sur son bras comme la mâchoire d'un animal. Elle était en équilibre instable et il n'eut pas de peine à la faire basculer en avant. Elle s'écroula, la face contre le ciment rugueux, et retint le cri qui lui gonflait la gorge.

Il fut aussitôt sur elle, lui plaquant les bras contre le ciment, lui fermant la bouche avec une bande de ruban adhésif.

Hilfe!

Nein, bitte nicht.

Bitte nicht.

Il n'était pas grand, mais très fort. Il la fit rouler à plat ventre et elle entendit le cliquetis des menottes qu'il refermait sur ses poignets.

Puis il se redressa. Pendant un long moment, il n'y eut d'autre bruit que celui de l'eau qui coulait, le halètement de Monelle, le cliquètement d'un petit moteur quelque part au sous-sol.

Ah, il ne risquait pas d'être dérangé, elle le savait et elle s'en voulait; elle était l'une des rares locataires à utiliser la laverie.

La plupart des autres évitaient de s'y rendre car l'endroit était trop désert, proche de la porte arrière et des fenêtres, et on avait peu de chances d'être entendu au cas où on aurait appelé à l'aide.

Il revint vers elle, la retourna sur le dos. Murmura quelque chose qu'elle ne comprit pas. Puis : « Hanna. »

Hanna ? C'est une erreur ! Il me prend pour une autre ! Elle secoua vivement la tête, pour essayer de le lui faire comprendre.

Puis elle aperçut ses yeux, et se figea. On voyait bien, malgré la cagoule, que quelque chose clochait. Il était contrarié. Il examina son corps du haut en bas, en secouant la tête. Lui étreignit les bras de ses doigts gantés. Posa une main sur son épaule et serra, pressant la chair grasse. Elle se cabra sous la douleur.

C'était bien ce qu'elle pressentait : de la déception. Il l'avait coincée, et il n'était plus certain de vouloir d'elle.

Il mit sa main dans sa poche et l'en retira lentement. Le déclic de la lame jaillissant du manche du couteau fut comme un choc électrique. Elle se mit à sangloter.

Nein, nein, nein !

L'air fusait entre les dents de l'homme en sifflant comme le vent dans les branches, un jour d'hiver. Il s'accroupit sur elle, qui se débattait.

« Hanna, dit-il dans un murmure. Qu'est-ce que je vais faire ? »

Et soudain, il prit une décision. Rempochant le couteau, il la remit brutalement sur ses pieds et la poussa le long du corridor, vers la porte du fond — celle dont la serrure avait été forcée et n'avait pas été remplacée par Herr Neischen, alors qu'elle le harcelait depuis des semaines pour qu'il se décide à le faire.

INCONNU 823			
Apparence	**Résidence**	**Véhicule**	**Divers**
Mâle de race blanche et de petite taille Tenue sombre	A prob. une planque	Taxi jaune	Prob. fiché à la police Connaît trav. sur scènes de crime Connaît tech. relevés d'empreintes Arme : Colt .32

11

UN CRIMINOLOGUE est un homme de la Renaissance.

Il lui faut connaître la botanique, la géologie, la balistique, la médecine, la chimie, la littérature, la mécanique. Plus il sait de choses — que la cendre à haute teneur en strontium provient sans doute d'un incendie sur une autoroute, que *faca* signifie couteau en portugais, que les Éthiopiens n'utilisent pas de couverts et mangent exclusivement avec leur main droite, qu'une balle, qui porte cinq éraflures incurvées vers la droite, ne peut pas avoir été tirée par un Colt —, plus il a de chances de faire un rapprochement susceptible de donner un visage à l'inconnu dont il a relevé les traces sur la scène de crime.

Tous les criminologues ont de bonnes connaissances en anatomie. Et c'était incontestablement la spécialité de Lincoln Rhyme, qui, depuis trois ans et demi, était pris au piège de la logique complexe des os et des nerfs.

Il regarda le sachet contenant les indices recueillis dans la chaufferie, que Jerry Banks tenait devant lui, et dit : « Tibia. Ne provient pas d'un humain. Et donc, pas de la prochaine victime. »

C'était un anneau d'os d'environ six centimètres de long, proprement découpé à la scie. On voyait des traces de sang dans les rainures faites par la lame.

« Un animal de taille moyenne, poursuivit Rhyme. Un gros chien, un mouton ou une chèvre. Je dirais que ce tibia devait supporter un poids de cinquante à soixante-quinze kilos. Vérifions tout de même que le sang est bien celui d'un animal. Ce pourrait aussi être celui de la victime. »

On avait déjà vu des gens assommer ou poignarder un de

leurs semblables avec des os. Rhyme avait personnellement travaillé sur trois affaires dans lesquelles les coupables avaient pris pour arme un jarret de bœuf, un tibia de daim et, dans le dernier cas, particulièrement atroce, le cubitus de la victime elle-même.

Mel Cooper fit un test d'identification du sang par électophorèse. « Il va falloir attendre un peu pour le résultat », expliqua-t-il, comme pour s'excuser.

« Amelia, dit Rhyme, vous pouvez peut-être nous aider. Prenez la loupe, là, et examinez cet os. Dites-nous ce que vous voyez.

— Sans microscope ? » demanda-t-elle. Il s'attendait à des protestation, mais elle s'était avancée et scrutait l'os avec curiosité.

« Le microscope grossit trop », expliqua Rhyme.

Elle chaussa les lunettes protectrices et se pencha sur le plateau en fer émaillé blanc. Cooper alluma une lampe télescopique.

« Les marques laissées par la scie, dit Rhyme. Sont-elles régulières, ou irrégulières ?

— Assez régulières.

— Une scie électrique, donc. »

Rhyme se demanda si l'opération avait été faite sur un animal encore vivant.

« Vous ne voyez rien de bizarre ? »

Elle poursuivit son examen un moment avant de murmurer : « Je ne sais pas. Je ne crois pas. Tout ce que je vois, c'est un morceau d'os. »

C'est alors que Thom, en passant, jeta un coup d'œil sur le plateau. « C'est ça, votre indice ? C'est marrant.

— Marrant... répéta Rhyme. *Marrant* ?

— Pourquoi ? demanda Sellitto. Vous avez une idée ?

— Une idée, non », dit Thom en se penchant pour flairer le fragment osseux. « C'est de l'osso bucco.

— Quoi ?

— Un jarret de veau. Je vous en ai fait une fois, Lincoln. Un osso bucco. Un jarret de veau braisé. » Il se tourna vers Amelia. « Il a trouvé que ça manquait de sel.

— Bon Dieu ! s'écria Sellitto. Il a acheté ça dans un magasin d'alimentation !

— Dans *son* magasin d'alimentation, avec un peu de chance », dit Rhyme.

Cooper confirma que les échantillons de sang qu'il venait de tester n'étaient pas d'origine humaine. « Bovine, plus probablement, précisa-t-il.

— Mais qu'est-ce qu'il essaie de nous dire ? » s'interrogea Banks.

Rhyme n'en avait pas la moindre idée. « Continuons. Ah — la chaîne et le cadenas. Il y a quelque chose à en tirer ? »

Cooper regarda les pièces dans leur sachet en plastique transparent. « On ne fait plus figurer la marque sur ces chaînes. Dommage pour nous. Le cadenas, lui, est un modèle assez courant de marque Secure-Pro. Pas très fiable et certainement pas d'usage professionnel. Il a fallu combien de temps pour le forcer ?

— Trois bonnes secondes, répondit Sellitto.

— Vous voyez bien. Il ne porte pas de numéro de série et on en trouve dans toutes les quincailleries et les bazars du pays.

— Il s'ouvre avec une clé ou avec une combinaison de chiffres ?

— Une combinaison.

— Appelez le fabricant. Demandez-lui si en le démontant et en retrouvant la combinaison d'après les rainures, on a une chance de savoir à quel lot il appartenait et où il a été expédié. »

Banks siffla entre ses dents. « Dites donc, c'est un sacré boulot, ça. »

Il essuya un regard glacial de Rhyme et ses joues s'empourprèrent instantanément. « L'enthousiasme dans votre voix, inspecteur, me dit que vous êtes tout désigné pour ce sacré boulot.

— Ouichef... » Le jeune flic brandit son téléphone portable comme pour parer un coup. « Je m'en charge.

— C'est du sang, ce qu'on voit sur la chaîne ? demanda Rhyme.

— Oui, expliqua Sellitto. L'un de nos hommes s'est coupé assez sérieusement en essayant de briser le cadenas.

— Elle est donc contaminée, dit Rhyme en fronçant les sourcils.

— Il voulait la sauver avant tout.

— Je vois. C'était gentil de sa part. Mais la pièce est contaminée. » Rhyme reporta son attention sur la table où Cooper avait disposé les indices. « On a des empreintes ? »

Cooper répondit qu'il n'avait trouvé sur les cordes que celles de Sellitto.

« Très bien. Voyons maintenant le morceau de bois qu'Amelia a ramassé. Cherchez-y des empreintes.

— Je l'ai déjà fait, dit vivement la jeune femme. Sur place. »

La Fille à Papa, songea Rhyme. Elle n'était pas du genre à avoir un surnom. C'est rarement le cas quand les gens sont vraiment beaux.

« Essayons l'artillerie lourde, dit Rhyme, à l'intention de Cooper. DFO ou nihydrine, par exemple. Ce sont les produits qui marchent bien avec le *nit-yag*.

— Le quoi ? demanda Banks.

— C'est un laser grenat au néodium, à l'yttrium et à l'aluminium. »

Le technicien projeta sur le morceau de bois un liquide contenu dans un vaporisateur en plastique et braqua dessus le rayon laser. Puis il chaussa des lunettes protectrices aux verres teintés pour l'examiner attentivement. « Rien. »

Il éteignit et regarda de plus près. Le morceau de bois était de couleur foncée et mesurait une vingtaine de centimètres. Il portait des taches noires comme du goudron, et de la terre s'y était incrustée. Cooper prit des pinces pour le soulever.

« Je sais que Lincoln préfère les baguettes, dit-il, mais je demande toujours une fourchette quand je vais manger chez *Wing Wa's*.

— Tu risques d'écraser des cellules, grommela le criminologue.

— Je *risque*, mais je ne le ferai pas, rétorqua Cooper.

— C'est quoi, comme bois ? demanda Rhyme. Tu veux faire un spodograme ?

— Inutile. C'est du chêne. Sans aucun doute.

— Il y a des marques de scie, ou de rabot ? » Rhyme pencha la tête en avant. Brusquement, sa nuque se bloqua, les muscles noués par une crampe insupportable. Il resta la bouche ouverte, tordit le cou pour s'étirer. Puis il sentit les mains vigoureuses de Thom qui le massaient. La douleur s'atténua et finit par disparaître.

« Lincoln ? demanda Sellitto. Ça va ? »

Rhyme prit une profonde inspiration. « Ça va. Ce n'est rien.

— Regarde. » Cooper tendit le morceau de bois par-dessus le lit et mit les verres grossissants devant les yeux de Rhyme.

Rhyme examina le spécimen. « Coupé dans le sens du grain avec une scie à bois. Les entailles sont très irrégulières. Je dirais que ça provient sans doute d'un poteau ou d'une poutre usinés il y a une centaine d'années. Probablement avec une scie à vapeur. Plus près, Mel. Je veux le sentir. »

Cooper mit le morceau de bois sous le nez de Rhyme.

« Créosote — produit par la distillation du goudron de houille ; on s'en servait pour imperméabiliser le bois, avant de passer au traitement par pression à froid. Poteaux, remblais, traverses de voies ferrées.

— Le type est peut-être un fana des trains, observa Sellitto. On était déjà sur une voie ferrée, ce matin.

— Possible, dit Rhyme. Regarde s'il y a eu compression cellulaire, Mel. »

Le technicien examina le spécimen au microscope électronique. « Il y a eu compression, effectivement. Mais *avec* le grain. Pas contre. Ce n'est pas une traverse. Ça vient plutôt d'un poteau, ou d'une colonne. Il y avait du poids dessus. »

Un os... un vieux poteau de bois...

« Je vois de la terre incrustée dans le bois. On pourrait en tirer quelque chose ? »

Cooper posa une rame de grandes feuilles de papier d'imprimerie sur la table, déchira l'emballage. Il frotta pour faire tomber un peu de terre retenue dans les fentes du bois. Puis il examina les fragments répandus sur le papier blanc.

« Tu as de quoi faire un test comparatif de densité ? » demanda Rhyme.

Pour ce type de test, on verse l'échantillon de terre dans un tube contenant des liquides de densités variées. Les particules se séparent et chacune reste en suspension à une hauteur correspondant à sa pesanteur. Rhyme avait établi une nomenclature complète de la composition des différents sols des cinq arrondissements de la ville en fonction de ce test. Mais il fallait, pour le réaliser, une certaine quantité de terre. « On pourrait essayer, mais il faudrait prendre toute la terre qui est là-dessus. Et si ça ne marchait pas, on n'en aurait plus pour faire d'autres tests », expliqua Cooper.

Rhyme lui demanda d'analyser visuellement les échantillons de terre au chromatographe couplé à la spectrométrie.

Le technicien fit glisser la terre sur une plaque. Il resta plusieurs minutes penché sur le microscope. « Voilà qui est étrange, Lincoln. C'est de la terre superficielle, presque du terreau. Et elle contient une proportion exceptionnelle de débris végétaux. Mais sous une forme bizarre. Très détériorés, très décomposés. » Comme il relevait la tête, Rhyme remarqua les marques sombres laissés sous ses yeux par les oculaires. Il se rappela que souvent, quand un technicien sortait du laboratoire après plusieurs heures de travail, il se faisait traiter de raton laveur par ses collègues, à cause de ces cernes.

« Vas-y, brûle-la », ordonna Rhyme.

Cooper plaça l'échantillon dans le chromatographe. La machine gronda pour se mettre en route et on entendit un sifflement. « Une ou deux minutes.

— En attendant, dit Rhyme. L'os... Il m'intrigue. »

Cooper, précautionneusement, plaça l'os sur la tablette du microscope électronique. Il l'examina longuement. « Dites donc, il y a quelque chose, là.

— Quoi ?

— C'est minuscule. Transparent. Passez-moi ça », dit Cooper à Amelia, en désignant une sorte de pince à épiler. Elle la lui tendit et il enfonça délicatement la pointe de l'instrument dans la moelle de l'os, pour en retirer quelque chose.

« Un petit bout de cellulose recyclée, annonça-t-il.

— Cellophane, dit Rhyme. Et encore ?

— A été manipulé. Je ne pense pas qu'il l'ait laissé intentionnellement ; les bords n'ont pas été coupés. Rien ne dit que ce n'est pas de la Cellophane de fabrication courante.

— Rien ne dit... répéta Rhyme, l'air mécontent. J'ai horreur de ces approximations.

— Elles sont pourtant inévitables, répondit gaiement Cooper.

— "Identique à", "fait penser à" me conviendraient mieux. Je n'aime pas ce "rien ne dit que".

— Ça parait très souple, continua Cooper. Je me risquerai, tout au plus, à dire que c'est sans doute de la Cellophane d'emballage comme on en emploie dans les magasins d'alimentation ou les boucheries des grandes surfaces. Ce n'est pas du film plastique. Et ça n'a rien à voir avec de l'adhésif transparent. »

Jerry Banks, qui téléphonait sur le palier, reparut sur le seuil de la chambre. « Mauvaise nouvelle. La compagnie Secure-pro ne garde aucune trace des combinaisons des cadenas qu'elle fabrique. C'est une machine qui les installe, sur un mode aléatoire.

— Ah.

— Intéressant, tout de même... Ils disent qu'ils reçoivent sans cesse des appels de la police au sujet de leurs articles, mais que vous êtes le premier à vouloir identifier un acheteur de cadenas à partir de la combinaison.

— Quel intérêt, si c'est sans espoir... » bougonna Rhyme en se tournant vers Mel Cooper, qui secouait la tête, penché sur l'écran de l'ordinateur couplé au microscope. « Qu'est-ce qu'il y a ?

— J'ai le résultat de l'analyse de terre. Mais je me demande si cet appareil marche bien. Il n'y a pas la moindre trace d'azote. Il faudrait refaire ça, avec un échantillon plus important. »

Rhyme lui dit de continuer. Puis il reporta son attention sur l'os. « Mel, à quand remonte la mort de l'animal ? »

Cooper scruta un fragment d'os au microscope électronique. « Prolifération bactérienne minimale. La bestiole est morte récemment, semble-t-il. Et on l'a sortie de la chambre froide il y a huit heures, environ.

— Autrement dit, notre type venait tout juste de l'acheter.

— À moins qu'il ne l'ait acheté il y a un mois pour le mettre dans son congélateur, suggéra Sellitto.

— Non, dit Cooper. On verrait des déchirures dans les tissus, provoqués par des cristaux de glace. Et il n'a pas non plus séjourné longtemps dans un réfrigérateur. Il n'est pas desséché ; les réfrigérateurs modernes dessèchent les aliments.

— C'est une bonne piste, dit Rhyme. Il faut la suivre.

— La suivre ? s'exclama Amelia, en riant. Vous voulez qu'on appelle tous les magasins d'alimentation de la ville pour savoir s'ils ont vendu des os de veau dans la journée d'hier ?

— Non, répliqua Rhyme, du tac au tac. D'hier *et* d'avant-hier.

— On appelle les Hardy Boys ?

— Non. Ils ont déjà assez à faire. Contactez plutôt Emma, si elle est toujours là. Et si elle n'y est plus, faites-la revenir dans l'équipe des standardistes et prévoyez des heures supplémentaires pour tout le monde. Qu'on lui fournisse la liste de toutes les chaînes de boucherie de la ville. Je suppose que notre homme ne fait pas ses courses pour toute une famille, donc Emma pourra se limiter aux clients ayant acheté cinq articles ou moins.

— Et pour les mandats de perquisition ? interrogea Banks.

— En cas de refus, nous pourrons toujours en demander un, répondit Sellitto. Mais commençons tout de suite. Qui sait ? Il se peut que des citoyens se montrent coopératifs. Ça arrive, parfois, à ce qu'on m'a dit.

— Mais comment voulez-vous qu'on sache, dans ces magasins, qui a acheté du jarret de veau ? » demanda Amelia. Elle ne paraissait plus aussi distante et il y avait une note d'excitation dans sa voix. Rhyme se demanda s'il fallait y voir un signe de ce qu'il avait souvent éprouvé lui-même — l'impression de crouler sous la masse des indices. Le principal problème du criminologue n'est pas d'avoir trop peu d'indices, mais d'en avoir trop.

« Voyez les relevés des caisses. Elles sont équipées de scanners qui enregistrent les achats sur ordinateur. Pour l'inventaire et les réassortiments. Foncez, Banks. Je vois que vous venez de penser à quelque chose. Parlez, mon vieux. Je ne vous enverrai pas tout de suite en Sibérie.

— C'est que... seules les chaînes et les grandes surfaces ont des scanners, monsieur. Il y a des centaines de petites boutiques et de boucheries de quartier qui n'en possèdent pas.

— Bien vu. Mais je ne le vois pas se risquant dans un petit magasin. Il fait tout pour préserver son anonymat. Il doit se fournir dans les grandes surfaces. Il sait que là, il peut passer inaperçu. »

Sellitto appela le standard et expliqua à Emma ce qu'on attendait d'elle.

« Essaie de me faire une photo Polaroïd de ce bout de Cellophane », dit Rhyme à Cooper.

Le technicien mit le minuscule fragment sur la tablette d'un microscope à polarisation, puis fixa l'appareil Polaroïd sur l'oculaire et prit un cliché. Il en sortit une image très colorée, un véritable arc-en-ciel strié de gris. Rhyme l'examina. Cette texture ne lui disait rien de spécial mais on pouvait la comparer avec d'autres échantillons de Cellophane pour voir s'ils étaient de la même provenance.

Rhyme eut une idée : « Lon, fais venir ici une douzaine d'agents de la BIR. Et vite !

— Ici ?

— Nous allons monter une opération avec eux.

— Tu en es bien sûr ?

— Oui ! Et tout de suite.

— Très bien. » L'inspecteur fit un signe de tête à Banks, qui appela Haumann pour lui transmettre la demande.

« Et maintenant, si on s'occupait des autres indices qu'il nous a laissés — ces poils qu'Amelia nous a rapportés ? »

Cooper en prit quelques-uns avec des pinces pour les placer dans le microscope à phases contrastées. Cet appareil éclairait l'objet illuminé avec deux sources distinctes, le second faisceau légèrement décalé, ce qui permettait d'avoir l'échantillon à la fois en pleine lumière, et mis en relief par l'ombre.

« Ils ne sont pas d'origine humaine, annonça Cooper. Je peux déjà dire ça. Ça serait plutôt du duvet, ou de la fourrure.

— Provenant de quel animal ? Un chien ?

— Un veau ? » suggéra Banks, cédant une fois encore à son entrain juvénile.

« Regarde les écailles », ordonna Rhyme. Il voulait parler des écailles microscopiques qui forment la gaine d'un poil ou d'un cheveu.

Cooper pianota sur son clavier d'ordinateur et après quelques secondes des images de tiges écailleuses — des poils agrandis plusieurs dizaines de fois — se mirent à défiler sur l'écran. « C'est à toi qu'on doit ça, Lincoln. Tu te rappelles, la banque de données ? »

À l'IRD, Rhyme avait archivé sur microfilm une riche collection de tous les types de poils. « Oui, Mel, je me rappelle. Mais tout ça était stocké dans des bobines de pellicule la dernière fois que je l'ai vu. Comment avez-vous fait pour le mettre en mémoire dans l'ordinateur ?

— Au scanner, bien sûr. À JPEG compressé. »

JP... quoi ? En l'espace de quelques années, la technologie avait tellement évolué qu'il se sentait dépassé. Stupéfiant...

Et tandis que Cooper scrutait les images, Lincoln Rhyme se posa une fois de plus la question qui le hantait depuis le matin : pourquoi ces indices ? La créature humaine ne cesse jamais de nous surprendre, mais n'en reste pas moins ce qu'elle est — une créature. Un animal doué de rire, dangereux, habile, terrorisé, mais agissant toujours pour une raison, un motif susceptible de rapprocher la bête de l'objet de son désir. En tant que scientifique, Lincoln Rhyme ne croyait pas à la chance, au hasard, ni à la frivolité. Même les psychopathes avaient leur propre logique, aussi tortueuse fut-elle, et il savait que si l'Inconnu 823 leur adressait ces messages sibyllins, c'était pour une raison.

« J'y suis ! s'écria Cooper. Un rongeur. Probablement un rat. Et les poils ont été coupés.

— Voilà qui se pose un peu là, comme indice, observa Banks. Il y a des millions de rats dans cette ville. Ça ne nous donne aucune indication de lieu. Ça sert à quoi ? »

Sellitto ferma les yeux une seconde et dit quelque chose entre ses dents. Amelia ne comprit pas son regard. Elle se tourna vers Rhyme, perplexe. Celui-ci était surpris qu'elle n'ait pas saisi le message du kidnappeur, mais il s'abstint de le dire. Il n'éprouvait pas le besoin de livrer cette horrible petite parcelle d'information à qui que ce fût — pour le moment.

La septième victime de James Schneider, ou la huitième si on veut y adjoindre l'infortunée, l'innocente petite Maggie O'Connor, fut la femme d'un pauvre travailleur immigré, qui vivait avec les siens non loin de Hester Street, dans le Lower East Side.

Ce fut grâce au courage de cette malheureuse que les agents de police découvrirent l'identité de l'assassin. Hanna Goldschmidt était juive allemande d'origine, et jouissait d'une haute estime parmi les membres de la petite communauté très soudée au sein de laquelle elle vivait avec son mari et leurs six enfants (ils en avaient perdu un septième à la naissance).

Le collectionneur d'os roulait lentement, attentif à ne pas dépasser la vitesse autorisée, même s'il savait que les policiers qui veillaient sur la circulation ne risquaient guère d'arrêter un chauffeur pour un délit aussi mineur qu'un excès de vitesse.

Il s'arrêta à un feu rouge et regarda, sur un panneau, l'affiche célébrant la conférence des Nations unies. Son regard s'attarda une seconde sur les visages souriants et pourtant inexpressifs qui rappelaient d'autres visages, peints sur les murs de sa demeure. Au-delà se dressait la ville de New York. Il lui arrivait d'être surpris en voyant la masse énorme des immeubles, leurs corniches de pierre si hautes dans le ciel, les vitrages si lisses, les voitures aux formes si aérodynamiques, les gens si propres et si bien mis. La ville qu'il connaissait était sombre, basse, enfumée, sentant la sueur et la boue. Il fallait s'y garder des chevaux qui menaçaient à chaque instant de vous piétiner, et des bandes de voyous — certains à peine âgés de dix ou onze ans — toujours prêts à vous assommer à coups de gourdin avant de s'enfuir avec votre portefeuille et votre montre à gousset... Voilà ce qu'*était* la ville du collectionneur d'os.

Il lui arrivait, pourtant, de se retrouver comme en ce moment au volant d'une superbe Taurus XL, filant sur une chaussée impeccablement goudronnée, la radio de bord branchée sur WNYC et s'énervant, comme tous les New-yorkais, lorsqu'il manquait un feu vert, et se demandant pourquoi, bon sang, on n'avait pas le droit de tourner à droite au rouge.

Il pencha la tête de côté, perçut plusieurs chocs sourds dans le coffre arrière. Mais le vacarme de la circulation était tel qu'on ne risquait pas d'entendre les appels angoissés d'Hanna.

Le feu passa au vert.

Il est, bien sûr, exceptionnel même en ces temps éclairés de voir une femme s'aventurer dans les rues le soir, sans la présence d'un gentleman à ses côtés ; et à cette époque cela l'était encore plus. Mais ce terrible soir, Hanna n'avait pas le choix, il lui fallait quitter sa demeure. Sa plus jeune fille avait la fièvre, et, son époux s'étant rendu à une synagogue voisine pour y faire ses dévotions, elle sortit dans la nuit afin de se procurer un cataplasme qu'elle appliquerait sur le front brûlant de l'enfant. En refermant la porte, elle dit à sa fille aînée : « Mets bien le verrou derrière moi. Je ne serai pas longue. » Mais, hélas, il n'en fut rien. Car un instant plus tard le malheur voulut que son chemin croisât celui de James Schneider.

Le collectionneur d'os regardait en passant les rues misérables qu'il longeait avec son taxi. C'était — proche de l'endroit où il avait enterré sa première victime — le quartier appelé Hell's Kitchen, dans la partie occidentale de la ville, jadis fief des gangsters irlandais et de leurs bandes, et désormais envahi par les jeunes cadres dynamiques tandis que s'ouvraient à chaque coin de rue des agences, des studios de photographes et des restaurants à la mode.

Il sentit une odeur de fumier et, surpris, vit soudain un cheval surgir devant lui.

Puis il comprit que le cheval n'était pas un fantôme du siècle passé mais tirait l'un de ces élégants cabriolets qui offrent des promenades dans Central Park à des tarifs tout à fait contemporains. Leur écurie se trouvait tout près de là.

Il se mit à rire pour lui-même. Mais ce rire n'avait rien de joyeux.

On ne peut que supposer ce qui se passa alors, car il n'y eut pas de témoin. Mais on imagine sans peine l'horreur de ces instants. Le misérable entraîna dans une ruelle obscure la femme qui se débattait et la frappa de son poignard, non pas pour la tuer mais pour la soumettre à sa volonté, comme il l'avait fait avec d'autres. Mais c'était compter sans le courage et la force d'âme de Mme Goldschmidt, qui songeait certainement en cet instant aux oisillons qu'elle venait de laisser au nid, et surprit le monstre en se jetant sur lui avec l'énergie du désespoir : elle le frappa plusieurs fois au visage et sur la tête, le blessant et lui arrachant des cheveux.

Elle parvint à se libérer quelques secondes et un terrible cri jaillit de ses lèvres. Schneider, après lui avoir porté plusieurs coups de poignard, prit lâchement la fuite.

La courageuse femme fit quelques pas en titubant avant de s'écrouler sur le trottoir, où elle rendit l'âme dans les bras d'un agent alerté par le voisinage.

Ce récit se trouvait dans un livre que le collectionneur d'os avait alors sur lui, dans la poche de son pantalon. *Crimes du vieux New York*. Il ne savait pas pourquoi ce mince volume exerçait sur lui un attrait aussi puissant. Sommé de s'expliquer, peut-être aurait-il dit qu'il agissait comme une drogue dont on ne peut se passer. Vieux de soixante-quinze ans, le livre était superbement conservé, et sa reliure un petit chef-d'œuvre en soi. C'était son porte-bonheur, une sorte de talisman. Il l'avait trouvé sur un rayon de la bibliothèque publique et avait commis ce jour-là l'un des rares larcins de son existence en le glissant subrepticement dans la poche de son imperméable avant de ressortir.

Il avait lu cent fois le chapitre consacré à Schneider et le connaissait pratiquement par cœur.

Doucement. Ils étaient presque arrivés.

Quand son malheureux époux, en larmes, se pencha sur le corps sans vie de Hanna pour contempler une dernière fois son visage (car il est dit dans la religion juive que les défunts doivent être enterrés le plus vite possible), il remarqua, imprimé dans la chair livide de sa joue, un étrange blason. Un trait arrondi semblable à un croissant de lune et des marques plus petites qui faisaient penser à des étoiles suspendues au-dessus dudit croissant.

L'agent de police s'écria que c'était certainement l'empreinte laissée par la bague de la brute infâme après qu'il eut frappé sa victime au visage. On fit appel à un artiste qui reproduisit le motif imprimé dans la chair. (Le lecteur voudra bien se reporter à la planche XXII.) Puis on interrogea les joailliers de la ville, et l'on recueillit les adresses de plusieurs individus ayant acheté des bagues de ce modèle dans un passé récent. Deux de ces acheteurs se révélèrent au-dessus de tout soupçon, l'un étant le diacre d'une église de la ville et l'autre un éminent professeur d'université. Mais le troisième était un homme que la police soupçonnait depuis longtemps d'activités coupables. À savoir : James Schneider.

Cet homme avait été naguère un membre influent de plusieurs sociétés de bienfaisance de la ville de Manhattan. La police s'était intéressée à lui lorsqu'on s'était aperçu qu'un certain nombre de personnes âgées secourues par ces organisations avaient mystérieusement disparu après qu'il leur eut rendu visite. Aucune accusation ne put être retenue contre James Schneider, mais celui-ci, peu de temps après, disparut de la circulation.

À la suite du meurtre abominable de Hanna Goldschmidt, les recherches menées dans les quartiers mal famés de la ville ne permirent pas de découvrir le domicile de Schneider. La police fit placarder dans les rues du centre et le long des quais des affiches donnant le signalement du misérable, mais il devait rester introuvable ; une véritable tragédie pour cette ville, qu'il ne tarda pas à ensanglanter de ses crimes.

Pas de voiture en vue. Le collectionneur d'os s'engagea dans la ruelle. Il ouvrit la porte de l'entrepôt et descendit une rampe en bois conduisant à un long tunnel.

Après s'être assuré que l'endroit était désert, il ouvrit le coffre arrière de la voiture pour en extraire Hanna. Elle était grosse, molle, comme un sac de paille entre ses mains. La colère le prit à nouveau et il la traîna sans ménagement le long d'un autre tunnel. Les voitures lancées sur le West Side Highway fonçaient au-dessus d'eux. Il écouta la respiration sifflante de la jeune Allemande et, comme il tendait la main pour desserrer le bâillon, toucha son épaule et la sentit défaillir à ce contact. Lui-même à bout de souffle après les efforts qu'il avait dû faire pour l'amener jusque-là, il la laissa choir sur le sol du tunnel et desserra enfin le bâillon. Elle respirait à peine. Était-elle seulement évanouie ? Il écouta les battements de son cœur. Ils lui parurent normaux.

Il trancha la corde à linge qui lui entourait les chevilles, se pencha sur elle et dit à voix basse, « Hanna, *kommen Sie mit mir,* Hanna Goldschmidt...

— *Nein* », dit-elle, en un murmure à peine audible.

Il se pencha encore, la gifla d'une main légère. « Hanna, il faut venir avec moi. »

Et elle de hurler : « *Mein Name ist nicht Hanna!* », en lançant un coup de pied qui l'atteignit à la joue.

Ce fut dans sa tête comme une explosion de lumière jaune, et il fit un saut de côté en s'efforçant de reprendre son équilibre. Hanna se releva d'un bond, et partit en courant dans un corridor obscur. Mais il la rattrapa très vite et la plaqua au sol quelques mètres plus loin. Elle tomba durement ; lui aussi, en poussant des grognements inarticulés, le souffle coupé.

Il resta un instant étendu à côté d'elle, tétanisé par la douleur mais luttant pour reprendre haleine, agrippé à ses T-shirts tandis qu'elle se débattait follement. Allongée sur le dos, les mains prisonnières des menottes, elle se servit de la seule arme qui lui restait — l'un de ses pieds, qu'elle leva au-dessus d'elle et abattit de toutes ses forces sur la main de l'homme. La douleur, partie de sa main, le transperça tout entier, tandis que son gant volait au loin. Elle leva une deuxième fois la jambe et seule la maladresse de la fille lui évita un coup de talon qui lui aurait certainement brisé les os, à en juger par la violence avec laquelle son pied vint frapper le sol.

« *So nicht* ! » gronda-t-il, furieux, en l'empoignant à la gorge de sa main nue et en serrant jusqu'à ce qu'elle se mette à glapir et à se contorsionner, puis cesse de glapir et de se contorsionner. Un tremblement convulsif secoua tout son corps à plusieurs reprises, puis elle ne bougea plus.

Quand il se pencha pour écouter son cœur, les battements étaient très faibles. Assez plaisanté ! Il ramassa son gant d'un geste rageur, l'enfila et traîna Hanna hors du tunnel, jusqu'au poteau. Là, il lui rattacha les pieds et mit une nouvelle bande de ruban adhésif sur sa bouche. En revenant à elle, elle sentit les mains de l'homme qui couraient sur son corps. Elle se recroquevilla sous le contact des doigts pressant la chair derrière son oreille. Son coude, sa joue. Il n'avait guère envie de la toucher ailleurs. Elle était si *enveloppée*... cela le dégoûtait.

Pourtant, *sous* la peau... Il empoigna vigoureusement une jambe. Elle fixait sur lui des yeux agrandis par la peur tandis qu'il cherchait quelque chose dans sa poche. Le couteau apparut. Sans une hésitation, il enfonça la lame jusqu'à l'os blanc marbré de jaune. Elle hurla sous le bâillon, un hurlement dément, et voulut donner des coups de pieds, mais il lui tenait la cuisse d'une main ferme. Ça te plaît, Hanna ? La fille gémissait entre ses sanglots, si bien qu'il dut approcher l'oreille de sa jambe pour entendre le bruit délicieux de la pointe d'acier raclant l'os, encore et encore. *Skrssss...*

Puis il prit son bras.

Leurs regards se croisèrent et elle secoua la tête, pathétique, pour le supplier en silence. Il baissa les yeux sur l'avant-bras potelé et cette fois encore, la coupure fut profonde. Le corps de la fille se raidit sous la douleur. Un autre cri sauvage jaillit et s'étouffa sous le bâillon. Cette fois encore, il inclina la tête de côté comme un musicien sur son instrument pour écouter le son de la lame qui allait et venait, grattant le cubitus. *Skrssss, skrssss...* Il ne s'aperçut pas tout de suite qu'elle avait perdu connaissance.

Il se détacha d'elle et retourna à la voiture. Il sema quelques indices, prit un balai dans le coffre et effaça soigneusement leurs empreintes de pas. Puis il se mit au volant, remonta le long de la rampe, gara la voiture à l'extérieur et en sortit une nouvelle fois pour balayer sur les traces de pneus.

Il s'arrêta une seconde, regarda derrière lui dans le souterrain. Et un mince sourire apparut soudain sur les lèvres du collectionneur d'os. Il ne s'attendait pas à voir arriver aussi vite ses premiers invités. Une dizaine de paires de minuscules yeux rouges, puis deux dizaines, puis trois... braqués sur le corps bien en chair et ensanglanté de la jeune Hanna... curieux, et affamés aussi. Peut-être un effet de son imagination ? Terriblement réel, pourtant, terriblement vivant.

12

« MEL, OCCUPE-TOI maintenant des vêtements de cette Tammie Jean Colfax. Amelia, vous pouvez lui donner un coup de main ? »

Elle le gratifia d'un nouveau hochement de tête, du genre aimable et poli. Rhyme se rendit compte à quel point elle l'agaçait.

Elle enfila des gants de caoutchouc comme le lui demandait le technicien, déplia les vêtements avec précaution et les brossa avec une brosse en crin au-dessus d'une feuille de papier blanc. Des particules se détachèrent. Cooper les récupéra sur un ruban adhésif pour les examiner au microscope.

« Pas grand-chose, dit-il. La vapeur a effacé presque toutes les traces. Je vois un peu de terre. Mais pas assez pour faire un test de densité. Attendez... Excellent. J'ai deux fibres. Regardez-moi ça... »

Justement : je ne peux pas, songea Rhyme, furieux.

« Bleu marine. Mélange de laine et d'acrylique, je pense. Ce n'est pas assez robuste pour une moquette, et ce n'est pas lobé. Ça provient donc d'un tissu d'habillement.

— Avec cette chaleur, il ne va pas se mettre de grosses chaussettes ou un pull-over. Une cagoule ?

— J'opterais plutôt pour cette hypothèse », dit Cooper.

Rhyme réfléchissait. « Ce qui voudrait dire qu'il nous laisse bel et bien une chance de les sauver. S'il était certain de les tuer, il ne se soucierait pas d'être vu ou non par ses victimes.

— Oui, ajouta Sellitto. Et ça signifie aussi qu'il se croit capable d'en réchapper lui-même. Il ne songe pas au suicide. Il s'imagine qu'en prenant des otages, il aura une monnaie d'échange pour négocier sa fuite quand on l'aura coincé.

— J'aime ton optimisme, Lon », dit Rhyme.

Thom alla répondre à l'interphone et un instant plus tard, Jim Polling apparut en haut des marches : dépenaillé, les traits tirés, avec la tête d'un homme qui court d'une conférence de presse à l'autre entre deux visites au bureau du maire et au siège des autorités fédérales.

« C'est dommage, lui dit Sellitto, pas de truites au menu, ce soir. » Et d'expliquer, en se tournant vers Rhyme : « Jimmy est un authentique pêcheur. Il monte lui-même ses mouches et tout ça. Moi, je serais plutôt du genre à m'embarquer avec un pack de bière pour profiter de la promenade avec les copains.

— Occupons-nous d'abord de choper cette ordure, les poissons attendront », dit Polling, en se servant un café sur le plateau que Thom avait laissé près de la fenêtre. Il jeta un coup d'œil au-dehors et cligna des paupières à la vue des deux gros oiseaux qui le regardaient fixement. Puis, revenant vers Rhyme, il expliqua comment, à cause du kidnapping, il avait dû renoncer à une partie de pêche dans le Vermont. Rhyme n'avait jamais pêché — il n'avait ni le temps ni le goût de ces sortes de distractions — mais il se surprenait maintenant à envier Polling. La sérénité de la pêche à la ligne lui paraissait tentante. C'était un sport qu'on pouvait pratiquer en solitaire. Les sports pour handicapés invitaient trop souvent à la compétition, à l'affrontement. Il s'agissait toujours de prouver quelque chose aux autres... et à soi-même. Basket en fauteuil roulant, tennis, marathon... Rhyme se dit que s'il devait pratiquer un sport, ce serait la pêche. Encore que prétendre lancer une ligne avec un seul doigt était peut-être demander un peu trop à la technologie moderne.

« La presse parle maintenant de kidnappings en série », annonça Polling.

Avec raison, songea Rhyme.

« Et le maire est dans tous ses états. Il veut faire appel au FBI. J'ai dit au patron de ne pas céder là-dessus. Mais on ne peut pas se permettre de perdre encore une victime.

— Nous ferons de notre mieux », lança Rhyme, sarcastique.

Polling but quelques gorgées de café noir et s'approcha du lit. « Ça va, Lincoln ?

— Très bien. »

Polling resta un moment à le regarder, comme pour s'assurer qu'il disait vrai, puis se retourna vers Sellitto. « Dis-moi où vous en êtes. Nous avons encore une conférence de presse dans une demi-heure. Tu as vu la dernière ? Tu as entendu ce qu'un journaliste nous a demandé ? Si nous pensions que la famille était contente de savoir qu'elle avait été ébouillantée vivante ! »

Banks secoua la tête. « Putain !

— J'ai bien cru que j'allais lui casser la gueule, à ce connard. »

Rhyme se souvenait que trois ans et demi auparavant, lors de l'enquête sur le tueur de flics, le capitaine avait étendu d'un coup de poing un cameraman qui lui demandait s'il ne conduisait pas les investigations de façon trop agressive pour la seule raison que le suspect, Dan Shepherd, était un membre de la police.

Polling et Sellitto se retirèrent dans un coin de la chambre, et l'inspecteur expliqua au capitaine où en était leur enquête. Rhyme remarqua que Polling, en repartant, semblait deux fois plus soucieux qu'à son arrivée.

« Bon, annonça Cooper. Nous avons un poil. Il était dans la poche de la fille.

— Avec la racine ? » demanda Rhyme, sans trop d'espoir, et il ne fut pas surpris d'entendre Cooper répondre, avec un soupir : « Non, désolé. Pas de racine. »

Sans le bulbe qui forme sa racine, un poil ne peut constituer un indice individualisé. Il est inutilisable pour un test d'ADN qui permettrait de confondre un suspect avec une certitude absolue. Mais on peut tout de même en tirer des informations susceptibles de faire avancer l'enquête. Une étude célèbre de la police montée canadienne a établi, voici quelques années, que si un cheveu retrouvé sur la scène du crime est identique à ceux du suspect, il y a quatre mille cinq cents chances contre une pour qu'il lui appartienne. Mais un cheveu, en lui-même, ne fournit que peu d'informations sur son propriétaire. Le sexe est pratiquement impossible à déterminer et on ne peut jamais être certain de la race. On ne peut estimer l'âge que lorsqu'il s'agit d'un enfant. La couleur est difficile à préciser en raison des variations de pigmentation et des teintures contenues dans les produits cosmétiques, et, comme chaque individu perd quotidiennement plusieurs dizaines de cheveux, il est impossible de savoir si le suspect a une calvitie naissante.

« Vérifie qu'il n'appartenait pas à la victime, ordonna Rhyme. Il faut compter les écailles et comparer les pigments de la moelle. »

Cooper s'exécuta, penché sur son microscope. « Non, dit-il un instant plus tard en relevant la tête. Ce n'est pas un cheveu de cette fille.

— Description ?

— Brun. Rectiligne, ce qui semble exclure la race noire. Et il n'appartient pas non plus à un asiatique, d'après la pigmentation.

— Un Blanc, donc », dit Rhyme, avec un hochement de tête en direction du tableau fixé au mur. « Ce qui confirme les déclarations du témoin. Et il s'agit bien d'un cheveu, pas d'un poil ?

— Oui. La pigmentation est uniforme et il n'y a pas de variation de diamètre.

— Longueur ?

— Trois centimètres. »

Thom demanda s'il devait compléter le portrait en indiquant que le suspect était brun.

« Non, répondit Rhyme. Nous attendrons une confirmation. Note simplement qu'il porte une cagoule, de couleur bleu marine. Et les résidus qu'on a récupérés sous les ongles, Mel ? Il y a quelque chose à en tirer ? »

Cooper examina le contenu d'un nouveau sachet mais n'y trouva rien d'utile.

« Et cette empreinte, Amelia ? Celle que vous avez relevée sur le mur. Vous pouvez me la montrer ? »

Elle eut une brève hésitation avant de lui tendre la photo Polaroïd.

« Le voilà, votre monstre », dit Rhyme. C'était l'image d'une paume déformée, effectivement monstrueuse, marquée non pas par le dessin élégant et capricieux des lignes de la main mais par des taches indistinctes très finement striées.

« Superbe photographie — vous êtes un Edward Weston en herbe, Amelia. Malheureusement, ceci n'est pas une main. C'est un gant. Un gant de cuir. N'est-ce pas, Mel ? »

Le technicien opina de la tête.

« Thom, note qu'il porte des gants usagés. En tout cas, nous avons déjà un certain nombre de choses sur lui. Il ne laisse pas *ses* empreintes digitales sur la scène du crime, mais des empreintes de gant. Si nous retrouvons ce gant, nous pourrons prouver sa présence sur les lieux. Il est intelligent. Mais pas génial.

— Que portent les criminels, quand ils sont géniaux ? demanda Amelia.

— Du daim doublé de coton, répondit Rhyme. Où est le filtre ? Celui du tube à vide ? »

Le technicien versa le contenu du filtre conique — semblable à un filtre à café — sur une feuille de papier blanc.

Non pas un indice, mais la trace d'un indice...

Les procureurs et les jurés aiment les indices qui sautent aux yeux. Gants ensanglantés, couteaux, armes à feu, lettres d'amour, sperme et empreintes digitales. Mais Lincoln Rhyme, lui, préférait les traces — les poussières et les émanations de diverse nature qui restent sur les scènes de crime, et que les criminels négligent si facilement.

Mais le tube à vide n'avait rien retenu d'intéressant.

« Bon, dit Rhyme. Continuons. Les menottes, maintenant. »

Amelia se raidit en voyant Cooper ouvrir le sachet en plastique pour faire glisser les menottes sur une nouvelle feuille de papier. Le médecin de service au dispensaire des urgences de la police avait fait le travail avec une scie de chirurgien, après que le service juridique lui eut adressé par fax une autorisation.

Cooper examina attentivement les menottes. « Marque Boyd & Keller. Article de bas de gamme. Pas de numéro de série. » Il vaporisa du réactif sur l'acier chromé et braqua le faisceau de la PoliLight. « Aucune empreinte, tout juste une vague tache laissée par le gant.

— Ouvrons-les. »

Cooper déverrouilla les menottes avec une clé passe-partout. Puis il projeta de l'air sur les mécanismes avec la petite poire en caoutchouc dont il se servait pour dépoussiérer les objectifs de ses appareils.

« Vous m'en voulez toujours, Amelia, dit Rhyme. Pour cette histoire de mains ? »

La question la prit au dépourvu. « Je ne vous en veux pas, dit-elle après une hésitation. Mais j'ai trouvé que ce n'était pas professionnel. Ce que vous me demandiez de faire.

— Savez-vous qui était Edmond Locard ? »

Elle fit non de la tête.

« Un Français. Né en 1877. Fondateur de l'Institut universitaire de criminologie de Lyon. On lui doit une règle qui n'a cessé de me guider lorsque j'étais patron de l'IRD. Le Principe d'échange de Locard. Il estimait que chaque fois que deux êtres humains entraient en contact, quelque chose de l'un se communiquait à l'autre, et vice versa. Poussière, sang, cellules de l'épiderme, terre, fibres, particules métalliques... On a parfois du mal à trouver ce qui s'est échangé ainsi, ou à en comprendre la signification. Mais *il y a* bel et bien un échange — grâce auquel nous pouvons repérer et identifier nos suspects. »

Ce petit point d'histoire ne parut pas intéresser le moins du monde la jeune femme.

« Vous avez eu de la chance, dit Mel Cooper à Amelia Sachs, sans lever les yeux. Il s'apprêtait à vous demander, à vous et au toubib, de l'autopsier sur place pour examiner le contenu de son estomac.

— Ce qui n'aurait pas été inutile, commenta Rhyme, en évitant le regard d'Amelia.

— C'est moi qui l'en ai dissuadé, ajouta Cooper.

— Une autopsie », dit Amelia avec un léger soupir, comme si rien, venant de la part de Rhyme, ne pouvait désormais la surprendre.

C'est comme si elle n'était pas là, songea Rhyme avec irritation. Elle est à des lieues de ce que nous sommes en train de faire.

« Tiens ! s'exclama Cooper. J'ai trouvé quelque chose. Je crois que c'est un morceau du gant. »

Il plaça l'objet minuscule sur la plaque du microscope.

« Cuir. Teint en rouge. Rougeâtre, plutôt. Poli d'un seul côté.

— Rouge ? Voilà qui est excellent », dit Sellitto. Et d'expliquer, à l'intention d'Amelia : « Plus ce qu'ils portent est voyant, plus ils sont faciles à repérer. Ils ne vous ont pas appris ça à l'académie, je suppose. Il faudra que je vous raconte comment nous avons chopé Jimmy Plaid, de la bande à Gambino. Tu te rappelles, Jerry ?

— Il portait un falzar qui se voyait à des kilomètres, dit le jeune inspecteur.

— Le cuir est desséché, continua Cooper. Il n'y a plus beaucoup de graisse dans le grain. Tu avais raison, Lincoln, c'est une vieille paire de gants.

— Quelle sorte de peau ?

— Du chevreau, je pense. Et de très bonne qualité.

— S'ils étaient neufs, on pourrait en conclure qu'il est riche, grommela Rhyme. Mais comme ils sont vieux, il peut aussi bien les avoir ramassés dans la rue ou achetés dans une friperie. J'ai l'impression que les accessoires vestimentaires de l'Inconnu 823 ne nous diront pas grand-chose de plus. Très bien. Thom, ajoute simplement que les gants sont de teinte rougeâtre. Qu'avons-nous encore ?

— Il utilise une eau de toilette, lui rappela Amelia Sachs.

— J'avais oublié. Bien. C'est peut-être pour masquer une autre odeur. Ils font ça, parfois. Écris, Thom. Ça sentait comment, Amelia ? Vous me l'avez dit.

— Un odeur sèche. Comme du genièvre.

— Et la corde à linge ? » demanda Rhyme.

Cooper l'examina. « J'en ai déjà vu comme celle-ci. Plastique. Plusieurs dizaines de filaments eux-mêmes composés de matières plastiques différentes, et un — non, deux — fils métalliques.

— Je veux le fabricant et son fournisseur de matière première. »

Cooper secoua la tête. « Impossible. Ce sont des produits trop courants.

— Bon dieu, murmura Rhyme. Et le nœud ?

— Ça, par contre, ce n'est pas courant. Très efficace, le nœud. Vous voyez cette double boucle ? On a toujours du mal à faire un nœud qui tienne avec du PVC, et celui-ci ne bougera pas d'un millimètre.

— Ils ont une nomenclature des nœuds, au bureau ?

— Non. »

Impardonnable, pensa-t-il.

Rhyme se tourna vers Banks.

« J'ai fait un peu de voile...

— Du côté de Westport, dit Rhyme.

— Ma foi, oui. Comment l'avez-vous deviné ? »

À supposer qu'on put déterminer scientifiquement l'origine des gens, Jerry Banks ne pouvait venir que du Connecticut.

« Un coup de chance.

— Ce n'est pas un nœud marin. Je n'en ai jamais vu de pareil.

— Voila qui est bon à savoir. Accrochez-le, là. » Rhyme indiquait un endroit sur le mur, à côté du cliché Polaroïd du fragment de Cellophane et de la reproduction de Monet. « Nous y reviendrons. »

La sonnerie de l'entrée retentit et Thom s'éclipsa pour répondre. Rhyme fut pris d'inquiétude à l'idée que c'était peut-être le docteur Berger, revenu pour lui dire qu'il ne souhaitait plus l'aider à réaliser leur « projet ».

Mais un lourd bruit de bottes lui fit comprendre qui venait d'arriver.

Les agents de la Brigade d'intervention rapide, dix silhouettes sombres dans leur uniforme de combat pénétrèrent dans la chambre en saluant poliment Sellitto et Banks d'un signe de tête. C'étaient tous des hommes d'action, et Rhyme se dit que ces dix paires d'yeux impassibles cachaient à coup sûr quelques réactions déplaisantes à la vue d'un homme allongé sur le dos jusqu'à la fin de ses jours.

« Messieurs, vous avez entendu parler du kidnapping d'hier soir, et de la mort de la victime cet après-midi. » Une dizaine de bouches laissèrent fuser un murmure affirmatif. « L'inconnu qui a commis ce meurtre détient une autre victime. Nous avons une piste et j'ai besoin que vous vous rendiez en différents endroits de cette ville pour confirmer les indices dont nous disposons. Immédiatement et simultanément. Un homme, un lieu.

— Vous voulez dire, demanda un moustachu d'une voix hésitante, que nous allons devoir travailler seuls, sans couverture ?

— Vous n'en aurez pas besoin.

— Je vous demande pardon, monsieur, mais je n'ai pas très envie d'aller en mission sur le terrain sans couverture. Nous travaillons toujours à deux, au moins.

— Je ne pense pas que vous aurez à faire usage de vos armes. Il s'agit de visiter les principales boucheries à succursales de la ville.

— Les boucheries ?

— Pas toutes. Une succursale par chaîne suffira. J & G's, ShopRite, Food Warehouse...

— Que devrons-nous faire, précisément ?

— Acheter du jarret de veau.

— Quoi ?

— Un paquet dans chaque magasin. Je vous demanderai de régler cet achat de votre poche, messieurs. Mais vous serez remboursés. Un dernier point : nous avons besoin de cela tout de suite. »

Elle reposait sur le flanc, sans bouger.

Ses yeux s'étaient accoutumés à la pénombre qui régnait dans le vieux souterrain et elle voyait les petits salopards se rapprocher. Il y en avait un, en particulier, qu'elle ne quittait pas des yeux.

La jambe de Monelle lui faisait affreusement mal, mais elle souffrait encore plus du bras, dont le couteau avait profondément entaillé la chair. Comme il était bloqué derrière elle par les menottes elle ne pouvait pas voir la plaie, ni savoir si elle perdait beaucoup de sang. Mais c'était certainement le cas ; elle était très faible et sentait le liquide gluant répandu sur son bras et sur sa hanche.

Un bruit — un grattement de griffes minuscules sur le ciment. De petites formes oblongues, grises et brunes, s'agitant dans l'ombre. Les rats avançaient vers elle, par saccades et petits bonds. Ils devaient être une centaine.

Elle se força à rester parfaitement immobile, les yeux fixés sur le gros noir. Schwarzie — c'était le nom qu'elle venait de lui donner. Il était en première ligne, avançant et reculant sans cesser de l'épier.

Monelle Gerger n'avait pas encore dix-neuf ans qu'elle avait déjà fait deux fois le tour du monde. Elle avait parcouru en auto-stop le Sri Lanka, le Cambodge et le Pakistan. Et le Nebraska, où les femmes regardaient avec mépris ses paupières fardées et sa grosse poitrine sans soutien-gorge. Et l'Iran, où les hommes fixaient ses bras nus avec des yeux de chiens en chaleur. Elle avait dormi dans des jardins publics à Guatemala City et passé trois jours avec les révolutionnaires en armes du Nicaragua après s'être égarée sur le chemin d'un parc naturel au cœur de la forêt.

Mais elle n'avait jamais eu peur comme à cet instant.

Mein Gott.

Et ce qui la terrifiait le plus était ce qu'elle s'apprêtait à faire.

Un rat un peu plus petit que les autres bondit en avant, puis recula, puis s'avança de quelques centimètres. Les rats faisaient peur, se dit-elle en voyant le petit corps brun qui luisait faiblement, parce ce qu'ils ressemblaient plus à des reptiles qu'à des rongeurs. Un museau de serpent et une queue de serpent. Et ces sales yeux rouges.

Derrière celui-ci venait Schwarzie, qui avait la taille d'un petit chat. Il se dressa sur ses pattes postérieures, les reins cambrés, pour regarder ce qui le fascinait. Attentif. Concentré. Patient.

Puis le petit attaqua. Grattant le sol de ses griffes minuscules, lancé à la vitesse de l'éclair sur ses petites pattes, il fonça droit sur elle sans se laisser troubler par son hurlement étouffé. Silencieux et rapide comme un cancrelat, il la mordit à la jambe, arrachant une bouchée de chair. Une pointe de feu, un élancement brutal... Monelle poussa un cri aigu — de douleur, certes, mais aussi de rage. Merde, ce n'est pas *toi* que je veux ! Son talon s'abattit sur lui avec un bruit mat. Le petit corps eut un soubresaut, puis ne bougea plus.

Un autre déjà fonçait vers son cou. Il arracha sa bouchée de chair et bondit en arrière, sans la quitter des yeux, en tordant le museau comme s'il faisait tourner sa langue dans sa petite bouche de rat, pour mieux savourer.

Dieser Schmerz...

Elle frissonna sous la douleur fulgurante qui irradiait de la morsure. *Dieser Schmerz!* Ça fait mal ! Monelle banda toute sa volonté pour rester immobile.

Le petit gourmand s'apprêtait à lancer une nouvelle attaque, mais elle le vit soudain sursauter et repartir. Elle comprit pourquoi. Schwarzie s'était enfin décidé à sortir du rang. Il venait chercher ce qui lui faisait tant envie.

Très bien, très bien.

C'était lui qu'elle attendait. Parce qu'il n'avait pas manifesté d'intérêt pour sa chair ou pour son sang ; il s'était déjà approché quelques minutes plus tôt, fasciné par le bâillon argenté qui fermait la bouche de Monelle.

Le petit rat repartit en toute hâte se fondre dans la masse mouvante des animaux qui se pressaient à l'arrière tandis que Schwarzie avançait à petits pas sur ses répugnants petits pieds. Puis s'immobilisait. Puis avançait encore. Un mètre. Moins d'un mètre.

Cinquante centimètres.

Elle ne bougeait plus. Respirait à peine et le plus silencieusement possible, pour ne pas l'effrayer.

Schwarzie s'arrêta. Fit encore quelques pas. S'arrêta de nouveau. Il était maintenant à vingt centimètres de sa tête.

Ne pas broncher. Ne pas ciller.

La croupe relevée, les lèvres découvrant ses dents jaunes et brunes. Il fit un pas de plus et s'immobilisa, le regard braqué sur la bouche de Monelle. S'assit sur son derrière, frotta ses pattes antérieures griffues l'une contre l'autre. Avança encore un peu.

Monelle Gerger faisait la morte.

Plus que quelques centimètres. *Vorwärts !*

Viens donc !

Soudain, il fut tout contre son visage. Elle sentit sur son corps une odeur de poubelle, de graisse, d'excréments et de viande pourrie. Il la flaira et elle sentit sur son propre nez le chatouillement insupportable de ses moustaches à l'instant où les petites dents surgissaient de sa bouche pour attaquer le ruban adhésif.

Il rongea cinq minutes durant au pourtour de sa bouche. Un autre rat bondit à son tour et planta ses dents dans sa cheville. Elle ferma les yeux en s'efforçant d'ignorer la douleur. Schwarzie s'interrompit pour le chasser, puis se tint immobile dans l'ombre, à quelque distance, épiant.

Vorwärts, Schwarzie ! Viens !

Elle sentit son haleine puante dans sa propre bouche quand il perça le ruban adhésif et se mit à arracher de grands lambeaux de plastique brillant. Il ne les gardait pas entre ses dents mais les prenait l'un après l'autre avec ses pattes antérieures pour les serrer précieusement contre lui.

Ça suffit, maintenant ? se demanda-t-elle.

Il le fallait. Elle ne tiendrait pas longtemps ainsi.

Elle souleva très lentement la tête, millimètre par millimètre. Schwarzie clignait des yeux et se penchait en avant, intrigué.

Monelle écarta les mâchoires et entendit le bruit délicieux du ruban qui se déchirait. Elle aspira une grande bouffée d'air. Elle pouvait respirer à nouveau !

Et appeler à l'aide.

« *Bitte, helfen Sie mir !* Au secours ! »

Schwarzie battit en retraite, effrayé par ses hurlements, en laissant choir son précieux butin. Mais il n'alla pas très loin. Il s'arrêta, se retourna et s'assit sur son arrière-train grassouillet.

Ignorant le petit corps noir tapi à côté d'elle, elle lança ses pieds contre le piquet auquel elle était attachée. De la poussière et des débris s'en détachèrent pour lui retomber dessus comme une neige grise, mais le piquet ne bougea pas d'un millimètre. Elle hurla jusqu'à ce que sa gorge lui brûle.

« *Bitte*. Au secours ! »

Ses cris se perdirent dans le grondement ininterrompu de la circulation.

Elle se tut. Schwarzie se rapprocha. Il n'était plus seul. Tous les autres suivaient, ondulant, bondissant, craintifs. Mais irrésistiblement attirés par la délicieuse odeur du sang.

De l'os et du bois, du bois et de l'os.

« Mel, qu'est-ce que tu as là ? » Rhyme désigna d'un hochement de tête l'ordinateur couplé au chromatographe à spectrométrie. Cooper venait de tester, une fois encore, la terre qu'ils avaient trouvée dans le morceau de bois.

« Haute teneur en azote. Anormale, même. »

C'était une confirmation des tests précédents. Les appareils n'étaient pas en cause. Cooper réfléchit un instant et dit : « Comment expliquer la présence d'une telle quantité d'azote... On pourrait être dans une fabrique d'armes à feu, ou de munitions.

— Dans le Connecticut peut-être, mais pas en plein Manhattan. » Rhyme jeta un coup d'œil à la pendule. 18 h 30. Comme le temps était passé si vite, au cours de cette journée ! Et comme il lui avait paru long pendant les trois ans et demi qui venaient de s'écouler... Il avait l'impression d'être réveillé depuis des éternités.

Le jeune inspecteur se pencha sur un plan de Manhattan, en repoussant la vertèbre blanchie qui était déjà tombée par terre.

Elle avait été laissée là par Peter Taylor, le spécialiste de la colonne vertébrale qui suivait Lincoln Rhyme. Le médecin, après l'avoir examiné, s'était assis dans le fauteuil en rotin et avait tiré quelque chose de sa poche. « De quoi mesurer le passage du temps », avait-il dit.

Rhyme avait vu l'objet dans la paume de Taylor.

« Ceci est une quatrième vertèbre cervicale. La même que celle de votre nuque. Celle qui s'est brisée. Vous voyez ces petites rainures à l'extrémité ? » Le médecin l'avait tournée et retournée plusieurs fois entre ses doigts avant de demander : « À quoi pensez-vous en voyant cela ? »

Rhyme avait de l'estime pour Taylor — qui ne le traitait pas comme un enfant, ou comme un débile ou comme une source d'ennuis. Mais ce jour-là, il ne se sentait pas d'humeur à jouer aux devinettes. Il avait laissé la question sans réponse.

Taylor avait poursuivi, néanmoins : « Certains de mes patients trouvent qu'elle ressemble à une raie manta. D'autres, à un vaisseau spatial. Ou à un avion. Ou encore à un camion. Mais c'est toujours à quelque chose de gros. Personne ne m'a jamais répondu : “Oh, un petit morceau de calcium et de magnésium.” C'est qu'ils n'aiment pas, voyez-vous, cette idée qu'un objet aussi insignifiant ait pu faire de leur vie un calvaire. »

Rhyme n'avait pas répondu là non plus, se contentant de lancer un regard sceptique à son médecin, mais Taylor avait une longue expérience de ce genre de malades, et il avait dit, gentiment : « Ne faites pas la sourde oreille quand je vous parle, Lincoln. »

Puis il avait brandi la vertèbre devant les yeux de l'infirme. « Vous trouvez injuste que ce petit os vous cause tant de peine. Mais oubliez cela. *Oubliez-le.* Je veux que vous gardiez l'image de ce qu'il était avant votre accident. Ce qu'il y a de bon et ce qu'il y a de mauvais dans votre vie. Joie, tristesse... Vous êtes toujours capable de les éprouver. » Et de conclure, calme et sérieux : « Mais franchement, ce que je vois en ce moment, c'est un homme qui a renoncé. »

Taylor avait laissé la vertèbre sur la table de chevet. Par inadvertance, apparemment. Mais Rhyme n'avait pas tardé à comprendre qu'il l'avait fait délibérément. Et depuis quelque temps, chaque fois que Rhyme se demandait s'il voulait ou non mettre fin à ses jours, il regardait la vertèbre blanchie. Elle était devenue pour lui le symbole du plaidoyer de Taylor — le plaidoyer pour la vie. Mais un autre désir l'avait finalement emporté. Aussi juste que fut le discours du médecin, il ne tenait pas face à la douleur, à la souffrance morale et à l'infinie lassitude qui, jour après jour, accablaient Lincoln Rhyme.

Détachant son regard de la vertèbre — pour le tourner vers Amelia Sachs —, il dit : « Je veux que vous retourniez en pensée sur la scène du crime.

— Je vous ai dit tout ce que j'avais vu.

— Il ne s'agit pas de ce que vous avez *vu*, mais de ce que vous avez ressenti. »

Rhyme se rappelait les centaines de fois où il avait travaillé sur des scènes de crime. Il arrivait qu'un miracle se produise. Après qu'il avait tout scruté et examiné, il lui venait soudain des idées sur le criminel qu'il recherchait. Il n'aurait su dire comment. Les comportementalistes parlent de la technique dite du portrait par identification comme s'ils l'avaient inventée. Mais il y a des siècles que les criminologues l'utilisent. Ratissez le terrain, marchez là où *il* a marché, trouvez ce qu'*il* a laissé derrière lui, et vous quitterez la scène avec une idée de lui aussi précise qu'un portrait.

« Dites-moi. Que ressentez-vous ?

— Un malaise. Une tension. » Elle haussa les épaules. « Je n'en sais rien. Vraiment, je n'en sais rien. Désolée. »

S'il l'avait pu, Rhyme aurait bondi sur ses pieds pour l'empoigner par les épaules et la secouer. En hurlant : Mais enfin, vous savez parfaitement ce que je veux dire ! Je sais que vous le savez ! Pourquoi refusez-vous de collaborer avec moi ? Pourquoi m'ignorez-vous ainsi ?

Puis il comprit. Il comprit qu'elle était là-bas, dans le sous-sol humide où stagnait encore la vapeur. Penchée sur le corps martyrisé de Tammie Jean Colfax. Humant l'odeur atroce. Il le vit à la façon dont son pouce s'acharnait sur la chair à vif d'un cuticule, dans sa façon de maintenir entre elle et lui cette distance trop polie. Elle se sentait affreusement mal dans le sous-sol immonde, et elle lui en voulait de lui rappeler cette partie d'elle-même qui s'y trouvait encore.

« Vous traversez la salle, dit-il.

« Vraiment, je ne pourrai pas vous être d'un grand secours.

— Allons », insista-t-il, en s'efforçant de rester calme. Il sourit. « Il faut jouer le jeu. Dites-moi à quoi vous avez pensé à ce moment. »

Ses traits se figèrent et elle dit : « Oh... à des choses. C'étaient des impressions, plutôt, comme tout le monde peut en avoir dans ces cas-là.

— Mais *vous* étiez là-bas. Pas *tout le monde*. Dites !

— De la peur, de l'angoisse, ce genre de choses... » Elle parut gênée par le choix de cette expression maladroite.

Non professionnelle.

« J'avais l'impression...

— Que quelqu'un vous épiait ?

— Oui, dit-elle, surprise. C'est exactement ça. »

Cette impression, Rhyme l'avait déjà ressentie lui-même. Maintes fois. Et notamment trois ans et demi auparavant, en se penchant sur le cadavre décomposé du jeune policier pour récupérer une fibre sur son uniforme. Il aurait *juré* qu'il y avait, à cet instant, quelqu'un tout près de lui. Mais il n'y avait personne — seulement une grosse poutre de chêne qui avait choisi ce moment pour craquer et se fendre et tomber sur l'apophyse de sa quatrième vertèbre cervicale.

« À quoi pensiez-vous, Amelia ? »

Elle ne résistait plus. Ses lèvres s'étaient détendues, son regard effleura la reproduction des *Noctambules* qui reposait par terre, enroulée sur elle-même — les dîneurs, figés dans leur solitude, voulue ou non. « Je me souviens d'avoir pensé : "Comme tout a l'air vieux ici." On aurait dit une de ces photos d'usines du siècle dernier comme on en voit parfois. Et je...

— Attendez, dit Rhyme, d'un ton brusque. Réfléchissons une seconde. Vous avez dit *vieux*... »

Il regardait le plan de Randel. Il avait déjà évoqué l'intérêt que l'Inconnu 823 semblait porter au New York historique. T.J. Colfax était morte dans un bâtiment ancien. Le tunnel menant à la voie de chemin de fer où on avait retrouvé le premier corps était ancien également. Les premiers trains roulaient à l'air libre mais les accidents étaient si nombreux, alors, le long de la 11e Avenue, qu'on l'avait baptisée l'Avenue de la Mort avant de se décider à creuser des tunnels pour y faire passer les voies.

« Et Pearl Street, continua Rhyme, était l'une des principales voies de circulation dans le New York de cette époque-là. Pourquoi cet intérêt pour l'ancien ? »

Il se tourna vers Sellitto : « Terry Dobyns est toujours là ?

— Le psy ? Oui. On a travaillé ensemble sur une affaire, l'an passé. Il m'a demandé de tes nouvelles, d'ailleurs. Il m'a dit qu'il t'avait appelé une ou deux fois et que tu n'avais pas...

— Je sais, je sais. Qu'il vienne ici. Il me dira ce qu'il pense du comportement de 823. Revenons à vous, Amelia. Qu'avez-vous pensé encore ? »

Elle haussa les épaules, avec une nonchalance forcée. « Rien.

— Rien ? »

Mais où cachait-elle ses sentiments ? se demanda-t-il, et il se rappela ce que lui avait dit Blaine, un jour, en croisant une superbe créature sur la 5e Avenue : *Plus l'emballage est beau, plus il est difficile à défaire*.

« Je n'en sais rien... Si. Je me souviens d'avoir pensé une chose. Mais c'était idiot. Ça n'avait rien d'une observation professionnelle. »

Professionnelle...

Ça devient sacrément plus difficile, n'est-ce pas, Amelia, quand on établit soi-même les critères ?

« Dites-le moi tout de même.

— Vous vous rappelez, quand vous m'avez demandé de faire comme si j'étais lui ? Et que j'ai compris où il s'était mis pour la regarder mourir ?

— Continuez.

— Eh bien, j'ai pensé... » On eut l'impression, un bref instant, que ses yeux magnifiques s'emplissaient de larmes. Ils étaient, remarqua-t-il, d'un bleu irisé. Mais elle se reprit très vite. « Je me suis demandé si elle avait un chien. Cette fille...

— Un chien ? Pourquoi vous êtes-vous demandé cela ? »

Elle hésita une seconde avant de répondre. « J'avais un copain... il y a quelques années. Chaque fois qu'on parlait de vivre ensemble, on se disait qu'on aimerait bien avoir un chien. J'avais toujours eu envie d'un chien. D'un colley. Et le plus drôle, c'est que mon copain voulait aussi un colley. Même avant qu'on se connaisse.

— Un chien. » Les pensées se bousculaient dans la tête de Rhyme comme des fourmis volantes un soir d'été. « Et puis ?

— Et puis, j'ai pensé à cette fille...

— Tammie Jean, dit Rhyme.

— Tammie Jean. J'ai pensé que si elle avait des animaux chez elle, elle ne rentrerait plus jamais pour jouer avec eux. Je n'ai pas pensé à un amoureux ou à un mari. J'ai pensé à des animaux.

— Mais pourquoi avoir pensé à *ça* ? Des chiens, des animaux familiers. Pourquoi ?

— Je ne sais pas pourquoi. »

Silence.

Puis elle dit : « C'est peut-être qu'en la voyant attachée, là... J'ai pensé à lui aussi, debout entre les deux cuves à mazout, en train de la regarder. Comme on regarde un animal prisonnier dans un enclos. »

Rhyme contemplait le défilé des sinusoïdes sur l'écran de l'ordinateur.

Des animaux...

De l'azote...

« Merde ! »

Les têtes se tournèrent vers lui.

« C'est de la merde, dit-il, sans quitter l'écran des yeux.

— Mais oui, mais bien sûr ! dit Cooper. Tout cet azote. C'est du fumier ! Et vieux, qui plus est ! »

Et Rhyme, soudain, eut l'une de ces illuminations auxquelles il pensait un instant plus tôt. Une idée lui traversa l'esprit, fulgurante. Et fit naître une image : des moutons.

Sellitto le regardait. « Linc, ça va ? »

Un mouton, bondissant à travers la rue.

Comme on regarde un animal...

« Thom, disait Sellitto, il n'a pas l'air très bien ? »

... prisonnier dans un enclos.

Rhyme aurait pu dessiner cet animal insouciant. Une cloche pendue à son cou, et derrière lui une douzaine d'autres moutons.

« Lincoln, dit Thom d'une voix pressante. Vous êtes en nage. Vous ne vous sentez pas bien ? »

Il n'obtint pour toute réponse qu'un « Chut ! » impérieux.

Rhyme sentait les gouttes de sueur ruisseler sur son visage. Inspiration et crise cardiaque ; les symptômes se ressemblent curieusement. Réfléchissons, réfléchissons...

Des os, des piquets de bois et du fumier...

« Oui ! » fit-il, à mi-voix. Un mouton conduisant, tel un Judas en robe de laine, le reste du troupeau au carnage.

« Des parcs à bestiaux ! annonça Rhyme à la cantonade. Il la retient dans un parc à bestiaux ! »

INCONNU 823			
Apparence	**Résidence**	**Véhicule**	**Divers**
Mâle de race blanche et de petite taille Tenue sombre Vieux gants, cuir rouge Eau de toilette (pour masquer autre odeur ?) Cagoule ? Bleu marine ?	A prob. une planque	Taxi jaune	Prob. fiché à la police Connaît trav. sur scènes de crime Connaît tech. relevés d'empreintes Arme : Colt .32 Attache vict. avec des nœuds bizarres Attiré par l'« ancien »

13

« IL N'Y A PAS de parc à bestiaux dans Manhattan.

— Le passé, Lon. C'est ça qui lui plaît. Qui l'excite. Il nous faut penser à d'*anciens* parcs à bestiaux. Plus ils seront vieux, mieux ça vaudra. »

En faisant des recherches pour son livre, Rhyme était tombé sur l'histoire d'un certain Owney Madden, gentleman bootlegger et membre du milieu, accusé d'avoir abattu un autre bootlegger devant sa maison du quartier de Hell's Kitchen. Madden n'avait pas été condamné — pas pour ce crime en tout cas. Debout dans le box des accusés, il avait adressé aux magistrats, de sa voix mélodieuse au fort accent britannique, un beau discours sur la trahison. « Cette affaire a été montée de toutes pièces par mes concurrents, qui racontent sur moi des mensonges. Savez-vous, Votre Honneur, à quoi ils me font penser ? Dans mon quartier de Hell's Kitchen, nous avions l'habitude de voir passer les troupeaux de moutons que l'on menait des parcs à bestiaux vers les abattoirs de la 42e Rue. Et savez-vous qui les conduisait ? Non pas un homme, non pas un chien. Mais l'un des leurs. Un Judas en robe de laine, une cloche pendue au cou. Il conduisait le troupeau jusqu'à cette rampe. Puis il s'arrêtait, et tous les autres entraient. Je suis innocent, et tous ceux qui témoignent contre moi sont les Judas. »

« Appelez la bibliothèque, Banks, poursuivit Rhyme. Ils ont certainement un historien. »

Le jeune inspecteur sortit vivement son téléphone portable et appela. On lui passa quelqu'un et il baissa la voix. Après avoir expliqué à qui il désirait parler, il se tut en regardant le plan de la ville.

« Alors ? demanda Rhyme.

— Ils sont allés chercher quelqu'un. Ils ont... » Penché sur l'appareil, il répéta sa demande. Puis il écouta un instant en hochant la tête et dit : « Ils connaissent deux endroits... non, trois.

— C'est qui ? demanda Rhyme. Qui est au bout du fil ?

— Le responsable des archives de la ville... Il dit qu'il y a eu trois grands parcs à bestiaux dans Manhattan. L'un dans le West Side, du côté de la 60e Rue... Un autre à Harlem dans les années trente ou quarante. Et un troisième dans le Lower East Side pendant la Révolution.

— Il nous faut les adresses, Banks. Les adresses ! »

Banks écoutait.

« Il n'est pas certain de les avoir.

— Qu'il les cherche ! Dites-lui de les chercher !

— Il vous a entendu, monsieur... Il dit, où ? Où chercher ? Il n'y avait pas de pages jaunes dans ce temps-là. Il consulte de vieilles...

— Cartes démographiques des quartiers commerciaux sans noms de rues, gronda Rhyme. Évidemment ! Dites-lui de *réfléchir* un peu.

— C'est ce qu'il fait. Il réfléchit.

— Plus vite que ça ! »

Banks écouta en hochant la tête.

« Quoi, quoi, quoi, *quoi ?* aboya Rhyme.

— Du côté de la 6e Rue et de la 10e Avenue », dit le jeune policier. Puis : « Lexington, près de Harlem River... Et... là où se trouvait la Ferme Delancey. C'est près de Delancey Street ?

— *Bien sûr*. Mais de Little Italy jusqu'à l'East River, c'est très vaste ! Des *kilomètres !* Il ne pourrait pas être plus précis ?

— Vers Catherine Street. Lafayette... Walker. Il n'est pas sûr.

— Près des tribunaux », dit Sellitto. Puis, s'adressant à Banks : « Envoyez les équipes de Haumann. Divisez-les en trois. Une par site. »

Le jeune policier transmit les instructions. « Et maintenant ?

— On attend, dit Rhyme.

— Bon Dieu, ce que je déteste attendre », marmonna Sellitto entre ses dents.

Amelia Sachs se tourna vers Rhyme. « Je peux me servir de votre téléphone ? » Il lui indiqua d'un hochement de tête l'appareil posé sur sa table de chevet. Elle hésita. « Vous en avez un autre, là-bas ? » Elle regardait vers le couloir. Rhyme hocha la tête une deuxième fois. Elle sortit, imperturbable. Il la vit, dans le miroir du couloir, composer le précieux numéro d'un air solennel. Qui ? Se demanda-t-il. Un petit ami ? Un mari ? La crèche ? Pourquoi avait-elle hésité à parler de son « ami » lorsqu'elle leur avait raconté cette histoire de colley ? Il y avait un mystère là-dessous.

Mais le destinataire de l'appel, quel qu'il fut, n'était pas là. Il vit les yeux bleus s'assombrir. Elle releva la tête, surprit le regard de Rhyme dans le miroir poussiéreux. Elle replaça le combiné sur son support et reparut sur le seuil de la chambre.

Il y eut un silence de cinq bonnes minutes. Rhyme ne savait pas se détendre comme la plupart des gens — il y avait là un mécanisme qui lui faisait défaut. Au temps où il jouissait encore de sa mobilité, il ne tenait pas en place, et sa façon d'aller et venir sans relâche exaspérait ses collaborateurs. Il se mit à parcourir fiévreusement du regard le plan Randel de Manhattan tandis qu'Amelia glissait deux doigts sous son képi d'uniforme pour se gratter le cuir chevelu. Mel Cooper poursuivait l'inventaire de ses indices, avec un calme de chirurgien.

Tous ceux qui étaient présents dans la pièce — sauf un — bondirent quand le téléphone de Sellitto se mit à sonner. Il écouta ; puis sourit.

« On l'a trouvée ! L'une des équipes de Haumann est arrivée à l'angle de la 11ᵉ Avenue et de la 60ᵉ Rue. Ils entendent une femme qui crie quelque part. Ils ne savent pas exactement où elle est. Ils ont entrepris une fouille au porte-à-porte.

— Préparez-vous à sauter », dit Rhyme à Amelia.

Il vit son visage se décomposer. Elle jeta un coup d'œil au téléphone de Rhyme comme si elle attendait d'une seconde à l'autre un appel du gouverneur ordonnant un sursis à exécution. Puis elle regarda Sellitto, qui scrutait le plan du West Side établi par la Brigade d'intervention rapide.

« Amelia, dit Rhyme. Nous en avons déjà perdu une. C'est regrettable. Mais nous ne sommes pas obligés d'en perdre une deuxième.

— Si vous l'aviez vue, murmura-t-elle. Si seulement vous aviez vu dans quel état il l'avait mise...

— Ah, mais, je l'ai vue, Amelia, dit-il d'une voix égale, une lueur de défi dans le regard. J'ai vu dans quel état était Tammie Jean. J'ai vu dans quel état étaient des corps enfermés depuis un mois dans une malle. J'ai vu ce qu'une livre d'explosif C4 peut faire des bras, des jambes et de la figure d'un être humain.

J'étais sur les lieux après l'incendie du *Club Happy Land*. Plus de quatre-vingts personnes carbonisées. Nous avons pris des photos de leurs visages, ou de ce qu'il en restait, pour permettre aux familles de les identifier, parce que aucun être humain n'aurait pu s'avancer entre ces alignements de cadavres sans y perdre la raison. Sauf nous. Nous n'avions pas le choix. » Il dut s'interrompre et respirer profondément pour lutter contre la douleur insupportable qui lui mordait la nuque. « Voyez-vous, Amelia, si vous voulez faire votre chemin dans ce métier... Si vous voulez faire votre chemin dans *la vie*, il va falloir apprendre à laisser les morts pour ce qu'ils sont. Des morts. Et vous habituer à la vue des cadavres. »

Les uns après les autres, tous ceux qui se trouvaient dans la pièce avaient interrompu ce qu'ils étaient en train de faire et les regardaient.

L'heure n'était plus au badinage pour Amelia. Ni aux sourires polis. Elle tenta un instant de se donner un regard indéchiffrable. Mais il était transparent. La colère qu'elle éprouvait contre lui — et qui semblait hors de proportion avec ce qu'il venait de dire — l'envahit tout entière ; ses traits se crispèrent sous le choc. Elle remit en place une mèche rousse échappée de son képi, ramassa d'un geste brusque le casque radio posé sur la table et sortit. Au moment de s'engager dans l'escalier, elle se retourna, et le regard qu'elle lança à Rhyme lui rappela qu'il n'y avait rien de plus glacial au monde que le sourire glacial d'une belle femme. Et, pour une raison obscure, il se surprit à penser : Content de vous revoir, Amelia.

« Qu'est-ce t'as pour moi ? Des friandises ? Une histoire ? Des photos ? »

Le Crade était assis dans un bar de l'East Side sur la 3e Avenue, qui est à Manhattan ce que sont les carrefours dans les banlieues. Un bistrot minable, où se presseraient plus tard dans la journée de jeunes cadres en quête d'aventure. On n'y voyait pour l'heure que des habitants du quartier reconnaissables à leurs tenues négligées, attablés devant des plats de poisson d'une fraîcheur aussi douteuse que les salades qui les accompagnaient.

Le grand maigre, aux mains noueuses sous la peau d'un noir d'ébène, portait une chemise blanche et un costume plus vert que vert. Il se rapprocha du Crade pour lui dire à l'oreille :

« T'as des tuyaux, t'as des codes secrets, t'as des lettres ? T'as du shit ?

— Oh !

— Tu rigoles pas quand tu fais “Oh !” » dit Fred Dellray, dont le nom s'était écrit D'Ellret quelques générations plus tôt. Il mesurait dans les deux mètres vingt, souriait rarement malgré son ton plaisant et volubile, et était l'un des plus brillants agents spéciaux du bureau du FBI à Manhattan.

« Non, mec. Je rigole pas.

— Alors, qu'est-ce que t'as pour moi ? » Dellray éteignit sa cigarette et coinça le mégot derrière son oreille gauche.

« Ça prend du temps, mec. » Le Crade, qui, lui, était tout petit, se gratta le crâne sous les cheveux graisseux.

« Mais du temps, t'en n'as pas ! Ça coûte cher, le temps, ça file à toute allure, et t'en n'as pas, mon vieux ! T'en. N'as. Pas. »

Deux cafés étaient posés devant eux. Dellray plongea la main sous la table, la referma sur la cuisse du Crade et serra jusqu'à ce qu'il gémisse.

Six mois auparavant, le gringalet s'était fait prendre alors qu'il tentait de revendre un M-16 automatique à deux excités d'extrême droite qui étaient en réalité — mais l'un n'empêchait pas l'autre — des agents de la Répression des fraudes sur l'alcool, le tabac et les armes à feu.

Les feds, les flics du FBI, n'avaient que faire du Crade lui-même, bien entendu — cette petite *chose* malpropre aux yeux écarquillés. Ce qu'ils voulaient, c'était mettre la main sur celui qui fournissait les armes. La Répression des fraudes l'avait à l'œil, mais comme l'affaire ne semblait pas déboucher sur un trafic d'importance, on avait donné le Crade à Dellray, qui gérait le meilleur réseau d'indicateurs du FBI local, avec l'espoir qu'il pourrait l'utiliser. Mais jusqu'à preuve du contraire, le Crade n'était pour lui qu'un insupportable avorton, apparemment incapable de fournir des informations, des codes secrets ou même un peu de hasch pour les collègues.

« Si tu veux qu'on laisse tomber les poursuites, y'a pas trente-six moyens d'y parvenir, y'en a qu'un : nous refiler quelque chose de vraiment intéressant. On est bien d'accord là-dessus ?

— Puisque je te dis que j'ai rien à vous donner *pour le moment.*

— Allons, allons. T'as quelque chose. Je le vois à ton air. Tu sais quelque chose, mon pote. »

Un autobus s'arrêta devant le bar, avec un gros soupir d'air comprimé au moment où le chauffeur relâcha la pédale des freins. La porte s'ouvrit pour laisser monter un groupe de Pakistanais.

« Ah, cette putain de conférence de l'ONU, marmonna le Crade. Qu'est-ce qu'ils viennent foutre ici ? Comme si on était pas assez nombreux dans cette ville. Rien que des étrangers.

— "Putain de conférence ?" Espèce de tas d'os, pauvre crétin ! rétorqua sèchement Dellray. Qu'est-ce que t'as contre la paix ?

— Rien.

— Bien. File-moi un tuyau, un bon.

— Je sais rien de bon.

— Tu sais à qui tu parles ? demanda Dellray avec un sourire diabolique. Je suis le Grand Caméléon. Je peux sourire d'un côté, et pincer de l'autre.

— Arrête, mec, arrête ! glapit le Crade. Ça fait mal, merde ! Arrête ! »

Le patron, derrière son comptoir, se tourna vers eux, puis, sur un regard de Dellray, se remit à essuyer un verre déjà sec.

« D'accord, j'ai peut-être quelque chose. Mais il va falloir m'aider. Il va falloir...

— Attention à la grosse pince !

— Va te faire foutre, mec ! Va te faire foutre !

— Ah, dis donc, quel dialogue, on se croirait dans un film — tu sais, quand le brave mec rencontre le méchant. Genre Stallone. Tout ce qu'ils trouvent à se dire, c'est "Va te faire foutre, mec". "Non, va te faire foutre toi-même." "Non, *toi* !" Bon. Si tu me disais quelque chose d'intéressant, maintenant ? On était bien d'accord là-dessus, non ? »

Et de regarder fixement le Crade jusqu'à ce qu'il craque.

« D'accord, voilà ce que c'est. Je te fais confiance, mec. Je...

— Oui, oui, oui ! Alors ?

— J'étais en train de discuter avec Jackie... Tu le connais, Jackie ?

— Je connais Jackie.

— Et il m'a dit...

— Qu'est-ce qu'il t'a dit ?

— Il m'a dit comme ça qu'on lui avait dit que ces jours-ci,

si on avait quelque chose à récupérer ou à expédier, ou quelqu'un, valait mieux pas mettre les pieds dans les aéroports.

— Qu'est-ce que tu voulais récupérer ? Des flingues, encore ?

— Je te l'ai déjà dit, mec, que moi j'avais rien du tout. Je répète simplement ce que Jackie...

— T'a dit.

— C'est ça, mec. En parlant comme ça, de choses et d'autres, tu vois ? » Le Crade le fixait de ses grands yeux marron. « Tu me crois capable de te mentir ?

— Allons, garde ta dignité, surtout », conseilla le policier, solennel, en pointant un doigt menaçant sur la poitrine du Crade. « C'est quoi cette histoire d'aéroports ? Lequel, d'abord ? La Guardia ? Kennedy ?

— J'en sais rien. Tout ce que je sais, c'est qu'y avait un bruit qui courait comme quoi quelqu'un serait à l'aéroport, et qu'il valait mieux pas s'y trouver en même temps.

— Un nom.

— J'ai pas de nom.

— Où il est, Jackie ?

— Chaipas. En Afrique du Sud, je crois. Ou peut-être au Liberia.

— Mais qu'est-ce que ça *veut dire*, tout ça ? » Dellray porta la main à son oreille pour caler la cigarette.

« À ce que j'ai cru comprendre, il risquait de se passer quelque chose, tu vois, et c'était pas le moment d'aller chercher de la marchandise.

— T'as cru comprendre. » Le Crade tressaillit, mais Dellray ne songeait plus à torturer le petit indic. Il entendait des sonneries d'alarme : Jackie était un trafiquant d'armes repéré depuis un an par la Répression des fraudes et par le FBI. Il se pouvait qu'il ait été prévenu par l'un de ses clients, mercenaire en Afrique ou en Europe centrale, ou révolutionnaire en Amérique, de l'imminence d'un attentat terroriste contre un aéroport. Dellray n'aurait pas fait le rapprochement s'il n'y avait eu, la veille, ce kidnapping à JFK. Il ne s'y était guère intéressé sur le moment — l'affaire relevait de la police new-yorkaise. Mais il pensait aussi à cette grenade découverte quelques jours plus tôt à Londres, dans la salle de conférence de l'Unesco, par les services de sécurité.

« Il t'a rien dit de plus, ton pote ?

— Non, mec. Rien. Dis donc, j'ai faim. Si on mangeait quelque chose ?

— Tu te rappelles ce que je t'ai dit au sujet de la dignité ? Cesse de pleurnicher comme ça. » Dellray se leva. « J'ai un coup de fil à donner. »

Le VIR freina sec pour s'arrêter dans la 60e Rue.

Amelia empoigna la valise, la PoliLight et la grosse torche de douze volts.

« Vous êtes arrivés à temps ? lança-t-elle à un homme de la BIR. Elle va bien ? »

Personne ne lui répondit. Elle entendit les cris.

« Que se passe-t-il ? » murmura-t-elle, en se précipitant vers la grande porte que les agents venaient d'enfoncer. La porte s'ouvrait sur une large allée en pente menant à un bâtiment de briques visiblement abandonné. « Elle est encore *là-dedans* ?

— Affirmatif.

— Mais pourquoi ?

— On nous a dit de ne pas entrer.

— De ne pas entrer ? Vous ne l'entendez pas crier ?

— On nous a dit de vous attendre », expliqua un agent de la BIR.

On. Pas on, *lui*. Lincoln Rhyme. Ce salaud.

« C'était à nous de la retrouver, expliqua l'agent. C'est à *vous* d'y aller. »

Elle mit le casque sur sa tête. « Rhyme ! cria-t-elle. Vous m'entendez ? »

Pas de réponse... Froussard, sale froussard !

S'habituer à la vue des cadavres... Salopard ! La fureur qui l'avait précipitée au bas des marches un instant plus tôt la reprit, décuplée.

Elle aperçut, derrière elle, un médecin planté à côté de son ambulance.

« Vous, venez avec moi. »

Il fit un pas vers elle et la vit tirer son arme de l'étui. Il s'immobilisa.

« Eh, minute ! dit-il. Je n'ai pas à y aller tant que ma sécurité n'est pas assurée.

— Allons ! Avancez ! » Elle fit volte-face, lui offrant sans doute une meilleure vue qu'il ne le souhaitait sur la gueule du pistolet. Il esquissa une grimace et se hâta de lui emboîter le pas.

Les cris montaient du sous-sol. « Aïïïe ! *Hilfe !* » Puis des sanglots.

Seigneur. Amelia Sachs partit en courant vers l'entrée du souterrain, haute de quatre bons mètres, au-delà de laquelle on ne voyait qu'une pénombre épaisse.

Elle entendit une voix dans sa tête : *Vous êtes lui, Amelia. À quoi pensez-vous ?*

Va-t'en, répondit-elle silencieusement.

Mais Lincoln Rhyme ne s'en allait pas.

Vous êtes un assassin et un kidnappeur, Amelia. Par où passeriez-vous, que toucheriez-vous ?

Fous-moi la paix ! Je vais la sauver. Au diable la scène du crime...

« *Mein Gott !* Je vous prie, je vous prie, au secours ! »

Vas-y, cria Amelia pour elle-même. Fonce ! Il n'est pas là. Tu ne risques rien. Va la chercher, vas-y...

Elle accéléra, son ceinturon réglementaire lourdement chargé cognant à chaque pas. Puis, après une dizaine de mètres dans le tunnel, elle s'arrêta. En plein débat. Et le débat une fois clos, mécontente de la décision.

« Ah, merde », lâcha-t-elle. Elle posa la valise et l'ouvrit. Et se tourna brusquement vers le médecin. « C'est quoi, votre nom ?

— Tad Walsh », répondit le jeune homme, d'une voix étranglée. « Mais... qu'est-ce qui se passe ? » Il regarda vers le trou noir.

« *Oh... Bitte, helfen Sie mir !*

— Couvrez-moi, chuchota Amelia Sachs.

— Que je vous couvre ? Attendez. Je ne sais pas faire ça.

— Vous prenez le pistolet, d'accord ?

— Contre *quoi* voulez-vous que je vous couvre ? »

Déjà elle lui fourrait l'arme dans la main et se laissait tomber à genoux. « Le cran de sécurité est relevé. Faites gaffe. »

Elle saisit deux bandes de caoutchouc qu'elle passa autour de ses chaussures. Puis elle reprit le pistolet et lui ordonna d'en faire autant.

« Je crois que...

— Taisez-vous. Il est peut-être encore là.

— Une seconde, m'...m'dam, dit le médecin à voix basse. Ceci n'est absolument pas dans mes attributions.

— Ni dans les miennes. Tenez cette lampe. » Elle lui tendit la torche.

« Mais s'il est là, il va tirer sur la lumière. Enfin, c'est que *je* ferais, *moi,* à sa place.

— Alors, tenez-la bien haut. Par-dessus mon épaule. Je marcherai devant. Si quelqu'un doit se faire descendre, ce sera moi.

— Et qu'est-ce que je fais, si ça arrive ?

— À votre place, je me tirerais, et vite fait, marmonna Amelia. Bon. Suivez-moi. Et ne tremblez pas comme ça, vous faites bouger la torche. »

Elle souleva la valise noire d'une main et se remit en marche, le pistolet pointé devant elle, en fixant le sol à ses pieds. Elle reconnut les traces de coups de balai qu'elle avait vues la veille dans le sous-sol de Pearl Street.

« *Bitte nicht, bitte nicht, bitte...* » Il y eut un cri bref, puis plus rien.

« Mais qu'est-ce qui se passe là-dedans, bon sang ? murmura Tad.

— Chut ! »

Ils avançaient lentement. Amelia souffla sur ses doigts crispés sur la détente — pour sécher la transpiration — en scrutant attentivement les piliers de bois, les machines démantibulées et les formes indistinctes qui surgissaient comme autant de cibles potentielles dans le faisceau de la torche secouée plus que tenue par la main de Tad.

Elle ne trouva pas de traces de pas.

Tiens donc. Il est malin.

Mais nous sommes malins nous aussi, répondit aussitôt, dans sa tête, la voix de Lincoln Rhyme. Et elle lui ordonna de la fermer.

Attention. Moins vite.

Encore un mètre. On s'arrête. On avance encore un peu, lentement. En s'efforçant d'ignorer les cris de la fille. Et soudain, une fois encore, cette impression — cette sensation — qu'on vous observe. Qu'une arme est braquée sur vous et que des yeux suivent dans le viseur chacun de vos mouvements. Le gilet pare-balles, se dit-elle, n'arrêterait pas une full-metal jacket. D'ailleurs les truands, une fois sur deux, tiraient des Black Talons. Une de ces balles dans la jambe ou le bras vous tuait aussi sûrement que si vous la preniez en pleine poitrine. Et on souffrait bien plus. Nick lui en avait déjà parlé ; un garçon avec lequel il faisait équipe, touché par l'une de ces saletés, était mort dans ses bras.

D'en haut et par-derrière...

Ce souvenir en fit surgir un autre. Elle se revit un soir, étendue tout contre le torse musclé de Nick, regardant son beau profil d'Italien sur l'oreiller et écoutant ses explications sur la façon de libérer des otages. « S'ils veulent te descendre au moment où tu entres, ils tireront d'en haut et par-derrière...

— Merde. » Elle s'accroupit brusquement, en pivotant sur elle-même, l'arme pointée vers le plafond, prête à tirer jusqu'à sa dernière balle.

« Qu'est-ce qu'il y a ? » demanda Tad à voix basse, recroquevillé derrière elle. « Qu'est-ce qu'il y a ? »

Seulement des ombres mouvantes sous le faisceau de la torche, et qui la regardaient.

« Rien. » Elle prit une profonde inspiration, et se redressa.

« Ne faites pas ça ! »

Il y eut une sorte de gargouillement devant eux.

« Mon Dieu ! » La voix de Tad était montée d'un ton. « J'ai vraiment horreur de ça ! »

Ce type est une femmelette, pensa-t-elle. Il dit tout ce que j'aurais envie de dire.

Elle s'immobilisa. « Braquez la torche par là. Devant !

— Mon Dieu, faites que... »

Elle comprenait maintenant d'où venaient les poils qu'elle avait retrouvés dans le sous-sol de Pearl Street. Elle revit l'échange de regard entre Rhyme et Sellitto. Rhyme savait ce que l'inconnu avait l'intention de faire. Il savait ce qui était en train d'arriver à cette fille, et *malgré ça* il avait ordonné aux hommes de la BIR d'attendre. Elle l'en détestait encore plus.

Devant eux, une grosse fille gisait dans une mare de sang. Elle tourna vers la lumière le regard de ses yeux vitreux et s'évanouit. Un énorme rat — de la taille d'un chat domestique — rampait sur son ventre en direction de la gorge. Ses babines se retroussaient déjà sur une double rangée de dents malpropres, prêtes à mordre le menton de la fille.

Amelia Sachs leva le pistolet noir et compact, la paume de sa main gauche refermée sur la crosse pour la maintenir. Elle visa avec soin.

Tirer c'est respirer.

Respirer, souffler. Presser la détente.

Amelia Sachs fit usage de son arme pour la première fois au cours d'une opération. Quatre coups. Le gros rat noir qui se tenait sur la poitrine de la fille explosa. Elle en toucha un autre par terre derrière lui et un troisième qui, dans sa panique, fonçait droit sur elle et sur le médecin. Le reste de la troupe s'évanouit, très vite et en silence, comme de l'eau sur le sable.

« Seigneur, dit le médecin. Vous auriez pu toucher cette fille.

— À moins de dix mètres ? Certainement pas. »

La radio se mit à grésiller bruyamment et la voix de Haumann s'éleva dans le silence pour leur demander s'ils étaient pris sous une fusillade.

« Négatif, répondit Amelia. Je tirais quelques rats, c'est tout.

— Reçu. Terminé. »

Elle prit la torche des mains du médecin et, abaissant le faisceau, s'avança vers la fille.

« Tout va bien, mademoiselle. C'est fini pour vous. »

La fille ouvrit les yeux, secoua la tête d'un mouvement convulsif comme pour lutter encore.

« *Bitte, bitte*... »

Elle était très pâle. Elle fixait la jeune femme de ses yeux bleus comme si elle craignait de regarder ailleurs. « *Bitte, bitte*... je vous prie... » Les mots se fondirent en une longue plainte animale interrompue par des sanglots tandis que le médecin commençait à éponger le sang de ses plaies.

Amelia Sachs avait pris contre elle la tête blonde ensanglantée et la berçait en murmurant : « C'est fini, mon petit, c'est fini, c'est fini... »

14

LE BUREAU, tout en haut d'un immeuble au cœur de Manhattan, avait vue sur le port de Jersey. Le coucher de soleil, grâce à la saleté flottant dans l'atmosphère, offrait un spectacle magnifique.

« Il le faut.

— On ne peut pas.

— Il le faut », répéta Fred Dellray, et il but quelques gorgées d'un café encore plus mauvais que celui qu'il avait pris peu de temps auparavant en compagnie du Crade. « Pique-leur l'affaire. Ils n'en mourront pas.

— Il s'agit d'une affaire locale », rétorqua l'agent spécial du FBI qui dirigeait le bureau de Manhattan. C'était un homme méticuleux, qui ne travaillait jamais à visage découvert car dès qu'on l'apercevait, on se disait : Tiens, un agent du FBI !

« Ce n'est pas une affaire locale. Ils la *traitent* comme une affaire locale. Mais c'est une grosse affaire.

— Il nous manque quatre-vingts hommes à cause de ce truc à l'ONU.

— Et c'est en rapport avec ce truc, dit Dellray. J'en suis persuadé.

— Alors, il faut voir ça avec le service de sécurité de l'ONU. Laisse donc les gens...

— Le service de sécurité de l'ONU ? Des abrutis pareils, tu en connais beaucoup ?... Tu te rends compte, Billy ? Tu imagines la scène, ce matin ? La main qui sortait de terre, le doigt écorché jusqu'à l'os ? C'est un vrai malade qui fait ça.

— La direction de la police municipale nous tient informés, répondit l'agent spécial, très vite. Et Behavorial est à leur disposition, si ça les intéresse.

— Seigneur, ayez pitié de nous ! “Behavorial est à leur disposition ?” Il faut attraper ce boucher, Billy. *L'attraper !* Les élucubrations psychologiques des types de Behavorial, on n'en a rien à foutre !

— Répète-moi ce que t'a dit ton indic. »

Dellray savait reconnaître une brèche quand elle s'ouvrait dans un rocher. Il ne la laisserait pas se refermer avant de s'y engouffrer. Tir rapide, maintenant : le Crade, Jackie à Johannesbourg ou à Monrovia, la rumeur courant dans les milieux du trafic d'armes sur un coup imminent dans l'un des aéroports de New York. « C'est *lui*, conclut Dellray. Ça ne peut être que lui.

— La police municipale a mis sur pied un groupe d'intervention.

— Oui, mais pas antiterroriste. Je me suis renseigné. À la section Antiterroriste, personne n'est au courant de quoi que ce soit. Et pour la Police de New York, le problème se résume à “pas de morts de touristes, c'est mauvais pour l'image”. Je veux cette affaire, Billy. » Et Fred Dellray de lâcher le mot qu'il n'avait jamais prononcé en huit années de travail clandestin. « S'il te plaît.

— Et comment tu justifierais ça ?

— Ah-ah, la vilaine question ! » s'exclama Dellray, le doigt pointé comme un maître d'école accusant un élève. « Voyons... On a cette nouvelle loi antiterroriste, qui est vraiment au poil. Mais ça ne te suffit pas, tu veux des arguments juridiques ? Je t'en donne. Vol avec agression à la gare routière de Port Authority. Kidnapping. Je peux soutenir que ce type opère en taxi, et que, donc, ça concerne le commerce inter-états. Mais on ne va pas jouer à ces petits jeux, Billy ?

— Tu ne m'as pas compris, Dellray. Je suis capable de réciter le Code des États-Unis dans mon sommeil, merci. Je veux savoir, dans le cas où nous prendrions l'affaire, ce que nous pourrions dire qui satisfasse *tout le monde*. N'oublie pas qu'une fois qu'on en aura fini avec ce cinglé, il faudra continuer à travailler avec la police de New York. Je ne vais pas envoyer mon patron se bagarrer avec leur patron, même si c'est possible. Je n'aurais qu'un mot à dire. Mais Lon Sellitto s'occupe de cette affaire, et c'est un type bien.

— Un lieutenant ? » dit Dellray, méprisant. Il prit la cigarette coincée derrière son oreille et la tint un moment devant ses narines.

« C’est Jim Polling qui chapeaute. »

Dellray se recula sur son siège avec une grimace horrifiée. « Polling ? Notre Petit Adolf ? Celui qui dit : “Vous avez le droit de vous taire si vous ne voulez pas de mon poing sur votre sale gueule ?” Polling ? Lui ? »

L’agent spécial n’avait rien à répondre à cela. Il préférait parler de Sellitto. « C’est un bon. Une bête de travail. Je me suis trouvé deux fois avec lui dans des unités de lutte antimafia.

— Jusqu’ici, ce type s’en est pris à n’importe qui. Mais il va continuer, et il frappera plus haut.

— C’est-à-dire ?

— On a des sénateurs en ville. On a des membres du Congrès, on a des chefs d’état. Jusqu’à présent, il s’est fait la main. Attends la suite.

— Tu as discuté de ça avec les types de Behavorial et tu ne m’en as rien dit ?

— Non. Mais je flaire un truc comme ça. » Dellray ne put s’empêcher de toucher son nez, qu’il avait très mince.

L’agent spécial gonfla ses joues impeccablement rasées d’agent spécial et souffla une grosse bouffée d’air. « C’est qui, cet indic ? »

Dellray éprouvait quelque difficulté à considérer le Crade comme un informateur — il ressemblait un peu trop à un personnage de Dashiell Hammet, chez qui la plupart des mouchards sont décrits comme des êtres squelettiques, de répugnantes petites frappes — le portrait craché du Crade.

« Un tocard, dit-il. Mais Jackie, le type qui lui a parlé, c’est autre chose.

— Je sais que tu y tiens, Fred. Je te comprends. » Il y avait de la sympathie dans la voix de l’agent spécial. Il savait exactement ce qui se cachait derrière l’insistance de Dellray.

Tout gamin déjà, à Brooklyn, Dellray avait rêvé de devenir policier. Peu lui importait quelle sorte de policier, l’essentiel étant de l’être vingt-quatre heures sur vingt-quatre. Et peu après son arrivée au Bureau, il s’était découvert une vocation : agent secret.

Travaillant en équipe avec son complice et ange gardien Toby Dolittle, il avait déjà fait mettre à l’ombre un nombre impressionnant de criminels — en années de prison, le total des condamnations approchait le millénaire. Sa réussite tenait à ses dons de caméléon, surnom qu’on lui avait donné pour l'avoir vu — en une seule journée — passer du rôle d'un drogué abruti par le crack dans un bouge de Harlem à celui d'un notable haïtien dînant au consulat de la République panaméenne, ruban rouge en travers de la poitrine et accent à la clé. Lui et son comparse Toby étaient fréquemment prêtés par leur bureau à la section Antiterroriste ou à la brigade des Stupéfiants et, à l'occasion, à des services de la police municipale.

Mais le travail clandestin dans lequel ils étaient passés maîtres comporte un paradoxe : mieux on s'en acquitte, plus vite sonne l'heure de la retraite. Tout finit par se savoir et les vrais truands, ceux qui valent d'être poursuivis, deviennent de plus en plus difficiles à débusquer. Dolittle et Dellray passaient de moins en moins de temps sur le terrain et s'occupaient de plus en plus de faire travailler des indicateurs et d'autres agents secrets comme eux. Mais Dellray n'avait jamais songé à demander une mutation.

Jusqu'à cette matinée ensoleillée du mois d'avril, deux ans auparavant. Dellray, alors qu'il s'apprêtait à partir pour La Guardia où il devait prendre un avion, avait reçu un appel du directeur adjoint du Bureau de Washington. Le FBI a une hiérarchie pléthorique, et Dellray ne comprit pas tout de suite pourquoi ce haut responsable lui téléphonait personnellement. Jusqu'au moment où celui-ci lui annonça que Toby Dolittle ainsi qu'un procureur de Manhattan se trouvaient ce matin-là au rez-de-chaussée du centre administratif fédéral d'Oklahoma City pour préparer l'audition à laquelle Dellray devait lui-même se rendre, quand la bombe avait éclaté.

Un avion ramènerait leurs corps à New York le lendemain.

Ce fut ce même jour que Dellray emplit pour la première fois un formulaire RFT-2230, pour demander son transfert au bureau de la Division antiterroriste.

Poser des bombes était le plus ignoble de tous les crimes aux yeux de Fred Dellray qui, quand personne ne le regardait, dévorait des ouvrages sur la politique et la philosophie. Il estimait qu'il n'y avait rien de foncièrement antiaméricain à se montrer vénal et âpre au gain — c'étaient même des qualités qu'on ne cessait de vanter, du Capitole jusqu'à Wall Street. Et si les gens qui faisaient profession de gagner de l'argent et d'accumuler les richesses outrepassaient parfois les limites de la légalité, Dellray prenait plaisir à les traquer, mais sans animosité ni haine personnelle. En revanche, assassiner des êtres humains pour leurs idées — assassiner des enfants avant qu'ils sachent seulement ce en quoi ils croyaient ! — revenait à poignarder le pays en plein cœur. Au soir des funérailles de Toby, prostré dans le deux-pièces sobrement meublé qu'il habitait à Brooklyn, Dellray avait décidé que ce serait contre ces crimes-là qu'il se battrait dorénavant.

Malheureusement pour lui, la réputation du Caméléon l'avait précédé. Le meilleur agent secret du Bureau gérait un réseau d'indicateurs et d'agents couvrant toute la côte Ouest. Ses patrons ne pouvaient pas, tout simplement, se permettre de le laisser partir pour rejoindre l'une des directions les plus pantouflardes du FBI. Dellray était désormais une sorte de légende, c'était à lui que le Bureau devait une bonne partie de ses succès récents. Si bien que, « avec regret », on continuait à rejeter les demandes de mutation qu'il s'obstinait à présenter.

L'agent Billy, en tant que responsable du Bureau de Manhattan, connaissait toute l'histoire. « Je voudrais bien t'aider, si je le pouvais, dit-il, avec sincérité. Je suis désolé, Fred. »

Mais Dellray, en entendant ces mots, vit seulement la brèche s'ouvrir un peu plus. Le Caméléon se transforma aussitôt en un autre personnage et toisa son patron. Il regrettait de ne pas avoir sa fausse dent en or. Le Dellray de la rue avait un sale regard à vous liquéfier sur place. Et tous ceux qu'il côtoyait dans les quartiers mal famés savaient d'instinct ce que signifiait ce regard : j'ai fait quelque chose pour toi, à toi maintenant de faire quelque chose pour moi.

Et l'agent spécial, son supérieur, finit par dire d'une voix mal assurée : « Le problème, c'est qu'il faut trouver *quelque chose.*

— Quelque chose ?

— Un hameçon. Il nous faudrait un hameçon. »

Une raison pour enlever l'affaire à la police municipale.

La politique, la politique, toujours cette saloperie de politique.

Dellray baissa la tête mais ses yeux, d'un noir de cirage, ne bougèrent pas d'un millimètre. « Il a écorché jusqu'à l'os le doigt d'un type, ce matin, Billy. Jusqu'à l'os. Puis il l'a enterré vivant. »

Dix doigts impeccablement manucurés se rejoignirent et s'étreignirent sous la mâchoire crispée de l'agent fédéral, qui dit lentement. « J'ai une idée. Il y a un commissaire adjoint à la police municipale. Eckert. Tu le connais ? C'est un ami à moi. »

La fille était étendue sur une civière, les yeux fermés, consciente mais sonnée. Et très pâle. Un pansement retenait sur son bras la seringue à perfusion qui l'alimentait en glucose. La réhydratation produisant déjà son effet, elle ne délirait plus et faisait preuve d'un calme surprenant, compte tenu des circonstances.

Amelia repartit vers les portes de l'enfer et regarda, en contrebas, l'allée et l'entrée obscure du souterrain. Elle pressa le bouton de la radio pour appeler Lincoln Rhyme. Cette fois il répondit.

« Comment est la scène ? »

Elle rétorqua sèchement : « Nous avons récupéré la fille. Si ça vous intéresse de le savoir.

— Ah, bien. Dans quel état ?

— Mauvais.

— Mais vivante, n'est-ce pas ?

— Tout juste.

— Vous êtes encore chamboulée à cause des rats — c'est ça, Amelia ? »

Elle ne répondit pas.

« Parce que je n'ai pas dit aux hommes de Bo d'y aller tout de suite ? Vous êtes là, Amelia ?

— Je suis là.

— Il existe cinq sources de contamination des scènes de crime », expliqua Rhyme. Elle remarqua qu'il avait repris sa voix basse et enjôleuse. « Les intempéries, la famille de la victime, le suspect, les curieux et autres chasseurs de souvenirs. Et la cinquième, la pire de toutes, ce sont... devinez, Amelia.

— Vous allez me le dire.

— Les flics. Ces types étaient capables de détruire jusqu'à la moindre trace si je les avais laissé entrer. Vous, vous savez maintenant comment on travaille sur une scène de crime. Et je suis certain que vous avez pris toutes les précautions.

— Je ne sais pas si elle se remettra jamais de ce qu'elle vient de vivre, ne put s'empêcher de dire Amelia Sachs. Les rats étaient sur elle. Elle en était couverte.

— Oui, ça ne m'étonne pas des rats. C'est dans leur nature. »

Leur nature...

« Mais quelques minutes de moins ou de plus n'y auraient rien changé. Elle... »

Click.

Elle coupa le son et rejoignit Walsh, le médecin.

« Il faut que je l'interroge. Elle n'est pas trop vaseuse ?

— Pas encore. J'ai seulement anesthésié les plaies — pour panser les morsures et les lacérations. Elle aura besoin d'un Demerol d'ici une demi-heure, à peu près. »

Amelia sourit et s'accroupit à côté de la civière. « Eh, comment ça va ? »

La fille était grosse, mais très jolie. Elle répondit d'un hochement de tête.

« Je peux vous poser quelques questions ?

— Oui, je vous prie. Je veux qu'on l'arrête. »

Sellitto arrivait. Il s'approcha à grandes enjambées, sourit à la fille qui n'eut pas l'air de le voir, exhiba un insigne qu'elle ne regarda pas et se présenta.

« Ça va, mademoiselle ? »

Elle haussa les épaules.

Transpirant dans la chaleur épaisse de cette fin d'après-midi, il prit Amelia à part. « Vous avez vu Polling ?

— Non. Il est peut-être chez Lincoln.

— Non, je viens d'appeler. Il faut qu'il file d'urgence à la mairie.

— Il y a un problème ? »

Sellitto fit une grimace. Il avait le teint terreux. « Une connerie... dit-il, en baissant la voix. En principe, nos transmissions sont protégées. Mais ces foutus journalistes ont dû se procurer un décodeur pour éliminer le brouillage. Ils ont compris qu'on n'était pas intervenu tout de suite pour la libérer. » Il montra la fille sur sa civière.

« Mais c'est *vrai* ! Rhyme a demandé aux hommes de la BIR d'attendre mon arrivée. »

Nouvelle grimace. « Malheur. Espérons qu'ils n'ont pas enregistré ça. Il nous faut Polling, maintenant, pour les constatations. » Il regarda la fille. « Vous l'avez déjà interrogée ?

— Non. J'allais le faire. » Elle brancha la radio, à regret, et entendit la voix pressante de Rhyme.

« ... Vous me recevez ? Ce foutu machin ne...

— Je vous reçois, dit-elle, glaciale.

— Nous avons été coupés — que s'est-il passé ?

— Des interférences, je suppose. Je suis avec la victime. »

La fille avait entendu et la regardait en clignant des paupières. Amelia sourit, montra le micro : « Le quartier général de la police. Je ne parlais pas toute seule. Comment vous appelez-vous ?

— Monelle. Monelle Gerber. » Elle regarda son bras mordu, souleva un pansement pour examiner la blessure.

« Interrogez-la rapidement, dit Rhyme. Puis occupez-vous de la scène. »

Amelia mit une main sur son micro et se tourna vers Sellitto, furieuse. « Je n'avais jamais travaillé avec un pareil emmerdeur. Chef.

— Soyez patiente avec lui, officier.

— Amelia ! » Il aboyait littéralement dans les grésillements de la radio. « Répondez !

— Nous sommes en train de l'interroger, d'accord ? dit-elle d'un ton sec.

— Vous pouvez nous expliquer comment ça s'est passé ? » demanda Sellitto.

Monelle raconta, par bribes désordonnées, comment elle s'était rendue à la lingerie d'une résidence de l'East Village et avait été surprise par un homme qui s'était caché pour l'attendre.

« Quelle résidence ? demanda Sellitto.

— Deutsche Haus. Les locataires sont presque tous des Allemands immigrés, ou étudiants.

— Que s'est-il passé alors ? » poursuivit Sellitto. Amelia Sachs se dit que malgré son physique impressionnant et ses manières bourrues, plus brutales que celles de Rhyme, le policier était finalement le plus chaleureux des deux.

« Il m'a poussée dans le coffre arrière d'une voiture et il m'a amenée jusqu'ici.

— Vous l'avez vu ? »

Elle ferma les yeux. Amelia Sachs répéta la question et Monelle répondit que non ; il portait, comme Rhyme l'avait deviné, une cagoule bleu marine.

« *Und* des gants.

— Décrivez-les. »

Ils étaient de couleur sombre. Laquelle, elle ne s'en souvenait pas.

« Vous n'avez rien remarqué de particulier ?

— Non. C'était un Blanc. C'est tout ce que je peux dire.

— Vous n'avez pas vu la plaque d'immatriculation du taxi ? demanda Sellitto.

— *Was ?* répondit la fille, revenant à sa langue maternelle.

— Vous n'avez pas vu... »

Amelia Sachs sursauta en entendant la voix de Rhyme tonner dans la radio : « *Das Nummernschild !* »

Mais comment sait-il tout ça ? songea-t-elle. Elle répéta le mot et la fille secoua la tête. « Pourquoi vous me parlez d'un taxi ?

— Est-ce qu'il avait un taxi jaune ?

— Un taxi ? *Nein*. Non. C'était une voiture normale.

— Vous entendez ça, Lincoln ?

— Et comment ! Notre ami a donc une deuxième voiture. Et s'il a mis la fille dans le coffre, c'est qu'il ne s'agit pas d'un break, ni d'un coupé avec hayon arrière. »

Amelia Sachs répéta pour la fille, qui opina d'un hochement de tête.

« Vous avez une idée de la couleur, ou de la marque ? reprit Sellitto.

— Elle était claire, il me semble. Blanc métallisé, ou gris. Ou peut-être... comment ça se dit ? Marron clair.

— Beige ? »

Elle fit signe que oui.

« Beige, peut-être, ajouta Amelia Sachs, à l'adresse de Rhyme.

— Il n'y avait pas quelque chose dans le coffre ? demanda Sellitto. Des outils, des vêtements, une valise ? »

Monelle répondit qu'il n'y avait rien. Le coffre était vide.

Rhyme avait une question à poser. « Et l'odeur ? Ça sentait quoi ? Dans le coffre ? »

Amelia Sachs transmit.

« Je sais pas.

— L'huile, la graisse de moteur ?

— Non. Ça sentait... le propre.

— Alors, c'était peut-être une voiture neuve », conclut Rhyme.

Monelle fondit en larmes et pleura un moment. Puis elle secoua la tête. Amelia lui prit la main, et elle retrouva le fil de son récit. « On a roulé un long moment. Ça m'a *paru* long.

— C'est bien, Monelle », dit Amelia.

La voix de Rhyme l'interrompit. « Dites-lui de se déshabiller.

— Pardon ?

— Qu'elle retire ses vêtements.

— Je ne ferai pas ça.

— Le médecin n'a qu'à lui passer une blouse. Il nous faut ses vêtements, Amelia.

— Mais, murmura Amelia, elle pleure.

— Je vous en prie, dit Rhyme, pressant. C'est important. »

Sellitto hocha la tête. Amelia, la gorge serrée, expliqua à Monelle de quoi il retournait et Monelle, à son grand étonnement, accepta aussitôt. Elle était, en fait, trop heureuse de se débarrasser de ces vêtements couverts de sang. Sellitto, pour ne pas la gêner, alla un peu plus loin retrouver Haumann. Monelle passa la blouse que le médecin lui tendait et l'un des inspecteurs en civil lui mit sa propre veste sur les épaules. Amelia Sachs fourra le jean et les deux T-shirts dans un sac.

« C'est fait, annonça-t-elle dans son micro.

— Il faut maintenant qu'elle vous accompagne jusqu'à la scène, dit Rhyme.

— Quoi ?

— Mais veillez bien, surtout, à ce qu'elle reste derrière vous. Il ne faut pas qu'elle contamine les indices. »

Amelia Sachs regarda la fille, recroquevillée sur le marchepied d'un fourgon de police.

« Elle n'est pas en état de faire ça. Il l'a blessée au couteau. Jusqu'à l'os. Elle a saigné et les rats se sont jetés sur elle.

— Elle peut marcher ?

— Sans doute. Mais vous savez ce qu'elle vient de subir ?

— Elle peut vous montrer par où ils sont passés. L'endroit où il se tenait.

— Elle est bonne pour les urgences. Elle a perdu beaucoup de sang. »

Une hésitation. Puis, d'un ton plus aimable : « Demandez-le lui. »

Mais c'était une amabilité feinte, qui cachait mal son agacement. On sentait Lincoln Rhyme peu habitué, parce qu'il n'en avait *pas besoin*, à traiter les gens par la gentillesse. Les choses se faisaient comme il entendait qu'elles se fassent.

Il insista. « Rapidement. Qu'elle jette un coup d'œil avec vous sur les lieux, rien de plus. »

Va te faire foutre, Lincoln Rhyme.

« C'est...

— Important. Je sais. »

Silence à l'autre bout du fil.

Elle regardait Monelle. Puis elle entendit une voix, qui n'était pas *sa* voix, dire à la fille : « J'y retourne pour chercher des indices. Vous voulez venir avec moi ? »

La fille lui lança un regard qui la transperça. Des larmes jaillirent. « Non, non, non. Pas question. *Bitte nicht, oh, bitte nicht...* »

Amelia Sachs hocha la tête, pressa le bras de Monelle. Comme elle s'apprêtait à parler dans le micro, et à encaisser sa réaction, Rhyme la surprit en disant : « C'est bon, Amelia. N'insistez pas. Demandez-lui seulement de vous dire ce qui s'est passé quand ils sont arrivés. »

La fille raconta comment elle avait donné un coup de pied à son agresseur et s'était enfuie dans le passage souterrain voisin.

« Il m'a rattrapée et je lui ai donné un autre coup de pied, dit-elle, assez contente d'elle-même. Il en a perdu son gant. Il était furibard et il m'a serré le cou. Il...

— Sans gant ? » l'interrompit Rhyme.

Amelia Sachs répéta la question. « Oui, répondit Monelle.

— Des empreintes, excellent ! » s'écria Rhyme, si fort que sa voix était déformée dans le micro. « C'était quand ? Il y a combien de temps ? »

Monelle réfléchit quelques secondes. Une heure, une heure et demie.

« Zut, murmura Rhyme. Sur la peau, les empreintes sont lisibles une heure, quatre-vingt-dix minutes au maximum. Vous savez relever des empreintes sur la peau, Amelia ?

— Je ne l'ai jamais fait.

— Vous allez commencer. Vite. Dans la valise, il y a un paquet marqué Kromekote. Sortez-en une carte. »

Elle trouva une liasse de cartes de quinze centimètres sur vingt, qui faisaient penser à du papier photographique.

« Je l'ai. Je dois lui saupoudrer le cou ?

— Non. Appliquez la carte sur la peau, du côté brillant, à l'endroit où elle pense qu'il l'a touchée. Appuyez bien et sans bouger pendant trois secondes environ. »

Elle s'exécuta, tandis que Monelle levait stoïquement les yeux au ciel. Puis, suivant les instructions de Rhyme, elle répandit de la poudre métallique sur la carte à l'aide d'une poire à dépoussiérer.

« Alors ? demanda Rhyme, d'une voix vibrante d'impatience.

— Ce n'est pas très bon. On voit la forme d'un doigt. Mais pas de lignes. Je jette ?

— Ne jetez jamais *quoi que ce soit* sur une scène de crime, Sachs, dit-il, sentencieusement. Vous allez m'apporter cette carte. Je veux la voir de toute façon.

— Autre chose — j'avais oublié, dit Monelle. Il m'a touchée.

— Vous voulez dire qu'il vous a brutalisée ? demanda doucement Amelia. Violée ?

— Non, non. Pas ça du tout. Il m'a touchée à l'épaule, au visage, derrière l'oreille. Au coude. Il m'a pincée. Je ne sais pas pourquoi il faisait ça.

— Vous entendez, Lincoln ? Il l'a touchée. Mais ça n'a pas eu l'air de l'exciter.

— Oui.

— *Und*... J'ai oublié de vous dire, aussi... Il parlait en allemand. Pas bien. Comme quelqu'un qui l'a appris à l'école. Et il m'appelait Hanna.

— Il l'appelait comment ?

— Hanna », répéta Amelia dans le micro. Puis, se tournant vers Monelle : « Vous savez pourquoi ?

— Non. Mais il arrêtait pas de m'appeler comme ça. On aurait dit que ça lui plaisait de répéter ce nom.

— Vous avez entendu, Lincoln ?

— Oui. Occupez-vous de la scène, maintenant. Il n'y a pas de temps à perdre. »

Monelle, soudain, tendit le bras et saisit la jeune femme par le poignet.

« Mademoiselle... Sachs. Vous êtes allemande ? »

Elle sourit. « Ça remonte à un certain temps. Quelques générations... »

Monelle hocha la tête. Elle pressa la main d'Amelia contre sa joue. « *Vielen Dank*. Merci, mademoiselle Sachs. *Danke Schön.* »

INCONNU 823			
Apparence	**Résidence**	**Véhicule**	**Divers**
Mâle de race blanche et de petite taille	A prob. une planque	Taxi jaune	Prob. fiché à la police
Tenue sombre		Cond. intérieure d'un modèle récent	Connaît trav. sur scènes de crime
Vieux gants, cuir rouge		Teinte claire : gris, argent ou beige	Connaît tech. relevés d'empreintes
Eau de toilette (pour masquer autre odeur ?)			Arme : Colt .32
Cagoule ? Bleu marine ?			Attache vict. avec des nœuds bizarres
Gants sombres			Attiré par l'« ancien »
			A appelé l'une des vict. « Hanna »
			Connaît l'allemand

15

LES TROIS LAMPES HALOGÈNES s'allumèrent en même temps, et le décor sinistre du passage souterrain surgit dans une lumière blanche, irréelle.

Seule cette fois, Amelia scruta le sol autour d'elle. Quelque chose avait changé. Mais quoi ?

Elle sortit son arme de l'étui, s'accroupit vivement. « Il est là », dit-elle à voix basse, en prenant position derrière un pilier.

« Comment ?

— Il est revenu. Il y avait plusieurs rats morts ici. Ils n'y sont plus. »

Elle entendit le rire de Rhyme.

« Vous trouvez ça drôle ?

— Mais non, Amelia. Ce sont leurs copains qui les ont fait disparaître.

— Leurs copains ?

— Il y a quelques années, à Harlem, on a retrouvé dans un sous-sol un cadavre en décomposition et complètement démantelé. C'était moi qui enquêtais. Il y avait une quantité d'os en cercle autour du torse. Le crâne était dans un tonneau, les orteils sous un tas de feuilles... L'affolement régnait dans le quartier. Les journaux parlaient de rites sataniques, de tueurs en série. Vous savez qui avait fait le coup ?

— Aucune idée, dit-elle, crispée, de doigt sur la détente.

— La victime elle-même. C'était un suicide. Les ratons laveurs, les rats et les écureuils s'étaient servis et avaient filé avec leur butin. On ne sait pas pourquoi, mais ils adorent ça, ils sont collectionneurs dans l'âme. Où êtes-vous ?

— Au bas de la rampe.

— Que voyez-vous ?

— Une espèce de tunnel très large. Deux tunnels sur les côtés, plus étroits. Plafond plat, soutenu par des poteaux de bois. Les poteaux sont entaillés, très abîmés. Sol en ciment, couvert de terre.

— Et de fumier ?

— On dirait. Au centre, juste devant moi, le poteau auquel elle était attachée.

— Des fenêtres ?

— Aucune. Pas de portes, non plus. » Elle regarda, au-delà du vaste tunnel, le sol qui s'enfonçait dans un monde de ténèbres dont on n'apercevait pas les limites. Elle se sentit envahie par le découragement. « C'est immense ! Comment voulez-vous que j'inspecte tout ça !

— Amelia. Détendez-vous.

— Je ne trouverai jamais *rien* ici.

— Je sais que ça paraît impossible. Mais rappelez-vous qu'il n'y a que trois sortes d'indices susceptibles de nous intéresser. Des objets, des résidus corporels et des empreintes. C'est tout. Vues sous cet angle, les choses deviennent plus simples. »

Facile à dire pour toi, mon vieux.

« Et la scène n'est pas aussi vaste qu'elle en a l'air. Concentrez votre attention sur un seul point : les endroits où il a marché. Allez jusqu'au poteau. »

Elle s'exécuta, les yeux fixés au sol.

La lumière dispensée par les halogènes était violente, mais elle faisait aussi ressortir les zones d'ombre — une bonne dizaine de recoins obscurs où l'homme pouvait se cacher. Un frisson lui parcourut l'échine. Reste avec moi, Lincoln, pensa-t-elle, malgré elle. Je suis en pétard contre toi, mais j'ai besoin de t'entendre. Respire, ou dis quelque chose.

Elle s'arrêta, balaya le sol à ses pieds du faisceau de la PoliLight.

« Il a balayé partout ? demanda Rhyme.

— Oui. Comme la première fois. »

Le gilet pare-balles la gênait, malgré la chemise, et le soutien-gorge lui comprimait la poitrine. La chaleur, là-dessous, était insupportable. Elle avait des picotements partout et une folle envie de se gratter sous la tunique d'uniforme.

« Je suis à côté du poteau.

— Saupoudrez tout autour pour repérer les traces. »

Elle mit l'appareil en marche. Furieuse contre le bruit qu'il faisait. Si quelqu'un s'approchait, elle ne l'entendrait pas marcher, sortir une arme à feu ou la lame d'un couteau. Elle regarda instinctivement derrière elle, une fois, deux fois. Faillit laisser choir l'engin quand sa main heurta son propre pistolet.

Elle scruta la trace laissée au sol par le corps de Monelle. *Je suis lui. Je la traîne jusqu'ici. Elle me donne un coup de pied. Je trébuche...*

Monelle ne pouvait lancer son coup de pied que dans une direction, opposée au poteau. L'inconnu n'était pas tombé. Il s'était donc reçu sur ses pieds. Elle s'avança d'un ou deux mètres dans la pénombre.

« Bingo !

— Quoi ? Qu'y a-t-il ?

— Des empreintes de pas. Il les a oubliées lorsqu'il a passé le balai.

— Ce ne sont pas celles de la fille ?

— Non. Elle portait des baskets. Là, ce sont des semelles lisses. Deux belles empreintes. On aura sa pointure.

— Non. Les semelles sont plus ou moins larges selon les chaussures. Mais on en tirera peut-être quelque chose. Il y a une imprimante électrostatique dans la valise. C'est une petite boîte avec une sorte de baguette reliée à un fil. À côté, vous trouverez des feuilles d'acétate de cellulose. Retirez le papier, posez la feuille d'acétate sur l'imprimante et passez la baguette au-dessus de l'empreinte. »

Elle fit ainsi deux clichés de l'empreinte, qu'elle glissa précautionneusement dans une enveloppe.

Puis elle revint vers le poteau. « Et voici un brin de paille qui vient du balai.

— Qui vient d'où ?

— Excusez-moi, se hâta de rectifier Amelia. On ne sait pas d'où il vient. C'est un brin de paille. Je le mets dans un sachet. »

Elle commençait à être experte pour utiliser les pinces. Eh, Lincoln, mon salaud, tu sais ce que je vais m'offrir pour fêter mes adieux définitifs à toutes ces scènes de crime ? Un bon repas chez un Chinois !

Les halogènes n'éclairaient pas le passage souterrain par lequel Monelle avait tenté de s'échapper. Amelia franchit la limite de l'ombre et de la lumière pour plonger dans les ténèbres. Le faisceau de sa torche balaya le sol devant elle.

« Parlez, Amelia.

— Il n'y a pas grand-chose à voir. Il a balayé ici, également. Mon Dieu, il pense à tout, ce type.

— Que *voyez*-vous ?

— Des traces informes par terre, c'est tout. »

Je la plaque au sol, elle est par terre. Je suis furieux. Ivre de rage. J'essaie de l'étrangler.

Elle regarda à ses pieds.

« Là, quelque chose... des empreintes de genoux ! Il a dû se mettre à califourchon pour l'étrangler. Il a laissé l'empreinte de ses genoux, et il a oublié de l'effacer.

— Imprimante électrostatique. »

La chose lui prit moins de temps, cette fois. Elle s'habituait au maniement du matériel. Comme elle glissait le cliché dans une enveloppe, quelque chose attira son regard. Une autre marque sur le sol.

Qu'est-ce que c'est ?

« Lincoln... Je vois... On dirait bien que c'est là que le gant est tombé. Au cours de la bagarre. »

Elle braqua le faisceau de la PoliLight. Elle n'en croyait pas ses yeux.

« Une empreinte. J'ai une empreinte digitale !

— Quoi ? demanda Rhyme, incrédule. Ce n'est pas celle de la fille ?

— Non, impossible. Je vois très bien où elle était. Et elle avait les mains dans le dos, bloquées par les menottes. C'est là qu'il a ramassé le gant. Il croyait sans doute avoir balayé par-dessus, mais il est passé à côté. C'est bien une empreinte, une superbe empreinte !

— Colorez-la, éclairez-la et faites une photo. »

Au deuxième essai, elle obtint un cliché Polaroïd bien net. Elle était comme quelqu'un qui vient de trouver un billet de cent dollars sur le trottoir.

« Saupoudrez la zone, puis retournez au poteau. Et ratissez à partir de là », dit-il.

Elle arpenta tout le local, lentement, pas à pas.

« N'oubliez pas de regarder en l'air, lui rappela-t-il. J'ai arrêté un type, une fois, grâce à un seul poil retrouvé au plafond. Il avait chargé un calibre .38 avec des balles de 357, et le souffle a fait voler un poil de sa main, qui est resté accroché au plâtre du plafond.

— Je regarde. C'est une couverture de tuiles. Très sale. Je

ne vois rien d'autre. Il n'y a pas de corniches, pas d'embrasures de portes.

— Et les indices qu'il aurait laissés intentionnellement ?

— Je ne vois rien. »

Pas à pas. Aller, retour. Aller, retour. Plusieurs minutes passèrent ainsi.

« Il a peut-être manqué de temps, cette fois, dit-elle. Peut-être Monelle sera-t-elle la dernière sur sa liste...

— Non », rétorqua Rhyme, catégorique.

Puis, derrière un poteau, elle aperçut une tache claire.

« Il y a quelque chose, là, dans le coin...

— Faites une photo avant d'y toucher. »

Elle prit un cliché avant de ramasser le chiffon blanc, avec les pinces. « Une culotte de femme. Mouillée.

— Du sperme ?

— Je ne sais pas, dit-elle, en se demandant s'il allait lui demander de la sentir.

— Essayez avec la PoliLight. S'il y a des protéines, vous aurez une fluorescence. »

Elle prit la lampe, braqua le faisceau sur la partie humide, mais ne vit rien briller. « Non.

— Mettez ça dans un sachet. En plastique. Quoi, encore ? » L'excitation s'entendait dans sa voix.

« Une feuille d'arbre. Longue, fine, pointue à une extrémité. »

Elle avait été cueillie depuis un certain temps et avait commencé à brunir en se desséchant.

Elle entendit Rhyme soupirer, déçu. « Il doit y avoir huit mille variétés de végétaux à feuilles caduques dans Manhattan. Ça ne peut guère nous aider. Qu'y a-t-il sous la feuille ? »

Pourquoi voudrait-il qu'il y ait quelque chose ?

Il y avait quelque chose. Un lambeau de papier journal. Blanc d'un côté et portant, de l'autre, un dessin des phases de la lune.

« La lune ? Il n'y a pas d'empreintes, aussi ? Vaporisez de la nihydrine et éclairez avec la PoliLight. »

La PoliLight ne révéla rien.

« C'est tout. »

Un silence. Puis : « Sur quoi se trouvaient cette feuille et ce bout de papier ?

— Oh, je n'en sais rien.

— Il *faut* que vous le sachiez.

— Ma foi, par terre, dit-elle, agacée. Où vouliez vous que ce soit ?

— La terre est la même à cet endroit ?

— Oui. » Elle se baissa à nouveau pour regarder de plus près. Bon Dieu, ce n'était pas la même terre. « Non. Pas exactement. Elle est d'une autre couleur. »

Il ne se trompait donc jamais ?

« Mettez-en dans un sachet. »

Pendant qu'elle s'exécutait, il dit : « Amelia ?

— Oui ?

— Il n'est pas là. » Le ton se voulait rassurant.

« Je pense bien.

— Il y a quelque chose. Je l'entends dans votre voix.

— Non, rien, ça va très bien, dit-elle. Mais il y a une odeur de sang. De moisi. De rouille. Et d'eau de toilette.

— La même que ce matin ?

— Oui.

— D'où vient-elle ? »

Humant l'air, elle décrivit une spirale, revint au poteau, repartit et s'arrêta finalement devant un autre poteau de bois.

« C'est là. L'odeur est plus forte ici.

— Où, “là”, Amelia ? N'oubliez pas que vous êtes mes jambes *et* mes yeux.

— L'un de ces poteaux en bois. Comme celui où elle était attachée. À environ cinq mètres.

— Il s'y est peut-être appuyé, donc. Pas d'empreintes ? »

Elle vaporisa de la nihydrine et ralluma la PoliLight.

« Non. Mais ça sent vraiment.

— Prélevez un échantillon sur le poteau à l'endroit où l'odeur est la plus forte. Il y a une perceuse dans la valise. Noire. Avec un trépan — c'est un tube creux. Il y a aussi un petit outil qu'on appelle un mandrin. C'est...

— Je sais. J'ai une perceuse chez moi, dit-elle, sèchement.

— Ah. »

L'opération terminée, elle essuya la sueur qui coulait sur son front. « Un sachet en plastique pour l'échantillon ? » demanda-t-elle. Il répondit oui. Elle se sentit faible soudain, releva la tête pour reprendre haleine. On manquait d'air, dans ce cloaque.

« Autre chose ? demanda Rhyme.

— Je ne vois rien d'autre.

— Je suis fier de vous, Amelia. Revenez vite avec vos trésors. »

16

« DOUCEMENT ! cria Rhyme.

— Allons. Je sais m'y prendre.

— Elle est neuve, ou elle a déjà servi ?

— Chut, dit Thom.

— Pour l'amour du ciel ! Vas-tu me dire si cette lame est neuve ou si elle est usagée ?

— Ne respirez plus... Voilà, nous y sommes. C'est doux comme des fesses de bébé ! »

Il ne s'agissait pas d'une autopsie, mais d'une séance de rasage. La première, pour Rhyme, depuis une semaine. Thom lui avait également lavé la tête et coiffé les cheveux en arrière.

Une demi-heure auparavant, en attendant Amelia Sachs et ses trésors, Rhyme avait demandé à Cooper de sortir pendant que Thom enduisait une sonde de gel et l'introduisait d'une main experte. L'opération terminée, Thom l'avait regardé et avait dit : « Vous savez que vous avez vraiment une sale gueule ?

— Et alors ? Ça m'est complètement égal ! »

Ce n'était pas vrai, et il s'en était rendu compte à la seconde même où il le disait.

« Si je vous rasais ?

— Nous n'avons pas le temps. »

Rhyme pensait au docteur Berger. Si celui-ci le voyait comme un homme qui prend soin de sa personne, il risquait de mettre en doute sa volonté d'en finir avec la vie.

« Je pourrais vous laver, aussi.

— Non.

— Nous avons maintenant du monde à la maison, Lincoln. »

Rhyme avait finalement grommelé un : « D'accord.

— Et si on changeait de pyjama, pendant qu'on y est ?

— Je ne vois pas ce que tu reproches à celui-ci. »

Ce qui était une autre façon de dire oui.

Propre et rasé de près, vêtu d'un jean et d'une chemise blanche, Rhyme ignora le miroir que lui présentait le jeune homme.

« Enlève-moi ça.

— Vous voilà un autre homme », dit Thom.

Grimace moqueuse de Lincoln Rhyme. « Je vais faire un petit tour en les attendant », annonça-t-il, en renversant la tête sur l'oreiller. Mel Cooper se tourna vers lui, l'air perplexe.

« Dans sa tête, expliqua Thom.

— Intéressant, dit Cooper.

— Je peux me balader dans n'importe quel quartier sans qu'on m'agresse. Parcourir des kilomètres à travers la montagne sans jamais me fatiguer. Faire *l'ascension* d'une montagne si ça me chante. Ou du shopping sur la 5e Avenue. Tout cela, bien sûr, n'est pas forcément là. Et alors ? Les étoiles non plus.

— Comment ça ? demanda Cooper.

— La lumière de l'étoile que nous regardons date de plusieurs millions d'années. Avant d'être visibles de la terre, les étoiles elles-mêmes se sont déplacées. Elles ne sont plus là où nous les voyons. » Il ferma les yeux.

« Il nous complique encore la tâche.

— Pas forcément », répondit Rhyme à Lon Sellitto.

Sellitto, Banks et Amelia Sachs venaient tout juste d'arriver.

« Une culotte de femme, la lune et une feuille, dit Jerry Banks, pessimiste mais toujours aussi gai. C'est moins clair qu'une carte routière.

— Vous oubliez la terre, rectifia Rhyme, de tout temps intéressé par les sols.

— Tu as déjà une idée de ce que signifie tout ça ? demanda Sellitto.

— Non. Pas encore.

— Où est Polling ? grommela l'inspecteur. On l'a appelé et il ne s'est *toujours* pas manifesté.

— Je ne l'ai pas vu », dit Rhyme.

Une silhouette apparut sur le seuil de la chambre.

« Puisque je vis et respire... », chantonna une voix de basse au timbre velouté.

Rhyme invita, d'un signe de tête, le nouveau venu à entrer. Il était grand et dégingandé, et on était surpris chaque fois que ses traits austères s'illuminaient d'un sourire, comme à cet instant. Terry Dobyns incarnait à lui seul le Behavorial Science Department de la police municipale de la ville de New York. Diplômé de médecine légale et de psychologie, il avait fait des études à Quantico avec les comportementalistes du FBI.

Le psychologue avait deux passions : l'opéra et le football. Après son accident, trois ans et demi auparavant, Lincoln Rhyme l'avait trouvé à côté de son lit d'hôpital en train d'écouter *Aïda* dans le casque de son walkman. Dobyns avait ensuite passé trois heures à animer ce qui devait être la première d'une longue série de discussions entre médecins à propos des blessures de Rhyme et des traitements à leur appliquer.

« J'essaie de me rappeler ce qu'on dit dans les manuels à propos des gens qui ne rappellent jamais quand on leur téléphone ?

— On verra plus tard, pour mon analyse, Terry. Tu es au courant de l'affaire ?

— Plus ou moins », répondit Dobyns en regardant attentivement Lincoln Rhyme. Le psychologue était aussi médecin. « Comment vas-tu, Lincoln ? Je te trouve l'air un peu fatigué.

— C'est vrai, j'en ai trop fait aujourd'hui, admit Rhyme. Et un petit somme serait le bienvenu. Tu sais quelle couleuvre j'ai toujours été.

— Oui. Une couleuvre capable de m'appeler à trois heures du matin pour me poser des questions sur un suspect en s'étonnant que je ne sois pas encore levé. Donc, de quoi s'agit-il ? Tu veux faire un profilage ?

— Tout ce que tu pourras nous dire sera susceptible de nous aider. »

Sellitto résuma la situation pour Dobyns, qui — Rhyme s'en souvenait maintenant — ne prenait jamais la moindre note mais se débrouillait pour emmagasiner et classer sous sa tignasse de rouquin toutes les informations qu'on lui fournissait.

Le psychologue allait et venait devant le tableau affiché au mur, auquel il jetait un coup d'œil de temps à autre en écoutant rouler la voix de l'inspecteur.

Il leva un doigt pour interrompre Sellitto. « Les victimes, les victimes... on les a toutes retrouvées sous terre, d'une façon ou d'une autre : carrément enterrées, dans un sous-sol, dans un parc à bestiaux souterrain.

— En effet », approuva Rhyme.

Sellitto poursuivit, en racontant comment Monelle Gerber avait été sauvée in extremis.

« Bien. D'accord », dit Dobyns, absorbé dans ses pensées. Puis, s'arrêtant brusquement, il se tourna une nouvelle fois vers le mur. Les mains sur les hanches, solidement campé sur ses jambes écartées, il parcourut la liste des renseignements recueillis, par bribes, sur l'Inconnu 823. « Revenons à ton idée de tout à l'heure, Lincoln. Tu disais qu'il semble aimer les choses anciennes ?

— C'est un fait, mais je ne vois pas ce qu'on peut en tirer. Jusqu'ici, toutes ses traces passent par le New York historique. Des bâtiments anciens, des parcs à bestiaux du siècle dernier, le système de canalisations qui distribue la vapeur... »

Dobyns s'avança d'un pas vers le mur et toucha le tableau de la main. « Hanna. Dites-moi pourquoi "Hanna" ?

— Amelia ? » appela Rhyme.

Elle expliqua à Dobyns que l'Inconnu avait appelé Monelle Gerber Hanna sans raison apparente. « Elle a eu l'impression qu'il prenait plaisir à répéter ce nom. Et à lui parler en allemand.

— Et il a pris de sacrés risques pour la surprendre dans ce sous-sol, n'est-ce pas ? observa Dobyns. Avec le taxi, à l'aéroport, c'était facile pour lui. Mais se planquer dans la lingerie d'un immeuble habité... Il y a une sacrée motivation, là derrière. C'est peut-être qu'il voulait absolument une Allemande. »

Dobyns entortilla une mèche de cheveux roux autour d'un long doigt, se laissa choir dans un fauteuil en rotin qui grinça sous le choc et étendit ses jambes devant lui.

« D'accord. Voyons ce qu'on peut faire avec tout ça. Le sous-sol... c'est là qu'est la clé. Ça me fait dire que nous avons affaire à quelqu'un qui cache quelque chose, et je pense aussitôt *hystérie.*

— Il n'a pas un comportement hystérique, objecta Sellitto. Il a l'air d'un type calme et réfléchi. Qui ne fait rien au hasard.

— Attention. Je ne pensais pas à l'hystérie au sens où on emploie ce mot dans le langage courant. Mais à une catégorie de désordres mentaux. Ce que nous appelons hystérie survient lorsqu'un traumatisme se produit dans la vie du patient et que son subconscient *convertit* ce traumatisme en quelque chose d'autre. C'est une tentative pour protéger le patient. Les conversions hystériques se traduisent classiquement par des symptômes physiques — nausées, douleurs, paralysies. Mais je crois que le problème, là, est un peu différent. Il y a dissociation de la personnalité. C'est le mot que nous employons quand le traumatisme n'affecte pas le physique, mais le psychisme du sujet. Amnésie hystérique, fuite du moi. Et personnalités multiples.

— Le Dr Jekyll et Mr Hyde ? » Mel Cooper, pour une fois, battait Jerry Banks dans le registre de la spontanéité.

« À vrai dire, je ne pense pas qu'il ait des personnalités multiples, poursuivit Dobyns. C'est une pathologie rare, et on la diagnostique généralement chez des individus jeunes au QI plus faible que celui de notre Inconnu. » Il montrait le tableau. « Il est rusé et intelligent. C'est ce que j'appellerais un délinquant organisé. » Dobyns se tut un instant, les yeux tournés vers la fenêtre. « Voilà ce qui me paraît intéressant, Lincoln : votre Inconnu fait appel à son autre personnalité quand il en a besoin — pour satisfaire son désir de meurtre — et c'est très important.

— Pourquoi ?

— Pour deux raisons. D'abord, parce que cela nous renseigne sur sa personnalité principale. C'est quelqu'un qui a appris — par son métier, ou par son éducation — à aider les gens et non à leur faire du mal. Un prêtre, un conseiller en quelque chose, un politicien, un travailleur social... Ensuite, cela indique, je crois, qu'il s'est trouvé un double, un modèle. Si vous découvrez de quel modèle il s'agit, vous devriez plus facilement arriver jusqu'à lui.

— Justement. De quoi peut-il s'agir ?

— Cet homme avait depuis longtemps le désir de tuer. Mais pour passer à l'acte, il lui fallait un modèle. Il l'a peut-être trouvé dans un livre, ou dans un film. Ou au hasard d'une rencontre. C'est une personne à laquelle il peut s'identifier, dont les crimes l'autorisent à tuer lui-même. Bon, là, je m'avance...

— Avance-toi, dit Rhyme. Continue, avance-toi.

— L'obsession qu'il manifeste pour tout ce qui est vieux, ancien, me fait penser qu'il a emprunté cette autre personnalité à un personnage du passé.

— Réel ?

— Réel ou imaginaire, je ne saurais le dire. Cette Hanna joue un rôle dans l'histoire. Et l'Allemagne, aussi. Ou les Américains d'origine allemande.

— Mais quelle est la motivation de départ ? Qu'est-ce qui a pu provoquer cette dissociation de la personnalité, l'identification au modèle et le passage à l'acte ?

— Freud, dans des cas comme celui-ci, parlait de conflit sexuel au stade œdipien. De nous jours, on pense plutôt que n'importe quel traumatisme peut être à l'origine de ce type d'accident dans le développement de la personnalité. Voire plusieurs. Par exemple, une succession d'échecs sentimentaux, affectifs ou professionnels. Difficile à dire. » Il se retourna vers le tableau, une lueur dans le regard. « Mais si vous le prenez vivant, Lincoln, j'aimerais beaucoup l'avoir pour quelques heures sur mon divan.

— Thom, tu notes tout ça ?

— Oui, Grand Chef.

— Mais il reste une question... », commença Rhyme.

Dobyns fit volte-face. « Je dirai même qu'il reste *la* question, Lincoln : pourquoi sème-t-il des indices sur son passage ? C'est bien ce que tu voulais dire ?

— Eh oui.

— Quand on y réfléchit... Il te parle. Et il ne parle pas à tort et à travers comme d'autres tueurs fous que nous avons connus. Il n'a rien d'un schizophrène. Il communique — dans *ton* langage. Le langage de la médecine légale. Pourquoi ? » De nouveau, il allait et venait à travers la chambre en jetant de rapides coups d'œil au tableau. « Tout ce que je peux dire, c'est qu'il cherche à partager la culpabilité. Pour lui, vois-tu, tuer n'est pas rien. Mais ça devient plus facile s'il parvient à faire de nous ses complices. Si nous ne secourons pas ses victimes à temps et qu'elles meurent, c'est en partie de *notre* faute.

— C'est bon, ça, non ? demanda Rhyme. Ça veut dire qu'il continuera à nous fournir des indices valables, susceptibles d'être déchiffrés. Sinon, si le puzzle était impossible à reconstituer, il ne partagerait pas la faute.

— Très juste, répondit Dobyns, qui ne souriait plus. Mais il y a autre chose. »

Sellitto savait déjà quoi. « On assiste toujours à une escalade et à une accélération dans les affaires de meurtres en série.

— Voilà, confirma Dobyns.

— Mais comment pourrait-il aller plus vite ? murmura Banks. Une victime toutes les trois heures, vous ne pensez pas que c'est déjà beaucoup ?

— Oh, il trouvera un moyen, poursuivit le psychologue. Probablement en s'attaquant à plusieurs personnes à la fois. » Il regarda Rhyme en fronçant les sourcils. « Eh, Lincoln, tu n'es pas bien ? »

Des gouttes de sueur perlaient au front du criminologue et ses traits s'étaient crispés. « Un peu fatigué. C'est beaucoup d'agitation, tout ça, pour un vieil infirme comme moi.

— Une dernière chose. Le profil des victimes est d'une importance fondamentale dans les affaires de meurtres en série. Mais là, elles sont d'âge, de sexe et de classe sociale différentes. Toutes de race blanche, mais comme il opère dans un bassin de population à forte dominante blanche, ce n'est pas significatif du point de vue statistique. Ce que nous savons de lui jusqu'ici ne permet pas de dire pourquoi il a choisi ces gens-là. Si vous le saviez, vous pourriez anticiper sur ses prochaines actions.

— Merci, Terry, dit Rhyme. Reste encore un peu avec nous.

— Pas de problème, Lincoln. Si tu veux. »

Et Rhyme d'enchaîner aussitôt : « Voyons maintenant ce qu'on a récupéré dans ce parc à bestiaux. Qu'avons-nous ? La culotte ? »

Mel Cooper rassembla tous les sachets rapportés par Amelia. Il jeta un coup d'œil à celui qui contenait le sous-vêtement. « Amore Line, de chez Katrina Fashion, annonça-t-il. Cent pour cent coton, ceinture élastique. Tissu Fabriqué aux États-Unis. Article manufacturé à Taïwan.

— Il vous suffit de regarder pour savoir tout ça ? » demanda Amelia, incrédule.

— Non. Je lisais, dit-il en montrant l'étiquette.

— Ah. »

Les policiers riaient.

« Il veut nous dire qu'il a déjà enlevé une autre fille ? demanda Amelia.

— Probablement », répondit Rhyme.

Cooper ouvrit le sachet. « Je ne sais pas de quel liquide il s'agit. Je vais voir ce que ça donne au chromatographe. »

Rhyme demanda à Thom de lui montrer le morceau de papier portant le schéma des phases de la lune. Il l'examina attentivement. On ne pouvait pas rêver d'un indice plus facile à individualiser. Si on retrouvait la feuille qu'on avait déchirée pour le prendre, les deux parties coïncideraient aussi parfaitement que des empreintes digitales. Le problème étant, bien sûr, qu'ils ne disposaient pas de cette feuille. L'Inconnu l'avait peut-être détruite. Lincoln Rhyme préférait se dire qu'il n'en avait rien fait. Il se plaisait à l'imaginer quelque part, attendant d'être découverte. Il avait depuis toujours l'habitude de se représenter ainsi les sources des divers indices qui lui tombaient entre les mains : l'automobile dont un éclat de peinture s'était détaché, le doigt qui avait perdu un ongle, le canon de l'arme qui avait tiré la balle rainurée retrouvée dans le corps de la victime. Ces sources — toujours proches de l'auteur du crime — acquéraient dans l'esprit de Rhyme leur personnalité propre. Elles pouvaient être impérieuses, ou cruelles.

Ou mystérieuses.

Les phases de la lune.

Il demanda à Dobyns s'il pouvait y avoir un caractère cyclique dans l'activité de l'Inconnu 823.

« Non. La lune n'est pas pleine actuellement. Elle l'était il y a quatre jours.

— Donc, la lune signifie autre chose.

— À supposer qu'il s'agisse bien de lunes sur ce dessin », observa Amelia. Elle sembla assez contente d'elle, et à juste titre, songea Rhyme. « Bien vu, Amelia, dit-il. Peut-être, après tout, qu'il voulait simplement nous montrer des cercles. Ou de l'encre. Ou du papier. La géométrie. La voûte céleste... »

Rhyme se rendit compte qu'elle l'observait. Peut-être venait-elle seulement de s'apercevoir qu'il était rasé, peigné et changé.

Et elle, qu'avait-elle en tête à cet instant, se demanda-t-il. Était-elle toujours furieuse contre lui, ou indifférente ? Impossible à deviner. Amelia Sachs était, à cet instant, aussi indéchiffrable que l'Inconnu 823.

Le bip du télécopieur résonna sur le palier. Thom sortit et revint avec deux feuilles.

« C'est Emma Rollins qui envoie ça », annonça-t-il. Il présenta les feuilles à Rhyme.

« Le résultat de notre enquête dans les magasins d'alimentation. Onze d'entre eux ont vendu du jarret de veau à des clients ayant acheté moins de cinq articles au cours des dernières quarante-huit heures. » Thom s'approcha du tableau, puis regarda Rhyme. « Je note les noms des magasins ?

— Bien sûr. Nous en aurons besoin pour recouper nos informations, plus tard. »

Thom inscrivit donc :

> B'way & 82e, *ShopRite*
> B'way & 96e, *Anderson Foods*
> Greenwich & Bank, *ShopRite*
> 2e Av., 72e-73e Rue, *Grocery World*
> Battery Park City, *J & G's Emporium*
> 1709, 2e Av., *Anderson Foods*
> 34e Rue & Lex. Av., *Food Warehouse*
> 8e Av. & 24e Rue, *ShopRite*
> Houston & Lafayette, *ShopRite*
> 6e Av. & Houston, *J & G's Emporium*
> Greenwich & Franklin, *Grocery World*

« Voilà qui limite le champ des recherches, dit Amelia. À la ville tout entière.

— Patience », répondit Lincoln Rhyme, l'infatigable.

Mel Cooper était en train d'examiner le brin de paille rapporté par la jeune femme. « Rien à tirer de ce truc-là », dit-il. Il le mit de côté.

« Il n'est pas neuf ? » demanda Rhyme. Auquel cas, ils auraient pu enquêter auprès des magasins et recouper la liste avec celle des boucheries.

« J'y ai bien pensé, répondit Cooper. Mais il date de six mois, ou plus. » Il secouait maintenant les vêtements de la jeune Allemande au-dessus d'une feuille de papier.

« Là, il y a plusieurs choses », dit-il, le nez sur la feuille. « Des résidus de sol.

— Assez pour un test comparatif de densité ?

— Non. C'est de la poussière, en fait, et rien de plus. Probablement ramassée sur place. »

Il poursuivit son examen.

« De la poussière de brique. Pourquoi y en a-t-il autant ?

— À cause des rats sur lesquels j'ai tiré, répondit Amelia Sachs. Le mur était en brique.

— Vous avez tiré dessus ? Au beau milieu de la scène ? demanda Rhyme avec une grimace.

— Ma foi, oui, dit-elle, sur la défensive. Il y en avait partout. »

Il était furieux, mais n'insista pas, se contentant d'ajouter :

« Les coups de feu répandent toutes sortes de contaminants sur une scène de crime. Du plomb, de l'arsenic, du carbone, de l'acier.

— Et là, continua Cooper, un autre lambeau de cuir rougeâtre. En provenance du gant. Et... une autre fibre. Différente de la première. »

Les criminologues adorent les fibres. Il s'agissait cette fois d'une minuscule touffe grise, à peine visible à l'œil nu.

« Excellent, dit Rhyme. Et quoi encore ?

— La photo de la scène, dit Amelia, et les empreintes digitales. Celle qui se trouvait sur le cou de la fille et celle que j'ai relevée à l'endroit où il a ramassé son gant. » Elle les lui présenta.

« Parfait », dit Rhyme, en les examinant avec soin.

Une lueur de triomphe passa sur les traits de la jeune femme — le sentiment d'avoir marqué un point, inversement symétrique à celui qu'on éprouve lorsqu'on s'en veut parce qu'on a manqué de professionnalisme.

Rhyme étudiait le cliché Polaroïd lorsqu'il entendit des pas dans l'escalier. Jim Polling fit son entrée, regarda à deux fois la mine réjouie de Lincoln Rhyme et fonça droit sur Sellitto.

« Je me suis rendu sur les lieux, et j'en reviens à l'instant, dit-il. Vous avez sauvé la vie de cette fille. Excellent boulot, les gars. » Il hocha la tête en direction de la jeune femme pour lui signifier que ce masculin ne l'excluait nullement. « Mais ce salopard court toujours, et il a encore pris quelqu'un ?

— Ou s'apprête à le faire », dit Rhyme entre ses dents, sans détacher son regard des clichés.

« Nous étions en train de travailler sur les indices, expliqua Banks.

— Jim, je vous ai cherché partout, dit Sellitto. J'ai même appelé le bureau du maire.

— J'étais avec le patron. Il fallait qu'il se démerde pour nous trouver des renforts. On va avoir cinquante hommes supplémentaires, prélevés sur le service de sécurité de l'ONU.

— Mon capitaine, il y a quelque chose dont je dois absolument vous parler. Nous avons un problème. Il s'est passé quelque chose, tout à l'heure... »

Une voix de stentor que personne n'avait encore entendue résonna dans la pièce. « Un problème ? Qui parle de problème ? Personne n'a de problème ici, n'est-ce pas ? Je n'en vois pas la queue d'un ! »

Rhyme leva les yeux vers le grand type maigre dont la silhouette se découpait dans l'embrasure de la porte. Il était d'un noir de geai, vêtu d'un ridicule complet vert avec des chaussures polies comme des miroirs. Le cœur du criminologue bondit dans sa poitrine. « Dellray.

— Lincoln Rhyme ! Notre Homme de Fer en personne ! Salut, Lon. Et Jim Polling ! Comment va, mon pote ? »

Derrière Dellray se tenaient une demi-douzaine d'hommes et de femmes. Rhyme comprit instantanément ce que les agents fédéraux étaient venus faire. Dellray regarda l'un après l'autre les policiers présents dans la pièce, s'arrêta un instant sur Amelia Sachs.

« Que voulez-vous ? demanda Polling.

— Vous ne devinez pas, mes chéris ? Vous pouvez baisser le rideau. On ferme la boutique. Ouichef. Comme un vulgaire tripot. »

INCONNU 823			
Apparence	**Résidence**	**Véhicule**	**Divers**
Mâle de race blanche et de petite taille Tenue sombre Vieux gants, cuir rouge Eau de toilette (pour masquer autre odeur ?) Cagoule ? Bleu marine ? Gants sombres	A prob. une planque Habite près de : B'way & 82e Rue, *ShopRite* B'way & 96e Rue, *Anderson Foods* Greenwich & Bank, *ShopRite* 2e Av., 72-73e Rue, *Grocery World* Battery Park City, *J & G's Emporium* 1709, 2e Av., *Anderson Foods* 34e Rue & Lex. Av., *Food Warehouse* 8e Av. & 24e Rue, *ShopRite* Houston & Lafayette, *ShopRite* 6e Av. & Houston, *J & G'S Emporium* Greenwich & Franklin, *Grocery World*	Taxi jaune Cond. intérieure d'un modèle récent Teinte claire : gris, argent ou beige	Prob. fiché à la police Connaît trav. sur scènes de crime Connaît tech. relevés d'empreintes Arme : Colt .32 Attache vict. avec des nœuds bizarres Attiré par l'« ancien » A appelé l'une des vict. « Hanna » Connaît l'allemand Attiré par les lieux souterrains Double personnalité Peut-être prêtre, assistant social, conseiller…

17

L'UN D'ENTRE NOUS.

Voilà ce que disait le regard que Dellray posa sur Rhyme en contournant son lit. Certaines personnes adoptaient cette attitude. La chambre du paralytique était un endroit où l'on se devait d'être gai et ils mettaient de l'ambiance à coup de plaisanteries, de hochements de tête, de clins d'œil. Tu vois bien que je t'aime, mon vieux, puisque je me moque de toi.

Lincoln Rhyme savait que ce genre d'attitude devenait vite, très vite fatigante.

« Regardez-moi ça ! dit Dellray, en tapant sur le Clinitron. Ça sort tout droit de Star Trek ! Commandant Ricker, en route, la navette est avancée !

— Sortez d'ici, Dellray, dit Polling. C'est notre affaire.

— Et comment va le patient, docteur Miracle ? »

L'agent du FBI regarda de toute sa hauteur le capitaine qui s'avançait vers lui, tel un coq de combat dressé sur ses ergots. « Vous m'entendez, Dellray ? Sortez d'ici.

— Ah, dites donc, Rhyme, c'est un fauteuil qu'il me faut. J'ai besoin de poser mes fesses quelque part, pour jouir du spectacle. Blague à part, Lincoln, comment ça va ? Ça faisait une paye...

— Ils ont frappé avant d'entrer ? demanda Rhyme, la tête tournée vers Thom.

— Non, ils n'ont pas frappé.

— Vous n'avez pas frappé, dit Rhyme. Je vous prierai donc de sortir.

— J'ai un mandat », rétorqua Dellray, à mi-voix, en sortant des papiers de la poche de sa veste.

Amelia grattait de son index droit l'ongle de son pouce, qui était tout près de saigner.

Dellray parcourut la pièce du regard. Il était, visiblement, impressionné par leur laboratoire improvisé. Mais il ne s'y attarda pas. « Nous prenons les choses en main. Désolé. »

Au cours de ses vingt années dans la police, Rhyme ne s'était jamais vu enlever aussi brutalement une affaire.

« Ne nous emmerdez pas avec ça, Dellray, commença Sellitto. Vous vous fichiez complètement de cette histoire jusqu'à aujourd'hui. »

L'agent du FBI tourna lentement la tête pour toiser l'inspecteur. « On s'en fichait ? On s'en fichait ? J'ai pas reçu le début du commencement d'un coup de fil à ce sujet. Vous m'avez appelé, vous ?

— Non.

— Alors, à qui la faute ?

— Eh bien... » Sellitto, surpris, regarda Polling, qui dit : « On vous a adressé une note. Nous n'avions pas à faire plus. » On le sentait, lui aussi, sur la défensive.

« Une note ! Et vous nous l'avez adressée comment, au juste, cette note ? Par courrier électronique ? Au tarif imprimés ? Dites-moi, Jim, ça sert à quoi, une note qui arrive le lendemain, quand on est en pleine opération ?

— Nous n'avons pas jugé nécessaire... commença Polling.

— Nous ? » demanda Dellray avec un léger sursaut, tel un chirurgien qui repère une tumeur microscopique.

« *Je* n'ai pas jugé nécessaire », rectifia sèchement Polling. « J'ai conseillé au maire de traiter l'affaire au niveau local. Nous faisons ce qu'il faut. Et maintenant, ça suffit, Dellray.

— Et vous pensiez que tout serait terminé-bouclé-ficelé pour le journal de onze heures à la télé, c'est ça ? »

Rhyme lui-même fut stupéfait d'entendre Polling hurler soudain : « Ce que nous pensons ne vous regarde pas et je n'en ai rien à foutre ! C'est nous qui menons cette putain d'enquête ! » Il connaissait de réputation le mauvais caractère du capitaine, mais il ne l'avait jamais vu en action.

« À vrai dire, c'est nous qui menons cette putain d'enquête à partir de maintenant. » Dellray s'était levé. En deux enjambées, il fut devant la table sur laquelle Cooper avait installé ses appareils.

« Ne faites pas ça, Fred, dit Rhyme. Nous sommes tout près

de mettre la main sur ce type. Travaillez avec nous, mais ne cherchez pas à nous enlever l'affaire. L'individu que nous cherchons n'a rien à voir avec ceux que vous poursuivez habituellement. »

Dellray sourit. « Voyons, vous voulez que je vous répète les dernières que j'ai entendues à propos de cette "putain" d'affaire ? Il paraît que c'est un civil qui dirige les investigations. » Il jeta un bref coup d'œil au Clinitron. « Il paraît aussi que vous envoyez une fille à papa sur les scènes de crime. Et des soldats acheter de la bidoche dans les supermarchés.

— La recherche d'indices, Frederick ! protesta Rhyme d'une voix stridente. C'est le travail de routine !

— Mais la Brigade d'intervention rapide, Lincoln ? reprit Dellray, l'air sincèrement attristé. Tout cet argent, l'argent des contribuables, qui part en fumée ? Et pendant ce temps, on vous découpe des gens en rondelles comme dans *Meurtre à la tronçonneuse...* »

Comment avait-il appris *ça ?* Tout le monde avait reçu pour consigne de garder le secret le plus absolu sur les traitements infligés aux victimes.

« Et il paraît aussi que les hommes d'Haumann ont localisé la victime mais qu'ils n'ont pas bougé le petit doigt pour lui porter secours ? Mais Chanel Five était là, avec un gros micro ! On l'a entendue crier pendant cinq minutes, à l'antenne, avant que vous vous décidiez à envoyer quelqu'un. » Il regarda Sellitto avec un sourire désabusé. « Lon, mon cher, ça ne serait pas ça, par hasard, le *problème* dont vous parliez il y a deux minutes ? »

Ils étaient si près du but, songeait Rhyme. Ils commençaient à sentir le personnage, à comprendre son langage. À le voir. Il se rendait compte maintenant, à son grand étonnement, qu'il était en train de faire ce qu'il aimait plus que tout. Après toutes ces années. Et voici qu'on voulait l'en empêcher. Il sentit la colère monter en lui.

« Prenez l'affaire, Fred, gronda Rhyme. Mais ne nous écartez pas. Ne faites pas ça.

— Vous avez déjà perdu deux victimes, rétorqua Dellray.

— Une », corrigea Sellitto, avec un regard embarrassé à l'adresse de Polling. Pour la première, il n'y avait rien à faire. »

Dobyns, les bras croisés, se contentait d'observer. Mais Jerry Banks bondit à son tour. « Maintenant, nous savons comment il opère. Il ne nous aura plus.

— Et vous continuerez à laisser les hommes de la BIR se croiser les bras en écoutant gueuler les victimes ?

— C'est moi qui... commença Sellitto.

— Non, coupa Rhyme. C'est *moi* qui ai pris cette décision.

— Mais vous êtes un civil, Lincoln. Ça ne pouvait pas être votre décision. C'est peut-être ce que vous avez *conseillé*, ou *recommandé*. Mais pas décidé. »

Dellray, déjà, reportait son attention sur Amelia Sachs. Il dit à Rhyme, sans la quitter des yeux : « Vous avez viré Peretti de la scène du crime ? Voilà qui est étrange, Lincoln. Comment avez-vous pu faire une chose pareille ?

— Je suis meilleur que lui, répondit Rhyme.

— Il n'a pas digéré ça, le Peretti. Croyez-moi. On a eu une petite discussion, lui et moi, avec Eckert. »

Eckert ? Le divisionnaire ? Que venait-il faire dans cette histoire ?

Il ne fallut pas plus d'une seconde à Rhyme pour comprendre, en voyant les yeux bleus d'Amelia Sachs qui le fuyaient, soudain, sous les mèches rousses.

Il la fusilla d'un regard qu'elle évita promptement, et dit à Dellray : « Voyons un peu... Peretti ? Ce n'est pas lui qui a rouvert à la circulation la zone dans laquelle notre inconnu s'était planqué pour observer sa première victime ? Ce n'est pas lui qui a levé le périmètre de sécurité autour de la scène sans nous laisser le temps d'y relever le moindre indice sérieux ? *Ma* collaboratrice, Amelia Sachs, avait eu, elle, la présence d'esprit de boucler le périmètre. *Ma* collaboratrice, Amelia Sachs, a eu raison d'agir ainsi, et Peretti et tous les autres ont eu tort. C'est tout ! »

Elle fixait l'ongle de son pouce, comme on regarde un objet familier. Puis elle sortit un mouchoir en papier de sa poche et en enveloppa le doigt qui s'était mis à saigner.

« Vous auriez dû nous appeler tout de suite, reprit Dellray.

— Sors d'ici », marmonna Polling. Une sorte de déclic se produisit, son regard changea et sa voix monta de plusieurs tons. « Fous le camp ! » hurla-t-il.

Rhyme fronça les sourcils. Ils pouvaient encore sauver quelque chose, à condition que Polling reste calme. « Jim... »

Le capitaine ne voulut pas l'entendre. « Dehors ! cria-t-il, encore plus fort. Vous n'aurez pas cette affaire ! » Et, à la stupéfaction générale, il bondit en avant et saisit l'agent du FBI par les revers de son complet vert pour le plaquer contre le mur.

Après quelques secondes d'un silence total, Dellray se contenta de repousser le capitaine du bout des doigts avant de sortir un téléphone portable de sa poche. Il le tendit à Polling.

« Appelez le maire. Ou Wilson, le patron. »

Polling lâcha prise et recula d'un pas — le mouvement instinctif du petit homme confronté à plus grand que lui. « Vous la voulez, cette affaire ? Eh bien, prenez-la, bordel ! » lança-t-il, en quittant la pièce. On entendit son pas dégringoler l'escalier, puis la porte du bas qui claquait.

« Bon Dieu, Fred, dit Sellitto. Viens donc travailler avec nous. On est tout près de l'avoir, cette ordure.

— Nous avons besoin de la section spéciale du FBI, répondit Dellray. Vous n'êtes pas équipés pour la lutte anti-terroriste.

— Qui parle de terroristes ? demanda Rhyme.

— Moi. La conférence de l'ONU vient de s'ouvrir. L'un de mes indics m'a prévenu qu'il devait se passer quelque chose dans un aéroport. Et c'est bien dans un aéroport que le type a enlevé les deux premières victimes.

— Il n'a pas le profil d'un terroriste, intervint Dobyns. Ses motivations sont d'ordre psychologique. Pas idéologique.

— Il se trouve que là-dessus, les psys de Quantico sont d'accord avec moi. Vous avez le droit d'être d'un avis contraire. Mais c'est comme ça que nous, nous voyons les choses. »

Rhyme renonça. Vaincu par la fatigue. Si seulement Sellitto et son assistant balafré n'étaient pas venus frapper à sa porte ce matin-là, s'il n'avait pas rencontré Amelia Sachs, s'il ne s'était pas senti engoncé dans cette ridicule chemise blanche dont le col le gênait au cou, au seul endroit où il pouvait encore sentir quelque chose !

Il se rendit compte que Dellray était en train de lui parler.

« Je vous demande pardon ? dit-il, en levant l'un de ses épais sourcils.

— Je disais, vous ne pensez pas qu'il *pourrait* aussi y avoir un motif politique ?

— Je ne m'intéresse pas aux motifs. Seulement aux preuves. »

Dellray se retourna une nouvelle fois vers la table de Cooper. « Bon. Nous reprenons l'affaire. C'est clair pour tout le monde ?

— Que proposez-vous ? demanda Sellitto.

— Vos enquêteurs pourront donner un coup de main. Ou pas. Il n'y a pas d'autre alternative. Nous allons récupérer tout de suite les pièces, si vous voulez bien. »

Banks hésita.

« Donne-lui tout ça », ordonna Sellitto.

Le jeune flic rassembla les sachets contenant les indices en provenance de la dernière scène de crime et fourra le tout dans un grand sac. Dellray tendit les mains. Banks regarda les grands doigts osseux et jeta le sac sur la table, avant de se retirer dans l'angle de plus éloigné de la pièce — du côté des policiers. Lincoln Rhyme gisait au centre, le lit formant une zone démilitarisée entre les deux camps, et Amelia Sachs restait plantée à côté de lui.

« Agent Sachs ? » appela Dellray.

Après un court silence, sans quitter Rhyme des yeux, elle se décida à répondre. « Oui ?

— Le commissaire divisionnaire Eckert vous demande de venir avec nous pour une réunion d'information sur les scènes de crime. Il a dit quelque chose, aussi, au sujet de votre mutation. »

Elle se contenta de hocher la tête.

Dellray se tourna vers Rhyme. « Vous en faites pas, Lincoln. On va le choper. La prochaine fois que vous entendrez parler de lui, sa tête sera au bout d'une pique aux portes de la ville. »

Déjà, sur un geste de lui, les autres agents emballaient les pièces et se dirigeaient vers la sortie. Dellray les suivit, puis se retourna, avant de s'engager dans l'escalier, pour appeler Amelia Sachs. « Vous venez, officier ? »

Elle restait immobile, les mains jointes, telle une collégienne invitée à une soirée et qui regrette d'être venue.

« J'arrive. »

Dellray disparut dans l'escalier.

« Les cons, dit Banks, entre ses dents. Incroyable, non ? »

Amelia Sachs se balançait d'avant en arrière sur ses talons.

« Vous feriez mieux d'y aller, Amelia, dit Rhyme. Votre attelage est avancé.

— Lincoln. » Elle se rapprocha du lit.

« C'est très bien, dit-il. Vous avez fait ce que vous aviez à faire.

— Je n'étais pas censée travailler sur les scènes de crime, dit-elle. Je ne l'avais pas demandé.

— Et vous n'aurez plus à le faire. Tout va bien, donc ? »

Elle fit quelques pas vers la porte, se retourna et dit brusquement : « Il n'y a que les preuves qui vous intéressent, n'est-ce pas, et tout le reste, vous vous en foutez royalement ? »

Sellitto et Banks sursautèrent en même temps, mais elle les ignora.

« Thom, s'il te plaît, tu veux bien raccompagner Amelia ? »

Mais elle n'était pas décidée à se taire. « Tout ça, pour vous, ce n'est qu'un jeu, n'est-ce pas ? Monelle...

— Qui ? »

Ses yeux étincelèrent. « Vous voyez ? Vous ne vous rappeliez même pas son nom. Monelle Gerber. La fille dans le souterrain... elle n'était qu'une pièce du puzzle pour vous. Les rats rampaient sur son ventre et vous avez dit : "C'est dans leur nature." Ça, leur *nature* ? Cette fille-là ne sera plus jamais la même et vous, vous ne pensez qu'à une chose, vos chères preuves !

— Chez les victimes encore en vie, dit-il d'une voix monotone, comme s'il donnait un cours, les morsures de rongeurs sont toujours superficielles. Dès l'instant où elle avait été mordue par l'un de ces animaux, il lui fallait un vaccin antirabique. Quelques morsures de plus ou de moins, quelle différence ?

— Si on lui demandait, à elle, ce qu'elle en pense ? » Le sourire d'Amelia avait changé. Il était plaqué sur une menace, comme ceux des infirmières et des aides-soignants qui détestent les infirmes. Ils ont ce sourire-là quand on les croise dans les centres de rééducation. Après tout, il n'avait pas aimé l'Amelia Sachs toute de politesse. Il l'avait voulue battante...

« Répondez-moi, Rhyme. Pourquoi m'avez vous demandée, moi plutôt qu'un autre ?

— Thom, notre amie est attendue ailleurs. Tu veux bien... ?

— Lincoln », commença le jeune homme.

Rhyme l'interrompit sèchement. « Thom, il me semble t'avoir demandé quelque chose.

— Parce que je suis une bonne poire ! reprit Amelia. Vous ne vouliez pas d'un vrai spécialiste des scènes de crime parce que vous aviez peur de ne pas être le patron. Mais moi... vous pouviez me faire faire tout ce qu'il vous plaisait. Vous saviez que je ne me plaindrais pas et que je ne vous ferais pas de vacherie.

— Eh bien, voici à présent que la troupe se mutine... soupira Rhyme, en levant les yeux au plafond.

— Mais moi, je ne fais pas partie de la troupe. Je n'ai jamais demandé à m'occuper de ça, pour commencer !

— Moi non plus. Mais nous nous sommes retrouvés embarqués sur le même bateau — si on peut dire », ajouta-t-il avec un regard en biais vers son lit médicalisé. Et il savait que le sourire qui accompagnait ces mots était glacial, beaucoup, beaucoup plus glacial que ceux dont elle était elle-même capable.

« Vous n'êtes qu'un sale gamin, Lincoln Rhyme. Et gâté, par-dessus le marché.

— Ça va comme ça, officier ! » aboya Sellitto.

Mais elle poursuivit : « Vous ne pouvez plus aller vous-même sur vos scènes de crime, et je vous en plains. Mais vous avez pris des risques sur une enquête pour satisfaire votre vanité, et là, je dis merde ! »

Saisissant son képi, elle se précipita hors de la pièce.

Il s'attendait à un claquement de porte, voire à un bruit de verre brisé au bas des marches. Il n'y eut qu'un léger déclic, puis le silence.

Tandis que Jerry Banks sortait son agenda pour s'y plonger avec une attention exagérée, Sellitto dit : « Lincoln, je suis désolé. Je...

— Ce n'est rien », répondit Rhyme, en bâillant à se décrocher la mâchoire avec l'espoir déraisonnable d'apaiser ainsi les battements de son cœur. « Rien du tout. »

Les policiers restaient plantés devant la table à moitié vide. « Bon. Il faut emballer tout ça », dit Cooper dans le silence qui s'éternisait. Après avoir posé sur la table une mallette de microscope en cuir noir, il entreprit de démonter l'oculaire de l'appareil avec les gestes délicats d'un musicien repliant son saxophone.

« Eh bien, Thom, dit Rhyme. Le soleil est couché. Tu sais ce que ça signifie ? On peut ouvrir le bar. »

Leur salle de combat était impressionnante. Beaucoup plus, et de loin, que la chambre de Lincoln Rhyme.

La moitié d'un étage de l'immeuble, trois douzaines d'agents, et partout des ordinateurs et des tableaux électroniques comme dans un film de science-fiction. Les agents ressemblaient à des avocats ou à des courtiers en bourse. Chemises blanches, cravates. *Net* était le mot qui venait d'abord à l'esprit. Et Amelia avait l'impression qu'on ne voyait qu'elle là au milieu, dans son uniforme bleu marine souillé de sang de rat, de poussière et d'excréments de bétail vieux d'un siècle.

Elle avait cessé de trembler depuis sa crise de fureur contre Rhyme, mais elle avait la tête pleine des mille choses qu'elle avait à lui dire, qu'elle regrettait de ne pas lui avoir dites. Elle se força tout de même à concentrer son attention sur ce qui se passait autour d'elle.

Un grand type vêtu d'un impeccable complet gris discutait avec Dellray — ils avaient tous deux la même taille, la même façon de baisser la tête en parlant, la même gravité. Il s'agissait sans doute, pensa-t-elle, de Thomas Perkins, l'agent qui dirigeait le bureau de Manhattan — mais elle n'en était pas certaine ; un flic de base n'a pas plus de contact avec le FBI qu'un blanchisseur ou un courtier en assurances. L'homme paraissait sérieux, efficace, et ne cessait de jeter des regards à un grand plan de Manhattan punaisé au mur. Perkins hocha la tête à plusieurs reprises en écoutant les informations que lui communiquait Dellray, puis s'approcha d'une table couverte de chemises en papier kraft, parcourut l'assemblée du regard et commença à parler.

« Je vous demande votre attention... Je viens d'avoir une conversation avec le directeur et le procureur général à Washington. Vous avez tous entendu parler de l'auteur de ce kidnapping à l'aéroport Kennedy. L'homme présente un profil inhabituel. Le kidnapping, en l'absence de toute motivation sexuelle, se pratique rarement en série. En vérité, l'homme qui a fait ça est le premier de son espèce dans le district sud. Dans la mesure où il se pourrait que ces faits soient en rapport avec l'assemblée générale de l'ONU qui se tient cette semaine, nous devons travailler en collaboration avec le quartier général, Quantico et le bureau du secrétaire général de l'organisation des Nations unies. Il nous a été demandé de mobiliser tous nos moyens sur cette enquête. L'affaire est classée priorité absolue. »

Il se tourna vers Dellray. « Nous avons repris cette enquête à la police municipale de New York, mais nous bénéficierons de son soutien et des renforts en personnel qu'elle pourra nous apporter. L'agent qui a conduit les investigations sur les scènes de crime est ici pour nous communiquer ses informations. » Dellray paraissait un autre homme. Il avait abandonné toute arrogance.

« Avez-vous rédigé un procès-verbal ? » demanda Perkins à Amelia Sachs.

Elle dut admettre qu'elle n'en avait rien fait. « Nous nous sommes d'abord préoccupés de sauver les victimes. »

Perkins parut contrarié. Devant les tribunaux, des enquêtes par ailleurs solides se voyaient régulièrement contestées pour n'avoir pas respecté à la lettre les procédures de validation des indices matériels. Les avocats de la défense étaient prompts à repérer le moindre manquement et à en faire toute une histoire.

« N'oubliez pas de vous en acquitter avant de repartir.

— Ouimonsieur. »

Le regard que m'a jeté Rhyme quand il a deviné que j'étais allée me plaindre à Eckert et qu'ils se faisaient virer de l'enquête par ma faute ! Ce regard...

Ma collaboratrice, Amelia Sachs, a très bien compris, ma collaboratrice, Amelia Sachs, a fait boucler le périmètre.

Elle s'acharnait à nouveau sur l'un de ses ongles. Arrête ça, s'ordonna-t-elle à elle-même, comme chaque fois, et elle continua à triturer la chair. La douleur lui faisait du bien. Voilà ce que les psy ne voulaient pas comprendre.

« Agent Dellray, demanda Perkins, pouvez-vous exposer la façon dont nous allons procéder ? »

Dellray, qui ne l'avait pas quitté des yeux, se tourna vers les autres. « Nous avons demandé à nos agents d'intervenir sur les principales cellules terroristes de la ville et de suivre toutes les pistes susceptibles de nous mener jusqu'à l'auteur de ces enlèvements. *Tous* les informateurs, *tous* les agents en civil sont alertés. Un certain nombre d'opérations en cours risquent d'en souffrir, mais nous avons estimé que le jeu en valait la chandelle. Nous sommes, ici, chargés des interventions rapides. Vous allez constituer des groupes de six et vous tenir prêts à vous lancer sur toute piste qui nous sera signalée. Vous recevrez, en cas de besoin, le renfort des équipes spécialisées dans la libération des otages ou l'enlèvement des barricades.

— Monsieur », dit Amelia.

Perkins releva la tête, en fronçant les sourcils. Apparemment, il n'était pas d'usage d'interrompre le chef avant qu'il ne donne le signal des questions-réponses. « Oui, qu'y a-t-il, officier ?

— Eh bien, je me demandais, monsieur... Et la victime ?

— Qui ? Cette jeune Allemande ? Vous croyez que nous devrions l'interroger à nouveau ?

— Non, monsieur. Je voulais dire la victime *suivante*.

— Oh, nous sommes conscients du fait qu'il risque d'y en avoir d'autres, en effet.

— C'est déjà fait.

— Ah, bon ? » Perkins regarda Dellray, qui haussa les épaules. Puis il se retourna vers Amelia. « Comment le savez-vous ?

— C'est-à-dire que... je ne le sais pas à proprement parler, monsieur. Mais il a laissé des indices sur la dernière scène et il ne l'aurait pas fait s'il n'avait pas une autre victime, ou s'il ne s'apprêtait pas à en enlever une autre.

— J'en prends note, officier. Nous allons nous mobiliser au plus vite et faire en sorte qu'il ne leur arrive rien.

— Nous pensons qu'il est préférable de concentrer les efforts sur la bête elle-même, dit Dellray, s'adressant à la jeune femme.

— Inspecteur Sachs... commença Perkins.

— Je ne suis pas inspecteur, monsieur. Je suis de la police urbaine.

— Oui, bon, enchaîna le chef. Si vous pouviez, simplement, nous donner quelques informations sur ce que vous avez fait jusqu'ici, ce serait utile. »

Ils étaient une trentaine d'agents à l'observer. Dont deux femmes.

« Dites-nous ce que vous avez vu, tout simplement », dit Dellray, en plantant une cigarette non allumée entre ses dents proéminentes.

Elle leur fit un résumé de ses investigations sur les scènes de crime et termina par les conclusions auxquelles Dobyns et Rhyme étaient parvenus. Dans l'ensemble, les agents se montrèrent intrigués par le mystère qui subsistait sur les motivations de l'Inconnu 823. « On se croirait dans un de ces jeux à la con », dit l'un d'eux à voix basse.

Un autre demanda si les indices ne contenaient pas quelque message politique qu'il serait possible de décrypter.

« Vraiment, insista Amelia, nous ne pensons pas qu'il s'agisse d'un terroriste. »

Perkins se retourna pour braquer sur elle son regard intense. « Permettez-moi de vous poser une question, officier. Cet inconnu, vous le considérez comme un individu intelligent ?

— Très intelligent.

— Et s'il nous jouait une comédie ?

— Que voulez-vous dire ?

— Vous... la police municipale de New York ne voit en lui qu'un cinglé. Je veux dire, un psychopathe criminel. Mais il se pourrait qu'il soit assez intelligent pour vous *faire croire* cela. Pendant qu'autre chose se prépare.

— Quoi ?

— Les indices qu'il a semés, par exemple. Si ce n'étaient que des diversions ?

— Non, monsieur. Pas des diversions, des directions, dit Amelia. Qui nous conduisent aux victimes.

— Je comprends », dit Thomas Perkins, toujours rapide. « Mais en faisant cela il se pourrait aussi qu'il nous éloigne d'autres cibles — vous ne croyez pas ? »

Amelia se rappelait avoir eu la même idée, ce matin-là, en voyant les policiers ratisser Pearl Street. « Et vous pensez à la conférence de l'ONU ?

— Oui, dit Dellray. Il se pourrait que les auteurs de l'attentat avorté contre l'Unesco à Londres fassent une nouvelle tentative. »

Si c'était le cas, Rhyme s'était trompé sur toute la ligne. Elle sentit s'alléger le poids de sa culpabilité.

« Et maintenant, officier, si vous voulez bien nous détailler les indices que vous avez recueillis. »

Dellray lui tendit une liste complète, qu'elle lut en s'attardant sur chaque point. Tout en parlant, elle sentait une activité intense tout autour d'elle. Certains agents allaient répondre au téléphone, d'autres discutaient à voix basse, d'autres prenaient des notes. Mais lorsque, après un coup d'œil à sa liste, elle annonça : « J'ai relevé sur la dernière scène cette empreinte digitale qui lui appartient », elle s'aperçut qu'un silence total régnait soudain dans la salle. Elle releva la tête. Tous les regards étaient braqués sur elle et ce qui s'y reflétait ressemblait à de la stupéfaction — à supposer qu'un agent fédéral soit capable d'un tel sentiment.

Désemparée, elle se tourna vers Dellray, qui inclina la tête de côté. « Vous dites que vous avez une empreinte ?

— Oui, oui. Il a perdu un gant en se bagarrant avec sa

dernière victime et lorsqu'il l'a ramassé il touché le sol du doigt.

— Où est-elle ? demanda Dellray.

— Bon Dieu, lâcha un agent d'une voix forte, il fallait le *dire* !

— C'est que...

— Montrez-la, montrez-la ! » cria quelqu'un d'autre.

Un murmure parcourut la salle.

Amelia plongea une main tremblante dans le sac contenant les pièces pour en extraire le cliché Polaroïd de l'empreinte digitale. Dellray le prit, l'examina attentivement, le fit passer à un agent qu'elle identifia comme un spécialiste des empreintes. « Excellent, dit le spécialiste. Qualité A, incontestablement. »

Amelia Sachs savait que les empreintes étaient classées en trois catégories, A, B, et C selon leur netteté, la troisième étant le plus souvent considérée comme inacceptable par les magistrats. Elle aurait pu s'enorgueillir d'un tel exploit si le fait qu'elle n'en ait pas parlé plus tôt n'avait semé une telle consternation dans son auditoire.

Puis tout parut s'accélérer. Dellray remit le cliché à un agent qui se rua sur un ordinateur impressionnant installé dans un coin de la salle et le posa sur la plaque incurvée d'un appareil nommé Opti-Scan. Un autre agent s'assit devant l'ordinateur et se mit à taper sur le clavier tandis que Dellray décrochait vivement un téléphone. Elle le regarda taper nerveusement du pied, puis baisser la tête en entendant, quelque part, une voix répondre à son appel.

« Ginnie, c'est Dellray. Je sais que ça va faire un vrai bordel, mais il faut que le SAIED bloque toutes les demandes de la région nord-est pour traiter en priorité celle que je leur envoie... Perkins est avec moi. Il est d'accord, et si ça ne suffit pas j'appellerai le patron à Washington... Ça concerne la conférence de l'ONU. »

Amelia connaissait l'existence de ce service automatisé d'identification des empreintes digitales, auquel avaient accès toutes les polices du pays.

« Voilà, c'est scanné, annonça l'agent assis devant l'ordinateur. On l'envoie.

— Combien de temps ça va prendre ?

— Dix minutes, un quart d'heure. »

Dellray pressait ses doigts grisâtres les uns contre les autres. « Vite, vite, vite s'il vous plaît ! »

Amelia était au centre d'un tourbillon. Elle entendait parler d'armes, d'hélicoptères, de véhicules, de négociateurs spécialisés dans le contre-terrorisme. Sonneries de téléphones, crépitement des claviers, claquements secs des armes qu'on inspectait, froissements sonores des cartes et des plans qu'on déroulait pour les étaler sur les tables.

Perkins était au téléphone, en conversation avec un chef d'équipe spécialisé dans la libération des otages, ou avec le maire. Peut-être avec le président. Allez savoir ? Amelia dit à Dellray : « Je ne pensais pas qu'on attacherait une telle importance à cette empreinte.

— Toujours. Depuis qu'on a le SAIED, en tout cas. Avant, c'était surtout pour la frime qu'on relevait les empreintes. Pour montrer aux victimes et aux journalistes qu'on *faisait quelque chose*.

— Vous plaisantez.

— Pas le moins du monde. Prenez la ville de New York, par exemple. Si vous faites une recherche à froid — c'est ce qu'on dit quand on n'a aucun suspect sous la main —, si vous faites une recherche à froid, donc, il vous faudra une bonne cinquantaine d'années pour passer toutes vos fiches d'empreintes digitales en revue. Sans blague ! Contre quinze minutes, aujourd'hui, pour une recherche automatique. Avant, on identifiait comme ça deux ou trois suspects sur cent. On est passé à vingt, vingt-deux pour cent. Une empreinte comme celle-ci, du coup, ça vaut de l'or. Il ne vous l'avait pas dit, Rhyme ?

— Il le savait, c'est certain.

— Et il n'a pas décroché son téléphone ? Ma parole, il va pas bien, le mec.

— Officier ! » appela Perkins, une main posée sur le récepteur du téléphone. « Merci de compléter ces formulaires. Je dois transmettre les pièces au laboratoire. »

Amelia se rappelait que le FBI avait fait appel à Lincoln Rhyme pour mettre sur pied son laboratoire de police scientifique.

« Je fais ça tout de suite.

— Mallory, Kemple, mettez ces pièces en sécurité dans un bureau, accompagnez notre hôte et voyez avec elle pour la paperasse. Vous avez de quoi écrire, officier ?

— Oui, j'ai un stylo. »

Elle suivit les deux hommes dans un petit bureau, en triturant nerveusement son stylo pendant qu'ils cherchaient les papiers en question. Ils lui tendirent une liasse de formulaires, elle s'assit et se mit au travail.

La voix aux intonations musicales qu'elle entendait derrière elle était celle de Dellray, qui semblait le plus impatient de passer à l'action. Dans la voiture qui l'amenait, quelqu'un avait parlé de lui en l'appelant le Caméléon et elle commençait à comprendre pourquoi.

« Nous avons baptisé Perkins le Grand Dico. Mais ne vous en faites pas pour lui. Il est plus malin qu'un agent double. Et encore plus que ça maintenant qu'il a tiré les ficelles jusqu'à Washington, là où on doit les tirer quand on est sur des affaires comme celle-ci. » Dellray passait et repassait sa cigarette sous son nez comme un cigare de prix. « Vous savez, officier, que je vous trouve rudement maligne de faire ce que vous faites ?

— C'est-à-dire ?

— Quitter la police urbaine. » Son visage mince sous la peau luisante, ridée seulement autour des yeux, semblait exprimer quelque chose de sincère pour la première fois depuis qu'elle le connaissait. « Aller aux affaires publiques, c'était vraiment ce que vous pouviez faire de mieux. Vous réussirez, là-bas, et vous ne redeviendrez pas poussière. Parce que c'est bien ce qui arrive, dans ce boulot. Tôt ou tard, on redevient poussière. »

> *L'une des dernières victimes de la folie criminelle de James Schneider, un jeune homme du nom d'Ortega, était venu à Manhattan depuis Mexico City, où régnait une instabilité politique telle (en raison du soulèvement populaire déclenché un an auparavant) qu'il était impossible d'y pratiquer le commerce. Mais une semaine ne s'était pas écoulée depuis son arrivée dans la ville qu'il disparut mystérieusement. Apprenant qu'on l'avait aperçu pour la dernière fois devant une taverne du West Side, les autorités virent aussitôt en lui une nouvelle victime de Schneider. Ce que la suite, hélas, devait confirmer.*

Le collectionneur d'os tournait depuis une heure autour de l'université de New York, du côté de Washington Square. Les passants étaient nombreux. Mais c'étaient surtout des jeunes. Étudiants fréquentant les cours d'été. Gamins filant sur leur skateboard. Les rues offraient un spectacle joyeux et pittoresque. Chanteurs, jongleurs, acrobates. Cela lui rappelait les « musées » du Bowery, si populaires dans les années 1800. Il ne s'agissait pas, bien sûr, de vrais musées, mais des baraques d'une fête foraine installée sous les arcades où la foule se bousculait pour voir des spectacles burlesques, des monstres et autres prodiges, et où opéraient d'habiles bonimenteurs capables de vous vendre des cartes postales grivoises aussi bien que des morceaux de la Vraie Croix.

Il ralentissait de temps en temps, mais personne ne voulait prendre un taxi, ou n'avait les moyens de s'en offrir un. Il bifurqua vers le sud.

> *Schneider attacha des briques aux pieds du señor Ortega et le poussa dans l'Hudson afin que le courant et les poissons réduisent son corps à l'état de squelette. On retrouva le cadavre deux semaines après sa disparition et on ne sut jamais si la malheureuse victime avait encore sa connaissance au moment de son immersion. Mais on se douta que tel était le cas. Schneider avait, en effet, cruellement raccourci la corde de sorte que le visage du señor Ortega se trouvait à quelques pouces seulement de la surface ; et nul doute que ses bras avaient désespérément battu l'eau tandis qu'il regardait, juste au-dessus de lui, l'air qui aurait pu le sauver.*

Le collectionneur d'os aperçut un jeune homme très maigre et d'aspect maladif immobile au bord du trottoir. Sida, pensa-t-il. Mais tes os sont sains — et *tellement* saillants... Le jeune homme ne cherchait pas un taxi. Le collectionneur d'os passa donc sans s'arrêter, mais lui jeta ensuite un long regard dans son rétroviseur.

Il s'en fallut de peu, du coup, qu'il ne renverse le vieux monsieur qui était descendu du trottoir, le bras levé pour arrêter un taxi. L'homme fit un bond en arrière, du mieux qu'il put, et le taxi s'arrêta.

Le vieux monsieur ouvrit la portière arrière et passa la tête à l'intérieur. « Il faut regarder devant vous », dit-il, d'un ton sentencieux. Mais sans colère.

« Désolé », murmura le collectionneur d'os, contrit.

Le vieux monsieur eut une courte hésitation, regarda autour de lui mais ne vit pas d'autre taxi. Il monta.

La portière claqua.

Vieux et maigre. La peau glisserait sur ses os comme de la soie.

« Où allez-vous ?

— East Side.

— C'est comme si vous y étiez », dit le collectionneur d'os en enfilant sa cagoule avant de donner un brusque coup de volant à droite. Le taxi partit à toute vitesse en direction de l'ouest.

III

LA FILLE À PAPA

Retournez, retournez, retournez ! Telle est la devise de New York... Il n'est point jusqu'aux ossements de nos ancêtres auxquels on ne refuse de reposer en paix au-delà d'un quart de siècle, et chaque génération semble acharnée à faire disparaître les restes de ceux qui l'ont précédée.

Philip HONE, maire de New York
Journal, 1845

De samedi 22 h 15 à dimanche 5 h 30

18

« VERSE M'EN encore un, Lon. »

Rhyme aspira avec une paille l'alcool aux reflets d'ambre tandis que Sellitto buvait directement dans son verre. Ils le prenaient sec tous les deux. L'inspecteur se laissa choir dans le fauteuil en osier grinçant et Rhyme lui trouva une vague ressemblance avec Peter Lorre dans *Casablanca*.

Terry Dobyns était parti — après quelques remarques acerbes sur les tendances narcissiques des gens qui travaillaient pour le gouvernement fédéral. Jerry Banks était parti lui aussi. Mel Cooper continuait, laborieusement, à démonter et emballer ses appareils.

« Il est fameux, Lincoln, dit Sellitto en buvant son Scotch à petites gorgées. Je n'ai pas les moyens de m'en payer d'aussi bon. Il a quel âge ?

— Celui-ci ? Vingt ans, je crois. »

L'inspecteur scruta le liquide. « Dis donc, si c'était une fille, elle serait juste à point.

— Parle-moi un peu de Polling, Lon. Cette petite crise qu'il nous a faite... Qu'est-ce qu'il lui a pris ?

— Le Petit Jimmy ? » Sellitto se mit a rire. « Il a quelques problèmes. C'est lui qui s'est chargé d'écarter Peretti de l'enquête et de court-circuiter les fédéraux. Il a vraiment pris des risques. Et pour te demander, aussi. Il fallait le faire... Il y eut quelques grincements de dents quand ça s'est su. Ce n'était pas toi personnellement qui étais en cause. Mais le fait de mettre un civil sur une affaire de cette importance.

— C'est Polling qui m'a demandé ? Je croyais que c'était le patron ?

— Oui, mais c'est Polling qui le lui a soufflé à l'oreille. Il l'a appelé dès qu'il a su qu'il y avait eu un kidnapping et qu'on avait relevé des indices bizarres sur la scène. »

Et c'est moi qu'il a voulu ? s'étonna Rhyme. Curieux. Il n'avait pas eu le moindre contact avec Polling depuis plusieurs années — depuis l'enquête sur le tueur de flics au cours de laquelle il avait été blessé. C'était Polling qui avait mené l'enquête à son terme, et arrêté Dan Shepherd.

« Tu as l'air surpris, observa Sellitto.

— Qu'il m'ait demandé ? Je le suis, en effet. Nous n'étions pas dans les meilleurs termes. Nous ne l'avons jamais été, d'ailleurs.

— Pourquoi ?

— Je lui avais collé un 14-43. »

Tous les policiers de New York connaissent ce code, qui désigne le formulaire à remplir en cas de plainte hiérarchique contre l'un d'entre eux.

« Il doit y avoir cinq ou six ans, quand il n'était encore que lieutenant, je l'ai surpris un jour en train d'interroger un suspect au beau milieu d'une scène de crime. Et de la contaminer du même coup. Ça m'a mis hors de moi. Je lui ai collé un rapport, qu'on a ressorti par la suite, lorsqu'il s'est fait saquer pour avoir tiré sur un suspect sans arme.

— Eh bien, il a dû passer l'éponge. Il te voulait à tout prix.

— Lon, tu veux bien composer un numéro de téléphone pour moi ?

— Bien sûr.

— Non, dit Thom, en attrapant le téléphone au moment où l'inspecteur tendait la main pour décrocher. Il n'a qu'à le faire lui-même.

— Je n'ai pas eu le temps d'apprendre comment ça marchait », protesta Rhyme, en montrant de la tête le dispositif de commande électronique que Thom avait installé un peu plus tôt.

« Vous n'avez pas *pris* le temps d'apprendre. Ce n'est pas du tout la même chose. Qui voulez-vous appeler ?

— Berger.

— Non, répéta Thom. Il est trop tard.

— Je sais lire l'heure, rétorqua Rhyme, calmement. Appelle-le. Il est au Plaza.

— Non.

— Je te demande de l'appeler.

— Tenez. » Le jeune homme posa un bout de papier sur la table de chevet, le plus loin possible de Rhyme. Si le bon Dieu l'avait dépossédé de pas mal de choses, il lui avait laissé une vue de jeune homme. Il entreprit donc de composer le numéro en pressant sa joue contre la manette de commande. Ce fut plus facile qu'il ne s'y attendait, mais il y mit tout de même un certain temps, sans cesser de marmonner entre ses dents. Thom, furieux, fit celui qui ne voyait rien et descendit au rez-de-chaussée.

Berger n'était pas dans sa chambre d'hôtel. Rhyme coupa le circuit, avec la rage de ne pouvoir raccrocher brutalement.

« Un problème ? demanda Sellitto.

— Non », grommela Rhyme.

Où est-il ? pensa le criminologue, contrarié. Il *était* tard. Berger aurait dû se trouver à son hôtel à cette heure. Rhyme ressentit la morsure d'un sentiment bizarre : la jalousie, à l'idée que *son* docteur de la mort s'était absenté pour aider quelqu'un d'autre à mourir.

Sellitto, soudain, se mit à rire doucement. Rhyme le regarda. L'inspecteur mangeait une barre de chocolat. Rhyme avait oublié que l'alimentation de cet homme au physique impressionnant était essentiellement constituée par ce genre de saletés à l'époque où ils travaillaient ensemble. « Je pensais à quelque chose. Tu te souviens de Bennie Ponzo, Linc ?

— Celui qui était avec nous à l'antimafia, il y a une dizaine d'années ?

— Oui. »

Rhyme avait aimé ce travail contre le crime organisé. Les criminels, là, étaient des pros. Les scènes de crime, toujours intéressantes. Et les victimes, rarement innocentes.

« C'était qui, ce Ponzo ? demanda Mel Cooper.

— Un tueur professionnel de Bay Ridge, dit Sellitto. Tu te rappelles, après qu'on l'a coffré, le sandwich aux bonbons ? »

Rhyme hocha la tête en riant.

« C'est quoi, l'histoire ? demanda Cooper.

— On était au commissariat central, Lincoln et moi et deux autres gars. Et voilà mon Bennie — qui était un grand costaud, tu te rappelles — qui se casse en deux tout d'un coup en se tenant le ventre et qui dit : “Ah, j'ai faim, je veux un sandwich aux bonbons !” Nous, on se regarde et on dit : “C'est quoi, un sandwich aux bonbons ?” Alors il me regarde comme si j'étais un extra-terrestre et il dit : “On prend une barre Hershey, on la coupe, on la met entre deux tranches de pain et on la mange. C'est ça, un sandwich aux bonbons !” »

Ils rirent tous les trois. Sellitto tendit sa barre à Cooper, qui secoua la tête, puis à Rhyme, qui eut soudain envie d'en prendre une bouchée. Il y avait plus d'un an qu'il n'avait pas mangé de chocolat. Il évitait les sucreries. Trop risqué. Les petites choses de la vie étaient les plus pénibles à supporter, celles qui le déprimaient le plus. D'accord, tu ne peux plus faire de plongée sous-marine ni de randonnées dans les Alpes. Et alors ? Tu n'es pas le seul dans ce cas. Mais tout le monde se brosse les dents. Et va chez le dentiste, fait le plein d'essence, prend le métro. Tout le monde récupère un fragment de cacahuète coincé derrière une molaire quand personne ne regarde.

Tout le monde, sauf Lincoln Rhyme.

Il secoua la tête à l'adresse de Sellitto et but une longue gorgée de Scotch. Puis il regarda l'écran de l'ordinateur, en se rappelant la lettre qu'il avait commencé à rédiger pour Blaine, le matin même, avant d'être interrompu par l'arrivée de Banks et de Sellitto. Il projetait d'ailleurs d'en écrire quelques autres.

Il avait remis à plus tard celle qu'il destinait à Pete Taylor, le spécialiste de la colonne vertébrale. Leurs discussions avaient bien plus souvent porté sur la mort que de l'état du patient. Le docteur était un farouche opposant à l'euthanasie. Rhyme estimait qu'il lui devait une lettre par laquelle il lui expliquerait les raisons qui l'avaient finalement amené à prendre cette décision.

Et Amelia Sachs ?

La Fille à Papa aurait droit à un mot, elle aussi, décida-t-il.

À quoi bon être un infirme, si l'on est pas fichu de pratiquer le pardon.

Chère Amelia,

Attendu que nous avons eu le plaisir de travailler ensemble, je ne veux pas laisser passer l'occasion de vous dire que, bien que je vous tienne pour un véritable Judas, je vous ai pardonnée. J'irai même jusqu'à vous souhaiter bonne chance dans votre future carrière de lèche-médias...

« C'est qui, cette fille, Lon. Amelia Sachs ?

— Tu veux dire, à part son caractère de cochon, qui m'a surpris, moi le premier ?

— Elle est mariée ?

— Non. Avec un visage et un corps comme le sien, on a du mal à croire qu'il ne s'est pas encore trouvé un joli cœur pour lui mettre le grappin dessus. Mais elle n'a même pas de petit copain. On nous a dit qu'elle était avec un type il y a quelques années, mais elle n'en parle jamais. » Il baissa la voix. « C'est peut-être du côté de Lesbos qu'il faudrait chercher la clé du mystère, si j'en crois la rumeur. Mais je n'en sais rien — je suis plutôt du genre, moi, à draguer le samedi soir dans les laveries automatiques. Et ça marche, figure-toi ! Que te dire de plus ? »

Il faudra vous habituer à la vue des cadavres...

Rhyme revit l'expression qui s'était peinte sur son visage en entendant ces mots. Qu'y avait-il derrière tout cela ? Et puis, pourquoi perdre son temps à penser à elle ? se dit-il, soudain furieux contre lui-même. Et il prit une grande lampée de Scotch.

La sonnerie de l'entrée retentit, suivie d'un bruit de pas dans l'escalier. Rhyme et Sellitto regardèrent vers la porte. L'homme portait des bottes, une culotte de cheval et un casque bleu. C'était un membre du corps d'élite de la police montée new-yorkaise. Il remit un gros paquet à Sellitto et repartit aussitôt par l'escalier.

L'inspecteur défit le paquet. « Regarde ! » Il vida le contenu sur la table. Rhyme y jeta un coup d'œil courroucé. Trente ou quarante sachets, tous étiquetés. Chacun contenait un échantillon prélevé sur l'emballage de Cellophane de l'un des jarrets de veau qu'ils avaient fait acheter par les hommes de la Brigade d'intervention rapide.

« Il y a un mot signé Haumann. » Il lut : « Destinataires : L. Rhyme. L. Sellitto. Expéditeur : B. Haumann, UAS.

— C'est quoi ? » demanda Cooper.

L'organigramme de la police est un véritable catalogue de sigles et d'acronymes. Mais UAS semblait nouveau. Rhyme haussa mentalement les épaules.

Sellitto poursuivit sa lecture, en gloussant : « Unité d'assaut des supermarchés. Concerne : Jarrets de veau. Les recherches sur l'ensemble de la ville ont amené à la découverte de quarante-six sujets, qui ont tous été appréhendés et neutralisés sans opposer de résistance. Les avons informés de leurs droits et les avons placés en détention dans la cuisine de la mère de l'officier T.P. Giancarlo. Après interrogatoire, une demi-douzaine de suspects seront confiés à votre garde. Four à 350 pendant trente minutes. »

Rhyme se mit à rire. Puis sirota un peu de Scotch, en savourant chaque gorgée. C'était quelque chose qui lui manquerait s'il n'en avait plus — ce léger goût de fumée.

Cooper ouvrit quelques sachets. Quarante-six échantillons de Cellophane. En provenance de chaque chaîne et des principales boucheries indépendantes.

Rhyme regarda les échantillons. On avait de bonnes chances de parvenir à une identification. L'individualisation de la Cellophane serait plus ardue — le fragment retrouvé sur l'os de veau ne coïnciderait évidemment avec aucune de ces feuilles. Mais, dans la mesure où les maisons mères approvisionnent leurs succursales avec un même type de Cellophane, il serait possible de savoir dans *laquelle* de ces chaînes l'Inconnu 823 avait acheté le jarret de veau, et de cerner de plus près le quartier où il habitait. Il fallait peut-être appeler le Laboratoire et...

Non, non. C'était *leur* putain d'enquête désormais.

« Remballe-les et envoie le tout à nos amis de la police fédérale », ordonna Rhyme.

Puis il voulut éteindre son ordinateur et pressa le mauvais bouton de son annulaire depuis longtemps privé d'anneau. Un lourd bourdonnement sortit du haut-parleur.

« Merde, dit Rhyme, entre ses dents. Saloperie de machine. »

Sellitto, que ce brusque accès de fureur mettait mal à l'aise, plaisanta en regardant le verre de Scotch. « Eh, Linc, ce truc-là est censé te détendre.

— Très juste, dit Thom. Mais il est *déjà* bien détendu. »

Il arrêta la voiture près d'une grosse conduite d'évacuation. En sortant du taxi, il sentit l'odeur fétide de l'eau qui s'écoulait, chargée d'immondices. Ils étaient dans un cul-de-sac conduisant au grand collecteur d'égouts qui partait du West Sude Highway pour se déverser dans les eaux de l'Hudson. Nul ne pouvait les voir à cet endroit.

Le collectionneur d'os contourna le taxi par l'arrière, pour savourer la vue du vieil homme captif dans la voiture. Tout comme il avait pris plaisir à contempler la fille attachée à la conduite de vapeur. Ou cette main qui s'agitait au ras de terre, ce matin-là, sur la voie ferrée.

Il regarda les yeux affolés de l'homme. Il était plus maigre qu'il ne le pensait. Ses cheveux étaient plus gris. Ébouriffés.

Vieux dans sa chair mais jeune dans ses os...

L'homme recula en le voyant approcher, les bras croisés sur son torse malingre en un geste de défense.

Le collectionneur d'os ouvrit la portière et pressa le canon du pistolet sur sa poitrine, contre le sternum.

« Je vous en prie, dit l'homme d'une voix tremblante et à peine audible. Je n'ai pas beaucoup d'argent, mais je peux vous le donner. Il suffit d'aller à une billetterie automatique...

— Descendez.

— Je vous en prie, ne me faites pas mal. »

Le collectionneur d'os fit un geste brusque de la tête. Le petit vieux jeta un regard affolé autour de lui et se hâta d'obtempérer. Il resta debout à côté de la voiture, terrifié, frissonnant malgré la chaleur accablante.

« Pourquoi faites-vous ça ? »

Le collectionneur d'os recula d'un pas et plongea une main dans sa poche pour prendre les menottes. Comme il portait des gants épais, il mit quelques secondes à trouver les deux anneaux d'acier chromé. Au moment où il les sortait enfin de la poche, il crut voir une goélette qui remontait l'Hudson. Le courant, ici, n'était pas aussi fort que dans l'East River, où les voiliers venant des quais de Montgomery et d'Out Ward peinaient à remonter vers le Nord. Il regarda encore, en plissant les paupières. Non, ce n'était pas un voilier, mais seulement un yacht à moteur. Il vit les jeunes cadres qui se prélassaient sur la plage avant.

Comme il tendait les mains pour lui passer les menottes, l'homme saisit la chemise de son ravisseur, et s'y agrippa. « Je vous en supplie. J'étais en route pour l'hôpital. C'est pour ça que je vous ai fait signe. J'avais une douleur dans la poitrine.

— La ferme. »

Les bras de l'homme se détendirent soudain, visant le collectionneur d'os au visage, les mains tavelées de brun se refermant sur son cou et sur son épaule, serrant de toute leur force. Une onde de douleur partit de l'endroit où les ongles jaunes s'enfonçaient dans la chair. Pris de colère, il saisit les mains de sa victime et lui passa brutalement les menottes.

Après avoir plaqué d'un geste violent une bande de ruban adhésif sur la bouche de l'homme, le collectionneur d'os le traîna sur le gravier jusqu'à la gueule de la canalisation, large de plus de un mètre. Là, il s'arrêta, contemplant sa victime.

Je pourrais si facilement t'écorcher jusqu'à l'os.

L'os... Toucher l'os. Entendre le bruit de l'os.

Il prit une main, la souleva. L'homme suivait chacun de ses gestes. Puis il releva la tête pour le fixer d'un regard épouvanté. Ses lèvres tremblaient. Le collectionneur d'os caressa les doigts, pressa les phalanges entre les siennes (il aurait bien voulu retirer son gant, mais ne l'osa pas). Puis il leva un peu plus haut la main de l'homme dont il appuya très fort la paume contre sa propre oreille.

« Qu'est-ce... ?

Sa main gauche entoura le petit doigt du prisonnier et il tira lentement dessus jusqu'à entendre le bruit de l'os qui se cassait sous la chair. Un bruit délectable. L'homme poussa un hurlement, étouffé par le bâillon. Et s'écroula par terre.

Le collectionneur d'os le remit sur ses pieds et le poussa, trébuchant, dans la gueule de la canalisation.

Ils se retrouvèrent sous l'ancien quai, dans la pourriture. L'endroit était répugnant, jonché d'animaux et de poissons en décomposition parmi les rochers humides où les ordures, la vase et le varech se fondaient en une matière visqueuse aux reflets verdâtres. Une grosse boule d'algues montait et descendait d'un mouvement régulier à la surface de l'eau, dans un clapotis obscène. Malgré la chaleur qui pesait encore sur la ville en cette fin de journée, il faisait ici aussi froid qu'un soir du mois de mars.

Señor Ortega...

Il poussa l'homme dans le fleuve et l'attacha par les menottes à un pilier de soutènement du quai, en raclant une fois encore la chair des poignets avec les bracelets. Le visage de l'homme avait viré au gris, et sa tête dépassait d'un mètre le niveau de l'eau. Le collectionneur repartit vers la sortie d'égout, attentif à ne pas glisser sur les rochers visqueux. Il se retourna et resta un long moment immobile, à regarder. Jusque-là, le fait que la police retrouve ou non ses victimes lui avait été assez indifférent. La fille de l'aéroport, puis Hanna. Mais celui-ci... Le collectionneur espérait qu'ils ne le trouveraient pas à temps. Qu'ils ne le trouveraient pas du tout, même. Ainsi il pourrait revenir dans un mois ou deux et voir si la rivière lui avait laissé un squelette bien nettoyé.

En retrouvant le gravier, il retira sa cagoule et laissa les indices non loin de l'endroit où il avait garé la voiture. Il était énervé, furieux contre les policiers, et cette fois il dissimula les indices. Il y ajouta une surprise qu'il leur destinait. Puis le collectionneur d'os retourna à son taxi.

Un vent léger soufflait, charriant les effluves malodorants du fleuve. Il faisait bruire la végétation avec comme toujours, en fond sonore, la rumeur continue de la circulation.

Chhhhhhh...

Le bruit du papier de verre sur les os.

Il s'arrêta pour écouter, en inclinant la tête, le regard tourné vers les millions de lumières de la ville, qui s'étiraient vers le nord en une longue galaxie. C'est alors qu'une femme surgit d'un sentier qui passait non loin de la canalisation, en courant si vite qu'elle faillit lui tomber dessus.

C'était une petite brune, vêtue d'un short violet et d'un haut de même ton. Elle fit un écart pour l'éviter, s'arrêta et essuya la sueur de son visage. Mince et sportive — les muscles tendus — mais pas très jolie. Nez crochu, lèvres épaisses, teint marbré.

Mais en dessous...

« Vous n'êtes pas censé... Vous ne devez pas laisser votre voiture ici... C'est un sentier réservé au jogging... »

La voix de la femme s'étrangla et il vit la peur dans son regard, tandis que ses yeux allaient du taxi à la cagoule qu'il tenait à la main.

Elle savait qui il était. Il sourit, charmé par la courbe de la clavicule qui saillait sous la peau.

Elle prit légèrement appui sur sa cheville gauche, prête à s'élancer. Mais il fut plus rapide qu'elle. Il se baissa, pour la saisir à bras-le-corps, et comme elle cherchait à le bloquer de ses bras tendus en poussant un cri, le collectionneur d'os se redressa d'un coup et lui balança son coude dans la tempe. Il y eut un bruit sec comme celui d'une ceinture qui claque.

Elle tomba sur le gravier, durement, et ne bougea plus. Horrifié, le collectionneur d'os se mit à genoux et prit doucement l'une de ses mains entre les siennes. « Non, non, non... » Furieux contre lui-même, malade à l'idée qu'il venait peut-être de briser ce crâne qui semblait si parfait sous les mèches de cheveux raides et le visage quelconque de la femme.

Ce nouveau formulaire complété, Amelia s'offrit une pause. Elle trouva une machine à café et emplit un gobelet. Puis elle retourna dans le bureau sans fenêtre, et examina les indices qu'elle avait recueillis.

Elle éprouvait une curieuse affection pour cette collection macabre. À cause, peut-être, de tout ce qu'elle avait enduré pour la rassembler — ses articulations enflammées la faisaient encore souffrir et elle frissonnait chaque fois qu'elle pensait au cadavre enterré sur la première scène de crime, à la main sortant de terre comme une branche ensanglantée, et à la chair en lambeaux de Tammie Jean Colfax. Jusque-là, les mots « indice » et « pièce à conviction » ne signifiaient pas grand-chose pour elle. Ils évoquaient tout au plus des cours rébarbatifs à l'académie de police, d'interminables après-midi pendant lesquels elle luttait contre le sommeil en écoutant parler mathématiques, schémas, chiffres et statistiques. Il n'y avait rien de vivant dans tout ça.

Non, Amie Sachs voulait être un flic parmi les gens. De ceux qui patrouillent sur les trottoirs, cognent les cogneurs, embarquent les camés. Et font respecter la loi — comme l'avait fait son père. De gré ou de force. Comme le beau Nick Carelli, cinq ans d'ancienneté, star de la police criminelle, qui souriait au monde et à la vie avec l'air de dire : *eh quoi, vous avez un problème ?*

Voilà, exactement, ce qu'*elle* voulait être.

Elle regarda la feuille sèche et brunie qu'elle avait ramassée dans le parc à bestiaux souterrain. L'un des indices déposés à leur intention par l'Inconnu 823. Et cette culotte de femme, aussi. Les feds s'en étaient emparés alors que Cooper n'avait même pas achevé de la tester au... comment s'appelait cet appareil ? Le chromatographe ? Elle se demanda quel était le liquide qui imprégnait le coton.

Mais ces pensées la ramenaient à Lincoln Rhyme, qui était bien la dernière personne à laquelle elle avait envie de penser pour le moment.

Elle se remit au travail pour enregistrer les pièces restantes. Chaque formulaire comportait des lignes à remplir pour consigner, dans l'ordre chronologique, tous les gestes de la procédure réglementaire, depuis le moment de la découverte jusqu'à la présentation au tribunal. Amelia Sachs avait déjà eu l'occasion de transporter des pièces comme celles-ci, et de voir son nom sur ces formulaires. Mais c'était la première fois que *A. SACHS, NYPD 5-8-8-5* apparaissait sur la première ligne. Amelia Sachs, police municipale de New York, matricule 5-8-8-5...

Elle reprit le sachet contenant la feuille.

Il l'avait touchée. Lui. L'homme qui avait tué Tammie Jean Colfax. Qui avait refermé sa main sur le bras potelé de Monelle Gerber pour y enfoncer la lame de son couteau. Qui cherchait à ce moment même une autre victime — s'il ne l'avait pas déjà trouvée.

Qui avait enterré vivant, le matin même, le malheureux dont le bras se tendait pour un dernier et inutile appel au secours.

Elle pensa au principe de Locard. Le contact, et l'échange né du contact. Les gens se touchaient et quelque chose passait de l'un à l'autre et vice versa. Et la plupart du temps, ils ne savaient pas quoi.

Quelque chose de l'Inconnu 823 s'était-il déposé sur cette feuille ? Une cellule de peau ? Une goutte de sueur ? Quelle idée étonnante. Elle en éprouvait un mélange de crainte et d'excitation, comme si l'assassin s'était trouvé avec elle dans ce minuscule bureau sans fenêtre.

Elle se remit à ses formulaires, avec application, et elle finissait de compléter le dernier quand la porte s'ouvrit brusquement, ce qui la fit sursauter. Elle se retourna.

Fred Dellray se tenait sur le seuil. Il avait tombé sa veste verte et la belle chemise blanche était sérieusement chiffonnée. De ses longs doigts, il repoussa la cigarette coincée derrière son oreille. « Venez une seconde, officier. Ça risque de vous intéresser. »

Amelia le suivit le long de l'étroit corridor, attentive à ne pas se laisser distancer.

« On va avoir la réponse du SAIED », dit Dellray.

Dans la grande salle, l'agitation était plus intense que jamais. Des agents en bras de chemise se penchaient au-dessus des bureaux. Ils portaient leurs armes de service — des Sig-Sauer gris et des Smith & Wesson automatiques, 10 mm et 45S. Ils étaient une dizaine, rassemblés autour de l'ordinateur couplé à l'Opti-Scan.

Amelia n'était pas contente de la façon dont Dellray leur avait enlevé l'enquête, mais force lui était de reconnaître que sous ses airs arrogants et son parler branché, c'était un sacré flic. Les autres agents — les vieux comme les jeunes — ne cessaient de l'aborder pour lui poser des questions, et il prenait chaque fois tout son temps pour leur donner des explications. Il s'emparait d'un téléphone, sa voix se faisait charmeuse ou autoritaire pour obtenir ce qu'il voulait. Puis il relevait la tête et balayait la pièce du regard avant de lancer d'une voix de stentor : « On va le coincer, ce salopard ! Je vous le dis, moi, qu'on va le coincer ! » Les agents tirés à quatre épingles le regardaient d'un air gêné, mais on sentait bien qu'ils pensaient : si quelqu'un est capable de le coincer, c'est Dellray.

« Voilà, ça vient ! » cria un agent.

Et Dellray enchaîna aussitôt : « Je veux des liaisons avec New York, Jersey et le service des immatriculations. Et avec le fichier central des peines et des libertés sur parole. Et celui des identités. Qu'ils se tiennent prêts à traiter une demande d'identification. Bloquez toutes les autres lignes. »

Le groupe se dispersa, les agents fonçant vers les téléphones.

Un texte apparut sur l'écran de l'ordinateur.

Amelia regarda Dellray et n'en crut pas ses yeux. Il croisait ses doigts noueux.

Silence total dans la salle.

Puis un cri. « On l'a ! » C'était l'agent assis au clavier.

« Ce n'est plus un inconnu », dit Dellray de sa voix mélodieuse, penché sur l'écran. « Écoutez, braves gens. Victor Pietrs. Né ici, en 1948. Parents originaires de Belgrade. Nous voici, donc, avec une connexion serbe. Informations recueillies auprès du département de la justice de New York. Inculpé d'usage de drogues et diverses agressions, dont une au rasoir. Deux fois condamné. Ah, écoutez ça... Antécédents psychiatriques. Deux homicides involontaires. Interné à Bellevue et à l'hôpital psychiatrique de Manhattan. Libéré il y a trois ans. Lieu de résidence : Washington Heights. »

Il releva la tête. « Qui s'occupe d'appeler les compagnies de téléphone ? »

Plusieurs agents levèrent la main.

« Allez-y. »

Cinq interminables minutes.

« Pas ici. Pas sur la liste des abonnés de New York.

— Rien à Jersey.

— Connecticut, négatif.

— Merde, dit Dellray. Essayez en intervertissant le nom et le prénom. Et demandez les listes d'abonnements suspendus pour non-paiement au cours de l'année écoulée. »

Quelques minutes passèrent. Le bruit des voix montait et descendait comme la marée.

Dellray faisait nerveusement les cent pas. Amelia, à le voir s'agiter ainsi, comprit pourquoi il était si maigre.

Puis un agent cria : « On l'a trouvé ! »

Tous les regards se tournèrent vers lui.

« J'ai le service des immatriculations de New York, lança un autre agent. Ils l'ont trouvé. Attendez... C'est un chauffeur de taxi... Il a un permis taxi.

— Eh bien, ça ne m'étonne pas, murmura Dellray. On aurait pu y penser plus tôt. Et il habite où, ce trésor ?

— Morning Side Heights. À une rue du fleuve. » L'agent nota l'adresse et la tendit à Dellray. « Je connais. Il n'y a pas grand monde, dans ce coin. À part les camés. »

Un autre agent tapait déjà l'adresse sur le clavier de son ordinateur. « Vérifions... C'est une vieille baraque. Propriétaire... une banque. Il doit louer.

— J'ai Quantico au bout du fil, annonça un autre agent. Tu veux leur parler ?

— Pas le temps, dit Dellray. On va prendre des hommes au commissariat du quartier.

— Et la victime ? demanda Amelia.

— Quelle victime ?

— Il a déjà enlevé quelqu'un. Il sait que nous avons les indices depuis une heure ou deux. Il a sans doute planqué sa victime depuis un moment.

— Aucune disparition n'a été signalée, dit l'agent. Et s'il a enlevé quelqu'un, il l'a probablement emmené chez lui.

— Non.

— Pourquoi ?

— Parce qu'on y trouverait trop d'indices, expliqua Amelia. Lincoln Rhyme pense qu'il a une autre planque.

— Eh bien, nous lui ferons dire où elle se trouve.

— Nous pouvons nous montrer très persuasifs, quand il le faut, ajouta un autre agent.

— Allons-y, dit Dellray. Eh, les gars, on peut remercier Amelia. C'est elle qui a trouvé cette empreinte et qui l'a relevée ! »

Voici qu'elle rougissait maintenant. Elle le sentait, et elle en était furieuse. Mais elle n'y pouvait rien. En baissant les yeux, elle vit des traits bizarres sur ses chaussures. Elle avait oublié de retirer les bandes de caoutchouc.

Puis elle releva la tête. Les agents fédéraux inspectaient leurs armes et filaient vers la sortie, quelques-uns lui jetant un bref regard au passage. C'était avec cet air-là, se dit-elle, que les bûcherons devaient regarder les troncs d'arbres.

19

En 1911, une tragédie de grande ampleur s'abattit sur notre belle ville. Le 25 mars, des centaines de jeunes travailleuses étaient à la tâche dans une fabrique de vêtements, l'une des nombreuses entreprises connues sous le nom de « sweat-shops » sises dans Greenwich Village, au cœur de Manhattan. Les propriétaires de cette entreprise étaient à ce point avides de profit qu'ils déniaient aux malheureuses employées les droits les plus élémentaires qu'on accorderait à des esclaves. Et ils poussaient la méfiance jusqu'à fermer à double tour les portes de l'atelier de couture pour leur interdire l'accès aux toilettes.

Le collectionneur d'os rentrait chez lui au volant de son taxi. Il croisa un véhicule de police mais il regardait droit devant lui et les policiers ne le remarquèrent pas.

Ce jour-là, un incendie se déclara au huitième étage du bâtiment et les flammes gagnèrent en quelques minutes toute l'usine, tandis que les jeunes ouvrières tentaient de fuir. Elles ne le purent, en raison des chaînes qui maintenaient les portes fermées. Beaucoup périrent sur place et beaucoup d'autres, déjà en proie aux flammes, se jetèrent dans le vide d'une hauteur de trente mètres au-dessus des pavés et moururent à l'instant où leurs pauvres corps s'abattaient durement sur la terre nourricière.

L'incendie de Triangle Shirtwaist fit cent quarante-six victimes. Mais les policiers, à leur grand étonnement, furent incapables de retrouver l'une d'entre elles, une jeune femme du nom d'Esther Weinraub, que plusieurs témoins avaient vue sauter d'une fenêtre du huitième étage. Aucune de celles qui avaient sauté comme elle n'avait survécu. Se pouvait-il qu'elle ait, par miracle, échappé à la mort ? Quand on aligna les corps sur le trottoir afin que les familles éplorées les identifient, on ne trouva pas celui de l'infortunée Mlle Weinraub.

Des rumeurs commencèrent à circuler à propos d'un voleur de cadavres. On avait vu, disait-on, un homme chargé d'un volumineux fardeau quitter les lieux au cours de l'incendie. Les policiers, scandalisés à l'idée que quelqu'un ait pu profaner les restes sacrés d'une innocente jeune femme, mirent tout en œuvre pour retrouver cet individu.

Après quelques semaines, ces efforts portèrent leurs fruits. Deux habitants de Greenwich Village déclarèrent qu'ils avaient effectivement vu un homme quitter le lieu du sinistre en emportant « comme un tapis » un lourd fardeau sur son épaule. Les agents remontèrent sa piste jusque dans le West Side et, en interrogeant ses voisins, constatèrent que l'homme n'était autre que James Schneider, toujours en fuite à cette époque.

Leurs recherches les menèrent ainsi à une vieille demeure délabrée dans une ruelle de Hell's Kitchen, non loin des abattoirs de la 60e Rue. Avant même d'y pénétrer, ils furent accueillis par une épouvantable puanteur...

Il passa devant le terrain où se dressait jadis la fabrique de vêtements Triangle Shirtwaist — attiré, peut-être, par quelque désir inconscient. Il n'y avait plus aucune trace du bâtiment, et le terrain appartenait désormais à l'université de New York. *Alors et maintenant...* Le collectionneur d'os n'aurait pas été surpris de voir de jeunes ouvrières en blouse blanche tituber parmi les flammes et la fumée pour se précipiter gracieusement vers leur mort en tombant autour de lui, aussi nombreuses que des flocons de neige...

En pénétrant dans la maison où vivait Schneider, les policiers découvrirent un spectacle dont l'horreur bouleversa les plus endurcis d'entre eux. On trouva au sous-sol le corps de la malheureuse Esther Weinraub (ou plutôt ce qu'il en restait). Schneider, décidé à poursuivre et à achever ce que les flammes avaient commencé, s'occupait à dépouiller lentement le cadavre de toute sa chair, par des moyens qu'il serait choquant de décrire ici.

En fouillant son antre immonde, les policiers découvrirent une chambre secrète, reliée au sous-sol, pleine d'ossements sur lesquels ne restait plus le moindre lambeau de chair.

Sous le lit de Schneider, un agent trouva le journal intime dans lequel le dément tenait la chronique de ses méfaits. « L'os [écrivait Schneider] est au cœur de l'être humain. Jamais il ne s'altère, ne triche ni ne plie. Une fois brûlée ou dissoute par la flamme ou par l'eau, la chair, qui n'est qu'apparence, et disparus avec elle les vices des races inférieures et du sexe faible, il ne reste de nous — et de nous tous — que l'os dans toute sa noblesse. »

Suivait une chronique des abominables expériences auxquelles s'était livré le dément dans sa recherche du moyen le plus efficace pour dépouiller ses victimes de leur chair. Il avait tenté de faire bouillir les cadavres, de les brûler, de les dissoudre dans la soude, de les livrer à des bêtes affamées et de les laisser séjourner dans l'eau.

Mais à toutes ces méthodes, il en préférait une autre. « Mieux vaut, d'après mes conclusions, enterrer tout simplement le corps dans notre riche terre et laisser la Nature accomplir cette tâche fastidieuse. C'est la méthode la plus lente mais celle qui risque le moins d'attirer les soupçons, car elle permet de réduire au maximum l'émission d'odeur. Je préfère enterrer des individus encore vivants, sans pour autant m'expliquer clairement les raisons de cette préférence. »

Dans la chambre secrète en question, on découvrit trois autres cadavres soumis à ce traitement. Les mains tendues et les visages torturés des malheureuses victimes montraient qu'elles étaient encore vivantes quand Schneider avait jeté une dernière pelletée de terre sur leur corps agonisants.

Après la révélation de ces atrocités, les journaux de l'époque donnèrent à Schneider le nom sous lequel il serait désormais connu : « Le Collectionneur d'Os ».

Tout en conduisant, il pensait à la femme enfermée dans le coffre arrière. Esther Weinraub. À son épaule gracile, à sa clavicule frêle et délicate comme l'aile d'un oiseau. Il ne se tenait plus d'impatience.

« Je ne suis pas fatigué, dit Rhyme, sèchement.

— Fatigué ou pas, vous avez besoin de repos.

— Non, j'ai besoin d'un autre verre. »

Les valises noires, alignées contre le mur, attendaient les hommes qui les rapporteraient au laboratoire. Mel Cooper était déjà dans l'escalier avec un microscope qu'il préférait transporter lui-même. Sellitto n'avait pas quitté le fauteuil en rotin, mais ne parlait plus guère. Il commençait à se dire que, visiblement, Lincoln Rhyme n'était pas de ceux que l'alcool met de bonne humeur.

« Je suis certain que votre tension est encore montée, dit Thom. Il faut vous reposer.

— C'est un verre qu'il me faut. »

Va te faire foutre, Amelia Sachs, pensa Rhyme. Sans trop savoir pourquoi.

« Vous feriez mieux d'arrêter. L'alcool ne vous a jamais réussi. »

Eh bien, *j'arrête*, répondit Rhyme, silencieusement. J'arrête tout et pour de bon. Lundi. Et cette fois, je n'irai pas par quatre chemins.

« Sers-moi un autre verre », ordonna-t-il.

Il n'en avait pas réellement envie.

« Non.

— Un verre, *tout de suite* !

— Pas question.

— Lon, tu veux bien me servir un verre ?

— Je...

— Il a assez bu, dit Thom. Il devient insupportable dans ces cas-là, et nous ne céderons pas.

— Tu te crois autorisé à me refuser quelque chose ? Je peux toujours te virer.

— Virez-moi.

— Insulte à infirme ! Je te ferai arrêter ! Arrête-le, Lon.

— Lincoln, dit Sellitto, d'un ton conciliant.

— Arrête-le ! »

L'inspecteur était décontenancé par la méchanceté avec laquelle Rhyme s'en prenait au jeune garde-malade. « Eh, mon vieux, tu y vas un peu fort.

— Ah, Seigneur ! » gronda Rhyme. Puis il se mit à gémir.

Sellitto sursauta. « Qu'y a-t-il ? » Thom observait un silence prudent.

« Mon foie. » Rhyme se fendit d'un sourire cruel. « La cirrhose, sans doute. »

Thom fit volte-face, furieux. « Je ne *veux* plus de ces conneries. D'accord ?

— Non, pas d'accord...

— Nous n'avons pas beaucoup de temps, dit une voix de femme, sur le seuil de la chambre.

— ... Pas d'accord du tout ! »

Amelia s'avança, en jetant un coup d'œil aux tables nues. Rhyme se sentait la bave aux lèvres. Il était ivre de rage. Parce qu'il se voyait lui-même. Parce qu'il portait une impeccable chemise blanche qu'il n'avait mise que pour elle. Et parce qu'il avait un désir éperdu d'être seul, seul pour toujours, seul dans les ténèbres, le calme et l'immobilité — là où il était roi. Et non Reine d'un Jour. Roi pour l'éternité.

La bave le chatouillait. Il banda les muscles déjà douloureux de son cou pour tenter de l'essuyer. Thom saisit prestement un mouchoir en papier et le passa sur la bouche et le menton de son patron.

« Officier Sachs, dit Thom. Soyez la bienvenue ! Quel magnifique exemple de maturité. C'est une denrée qui se fait rare, par les temps qui courent. »

Elle portait son képi et le chemisier bleu marine était ouvert au col. Ses longs cheveux dégringolaient en cascade sur ses épaules. On n'aurait pas eu de mal à différencier *ces* cheveux-*là* dans un microscope.

« C'est Mel qui m'a ouvert, dit-elle, avec un hochement de tête en direction des marches.

— Vous ne devriez pas être au lit à cette heure, Sachs ? »

Thom lui donna une tape sur l'épaule, qui signifiait : *Tenez-vous bien.*

« J'étais à l'immeuble du FBI, dit-elle à Sellitto.

— Que devient l'argent de nos impôts ?

— Ils ont trouvé le type.

— *Quoi* ? fit Sellitto. Comme ça ? Bon Dieu ! Et ça se sait déjà ?

— Perkins a appelé le maire. C'est un chauffeur de taxi. Né ici, mais de père serbe. Alors ils pensent qu'il voulait tenter quelque chose sur l'ONU — pour se venger, peut-être. Il a un casier judiciaire. Et, ah, oui, des antécédents psychiatriques. Dellray et un type du FBI sont partis chez lui.

— Comment ont-ils fait ? demanda Rhyme. Je parie que c'est l'empreinte digitale. »

Elle fit oui de la tête.

« Je me doutais qu'elle était importante. Et, dites-moi, est-ce qu'ils s'inquiètent de la prochaine victime ?

— Ils s'en inquiètent, dit-elle d'un ton neutre. Mais moins que d'arrêter le type.

— Ma foi, c'est dans leur nature. Voyons si je devine. Ils s'imaginent qu'ils vont lui faire dire où il a laissé la victime, c'est ça ?

— Vous avez bien deviné.

— Voilà qui risque de ne pas être facile, dit Rhyme. Je n'ai pas besoin des lumières de notre docteur Dobyns, ni de celles de Behavorial pour le penser. Et vous, Amelia ? Pourquoi êtes-vous revenue ?

— Que Dellray lui mette ou non la main dessus, je ne crois pas qu'on puisse se permettre d'attendre. Pour sauver la prochaine victime, je veux dire.

— Oh, mais nous sommes dissous, non, si j'ai bien entendu ? La boutique est fermée ! » Tout en parlant, Rhyme fixait l'écran obscur de l'ordinateur en s'efforçant de voir si ses cheveux avaient conservé leur pli.

« Vous renoncez ? demanda-t-elle.

— Officier, intervint Sellitto, même si nous voulions faire quelque chose, nous n'avons plus une seule pièce, un seul indice. C'était seulement avec...

— Je les ai.

— Quoi ?

— J'ai tout. En bas, dans mon véhicule. »

L'inspecteur regarda vers la fenêtre.

« Tout ce que j'ai collecté sur la première scène de crime, poursuivit Amelia. Et sur les autres.

— Vous avez tout ça ? demanda Rhyme. Mais comment... »

Sellitto riait déjà. « Pas possible ! Elle les a fauchés, Lincoln !

— Dellray n'en a pas besoin, expliqua Amelia. Pas jusqu'au procès, en tout cas. Ils s'occupent du type, nous de la victime. Pas mal, non ?

— Mais Mel Cooper vient de repartir.

— Non, il est en bas. Je lui ai demandé d'attendre. » Elle croisa les bras. Regarda la pendule. Onze heures passées. « Nous n'avons pas beaucoup de temps », répéta-t-elle.

Lui aussi regardait la pendule. Seigneur, quelle fatigue. Thom avait raison ; il n'était pas resté aussi longtemps sans dormir depuis des années. Mais il était surpris — non, *choqué* — de constater que, en dépit des sentiments de gêne, de rage ou de frustration qu'il avait éprouvés tout au long de cette journée, il n'avait pas ressenti comme un insupportable fardeau le passage des heures et des minutes. Pour la première fois depuis trois ans et demi.

« Il y a quelque chose qui cloche, s'exclama Rhyme, avec un rire. Thom ? Thom ! Il nous faut du café. Dans les grandes tasses. Sachs, portez ces échantillons de Cellophane au laboratoire, et la photo Polaroïd de celui que Mel a prélevé sur l'os de veau. Je veux une polarisation comparative d'ici une heure. Et plus de "très probablement" ! Je veux qu'on me dise précisément dans *quelle* chaîne de boucherie notre inconnu a acheté son os de veau. Et rappelle donc cette petite ombre qui t'accompagnait tout à l'heure, Lon. Celui qui porte un nom de champion de base-ball. »

Les fourgons noirs fonçaient dans le flot de la circulation. Ils auraient pu emprunter un chemin détourné pour atteindre l'endroit où habitait Pietrs, mais Dellray savait ce qu'il faisait ; en cas d'opérations antiterroristes, on était censé éviter les rues et les avenues importantes, qui risquaient d'être balisées par des complices. Dellray, assis à l'arrière du fourgon de tête, resserra la ceinture en Velcro qui maintenait son arme. Ils y seraient dans moins de dix minutes.

Il regardait défiler les immeubles d'appartements aux façades lépreuses, les terrains encombrés de détritus. Il était venu pour la dernière fois dans ce quartier sous les traits du rasta Peter Haile Thomas, du Queens. Il avait acheté cent trente-sept livres de cocaïne à un petit Portoricain ratatiné, qui s'était avisé au dernier moment de « faire une barbe » à son acheteur. Après avoir pris l'argent que lui tendait Dellray, il lui avait calmement braqué un revolver sur le bas-ventre avant de presser trois fois la détente. *Click, click, click.* Les trois coups avaient fait long feu. Toby Dolittle et les hommes qui l'accompagnaient avaient passé les menottes à ce salaud et à ses anges gardiens avant qu'il ne fasse usage de son autre arme, laissant un Dellray abasourdi à ses réflexions sur l'ironie du destin : il s'en était fallu de peu qu'il ne soit tué parce que l'autre avait marché à fond dans son numéro de dealer.

« Quatre minutes », annonça le chauffeur.

Dellray, sans savoir pourquoi, songeait maintenant à Rhyme. Il regrettait de s'être montré aussi odieux avec lui. Mais il n'avait guère eu le choix. Sellitto était un bull-dog, Polling un malade mental, mais il en fallait plus pour impressionner Dellray. C'était Rhyme qui risquait de rendre les choses difficiles. L'homme était d'une efficacité redoutable (c'était bel et bien ceux de *son* équipe qui avaient trouvé l'empreinte de Pietrs, même s'ils n'avaient pas sauté dessus aussi promptement qu'ils l'auraient dû). Dans le temps, avant son accident, personne ne pouvait en remontrer à Rhyme si celui-ci en avait décidé autrement. Et on ne pouvait pas non plus lui raconter d'histoires.

Mais Rhyme n'était plus qu'un jouet au rebut. C'était vraiment l'une des pires choses qui pouvaient arriver à un homme — devenir un mort-vivant. Dellray était entré dans sa chambre — sa *chambre* — et ne l'avait pas ménagé. Pas comme il l'aurait dû.

Il l'appellerait, peut-être. Il pouvait...

« La séance va commencer », dit le chauffeur, et Dellray oublia aussitôt Lincoln Rhyme.

Les fourgons s'engagèrent dans la rue où habitait Pietrs. En chemin, ils avaient vu presque partout des foules de gens en sueur, fumant et buvant de la bière devant leurs maisons dans l'espoir de respirer un peu d'air frais. Mais cette rue-là était sombre et déserte.

Les fourgons ralentirent et s'arrêtèrent. Deux douzaines d'agents en descendirent, en uniformes d'opération noirs, armés de fusils H & K à visée laser. Deux clochards les observaient ; l'un d'eux se hâta de cacher sa bouteille de Scotch sous sa chemise.

Dellray regarda l'une des fenêtres de la maison de Pietrs. Une lumière jaune l'éclairait faiblement.

Le chauffeur recula pour garer le fourgon de tête dans un coin obscur et dit à Dellray, à voix basse : « C'est Perkins », en montrant son casque radio. « Il a le patron en ligne. Ils veulent savoir qui conduit l'assaut.

— Moi », répondit brièvement le Caméléon. Il se retourna vers son équipe. « Je veux des hommes en faction de l'autre côté de la rue et dans toutes les entrées. Des tireurs là, là, et là. Et tout le monde en place dans cinq minutes. On est bien d'accord là-dessus ? »

À la dernière marche, le grincement familier.

Un bras passé autour de sa taille, il conduisit au sous-sol la femme à demi inconsciente après le coup qu'elle avait reçu sur la tête. Parvenu au bas des marches, il la jeta sur le sol de terre battue et se pencha pour la regarder.

Esther...

Elle releva la tête, cherchant le regard de l'homme. Le sien était suppliant, désespéré. Il n'y prêta pas attention. Il ne voyait que son corps. Il entreprit de lui retirer ses vêtements — la tenue de sport violette. Il était impensable qu'une femme sorte, en plein jour et à cette époque, avec pour tout vêtement ce qui n'était, en somme, que des dessous ! Il ne pensait pas qu'Esther Weinraub ait été une putain. Non, c'était une ouvrière, qui cousait des chemises — un penny les cinq chemises.

Le collectionneur d'os regarda la façon dont la clavicule saillait à la gorge. D'autres auraient regardé sa poitrine ou les pointes brunes de ses seins, mais il scruta, lui, la dentition et le col du sternum et les côtes qui rayonnaient au-dessus des jambes grêles.

« Qu'est-ce que vous faites ? » demanda-t-elle, encore sonnée.

Le collectionneur d'os la regarda attentivement, mais ne vit pas une jeune femme anorexique au nez trop épaté, aux lèvres trop pleines et dont la peau était comme du sable d'une teinte douteuse. Il vit, sous ces imperfections, la beauté de sa *charpente.*

Il lui caressa la tempe, avec douceur. Pourvu qu'elle ne soit pas fracturée...

Elle toussa et ses narines s'enflammèrent — les exhalaisons étaient encore fortes, dans cet endroit, même s'il n'y faisait pratiquement plus attention.

« Ne me faites plus mal, murmura-t-elle, sa tête roulant de gauche et de droite. Je vous en prie. »

Il sortit le couteau de sa poche, se pencha, coupa les sous-vêtements. Elle baissa les yeux sur son corps nu.

« Qu'est-ce que vous voulez ? dit-elle, haletante. D'accord, vous pouvez me baiser. D'accord. »

Le plaisir de la chair, songea-t-il... C'est si peu de chose, à côté.

Comme il la remettait sur ses pieds, elle le repoussa de toutes ses forces et partit en titubant vers une petite porte à l'angle du sous-sol. Sans courir, sans chercher vraiment à s'échapper, les bras tendus, agitant les mains en direction de la porte.

Le collectionneur d'os l'observait, transporté par la lenteur pathétique de sa démarche.

La porte, qui avait ouvert jadis sur une descente de charbon, donnait maintenant sur un étroit passage souterrain reliant le sous-sol à l'immeuble abandonné qui se trouvait à côté.

Esther lutta un instant pour ouvrir la porte métallique. Elle la franchit et s'engagea sur les marches.

Moins d'une minute s'était écoulée quand il entendit le cri plaintif. « Mon Dieu, non, non, non, non... » Et d'autres mots, qui se perdirent dans des hoquets de terreur.

Puis elle revint par le même chemin, plus vite cette fois, en fouettant l'air de ses mains autour d'elle, comme pour chasser ce qu'elle venait de voir.

Approche, Esther.

Trébuchant sur le sol de terre battue, secouée de sanglots.

Approche.

Elle venait droit sur lui, vers les bras accueillants qui l'attendaient et s'enroulèrent aussitôt autour d'elle. Il la pressa très fort contre lui à l'instar d'un amant, sentit sous les doigts la merveilleusc clavicule, et ramena lentement la femme qui se débattait vers le passage souterrain.

20

LES PHASES DE LA LUNE, la culotte humide, les particules de terre. L'équipe s'était reconstituée dans la chambre de Rhyme — à l'exception de Polling et Haumann ; il n'était pas possible, vis-à-vis de la police de New York, d'impliquer des gradés dans ce qu'il fallait bien considérer comme une opération non autorisée.

« Tu as testé au chromatographe le liquide qui imprégnait cette culotte, Mel ?

— Il faut que je recommence. Ils nous ont viré alors que j'attendais les résultats. »

Il préleva un échantillon pour le chromatographe. Amelia Sachs se déplaça pour mieux voir les informations qui s'inscrivaient sur l'écran de l'ordinateur — en colonnes, comme les cotes en bourse. Rhyme s'aperçut soudain qu'elle était tout près de lui, comme si elle s'était approchée en douce. Et il l'entendit dire, à voix basse. « J'ai été...

— Oui ?

— Je me suis un peu énervée. Tout à l'heure. J'ai mauvais caractère. Je ne sais pas de qui je tiens ça. Mais c'est un fait.

— Vous aviez raison. »

Leurs regards ne s'évitaient pas et Rhyme se souvint du temps où il avait des discussions sérieuses avec Blaine. Quand ils parlaient, ils fixaient toujours un objet placé entre eux — l'un des chevaux en terre cuite qu'elle collectionnait, un livre, une bouteille presque vide de merlot ou de chardonnay.

« Je ne travaille pas sur les scènes de crime comme la plupart de mes collègues. J'avais besoin de quelqu'un qui ne s'embarrasse pas d'idées préconçues. Mais j'avais aussi besoin d'une personne capable de réfléchir par elle-même. »

Les qualités contradictoires que chacun recherche dans l'être parfait qu'il pourra aimer. Force et vulnérabilité, à égalité.

« Quand je suis allée voir le commissaire Eckert, dit-elle, c'était uniquement pour lui parler de mon transfert. Je ne voulais rien d'autre. Je n'aurais jamais cru que les fédéraux seraient prévenus et qu'ils nous enlèveraient l'enquête.

— Je le sais.

— Ce qui ne m'empêche pas d'avoir mauvais caractère. Désolée pour ça.

— Ne vous excusez pas, Amelia. Quand je me conduis comme un crétin, j'ai besoin de quelqu'un pour me le dire en face. C'est ce que fait Thom. Et c'est pour ça que je l'adore.

— Inutile de faire du sentiment avec moi, Lincoln, dit Thom, à l'autre extrémité de la pièce.

— Il n'y a personne, à part lui, pour me dire d'aller me faire pendre, poursuivit Rhyme. Tout le monde marche sur des œufs. J'ai horreur de ça.

— J'ai l'impression que vous ne voyez plus grand monde depuis un certain temps.

— C'est vrai », dit-il, après un silence.

Sur l'écran du chromatographe, les pics et les vallées s'étaient figés pour figurer l'une des infinités de signatures de la nature. Mel Cooper pianota sur le clavier et lut le résultat. « Eau, huile pour diesel, phosphate, sodium, traces de minéraux... Je ne vois pas ce que ça veut dire. »

Quel était le message, se demanda Lincoln Rhyme. Le vêtement lui-même ? Le liquide ? « Continuons, dit-il. Je veux voir ce que donne la terre. »

Amelia lui apporta le sachet. Il contenait du sable rosâtre, mêlé de fragments d'argile et de cailloux.

« Du "foie de bœuf", annonça-t-il. Mélange de pierre et de sable. En provenance de la couche rocheuse qui soutient Manhattan. Il y a du silicate de sodium, aussi ?

— Oui, répondit Cooper. En quantité.

— Nous sommes donc en ville, à quatre-vingts mètres de l'eau, au plus. » Rhyme se mit à rire en voyant l'air stupéfait d'Amelia. « Ce n'est pas de la magie, Sachs. J'ai bien appris mes leçons, c'est tout. On mélange du "foie de bœuf" et du silicate de sodium pour stabiliser les sols quand on creuse des fondations dans des zones rocheuses proches de l'eau. C'est donc en ville. Et maintenant, voyons un peu cette feuille. »

Elle lui présenta le sachet.

« Qu'est-ce que ça peut bien vouloir dire ? Je n'en ai jamais vu de pareille. Pas dans Manhattan.

— J'ai une liste des sites d'horticulture accessibles sur le web, dit Cooper. Je vais y faire un tour. »

Rhyme avait pas mal voyagé, lui-même, sur Internet. Mais après les livres, les films et les reproductions, il s'était peu à peu désintéressé de l'univers cybernétique. Parce que, peut-être, son propre monde était déjà virtuel pour une si grande part qu'Internet lui semblait, en définitive, une destination lointaine et solitaire.

L'écran de Cooper se mit à clignoter et à danser tandis qu'il cliquait pour s'enfoncer toujours plus avant dans le réseau. « Je charge quelques fichiers. Ça va prendre dix, vingt minutes.

— Très bien, dit Rhyme. Voyons les autres indices que Sachs a trouvés... Pas ceux que 823 a laissés intentionnellement. Les autres. Ils nous diront peut-être où il est allé. Jetons un coup d'œil à notre arme secrète, Mel.

— Notre arme secrète ?

— Les traces. »

L'agent spécial Dellray avait organisé une entrée à dix. Deux équipes, plus des hommes chargés de la fouille et de la surveillance. Des agents étaient postés dans les fourrés, en nage sous leur gilet pare-balles. De l'autre côté de la rue, dans un appartement abandonné du premier étage, une autre équipe avait installé ses grandes oreilles et ses caméras vidéo à infrarouges.

Les trois tireurs, leurs impressionnantes Remington à l'épaule, chargées et armées, étaient à plat ventre sur les toits. Leurs viseurs binoculaires étaient pliés à côté d'eux.

Dellray, qui avait remplacé son complet vert par un jean et un ciré du FBI, écouta dans le micro plaqué sur son oreille.

« Surveillance à commandement. Nous avons filmé le sous-sol aux infrarouges. Il y a quelqu'un qui bouge là-dedans.

— Qu'est-ce que vous avez vu ? demanda Dellray.

— Rien. La vitre est trop sale.

— Il est vraiment tout seul ? À moins qu'il n'ait une victime avec lui ? » Quelque chose lui disait que l'officier Sachs avait sans doute raison ; que l'homme avait déjà enlevé quelqu'un.

« Impossible à dire. Nous avons simplement des indications de mouvement et de chaleur. »

Dellray avait envoyé d'autres hommes sur les flancs de la maison. Ils revinrent. « Aucune trace de présence au premier ni au deuxième étage. La porte du garage est verrouillée.

— Les tireurs ? demanda Dellray. Où en êtes-vous ?

— Tireur 1 à commandement. Je couvre la porte d'entrée. Terminé. »

Les autres couvraient le hall d'entrée et une pièce du premier étage. « Chargé et armé », lancèrent-ils dans leur micro.

Dellray sortit son gros automatique de l'étui.

« D'accord, nous avons un papier », dit Dellray. Il voulait dire un mandat. Ils n'étaient pas tenus de frapper avant d'entrer. « On y va ! Équipe une et équipe deux, déployez-vous, déployez-vous, déployez-vous ! »

La première équipe s'attaqua à la porte d'entrée avec un bélier tandis que la seconde, un peu plus civilisée dans la méthode, brisait un carreau à l'arrière de la maison pour ouvrir une fenêtre de l'intérieur. Ils entrèrent tous ensemble, Dellray sur les talons du dernier agent de la première équipe, dans la vieille maison. Il y avait dans l'air une insupportable odeur de chair en putréfaction et Dellray, qui n'était pas un habitué des scènes de crime, lutta pour ne pas vomir.

La seconde équipe inspecta le rez-de-chaussée avant de se ruer vers la chambre du premier étage tandis que la seconde équipe dégringolait les marches de bois menant au sous-sol dans un grand bruit de bottes.

Dellray traversa en courant le sous-sol, où régnait une atmosphère empuantie. Il entendit claquer une porte quelque part au-dessous, puis le cri : « Ne bougez plus ! Police fédérale ! On ne bouge plus ! »

Mais comme il atteignait la porte du passage souterrain il entendit le même agent s'écrier sur un tout autre ton. « Bon Dieu, qu'est-ce que c'est ? Oh, mon Dieu !

— Merde ! cria un autre. C'est trop !

— Mais que ça pue ! » dit Dellray, suffocant, en franchissant le seuil.

Le cadavre de l'homme gisait par terre, et un liquide noir s'en échappait. Il avait la gorge tranchée. Ses yeux morts, vitreux, fixaient le plafond, mais son torse semblait bouger — il se dilatait et glissait. Dellray frissonna ; il n'était pas très cuirassé, non plus, contre la vue d'un tel grouillement d'insectes. La quantité de vers et autres bestioles faisait penser que la mort remontait au moins à trois jours.

« Pourquoi a-t-on détecté quelqu'un aux infrarouges ? » demanda un agent.

Dellray montra du doigt les marques de dents sur le flanc et la jambe dilatés de la victime. « Ils ne sont pas loin. Nous avons interrompu leur repas.

— Que s'est-il passé ? C'est l'une de ses victimes qui l'a eu ?

— Qu'est-ce que tu racontes ? aboya Dellray.

— Ce n'est pas lui ?

— Non, ce n'est pas lui, explosa Dellray, en fixant une blessure particulière sur le corps.

— Mais enfin, Dellray, dit un autre agent, en fronçant les sourcils. C'est notre type. On avait des photos. C'est bien Pietrs.

— Bien sûr que c'est Pietrs ! Mais ce n'est pas celui qu'on cherche. Tu piges ?

— Non ? Qu'est-ce que tu veux dire ? »

C'était pourtant clair à ses yeux. « L'ordure ! »

Le téléphone de Dellray se mit à couiner et il sursauta. Il l'ouvrit, écouta. « *Qu'est-ce* qu'elle a fait ? Ah, j'avais bien besoin de ça... Non, on l'a pas, le mec ! »

Il enfonça le bouton d'un coup de poing, puis, pointant un doigt rageur sur deux agents : « Vous allez m'accompagnez.

— Qu'est-ce qu'il y a, Dellray ?

— Nous avons une visite à faire. Et qu'est-ce que nous ne serons pas, pour l'occasion ? » Les deux agents échangèrent un regard perplexe. « Nous ne serons pas du tout, du tout gentils ! »

Mel Cooper secoua le contenu des enveloppes au-dessus d'un feuille de papier. Puis l'examina à la loupe. « Eh bien, il y a de poussière de brique. Et une autre sorte de pierre. Du marbre, je crois. »

Il déposa un échantillon sur une plaque pour l'examiner au microscope. « Oui, c'est du marbre. Teinté de rose.

— Est-ce qu'il y avait du marbre dans ce parc à bestiaux ? Là où vous avez trouvé la jeune Allemande ?

— Non. »

Cooper pensait que le marbre pouvait provenir de l'immeuble qu'habitait Monelle et où l'inconnu l'avait enlevée.

« Non. Je connais le pâté d'immeubles dont la Deutsche Haus fait partie. C'est un ensemble d'appartements comme il y en a beaucoup dans l'East Village. Dans ces coins, vous ne trouverez pas de meilleure pierre que le granite poli. Ceci pourrait venir — mais pourrait seulement — de l'endroit qui lui sert de planque. Il y a autre chose de particulier ?

— Des marques de cisaillage, dit Cooper, penché sur le microscope.

— Ah, bien. Nettes ?

— Pas vraiment. Contours irréguliers.

— Une vieille scie à vapeur, alors ?

— Oui, c'est ce que je pense.

— Écris, Thom, ordonna Rhyme, en montrant le tableau de la tête. Il y a du marbre dans sa planque. Et c'est ancien.

— Mais quelle importance, sa planque ? demanda Banks, en regardant sa montre. Les feds doivent déjà y être.

— On n'a jamais trop d'informations, Banks. Ne l'oubliez pas. Bon, qu'avons-nous, encore ?

— Un autre morceau du gant. Le cuir rouge. Et ça, c'est quoi ? demanda Cooper à Amelia, en montrant un petit morceau de bois dans un sachet.

— L'échantillon d'eau de toilette. À l'endroit où il s'est appuyé contre un pilier.

— Je fais un profil olfactif ?

— Sentons-le d'abord », dit Rhyme.

Amelia lui présenta le sachet. Elle l'ouvrit pour qu'il hume le petit disque de bois.

« Brut. Comment s'y tromper ? Thom, ajoute que notre homme achète son eau de toilette dans les drugstores.

— Et voici un autre poil », annonça Cooper. Il le plaça sous l'objectif du microscope. « Il ressemble beaucoup à celui que nous avions déjà trouvé. Probablement de même provenance. Ah, pour toi Lincoln, je dirais que *c'est* le même. Brun.

— Coupé ou cassé aux extrémités ?

— Coupé.

— Bien. On finira par avoir une teinte », dit Rhyme.

Comme Thom inscrivait *brun,* il fut interrompu par Sellitto. « N'écrivez pas ça !

— Pourquoi ?

— À l'évidence, il n'est pas brun, dit Rhyme.

— Je croyais...

— Il est tout sauf brun. Blond filasse, noir, roux...

— C'est un vieux truc, expliqua l'inspecteur. On repère la boîte à ordure d'un coiffeur, et on y récupère des cheveux qu'on laisse tomber sur la scène.

— Ah, fit Banks, en classant l'information dans quelque tiroir de son esprit enthousiaste.

— Bien, enchaîna Rhyme. Le fil ? »

Cooper l'examina au microscope à polarisation. Il fit quelques réglages avant d'annoncer : « Biréfraction de 053.

— Nylon 6, répondit aussitôt Rhyme. Il est comment à l'œil, Mel ?

— Très grossier. Ovale en coupe transversale. Gris clair.

— Moquette.

— Exact. Voyons ce que dit la banque de données. » Un instant plus tard, il avait la réponse sur son ordinateur : « Hampstead Textile, référence 118 B. »

Rhyme laissa échapper un soupir dégoûté.

« Qu'y a-t-il ? demanda Amelia.

— C'est le matériau le plus utilisé par les constructeurs automobiles américains pour tapisser les coffres de leurs voitures. On le trouve dans plus de deux cents modèles au cours des quinze dernières années. Autant dire que c'est sans espoir pour nous... Mel, il n'y aurait pas quelque chose *sur* le fil ? Sers-toi du microscope électronique à scanner. »

Une lumière bleu-vert, étrange, envahit l'écran. Le petit bout de fil y apparut comme une énorme corde.

« Là, il y a quelque chose. Des cristaux. On traite parfois ces moquettes au dioxyde pour les rendre moins brillantes. Ça pourrait en être.

— Essaie au gaz. C'est important.

— Il n'y en a pas assez, Lincoln. Je vais être obligé de brûler complètement le fil.

— Eh bien, brûle-le.

— Passe encore d'emprunter des pièces au FBI, observa Sellitto d'une voix craintive. Mais les détruire ? Je me demande, Lincoln. S'il doit y avoir un procès...

— Nous n'avons pas le choix.

— Ça, alors... », dit Banks.

Sellitto accepta, et fit, à contrecœur, un signe de tête à Cooper. Celui-ci plaça le fil dans la machine. On entendit un sifflement, puis des colonnes apparurent sur l'écran. « Voilà. Ça, c'est la longue chaîne de molécules polymérisées. Le

Nylon. Mais cette petite ondulation, là, c'est autre chose. Du chlore, du détergent... Un produit de nettoyage.

— Rappelez-vous, dit Rhyme. La jeune Allemande a dit que ça sentait le propre. Il faut trouver de quel produit il s'agit. »

Cooper appela une autre banque de données. « C'est un produit de Pfizer Chemicals. Commercialisé sous le nom de Tidi-Kleen par Baer Automotive Products, de Terteboro.

— Parfait ! s'écria Lincoln Rhyme. Je connais cette entreprise. Ils vendent par grosses quantités. Le plus souvent aux loueurs. Notre inconnu a une voiture de location.

— Vous le croyez assez inconscient pour se balader dans une voiture louée sur les scènes de crime ? demanda Banks.

— Louée *et* volée, murmura Rhyme, comme si le jeune flic lui avait demandé combien font deux plus deux. Et équipée de plaques d'immatriculation volées également. Emma travaille toujours pour nous ?

— Elle doit être rentrée chez elle, à cette heure.

— Réveillez-la, et qu'elle appelle tout de suite Hertz, Avis, National et Budget pour leurs listes de véhicules volés.

— Très bien », dit Sellitto, un peu mal à l'aise, à cause, peut-être, de l'odeur de pièce à conviction brûlée qui flottait maintenant dans la chambre.

« Et les empreintes de pas ? » demanda Amelia.

Rhyme regarda les relevés électrostatiques qu'elle lui présentait.

« Usure des semelles anormale. Vous voyez la partie usée, à l'avant et à l'extérieur de la plante des pieds ?

— C'est parce qu'il marche les pieds en dedans ? se demanda Thom, tout haut.

— Peut-être, mais il n'y a pas d'usure correspondante des talons, dit Rhyme, sans quitter les empreintes des yeux. Pour moi, c'est un lecteur.

— Un lecteur ?

— Asseyez-vous là, sur cette chaise, dit Rhyme à Amelia. Penchez-vous sur la table, et faites comme si vous lisiez. »

Elle s'assit. « Et ensuite ?

— Faites semblant de tourner les pages. »

Elle s'exécuta, tournant plusieurs pages imaginaires. Releva la tête.

« Continuez. Vous lisez *Guerre et Paix*. »

Les pages continuèrent à tourner tandis qu'elle baissait la tête peu à peu. Au bout d'un moment, elle croisa machinalement les chevilles sous la table. Ne laissant en contact avec le sol que la partie extérieure de ses semelles.

« Et voilà, dit Rhyme. Note ça, Thom, mais avec un point d'interrogation.

— Voyons maintenant les autres empreintes. »

Amelia expliqua qu'elle n'avait pas la bonne, celle qui avait permis d'identifier l'inconnu. « Elle est restée entre les mains du FBI. »

Mais ce n'était pas celle-ci qui intéressait Rhyme. Il voulait voir l'autre, celle qu'Amelia avait relevée sur la peau de la jeune Allemande.

« Impossible à scanner, dit Cooper. Elle n'est même pas de qualité C. Je ne me risquerais pas à identifier qui que soit à partir de ça.

— Je ne cherche pas à identifier, expliqua Rhyme. C'est cette ligne, là, qui m'intrigue. » La ligne en question avait vaguement la forme d'un croissant, au centre de l'extrémité charnue du doigt.

« Qu'est-ce que c'est ? demanda Amelia.

— Une cicatrice, je pense, répondit Cooper. Reste d'une ancienne coupure. Profonde. Qui allait peut-être jusqu'à l'os. »

Rhyme réfléchissait à toutes les marques et défauts de la peau qu'il avait vus pendant des années. À l'époque où les gens ne passaient pas encore la majeure partie de leur temps à compulser des répertoires et à taper sur des claviers d'ordinateurs, on pouvait beaucoup plus facilement deviner leur métier en regardant leurs mains : extrémités de doigts déformées des typographes, piqûres de machine à coudre ou d'aiguilles des cordonniers, taches d'encre et empreintes de stylo des sténotypistes et des comptables, coupures provoquées par les feuilles de papier chez les rotativistes, cicatrices des chaudronniers, différents cals correspondant à autant d'activités manuelles...

Mais cette cicatrice-là ne leur disait rien.

Rien pour le moment, en tout cas. Et tant qu'ils ne pourraient pas examiner les mains d'un suspect...

« Quoi encore ? L'empreinte de genou. C'est intéressant. Nous aurons une idée de ce qu'il porte. Tenez-la, Sachs. Plus haut ! Pantalons larges. Ce gros pli, là, montre que c'est une fibre naturelle. Vu la température, je dirais du coton. Pas de la laine. Et on ne voit plus guère de pantalons en soie de nos jours.

— C'est un tissu léger, pas de la toile de jean, précisa Cooper.

— Vêtements de sport, donc, conclut Rhyme. Ajoute ça, Thom. »

Cooper consulta une nouvelle fois son écran d'ordinateur et tapa sur le clavier. « Quant à la feuille... pas de chance. Elle n'est nulle part dans le répertoire du *Smithsonian.* »

Rhyme laissa sa tête retomber sur l'oreiller. De combien de temps disposaient-ils ? Une heure. Deux heures ?

La lune. De la terre. Du sel...

Il regarda Amelia, qui restait seule dans un coin de la chambre. Elle penchait la tête et ses longs cheveux roux tombaient de chaque côté de son visage. Elle regardait quelque chose à l'intérieur d'un sachet, en plissant le front dans un effort de concentration intense. C'était jadis chez lui une pause familière, quand il s'efforçait de...

« Un journal ! s'écria-t-elle, en relevant la tête. Où y a-t-il un journal ? » Elle parcourut les tables d'un regard presque affolé. « Là ! C'est bien celui d'aujourd'hui ?

— Qu'y a-t-il, Sachs ? » demanda Rhyme.

Arrachant *The New York Times* des mains de Jerry Banks, elle le feuilleta d'une main fiévreuse.

« Ce liquide... sur la culotte, dit-elle à Rhyme. Ce ne serait pas de l'eau salée ?

— De l'eau salée ? » Cooper consulta ses listes. « Bien sûr ! Eau, sodium et autres minéraux. Et du pétrole, et des phosphates. C'est de l'eau de mer polluée. »

Le regard d'Amelia rencontra celui de Rhyme et ils dirent en même temps : « La marée haute ! »

Elle chercha la page météo dans le journal. Et y trouva un schéma des phases de la lune identique à celui qu'elle avait trouvé sur la dernière scène. Au-dessous, les horaires des marées. « La marée haute est dans quarante minutes. » Les traits de Rhyme se crispèrent en une grimace de dégoût. Il n'était jamais aussi furieux que lorsqu'il l'était contre lui-même. « Il va noyer sa victime. Ils sont sous un quai, en pleine ville. » Il jeta un regard désespéré au plan de Manhattan, avec ses kilomètres de bord de mer. « Sachs, c'est le moment de jouer les pilotes de course une fois encore. Banks et vous, allez vers l'Ouest. Lon, si tu prenais l'East Side ? Autour du port de

South Street. Et toi, Mel, tâche de savoir d'où vient cette foutue feuille ! »

Une petite vague lui fouetta le visage au moment où il laissa sa tête retomber.

William Everett ouvrit les yeux et recracha l'eau par le nez. Elle était glacée et il sentit s'accélérer les battements désordonnés de son cœur qui luttait pour réchauffer le sang dans ses veines.

Il faillit s'évanouir une nouvelle fois, comme tout à l'heure quand ce salaud lui avait cassé un doigt. Il reprit peu à peu conscience, en pensant à sa défunte épouse — et, sans savoir pourquoi, à leurs voyages. Ils étaient allés à Gizeh, en Égypte. Et au Guatemala. Au Népal. À Téhéran (une semaine avant la prise de l'ambassade).

Leur avion des Southeast China Airlines avait perdu un ou deux moteurs une heure avant d'arriver et Evelyn avait baissé la tête en prévision du choc, et s'était préparée à mourir en regardant un article dans le magazine de la compagnie. On y disait que boire du thé après le repas était mauvais pour la santé. Elle lui en avait parlé ensuite, au bar *Raffles* de Singapour, et ils avaient ri comme des fous, jusqu'à ce que les larmes leur montent aux yeux.

Il revit le regard froid du kidnappeur. Ses dents, ses gants épais.

Et voici que dans cette eau qui allait être sa tombe une douleur atroce rayonnait de son bras jusqu'à sa mâchoire.

Était-ce le doigt fracturé ou une attaque cardiaque ?

Un peu des deux, peut-être.

Everett ferma les yeux pour faire reculer la douleur. Puis il regarda autour de lui. L'espèce de caverne dans laquelle il était prisonnier se trouvait sous un appontement de bois pourrissant. Le rebord plongeait vers l'eau, une vingtaine de centimètres plus bas. Les feux des bateaux remontant le fleuve et les lumières des bâtiments industriels de Jersey jetaient des reflets dans cette étroite fente. Il avait maintenant de l'eau jusqu'au cou, et les menottes étaient tendues au maximum.

Un nouvel élancement douloureux partit de son doigt et il laissa retomber sa tête en perdant connaissance. Cette fois encore, l'eau glacée qui lui entrait par le nez et la toux qui s'en suivit le ramenèrent à lui.

Puis la surface liquide illuminée par la lune se souleva d'un cran supplémentaire, l'interstice lumineux disparut d'un coup et il se retrouva dans une obscurité totale, seul avec le sourd remue-ménage de l'eau contre les parois de la caverne et le bruit de ses propres gémissements.

Il comprit qu'il était mort, qu'il ne pourrait pas maintenir sa tête au-dessus de la surface graisseuse de l'eau plus de quelques minutes. Il ferma les yeux, le visage pressé contre le pilier noir et gluant.

INCONNU 823			
Apparence	**Résidence**	**Véhicule**	**Divers**
Mâle de race blanche et de petite taille	A prob. une planque	Taxi jaune	Prob. fiché à la police
Tenue sombre	<u>Habite près de :</u> B'way & 82e Rue, *ShopRite* B'way & 96e Rue, *Anderson Foods* Greenwich & Bank, *ShopRite* 2e Av., 72-73e Rue, *Grocery World* Battery Park City, *J & G's Emporium* 1709, 2e Av., *Anderson Foods* 34e Rue & Lex. Av., *Food Warehouse* 8e Av. & 24e Rue, *ShopRite* Houston & Lafayette, *ShopRite* 6e Av. & Houston, *J & G'S Emporium* Greenwich & Franklin, *Grocery World*	Cond. intérieure d'un modèle récent	Connaît trav. sur scènes de crime
Vieux gants, cuir rouge	Immeuble ancien, marbre rose	Teinte claire : gris, argent ou beige	Connaît tech. relevés d'empreintes
Eau de toilette (pour masquer autre odeur ?)		Voit. de location, sans doute volée	Arme : Colt .32
Cagoule ? Bleu marine ?			Attache vict. avec des nœuds bizarres
Gants sombres			Attiré par l'« ancien »
Eau de toilette : Brut			A appelé l'une des vict. « Hanna »
Couleur de cheveux : pas brun			Connaît l'allemand
Cicatrice profonde à l'index			Attiré par les lieux souterrains
Vêtements ordinaires			Double personnalité
			Peut-être prêtre, assistant social, conseiller…
			Usure des semelles inhabituelle : peut-être un grand lecteur ?

21

« Continuez, Sachs, c'est en ville ! » tonna la voix de Rhyme dans le casque radio.

Elle enfonça l'accélérateur et le VIR bondit, toutes lumières clignotantes, le long du West Side Highway. Imperturbable, elle poussa jusqu'à cent quarante.

« C'est bon, ça suffit ! » cria Jerry Banks.

Le compte à rebours. 23e Rue, 20e, dérapage contrôlé au quai du dépôt d'ordures de la 14e. Comme ils fonçaient à travers le Village, où se trouvent les principaux entrepôts de boucherie, un semi-remorque jaillit d'une rue adjacente juste devant eux. Au lieu de freiner, elle repoussa le camion vers l'intérieur de la courbe, comme le font les chevaux sur un champ de course, s'attirant une bordée de jurons silencieux de Banks et un grand coup de klaxon du chauffeur du camion, qui donna un brutal coup de volant pour s'écarter.

« Ouf », fit Amelia, en revenant sur la voie centrale. Puis, à l'adresse de Rhyme : « Répétez. Je n'ai pas compris. »

La voix de Rhyme, maintenant ténue et lointaine, crépita dans les écouteurs. « En ville, c'est tout ce que je peux vous dire. En attendant de savoir ce que signifie cette feuille.

— Nous arrivons à Battery Park City.

— La marée sera haute dans vingt-cinq minutes », annonça Rhyme.

L'équipe de Dellray lui avait peut-être fait dire où se trouvait sa victime ? Ils avaient peut-être traîné M. 823 dans une ruelle déserte avec un sachet de pommes ? Nick lui avait expliqué un jour cette méthode pour amener les suspects à « coopérer ». On les bombardait avec le contenu du sachet, en tirant dans le ventre. C'était très douloureux. Et ça ne laissait pas de marques. Elle n'aurait jamais cru, à l'époque où elle rêvait d'en devenir un, que les flics faisaient de telles choses. Elle avait appris, depuis.

Banks lui donna une petite tape sur l'épaule. « Là. Il y a des tas d'appontements. »

Bois pourri, immondices. Lieux de cauchemar.

Ils descendirent de voiture, coururent jusqu'à l'eau.

« Vous m'entendez, Rhyme ?

— Parlez-moi, Sachs. Où êtes-vous ?

— Près d'un appontement au nord de Battery Park City.

— Lon vient d'appeler, de l'East Side. Il n'a rien trouvé.

— C'est sans espoir, dit-elle. Il a des dizaines de jetées comme celle-ci. Puis toute la promenade... Et le mouillage des bateaux-pompes, et les quais des ferries, et les jetées de Battery Park... Il nous faut la BIR.

— Nous n'avons plus de Brigade d'intervention rapide, Sachs. Ils ne sont plus dans notre camp. »

Dans vingt minutes, la marée haute.

Elle scrutait le rivage. La tête basse, les épaules tombantes, découragée. Puis elle repartit en courant vers le fleuve, la main sur son arme, suivie de Jerry Banks.

« Trouve-moi quelque chose sur cette feuille, Mel. Une idée, n'importe quoi. »

Le regard de Cooper allait fébrilement du microscope à l'écran de l'ordinateur.

Huit mille variétés de plantes à feuilles caduques dans Manhattan.

« La structure cellulaire ne correspond à *rien*.

— Cette feuille est vieille, dit Rhyme. Mais de quand date-t-elle ? »

Cooper se pencha à nouveau sur la feuille. « Elle est momifiée. Je dirais une centaine d'années, peut-être un peu moins.

— Quelles sont les variétés qui ont disparu depuis un siècle ?

— Les plantes ne disparaissent pas vraiment dans un écosystème comme celui de Manhattan. Elles finissent toujours par resurgir. »

Un léger déclic dans l'esprit de Rhyme. Il était sur le point de se rappeler quelque chose. C'était une impression qu'il adorait et détestait tout à la fois. L'idée allait peut-être se laisser attraper, comme une mouche trop lente à décoller. Ou bien elle s'évanouirait complètement, ne laissant que le regret cuisant des choses qui vous ont fui.

Seize minutes avant la marée haute.

Quelle *était* cette idée ? Il cherchait à tâtons, les yeux fermés...

Jetée. Il venait de penser *jetée*.

Et alors ? Réfléchissons !

Jetée... bateaux... cargos... cargos qui chargent et déchargent.

Un cargo qui décharge !

Il ouvrit les yeux. « Mel, ça pourrait être une plante cultivée ?

— Ma foi... J'ai cherché dans les pages d'horticulture générale, mais... » Et de taper sur son clavier pendant une minute qui parut à Rhyme une éternité.

« Alors ?

— Attends un peu. Attends. Voici une liste. » Il la parcourut en cliquant. « Alfa, betterave, blé, maïs, tabac...

— Tabac ! Essaie donc ça. »

Cooper cliqua deux fois et l'image se composa lentement sur l'écran.

« C'est ça !

— World Trade Tower, annonça Rhyme. Les terres qui s'étendaient au nord de cette zone étaient jadis plantées de tabac. Thom, dans mes recherches pour mon livre... Je veux la carte de 1740. Et le plan dont s'est servi Bo Haumann pour localiser les chantiers de déflocage. Mets-les sur le mur, l'un à côté de l'autre. »

Thom fouillait déjà dans les dossiers. Il fixa les deux documents au mur avec des punaises. La carte du XVIIIe siècle, au tracé grossier, montrait la région située au nord de la ville ancienne — une minuscule agglomération à la pointe de l'île, entourée de plantations. Il y avait alors trois appontements pour les navires de commerce sur les berges du fleuve, qui ne s'appelait pas encore l'Hudson mais West River. Les terres agricoles avaient disparu, bien sûr, tout comme les premiers appontements, cependant le plan contemporain montrait la présence d'un ancien quai à l'endroit précis où les bateaux venaient accoster pour embarquer leur cargaison de tabac.

Rhyme essayait de se pencher en avant pour lire le nom de la rue la plus proche. Il s'apprêtait à appeler Thom pour qu'il rapproche la carte quand il entendit, venant du rez-de-chaussée, un choc suivi d'un grand bruit de verre brisé — la porte d'entrée.

Thom se précipita vers l'escalier.

« Je veux le voir ! » C'était dit assez fort pour résonner jusqu'à eux.

« Attendez seulement... commença Thom.

— Non. Pas une minute, pas une seconde. Immédiatement. Merde ! Im-mé-dia-te-ment !

— Mel, chuchota Rhyme, planque les indices, coupe le courant des appareils.

— Mais...

— Vite ! »

Comme Rhyme secouait énergiquement la tête, le casque radio se détacha et tomba à côté du Clinitron. On entendait les visiteurs dans l'escalier.

Thom faisait son possible pour les retenir, mais il avait devant lui trois agents du FBI, dont deux armés de gros calibres. Ils l'obligèrent à remonter lentement les marches, à reculons.

Mel Cooper avait démonté le microscope en moins de cinq secondes et rangeait déjà les pièces avec des gestes calmes et précis quand le trio fit irruption dans la pièce. Les sachets contenant les indices étaient sous une table, derrière une pile de *National Geographics*.

« Ah, Dellray ! s'exclama Rhyme. Vous avez trouvé notre inconnu ?

— Pourquoi n'avez-vous rien dit ?

— Que vouliez-vous qu'on vous dise ?

— Que l'empreinte digitale était bidon.

— On ne m'a rien demandé.

— Elle était bidon ? demanda Cooper, mystifié.

— Il s'agissait bien d'une empreinte, expliqua Rhyme, comme si la chose allait de soit. Mais ce n'était pas celle de l'inconnu. Notre lascar avait besoin d'un taxi pour aller à la chasse. Il est donc tombé sur — comment s'*appelait*-il, déjà ?

— Victor Pietrs », répondit Dellray. Et il leur expliqua ce qu'ils savaient de ce chauffeur de taxi.

« Assez bien joué », remarqua Rhyme, avec une certaine admiration. « Un Serbe avec casier judiciaire et antécédents psychiatriques. Je me demande combien de temps il a mis à le dénicher. En tout cas, 823 a tué ce pauvre M. Pietrs et lui a piqué son taxi. Il lui a aussi coupé un doigt, qu'il a conservé en se disant que si nous le serrions de trop près, il pourrait toujours nous laisser une belle empreinte quelque part, histoire de nous lancer sur une fausse piste. Apparemment, ça a marché. »

Rhyme jeta un coup d'œil à la pendule. Il restait quatorze minutes.

« Comment le savez-vous ? » Dellray regarda la carte et le plan punaisés au mur mais, grâce à Dieu, ne s'y intéressa pas plus avant.

« D'après l'empreinte, la chair était en partie racornie et déshydratée. Je suppose que le corps se trouvait dans un sale état. Et vous l'avez découvert au sous-sol ? C'est bien ça ? Là où notre ami entrepose ses victimes ? »

Dellray ignora la question. Il furetait à travers la chambre comme un fox-terrier géant. « Où avez-vous caché les pièces ?

— Les pièces ? Quelles pièces ? Je ne vois pas de quoi vous voulez parler. Au fait, vous avez enfoncé ma porte ? La dernière fois, vous êtes entré sans frapper. Et maintenant, c'est à coups de pied que vous pénétrez chez moi.

— Écoutez, Lincoln, je voulais m'excuser pour...

— C'est trop aimable à vous, Fred.

— Mais maintenant, je vous mettrais bien une fessée. »

Rhyme jeta un coup d'œil au casque à écouteurs, qui était resté par terre. Il imagina Amelia en train de crier dans son micro.

« Donnez-moi ces indices, Rhyme. Vous ne savez pas dans quels sales draps vous êtes en train de vous fourrer.

— Thom, dit Rhyme, posément. L'agent Dellray m'a fait sursauter et j'ai laissé tomber mon casque. Tu veux bien le ramasser et l'accrocher là, au montant du lit ? »

Le jeune homme avait tout de suite compris. Il installa le casque tout contre le visage de Rhyme, hors de vue de Dellray.

« Merci », dit Rhyme. Puis, à l'adresse de Dellray : « Me croirez-vous si je vous dis que je n'ai pas encore pris mon bain ? Il serait temps, n'est-ce pas ?

— Enfin ! s'exclama Thom, avec l'à-propos d'un acteur né. Je me demandais quand vous alliez vous décider à me le réclamer. »

« Allons, Rhyme ! Dites quelque chose, Bon Dieu ! Où êtes-vous passé ? »

Puis elle entendit une voix dans son casque. Celle de Thom. Le ton semblait un peu forcé. Il se passait quelque chose.

« J'ai pris la nouvelle éponge, dit la voix du garde-malade.

— Elle a l'air très bien, répondit l'infirme.

— Rhyme ? cria Amelia. Mais qu'est-ce qu'il fait, nom d'un chien ?

— Dix-sept dollars. À ce prix-là, elle devrait être bonne. Je vais vous retourner. »

Elle entendit d'autres voix, mais ce qu'elles disaient lui était incompréhensible.

Amelia Sachs et Jerry Banks couraient le long de la berge, inspectant l'un après l'autre les embarcadères construits sur les eaux noires de l'Hudson. Elle fit signe à Banks de s'arrêter, se cassa en deux pour soulager la crampe qui s'était nouée sous son sternum, cracha dans l'eau. Elle avait besoin de reprendre haleine.

« Ce ne sera pas long... Veuillez nous excuser, messieurs, dit la voix dans le casque.

— ... nous attendrons.

— À votre aise, dit Rhyme. Si vous voulez bien me laisser un minimum d'intimité.

— Rhyme, vous m'entendez ? » appela Amelia, désespérément. Mais que faisait-il ?

« Non ! Pas d'intimité pour les gens qui volent les pièces à conviction ! »

Dellray ! Il était dans la chambre de Rhyme. Eh bien, cette fois, c'est foutu. La victime peut dire adieu à la vie.

« Je veux ces pièces ! tonna l'agent du FBI.

— À vrai dire, mon cher Dellray, tout ce que vous aurez, c'est une vue panoramique d'un homme dans sa baignoire. »

Banks voulait parler, mais elle le fit taire d'un geste.

Il y eut encore quelques mots prononcés à voix basse et qu'elle ne comprit pas.

Puis à nouveau la voix furieuse de Dellray.

Puis Rhyme, toujours très calme. «... Savez-vous, Dellray, que j'étais un excellent nageur ? J'allais tous les jours me baigner.

— Il nous reste moins de dix minutes », murmura Amelia. L'eau continuait à monter avec un doux clapotis. Deux bateaux passaient sans se presser.

Dellray dit quelque chose entre ses dents.

« Oui, tous les jours. J'allais nager dans l'Hudson. C'était beaucoup plus propre qu'ailleurs. Je veux parler de l'eau. »

Quelques secondes de parasites. Rhyme continuait.

« ... Un ancien appontement. Celui que je préférais a disparu depuis. C'était le lieu de rendez-vous des Hudson Dusters. Vous avez déjà entendu parler de ce gang ? Il sévissait à la fin du XIXe. Au nord de l'endroit où se trouve maintenant Battery Park City. Mais je vous ennuie ! Vous avez mieux à regarder que les fesses ramollies du vieil infirme que je suis, non ? Comme vous voudrez. Oui, l'appontement dont je vous parle se trouvait précisément entre North Moore et Chambers Street. Là, je plongeais, pour nager entre les piliers...

— Entre North Moore et Chambers ! » cria Amelia, en faisant volte-face. Ils l'avaient manqué en descendant trop au sud. C'était à moins de cinq cents mètres. Elle se rappelait la jetée en bois plus ou moins démantibulée, et la grosse conduite d'égout qui aboutissait là. Combien de temps leur restait-il ? Trop peu.

Arrachant le casque et le micro, elle s'élança en courant vers la voiture, Banks sur ses talons.

« Vous savez nager ? demanda-t-elle.

— Moi ? Je fais quelques longueurs, quand je vais à mon club de tennis. »

Trop tard.

Elle freina brutalement et décrivit un cercle presque complet, en scrutant les rues désertes.

L'eau lui arrivait presque aux narines.

Une petite vague frappa William Everett au visage à la seconde où il inhalait et le liquide salé s'engouffra dans sa gorge. Il commença à suffoquer avec un affreux bruit au dedans de lui. L'eau lui emplit les poumons. Lâchant le pilier auquel il s'agrippait, il coula, se raidit et refit surface, pour replonger aussitôt.

Non, Mon Dieu, non... je vous en supplie, ne me laissez pas...

Il tira sur les menottes et donna des coups de pieds, en un effort désespéré pour gagner quelques centimètres. Comme si, par miracle, ses pauvres muscles avaient pu faire plier le gros cadenas qui le retenait captif.

Il rejeta de l'eau par le nez, renversa la tête en arrière. Ses poumons se dégagèrent momentanément. Les muscles de son cou lui faisaient horriblement mal — aussi mal que son doigt martyrisé — et il luttait contre la douleur pour garder la tête en arrière et atteindre la mince couche d'air qui subsistait juste au-dessus de son visage.

Il eut un court moment de répit.

Puis une autre vague arriva, légèrement plus haute.

Et ce fut tout.

Il ne pouvait plus lutter.

J'abandonne. Au revoir. Je vais rejoindre Evelyn...

Et William Everett renonça à lutter. Il se laissa glisser sous la surface dans l'eau froide et sale, pleine d'algues et d'immondices.

Et soudain... un sursaut de terreur. Non, non...

Il était là. L'homme ! Il était revenu !

Everett se débattit, refit surface en crachant, voulut s'échapper. L'homme braquait sur lui le faisceau d'une lampe éblouissante fixée sur son casque, et il le vit tendre sa main armée d'un couteau.

Non, non...

Non content de le noyer, il allait maintenant le poignarder. Everett voulut lui lancer des coups de pieds. Mais le kidnappeur, déjà, s'enfonçait sous l'eau... et soudain, *snap,* Everett sentit qu'il avait les mains libres.

Oubliant ses adieux à la terre, le vieil homme se mit à battre follement des mains et des pieds pour se maintenir à la surface, aspirant l'air par le nez et déchirant le bâillon qui lui fermait la bouche. Sa tête heurta le plancher en vieux chêne de la jetée et il se mit à rire : « Oh, mon Dieu, mon Dieu, mon Dieu... »

Puis une autre tête apparut... Coiffée du même casque équipé de la même lampe éblouissante, et Everett vit à ce moment seulement l'insigne de la police de New York sur la veste d'uniforme. Ce n'étaient pas des couteaux qu'ils tenaient à la main, mais des pinces coupantes. L'un d'eux fourra un embout de caoutchouc au goût amer dans la bouche d'Everett, qui inhala une étourdissante bouffée d'oxygène.

Le plongeur lui passa un bras sous les aisselles et ils nagèrent de concert jusqu'à l'entrée de la caverne.

« Respirez à fond. Ça va aller très vite. »

Il prit une inspiration à faire éclater ses poumons chétifs et, les yeux fermés, se laissa couler avec le plongeur, dans l'étrange lumière jaune dispensée par sa lampe. Ce fut bref mais atroce, la descente d'abord puis la remontée dans l'eau trouble et pleine de souillures en suspension. À un moment, il glissa entre les mains du plongeur et ils furent séparés. Mais William Everett ne se laissa pas distancer. Après la soirée qu'il venait de passer, un petit bain solitaire dans l'eau clapoteuse de l'Hudson n'était pas pour lui faire peur.

Elle n'avait pas l'intention de prendre un taxi. La navette pour l'aéroport aurait fait l'affaire.

Mais Pammy était à cran à cause du manque de sommeil — elles étaient debout toutes les deux depuis cinq heures du matin — et elle ne tenait plus en place. Il fallait rentrer au plus vite pour mettre cette petite fille au lit, avec sa couverture et sa bouteille de punch hawaïen. Et Carole, d'ailleurs, avait elle-même terriblement hâte d'arriver à Manhattan. Elle n'était qu'une fille du Midwest qui n'avait jamais dépassé l'Ohio en quarante et une années d'existence. Et elle rêvait de voir New York.

Elle rassembla ses bagages et elles se dirigèrent vers la sortie. Elle vérifia qu'elles avaient bien avec elles tout ce qu'elles avaient emporté en quittant Kate et Eddie cet après-midi-là.

Pammy, Pooh, le sac à main, la couverture, la valise, le sac à dos jaune.

Tout était là.

Ses amis l'avaient mise en garde contre la ville : « Tu vas te faire dévaliser, avait dit Eddie. Par les voleurs à la tire, par les pickpockets.

— Et ne t'avise pas de parier avec ces joueurs de cartes qui racolent dans la rue, avait ajouté Kate, maternelle.

— Je ne joue jamais aux cartes dans mon living-room, lui avait rappelé Carole. Pourquoi veux-tu que je me mette à jouer dans les rues de Manhattan ? »

Mais leur inquiétude la touchait. Ce n'était pas rien après tout, de se retrouver, veuve avec une gamine de trois ans, en route vers la ville la plus dure du monde pour la conférence de l'ONU — il y avait ici plus d'étrangers, plus de *gens* qu'elle n'en avait jamais vu.

Elle trouva un téléphone et appela pour confirmer la réservation. Le réceptionniste de nuit lui répondit que la chambre était prête et les attendait. Elles seraient là, dit Carole, d'ici une quarantaine de minutes.

Elles franchirent des portes automatiques et plongèrent dans la chaleur étouffante. Carole s'immobilisa, regarda autour d'elle. Elle tenait Pammy d'une main ferme, et de l'autre la valise cabossée. Le lourd sac à dos jaune pendait à son épaule.

Elles se mirent dans la file d'attente de la station de taxis.

Carole regarda l'immense panneau qui enjambait l'autoroute : WELCOME UN DELEGATES ! La fresque était affreuse, mais elle la contempla un moment ; l'un des hommes ressemblait à Roonie.

Il était mort deux ans auparavant et pendant un certain temps, ensuite, tout, pratiquement tout, l'avait ramenée sans cesse à son mari, ce Roonie si séduisant avec ses cheveux presque rasés. En passant devant les McDonald's, elle se rappelait sa passion pour les Big Mac. Quand elle allait au cinéma, il suffisait qu'un acteur qui ne lui ressemblait absolument pas penche la tête d'une certaine façon pour qu'elle ne voie plus que lui. En ramassant un prospectus pour une vente de tondeuses à gazon, elle se rappelait combien il avait aimé tondre leur minuscule carré d'herbe à Arlington Heights.

Et les larmes recommençaient à couler. Et elle reprenait du Prozac ou de l'Imipramine. Passait une semaine au lit. Acceptait à contrecœur l'invitation de Kate à rester chez elle et Eddie pour la nuit. Ou la semaine. Ou le mois.

Mais cette fois, plus de larmes. Elle était ici pour pendre un nouveau départ. Le chagrin était derrière elle.

Carole secoua la masse de ses cheveux blonds pour donner de l'air à ses épaules luisantes de transpiration, fit avancer Pammy et suivit la progression de la file d'attente en poussant ses bagages du pied. Elle regardait tout autour d'elle, dans l'espoir d'apercevoir Manhattan. Mais elle ne voyait que les queues des avions, et une mer d'êtres humains, de voitures et de taxis. La vapeur échappée des bouches d'égout faisait naître des personnages fantomatiques et le ciel nocturne était noir, jaune et brumeux.

Eh bien, il serait toujours temps de voir la ville, se dit-elle. Elle espérait que Pammy était assez grande pour garder le souvenir de cette première vision.

« Qu'est-ce que tu penses de notre aventure, jusqu'ici, mon chou ?

— Aventure. J'aime les aventures. Je veux du punch'waien. Tu m'en donnes s'il te plaît ? »

S'il te plaît. C'était nouveau, ça. La petite bonne femme

commençait à connaître les boutons et les manettes. Carole se mit à rire. « Tu vas bientôt en avoir. »

Ce fut enfin leur tour. Le coffre arrière s'ouvrit et Carole jeta ses bagages à l'intérieur. Elles s'installèrent toutes deux sur la banquette arrière et elle referma la portière.

Pammy, Pooh, le sac à main...

« C'est pour où ? » demanda le chauffeur. Carole lui donna l'adresse du Midtown Residence Hotel, en criant à travers la cloison de Plexiglas. Le taxi s'insinua dans le flot des voitures. Carole se laissa aller contre le dossier. Pammy était déjà sur ses genoux.

« Nous allons passer devant l'immeuble des Nations unies ? » demanda-t-elle.

Mais l'homme, trop occupé à changer de file, ne l'entendit pas.

« Je suis venue pour la conférence, expliqua-t-elle. La conférence des Nations unies. »

Toujours pas de réponse.

Peut-être qu'il comprenait mal l'anglais. Kate l'avait prévenue que tous les chauffeurs de taxis new-yorkais étaient des étrangers. (« Prennent le boulot des Américains, avait grommelé Eddie. Mais vaut mieux pas que je commence avec *ça*. ») Elle le voyait mal à travers cette cloison translucide.

Ou bien il n'avait pas envie de parler, tout simplement.

Ils s'engagèrent sur une autre voie rapide — et, soudain, là, devant elle, surgit la ligne de toits crénelée de la grande cité. Des immeubles étincelants. Comme les cristaux dont Kate et Eddie faisaient collection. Un fantastique amoncellement de gratte-ciel de couleurs bleu, or et argent, dressé au centre de l'île, et un autre plus loin sur la gauche. Carole n'avait jamais rien vu d'aussi grand, et l'île lui apparut un instant comme un gigantesque navire.

« Regarde, Pammy, c'est là que nous allons ! C'est magnifique, non ? »

Un instant plus tard, toutefois, la vision grandiose disparaissait. Le chauffeur avait quitté l'autoroute et pris un virage serré au débouché de la bretelle de sortie. Ils filaient maintenant dans des rues surchauffées, désertes, entre des bâtiments de briques sombres.

Carole se pencha en avant. « C'est bien par là qu'on va en ville ? »

À nouveau, pas de réponse.

Elle frappa violemment contre le Plexiglas. « Avez-vous pris le bon chemin ? Répondez-moi. *Répondez-moi !*

— Maman, qu'est-ce qu'il y a ? demanda Pammy, et elle se mit à pleurer.

— Où allez-vous ? » hurla Carole.

Mais l'homme continua à conduire — tranquillement, s'arrêtant aux feux rouges et ne dépassant jamais la vitesse autorisée. Et avant de tourner pour s'engager dans le parking sombre et désert qui s'étendait à l'arrière d'une usine abandonnée, il actionna son clignotant.

Oh non... non !

Il se coiffa d'une cagoule, sortit de la voiture, s'approcha de la portière arrière et tendit la main. Mais il hésita et son bras retomba le long de son corps. Il se pencha en avant, le visage contre la vitre, sur laquelle il frappa. Une fois, deux fois, trois fois. Comme au zoo, pour attirer l'attention des lézards dans le bassin des reptiles. Il regarda fixement la mère et sa fille, un long moment, avant d'ouvrir la portière.

22

« COMMENT AVEZ-VOUS FAIT, Sachs ? »

Debout sur la berge de l'Hudson, elle dit dans son micro radio : « J'avais déjà vu les bateaux des pompiers au mouillage de Battery Park. J'ai appelé la station et ils ont envoyé deux plongeurs qui sont arrivés en moins de deux minutes. Si vous aviez vu cette vedette, à quelle allure elle fonçait ! Je veux en essayer une comme ça un de ces jours. »

Rhyme lui raconta l'histoire du chauffeur de taxi amputé d'un doigt.

« Le salaud ! dit-elle, avec un claquement de langue dégoûté. Il nous a tous eus.

— Pas tous, rectifia Rhyme, avec une feinte timidité.

— Donc, Dellray sait que je leur ai piqué les indices. Il me cherche ?

— Il m'a dit qu'il retournait à l'immeuble du FBI. Pour décider, sans doute, lequel de nous deux il arrêtera le premier. Comment était la scène, là-bas, Sachs ?

— En mauvais état. Il avait garé sa voiture sur du gravier...

— Pas d'empreintes, donc.

— Mais il y a pire. La marée a recouvert la grosse sortie d'égout et l'endroit où se trouvait la voiture.

— Zut, dit Rhyme, entre ses dents. Pas de traces, pas d'empreintes, rien. Et la victime ?

— Pas brillante. Refroidissement, doigt fracturé. Et des problèmes cardiaques. On va le garder quelques jours à l'hôpital.

— Il peut parler ? »

Amelia se rapprocha de Banks, qui était en train d'interroger William Everett.

« Il n'était pas très grand, dit le rescapé d'un ton très terre à terre, en examinant les attelles que le médecin ajustait sur sa main. Et pas vraiment fort, certainement pas du genre costaud. Mais tout de même plus fort que moi. Je l'ai agrippé et il a réussi à me faire lâcher prise.

— Décrivez-le. »

Everett se souvenait des vêtements sombres et de la cagoule. C'était tout.

« Il y a une chose que je peux dire, reprit-il en levant sa main bandée. C'est que ce type a une tendance à la méchanceté. Je l'ai agrippé, comme je vous le disais. Je ne savais plus ce que je faisais, j'étais paniqué. Mais ça l'a mis hors de lui. Et il m'a cassé un doigt.

— En représailles, c'est ça ? demanda Banks.

— Sans doute. Mais il y avait autre chose de vraiment bizarre.

— Quoi ?

— Il a écouté. »

Le jeune inspecteur s'arrêta d'écrire. Regarda Amelia.

« Il a mis ma main tout contre son oreille, en appuyant très fort, et il a tiré sur le doigt jusqu'à ce qu'il casse. Il avait l'air d'écouter. Et d'aimer ça.

— Vous avez entendu, Rhyme ?

— Oui. Thom l'a noté. Mais je ne sais pas ce que ça signifie. Vous n'avez rien trouvé que 823 aurait laissé à notre intention ?

— Rien pour le moment.

— Ratissez, Sachs. Et, ah, prenez les...

— Les vêtements de la victime ? Je les lui ai déjà demandés. Je... » Elle entendait tousser. « Rhyme ? Ça va ? »

La transmission fut interrompue un instant. Puis il revint. « Vous m'entendez, Rhyme ? Tout va bien ?

— Oui, dit-il, très vite. Continuez. Ratissez soigneusement. »

Elle regarda la scène, sous la lumière crue des halogènes. Il y avait vraiment de quoi enrager. Il *était* là quelques instants plus tôt. Il avait foulé ce gravier à moins d'un mètre de l'endroit où elle se tenait maintenant. Mais les indices qu'il avait pu laisser par inadvertance étaient désormais sous l'eau. Elle ratissa le terrain, lentement. En revenant systématiquement sur ses pas.

« Je ne vois *rien du tout*. L'eau a effacé les traces.

— Non, il est trop malin pour ne pas avoir pensé à la marée. S'il a laissé quelque chose, c'est ailleurs, en terrain sec.

— J'ai une idée, dit-elle, soudain. Venez avec moi.

— Pardon ?

— Venez travailler avec moi, Rhyme. »

Silence.

« Rhyme, vous m'avez entendue ?

— C'est à moi que vous parlez ? demanda-t-il.

— Vous *ressemblez* à De Niro. Vous ne pouvez pas jouer aussi bien que De Niro. Vous vous rappelez de cette scène dans *Taxi Driver* ? »

Rhyme ne se mit pas à rire. « Il disai : "C'est moi que vous regardez ?" et non "C'est à moi que vous parlez ?" »

Elle poursuivit, imperturbable : « Venez. Venez travailler avec moi.

— Je vais déployer mes ailes. Non, mieux que ça, je vais me projeter jusqu'à vous. Par télépathie.

— Cessez de plaisanter. Je parle sérieusement.

— Je...

— On a besoin de vous. Je ne trouve pas ces maudits indices qu'il est censé avoir laissés.

— Ils sont là, pourtant. Cherchez encore.

— J'ai tout ratissé.

— C'est donc que vous l'avez fait à l'intérieur d'un trop petit périmètre. Élargissez d'un mètre ou deux, et cherchez. 823 n'a pas fini de nous en faire voir.

— Vous changez de sujet. Venez m'aider.

— Comment ? demanda Rhyme. Comment voulez-vous que je fasse ?

— J'avais un ami qui se trouvait dans cette situation, commença-t-elle. Et il...

— Un infirme, vous voulez dire ? » corrigea Rhyme. Doucement mais fermement.

Elle poursuivit. « Son garde-malade l'installait tous les matins dans un super fauteuil et il se déplaçait partout avec. Il allait au cinéma, il...

— Ces fauteuils... » La voix de Rhyme sonnait creux. « ... ne sont pas pour moi. »

Elle se tut.

« Tout dépend du type de blessure qu'on a reçue. Pour moi, un fauteuil roulant serait dangereux. Il pourrait — il hésita — empirer les choses.

— Désolée. Je ne savais pas.

— Bien sûr, dit-il, après un silence. Vous ne saviez pas. »

Avale ça, ma vieille. Pauvre de moi...

Mais Rhyme ne semblait pas décidé à lui en vouloir pour cette gaffe. Il reprit d'une voix douce, détachée. « Écoutez, il faut poursuivre les recherches. Notre inconnu fait ce qu'il peut pour nous rendre les choses plus difficiles. Mais on devrait tout de même y arriver... Tenez, je viens de penser... Ce type est une taupe, dans son genre. Il aime que les choses se passent sous terre. Il se pourrait qu'il ait enterré des indices. »

Elle regarda autour d'elle.

Là-bas, peut-être... On voyait un petit monticule de terre et de feuilles dans une zone herbeuse, non loin du gravier. La chose ne semblait pas naturelle. Trop bien arrangée.

Elle s'accroupit et, avec un crayon, entreprit de dégager les feuilles.

Elle regarda sur la gauche et s'aperçut qu'elle avait devant elle une tête dressée, montrant ses crocs...

« Seigneur Jésus ! » cria-t-elle, en se rejetant en arrière. Elle tomba lourdement sur les fesses, en portant la main à son arme pour la sortir de l'étui.

Non...

« Ça va ? » C'était la voix de Rhyme dans les écouteurs.

Amelia visa en s'efforçant de stabiliser l'arme entre ses mains tremblantes. Jerry Banks arrivait en courant, son propre pistolet prêt à tirer. Il s'arrêta. Amelia se remit debout, sans quitter des yeux ce qu'ils avaient devant eux.

« Ça alors... fit Banks.

— C'est un serpent... enfin, un squelette de serpent, dit Amelia à l'intention de Rhyme. Un serpent à sonnette. Merde. » Elle remit l'arme dans son étui. « Il est monté sur un socle.

— Un serpent ? Intéressant.

— Ah, oui, très intéressant », murmura Amelia. Elle enfila ses gants de latex, souleva le squelette enroulé sur lui-même, le retourna. « Metamorphosis.

— Quoi ?

— Une étiquette sous le socle. C'est probablement le nom de la boutique où il a été acheté. 604 Broadway.

— Je vais y envoyer les Hardy Boys, dit Rhyme. Il y a d'autres indices ? »

Sous le serpent. Dans un sachet. Elle sentit son cœur cogner contre sa poitrine.

« Une pochette d'allumettes, dit-elle.

— Bien. Il pense peut-être incendie. Il y a quelque chose d'imprimé dessus ?

— Non. Mais une tache de je ne sais pas quoi. On dirait de la Vaseline. Sauf que ça pue.

— Très bien, Sachs — il faut toujours mettre son nez sur les indices douteux. Essayez simplement d'être plus précise. »

Elle se pencha encore. « Beurk !

— Ça manque de précision.

— Du souffre, peut-être.

— Il peut s'agir d'un produit à base de nitrate. Un explosif. Du Tovex. C'est bleu ?

— Non. Blanc laiteux.

— De toute façon, ce ne pourrait être qu'un explosif secondaire. Ce sont les seuls stables. Rien d'autre ?

— Si, encore un bout de papier. Il y a quelque chose dessus.

— Quoi, Sachs ? Son nom, son adresse, son code postal ?

— Ça semble venir d'un magazine. Je vois une petite photo en noir et blanc. On dirait une vue partielle d'un bâtiment. Et au-dessous, il y a une date. 20 mai 1906.

— 20, 5, 0-6. Je me demande si c'est un code. Ou une adresse. On va y réfléchir. Autre chose ?

— Non. C'est tout. »

Elle l'entendit qui soupirait. « Bon, revenez maintenant, Sachs. Quelle heure est-il ? Mon Dieu, il y a des éternités que je n'avais pas veillé aussi tard. Revenez, et nous examinerons tout ça. »

De tous les quartiers de Manhattan, c'était le Lower East Side qui avait le moins changé depuis que la ville existait.

Beaucoup de choses, bien sûr, avaient disparu : les champs et les prés ; les robustes demeures de John Hancock et des premiers édiles municipaux ; Der Kolek, le grand lac d'eau douce (dont le nom allemand serait remplacé, à juste titre, par « The Collect », après qu'il est devenu une mare complètement polluée) ; le célèbre quartier de Five Points — le kilomètre carré le plus dangereux du monde au début du XIXe, époque où deux ou trois cents meurtres pouvaient se commettre en l'espace d'une année dans un seul immeuble comme le Gates of Hell.

Mais des milliers d'autres bâtiments anciens étaient toujours là — immeubles du XIXe siècle, demeures coloniales, constructions en brique, encore plus anciennes, ayant abrité des administrations fédérales, grandes salles de spectacle baroques, et nombre de bâtiments publics de style néo-égyptien construits sur ordre de Fernando, l'un des politiciens les plus corrompus qui ait jamais siégé au Congrès. Certains de ces bâtiments étaient abandonnés, leurs façades enfouies sous les fleurs et les plantes grimpantes et leurs planchers cédant sous les assauts d'une végétation envahissante. Mais nombre d'entre eux servaient encore ; là était le siège de la Tammany Society, puissante organisation démocratique new-yorkaise fondée à la fin du XVIIIe siècle, ici circulaient les charrettes à bras et foisonnaient les ateliers d'artisans, ailleurs c'étaient le centre d'aide sociale de Henry Street, le théâtre Minsky et la maison de la célèbre Yiddish Gomorra — la mafia juive. Un quartier qui a vu naître des institutions aussi prestigieuses ne meurt pas du jour au lendemain.

C'était vers ce quartier que le collectionneur d'os se dirigeait maintenant au volant de son taxi, avec ses deux passagères : la femme maigre et sa petite fille.

Constatant que la police était sur ses traces, James Schneider se réfugia une nouvelle fois sous terre comme le serpent qu'il était, trouvant à se loger — c'est du moins ce qu'on suppose — dans les caves de nombreuses maisons de la ville. Et resta ainsi hors d'atteinte plusieurs mois durant.

Sur le chemin qui le ramenait chez lui, le collectionneur d'os ne voyait pas le Manhattan des années 90 — les traiteurs coréens, les échoppes des marchands de beignets, les loueurs de vidéos pornographiques, les magasins de vêtements — mais un monde imaginaire peuplé d'hommes en chapeaux melon et de femmes aux longues jupes froufroutantes. Des hordes de chariots et de petits cabriolets s'y bousculaient et l'air se chargeait d'une odeur de méthane parfois agréable, parfois désagréable.

Mais le désir qui l'habitait de continuer sa sinistre collection était si fort qu'il ne tarda pas à sortir de sa tanière pour s'attaquer à une nouvelle victime en la personne d'un autre honnête citoyen de la ville — un jeune homme arrivé depuis peu pour suivre les cours de l'université.

Il traversait maintenant le 18e district, où vivaient jadis près de cinquante mille personnes entassées dans des immeubles délabrés. La plupart des gens, quand ils évoquent le XIXe siècle, le voient en sépia à cause des anciennes photographies. Mais c'est une erreur. L'ancien Manhattan était couleur de pierre. Mal éclairées, attaquées en permanence par les fumées industrielles, ses constructions jamais repeintes en raison du coût prohibitif de la peinture, la ville offrait en ce temps-là une infinie variété de jaunes et de gris.

Schneider avait emboîté le pas au jeune homme et s'apprêtait à frapper quand un heureux destin, enfin, se manifesta. Deux agents de police étaient là, qui assistèrent à l'agression. Ayant reconnu Schneider, ils se lancèrent à sa poursuite. Le tueur s'échappa vers l'est, et voulut franchir le pont de Manhattan, cette merveille de la technique qui devait être achevée deux ans plus tard. Mais il s'arrêta au beau milieu, après s'être aperçu que trois autres policiers arrivaient de Brooklyn, alertés par les coups de sifflet et des coups de pistolet de leurs collègues de Manhattan.

Encerclé par la police, Schneider, qui, par chance, ne portait pas d'arme, grimpa sur la rambarde du pont. Il se mit à crier, proférant une longue et délirante diatribe à l'encontre des policiers, qu'il accusait d'avoir gâché sa vie. Ses propos étaient de plus en plus déments. Comme les policiers avançaient vers lui, il se jeta dans le fleuve du haut de la rambarde. Une semaine plus tard le pilote d'un bateau aperçut son corps sur le rivage de Welfare Island, près de Hell's Gate. Il n'en restait pas grand-chose, car les crabes et les tortues s'étaient diligemment employés à réduire Schneider à ces ossements que, dans sa folie, il avait tant aimés.

Le taxi s'engagea dans la petite rue pavée où l'on ne voyait âme qui vive, East Van Brevoort, et s'arrêta devant la maison. Le collectionneur d'os s'assura que les deux bouts de corde malpropres qu'il avait posés au pied de chaque porte n'avaient pas été déplacés par un visiteur. Un mouvement soudain le fit sursauter et il entendit les grondements gutturaux des chiens aux yeux jaunes, aux dents brunes et aux corps couverts de plaies et de cicatrices. Sa main glissa vers le pistolet, mais ils firent brusquement demi-tour pour se lancer aux trousses d'un chat dans un concert d'aboiements.

Personne sur les trottoirs chauffés à blanc. Il déverrouilla le cadenas de la porte du hangar à attelages, remonta dans la voiture et entra dans le hangar pour se garer à côté de la Taurus.

Après la mort du misérable, les policiers saisirent tous ses effets et les examinèrent. Son journal montrait qu'il avait tué huit honnêtes citoyens de cette ville. Il ne répugnait pas non plus à la violation de sépulture, comme en témoignaient ces pages (et si on devait le croire), et avait profané plusieurs tombeaux dans la terre sacrée des cimetières aux abords de la ville. Aucune de ses victimes ne lui avait fait le moindre affront; et il s'agissait pour la plupart d'honorables citoyens, travailleurs et exempts de toute vilenie. Mais il n'en éprouvait pas l'ombre d'un remords. Il semblait, en vérité, avoir commis tous ces méfaits avec la certitude démente d'œuvrer pour le bien de ses victimes.

Il s'immobilisa, essuya la sueur sur sa bouche. La cagoule lui grattait la peau. Il tira la femme et sa petite fille du coffre arrière et leur fit traverser le hangar. La femme était vigoureuse et se débattait violemment. Il parvint tout de même à leur passer les menottes.

« Connard ! hurla-t-elle. Ne touche pas ma fille ! Si tu la touches, je te tue ! »

Il lui passa un bras autour de la poitrine et serra brutalement pendant que, de sa main libre, il lui collait un bâillon sur la bouche. Puis il fit de même avec la fillette.

« La chair se flétrit et peut être faible [écrivait le misérable]. L'os est ce que le corps offre de plus solide. Aussi vieux soit-on dans sa chair, on est toujours jeune dans ses os. Le but que je poursuis est noble, et je ne conçois pas qu'on trouve à y redire. J'ai accompli pour chacun d'eux un geste de bonté. Les voici désormais immortels. De la chair, je les ai ramenés à l'os. »

Il les traîna jusqu'au sous-sol. Là, il jeta la femme par terre, et sa petite fille à côté d'elle. Il attacha les menottes au mur avec de la corde à linge. Puis il remonta au rez-de-chaussée.

Il prit le sac à dos jaune sur la banquette arrière du taxi, la valise dans le coffre, et poussa une porte en bois renforcée par des barres de fer cloutées pour pénétrer dans la pièce principale. Il s'apprêtait à jeter le tout dans un coin, mais il éprouvait sans savoir pourquoi de la curiosité pour ces deux captives. Il s'assit devant l'une des fresques — le portrait d'un boucher tenant d'un air placide un couteau d'une main et un quartier de bœuf de l'autre.

Il examina l'étiquette accrochée à la poignée de la valise. Carole Ganz. Carole avec un *E*. Pourquoi cette lettre en plus ? Se demanda-t-il. La valise ne contenait que des vêtements. Il fouilla le sac à dos et trouva tout de suite l'argent. Quatre ou cinq mille dollars. Il remit la liasse dans la poche à fermeture Éclair.

Le sac contenait aussi une dizaine de petits jouets : une poupée, une palette d'aquarelle, un paquet de pâte à modeler, un M. Boubouille en kit. Il y avait aussi un coûteux walkman, une douzaine de disques compacts et un radioréveil de voyage de marque Sony.

Il regarda quelques photos. Carole et sa fille. Sur la plupart des clichés, la mère avait une mine soucieuse. Sur quelques-unes, elle paraissait heureuse. Pas une seule photo de Carole avec son mari, malgré l'alliance qu'elle portait au doigt. On voyait souvent, aussi, la mère et la fille en compagnie d'un couple — une femme corpulente posant dans une robe de style grand-mère et un type chauve et barbu vêtu d'une chemise en flanelle.

Le collectionneur d'os resta un long moment penché sur un portrait de la petite fille.

> *Le sort de la pauvre Maggie O'Connor, une toute jeune fillette à peine âgée de huit ans, fut particulièrement atroce. La malchance voulut, d'après les conclusions de la police, que son chemin croisât celui de Schneider alors qu'il emmenait l'une de ses victimes. La fillette, habitante du célèbre quartier « Hell's Kitchen », était sortie pour prendre des crins sur l'un des nombreux cadavres de chevaux qui jonchaient cette partie particulièrement misérable de la cité. Les enfants avaient coutume de se tresser des bracelets et des bagues avec ces crins — faute de pouvoir posséder d'autres babioles.*

La peau et les os, la peau et les os.

Il posa le cliché sur la tablette de la cheminée, à côté du petit tas d'os auquel il avait travaillé dans la matinée, et une partie des objets dérobés dans le magasin où il avait trouvé le serpent.

On pense que Schneider surprit la jeune Maggie non loin de son repaire, alors qu'elle assistait, épouvantée, au macabre spectacle du meurtre de l'une de ses victimes. On ignore s'il la tua vite ou lentement. Mais si on découvrit par la suite les dépouilles de toutes ses autres victimes, ceux de Maggie O'Connor, frêle petite fille aux cheveux bouclés, restèrent à jamais introuvables.

Le collectionneur d'os redescendit au sous-sol.

Il arracha le bâillon des lèvres de la femme, qui aspira une grande bouffée d'air en le fixant avec une rage froide. « Qu'est-ce que vous voulez ? dit-elle, haletante. *Quoi* ? »

Elle n'était pas aussi maigre qu'Esther mais on était loin, Dieu merci, de cette grosse Hanna Goldschmidt. Il voyait si bien son âme. La mâchoire anguleuse, la clavicule. Et à travers l'étoffe légère de la jupe bleue se devinait l'os sans nom — fusion du sacrum, de l'iliaque et du pubis. Des noms qui faisaient penser à des empereurs romains.

La petite fille s'agitait. Il se pencha et posa la main sur sa tête. Le crâne n'est pas fait d'une seule pièce, mais de l'assemblage de huit os distincts. Il tâta l'os occipital, et les os pariétaux qui formaient la calotte crânienne. Et deux de ses préférés, les os aux courbes voluptueuses qui entourent les orbites — le sphénoïde et l'ethmoïde.

« Arrêtez ! » Carole secouait la tête, furieuse. « Laissez-la tranquille !

— Chut », fit-il, un doigt ganté devant ses lèvres. Il regarda la fillette, qui pleurait et se recroquevillait contre sa mère.

« Maggie O'Connor, roucoula-t-il, en examinant la forme du petit visage. Ma petite Maggie... »

La femme le fusilla du regard.

« Tu étais au mauvais endroit au mauvais moment, petite. Qu'est-ce que je faisais quand tu m'as vu ? »

Jeune dans ses os.

« Qu'est-ce que vous racontez ? » murmura Carole. Il reporta son attention sur elle.

Le collectionneur d'os s'était toujours demandé comment était la mère de Maggie O'Connor.

« Où est votre mari ?

— Il est mort », répondit-elle, sèchement. Puis, après un regard à sa fille, elle ajouta en changeant de ton : « Il a été tué il y a deux ans. Écoutez, laissez partir ma fille. Elle ne pourra rien leur dire sur vous. Est-ce que... vous m'écoutez ? Que faites-vous ? »

Il avait saisi les mains de Carole.

Il tâta les métacarpes aux poignets. Les phalanges — les doigts minces. En écrasant un peu les os.

« Non, ne faites pas ça ! Ça ne me plaît pas du tout ! Je vous en prie ! » La panique déformait sa voix.

Il sentit qu'il perdait son sang-froid, chose dont il avait horreur. S'il voulait réussir, mener à bien son projet avec ces victimes, il lui fallait lutter contre l'emballement du désir — sa folie l'entraînait toujours plus loin dans le passé, dans la confusion entre jadis et maintenant.

Avant et après...

Il avait besoin de toute son intelligence et de toute son habileté pour achever ce qu'il avait commencé.

Et pourtant... pourtant...

Elle était *si* maigre, si tendue. Il ferma les yeux, s'abandonna à son imagination. Une lame de couteau raclant ce tibia vibrerait comme l'archet sur les cordes d'un très vieux violon.

Il avait le souffle court, et ruisselait de transpiration.

Quand il ouvrit enfin les yeux, ce fut pour regarder ses sandales. Il possédait très peu d'os du pied en bon état. Les clochards et autres sans-abri qu'il avait pris ces derniers mois... tous des pauvres gens, atteints de rachitisme ou d'ostéoporose, aux orteils déformés par de mauvaises chaussures.

« Je vous propose un marché », s'entendit-il dire.

Elle regarda sa fille. La serra un peu plus contre elle.

« Je vous relâcherai si vous me laissez faire quelque chose.

— Quoi ? demanda Carole, d'une voix à peine audible.

— Laissez-moi vous enlever votre peau. »

Elle cligna des yeux.

« Laissez-moi faire, murmura-t-il. S'il vous plaît. Un pied. Rien qu'un pied. Et je vous laisse partir.

— Mais, que...

— Jusqu'à l'os. »

Elle leva sur lui un regard épouvanté. Fit un effort pour avaler sa salive.

Pourquoi pas, après tout, songeait-il. Elle était si maigre, si... osseuse. Oui, il y avait chez elle quelque chose de différent — différent de ses autres victimes.

Il posa le pistolet, sortit le couteau de sa poche.

Fit jaillir la lame avec un claquement sec.

Elle ne broncha pas, son regard se détourna un instant vers la petite fille. Puis revint sur lui.

« Vous nous laisserez partir ? »

Il hocha la tête. « Vous n'avez pas vu ma figure. Vous ne savez pas où nous sommes. »

Un long moment. Elle regarda le sous-sol tout autour. Murmura un mot. Un nom, pensa-t-il. Ron, ou Rob.

Et, son regard ne lâchant pas celui de l'homme, elle déplia la jambe et lui tendit son pied. Il lui retira sa chaussure droite.

Elle se laissa aller en arrière, les tendons saillant magnifiquement à son cou. Elle ferma les yeux, très fort. Il effleura la peau de sa lame.

Le collectionneur s'imagina la femme dans une somptueuse toilette d'époque victorienne, avec une crinoline gansée de noir. Il les vit tous les trois, lui, elle et la petite fille, assis à une table du Delmonico, flânant sur la 5e Avenue. La petite Maggie, toute vêtue de dentelle, poussait son cerceau avec une baguette en passant sur Canal Bridge.

Alors et maintenant...

Il enfonça la lame souillée dans la plante du pied.

« Maman ! » cria la petite fille.

Il eut en lui comme un déclic. Il se sentit un instant submergé par le dégoût de ce qu'il était en train de faire. De se faire.

Non ! Il ne le pouvait pas. Pas à *elle*. À Esther ou Hanna, oui. Ou à la prochaine. Mais pas à elle.

Le collectionneur d'os secoua tristement la tête et lui toucha la joue du dos de la main. Il plaqua un nouveau bâillon de ruban adhésif sur la bouche de Carole, trancha la corde qui lui liait les pieds.

« Allons », dit-il à voix basse.

Elle se débattit avec force mais il la saisit brutalement par les cheveux en lui pinçant les narines jusqu'à ce qu'elle s'évanouisse. Puis il la chargea sur son épaule et s'engagea dans l'escalier, en soulevant délicatement le sac posé non loin de là. Montons ! Il fit une pause, pour contempler Maggie O'Connor, frêle petite fille aux cheveux bouclés, assise par terre et l'implorant du regard.

INCONNU 823			
Apparence	**Résidence**	**Véhicule**	**Divers**
Mâle de race blanche et de petite taille	A prob. une planque	Taxi jaune	Prob. fiché à la police
Tenue sombre	<u>Habite près de :</u>	Cond. intérieure d'un modèle récent	Connaît trav. sur scènes de crime
Vieux gants, cuir rouge	B'way & 82e Rue, *ShopRite*	Teinte claire : gris, argent ou beige	Connaît tech. relevés d'empreintes
Eau de toilette (pour masquer autre odeur ?)	B'way & 96e Rue, *Anderson Foods*	Voit. de location, sans doute volée	Arme : Colt .32
Cagoule ? Bleu marine ?	Greenwich & Bank, *ShopRite*		Attache vict. avec des nœuds bizarres
Gants sombres	2e Av., 72-73e Rue, *Grocery World*		Attiré par l'« ancien »
Eau de toilette : Brut	Battery Park City, *J & G's Emporium*		A appelé l'une des vict. « Hanna »
Couleur de cheveux : pas brun	1709, 2e Av., *Anderson Foods*		Connaît l'allemand
Cicatrice profonde à l'index	34e Rue & Lex. Av., *Food Warehouse*		Attiré par les lieux souterrains
Vêtements ordinaires	8e Av. & 24e Rue, *ShopRite*		Double personnalité
	Houston & Lafayette, *ShopRite*		Peut-être prêtre, assistant social, conseiller…
	6e Av. & Houston, *J & G'S Emporium*		Usure des semelles inhabituelle : peut-être un grand lecteur ?
	Greenwich & Franklin, *Grocery World*		A écouté en cassant le doigt d'une victime
	Immeuble ancien, marbre rose		

23

IL LES SURPRIT tous les deux devant la maison de Lincoln Rhyme.

Rapides comme le serpent que Jerry Banks tenait avec les précautions d'un touriste rapportant un souvenir de Santa Fe, Dellray et deux agents surgirent d'une ruelle. Le Caméléon dit d'un ton détaché : « J'ai des nouvelles pour vous. Je vous arrête pour vol de pièces dans des locaux du gouvernement des États-Unis. »

Lincoln Rhyme s'était trompé. Dellray n'était pas retourné à l'immeuble du FBI. Ils s'étaient mis en planque pour attendre les deux limiers de Rhyme.

Banks leva les yeux au ciel. « Du calme, Dellray. Nous avons sauvé la victime.

— Quel exploit, mon gars ! Sans ça, je vous coffrais pour homicide.

— Mais nous lui avons sauvé la vie, dit Amelia. *Nous*, et pas vous !

— Voilà qui est bien parler, officier. Tendez vos mains.

— Quelle connerie !

— Passez les menottes à cette jeune personne, ordonna le Caméléon, d'un ton sans réplique.

— Nous avons de nouveaux indices, agent Dellray, insista-t-elle. Il a déjà pris quelqu'un d'autre. Il n'y a pas une minute à perdre !

— Et ce jeune homme, lui aussi, va nous accompagner », reprit Dellray en désignant Banks. Celui-ci fit volte-face vers l'agent du FBI — une femme — qui s'approchait de lui. Il ne semblait pas disposé à se laisser passer les menottes.

« Non, non, dit Dellray, d'un ton enjoué. Pas de résistance, voyons ! »

Banks tendit ses poignets.

Amelia, furieuse, demanda avec un sourire glacial : « Comment s'est passée votre petite visite à Morningside Heights ?

— Il avait tout de même tué le chauffeur de taxi. Nos spécialistes sont en train de ratisser le terrain.

— Ils n'y trouveront rien de plus. Ce type connaît les scènes de crime mieux que vous et moi...

— En voiture ! », coupa Dellray. La jeune femme fit une grimace en sentant les menottes se refermer sans douceur sur ses poignets.

« Nous pouvons encore sauver la vie de la prochaine victime. Si vous...

— Vous savez ce que vous avez, officier Sachs ? Vous avez le droit de vous *taire*. Vous avez...

— Ça suffit comme ça ! » tonna une voix derrière eux. Amelia se retourna et vit Jim Polling qui s'approchait en toute hâte. Sa tenue sport — pantalon et chemise noirs — était affreusement chiffonnée. On aurait pu penser qu'il avait dormi avec, s'il n'avait eu la mine de quelqu'un qui n'a pas fermé l'œil depuis longtemps, avec sa barbe de deux jours et ses cheveux ébouriffés.

Dellray cligna des yeux, mal à l'aise. Ce n'était pas la présence du responsable de la police qui l'impressionnait, mais celle du procureur du district sud, dont la haute silhouette se dressait derrière Polling. Et derrière lui encore, fermant la marche, le commandant Perkins.

« C'est bon, Fred. Relâchez-les », dit l'attorney.

Le Caméléon prit la voix grave et mélodieuse d'un disc-jockey sur une station FM. « Elle a dérobé des pièces sous scellés, chef, et...

— Je viens de vous adresser un rapport, intervint Amelia.

— Écoutez... commença Dellray.

— Non, l'interrompit Polling, qui semblait maintenant très calme. Non, nous n'écoutons pas. » Puis, se tournant vers Amelia, il dit d'un ton rogue : « Et vous, ne faites pas la maligne.

— Nonchef. Désolée, chef.

— Fred, dit le procureur en se tournant vers Dellray. Vous êtes parti sur une mauvaise piste. Ce sont des choses qui arrivent.

— Ce n'était pas une mauvaise piste, protesta Dellray.

— Nous réorientons l'enquête », poursuivit le procureur.

Et le commandant Perkins d'ajouter : « Nous sortons d'une réunion avec le directeur et avec les responsables de Behavorial. Notre conclusion est que l'approche prônée par les inspecteurs Rhyme et Sellitto était la bonne.

— Mais mon indicateur m'avait bien dit qu'il allait se passer *quelque chose* à l'aéroport. Il n'a pas pu l'inventer !

— Ce qui ne s'invente pas, Fred, répondit sèchement le procureur, c'est que ce sont les collaborateurs de Rhyme qui ont sauvé la vie des victimes.

— Je suis d'accord, chef. Mais...

— Agent Dellray, la décision est prise. »

Le visage noir et luisant, qui exprimait une telle énergie un peu plus tôt quand Dellray haranguait ses troupes dans l'immeuble du FBI, était maintenant soucieux et presque renfermé. Toute son arrogance de jeune homme branché s'était envolée. « Ouichef, dit-il.

— Le tout dernier otage serait mort si l'inspecteur Sachs n'était pas intervenu, observa le procureur.

— *Officier* Sachs, rectifia-t-elle. Et c'est surtout grâce à Lincoln Rhyme. Je n'ai fait que lui servir de jambes. Si j'ose dire.

— La police municipale reprend l'affaire, annonça le procureur. Le bureau du FBI, à travers sa section spécialisée, continuera à traiter les informations en provenance des milieux terroristes, mais ses moyens en hommes seront réduits. Toutes les informations recueillies devront être communiquées aux inspecteurs Rhyme et Sellitto. Dellray, vous allez mettre un contingent à leur disposition pour toutes les missions de fouille, de surveillance, de secours aux otages, ou autres, qui seraient nécessaires. Compris ?

— Ouichef.

— Parfait. Vous voulez bien, maintenant, retirer leurs menottes à ces deux officiers ? »

Dellray déverrouilla les menottes, sans hâte, et les fourra dans sa poche. Puis il s'éloigna vers le fourgon garé à proximité. En récupérant le sac contenant les indices, Amelia Sachs le vit, planté devant le halo d'un réverbère, l'index levé pour caresser la cigarette coincée derrière son oreille. Elle ressentit une petite bouffée de commisération pour l'agent du FBI avant de tourner les talons et de s'élancer dans l'escalier de Lincoln

Rhyme, dont elle gravit les marches deux par deux, derrière Jerry Banks qui la précédait avec le serpent à sonnette.

« J'ai compris. Enfin, presque tout. »

Amelia était sur le seuil de la chambre quand elle entendit Rhyme faire cette déclaration. Il semblait assez content de lui.

« Tout, sauf le serpent à sonnette et la trace liquide qui pue. »

Elle remit les nouveaux indices à Mel Cooper. Dans la chambre redevenue laboratoire, les tables étaient encombrées de nouveaux bocaux, boîtes à pilules, flacons verseurs et autres instruments. Ce n'était pas grand-chose, comparé au quartier général du FBI, mais Amelia s'y sentait bizarrement chez elle.

« Expliquez-moi, dit-elle.

— Demain, c'est dimanche... excusez-moi, nous *sommes* dimanche. Il va mettre le feu à une église.

— Comment le savez-vous ?

— La date.

— Sur ce bout de papier ? Que signifie-t-elle ?

— Vous avez déjà entendu parler des anarchistes ?

— Ces petits Russes en imperméables qui se baladent avec des bombes comme des boules de bowling ? demanda Banks.

— Voilà ce qui arrive quand on ne lit que des bandes dessinées ou qu'on passe trop de temps devant les *cartoons* du samedi matin à la télé, commenta Rhyme, sans sourire. L'Anarchie est un mouvement social qui réclame l'abolition de toute forme de gouvernement. Un anarchiste, Enrico Malatesta, a développé le concept de "propagande par l'action". Il entendait par là assassiner et semer le désordre. L'un de ses disciples, un Américain du nom d'Eugene Lockworthy, vivait à New York au début de ce siècle. Un dimanche matin, il verrouilla les portes d'une église de l'Upper East Side peu après le début du service et mit le feu au bâtiment. Il tua ainsi quatre-vingts fidèles.

— Et c'était le 20 mai 1906 ? demanda Amelia.

— Oui.

— Je ne vous demande pas comment vous en êtes arrivé à cette conclusion.

— Je vais tout de même vous le dire. C'est assez simple. Notre inconnu est féru d'histoire, n'est-ce pas ? Il nous a offert quelques allumettes, ce qui veut dire qu'il se prépare à allumer un incendie. J'ai donc pensé aux grands incendies qui ont marqué l'histoire de cette ville. Celui de l'usine Triangle Shirtwaist, mais aussi ceux du Crystal Palace, du bateau de promenade *General Slocum*... et celui de la Première Église méthodiste, le 20 mai 1906.

— Mais où ira-t-il cette fois ? Vous pensez qu'il va retourner à l'endroit où se trouvait cette église ?

— J'en doute, dit Sellitto. Il y a un gratte-ciel à la place, et il abrite un centre commercial. 823 n'aime pas les constructions modernes. J'y ai posté deux hommes, à tout hasard, mais nous sommes pratiquement certains qu'il cherchera plutôt une église.

— Et nous pensons, ajouta Rhyme, qu'il attendra que le service ait commencé.

— Pourquoi ?

— D'abord, parce que c'est ce qu'avait fait Lockworthy, poursuivit Sellitto. Et nous pensons aussi, comme Terry Dobyns nous l'a dit, qu'il va se sentir poussé à l'escalade et chercher à faire le plus grand nombre possible de victimes à la fois.

— Il nous reste donc un peu de temps. Jusqu'au début du service. »

Rhyme leva les yeux au plafond. « Il y a combien d'églises à Manhattan ?

— Des centaines.

— Voilà qui est parler pour ne rien dire, Banks. Voyons plutôt ce que nous disent les indices. Notre homme y a sans doute laissé quelque indication plus précise. »

Un bruit de pas dans l'escalier.

C'étaient les jumeaux, qui revenaient.

« Nous avons croisé Fred Dellray en arrivant.

— Pas très aimable. Pas du tout, même.

— Ni content.

— Hou ! Regarde-moi ça ! » Saul — celui du moins que Rhyme, ne se rappelant plus lequel avait des taches de rousseur, pensait être Saul — montrait le serpent. « J'en ai vu assez, ce soir, pour m'en passer jusqu'à mon dernier soupir.

— Des serpents ? demanda Rhyme.

— Nous sommes allés à Metamorphosis. C'est...

— ... un endroit sinistre, vraiment. On a vu le patron. Drôle de type. Comme on pouvait s'y attendre.

— Avec une longue, longue barbe. La nuit, en plus... J'aurais préféré y aller de jour, poursuivit Bedding.

— Ils vendent des insectes naturalisés. Si je vous disais qu'il y en a...

— ... qui font jusqu'à vingt centimètres de long !

— ... et des bestioles comme celle-ci. » Saul montra le serpent.

« Et des scorpions, des quantités de scorpions !

— Quoi qu'il en soit, ils ont été victimes d'un cambriolage il y un mois, et devinez ce qu'on leur a pris ? Un squelette de serpent à sonnette !

— Ils ont déclaré le vol ? demanda Rhyme.

— Oui.

— Mais le préjudice se chiffrait à peine à une centaine de dollars. Autant dire que la police n'y a pas mis les grands moyens.

— Dis-leur, tout de même. »

Saul hocha la tête. « Il n'y pas eu que le serpent de volé. On leur a aussi piqué deux douzaines d'os.

— Des os humains ? demanda Rhyme.

— Oui. C'est ce qui a paru bizarre au patron. Alors que certains de ces insectes...

— ... valent des trois ou quatre cents dollars. Mais on leur a seulement pris le serpent, et quelques os.

— On sait lesquels ? demanda Rhyme.

— Un ensemble.

— Surtout des petits. Des os de la main et des os du pied. Et une ou deux côtes.

— Le patron ne se rappelait plus très bien.

— On a examiné la scène du crime ?

— Pour des os volés ? Non. »

Les Hardy Boys repartirent. Pour ratisser le terrain autour de la dernière scène.

Rhyme réfléchissait à ce serpent. Était-il censé leur indiquer un lieu ? Avait-il un rapport avec l'incendie de la Première Église méthodiste ? Si des serpents à sonnette avaient jadis vécu à Manhattan, le développement urbain, ce saint Patrick moderne, en avait depuis longtemps débarrassé l'île. Fallait-il chercher un jeu de mot avec *serpent*, ou avec *crotale* ?

Rhyme, soudain, eut l'impression de comprendre. « Ce serpent est pour nous.

— Pour nous ? répéta Banks, en riant.

— C'est une gifle en pleine figure.

— La figure de qui ?

— De tous ceux qui le recherchent. C'est un canular.

— Il ne m'a pas fait rire, à proprement parler, dit Sachs.

— Peut-être, mais la *tête* que vous faisiez était vraiment drôle, dit Banks.

— Nous sommes plus forts qu'il ne s'y attendait, ça l'agace. Il est furieux et c'est à nous qu'il s'en prend. Ajoute ça, Thom. Il nous nargue. »

Le téléphone de Sellitto se mit à sonner. Il l'ouvrit et répondit. « Emma, ma chérie. Vous avez quelque chose pour nous ? » Il griffonna quelques mots en hochant la tête, avant d'annoncer à la cantonade : « Vols de voitures de location. Deux véhicules de chez Avis ont disparu dans le Bronx la semaine dernière. Une autre voiture près du centre. Mais elles étaient rouge, verte et blanche. Pas de vols chez Nationals. Quatre, par contre, chez Hertz dans leur garage de l'East Side, un au centre et un autre dans leur parking de l'Upper West Side. Deux voitures vertes et une — ce pourrait être celle qui nous intéresse — de couleur marron. Mais il y a eu aussi une Ford gris argent piquée à White Plains. C'est celle-ci qui me paraît...

— Je suis d'accord, coupa Rhyme. White Plains.

— Comment pouvez-vous le savoir ? demanda Amelia. Monelle nous a dit que la voiture était beige ou gris argent.

— Notre ami habite en ville, expliqua Rhyme. Et s'il doit faucher quelque chose d'aussi voyant qu'une voiture, il le fera forcément le plus loin possible de chez lui. Tu dis que c'était une Ford, Lon ? »

Sellitto vérifia auprès d'Emma, et leur transmit la réponse. « Une Ford Taurus. Le modèle de cette année. Intérieur gris anthracite. Les plaques d'immatriculation ne signifient rien. »

Rhyme approuva d'un hochement de tête. « C'est la première chose qu'on change. Remercie-la et dis-lui de dormir un peu. Mais pas trop loin du téléphone.

— J'ai quelque chose, là, Lincoln ! lança Mel Cooper.

— Quoi ?

— Le liquide qui pue. J'ai la composition. Je cherche maintenant la marque sur la banque de données. » Il fixait l'écran de son ordinateur. « C'est sans doute de la marque King-Away. On s'en sert pour décrêper les cheveux.

— Voilà qui est politiquement incorrect, mais semble nous conduire à Harlem, non ? Ce qui réduit considérablement le nombre des églises. »

Banks étudiait les horaires des services religieux dans les trois quotidiens de la ville. « J'en ai vingt-deux.

— Quel est celui qui commence le plus tôt ?

— Trois églises ont des services à 8 heures. Six à 9 heures. Une à 9 h 30. Les autres à 10 heures ou 11 heures.

— Il choisira l'un des tous premiers services. Il nous laisse plusieurs heures pour trouver.

— Je vais dire à Haumann de rappeler les hommes de la BIR.

— Et Dellray ? » demanda Amelia. Elle revoyait l'agent du FBI, solitaire, planté sur le trottoir.

« C'est vrai, et lui ? murmura Sellitto.

— Allons, reprenons-le. Il s'est vraiment juré de l'avoir, ce type.

— D'après ce qu'a dit Perkins, il est censé nous aider, observa Banks.

— Vous le voulez vraiment ? » demanda Sellitto, les sourcils froncés.

Amelia Sachs hocha la tête. « Mais oui. »

Rhyme fit chorus. « D'accord, il pourra diriger les équipes de sécurité du FBI. J'en veux une à chaque église. À toutes les entrées. Mais qu'ils ne se montrent pas. Je m'en voudrais de lui faire peur. Nous pouvons peut-être le prendre en flagrant délit. »

Sellitto prit un appel téléphonique. Il releva la tête, les yeux fermés. « Seigneur.

— Oh, non ! » dit Rhyme à mi-voix.

L'inspecteur épongea la sueur qui ruisselait sur son visage avant de parler. « Vous dites que le réceptionniste de nuit d'un hôtel vient d'appeler le standard ? Le Midtown Residence Hotel ? Une femme accompagnée de sa petite fille l'ont appelé de La Guardia, en lui disant qu'elles prenaient un taxi. C'était il y a une heure ; elles ne sont pas arrivées. Comme on ne parle plus que de kidnappings sur les médias, il a estimé qu'il était de son devoir de prévenir. Carole Ganz, de Chicago.

— Merde, murmura Banks. Une petite fille, aussi ? Il faudrait interdire à tous les taxis de circuler jusqu'à ce qu'on ait serré cette ordure. »

Rhyme était mort de fatigue. Il avait mal à la tête. Il se rappela d'un incident qui était survenu un jour où il travaillait sur une scène de crime dans une usine d'explosifs. À la suite d'une fuite, de la nitroglycérine avait imprégné un siège qu'il lui fallait examiner pour y chercher des traces. La nitroglycérine donne de violents maux de tête.

L'écran de l'ordinateur clignota. « On nous envoie un courrier », annonça Cooper. Puis il lut. « Ils ont polarisé tous les échantillons de Cellophane collectés dans les chaînes de boucherie. Ils pensent que celui que nous avons retrouvé dans l'os venait d'un supermarché alimentaire ShopRite.

— Excellent », dit Rhyme. Il montra le tableau de la tête. « Thom, il faut barrer tous les magasins sauf les ShopRite. Où sont-ils situés ? »

Il regarda Thom s'exécuter. Quand ce fut fait, il ne restait que quatre adresses.

B'way & 82e Rue
Greenwich & Bank
8e Av. & 24e
Houston & Lafayette.

« Autrement dit, l'Upper West Side, West Village, Chelsea et le Lower East Side.

— Mais il a pu les acheter n'importe où.

— Bien sûr qu'il a pu, Sachs. Il a même pu acheter ça à White Plaines, quand il a volé la voiture. Ou à Cleveland, en allant voir sa mère. Mais voyez-vous, il y a toujours un moment où ces gens-là ont tellement l'impression de s'être mis hors d'atteinte qu'ils ne prennent plus la peine de brouiller leur piste. Les idiots — ou les paresseux — jettent l'arme encore fumante derrière leur immeuble et s'en vont béatement vaquer à leurs affaires. Ceux qui sont plus malins la jettent dans un seau de ciment et versent le tout à Hell's Gate. Et les vraiment forts vont dans une raffinerie et la transforment en fumée dans un fourneau à cinq cents degrés. Notre inconnu est malin, c'est sûr. Mais il est comme beaucoup d'autres avant lui. Il a ses limites. Il se dit, je pense, que nous n'aurons ni le temps ni l'envie de le rechercher dans sa planque parce que nous serons trop occupés à déchiffrer les messages qu'il nous a laissés. Et, bien entendu, il se trompe. C'est *justement* comme ça que nous allons le trouver. Maintenant, voyons si nous pouvons nous rapprocher un peu plus de sa tanière. Il y avait quelque chose, Mel, sur les vêtements de la dernière victime ? »

La marée était déjà passée par là, et il n'y avait plus rien à en espérer.

« Vous disiez qu'ils s'étaient battus, Sachs ? L'Inconnu et ce type, Everett ?

— Battus, c'est beaucoup dire. Everett l'a empoigné par sa chemise. »

Rhyme fit claquer sa langue. « Je crois que je commence à être fatigué. Si j'y avais pensé, je vous aurais demandé de récupérer ce qu'il avait sous les ongles. À cet endroit-là, même en étant sous l'eau...

— Tenez, dit-elle, en lui montrant deux petits sachets de plastique.

— Vous l'avez fait ? »

Elle se contenta de hocher la tête.

« Mais pourquoi y a-t-il deux sachets ?

— Main droite, main gauche », dit-elle, en levant tour à tour chacun des sachets.

Mel Cooper éclata de rire. « Même *toi*, tu n'avais jamais pensé à ça, Lincoln. Un sachet pour chaque main. C'est une super idée !

— La différenciation des mains *peut* présenter un certain intérêt du point de vue de la médecine légale », marmonna Rhyme.

Cooper rit encore plus fort. « Hourra ! Ça veut dire qu'il trouve l'idée excellente et regrette de ne pas l'avoir eue le premier ! »

Il examina le contenu des sachets. « Il y a de la brique, là-dedans.

— Je n'en ai pas vu sur le terrain ni autour de l'arrivée d'égout, s'étonna Amelia.

— Ce ne sont que des fragments. Mais il y a quelque chose dessus. Je ne sais pas quoi.

— Ça ne pourrait pas venir du parc à bestiaux souterrain ? demanda Banks. Il y avait beaucoup de brique, là-bas, n'est-ce pas ?

— Ça, c'était grâce à notre tireuse d'élite, dit Rhyme, en se tournant vers Amelia, l'air désolé. Non. N'oublions pas que l'inconnu n'était déjà plus là quand elle a dégainé son arme. » Ses traits s'étaient crispés et il faisait des efforts pour pencher la tête en avant. « Mel, je voudrais voir cette brique. Dans le microscope. Il n'y aurait pas un moyen ? »

Cooper regarda l'ordinateur de Rhyme. « On doit pouvoir bricoler quelque chose. » Il relia par un câble le microscope et son propre ordinateur, puis sortit d'une mallette un long fil gris.

Il relia les deux ordinateurs et transféra une partie de son logiciel sur le Compaq de Rhyme. Cinq minutes plus tard, Rhyme, enchanté, voyait sur son écran la même chose que Cooper dans son microscope.

Le criminologue examina le fragment de brique — grossi plusieurs centaines de fois. Il se mit à rire. « Il s'est piégé lui-même. Vous voyez ces particules blanches sur la brique ?

— C'est quoi ? demanda Sellitto.

— On dirait de la colle, suggéra Cooper.

— Exactement. Et elle provient d'un de ces rouleaux adhésifs qu'on utilise comme des brosses à habits. Les criminels très précautionneux les connaissent aussi et s'en servent parfois. Mais c'est une arme à double tranchant. Des particules de produit adhésif se sont détachées et sont restées collées sur l'étoffe. Nous *savon*s ainsi que ce fragment de brique microscopique vient de sa planque et qu'il l'avait sur lui jusqu'au moment où Everett l'a récupéré sous ses ongles.

— Et il y a quelque chose à en tirer ? demanda Amelia.

— On voit qu'il s'agit d'un matériau ancien. Et coûteux — les briques à bon marché étaient beaucoup plus poreuses parce qu'on y mêlait du sable. Il doit donc habiter dans un ancien bâtiment officiel, ou une maison construite par quelqu'un de riche. Et vieille d'une centaine d'années. Si ce n'est plus.

— Tiens, nous y revoilà ! dit Cooper. Un autre lambeau de gant, si je ne me trompe. S'il continue à l'user comme ça, on aura bientôt ses empreintes digitales. »

L'écran de Rhyme clignota et il reconnut le minuscule lambeau de cuir qui venait d'y apparaître. « Il y a tout de même quelque chose de bizarre, observa Cooper.

— Oui, ce n'est pas rouge, confirma Rhyme. Comme ce que nous avons déjà vu. C'est plutôt noir. Passe-le donc au microscope à spectrométrie. »

Cooper s'exécuta puis tapa sur le clavier de son ordinateur. « C'est du cuir. Mais pas de la même teinte. Il est peut-être taché, ou passé. »

Rhyme tendait le cou, en tirant sur ses muscles pour regarder l'écran de plus près, quand il sentit qu'il allait mal. Très mal.

« Eh, qu'est-ce qu'il y a ? » cria Amelia.

Rhyme ne répondit pas. Son cou et sa mâchoire s'étaient mis à trembler. Un frisson de terreur partit du sommet de sa colonne vertébrale brisée vers son crâne. Puis, comme si un thermostat était soudain entré en action, les frissons et la chair de poule disparurent et il commença à transpirer. En quelques secondes, son visage se couvrit de sueur.

« Thom ! dit-il d'une voix étranglée. Thom, ça vient ! »

Puis il ouvrit la bouche pour respirer tandis qu'un spasme lui étreignait la face et le pourtour de la calotte crânienne. Il serrait les dents et secouait la tête, en un effort désespéré pour échapper à la douleur. Mais rien n'y faisait. Il lui sembla que la lumière de la chambre clignotait. Il souffrait tant qu'il se voyait maintenant en train de fuir sur ces jambes qui n'avaient plus bougé depuis des années.

« Lincoln ! criait Sellitto.

— Son visage, murmura Amelia. Regardez comme il est rouge. »

Et ses mains étaient pâles comme de l'ivoire. Tout son corps, au-dessous de la vertèbre C4, devenait blanc. Le sang de Rhyme, dans sa volonté acharnée et délirante de se rendre là où il pensait qu'on avait le plus besoin de lui, se ruait dans les plus fins capillaires de son cerveau, menaçant de rompre les délicats filaments.

En pleine attaque, Rhyme sentit au-dessus de lui la présence de Thom qui arrachait les couvertures du Clinitron. Tout comme celle d'Amelia Sachs, qui s'avança d'un pas, ses yeux bleus à demi clos sous le pli inquiet du front. La dernière chose qu'il vit avant de sombrer dans le noir total fut le faucon qui, dérangé par ce brusque regain d'activité dans la pièce, déployait ses grandes ailes pour s'envoler et disparaître dans l'air étouffant, au-dessus des rues désertes.

INCONNU 823			
Apparence	**Résidence**	**Véhicule**	**Divers**
Mâle de race blanche et de petite taille Tenue sombre Vieux gants, cuir rouge Eau de toilette (pour masquer autre odeur ?) Cagoule ? Bleu marine ? Gants sombres Eau de toilette : Brut Couleur de cheveux : pas brun Cicatrice profonde à l'index Vêtements ordinaires Gants décolorés ? Teints ?	A prob. une planque <u>Habite près de :</u> B'way & 82e Rue, *ShopRite* ~~B'way & 96e Rue,~~ ~~*Anderson Foods*~~ Greenwich & Bank, *ShopRite* ~~2e Av., 72-73e Rue,~~ ~~*Grocery World*~~ ~~Battery Park City,~~ ~~*J & G's Emporium*~~ ~~1709, 2e Av.,~~ ~~*Anderson Foods*~~ ~~34e Rue & Lex. Av.,~~ ~~*Food Warehouse*~~ 8e Av. & 24e Rue, *ShopRite* Houston & Lafayette, *ShopRite* ~~6e Av. & Houston,~~ ~~*J & G'S Emporium*~~ ~~Greenwich & Franklin,~~ ~~*Grocery World*~~ Immeuble ancien, marbre rose Au moins cent ans d'âge, hôtel part. ou bâtiment administratif	Taxi jaune Cond. intérieure d'un modèle récent Teinte claire : gris, argent ou beige Voit. de location, sans doute volée Silver Taurus, Hertz, modèle de l'année	Prob. fiché à la police Connaît trav. sur scènes de crime Connaît tech. relevés d'empreintes Arme : Colt .32 Attache vict. avec des nœuds bizarres Attiré par l'« ancien » A appelé l'une des vict. « Hanna » Connaît l'allemand Attiré par les lieux souterrains Double personnalité Peut-être prêtre, assistant social, conseiller… Usure des semelles inhabituelle : peut-être un grand lecteur ? A écouté en cassant le doigt d'une victime A laissé un serpent pour narguer les enquêteurs

24

SELLITTO FUT LE PREMIER à se précipiter sur le téléphone.

« Faites le 911 pour les Urgences ! lui dit Thom. Puis enfoncez cette touche, là. C'est une ligne directe avec Pete Taylor, notre spécialiste de la colonne vertébrale. »

Sellitto appela.

Thom criait : « J'ai besoin d'un coup de main ! Quelqu'un, s'il vous plaît ! »

Amelia était la plus proche. Elle se plaça tout à côté de Rhyme. Thom avait pris le malade évanoui à bras-le-corps pour le remonter sur son lit. Il déchira la chemise, révélant le torse blême, et dit : « S'il vous plaît, les autres, laissez-nous. »

Sellitto, Banks et Cooper hésitèrent un instant, puis sortirent. Sellitto referma la porte derrière eux.

Un boîtier rouge apparut entre les mains du garde-malade. On voyait des touches et des cadrans sur le couvercle, et un fil en tire-bouchon le reliait à un disque plat qu'il appliqua sur la poitrine de Rhyme en l'y maintenant par du sparadrap.

« Stimulateur du nerf phrénique. Pour lui permettre de respirer. » Il mit l'appareil en marche.

Thom glissa sur le bras blanc de Rhyme le bracelet d'un tensiomètre. Amelia Sachs regarda, surprise, le corps étrangement lisse. Il avait dépassé quarante ans, mais son corps était celui d'un garçon de vingt-cinq ans.

« Pourquoi a-t-il le visage si rouge ? On dirait qu'il va exploser.

— C'est ce qu'il va faire », répondit Thom, machinalement, en attrapant une trousse de médecin sous la table de chevet. Il l'ouvrit, tout en prenant la tension. « Crise de dysréflexie...

Toute cette agitation, aujourd'hui. Mentale *et* physique. Il n'y est pas habitué.

— Il n'a cessé de dire qu'il était fatigué.

— Je sais. Et je n'y ai pas suffisamment prêté attention. Chut. Il faut que j'écoute. »

Plongeant les écouteurs du stéthoscope dans ses oreilles, il pressa la poire du tensiomètre puis la relâcha pour laisser l'air fuser lentement. L'œil sur le cadran de sa montre. Ses mains étaient d'une parfaite immobilité. « Merde. La diastole est à un vingt-cinq. Merde. »

Bonté divine, songea Amelia. Il va y passer.

Thom, de la tête, lui désigna le sac noir. « Cherchez le flacon de Nifedipine. Et préparez l'une de ces seringues. » Pendant qu'elle fouillait, Thom tira sur ses pieds le pantalon de pyjama de Rhyme, prit une sonde à côté du lit et déchira l'emballage en plastique. Il enduisit l'extrémité de gel, souleva le pénis livide et y introduisit la sonde, très vite mais sans brutalité.

« Ça fait partie du problème. L'encombrement de la vessie peut provoquer une attaque. Il a beaucoup trop bu, aujourd'hui. »

Elle retira la capsule de la seringue, puis dit : « Je ne sais pas faire ça.

— Donnez. » Il leva les yeux vers elle. « Est-ce que vous pourriez... ? Je ne voudrais pas que le tube se déforme.

— D'accord. Bien sûr.

— Vous voulez des gants ? »

Elle les enfila avant de saisir, avec précaution, le pénis de sa main gauche. La droite soutenait le tube. Il y avait bien, bien longtemps qu'elle n'avait tenu un homme ainsi. La peau semblait douce et elle trouvait étrange que la partie essentielle de l'homme offre au toucher, la plupart du temps, cette délicatesse de soie.

Thom injecta le produit d'une main experte.

« Allons, Lincoln... »

On entendit une sirène, au loin.

« Ils sont presque ici, dit-elle, en jetant un coup d'œil vers la fenêtre.

— Si on ne le récupère pas tout de suite, ils ne pourront plus rien faire.

— Ce médicament agit au bout de combien de temps ?

— Ça devrait déjà être fait, répondit Thom, en scrutant les traits figés de Rhyme. Mais si la dose est trop forte, il risque le choc. » Il se pencha pour soulever une paupière. La pupille bleue était vitreuse, et semblait flotter.

« Ça ne va pas. » Il refit une prise de tension. « Un cinquante. Bon Dieu !

— Ça va le tuer, dit-elle.

— Bah. Ce n'est pas ça, le problème.

— Pardon ? murmura Amelia, choquée.

— Ça lui est égal, de mourir, expliqua Thom en lui lançant un bref regard, comme étonné qu'elle ne l'ait pas compris plus tôt. Mais il ne veut pas être encore plus paralysé. » Il prépara une deuxième injection. « Il se peut qu'il en ait déjà eu une. D'attaque, je veux dire. C'est *ça* qui lui fait très peur. »

Thom se pencha pour injecter une nouvelle dose de produit.

La sirène s'était rapprochée. Le concert d'avertisseurs aussi. Des voitures devaient bloquer l'ambulance, en se rabattant mollement à son approche. — l'une des choses qui faisaient le plus enrager Amelia dans cette ville.

« Vous pouvez retirer la sonde, maintenant. »

Elle s'exécuta avec des gestes prudents. « Dois-je... » Elle montrait le sac d'urine.

Thom parvint à sourire. « Laissez. C'est mon boulot, ça. »

Ils attendirent quelques minutes. L'ambulance semblait progresser. Puis on entendit une voix amplifiée par un haut-parleur et la sirène se rapprocha plus vite.

Soudain, Rhyme fit un mouvement. Sa tête bougea un peu. Puis il la secoua d'avant en arrière, en la pressant contre l'oreiller. Sa peau perdit de sa rougeur éclatante.

« Lincoln, vous m'entendez ? »

Il gémit : « Thom... »

Il était maintenant secoué de frissons. Thom le recouvrit d'un drap. Amelia caressait ses cheveux en bataille. Elle prit une serviette et lui essuya le front.

Il y eut des pas dans l'escalier et on vit apparaître deux grands costauds, deux médecins des urgences précédés par les grésillements de leurs radios portatives. Ils foncèrent directement sur Rhyme, prirent sa tension et s'assurèrent que le stimulateur placé sur sa poitrine fonctionnait bien. Un instant plus tard, le docteur Taylor faisait à son tour irruption dans la pièce.

« Peter, dit Thom. C'est une attaque de dysréflexie.

— La tension ?

— Elle est retombée. Mais elle était bien montée. Jusqu'à un cinquante. »

Taylor fit une grimace.

Thom le présenta aux médecins des urgences. Ils semblaient ravis de la présence d'un spécialiste et reculèrent pour le laisser s'approcher du malade.

« Docteur, dit Rhyme, d'une voix pâteuse.

— Voyons ces yeux. » Taylor braqua le faisceau de sa lampe sur les pupilles de Rhyme. Amelia, qui suivait chacun de ses mouvements, guettant sa réaction, eut peur en le voyant froncer les sourcils.

« Pas besoin de ce stimulateur, murmura Rhyme.

— Toujours cette histoire entre vous et vos poumons, hein ? gronda Taylor. Nous allons le laisser encore un peu, n'est-ce pas ? Le temps de savoir ce qui se passe exactement. » Il lança un coup d'œil à Amelia. « Vous pourriez peut-être attendre en bas. »

Comme Taylor se penchait sur lui, Rhyme vit la sueur qui perlait sur son cuir chevelu, entre les cheveux clairsemés.

Les mains habiles du praticien soulevèrent les paupières et il regarda à nouveau une pupille, puis l'autre. Puis il prit la tension de Rhyme, avec ce regard absent des médecins concentrés sur de petites tâches routinières, et vitales.

« On revient à la normale, annonça-t-il. Et les urines ?

— Onze cent centigrammes », répondit Thom.

Taylor sursauta. « La négligence ? Ou quelques libations ? »

Thom sursauta à son tour. « Nous pensions à autre chose, docteur. La soirée a été animée. »

Taylor suivit le regard de Rhyme autour de la pièce, l'air aussi surpris que si on avait apporté tout le matériel en tapinois pendant qu'il regardait ailleurs. « Qu'est-ce que c'est que ce déballage ?

— Ils sont venus me chercher dans ma retraite. »

La mimique perplexe de Taylor se transforma en sourire. « Il était temps. Voilà des mois que je vous dis de faire quelque chose de votre vie. Bon. Et du côté des intestins, quelle est la situation ?

— Douze heures, peut-être quatorze, dit Thom.

— Décidément... » Taylor, à nouveau, s'était rembruni.

« Ce n'est pas de *sa* faute, intervint Rhyme, d'un ton

sans réplique. Cette chambre n'a pas désempli depuis ce matin.

— Je ne demande pas des excuses », rétorqua le médecin. C'était là du Peter Taylor tout craché — il ne s'adressait jamais à Rhyme par l'intermédiaire de qui que ce fût, et ne laissait jamais son rude patient le rudoyer aussi peu que ce fût.

« Voyons plutôt ce qu'il y a à faire. » Il enfila ses gants de chirurgien, penché sur le torse de Rhyme. Ses doigts lui pétrirent l'abdomen pour inciter les intestins inertes à faire leur travail. Thom souleva les couvertures et lui mit les couches jetables.

Un instant plus tard, c'était terminé, et Thom essuya son patron.

« Vous avez donc renoncé à ces bêtises, j'espère ? » dit Taylor, à l'improviste, en regardant attentivement Rhyme.

Ces bêtises...

Il voulait parler du projet de suicide. « Je n'y pense plus depuis quelques temps », répondit Rhyme, avec un regard en coin à l'adresse de Thom.

« Très bien. » Taylor parcourut des yeux les instruments qui encombraient la table. « Voilà exactement ce qu'il fallait faire. On finira bien par vous salarier ?

— Je crains de ne pas satisfaire aux critères d'aptitude physique.

— Comment va la tête ?

— Ils étaient bien une douzaine à taper dessus à coups de marteau, si je puis me permettre une image. Du côté du cou, ce n'est pas très brillant non plus. J'ai eu deux mauvaises crampes aujourd'hui. »

Taylor passa derrière le Clinitron, enfonça les doigts de part et d'autre de la colonne vertébrale de Rhyme, à l'endroit — du moins Rhyme le supposait-il, ne l'ayant jamais vu — où les opérations subies au fil des années avaient laissé d'importantes cicatrices. Taylor le massa avec savoir-faire, en malaxant vigoureusement les muscles tendus de ses épaules et de sa nuque. La douleur s'estompa peu à peu.

Il sentit le pouce du médecin s'arrêter sur ce qui devait être la vertèbre fracturée.

Le vaisseau spatial, la raie manta...

« Un jour, on réparera ça, dit Taylor. Un jour, ce ne sera pas plus grave qu'une jambe cassée. Écoutez-moi bien. Je vous le prédis. »

Peter Taylor redescendit trois quarts d'heure plus tard et trouva les policiers sur le trottoir.

« Il est comment ? demanda Amelia, anxieuse.

— La tension est retombée. Il a besoin de repos avant tout. »

Le médecin, assez bel homme lui-même, se rendit compte tout à coup qu'il était en train de parler à une très jolie fille. Il lissa ses fins cheveux gris après un rapide coup d'œil à la silhouette filiforme de son interlocutrice. Puis son regard glissa vers les véhicules de police garés devant la maison. « Quelle est cette affaire pour laquelle il vous donne un coup de main ? »

Sellitto resta muet, comme tout policier qui s'entend poser cette question par un civil. Mais Amelia avait compris que Rhyme et Taylor étaient très proches. Elle répondit donc à sa place. « Vous avez entendu parler des enlèvements en série ?

— Cette histoire de chauffeur de taxi ? On ne parle que de ça. C'est excellent pour lui. Travailler est ce qui pouvait lui arriver de mieux. Il a besoin d'amis, et il a besoin de se donner un but. »

Thom fit une apparition en haut des marches. « Il vous remercie, Pete. Enfin, il n'a pas dit ça exactement. Mais c'était bien l'idée. Vous le connaissez.

— Soyez franc, reprit Taylor, plus bas, sur un ton de conspirateur. Il a toujours cette idée en tête ? » Et comme Thom répondait : « Non, il n'y pense plus », quelque chose dans la voix du garde-malade fit comprendre à Amelia qu'il mentait. Elle ne savait pas de quoi il s'agissait. Mais c'était évident.

Toujours cette idée en tête ?

Taylor ne perçut pas, apparemment, le manque de sincérité de cette réponse. « Je repasserai demain, dit-il, pour voir comment il va. »

Thom l'en remercia. Taylor s'éloigna sur le trottoir en jetant son sac sur son épaule. Le garde-malade fit un signe à Sellitto. « Il faut que je vous parle — une minute. » L'inspecteur grimpa les marches en toute hâte. Il disparut dans la chambre, et en ressortit un instant plus tard avec Thom. Sellitto, l'air grave, regarda brièvement Amelia et dit, en montrant les marches : « À votre tour. »

Rhyme reposait dans son lit monumental, les cheveux hirsutes, mais son visage n'était plus rouge et ses mains n'avaient plus la pâleur de l'ivoire. Une odeur lourde, une odeur de viscères flottait dans la chambre. Le lit avait été refait avec des draps propres et il avait à nouveau changé de tenue. Le pyjama, cette fois, était aussi vert que le complet de Dellray.

« Voici vraiment le pyjama le plus horrible que j'aie jamais vu. C'est votre ex qui vous l'a offert, je parie ?

— Gagné. Un cadeau d'anniversaire... Pardon si je vous ai fait peur », dit-il, sans la regarder. Il semblait timide, soudain, et elle en fut bouleversée. Elle pensa à son père tel qu'elle l'avait vu avant qu'on ne l'emmène dans la salle d'opération de Sloan-Kettering pour une intervention exploratoire dont il ne devait jamais se réveiller.

« Désolé ? répéta-t-elle, d'un ton sévère. Arrêtez ces conneries, Rhyme. »

Il la jaugea du regard un instant. « Vous allez très bien vous en tirer, tous les deux.

— Tous les deux ?

— Vous et Lon. Avec Mel, bien sûr. Et Jim Polling.

— Que voulez-vous dire ?

— Je me retire.

— Quoi ?

— C'est trop dur, je le crains, pour cette vieille carcasse.

— Mais vous ne pouvez pas ! » Elle montra le tableau au mur. « Regardez tout ce qu'on a déjà sur 823. On brûle !

— C'est pourquoi vous n'avez plus besoin de moi. Tout ce qu'il vous faut maintenant, c'est un peu de chance.

— De la chance ? Il a fallu des années pour mettre la main sur Bundy. Et le Tueur du Zodiaque ? Et le Loup-garou ?

— Nous avons un tas d'informations ici. Des informations *concrètes.* Avec des pistes sérieuses. Vous allez l'avoir, Sachs. Ce sera votre chant du cygne avant qu'on vous verse définitivement aux affaires publiques. J'ai l'impression que 823 a pris un peu trop d'arrogance ; il se pourrait qu'il se fasse pincer à l'église.

— Vous avez bonne mine », dit-elle, après un silence. Et bien qu'il n'en fût rien.

Rhyme se mit à rire. Mais le rire s'éteignit très vite. « Je suis las. Et j'ai mal. J'ai l'impression d'avoir mal à des endroits où je ne *devrais pas* avoir mal, si j'en crois les médecins.

— Faites comme moi. Un petit somme. »

Il partit d'un rire moqueur et un peu forcé qui cachait mal sa faiblesse. Il toussa, regarda le stimulateur plaqué sur sa poitrine, et fit une grimace, comme s'il se sentait gêné de dépendre d'une machine. « Sachs... Je ne pense pas que nous travaillerons encore ensemble. Je voulais seulement vous dire que vous avez une belle carrière devant vous. Vous faites les bons choix.

— Je reviendrai vous voir quand nous aurons coincé ce salopard.

— J'aimerais bien. Je suis content que vous ayez été la première sur les lieux, ce matin. Je ne vois pas avec qui d'autre j'aurais pu enquêter aussi bien.

— Je...

— Lincoln », dit une voix. En se retournant, elle vit l'homme dans l'embrasure de la porte. Il parcourut la chambre d'un regard intrigué, s'attardant sur les appareils.

« Il s'est passé des choses, ici, à ce que je vois.

— Docteur », dit Rhyme. Son visage s'illumina d'un sourire. « Entrez, je vous en prie. »

Le médecin fit quelques pas dans la pièce. « J'ai eu le message de Thom. Il parlait d'une urgence ?

— Docteur William Berger. Amelia Sachs. »

Mais elle voyait déjà qu'elle avait cessé d'exister dans l'univers de Lincoln Rhyme. Tout ce qu'il restait à dire — et elle sentait qu'il restait des choses à dire, beaucoup de choses, peut-être — attendrait. Elle sortit. Thom, qui était toujours sur le palier, referma la porte sur eux et, courtois comme à son habitude, s'effaça pour l'inviter à passer la première.

En retrouvant la chaleur humide de la nuit, Amelia entendit une voix derrière elle. « Excusez-moi. »

Le docteur Taylor attendait, seul, sous un ginkgo. « Puis-je vous parler un instant ? »

Ils firent quelques pas ensemble sur le trottoir.

« Oui ? » dit-elle. Il s'adossa à un mur et, de nouveau, passa une main sur ses cheveux. Amelia retrouva une impression familière. Elle ne comptait plus les occasions où elle avait intimidé un homme d'un mot ou d'un simple regard.

« Vous êtes amie avec lui, n'est-ce pas ? demanda le médecin. Je veux dire, indépendamment du fait que vous travaillez ensemble ?

— Oui. Je crois.

— Cet homme, celui qui vient d'entrer. Vous savez qui c'est ?

— Berger, il me semble. C'est un médecin.

— Il a dit d'où il venait ?

— Non. »

Taylor garda un instant les yeux fixés sur la fenêtre de la chambre de Rhyme. « Vous connaissez la Lethe Society ?

— Non. Ah, si, attendez... Ce sont des gens qui militent pour l'euthanasie, non ? »

Taylor hocha la tête. « Je connais tous les médecins de Lincoln. Et je n'ai jamais entendu parler de ce Berger. Je me disais que c'était peut-être l'un de ces gens-là.

— Quoi ? »

Il a toujours cette idée en tête ?

C'était donc de *cela* qu'ils parlaient tout à l'heure.

Elle se sentit vaciller sous le choc. « Est-ce que... est-ce qu'il en a déjà parlé sérieusement ?

— Oh, oui. » Taylor soupira. Puis il regarda le badge portant le nom de la jeune femme. « Officier Sachs, j'ai passé des heures à tenter de le dissuader. Des jours. Mais je sais aussi, pour travailler depuis des années avec des handicapés, de quel entêtement ils sont capables. Peut-être que vous, il vous écoutera. Dites-lui quelques mots. Il me semble que... Pourriez-vous... ?

— Bon Dieu, Rhyme ! » fit-elle entre ses dents, et elle repartit en courant, laissant le médecin au milieu d'une phrase.

Elle arriva à la porte de la maison à l'instant où Thom venait fermer. Elle le repoussa pour entrer. « J'ai oublié mon agenda.

— Votre... ?

— J'en ai pour une seconde.

— Vous ne pouvez pas monter. Il est avec le médecin.

— Une seconde. Je ne dérangerai pas. »

Elle fut la première sur le palier. Thom l'avait suivie.

Il avait sans doute flairé le mensonge, car il gravit les marches deux par deux. Mais elle avait une bonne avance et elle ouvrit la porte de la chambre à toute volée avant qu'il ne la rattrape.

Elle entra, faisant sursauter Rhyme et le médecin qui se tenait debout contre la table, les bras croisés. Elle referma la porte et donna un tour de clé. Thom se mit à la marteler de coups de poings. Berger s'était retourné pour la regarder et fronçait les sourcils, intrigué.

« Sachs !

— J'ai à vous parler.

— De quoi ?

— De vous.

— Plus tard.

— Quand, plus tard, Rhyme ? demanda-t-elle d'un ton sarcastique. Demain ? La semaine prochaine ?

— Que voulez-vous dire ?

— Dois-je fixer un rendez-vous pour, disons, mercredi en huit ? Serez-vous disponible ? Serez-vous *encore là ?*

— Sachs...

— J'ai à vous parler. À vous seul.

— Non.

— Dans ce cas, nous ne ferons pas dans le détail. » Elle s'avança vers Berger. « Je vous arrête. Tentative d'assistance à suicide. » Les menottes étincelèrent et, *clic, clac*, se refermèrent sur les poignets du médecin.

Elle pensait que ce bâtiment était une église.

Carole Ganz était étendue par terre dans le sous-sol. Un unique rai de lumière tombait en oblique sur le mur, éclairant un lamentable portrait de Jésus et une pile de livrets de cantiques rongés par la moisissure. Une demi-douzaine de toutes petites chaises — pour les enfants du catéchisme, se dit-elle — étaient entassées au centre.

Elle avait toujours ses menottes aux poignets, et la bouche bâillonnée. Il l'avait attachée au mur à l'aide d'une corde à linge.

Sur une table, pas très loin, elle aperçut une lourde bonbonne en verre.

Si elle parvenait à la casser, elle pourrait peut-être trancher la corde avec un éclat de verre ? La table était hors de portée, mais elle se laissa rouler sur le flanc et se contorsionna pour ramper, comme une chenille, dans cette direction.

Cela lui rappela comment Pammy, quand elle était toute petite, roulait sur le lit entre Ron et elle ; et la pensée de sa fille, seule dans cet affreux sous-sol, la fit pleurer.

Pammy, Pooh, le sac.

Un instant, un bref instant, elle sentit ses forces l'abandonner. Regretta d'avoir quitté Chicago.

Non, ne pense pas comme ça ! Cesse de t'apitoyer sur toi-même ! Il n'y avait pas autre chose à faire. Et c'est pour Ron que tu le fais. Et pour toi, aussi. Il serait fier de toi. Kate le lui avait mille fois répété, et elle y croyait.

Elle reprit ses efforts. Parvint à une trentaine de centimètres de la table.

Encore sonnée après son évanouissement. Peinant à mettre de l'ordre dans ses pensées.

La soif lui brûlait la gorge. L'air était chargé de moisissure.

Elle rampa encore sur quelques centimètres et resta sur le flanc, essayant de reprendre haleine, le regard braqué sur la table. La chose paraissait impossible. À quoi bon ? songea-t-elle.

En se demandant ce qui se passait dans la tête de Pammy.

Salaud ! Je te *tuerai* pour ça !

Elle se tordit sur elle-même, dans un effort désespéré pour gagner encore un peu de terrain. Mais au lieu d'avancer, elle perdit l'équilibre et roula sur le dos. Elle haletait, certaine qu'il l'avait entendue et arrivait déjà. Non ! Quelque chose claqua avec un bruit sourd dans l'articulation de son poignet. Elle hurla sous le bâillon. Perdit connaissance. Quand elle revint à elle, ce fut pour sentir la nausée qui lui contractait la poitrine.

Non, non, non... Si elle vomissait, elle en mourrait. À cause du bâillon.

Bats-toi ! Bats-toi. Allons. Tu peux y arriver. Là... Elle eut un haut-le-cœur. Puis un autre.

Non ! Retiens-toi.

C'était dans sa gorge maintenant.

Retiens...

Retiens-toi...

Ce qu'elle fit. En respirant très fort par le nez, concentrée sur des images de Kate et d'Eddie et de Pammy, et sur le sac à dos jaune qui contenait tout ce qu'elle possédait. Le voyant, se le représentant sous tous les angles possibles. Sa vie entière se trouvait là-dedans. Sa *nouvelle* vie...

Ron, je ne veux pas rater ça. Je suis venue ici pour toi, mon amour...

Elle ferma les yeux. Pensa : respire à fond. Expire. Respire...

Finalement, la nausée disparut. Elle se sentit mieux et,

malgré la douleur au poignet qui lui arrachait des larmes, elle reprit sa progression vers la table. Trente centimètres. Vingt.

Elle sentit le pied de la table. Elle arrivait tout juste à le toucher du crâne. Renversant la tête en arrière, elle frappa de toutes ses forces. Elle entendit la bonbonne se renverser et rouler. Elle releva la tête.

Une partie de la bonbonne dépassait au bord de la table. Carole donna un nouveau coup de tête.

Non ! Elle n'avait pas touché le pied de la table, que le premier choc avait repoussé. La bonbonne se balança un instant mais ne tomba pas. Carole se débattit pour détendre la corde à linge qui la ligotait, mais sans succès.

Bon Dieu. Ah, Bon Dieu ! Comme elle fixait le verre sale de la bonbonne d'un œil découragé, elle vit qu'elle contenait un liquide dans lequel flottait quelque chose. *Qu'est-ce que c'est ?*

Elle recula un peu vers le mur pour mieux voir.

La chose ressemblait à une ampoule. Non, pas une ampoule complète, mais seulement le fil et le fond, planté dans une encoche. Un fil partait de là et sortait de la bonbonne pour se raccorder à l'un de ces mécanismes qui allument et éteignent les lumières de la maison quand on est absent. On aurait dit...

Une bombe ! Elle reconnaissait maintenant cette vague odeur d'essence.

Non, non...

Carole, toujours rampant, s'éloigna de la table le plus vite qu'elle le put, avec des sanglots de désespoir. Il y avait un grand meuble à dossiers contre le mur. Il la protégerait peut-être. Elle leva les jambes et, prise de panique, les abaissa aussitôt. Ce mouvement la déséquilibra. Elle se rendit compte, épouvantée, qu'elle roulait à nouveau sur le dos. Ah, non. Non... Elle s'immobilisa et resta ainsi un long moment, prise de tremblements chaque fois qu'elle tentait de déplacer son poids vers l'avant. Puis elle continua à rouler et s'écroula contre sa main enchaînée, en pesant de tout son poids sur le poignet blessé. Il y eut un instant de douleur intolérable, puis, par chance, elle perdit à nouveau connaissance.

25

« PAS QUESTION, RHYME. Vous ne pouvez pas faire ça. »

Berger observait, mal à l'aise. Rhyme se dit qu'il devait, dans sa pratique, assister à toutes sortes de psychodrames dans des moments comme celui-ci. Le principal problème n'était pas, pour Berger, ceux qui souhaitaient mourir, mais ceux qui voulaient que tout le monde vive.

Thom donna des coups de poings dans la porte.

« Thom ! dit Rhyme. C'est bon. Tu peux nous laisser. » Puis, à Amelia : « Nous nous sommes dit au revoir, vous et moi. Ce n'est pas bien de gâcher des adieux aussi parfaits.

— Vous ne pouvez pas faire ça. »

Qui avait lâché le morceau ? Peter Taylor, peut-être. Il avait deviné qu'ils lui mentaient, Thom et lui.

Rhyme vit le regard d'Amelia Sachs s'arrêter tour à tour sur les trois objets posés sur la table de chevet. Les offrandes des rois mages : le cognac, les pilules et le sac en plastique. Il y avait aussi une bande de caoutchouc, semblable à celles qu'Amelia portait autour de ses chaussures. (Combien de fois, rentrant chez lui de quelque scène de crime, avait-il vu Blaine fixer ses chaussures en s'écriant, horrifiée : « Tout le monde va penser que mon époux n'a pas de quoi se payer des chaussures neuves. Ses semelles tiennent par des élastiques. Franchement, Lincoln ! »)

« Sachs, retirez ses menottes au docteur. Je vous demande une dernière fois de vous en aller. »

Elle eut un rire sec comme un aboiement : « Vous m'excuserez, mais c'est un délit criminel dans l'État de New York. Le procureur le qualifiera en meurtre, s'il veut.

— Je ne fais que discuter avec un patient, dit Berger.

— C'est pour ça qu'on ne parle que de tentative. Pour le moment. Je devrais peut-être transmettre votre nom et vos empreintes à l'identité judiciaire, pour voir ce qu'il en sort.

— Lincoln, dit vivement Berger, sérieusement alarmé. Je ne peux...

— Nous allons arranger ça, dit Rhyme. Sachs, s'il vous plaît... »

Pieds écartés, les mains sur ses hanches étroites, une flamme impérieuse dans le regard. « En route ! » dit-elle au docteur, sa voix claquant comme un coup de fouet.

« Sachs, vous ne savez absolument pas à quel point ceci est important...

— Je ne vous laisserai pas vous suicider.

— Vous ne me laisserez pas ? rétorqua Rhyme, d'un ton mordant. Vous ne me *laisserez* pas ? Et pourquoi, au juste, aurais-je besoin de votre permission ?

— Mademoiselle... Officier Sachs, dit Berger. Il s'agit de sa décision, et il l'a prise en toute conscience. Lincoln est mieux informé que la plupart des patients que je vois.

— Des patients ? Des victimes, vous voulez dire !

— Sachs ! cria Rhyme, n'y tenant plus mais s'efforçant de masquer le désespoir dans sa voix. Il m'a fallu un an pour trouver quelqu'un qui accepte de m'aider.

— Peut-être parce que c'est mal. Avez-vous déjà pensé à ça ? Pourquoi maintenant, Rhyme ? Au beau milieu de l'enquête ?

— Si je subis une nouvelle attaque, je risque de perdre toute capacité à communiquer. De rester conscient et incapable du moindre mouvement pendant quarante ans. Et tant que je ne serai pas mort pour de bon, jamais personne ne coupera le courant. Pour le moment, au moins, je suis en mesure de communiquer mes décisions.

— Mais pourquoi ? s'écria-t-elle.

— Pourquoi pas ? rétorqua Rhyme. Dites-le moi. Pourquoi pas ?

— Oh... » Les arguments contre le suicide étaient, semblait-il, si nombreux qu'elle ne parvenait pas à les formuler. « Parce que...

— Parce que *quoi*, Sachs ?

— D'abord, c'est lâche. »

Rhyme se mit à rire. « Vous voulez en débattre, Sachs ? Vous le *voulez* ? Très bien. "Lâche", avez-vous dit. Voilà qui nous mène tout droit à Sir Thomas Browne : "Quand la vie est plus terrible que la mort, la vraie vertu est de la quitter." Le courage face à une insurmontable adversité... Argument classique en faveur de la vie. Mais si c'est vrai, alors, pourquoi endort-on les patients avant de les opérer ? Pourquoi trouve-t-on partout de l'aspirine ? Pourquoi répare-t-on les bras cassés ? Pourquoi le Prozac est-il le médicament le plus souvent prescrit en Amérique ? Désolé, mais il n'y a rien d'intrinsèquement bon dans la souffrance.

— Mais vous ne souffrez pas !

— Et comment définissez-vous la souffrance, Sachs ? Qui vous dit que l'absence de toute sensation n'est pas, aussi, une souffrance ?

— Vous avez tant à apporter. Regardez tout ce que vous savez. Tout ce savoir en médecine légale, en histoire...

— L'argument dit de la contribution sociale. Très répandu, celui-là. » Il jeta un coup d'œil à Berger, mais le médecin restait silencieux. Rhyme vit qu'il regardait avec curiosité l'os posé sur la table de chevet — le disque lombaire décoloré. Il le prit, le pétrit entre ses paumes. Berger était, se rappela Rhyme, un ancien orthopédiste.

Il poursuivit, pour Amelia : « Mais qui a dit qu'il fallait forcément apporter quelque chose ? D'autant que, par corollaire, il se peut aussi bien que j'apporte plus de mauvais que de bon. Ou que je fasse du mal. À moi-même ou à quelqu'un d'autre.

— La vie est ainsi. »

Rhyme sourit. « Mais je choisis la mort, pas la vie. »

La jeune femme, embarrassée, réfléchissait intensément. « C'est que... La mort, ce n'est pas naturel. La vie, oui.

— Ah, bon ? Freud n'était pas de votre avis. Il avait laissé tomber le principe de plaisir et en était venu à imaginer une autre force — une agression érotique non primaire, comme il l'appelait. Une force travaillant à défaire les connexions que nous avions opérées tout au long de notre vie. Notre propre destruction est le fait d'une force tout à fait naturelle. Tout meurt ; quoi de plus naturel ? »

De ses ongles, elle se labourait une fois de plus le cuir chevelu.

« D'accord, dit-elle, vivre est un défi plus grand pour vous que pour la plupart des gens. Mais je me disais... Tout ce que j'ai vu de vous m'a fait penser que vous étiez homme à aimer les défis.

— Les défis ? Parlons-en, des défis. Je suis resté un an sous respiration artificielle. Vous voyez la cicatrice de la trachéotomie sur mon cou ? Eh bien, à force d'exercice, et en faisant appel à toute ma volonté, je suis parvenu à me passer de cette machine. De fait, j'ai des poumons comme on n'en voit pas souvent. Ils valent les vôtres. Pour quelqu'un qui a une C4 en capilotade, c'est un exploit mémorable, Sachs. J'y ai consacré huit mois de ma vie. Vous voyez ce que je veux dire ? Huit mois pour maîtriser la plus simple des fonctions animales. Je ne parle pas de peindre la chapelle Sixtine ou de jouer du violon. Je parle de *respirer*, bon Dieu !

— Mais il peut y avoir des améliorations. D'ici un an, on aura peut-être trouvé un traitement.

— Non. Pas d'ici un an. Pas d'ici dix ans.

— Vous n'en savez rien. Il y a forcément des chercheurs...

— Bien sûr. Je suis expert en la matière, figurez-vous. Transplantation de tissus nerveux embryonnaires dans les tissus détériorés pour activer la régénération des axones. » Il prononçait avec aisance ces mots peu usuels. « Aucun résultat significatif. D'autres médecins traitent chimiquement les zones affectées pour créer un environnement propice à la régénération des cellules. Aucun résultat significatif — sur les espèces évoluées, en tout cas. On obtient de beaux succès sur des formes de vie plus primitives. Si j'étais une grenouille, j'aurais déjà retrouvé l'usage de mes pattes. Enfin, je pourrais l'espérer.

— Donc, il y a des gens qui travaillent là-dessus ?

— Bien sûr. Mais il ne faut pas s'attendre à des surprises avant vingt ou trente ans.

— Mais si on s'y attendait, rétorqua-t-elle, ce ne seraient plus des surprises ? »

Rhyme éclata de rire. Elle se défendait bien.

Elle rejeta en arrière une mèche rousse qui lui cachait un œil. « Et le respect des lois ? C'est à ça que vous avez consacré votre carrière. Le suicide est un délit.

— C'est aussi un péché. Les Indiens Dakota pensaient que les fantômes des suicidés devaient traîner pour l'éternité l'arbre auquel ils s'étaient pendus. Croyez-vous qu'ils s'en suicidaient moins pour autant ? Ils choisissaient de tout petits arbres.

— Très bien, Rhyme. Ceci sera donc mon dernier argument. » Se tournant vers Berger, elle souleva la chaîne des menottes. « Je l'emmène et je le coffre. Réfutez-le donc, celui-là !

— Lincoln », dit Berger, une lueur de panique dans le regard.

Déjà, elle avait pris le médecin par l'épaule et le poussait vers la porte. « Non, dit-il. Je vous en prie. Ne faites pas ça. »

Comme elle s'apprêtait à ouvrir, Rhyme l'appela. « Sachs ! Répondez d'abord à une question. »

Elle s'arrêta. Une main sur la poignée.

« Une seule question. »

Elle lui jeta un regard.

« En avez-vous déjà eu envie ? De vous tuer ? »

Elle tourna la clé dans la serrure.

« Répondez-moi, Sachs ! »

Elle n'ouvrit pas. Resta devant la porte, le dos tourné. « Non. Jamais.

— Êtes-vous satisfaite de votre existence ?

— Ni plus ni moins que n'importe qui.

— Vous n'êtes jamais déprimée ?

— Je n'ai pas dit ça. J'ai dit que je n'avais jamais eu envie de me suicider.

— Vous aimez conduire, m'avez-vous dit. Les gens qui aiment conduire conduisent vite. N'est-ce pas ?

— Oui. Parfois.

— À quelle vitesse êtes-vous déjà allée ?

— Je n'en sais rien.

— À plus de cent cinquante ? »

Elle fit un geste du pouce vers le haut.

« Cent soixante ? »

Elle sourit. « Oh, oui.

— Plus de cent soixante ? Cent quatre-vingts ? Deux cents ? » demanda-t-il, avec un sourire étonné.

« Deux cent cinquante, maxi.

— Vraiment, Sachs, vous m'impressionnez. Alors, dites-moi, quand vous conduisiez à ces allures, n'avez-vous jamais pensé que quelque chose pouvait arriver, une rupture de pièce, un pneu qui éclate, une flaque d'huile sur la route ?

— Il n'y avait pas grand risque. Je ne suis pas folle.

— Pas *grand* risque. Mais conduire une voiture à la vitesse d'un petit avion n'est jamais *sans* risques, n'est-ce pas ?

— Vous posez des questions tendancieuses au témoin.

— Non. Pas du tout. Suivez plutôt ce que je vous dis. Quand vous conduisez vite, vous prenez le risque d'avoir un accident et vous en acceptez l'idée, n'est-ce pas ?

— Si on veut. »

Berger leur jetait des regards inquiets tout en pétrissant la vertèbre blanchie entre ses mains menottées.

« Vous vous approchez, donc, de ce danger, de ce point de rupture ? Ah, vous voyez parfaitement ce que je veux dire. Je parle de cette frontière entre le *risque* de mourir et la *certitude* de mourir. Voyez-vous, Sachs, quand on garde en soi le souvenir de ceux qui sont déjà morts, cette frontière devient très floue. Il suffit d'un pas pour les rejoindre. »

Elle baissa la tête et ses traits se figèrent tandis que les mèches dégringolant sur son front lui cachaient les yeux.

« En finir avec les morts », murmura-t-il, en priant pour qu'elle ne s'en aille pas avec Berger, conscient de l'avoir poussée à l'extrême limite de ce qu'elle pouvait supporter. « J'ai touché un nerf, là. Jusqu'où va votre désir de rejoindre ceux qui sont morts ? Quelle est sa part en vous ? Elle n'est pas petite, Sachs. Oh non, elle n'est pas petite. »

Elle hésitait, sur le seuil de la chambre. Il comprit qu'il était tout près de son cœur.

Se retournant brusquement vers Berger, elle saisit les menottes. « Allons-y. » Et de le pousser dehors.

« Vous savez de quoi je parle, n'est-ce pas ? » lança Rhyme.

Nouvel arrêt.

« Dans la vie... il vous arrive des choses, Sachs. Il arrive que, tout simplement, on ne puisse pas être ce qu'on devrait être, avoir ce qu'on devrait avoir. Et la vie change. Parfois un peu, parfois beaucoup. Et au-delà d'un certain point, on se dit que ça ne vaut pas la peine d'essayer de réparer ce qui s'est détraqué. »

Il les regardait, debout tous les deux et immobiles sur le seuil. Un silence total régnait dans la pièce. Elle se retourna.

« La mort guérit de la solitude, continua Rhyme. Elle guérit de la tension. Elle guérit des démangeaisons. » Tout comme elle avait regardé ses jambes ce matin-là, il jeta un coup d'œil à ses ongles martyrisés. Lâchant les menottes de Berger, elle s'approcha de la fenêtre. Des larmes brillaient sur ses joues dans la lumière orangée qui venait du dehors.

« Sachs, je suis fatigué, dit-il, d'un ton pressant. Je ne saurais vous dire à quel point je suis fatigué. Vous savez combien la vie est dure de toute façon. Ajoutez à ça une montagne de... fardeaux. Se laver, manger, chier, appeler des gens au téléphone, boutonner sa chemise, se curer le nez... Et par-dessus tout ça, comptez-en encore quelques milliers de la même eau. Et plus encore. »

Il se tut. « Je vous propose un marché, dit-elle, après un long silence.

— À savoir... ? »

Elle montra le tableau au mur. « 823 a enlevé cette femme et sa petite fille... Aidez-nous à les sauver. Rien qu'elles. Si vous faites ça, je le laisserai une heure seul avec vous. » Elle regarda Berger. « Du moment qu'il promet de se tirer de cette ville tout de suite après. »

Rhyme secoua la tête. « Sachs, si j'ai une attaque, si je deviens incapable de communiquer...

— Dans ce cas, dit-elle posément, même si vous ne pouvez plus prononcer un mot, l'accord restera valable. Je ferai en sorte que vous passiez une heure ensemble. » Elle croisa les bras, écarta les pieds à nouveau, pour lui offrir ce qui était désormais, pour Rhyme, son image préférée d'Amelia Sachs. Il regrettait de ne pas l'avoir vue quelques heures plus tôt, lorsqu'elle arrêtait les trains. « C'est ce que je peux faire de mieux », ajouta-t-elle.

Nouveau silence. Puis Rhyme hocha la tête. « Bien. Marché conclu. » Et, à Berger : « Lundi ?

— Entendu, Lincoln. » Berger, mal remis de ses émotions, regarda la jeune femme lui retirer ses menottes avec des gestes précautionneux. Il semblait craindre qu'elle ne change d'avis. Sitôt libéré, il fonça vers la porte. Puis, s'apercevant qu'il n'avait pas lâché la vertèbre, il revint pour la poser — de façon presque irrespectueuse — à côté de Rhyme, sur le rapport de la première scène de crime.

Amelia se laissa choir dans le fauteuil en rotin et décrivit à Rhyme l'explosion de joie de Polling et Sellitto à qui elle venait d'apprendre qu'il acceptait de travailler un jour de plus sur l'enquête.

« Polling, surtout, dit-elle. J'ai cru qu'il allait m'embrasser, ce nabot. Ne lui dites pas que je l'ai appelé comme ça. Comment vous sentez-vous ? Vous avez l'air mieux. » Elle but une gorgée de Scotch et reposa son verre sur la table, à côté du gobelet de Rhyme.

« Pas mal. »

Thom changeait la literie. « Ce que vous transpirez ! Une vraie fontaine, dit-il.

— Mais seulement à partir du cou, répondit Rhyme.

— C'est normal ? demanda Amelia.

— Oui. Ça marche comme ça. Au-dessous, le thermostat a sauté une fois pour toutes. Je n'ai jamais besoin de déodorant axillaire.

— Axillaire ?

— Sous les bras, expliqua Rhyme avec une grimace. Aisselle. Mon premier garde-malade n'employait jamais que ce mot. "Je vais vous soulever par les axiaux, Lincoln..." Il parlait de lui-même comme d'un "soignant". Il l'avait d'ailleurs mentionné dans son curriculum vitae. Je n'ai jamais compris pourquoi je l'avais embauché. Nous sommes des êtres superstitieux, Sachs. Nous croyons qu'en changeant le nom, on peut changer la chose. Inconnu. Suspect. Coupable. Pourtant, garde-malade, c'est une profession honorable. Malpropre, mais honorable.

— Moi, je m'épanouis dans la malpropreté, dit Thom. Voilà pourquoi je travaille pour vous.

— Qu'êtes-vous, Thom, un garde-malade ou un soignant ?

— Je suis un saint.

— Ah, il a de la repartie, le bougre ! Et il pique encore plus vite qu'il parle. Il m'a ressuscité d'entre les morts. Et plus d'une fois. »

Rhyme eut peur, soudain, qu'elle l'ait vu nu. Le regard braqué sur le profil de l'Inconnu 823, il demanda : « À propos, je vous dois peut-être quelques remerciements, Sachs ? Avez-vous joué les infirmières, tout à l'heure ? » Il attendit la réponse, gêné, en se disant que si c'était le cas il ne pourrait plus la regarder en face.

« Non, dit Thom. C'est moi tout seul qui vous ai sauvé. Je n'ai pas voulu infliger à des âmes sensibles le spectacle de vos fesses ramollies. »

Merci, Thom, songea Rhyme. Puis, d'un ton rogue : « Va-t'en, maintenant. Nous avons besoin de parler de cette affaire. Sachs et moi.

— Vous avez besoin de dormir.

— Bien sûr. Mais il faut tout de même que nous parlions de cette affaire. Bonne nuit, bonne nuit. »

Après le départ de Thom, Amelia versa un peu de Macallan dans un verre qu'elle leva pour humer le parfum de l'alcool.

« Qui a parlé ? demanda Rhyme. Pete ?

— Qui ? demanda-t-elle.

— Le docteur Taylor, le spécialiste de la colonne vertébrale. »

Elle hésita assez longuement pour qu'il comprenne. « Il vous aime bien, dit-elle, enfin.

— Bien sûr qu'il m'aime. C'est tout le problème — je préférerais qu'il m'aime un peu *moins*. Il sait qui est Berger ?

— Il s'en doute. »

Rhyme fit une grimace. « Vous n'aurez qu'à lui dire que Berger est un vieil ami à moi, c'est tout. Il... quoi ? »

Amelia souffla lentement, en arrondissant les lèvres comme pour projeter au loin la fumée d'une cigarette « Non seulement vous voulez que je vous laisse vous suicider, mais il faudrait encore que je mente à la seule personne qui pourrait vous en dissuader ?

— Il ne pourrait pas m'en dissuader.

— Pourquoi, alors, voudriez-vous que je mente ? »

Il se mit à rire. « Laissons donc le docteur Taylor à son ignorance pendant quelques jours.

— D'accord, dit-elle. Mais je vous trouve bien dur en affaires. »

Il la regarda attentivement. « Vous ne voulez pas m'en parler ?

— De quoi ?

— De cette mort que vous n'avez pas acceptée. C'était qui ?

— Il y en a tous les jours.

— Par exemple ?

— Lisez donc les journaux.

— Allons, Sachs. »

Elle secoua la tête, fixa son verre de Scotch avec un imperceptible sourire. « Non, je ne crois pas. »

Il mit son silence au compte de la timidité — elle redoutait, se dit-il, de se laisser aller à des confidences avec quelqu'un qu'elle ne connaissait pas encore la veille. Ce qui ne manquait pas d'une certaine ironie, sachant qu'elle était assise à côté d'une dizaine de sondes, d'un tube de gel et d'une boîte de couches jetables. Il décida tout de même de ne pas la pousser plus loin, et ne dit plus rien. Il fut donc surpris quand elle leva la tête pour le regarder et dit soudain : « C'est que... C'est que... Ah, *zut.* » Et quand les sanglots éclatèrent, elle enfouit son visage dans ses mains, renversant sur le parquet un demi-verre de Scotch, et du meilleur.

26

« JE N'EN REVIENS PAS, de vous dire tout ça. »

Elle avait envoyé valdinguer ses chaussures d'uniforme pour se pelotonner dans le vaste fauteuil, les jambes repliées sous elle. Les larmes avaient séché, mais son visage rougeoyait comme sa chevelure.

« Continuez, dit-il, pour l'encourager.

— Ce type dont je vous ai parlé ? On s'apprêtait à prendre un appartement ensemble.

— Ah, oui. Avec le colley. Vous n'aviez pas dit qui il était.

— *C'était* mon petit ami.

— Je pensais que c'était votre père, peut-être, que vous aviez perdu.

— Non. Mon père est mort, effectivement — il y trois ans. Du cancer. Mais on s'y attendait. On s'y était préparé, pour autant qu'on puisse l'être. Mais Nick...

— Il a été tué ? » demanda Rhyme, doucement.

Elle ne répondit pas à la question. « Nick Carelli. L'un d'entre nous. Un flic. Inspecteur, troisième échelon. Il travaillait dans la police urbaine. »

Le nom lui était familier. Rhyme n'en dit rien et la laissa continuer.

« On a vécu ensemble un certain temps. On parlait de se marier. » Elle se tut un instant, et il eut l'impression qu'elle remettait de l'ordre dans ses pensées, comme on arrange ses cibles avant de tirer. « Il travaillait en civil. Ce qui nous obligeait à rester discrets. Il ne fallait pas qu'on sache qu'il était avec une femme flic. » Elle s'éclaircit la gorge. « C'est difficile à expliquer. Il y avait... ce truc entre nous. C'était... C'est quelque chose qui ne m'est pas arrivé souvent. *Jamais,* même, avant Nick. Mais on s'entendait bien, et ça n'avait rien de superficiel. Il savait qu'il n'était pas question pour moi d'être autre chose que flic, et ça ne lui posait pas de problème. Tout comme j'acceptais le fait qu'il travaille en civil et tout ce que ça impliquait. On était, disons... sur la même longueur d'ondes. On avait l'impression de se comprendre à cent pour cent. Vous voyez ce que je veux dire ? Vous l'avez déjà ressenti ? Avec votre femme ?

— Oui, dit Rhyme, avec un léger sourire. Mais pas avec Blaine. » Et il ne s'attarda pas sur le sujet. « Comment vous êtes-vous connus ?

— À l'académie de police. Au cours d'une session d'information. Nick était venu parler du travail en civil. Il m'a tout de suite proposé qu'on se revoie. On s'est retrouvés au *Rodman's Neck.*

— Le stand de tir ? »

Elle hocha la tête, en reniflant. « Ensuite, on est allés à Brooklyn, chez sa mère, qui nous a fait asseoir devant un plat de pâtes et une bouteille de Chianti. Elle m'a pincée à pleines mains en me disant que j'étais trop maigre pour faire des bébés. J'ai dû reprendre une assiette. Nous sommes rentrés chez moi et il est resté. Pas mal, hein, pour un premier rendez-vous ? À partir de là on ne s'est plus quittés. Ça aurait marché, Rhyme. Je le sentais. Ça aurait très bien marché.

— Que s'est-il passé ?

— Il était... »

Une gorgée d'alcool pour se soutenir. « Il trafiquait, voilà ce qui s'est passé. Pendant tout le temps où on a été ensemble.

— Que voulez-vous dire ?

— Il était là-dedans jusqu'au cou. Je ne m'en suis jamais doutée. Pas une seconde. Il planquait tout dans des banques. Il avait détourné pour plus de deux cent mille dollars d'articles volés. »

Lincoln resta un moment silencieux. « Je trouve ça bien triste, Sachs. C'était de la drogue ?

— Non. Des marchandises, surtout. De l'électroménager, des postes de télévision... ils s'y étaient mis à plusieurs, et les journaux les ont appelés la Brooklyn Connection. »

Rhyme l'écoutait en hochant la tête. « Voilà pourquoi je m'en souvenais. Ils étaient une douzaine, n'est-ce pas ? Tous des flics.

— Presque tous.

— Qu'est-ce qu'il est devenu ? Nick ?

— Vous savez comment ça se passe, quand les flics arrêtent des flics. Ils l'ont battu à mort pour le faire parler. Ils ont prétendu qu'il avait résisté, mais je suis certaine que non. Ils lui ont fracturé trois côtes, cassé deux doigts et sérieusement esquinté la figure. Il a plaidé coupable, mais ça ne l'a pas empêché d'en prendre pour vingt ans.

— Vingt ans ? Pour ça ? » Rhyme était stupéfait.

« Il s'était mouillé personnellement à deux ou trois reprises. Il avait frappé un automobiliste à coups de crosse, et tiré sur un autre. Pour lui faire peur. Je *sais* qu'il voulait seulement lui faire peur. Mais le juge l'a saqué. » Elle ferma les yeux, serra très fort les lèvres.

« Quand il s'est fait prendre, les types de la police des polices se sont jetés sur lui comme des chiens en chaleur. Ils ont vérifié les appels téléphoniques. Nous évitions au maximum de nous téléphoner. Il m'avait dit que des malfrats qu'il poursuivait avaient déjà mis sa ligne sur écoute. Mais il avait tout de même appelé plusieurs fois chez moi. Alors ils ont enquêté aussi sur mon compte, et Nick a rompu. Il le *fallait,* voyez-vous. Sinon, je serais tombée avec lui. En matière de chasse aux sorcières, ils sont très forts dans la police, comme vous le savez.

— Et ensuite ?

— Il voulait absolument les convaincre que je n'étais rien pour lui... alors, il a dit certaines choses à mon sujet. » Elle fit un effort pour déglutir, sans lever les yeux. « Comme ils revenaient sans cesse là-dessus, il a fini par répondre : “Amelia Sachs ? Je l'ai baisée une ou deux fois, mais elle était vraiment nulle au lit, alors je l'ai plaquée.” Voilà comment ça a commencé. Et à l'enquête, il en a rajouté. Il a dit que si j'étais si nulle, c'était sans doute parce que je préférais les filles. Vous voyez d'ici à quelle vitesse *ça* a fait le tour des services.

— Le dénominateur commun est des plus bas, chez nous, Sachs. »

Elle respira profondément. « Je l'ai vu au tribunal vers la fin de l'enquête. Il m'a regardée une seule fois, et... je ne peux pas vous dire ce qu'il y avait dans ce regard. Un désespoir total. Oh, je sais bien qu'il l'a fait pour me protéger. Mais tout de même... Vous aviez raison, voyez-vous. À propos de la solitude.

— Je ne voulais pas...

— Non, dit-elle, sans sourire. C'est moi qui ai tiré la première, et vous avez riposté. Normal. Et vous aviez raison. Je déteste être seule. Je *veux* sortir, je *veux* trouver quelqu'un. Mais depuis Nick, je n'éprouve plus le moindre intérêt pour le sexe. » Elle partit d'un rire amer. « Tout le monde trouve que j'ai de la chance d'être comme je suis. Je pourrais avoir des mecs, autant que j'en voudrais, pas vrai ? Connerie. Les seuls qui ont le culot d'essayer sont ceux qui ne pensent qu'à baiser. Donc, j'ai laissé tomber. Je suis mieux toute seule, c'est plus facile. Je déteste ça, mais c'est plus facile. »

Rhyme comprenait enfin la réaction qu'elle avait eue en le voyant pour la première fois. Elle se sentait à l'aise en sa présence parce qu'il ne représentait pas une menace pour elle. Pas d'arrière-plan grivois. Nul besoin, avec lui, de se barricader. Et elle ressentait aussi, peut-être, une certaine camaraderie — comme s'ils étaient nés l'un et l'autre privés du même gêne.

« Vous savez, plaisanta-t-il, on devrait se mettre ensemble, vous et moi, et *ne pas* avoir de liaison. »

Elle rit. « Parlez-moi de votre femme. Vous êtes restés mariés longtemps ?

— Sept ans. Six avant l'accident, un après.

— Et elle vous a quitté ?

— Non. C'est moi qui l'ai quittée. Je ne voulais pas me sentir coupable.

— C'est gentil.

— Oh, je lui en ai fait voir, de toute façon. Je suis un salopard. Vous ne connaissez que mon bon côté. » Il se tut un instant, avant de demander : « Cette histoire avec Nick... elle a un rapport avec votre départ de la police urbaine ?

— Non. Enfin, oui.

— Vous n'aimez pas les armes à feu ? »

Elle ne répondit pas tout de suite. Puis elle dit, en hochant la tête : « Dans la rue, les choses ne sont plus comme avant. C'est ça qui a fait déraper Nick, vous savez. C'est ça qui lui a tourné la tête. Ça n'a plus rien à voir avec ce que c'était du temps de mon père. C'était mieux, avant.

— Vous voulez dire que ce n'est pas comme dans les *histoires* que vous racontait votre père.

— Peut-être », admit-elle. Elle s'affala dans le fauteuil. « L'arthrite ? C'est vrai, mais c'est moins grave que je le prétends.

— Je sais, dit Rhyme.

— Vous le savez ? Comment ?

— J'ai étudié les indices, et tiré certaines conclusions.

— C'est pour ça que vous m'avez espionnée toute la journée ? Vous saviez que j'en rajoutais ?

— Je vous ai espionnée, dit-il, parce que vous valez mieux que vous ne pensez. »

Elle le fixa d'un regard perçant.

« Ah, Sachs, vous me rappelez moi.

— Moi ?

— Je vais vous raconter quelque chose. Je travaillais sur les scènes de crime depuis un an et demi, peut-être, et voilà qu'un soir la police criminelle nous appelle pour nous dire qu'on vient de retrouver un type mort dans une petite rue du Village. Comme tous les gradés étaient sortis, c'est moi qu'on a envoyé sur les lieux. J'avais vingt-six ans, ne l'oubliez pas. J'y vais, et on découvre que le type était le patron des services médicaux et sociaux de la ville. Et vous savez ce qu'on trouve tout autour de lui ? Un tas de photos Polaroïd. Vous auriez vus ces clichés... Il sortait d'un club Sadomaso du côté de Washington Street. Et, j'allais l'oublier, quand je l'ai vu il portait une mini-robe noire et des bas à résille. Donc, je sécurise la scène. Mais un capitaine arrive et veut franchir la barrière. Je comprends qu'il a l'intention de faire disparaître les photos avant qu'elles ne parviennent dans la salle où on garde les indices et les pièces à conviction. Mais j'étais si naïf, à l'époque, que je n'attachais pas grande importance à ces photos. Je craignais surtout que des gens traversent la scène et la contaminent.

— P pour Protéger la scène du crime. »

Rhyme eut un petit rire. « Je ne l'ai pas laissé passer. Pendant qu'il restait devant la barrière, à rouspéter contre moi, arrive un commissaire adjoint qui essaye de m'avoir par des moyens détournés. Je lui dis non à lui aussi. Il se met à crier comme l'autre. Je leur dis que la scène restera intacte jusqu'à ce que les enquêteurs aient achevé leur travail. Savez-vous qui a fini par se pointer ?

— Le maire ?

— Son adjoint.

— Et vous avez lâché les photos ?

— Personne n'a posé le pied sur la scène, excepté les flics qui sont venus faire leurs relevés d'empreintes et photographier. Après quoi, évidemment, j'ai passé six mois à faire de la paperasse. Mais nous avons pris celui qui avait fait le coup grâce aux diverses traces qu'il avait laissées, dont une empreinte sur l'un des Polaroïds — laquelle, d'ailleurs, devait paraître quelques jours plus tard en première page du *Post*. Comme ce que vous avez fait hier matin, Sachs. En arrêtant la circulation sur les voies ferrées et sur la 11e Avenue.

— Je n'ai pas réfléchi, dit-elle. Je l'ai fait, et puis voilà. Pourquoi me regardez-vous de cette façon ?

— Allons, Sachs. Vous savez où est votre place. Dans la rue. Police urbaine, police criminelle, qu'importe... Mais pas aux affaires publiques. Vous allez y croupir. C'est un bon boulot pour certaines personnes, mais pas pour vous. Ne renoncez pas si vite.

— Et vous, vous ne renoncez pas ? Et Berger, alors ?

— Le cas est un peu différent. »

Elle lui jeta un regard qui disait : « Vraiment ? » Puis elle se leva pour prendre un mouchoir en papier. En se rasseyant dans le fauteuil, elle demanda : « Et vous, vous ne traînez pas quelques cadavres derrière vous ?

— J'en ai traîné. Mais ils sont tous enterrés à l'heure qu'il est.

— Racontez-moi.

— À vrai dire, il n'y a rien de...

— Faux. J'en suis sûre. Allons — je vous ai présenté le mien. »

Il sentit un frisson bizarre. Il savait que ce n'était pas de la dysréflexie. Son sourire disparut.

« Allons, Rhyme, insista-t-elle. J'ai envie de savoir.

— Eh bien, sur une affaire, il y a quelques années... J'ai fait une bêtise. Une grosse bêtise.

— Racontez-moi ça. » Elle leur versa à chacun un doigt de Scotch.

« On nous avait appelés pour une histoire banale de crime et de suicide. Un mari et sa femme dans un appartement de Chinatown. Il l'avait tuée, puis s'était suicidé. Je n'avais pas beaucoup de temps pour travailler sur la scène ; j'ai fait au plus vite. Et j'ai commis l'erreur classique — avant de commencer, je savais déjà ce que j'allais trouver. J'ai trouvé quelques fibres dont je ne m'expliquais pas l'origine, mais je me suis dit que l'homme ou la femme les avaient sans doute semés. J'ai trouvé des douilles, mais je n'ai pas vérifié qu'elles venaient bien de l'arme que nous avions ramassée sur place. J'ai vu que l'arme avait subi un effet de recul, mais je n'ai pas cherché à déterminer sa position exacte. J'ai bouclé mon rapport, j'ai signé et je suis rentré au bureau.

— Et alors ?

— Et alors, la scène avait été maquillée. Il s'agissait d'un double meurtre crapuleux. Et l'assassin n'avait pas quitté l'appartement.

— Quoi ? Il était encore là ?

— Sous un lit. Il en est sorti après mon départ et il s'est mis à tirer. Il a tué un médecin légiste et blessé un aide médical. Puis il est sorti dans la rue, ou il a échangé des coups de feu avec deux agents qui avaient été prévenus par radio. Il a été abattu lui aussi et il devait mourir peu après, mais il avait tué l'un des agents et blessé l'autre. Il avait aussi tiré sur des gens qui sortaient en famille d'un restaurant chinois sur le trottoir d'en face. Et il avait pris l'un des gosses pour s'en faire un bouclier.

— Mon Dieu.

— Le père s'appelait Colin Stanton. Il n'avait pas reçu de blessure et c'était un ancien médecin militaire. Les types des secours d'urgence nous ont dit qu'il aurait pu, sans doute, sauver sa femme et l'un des gosses ou même les deux, s'il avait fait quelque chose pour arrêter l'hémorragie, mais il était paralysé par la panique. Il est resté planté, à les regarder mourir sous ses yeux.

— Mon Dieu, Rhyme. Mais ce n'était pas de votre faute. Vous...

— Attendez. Ce n'est pas fini.

— Non ?

— Stanton est rentré chez lui — dans l'État de New York. Il a fait une dépression nerveuse et on l'a hospitalisé quelques temps. Il a tenté de se suicider. On l'a mis sous surveillance spéciale. Il a essayé de se trancher les veines du poignet avec du papier — une couverture de magazine. Puis il s'est glissé dans la bibliothèque, a trouvé un verre à eau dans les toilettes, l'a cassé et s'est tailladé les poignets. On l'a recousu et on l'a gardé un an de plus en hôpital psychiatrique. Puis on l'a relâché. Un mois après sa sortie, il faisait une nouvelle tentative. Avec un couteau. » Rhyme se tut quelques secondes avant d'ajouter, froidement. « Celle-ci a réussi. »

Il avait appris la mort de Stanton en lisant une notice nécrologique transmise au service des renseignements généraux de la police de New York par le coroner du comté d'Albany. Quelqu'un l'avait fait passer à Rhyme par le courrier interne, ornée d'un papillon sur lequel était écrit : *Pour information.*

« Il y a eu une enquête interne. Faute professionnelle. Ils m'ont donné une petite tape. Je trouve qu'ils auraient dû me virer. »

Elle soupira et resta un instant les yeux fermés. « Et vous me dites que vous ne vous sentez plus coupable par rapport à ça ?

— Plus maintenant.

— Je ne vous crois pas.

— J'ai purgé ma peine, Sachs. J'ai vécu un bon bout de temps avec ces cadavres. Mais je m'en suis débarrassé. Sinon, comment aurais-je pu continuer à travailler ? »

Elle resta un long moment sans rien dire, puis : « Quand j'avais dix-huit ans, j'ai écopé d'une contredanse. Pour excès de vitesse. Je roulais à cent quarante sur une route limitée à soixante-dix.

— Eh bien...

— Mon père m'a dit qu'il m'avancerait l'argent de l'amende, mais que je devrais le rembourser. Avec les intérêts. Et vous savez ce qu'il a ajouté ? Qu'il m'aurait tanné la peau de fesses si j'avais brûlé un feu rouge ou commis une imprudence. Mais que l'excès de vitesse, il comprenait. Il m'a dit : “Je sais ce que tu ressens, ma chérie. Tant que tu files, on ne peut pas t'attraper.” » Elle regarda Rhyme. « Si je ne pouvais plus conduire, ni bouger, alors j'essaierais peut-être. De me tuer.

— J'allais partout à pied, dit Rhyme. Je n'ai jamais beaucoup conduit. Je suis resté plus de vingt ans sans posséder une voiture. Qu'est-ce que vous avez, vous ?

— Oh, pas le genre de voiture chic et cher que vous auriez sans doute. Une Chevrolet Camaro. Elle appartenait à mon père.

— Qui vous a appris à conduire comme ça ? »

Elle hocha la tête. « Celui qui m'a offert une clé dynamométrique. Et des pinces à batterie. Et mon premier jeu de clés plates et de clés à pipe — pour mon treizième anniversaire. » Elle riait doucement. « Cette Chevy, c'est un vrai tas de ferraille. Mais vous savez ce que c'est, surtout ? Une vraie bagnole américaine. La radio, les déflecteurs, les lumières, tout ça, c'est de la camelote. Mais la suspension est comme un roc, la voiture légère comme une coquille d'œuf et je peux laisser sur place n'importe quelle BMW.

— Et je parie que vous ne vous en privez pas.

— À l'occasion...

— Les voitures font beaucoup rêver, chez les infirmes, expliqua Rhyme. Assis — ou allongés — dans notre pavillon du centre de rééducation, nous parlions de ce que nous achèterions avec l'argent des assurances. Les conduites intérieures équipées d'un fauteuil roulant arrivaient largement en tête. Et tout de suite après, les voitures à commandes manuelles. Dont, pour ma part, je ne pouvais rien espérer, bien sûr. » Il plissa les paupières, cherchant dans ses souvenirs. « Voilà des années que je ne suis pas monté dans une voiture. Je ne me souviens même plus de la dernière fois.

— J'ai une idée, dit Amelia, soudain. Avant que votre ami — le docteur Berger — revienne, laissez-moi vous offrir une petite balade. Ça pose un problème ? À cause de la position assise ? Vous disiez que les fauteuils roulants n'étaient pas pour vous.

— Les fauteuils roulants, c'est vrai. Mais une voiture ? Ça devrait être possible. » Il se mit à rire. « À deux cents ? Deux cents à l'heure ?

— Je ne fais pas ça tous les jours. Il faut une route qui s'y prête. Et pas de motards de la police. »

Le téléphone sonna et Rhyme répondit. C'était Lon Sellitto.

« Nous avons placé des hommes dans toutes les églises de Harlem. Dellray dirige l'opération — il s'est transformé en dévôt, Lincoln. Tu ne le reconnaîtrais pas. Ah, j'ai aussi une trentaine de mobiles et une centaine d'hommes du service de sécurité de l'ONU qui patrouillent, au cas où nous aurions oublié des églises. Si le type ne se montre pas, nous ferons une descente générale à sept heures et demie. Pour le cas où il serait planqué dans un coin. Je crois bien qu'on va l'avoir, Linc », dit l'inspecteur, avec un enthousiasme inhabituel chez un policier new-yorkais.

« Très bien, Lon. J'enverrai Amelia à ton poste de commandement vers huit heures. »

Ils raccrochèrent.

Thom entra, après avoir frappé à la porte.

Comme s'il craignait de nous surprendre dans une position compromettante, songea Rhyme, avec un rire silencieux.

« Allez, on dort ! Tout de suite ! Et pas de protestations ! » dit le garde-malade. Le ton était sans réplique.

La pendule indiquait trois heures du matin et Rhyme ne sentait plus la fatigue. Il flottait quelque part dans une autre dimension. Au-dessus de son corps. Il se demanda une seconde s'il n'hallucinait pas.

« Oui maman, dit-il. L'officier Sachs va rester, Thom. Tu lui sortiras une couverture, s'il te plaît ?

— Qu'est-ce que vous dites ? » Thom s'était retourné vers lui.

« Une couverture.

— Non, après. C'était quels mots ? Je n'ai pas bien saisi.

— Je ne sais plus — “s'il te plaît” ? »

Thom le regarda avec de grands yeux inquiets. « Ça ne va pas ? Voulez-vous que j'appelle Peter Taylor ? Le chef de l'Église presbytérienne ? Le chirurgien en chef ?

— Vous voyez comment il me traite, ce petit salaud ? Il ne sait pas lui-même combien de fois j'ai failli le virer.

— À quelle heure faut-il vous réveiller ?

— Six heures et demie, disons. »

Quand il fut ressorti, Rhyme demanda : « Vous aimez la musique, Sachs ?

— Oui, beaucoup.

— Quel genre de musique ?

— Oh, les vieux trucs... Le jazz des années cinquante, le Motown... Et vous ? Vous seriez plutôt du genre classique, non ?

— Vous voyez ce placard ?

— Celui-là ?

— Non, non, l'autre. À droite. Ouvrez-le. »

Elle obéit, et resta figée sur place. La porte donnait sur un réduit tapissé de milliers de CD.

« C'est le paradis !

— Vous voyez la chaîne stéréo, sur l'étagère ? »

Elle effleura de la main la platine Harmon Kardon, noire et poussiéreuse.

« Elle a coûté plus cher que ma première voiture, dit Rhyme. Je ne m'en sers plus.

— Pourquoi ?

— Mettez un disque. C'est branché ? Parfait. Choisissez quelque chose. »

Elle ressortit du placard un instant plus tard et revint

s'asseoir près du lit tandis que Levi Stubbs and the Four Tops entonnaient une chanson d'amour.

Il y avait un an qu'on n'avait pas entendu une note de musique dans cette chambre, estima Rhyme. Pourquoi avait-il cessé d'en écouter ? Il chercha une réponse à cette question, et n'en trouva aucune.

Elle débarrassa le divan des livres et des dossiers qui l'encombraient et s'y étendit en feuilletant un exemplaire des *Scènes de crime*.

« Je pourrais en avoir un ? demanda-t-elle.

— Prenez-en dix.

— Vous voulez bien... » Elle s'interrompit.

« Vous le dédicacer ? » Il se mit à rire. Elle aussi. « Si j'y appliquais l'empreinte de mon pouce ? Les graphologues ne donnent jamais qu'un taux de certitude de quatre-vingts pour cent lorsqu'ils identifient un scripteur. Mais une empreinte ? N'importe quel spécialiste vous garantira son authenticité. »

Il la regarda lire le premier chapitre. Ses paupières se fermaient malgré elle. Elle posa le livre.

« Vous voulez me faire plaisir ? demanda-t-elle.

— Comment ?

— Lisez un peu pour moi. Un passage. Quand on était ensemble, avec Nick... » Sa voix s'étrangla.

« Oui ?

— Souvent, il me faisait la lecture à haute voix avant que je m'endorme. Des livres, le journal, des magazines... C'est l'une des choses qui me manquent le plus.

— Je lis très mal, avoua Rhyme. On a toujours l'impression que je récite des procès-verbaux. Mais j'ai une mémoire... assez bonne. Si je vous parlais plutôt de certaines scènes de crime ?

— Vous voulez bien ? » Elle lui tourna le dos pour retirer son chemisier bleu marine, dégrafa le mince gilet pare-balles et le mit de côté. Elle portait dessous un T-shirt par-dessus un soutien-gorge de sport. Elle remit le chemisier, s'étendit sur le divan en tirant la couverture sur elle, se pelotonna en chien de fusil, ferma les yeux.

Rhyme actionna une commande de son tableau électronique pour diminuer la lumière dans la pièce.

« J'ai toujours été fasciné par ces lieux de mort, commença-t-il. Ils sont comme des mausolées. L'endroit où les gens ont fait le grand saut nous intéresse beaucoup plus que celui où ils sont nés. Prenez l'exemple de John Kennedy. La morgue de l'hôpital de Dallas reçoit quotidiennement un millier de visiteurs. Combien sont-ils, à votre avis, à se recueillir dans le pavillon de la maternité de Boston où il vit le jour ? »

Il s'interrompit pour caler sa tête contre l'oreiller dont il appréciait la mollesse comme un luxe suprême. « Ça ne vous ennuie pas ?

— Non. Continuez, s'il vous plaît.

— Vous voulez savoir ce qui m'a toujours intrigué, Sachs ?

— Dites-le moi.

— J'y ai pensé pendant des années. Le Calvaire. Bientôt deux mille ans d'âge. *Voilà* ce que j'appelle une scène de crime ! Je sais ce que vous allez me dire : on connaît ceux qui ont fait le coup. En est-on certain ? Tout ce que nous savons, c'est d'après les déclarations des témoins. Mais rappelez-vous ce que je dis : ne jamais faire confiance à un témoin. Il se peut que ces récits de la Bible n'aient rien à voir avec ce qui s'est réellement passé. Où sont les *preuves* ? Les indices ? Les pièces à conviction ? Les clous, le sang, la sueur, le pieu, la croix, le vinaigre... Les empreintes de sandales et les traces de doigts ? »

Rhyme tourna légèrement la tête sur la gauche et continua à parler d'indices et de scènes de crime jusqu'au moment où il vit la poitrine d'Amelia se soulever et retomber à un rythme régulier tandis que son souffle faisait voleter devant ses lèvres quelques cheveux flamboyants. De son index gauche, il éteignit la lumière, et ne tarda pas à s'endormir à son tour.

L'aube pointait.

En s'éveillant, Carole Gantz vit sa lueur à travers la vitre grillagée au-dessus de sa tête. Pammy. Oh, mon bébé... Puis elle pensa à Ron. Et à tout ce qu'elle possédait, qui se trouvait maintenant dans ce sinistre sous-sol. L'argent, le sac à dos jaune...

Mais c'était surtout à Pammy qu'elle pensait.

Quelque chose l'avait réveillée de son sommeil léger et agité. Quoi ?

La douleur à son poignet. Les élancements étaient terribles. Elle changea légèrement de position. Elle...

Les basses caverneuses d'un orgue, relayées par un chœur de voix humaines, emplirent soudain l'espace.

Voilà ce qui l'avait réveillée. La musique. Une vague déferlante de musique. Cette église n'était pas abandonnée. Il y avait des gens, tout près ! Elle se mit à rire de soulagement. Quelqu'un allait...

Puis elle se rappela la bombe.

Elle jeta un coup d'œil au-delà du meuble à dossiers. Elle était toujours là, en équilibre au bord de la table. Elle avait l'aspect brut des vraies bombes et des armes mortelles — rien à voir avec les gadgets étincelants qu'on montre dans les films. Le ruban adhésif en partie décollé, les fils grossièrement dénudés, l'essence trouble... C'est peut-être une fausse bombe, songea-t-elle. Un leurre. À la lumière du jour, elle paraissait moins dangereuse.

La musique à nouveau. Elle avait éclaté juste au-dessus d'elle, accompagnée par des bruits de pas. Une porte se ferma. Le plancher grinçait et gémissait sous les allées et venues. Des flocons de poussière tombaient des solives.

Le chœur reprit, s'interrompit en plein élan. Puis les voix s'élevèrent à nouveau.

Carole donna des coups de pieds mais le sol était en ciment, les murs en briques. Elle voulut crier, mais son cri s'étouffa sous le bâillon. La répétition se poursuivit, la musique solennelle, puissante, déferlant au sous-sol.

Au bout de dix minutes, Carole s'écroula, épuisée. Son regard revint se fixer sur la bombe. Il faisait jour maintenant, et elle voyait le minuteur.

Elle plissa les paupières. Le minuteur !

Il n'avait rien d'un leurre. La flèche était réglée sur 6 h 15. Le cadran indiquait 5 h 30.

Elle parvint, à force de contorsions, à se tapir derrière le meuble à dossiers, en donnant des coups de genou dans la paroi métallique. Mais les pauvres bruits qu'elle pouvait faire se perdirent dans les accents déchirants de *Swing Low, Sweet Charriot* qui emplissaient l'église du sous-sol au plafond.

IV

JUSQU'À L'OS

Cela seul est dénié aux Dieux : le pouvoir de recréer le passé.

ARISTOTE

Dimanche 5 h 45 à lundi 19 heures

27

IL FUT RÉVEILLÉ par une odeur. Comme cela lui arrivait souvent.

Et, ce matin-là comme tant d'autres, il n'ouvrit pas immédiatement les yeux mais resta dans sa position à demi assise, s'efforçant de deviner quelle était cette odeur inhabituelle.

Venait-elle de l'air matinal chargé d'émanations chimiques ? De la rosée sur les pavés gras ? Y avait-il du plâtre humide à proximité ? Il essaya de détecter l'odeur d'Amelia Sachs mais n'y parvint pas.

Ses pensées ne s'attardèrent pas sur elle. Il continua à chercher. De *quoi* s'agissait-il ?

D'un produit de nettoyage ? Non.

D'un produit chimique en provenance du laboratoire improvisé de Cooper ?

Non, il les connaissait tous.

C'était... ah, oui... le gros stylo marqueur.

Il pouvait maintenant ouvrir les yeux et — après un regard en direction d'Amelia Sachs pour s'assurer qu'elle dormait toujours et ne l'avait pas abandonné —, il s'absorba dans la contemplation du tableau punaisé au mur. C'était bien de là que venait l'odeur, du papier de la reproduction, ramolli et distendu par la chaleur humide de ce matin d'août.

Prob. fiché à la police
Connaît trav. sur scènes de crime
Connaît tech. relevés d'empreintes
Arme : Colt .32
Attache vict. avec des nœuds bizarres
Attiré par l'« ancien »

A appelé l'une des vict. « Hanna »
Connaît l'allemand
Attiré par les lieux souterrains

Les chiffres lumineux de la pendule indiquaient 5 h 45. Son regard revint se fixer sur le tableau. Il le voyait mal — une forme claire aux contours imprécis sur un fond un peu moins clair. Mais le ciel qui pâlissait peu à peu, au-dehors, lui donnait assez de lumière pour lire les caractères.

Double personnalité
Peut-être prêtre, assistant social, conseiller...
Usure des semelles inhabituelle : peut-être un grand lecteur ?
A écouté en cassant le doigt d'une victime
A laissé un serpent pour narguer les enquêteurs

Les faucons s'éveillaient : il y avait du mouvement sur le rebord de la fenêtre. Mais Rhyme gardait les yeux fixés sur le tableau. Dans son bureau, jadis, il avait fixé au mur une dizaine de tableaux effaçables à sec sur lesquels il tenait à jour les informations recueillies sur les auteurs des crimes les plus graves non encore élucidés. Il se revoyait allant et venant devant ces tableaux, scrutant les colonnes, essayant de s'imaginer les gens qui y étaient décrits.

Molécules de peinture, boue, pollen, feuille...

Immeuble ancien, marbre rose

Il se rappela un talentueux voleur de bijoux qu'ils avaient arrêté, Lon et lui, une dizaine d'années auparavant. L'homme leur avait dit qu'ils ne trouveraient jamais l'endroit où il avait planqué le butin de ses vols précédents, mais qu'il était prêt à le leur révéler si on lui garantissait la clémence du juge. Et Rhyme lui avait répondu : « C'est vrai, nous *avons eu* un peu de mal à localiser cette cache avec précision.

— Ça ne m'étonne pas, avait répondu, narquois, le voleur.

— Car voyez-vous, avait poursuivi Rhyme, nos recherches nous permettent de situer cette cachette dans le mur de la cave à charbon d'une maison de style colonial au bord du Connecticut. À environ huit kilomètres au nord de Long Island Sound. Mais je me demande si cette maison se trouve sur la rive droite ou sur la rive gauche du fleuve. »

Quand l'histoire commença à circuler, ceux qui la racontaient décrivirent tous avec les mêmes mots la mine stupéfaite du voleur et son regard qui semblait dire : « Ma parole, mais vous y étiez ! »

C'est peut-être magique, Sachs, songea-t-il.

Au moins cent ans d'âge, hôtel part. ou bâtiment administratif

Il parcourut une fois encore l'ensemble des informations inscrites sur le tableau, la tête appuyée sur son précieux oreiller. Et soudain, le déclic. Presque comme une gifle en pleine figure. Une sensation de chaleur se communiquant à son cuir chevelu à la vitesse d'un incendie. Les yeux exorbités, braqués sur le tableau.

Attiré par l'« ancien »

« Sachs ! cria-t-il. Réveillez-vous ! »

Elle ouvrit les yeux et se redressa. « Quoi ? Qu'est-ce... »

Ancien, ancien, ancien...

« Je me suis trompé, dit-il, d'un ton brusque. Il y a un problème. »

Elle crut d'abord qu'il voulait parler de son état de santé, et bondit sur la trousse médicale de Thom.

« Non, les indices, Sachs, les *indices*... j'ai compris de travers. » Il avait le souffle court et grinçait des dents en réfléchissant.

Elle remit ses vêtements, se rassit sur le divan, porta machinalement la main à sa tête pour se gratter le cuir chevelu. « Mais qu'est-ce qu'il y a, Rhyme ? De quoi parlez-vous ?

— L'église. Elle n'est peut-être pas à Harlem. » Et de répéter : « Je me suis trompé. »

Comme la première fois, avec l'homme qui avait tué toute la famille du docteur Colin Stanton. Dans ces enquêtes criminelles, on trouve parfois des indices par dizaines, mais il suffit d'un oubli ou d'une négligence pour que des gens meurent par votre faute.

« Quelle heure est-il ? demanda-t-elle.

— Six heures moins le quart. Prenez le journal. Les horaires des services. »

Elle trouva le journal, le feuilleta. Puis leva les yeux vers lui. « À quoi pensez-vous ?

— 823 a une prédilection pour ce qui est ancien. S'il cherche une vieille église fréquentée par des Noirs, c'est peut-être ailleurs. Philip Payton a fondé l'Afro-American Realty Company à Harlem en 1900. Mais il y avait deux autres quartiers noirs. Dans le centre, où se trouvent maintenant les tribunaux, et San Juan Hill. Ils sont habités aujourd'hui par une majorité de Blancs, mais... Ah, Bon Dieu, où en étais-je ?

— Où se trouve San Juan Hill ?

— Juste au nord de Hell's Kitchen. Sur le West Side. On a donné ce nom au quartier pour honorer les combattants noirs de la guerre contre l'Espagne. »

Elle se penchait sur le journal.

« Voici les églises du centre, dit-elle. Dans Battery Park, le Seamen's Institut. Il y a une chapelle, là. Trois services. Trinity. Saint Paul's.

— Ce n'était pas dans le quartier noir. Cherchez plus au nord et à l'est.

— Une église presbytérienne dans Chinatown.

— Pas d'église baptiste ? Évangélique ?

— Non, rien dans ce coin. Il y a... ah, si... » Elle soupira, découragée. « Oh, non, non !... »

Rhyme avait déjà compris. « Les services matinaux ! »

Elle hocha la tête. « Église Baptiste du saint Tabernacle... Oh, Rhyme, ils ont une première messe chantée à six heures. Angle de la 59e Rue et de la 11e Avenue.

— C'est dans San Juan Hill ! Appelez-les ! »

Elle prit le téléphone et composa le numéro. Elle attendit, debout, la tête inclinée et le récepteur plaqué à l'oreille en tirant sur son sourcil d'un geste machinal. « Décrochez, décrochez... Merde. C'est un répondeur. Le pasteur n'est pas dans son bureau. » Puis, s'adressant à l'appareil : « Ici la police de New York. Nous pensons qu'il y a une bombe dans votre église. Faites évacuer le plus vite possible. » Elle raccrocha, enfila ses chaussures.

« Foncez, Sachs. Il faut y aller. Tout de suite !

— Moi ?

— Nous sommes plus près, ici, que le plus proche commissariat. Vous pouvez y être dans les dix minutes. »

Elle fonçait déjà vers la porte, tout en bouclant son ceinturon.

« J'appelle le commissariat, lança-t-il, comme elle dégringolait les marches dans une envolée de cheveux roux. Vous qui aimez conduire vite, c'est le moment ou jamais ! »

Le break démarra en trombe et s'élança à pleine puissance dans la 81e Rue, en direction de l'ouest.

Au carrefour avec Broadway, Amelia prit un virage serré, dérapa et heurta un distributeur automatique du *Washington Post* qu'elle projeta dans la vitrine de Zabar's avant de reprendre le contrôle de son véhicule. Elle se rappela que tout le matériel destiné à faire les relevés sur les scènes de crime se trouvait à l'arrière. Le train arrière est trop lourd, pensa-t-elle. Ne pas virer à plus de quatre-vingts.

Broadway. Coup de freins au carrefour. Coup d'œil à gauche, coup d'œil à droite. La voie est libre. Fonce !

Elle sortit de la 9e Avenue à hauteur du Lincoln Center et prit la direction du sud. Je ne suis plus qu'à...

Ah, zut !

Coup de frein. Roues bloquées. Hurlement des pneus sur l'asphalte.

La rue était fermée à la circulation.

Derrière les barrières bleues, un marché dressait ses étals pour la matinée. Une banderole annonçait, *Artisanat et friandises de toutes les Nations. Main dans la main, formons une chaîne.*

Ah... maudite ONU ! Elle recula d'un demi-pâté d'immeubles et repartit en avant. Elle atteignait le quatre-vingts quand elle percuta la première barrière. Elle fonça à travers le marché désert, laissant sur son sillage un enchevêtrement de tables et de tréteaux renversés. Deux ruelles plus loin, le break fit voler la barrière qui fermait l'autre extrémité de la rue et elle tourna dans la 59e, sur les chapeaux de roue, en mordant beaucoup plus sur le trottoir qu'elle ne l'aurait voulu.

L'église se dressait devant elle, à moins de deux cents mètres.

Petite foule de paroissiens sur les marches — adultes, fillettes endimanchées dans leurs robes blanches et roses, garçonnets au cheveux gominés et tirés sur la nuque, en costumes sombres et chemises blanches.

Et, s'échappant d'un soupirail du sous-sol, un peu de fumée grise.

Amelia Sachs écrasa l'accélérateur.

Elle saisit le micro de sa radio. « Véhicule d'intervention rapide deux à central, vous m'entendez ? »

Et pendant la fraction de seconde qu'il lui fallut pour s'assurer d'un coup d'œil que la radio était branchée, une grosse Mercedes surgit d'une entrée d'immeuble juste devant elle.

Elle aperçut toute une famille à l'intérieur, les regards horrifiés, au moment où le père freinait de toutes ses forces.

Amelia donna un brusque coup de volant à gauche, pour mettre sa voiture en dérapage contrôlé. Allez, dit-elle à ses quatre pneus, adhérez, adhérez, adhérez ! Mais l'humidité nocturne mêlée à la poussière accumulée pendant une longue période de chaleur avait formé sur l'asphalte une pellicule glissante. Le break partit en dansant sur la chaussée comme un hydravion.

L'arrière percuta le capot de la Mercedes à quatre-vingts à l'heure. Avec une énorme déflagration, la 560 déchira le côté arrière droit du break. La valise noire, projetée dans les airs, s'ouvrit et son précieux contenu s'éparpilla sur la chaussée tandis que des paroissiens se jetaient à plat ventre sous une pluie d'éclats de verre, de plastique et de tôles arrachées.

L'air-bag jaillit du tableau de bord puis se dégonfla, achevant d'étourdir la jeune femme. Elle se couvrit le visage de ses mains tandis que le break bousculait une rangée de voitures et un kiosque à journaux avant de s'immobiliser sur le toit. Des journaux et des sachets de plastique échappés de la valise retombèrent tout autour, lentement, comme un lâcher de minuscules parachutistes.

La tête en bas, retenue par sa ceinture de sécurité et aveuglée par ses cheveux, Amelia essuya le sang qui coulait de son front et de sa lèvre déchirée et essaya de détacher la ceinture. En vain. De l'essence chaude coulait dans la voiture et dégoulinait sur son bras. Elle tira un couteau à cran d'arrêt de sa poche revolver, l'ouvrit et trancha la ceinture. En tombant, elle faillit s'embrocher sur la lame du couteau et resta immobile, haletante, suffocant dans les vapeurs d'essence.

Allons, ma vieille, sors de là. Vite !

Les portières étaient bloquées et il n'était plus possible de sortir par l'arrière enfoncé. Amelia se mit à donner des coups de pieds. Les glaces résistèrent. Elle prit son élan et banda toute son énergie pour frapper le pare-brise craquelé. Il ne se passa rien, mais elle eut peur de s'être foulé la cheville.

Le pistolet !

Elle se frappa la hanche du plat de la main ; l'arme était sortie de son étui et devait se trouver quelque part dans la voiture. Sentant toujours le liquide chaud qui coulait sur son bras et sur son épaule, elle chercha frénétiquement parmi les papiers et le matériel qui jonchaient le plafond du véhicule renversé.

Elle aperçut le gros pistolet à côté du plafonnier, le prit et le pointa sur la glace de la portière.

Vas-y. Il n'y a personne derrière, les badauds ne sont pas encore arrivés.

Puis elle hésita. N'allait-elle pas mettre le feu à l'essence ?

Elle tint l'arme le plus loin possible de son chemisier d'uniforme détrempé, le temps de prendre une décision. Puis elle pressa la détente.

28

CINQ COUPS, cinq impacts étoilés dans la robuste vitre General Motors, qui ne céda pas pour autant.

Trois autres coups, assourdissants dans le break hermétiquement fermée, et qui le resta. Mais l'essence, au moins, n'explosa pas.

Elle recommença à donner des coups de pieds. La vitre finit par se désintégrer en une cascade d'éclats bleu-vert comme des cristaux de glace. Et à la seconde où Amelia Sachs retombait, en boule, à l'extérieur, l'intérieur de la voiture explosa avec un gros soupir étouffé. *Wouchhh...*

Elle arracha et jeta au loin le chemisier d'uniforme imbibé d'essence et le gilet pare-balles, et repoussa sur le côté le micro du casque radio. Sa cheville tremblait mais elle courut jusqu'à la porte de l'église, en sens inverse des fidèles et des choristes qui s'enfuyaient. Le rez-de-chaussée était envahi par des volutes de fumée. Elle vit toute une partie du plancher se gondoler et fumer, puis s'enflammer.

Le pasteur apparut soudain, suffocant, le visage ruisselant de larmes. Il traînait après lui une femme évanouie. Elle l'aida à la porter jusqu'à la porte.

« Où est le sous-sol ? » cria-t-elle.

Il toussa violemment, secoua la tête.

« Où ? » Elle pensait à Carole Ganz et à sa petite fille. « *Le sous-sol* ?

— Par là, mais... »

De l'autre côté du plancher en feu.

Elle n'y voyait presque plus rien tant la fumée était épaisse. Un mur s'écroula devant eux, les vieilles poutres et les piliers craquant et lançant des gerbes d'étincelles et de gaz enflammés avec des sifflements. Après une courte hésitation, elle s'élança vers la porte du sous-sol.

Le pasteur la retint par le bras. « Attendez ! » Il ouvrit un placard, y prit un extincteur et le dégoupilla. « Allons-y. »

Amelia secoua la tête. « Pas vous. Restez ici. Prévenez les pompiers qu'il y a un officier de police et une autre victime au sous-sol. »

Elle fonçait déjà.

Tant que tu bouges...

Elle franchit d'un bond les flammes qui dévoraient le plancher. Mais, gênée par la fumée, elle avait mal apprécié la distance qui la séparait du mur ; il était plus proche qu'elle ne le pensait et elle heurta violemment la boiserie avant de retomber en arrière en roulant sur elle-même. Les flammes touchèrent ses cheveux, et quelques mèches prirent feu. Toussant et hoquetant dans la fumée nauséabonde, elle éteignit les flammes à grandes claques et voulut se relever. Le plancher, qui se consumait par en dessous, céda sous son poids et elle se retrouva la face contre le bois. Elle sentit les flammes qui montaient du sous-sol lui lécher les mains et les bras au moment où elle se rejetait en arrière.

Elle roula une nouvelle fois sur elle-même, parvint à se remettre debout et tendit la main vers la poignée de la porte. Puis elle s'immobilisa.

Allons, ma vieille, réfléchis un peu ! On ne se jette pas sur une porte comme ça. Si tu laisses entrer une bouffée d'oxygène dans un espace surchauffé tout peut s'embraser et te rôtir proprement les fesses et tout le reste. Elle toucha le bois. Il était brûlant.

Mais que faire, bon sang ?

Crachant sur ses mains, elle saisit très vite la poignée et la tourna avant que la brûlure de sa paume ne devienne insupportable.

La porte s'ouvrit d'un coup, libérant un tourbillon de fumée et d'étincelles.

Elle commença à descendre. « Il y a quelqu'un ? »

Les dernières marches flambaient. Elle les éteignit d'un jet de mousse carbonique et plongea vers le sous-sol obscur. L'avant-dernière marche s'enfonça sous elle et elle fut précipitée en avant. L'extincteur lui échappa des mains et tomba par terre avec fracas à la seconde où elle agrippait la rampe, in extremis, pour ne pas se casser la jambe.

Elle se dégagea de la marche brisée en s'efforçant de voir quelque chose à travers la fumée. Celle-ci était moins épaisse à cet endroit — elle montait — mais l'incendie, maintenant, faisait rage tout autour d'elle. L'extincteur avait roulé sous une table en feu. Tant pis ! Elle fonça à travers la fumée.

« Il y a quelqu'un ? »

Pas de réponse.

Elle se rappela, alors, que l'Inconnu 823 bâillonnait ses victimes ; il les voulait muettes.

Elle ouvrit une porte d'un coup de pied et regarda à l'intérieur de la chaufferie. Il y avait une porte donnant sur l'extérieur mais des débris enflammés bloquaient le passage. Et tout à côté se trouvait le réservoir de fuel, déjà environné de flammes.

Il n'explosera pas, pensa-t-elle, en se rappelant ce qu'on lui avait appris à l'académie. C'était le cours sur les incendies criminels. Le fuel n'explose pas. Sers-toi de tes pieds pour repousser ces débris, et ouvre la porte. Pour te ménager une issue. *Ensuite* tu iras chercher cette femme et sa petite fille.

Elle hésita, en voyant les flammes monter aux flancs du réservoir.

Il n'explosera pas, il n'explosera pas.

Elle fit un pas en direction de la porte.

Le réservoir se dilata soudain et se fendit par le milieu. Le fuel gicla, s'enflammant avec une grande lueur orange. Une nappe de feu se forma sur le sol, avançant rapidement vers Amelia.

Ça n'explosera pas. D'accord. Mais ça brûle fichtrement bien. Elle bondit en arrière et claqua la porte de la chaufferie. Tant pis pour l'issue de secours.

Elle repartit vers l'escalier, au bord de l'étouffement, en baissant la tête pour chercher des traces de la présence de Carole et Pammy. Se pouvait-il que 823 ait changé ses habitudes ? Qu'il ait renoncé aux sous-sols pour enfermer ces deux-là dans les combles de l'église ?

Crac.

Un coup d'œil au-dessus d'elle. Une grosse poutre en chêne, dévorée par les flammes, était en train de se détacher.

Avec un cri aigu, Amelia sauta de côté mais se prit les pieds dans quelque chose et se reçut durement sur le dos, les yeux rivés à l'énorme barre de bois qui tombait directement sur son visage et sur sa poitrine. Par réflexe, elle leva les mains.

La poutre s'abattit avec fracas sur une petite chaise du cours de catéchisme. Elle s'immobilisa à quelques centimètres de la tête de la jeune femme qui se dégagea en rampant et se remit debout.

Elle regarda autour d'elle, essayant d'y voir à travers la fumée de plus en plus noire.

Non, non et non ! se dit-elle, soudain. Je ne vais pas en perdre encore une ! Toussant et crachant, elle fit volte-face pour se diriger d'un pas mal assuré vers la partie de la pièce qu'elle n'avait pas encore inspectée.

Une jambe sortit de derrière un grand meuble à dossier et la fit trébucher.

Les mains tendues, elle tomba à quelques centimètres d'une flaque de fuel enflammé. Elle roula sur le flanc, et du même mouvement tira son arme de l'étui pour la braquer sur le visage affolé d'une femme blonde qui luttait pour se redresser.

Amelia arracha le bâillon et la femme cracha un liquide jaunâtre. Elle émit pendant un moment un râle profond, déchirant.

« Carole Ganz ? »

La femme fit oui de la tête.

« Votre fille ? cria Amelia.

— Pas... pas ici. Mes mains ! Les menottes !

— Pas le temps. Venez. » Elle coupa avec son couteau la corde qui lui liait les chevilles.

C'est alors qu'elle vit, contre le mur et sous le soupirail, un sac de plastique en train de fondre à la chaleur.

Les indices ! Ceux qu'il avait laissés là, sans doute, pour dire où se trouvait la petite fille. Elle s'avança. Mais la porte de la chaufferie s'ouvrit en deux avec une détonation assourdissante, libérant une vague de fuel enflammé qui se répandit sur le sol, entourant le sac qui se désintégra instantanément.

Amelia le regarda un instant, puis se retourna en entendant le cri de la femme. L'escalier flambait maintenant de haut en bas. Elle donna un coup de pied dans l'extincteur pour l'éloigner de la table à demi consumée. La poignée et le bec avaient fondu et le corps de métal était trop chaud pour qu'on le tienne. Après avoir coupé au couteau un grand lambeau de sa tunique d'uniforme, elle saisit l'extincteur par le col et le lança sur la plus haute marche de l'escalier. Il oscilla quelques secondes, telle une quille de bowling avant sa chute, puis commença à dégringoler.

Amelia prit son arme et quand le cylindre rouge fut à mi-hauteur, tira dessus.

L'extincteur se désintégra avec un bruit énorme ; des fragments de métal passèrent en sifflant au-dessus de leurs têtes. Le champignon de neige carbonique recouvrit l'escalier tout entier, étouffant momentanément les flammes.

« Maintenant ! Allez-y ! » hurla Amelia.

Elle se ruèrent ensemble sur les marches, Amelia soutenant la femme, et franchirent le seuil pour pénétrer dans l'enfer du rez-de-chaussée. Elles coururent vers la sortie, courbées en deux et se tenant au mur, tandis que les vitraux explosaient l'un après l'autre, faisant pleuvoir sur elles des éclats de verre en fusion — les corps multicolores de Jésus, Mathieu, Marie et Dieu lui-même.

29

TROIS QUARTS D'HEURE plus tard, Amelia était en sécurité, ses plaies et ses brûlures pansées et recousues, et on lui avait fait inhaler une telle quantité d'oxygène qu'elle avait l'impression de planer. Elle s'était assise à côté de Carole Ganz et elles contemplaient toutes les deux ce qui restait de l'église incendiée, à savoir presque rien : deux pans de mur et, bizarrement, une partie du premier étage surplombant un paysage lunaire de cendres et de décombres amoncelés à l'emplacement du sous-sol.

« Pammy, Pammy... » gémit Carole. Puis elle eut un haut-le-cœur et cracha. Appliquant le masque à oxygène sur son visage, elle se laissa retomber en arrière, vaincue par la fatigue et la souffrance.

Amelia prit un énième chiffon imbibé d'alcool pour éponger le sang de son visage. Les chiffons, marron au début, étaient maintenant d'un beau rouge. Les blessures n'étaient pas graves — une coupure au front, des brûlures au second degré au bras et à la main. Mais la bouche n'avait plus son dessin parfait ; sa lèvre inférieure, déchirée lors de la collision avec la Mercedes, portait trois points de suture.

Carole souffrait d'une intoxication par la fumée et avait un poignet fracturé. Elle tenait dans sa main droite sa main gauche recouverte par un plâtre provisoire et, la tête baissée, parlait entre ses dents. Un sifflement inquiétant accompagnait sa respiration. « Le salaud. » Elle toussa. « Pourquoi... Pourquoi Pammy ? Pourquoi elle ? Une gamine de trois ans ! » Elle essuya ses larmes de rage du dos de sa main valide.

« C'est peut-être parce qu'il ne voulait pas lui faire de mal qu'il ne l'a pas amenée ici avec vous.

— Non ! Ça, il s'en fiche. C'est un malade ! J'ai bien vu façon dont il la regardait. Je le tuerai, je le tuerai, ce fumier ! » Les mots se perdirent dans une violente quinte de toux.

Amelia eut un tressaillement de douleur. Elle avait, d'un geste machinal, enfoncé un ongle au bout de son doigt brûlé. Elle prit son calepin. « Vous pouvez me dire comment ça s'est passé ? »

Carole lui fit le récit de son enlèvement, par bribes, plusieurs fois interrompues par des sanglots et une toux convulsive.

« Voulez-vous que je prévienne quelqu'un ? demanda Amelia. Votre mari ? »

Carole ne répondit pas. Elle se recroquevilla, les jambes repliées, les genoux à la hauteur de son menton — et toujours cette respiration sifflante.

De sa main droite brûlée, Amelia lui serra le bras et répéta la question.

« Mon mari... » Elle lui décocha un regard sinistre. « Mon mari est mort.

— Oh, je vous demande pardon. »

Carole s'assoupissait sous l'effet des sédatifs qu'on lui avait administrés. Une femme médecin la conduisit à l'ambulance.

Amelia releva la tête et vit Lon Sellitto et Jerry Banks qui sortaient des décombres fumants de l'église et se dirigeaient vers elle en courant.

« Mon Dieu, officier... » Sellitto regardait la rue autour d'eux, évaluant l'ampleur des dégâts. « Et la petite fille ?

— Il l'a toujours avec lui.

— Comment vous sentez-vous ? demanda Banks.

— Ça va, je n'ai rien de grave. » Elle jeta un coup d'œil vers l'ambulance. « La victime, Carole... Elle n'a pas un sou, nulle part où aller. Elle était venue ici pour travailler à l'ONU. Vous pourriez faire quelque chose pour elle, inspecteur ? Voir s'il y a un moyen de l'aider ?

— Bien sûr, répondit Sellitto.

— Il a laissé des indices pour nous ? » demanda Banks. Il fit une petite grimace en touchant un pansement sur son sourcil droit.

« Il n'y a plus rien, dit Amelia. Je les ai vus, ses indices. Dans le sous-sol. Je n'ai pas pu les récupérer à temps. Tout a brûlé.

— Ah, zut, murmura Banks. Que va-t-il arriver à cette gamine ? »

Que *croit-il* qu'il va lui arriver ?

Elle se leva pour se diriger vers l'épave du break, où elle trouva son casque radio. Au moment de demander une liaison avec Rhyme, elle hésita puis abaissa son micro. Que pourrait-il lui dire, de toute façon ? Elle regarda l'église. Comment inspecter une scène de crime quand il n'y a *plus* de scène de crime ?

Elle était debout, les mains sur les hanches, en train de contempler les décombres, quand elle entendit un bruit insolite. Une sorte de gémissement aigu, mécanique. Elle n'y prêta pas attention jusqu'au moment où elle vit que Lon Sellitto s'arrêtait brusquement d'épousseter sa chemise chiffonnée. « Je rêve », dit-il.

Elle se retourna.

Une longue voiture noire était garée à quelques dizaines de mètres. Un gros bras hydraulique en sortit, portant quelque chose d'assez volumineux. Elle plissa les paupières pour mieux voir. C'était sans doute, pensa-t-elle, l'un de ces robots qu'on utilise pour désamorcer les bombes. Le bras s'abaissa et le robot roula sur le trottoir.

Elle éclata de rire.

La chose pivota et s'avança vers eux. C'était un fauteuil roulant d'un rouge luxueux, et profilé, songea Amelia, comme une Pontiac Firebird. Un modèle à propulsion électrique, avec de petites roues à l'arrière et un gros bloc-moteur sous le siège.

Thom marchait à côté mais Rhyme pilotait lui-même — avec aisance, remarqua-t-elle — grâce au mince tuyau qu'il tenait entre ses lèvres. Il évoluait avec une grâce déconcertante. Arrivé à sa hauteur, il s'arrêta.

« D'accord, j'ai menti », dit-il.

Elle poussa un soupir. « Au sujet de votre dos ? Quand vous m'avez dit que vous ne pouviez pas vous servir d'un fauteuil roulant ?

— Je l'avoue, j'ai menti. À votre place, je serais furieux, Amelia. Soyez furieuse, donc, et n'en parlons plus.

— Avez-vous remarqué que lorsque vous êtes de mauvaise humeur vous m'appelez Amelia et lorsque vous êtes de bonne humeur vous m'appelez Sachs ?

— Je ne suis pas de mauvaise humeur, rétorqua-t-il d'un ton rogue.

— C'est vrai, dit Thom. Mais il a horreur d'être pris en

faute, sur quoi ce que soit. » Le garde-malade, de la tête, lui désignait l'impressionnant fauteuil roulant. Elle lut, sur le côté, qu'il s'agissait d'un modèle Storm Arrow, fabriqué par Action Company. « Il avait ça dans un placard du rez-de-chaussée quand il vous racontait tous ses malheurs pour se faire plaindre. Faut pas lui en vouloir.

— Fais nous grâce de tes commentaires, Thom, merci. Je me suis excusé, d'accord. Je. Vous. Prie. De. M'excuser.

— Il l'a depuis des années, d'ailleurs, poursuivit Thom. Il a appris à le diriger avec le chalumeau. Il se débrouille très bien. À propos, avec *moi*, c'est toujours Thom. Je n'ai jamais l'honneur de m'entendre appeler par mon nom de famille.

— Je n'en pouvais plus, d'être regardé comme une bête curieuse, expliqua Rhyme, d'un ton détaché. J'ai préféré renoncer aux promenades. » Il regarda la lèvre d'Amelia. « Vous êtes blessée ? »

Elle tâta sa bouche, à laquelle les points de suture imprimaient une sorte de rictus. « Ça pique affreusement. »

Rhyme jeta un regard de côté. « Et vous, Banks ? Qu'est-ce qu'il vous est arrivé ? Vous vous rasez le front, maintenant ?

— Je me suis cogné contre une voiture de pompiers », répondit le jeune flic avec une grimace, une main sur son pansement.

« Rhyme, dit Amelia, qui ne souriait plus, il n'y a plus rien, ici. Il s'est tiré avec la gamine et je n'ai pas pu récupérer à temps les indices qu'il nous avait laissés.

— Ah, Sachs ! Il y a *toujours* quelque chose ! Croyez-en ce que disait M. Locard.

— Je les ai vus brûler, ces indices. Et s'il en restait quelque chose, ce serait sous des tonnes de décombres.

— Dans ce cas, nous chercherons ceux qu'il n'a pas laissés intentionnellement. Et nous allons faire ça ensemble, Sachs. Vous et moi. Au travail ! »

Il souffla deux fois très légèrement dans le chalumeau et démarra. Comme ils arrivaient à moins d'un mètre des restes de l'église, elle dit soudain : « Attendez ! »

Il freina aussitôt.

« Vous devenez négligent, Rhyme. Il faut mettre des élastiques sur ces roues. Vous ne voudriez tout de même pas qu'on confonde vos empreintes avec celles de 823 ? »

« Par où on commence ?

— Il nous faut un échantillon de cendre, dit Rhyme. Il y avait des seaux à peinture propres à l'arrière du break. Voyez si vous pouvez en récupérer un. »

Elle alla chercher un seau dans la carcasse de la voiture.

« Vous savez d'où le feu est parti ? demanda Rhyme.

— Plus ou moins.

— Prenez un échantillon de cendre — la valeur d'un demi-litre, à peu près — le plus près possible du départ de feu.

— Très bien », dit-elle, en escaladant un mur de briques d'environ un mètre cinquante de haut — tout ce qui restait du flanc nord de l'église. Elle scruta, à travers la fumée, le grand trou qui s'ouvrait à ses pieds.

« Eh, officier ! appela un pompier, nous n'avons pas encore sécurisé cet endroit. C'est dangereux.

— Pas autant que la dernière fois que je suis venue », répondit-elle. Et, prenant l'anse du seau entre les dents, elle entreprit de descendre le long du mur.

Lincoln Rhyme la regardait, mais c'était lui-même qu'il voyait, trois ans et demi plus tôt, ôtant sa veste et descendant sur un chantier du métro, non loin de City Hall. « Sachs, soyez prudente ! J'ai vu ce qu'il restait du break. Je n'ai pas envie de vous perdre deux fois dans la même journée ! »

Elle se contenta de hocher la tête avant de disparaître de l'autre côté du mur.

Quelques minutes passèrent. Puis Rhyme appela Banks. « Où est-elle ?

— Je n'en sais rien.

— Eh bien, allez donc voir !

— Ah, bien sûr. » Il s'approcha du mur, regarda par-dessus le bord.

« Tout est sens dessus dessous.

— Bien sûr, que c'est sens dessus dessous ! Vous la voyez ?

— Non.

— Sachs ? » cria Rhyme.

On entendit un long craquement semblable à celui d'une poutre qui cède et se brise, puis un choc sourd. Un nuage de poussière s'éleva de l'autre côté du mur.

« Sachs ? Amelia ? »

Pas de réponse.

Il s'apprêtait à envoyer un homme de la BIR la chercher quand il entendit sa voix. « J'arrive !

— Jerry ? appela Rhyme.

— À vos ordres », répondit le jeune flic.

Le seau s'éleva dans les airs au-dessus du sous-sol. Banks le rattrapa d'une main. Amelia Sachs apparut à son tour. Elle s'essuya les mains sur son pantalon, avec une grimace de douleur.

« Ça va ? »

Elle hocha la tête.

« Maintenant, voyons les abords, dit Rhyme. Il y a tout le temps du passage, par ici. Donc, il n'aura pas laissé sa voiture sur la chaussée pendant qu'il la faisait entrer. Il s'est garé là. Et il est entré par cette porte.

— Comment le savez-vous ?

— Il y a deux façons d'ouvrir des portes fermées à clés — sans explosif, bien sûr. Ou bien on force la serrure, ou bien on force les charnières. Comme celle-ci était bien verrouillée de l'intérieur, il a retiré les axes des gonds. Et comme vous pouvez le voir, il ne s'est pas donné beaucoup de mal pour les remettre en place avant de repartir. »

Partis de la porte, ils se dirigèrent vers le bout de la ruelle obscure qui longeait l'église sur sa gauche. Ils avançaient lentement, Amelia braquant la PoliLight sur les pavés. « Je veux des traces de pneus, dit Rhyme. J'ai besoin de connaître la position du coffre de sa voiture.

— Voilà, dit-elle, en examinant le sol. Des traces. Mais je ne sais pas si ce sont celles des pneus avant ou des pneus arrière. Il a peut-être reculé.

— Elles sont comment, ces traces ? Nettes ou imprécises ?

— Pas très nettes.

— Alors, ce sont les pneus avant. » Il se mit à rire en voyant la mine stupéfaite de la jeune femme. « C'est pourtant vous, Sachs, l'expert en automobile ! La prochaine fois que vous prendrez le volant, regardez si vous ne tournez pas un peu les roues avant de démarrer — pour savoir comment vos pneus sont orientés. C'est pourquoi les traces des pneus avant sont toujours moins nettes. Bon. La voiture volée était une Ford Taurus, modèle 97. Elle fait 5,38 m de long, avec un empattement de 2,75 m. Soit environ 114 centimètres du centre du pneu au coffre. Prenez cette mesure et mettez de la poudre à empreintes sur les traces.

— Mais enfin, Rhyme, comment savez-vous tout ça ?

— Je me suis renseigné ce matin. Vous avez fait les vêtements de la victime ?

— Oui. Et les ongles, et les cheveux. Et, écoutez ça, Rhyme : le nom de la petite fille, c'est Pam, mais il l'a appelée Maggie. Comme avec l'Allemande qu'il avait baptisée Hanna.

— Vous voulez dire que son autre personnage fait ça, dit Rhyme. Je me demande qui joue quoi dans cette petite pièce.

— Je vais saupoudrer tout autour de la porte », annonça-t-elle. Rhyme la regarda faire — le visage fermé et les cheveux en bataille, avec des mèches courtes et roussies par endroits. Comme il s'apprêtait à lui rappeler que les scènes de crime sont en trois dimensions il la vit remonter l'appareil le long de la porte.

« Il a probablement jeté un coup d'œil à l'intérieur avant de l'y faire entrer », dit-elle, et elle se mit à répandre de la poudre également le long des appuis de fenêtres. Comme Rhyme n'aurait pas manqué de le lui demander.

Il écoutait le gémissement de l'appareil qui projetait de la poudre de céruse. Mais il s'éloignait de seconde en seconde. Dans le passé, quelques heures auparavant.

« Je suis... commença Amelia.

— Chut. »

Comme pour les promenades qu'il faisait désormais, ou les concerts auxquels il assistait en imagination, Rhyme entrait dans un état de conscience alternée. Et arrivé à un certain point — même s'il n'avait aucune idée de l'endroit où il se situait —, il constata qu'il n'était pas seul. Il voyait un homme de petite taille aux mains gantées, aux vêtements sombres, le visage masqué par une cagoule. Sortant d'une Ford Taurus qui sentait le produit de nettoyage et la voiture neuve. La femme — Carole Ganz — était dans le coffre arrière, et sa petite fille retenue prisonnière dans une vieille demeure de briques et de marbre rose. Il vit l'homme en train de tirer la femme hors de la voiture.

C'était presque aussi net qu'un souvenir.

L'homme démontant les gonds, tirant la porte, traînant la femme à l'intérieur, la ligotant. Il faisait mine de repartir, puis se ravisait. Se dirigeait vers un endroit d'où il pouvait se retourner et regarder Carole. Comme il avait regardé l'homme qu'il avait enterré vivant la veille au bord de la voie ferrée.

Comme il avait enchaîné Tammie Jean Colfax à une conduite de vapeur au centre de la pièce pour pouvoir la regarder.

Mais pourquoi ? Pourquoi regardait-il ? Pour s'assurer que la victime ne pouvait pas s'échapper ? Pour vérifier qu'il n'avait rien laissé derrière lui ? Pour...

Rhyme, soudain, ouvrit les yeux ; l'apparition retourna au néant. « Sachs ! Vous vous rappelez la première scène ? Quand vous avez trouvé l'empreinte du gant ?

— Bien sûr.

— Vous m'avez dit qu'il la regardait, et que c'était pour regarder la fille qu'il l'avait enchaînée au beau milieu de la pièce. Mais vous ne compreniez pas pourquoi. Eh bien, j'ai compris. Il regarde les victimes parce qu'il le *faut. Parce que c'est sa nature.*

— Que voulez-vous dire ?

— Venez ! »

Il souffla deux fois dans le chalumeau pour commander un demi-tour au fauteuil roulant. Puis il souffla encore une fois, plus fort, et le fauteuil démarra.

Il s'approcha du trottoir, aspira violemment pour s'arrêter. Regarda longuement autour de lui. « Il veut voir ses victimes. Et je parie qu'il voulait aussi voir les fidèles. D'un endroit où il pouvait se tenir en toute sécurité. Sans être obligé de balayer ensuite pour effacer ses traces. »

Il regardait, de l'autre côté de la rue, le seul endroit surélevé aux abords de l'église : une terrasse de restaurant située juste en face.

« Là ! Allez-y, Sachs. »

Elle hocha la tête, rechargea son arme, prit quelques sachets en plastique, deux crayons et l'appareil à saupoudrer. Il la vit traverser la rue en courant et monter prudemment vers la terrasse, en examinant chaque marche. « Il était ici ! cria-t-elle. Il y a une empreinte de gant. Et de chaussure — usée exactement comme les autres ! »

Oui ! songea Rhyme. Ah, que c'était bon. Le soleil, les badauds. Et l'excitation de la chasse.

Tant que tu bouges on ne peut pas t'attraper.

Enfin. Si *nous* bougeons plus vite, nous le pourrons peut-être.

Il jeta un coup d'œil à la foule et surprit quelques regards curieux sur lui. Mais ils étaient beaucoup plus nombreux à suivre les mouvements d'Amelia Sachs.

Elle passa un quart d'heure à inspecter la scène et quand elle revint elle avait un petit sachet à la main.

« Qu'avez-vous trouvé, Sachs ? Son permis de conduire ? Son extrait de naissance ?

— De l'or, dit-elle, en souriant. J'ai trouvé un peu d'or. »

30

« ALLONS, DIT RHYME. Il faut faire vite, maintenant. Avant qu'il emmène la petite sur la prochaine scène. Je dis bien, *vite* ! »

Thom le fit passer en position assise du fauteuil roulant à son lit, en l'installant d'abord sur un plan incliné d'où il le fit glisser dans le Clinitron. Amelia Sachs aperçut l'ascenseur spécial logé dans un placard de la chambre — celui que Rhyme l'avait empêchée d'ouvrir la veille, lorsqu'il lui avait montré sa collection de CD et sa chaîne stéréo.

Rhyme resta immobile un moment, épuisé et le souffle court après les efforts qu'il venait de fournir.

« Les indices ont disparu, leur rappela-t-il. Nous n'avons aucun moyen de localiser la prochaine scène. Nous allons donc chercher l'autre, la principale — sa planque.

— Tu crois que tu peux la trouver ? » demanda Sellitto.

Est-ce que nous avons le choix ? pensa Rhyme, mais il ne répondit pas.

Banks arriva en courant dans l'escalier. Il n'avait pas posé le pied sur la dernière marche que Rhyme lui demanda : « Qu'est-ce qu'ils ont ? Vite, dites-le moi ! »

Rhyme savait que Cooper ne serait pas en mesure d'analyser la particule d'or trouvée par Amelia. Il avait donc chargé le jeune inspecteur de la confier, en urgence, au laboratoire du FBI.

« Ils nous appelleront d'ici une demi-heure.

— Une *demi-heure ?* grommela Rhyme. Ils vont la traiter en priorité ?

— Et comment ! Dellray était là-bas. Si vous l'aviez vu ! Il a donné des ordres pour qu'on s'en occupe toute affaire cessante, et il leur a dit que si vous n'aviez pas au plus vite les résultats c'était la mère de la gamine qui viendrait, en personne, leur arracher... bref, vous devinez quoi.

— Rhyme, dit Amelia, Carole Ganz m'a dit quelque chose qui pourrait peut-être nous aider. Il lui a promis de la relâcher si elle se laissait écorcher le pied.

— Écorcher ?

— Oui. Enlever la peau. Mais il ne l'a pas fait. Elle a eu l'impression qu'il le voulait vraiment mais qu'au dernier moment il ne s'en était pas senti capable.

— Comme sur la première scène... le type enterré à côté de la voie ferrée, fit remarquer Sellitto.

— Intéressant... dit Rhyme. Je pensais qu'il avait écorché le doigt de la victime pour dissuader quiconque de lui voler la bague. Ce n'était peut-être pas ça. Rappelez-vous : il a ensuite coupé la jeune Allemande au bras et à la jambe... volé un squelette de serpent... cassé le doigt d'Everett en écoutant le bruit qu'il faisait... Il y a quelque chose de bizarre dans la façon dont il voit ses victimes. Un point de vue...

— Anatomique ?

— Exactement, Sachs.

— Sauf pour Carole Ganz, observa Sellitto.

— J'ai l'impression, poursuivit Rhyme, qu'il était prêt à la traiter de la même façon tout en la laissant vivante pour nous. Mais quelque chose l'a arrêté. Quoi ?

— En quoi est-elle différente des autres ? s'interrogea Sellitto. Ce n'est pas parce qu'elle est une femme. Ou étrangère à la ville. On peut en dire autant de la jeune Allemande.

— C'est peut-être qu'il n'a pas voulu lui faire de mal en présence de sa petite fille, suggéra Banks.

— Non ! » Rhyme partit d'un petit rire sinistre. « La pitié, ce n'est pas son truc !

— N'empêche, dit soudain Amelia. C'est bien là qu'est la différence. Elle est mère. »

Rhyme réfléchit un instant. « Vous avez peut-être raison. Il avait devant lui la mère et la fille. Il ne serait pas allé jusqu'à les relâcher, mais c'était suffisant pour l'empêcher de passer à l'acte et de les torturer. Note, Thom. Avec un point d'interrogation. » Puis, se tournant vers Amelia : « Est-ce qu'elle l'a décrit physiquement ? »

La jeune femme ouvrit son calepin. « Rien de nouveau. Petite taille. Cagoule. Gants noirs, il...

— Des gants *noirs ?* » Rhyme regarda le tableau au mur. « Pas rouges ?

— Elle a dit noirs. Je lui ai demandé si elle en était certaine.

— Nous avions déjà un petit bout de cuir noir, n'est-ce pas, Mel ? C'était peut-être *ça* qui venait des gants. Mais le cuir rouge, alors ? »

Cooper haussa les épaules. « Je ne sais pas d'où il venait, mais on en a trouvé deux fois, et c'était sans doute tombé de quelque chose qu'il avait sur lui. »

Rhyme regarda les sachets contenant des indices. « Qu'avons-nous trouvé, encore ?

— Ce que nous avons recueilli à l'aspirateur dans la ruelle et autour de la porte. » Amelia secoua le filtre au-dessus d'une feuille de papier et Cooper se pencha au-dessus avec une loupe. « Beaucoup de choses et pas grand-chose, dit-il. Des résidus de sol. Des particules de minéraux. Du micaschiste de Manhattan. Du feldspath. »

Tout ce qu'on trouvait partout dans la ville.

« Continue.

— Des particules de feuilles en décomposition. C'est tout.

— Et dans les vêtements de Carole Ganz ? »

Cooper et Amelia examinèrent les résidus sur une autre feuille.

« Même chose, dit Cooper. Particules de sol. Et quelques-unes qui pourraient être de la pierre.

— Où l'a-t-il enfermée quand il l'a amenée chez lui ? Précisément ?

— Dans le sous-sol, par terre. Elle a dit que le sol était en terre battue.

— Excellent ! », s'écria Rhyme. Puis, s'adressant à Cooper : « Brûle-les. Les résidus de sol. »

Cooper plaça un échantillon dans le chromatographe à spectrométrie. Ils attendirent impatiemment les résultats. L'écran de l'ordinateur clignota. Un paysage lunaire apparut.

« Voilà qui va t'intéresser, Lincoln. Je vois du tanin, et...

— Du carbonate de sodium ?

— Il est incroyable, non ? s'exclama Cooper, en riant. Comment l'as-tu deviné ?

— Ce sont des produits qu'on employait dans les tanneries aux XVIIIe et XIXe siècles. On traitait les peaux à l'acide tannique. Sa planque est donc sur le site d'une ancienne tannerie, ou à proximité. »

Il sourit. C'était plus fort que lui. Il venait de penser : entends-tu ce bruit de pas, 823 ? C'est nous, derrière toi !

Son regard se fixa sur le plan Randel. « Comme personne ne voulait de ces tanneries dans son voisinage à cause de l'odeur qui s'en dégageait, les autorités ont limité leur implantation. Je sais qu'il y en avait quelques-unes dans le Lower East Side. Et dans la partie ouest de Greenwich Village — quand c'était *réellement* un village, aux confins de la ville. Et par la suite, dans les années cinquante, tout au fond du West Side — non loin du parc à bestiaux souterrain où nous avons retrouvé la jeune Allemande. Ah, j'oubliais ! À Harlem également, au début du siècle. »

Il parcourut la liste des magasins d'alimentation — les ShopRites qui avaient vendu des jarrets de veau. « Inutile de chercher du côté de Chelsea. Il n'y a jamais eu de tanneries dans ce quartier. Même chose pour Harlem — des tanneries, mais pas de ShopRites. Restent donc le Village, les quartiers du Lower East Side et du Midtown West Side. C'est là qu'il semble se plaire. »

Ce qui ne nous laisse jamais qu'une bonne quinzaine de kilomètres carrés, estima-t-il, cyniquement. Il pensait encore, la veille, qu'on pouvait plus facilement se cacher dans Manhattan que dans les forêts du Grand Nord.

« Continuons. Ces particules de pierre, dans les vêtements de Carole ? »

Cooper se pencha sur son microscope.

« Voilà. Je les ai.

— Montre-les moi, Mel. »

L'écran de l'ordinateur de Rhyme s'anima et il regarda les fragments de pierre et de cristaux semblables à de brillants astéroïdes.

« Essaie de tourner autour », demanda-t-il. On distinguait trois sortes de matière.

« À gauche, c'est du marbre rose, dit Cooper. Comme celui que nous avons déjà trouvé. Et au milieu, ce truc gris...

— Du mortier. Et à droite, du grès brun, compléta Rhyme. En provenance d'un bâtiment de style officiel, comme le City Hall construit en 1912. Seule la façade était en marbre ; le reste était en grès. Pour des raisons d'économie. Ce qui permettait à quelques-uns d'empocher la différence avec une construction tout en marbre. Qu'avons-nous encore ? La cendre ? Nous allons y retrouver le produit avec lequel on a allumé cet incendie. »

Cooper soumit un échantillon au chromatographe à gaz. Une courbe apparut à l'écran.

Dès l'instant où aucun mélange n'avait été fait à la station-service, il était facile d'identifier la marque de l'essence récemment raffinée grâce aux additifs et aux colorants qu'elle contenait. Cooper annonça que celle-ci était vendue dans les stations-service Gas Exchange.

Banks prit l'annuaire et se plongea dans les pages jaunes. « Nous avons six stations-service dans Manhattan. Trois au centre ville. Une à l'angle de la 6e Avenue et de Houston Street. Une autre dans Delancey Street. Et la sixième à l'angle de la 19e et de la 8e rue.

— La 19e est trop au nord », dit Rhyme. Il regarda le tableau. « East Side ou West Side. Lequel de ces deux quartiers ? »

Magasins d'alimentation, essence...

Une haute silhouette dégingandée apparut dans l'encadrement de la porte.

« Suis-je toujours invité à cette petite fête ? demanda Dellray.

— Ça dépend, répliqua Rhyme. Vous avez des cadeaux ?

— Des cadeaux ? En quantité ! dit l'agent, en agitant une feuille à l'en-tête du FBI.

— Dites-moi, Dellray, il vous arrive de *frapper* avant d'entrer ? demanda Sellitto.

— J'en ai perdu l'habitude, pour ne rien vous cacher.

— Allons, dit Rhyme. Qu'avez-vous là ?

— Attendez. Chuis pas sûr de comprendre. Mais vous jugerez vous-mêmes, pas vrai ? »

Dellray se plongea un moment dans le rapport, puis dit : « On a fait analyser le petit truc que vous avez trouvé par Tony Farco, au laboratoire — à propos, Lincoln, il vous envoie le bonjour. Résultat : c'est de la feuille d'or. Vieille de soixante ou quatre-vingts ans. Tony y a trouvé quelques fibres de cellulose, alors il pense que ça provient d'un livre.

— Bien sûr ! Un livre doré sur tranche, dit Rhyme.

— Il y a trouvé aussi quelques particules d'encre. Il a dit, je cite : "Ça pourrait être la même encre que celle qu'emploie la bibliothèque de la Ville de New York pour apposer son tampon sur ses livres." Amusant, non ?

— Un ouvrage de bibliothèque, dit Rhyme, qui réfléchissait à voix haute.

— Un ouvrage de bibliothèque *relié en cuir rouge* », précisa Amelia.

Rhyme la regarda fixement. « Mais oui ! Voilà d'où provenaient ces lambeaux de cuir rouge. Et non de ses gants ! C'est un livre qu'il a sur lui. Sa bible, peut-être.

— La Bible ? demanda Dellray. Vous pensez à un cinglé de ce genre-là ?

— Je n'ai pas dit *la* Bible, mais *sa* bible, Fred. Banks, rappelez la bibliothèque. C'est peut-être là qu'il use ses semelles — dans la salle de lecture. Je sais, les chances sont minces de le retrouver de cette façon. Mais il faut bien essayer, faute de mieux. Je veux une liste de tous les livres anciens volés à Manhattan au cours de l'année écoulée.

— Je m'en occupe. »

Une heure plus tard, deux pages dactylographiées sortaient du télécopieur. « Eh bien, s'exclama Thom, en les retirant de la machine, voilà qui en dit long sur l'amour des livres dans cette ville ! »

Quatre-vingt-quatre livres datant de cinquante ans au moins avaient disparu des différents dépôts de la bibliothèque, dont trente-cinq à Manhattan.

Rhyme parcourut la liste. Dickens, Austen, Hemingway, Dreiser... musique, philosophie, vins, critique littéraire, contes et légendes... La valeur des ouvrages volés était étonnamment basse. Vingt, trente dollars. Apparemment, songea-t-il, ce n'étaient jamais des premières éditions, mais les voleurs ne devaient pas s'en douter.

Il poursuivit sa lecture.

Rien, rien. Peut-être...

Puis il s'arrêta.

Crimes du vieux New York, par Richard Wille Stephans, publié par Bountiful Press en 1919. L'ouvrage était estimé à soixante-cinq dollars et avait disparu du dépôt de Delancey Street neuf mois auparavant. Suivait la description : 17 × 26 cm, reliure de cuir rouge et papier marbré, dorure sur tranche...

« J'en veux un exemplaire. Débrouillez-vous comme vous voudrez. Envoyez quelqu'un à la bibliothèque du Congrès s'il le faut.

— Ça, c'est pour moi », dit Dellray.

Magasins d'alimentation, essence, bibliothèque...

Il fallait maintenant, pour Rhyme, prendre une décision. Il disposait au total de trois cents personnes pour mener les recherches, mais les répartir sur tout le centre ville reviendrait à un saupoudrage totalement inefficace.

Il se concentra sur le tableau.

Où donc est ta maison ? demanda-t-il silencieusement à l'Inconnu 823. Dans le Village ? Se pourrait-il que tu aies fait un plein d'essence et volé ce livre dans l'East Side dans le seul but de nous égarer ? Ou bien est-ce vraiment là que tu habites ? Serais-tu si malin ? Non, le problème n'est pas de savoir si tu es malin mais jusqu'où tu te *crois* malin. Si tu étais assez sûr de toi — et jusqu'où — pour penser que nous ne trouverions jamais ces indices microscopiques dont M. Locard nous avait assuré que tu les laisserais forcément dans ton sillage ?

« Allez sur le Lower East, ordonna-t-il, finalement. Laissez tomber le Village. Que tout le monde s'y mette. Tous les hommes de Bo, et tous les vôtres, Fred. Et voici ce que vous devez chercher : une grande bâtisse dans le style des anciens immeubles officiels, datant d'environ deux cents ans, avec une façade de marbre rose et le reste en grès brun. Elle a peut-être servi, dans le temps, d'hôtel particulier, ou abrité une administration quelconque. Avec un garage ou un hangar à attelages attenant. On a pu remarquer autour, ces dernières semaines, les allées et venues d'une Ford Taurus et d'un taxi jaune. Surtout depuis quelques jours. »

Il jeta un coup d'œil à Amelia.

En finir avec les morts...

Sellitto et Dellray étaient déjà au téléphone, lançant des ordres.

« J'y vais aussi, dit Amelia.

— Je n'attendais pas autre chose.

— Bonne chance, Sachs, murmura-t-il, comme la porte se refermait sur eux. Bonne chance. »

INCONNU 823			
Apparence	**Résidence**	**Véhicule**	**Divers**
Mâle de race blanche et de petite taille	A prob. une planque	Taxi jaune	Prob. fiché à la police
	Habite près de :	Cond. intérieure d'un modèle récent	Connaît trav. sur scènes de crime
Tenue sombre	B'way & 82e Rue, *ShopRite*		Connaît tech. relevés d'empreintes
Vieux gants, cuir rouge	~~B'way & 96e Rue,~~ ~~*Anderson Foods*~~ Greenwich & Bank, *ShopRite*	Teinte claire : gris, argent ou beige	Arme : Colt .32
Eau de toilette (pour masquer autre odeur ?)	~~2e Av., 72-73e Rue,~~ ~~*Grocery World*~~	Voit. de location, sans doute volée	Attache vict. avec des nœuds bizarres
	~~Battery Park City,~~ ~~*J & G's Emporium*~~	Silver Taurus, Hertz, modèle de l'année	Attiré par l'« ancien »
Cagoule ? Bleu marine ?	~~1709, 2e Av.,~~ ~~*Anderson Foods*~~		A appelé l'une des vict. « Hanna »
Gants sombres	~~34e Rue & Lex. Av.,~~ ~~*Food Warehouse*~~		Connaît l'allemand
Eau de toilette : Brut	8e Av. & 24e Rue, *ShopRite*		Attiré par les lieux souterrains
Couleur de cheveux : pas brun	Houston & Lafayette, *ShopRite*		Double personnalité
Cicatrice profonde à l'index	~~6e Av. & Houston,~~ ~~*J & G'S Emporium*~~ ~~Greenwich & Franklin,~~ ~~*Grocery World*~~		Peut-être prêtre, assistant social, conseiller…
Vêtements ordinaires	Immeuble ancien, marbre rose		Usure des semelles inhabituelle : peut-être un grand lecteur ?
Gants décolorés ? Teints ?	Au moins cent ans d'âge, hôtel part. ou bâtiment administratif		A écouté en cassant le doigt d'une victime
Gants noirs			A laissé un serpent pour narguer les enquêteurs
	Bâtiment style « fédéral », Lower East Side		Voulait écorcher le pied d'une victime
			A appelé une victime « Maggie »
			Mère et enfant : un sens particulier pour lui ?
			Livre *Crimes du vieux New York* pour modèle ?

31

TROIS VOITURES DE PATROUILLE sillonnaient à petite vitesse les rues du Lower East Side. Dans chacune, deux policiers aux aguets.

Et un moment plus tard, arrivée de deux attelages, non ! de deux *coupés* noirs... deux véhicules banalisés mais équipés chacun, à côté du rétroviseur gauche, d'un projecteur qui ne laissait aucun doute sur leur véritable nature.

Il avait déjà compris qu'ils étaient sur sa piste, bien sûr, et qu'ils ne tarderaient pas à repérer sa maison. Mais il était désagréablement surpris de les voir arriver aussi vite. Et son émotion fut à son comble quand les policiers descendirent de leur voiture pour examiner une Taurus gris argent garée dans Canal Street.

Comment savaient-ils que c'était la sienne ? Il n'ignorait pas qu'il prenait un gros risque en volant une voiture, mais il s'était dit que Hertz mettrait plusieurs jours à signaler ce vol. Et il était certain que, même dans ce cas, les policiers ne feraient pas le rapprochement avec lui. Ah, ils étaient forts !

Le regard mauvais de l'un des flics se posa brièvement sur son taxi.

Fixant la chaussée droit devant lui, le collectionneur d'os tourna lentement dans Houston Street pour se fondre dans le flot de la circulation. Une demi-heure plus tard, après avoir planqué le taxi et la Taurus, il revint à pied chez lui.

La petite Maggie releva la tête en l'entendant arriver.

Elle était terrifiée, mais ne pleurait plus. Il se demanda s'il ne pourrait pas la garder auprès de lui. Comme sa fille. L'élever. L'idée brilla un instant en lui puis s'éteignit.

Non, cela éveillerait trop la curiosité. Et puis, il y avait quelque chose d'inquiétant dans la façon dont elle le regardait. Elle paraissait plus vieille que son âge. Elle n'oublierait jamais ce qu'il avait fait. Oh, elle penserait peut-être pendant un certain temps que tout cela ne s'était pas réellement passé, qu'elle l'avait rêvé. Mais un jour la vérité s'imposerait. Il en était toujours ainsi. Aussi profondément qu'on l'enfouisse, elle finissait, tôt ou tard, par resurgir.

Non, il ne pouvait pas se fier à cette gamine, pas plus qu'à quiconque. Les êtres humains vous déçoivent toujours. On pouvait faire confiance à la haine. À l'os. Tout le reste n'était que trahison.

Il s'accroupit à côté de Maggie et lui retira son bâillon.

« Maman ! cria la petite fille. Je veux ma maman ! »

Il ne dit rien, se contentant de la regarder. Son crâne délicat. Ses petits bras si minces, si fragiles.

Elle poussait des hurlements de sirène.

Il retira son gant. Ses doigts hésitèrent quelques secondes au-dessus d'elle. Puis il lui caressa la tête, les cheveux — si fins, si doux au toucher. (« On peut relever des empreintes sur la chair, dans les quatre-vingt-dix minutes qui suivent le contact, mais personne n'est encore parvenu à le faire sur des cheveux humains. » Lincoln Rhyme, « Indices matériels », New York, *Revue de médecine légale*, 4e éd., 1994.)

Le collectionneur d'os se redressa et gravit lentement les marches jusqu'au vaste living-room du rez-de-chaussée, en passant devant les fresques peintes sur les murs — les ouvriers, les femmes et les enfants aux regards insistants. Il s'immobilisa soudain, en inclinant la tête, alerté par un léger bruit à l'extérieur. Le bruit se répéta, plus fort. Un choc métallique. Empoignant son arme, il fonça à l'arrière du bâtiment, fit sauter le verrou de la porte, l'ouvrit à la volée et bondit, près à tirer, le pistolet tenu à deux mains.

Les chiens errants lui accordèrent un regard. Puis se remirent à fouiller dans le contenu de la poubelle qu'ils venaient de renverser. Il fourra le pistolet dans sa poche et reprit le chemin du living-room.

Il revint se poster devant la fenêtre aux vitres épaisses donnant sur l'ancien cimetière. Ah, oui ! L'homme en noir était là à nouveau, debout entre les tombes. Le ciel, dans le lointain, était strié par les mâts des grands clippers et des sloops au mouillage le long des quais de l'East River.

Le collectionneur d'os se sentit envahi par une immense

tristesse. Il se demanda quelle catastrophe venait de se produire. Le grand incendie de 1776, qui avait détruit la plupart des immeubles longeant Broadway ? Ou l'épidémie de fièvre jaune de 1795, qui avait décimé la communauté irlandaise ? Ou peut-être le feu s'était-il déclaré à bord du *General Slocum*, ce bateau de promenade dont l'incendie, en 1904, avait tué plus d'un millier de femmes et d'enfants et provoqué la destruction du quartier allemand du Lower East Side ?

Peut-être, aussi, pressentait-il d'autres tragédies tout près de se produire ?

Après quelques minutes, les cris de la petite Maggie cessèrent, et l'on n'entendit plus que les bruits de la vieille cité, le grondement des machines à vapeur, les sonneries de cloches, le claquement des armes à feu chargées à la poudre noire, le martèlement des sabots sur les pavés sonores.

Oubliant Maggie, oubliant les policiers lancés à sa poursuite, il observait la silhouette fantomatique qui cheminait dans sa rue.

Alors et maintenant.

Il resta un long moment ainsi, le regard fixe, perdu dans des époques passées. Si bien qu'il ne remarqua pas la présence des chiens errants, entrés par la porte qu'il avait laissée ouverte. Ils marquèrent une pause en l'apercevant dans le living-room, avant de faire demi-tour pour filer à grands bonds silencieux au fond de la maison.

Le museau levé pour humer les odeurs, les oreilles dressées à l'écoute des bruits de ce lieu étrange. Et plus particulièrement de la plainte étouffée qui s'élevait quelque part au-dessous d'eux.

Il fallait que la situation soit sérieuse pour que les Hardy Boys eux-mêmes en viennent à se séparer.

Bedding travaillait sur une demi-douzaine de pâtés d'immeubles autour de Delancey Street, Saul était plus au sud. Sellitto et Banks cherchaient chacun dans une zone bien définie, et les autres agents, par centaines, faisaient du porte à porte en posant inlassablement les mêmes questions à propos d'un homme de petite taille, d'une fillette en pleurs, d'une Ford Taurus gris argent, d'une grande bâtisse de style officiel avec une façade en marbre rose et le reste en grès brun.

Quoi ? Mais c'est quoi, ça, le style officiel ?... Une petite fille ? Vous voulez savoir si j'ai vu une petite fille dans les parages ? Eh, Jimmy, t'aurais pas vu une petite fille, toi, y'a une minute ou deux ?

Amelia faisait tout son possible. Elle avait tenu à être avec l'équipe de Sellitto, dans le périmètre où se trouvait le Shop-Rite de Houston Street où l'Inconnu 823 avait acheté le jarret de veau, la station-service où on lui avait servi de l'essence et la bibliothèque où il avait dérobé *Crimes du vieux New York.*

Mais ils n'avaient pas trouvé la moindre piste à partir de ces différents endroits et s'étaient ensuite éparpillés comme des loups attirés par une dizaine d'odeurs différentes. Chacun avait maintenant son territoire à inspecter.

En enfonçant l'accélérateur de son nouveau break pour passer à un autre pâté d'immeubles, elle retrouva le sentiment de frustration qu'elle avait éprouvé sur les scènes de crime de ces deux derniers jours : trop d'indices, trop de terrain à couvrir. De quoi désespérer. Une chaleur humide et étouffante régnait dans ces rues dont chacune débouchait sur d'autres rues et des centaines de ruelles menant à des centaines de bâtiments — tous anciens. Trouver le bon paraissait aussi impossible que retrouver ce cheveu collé au plafond par le souffle d'un calibre .38, dont lui avait parlé Rhyme.

Elle était partie avec l'intention d'inspecter méthodiquement chaque rue, mais les minutes passant et la pensée de la fillette reculant de plus en plus dans l'ombre, vers la mort, elle accélérait, filant d'une rue à l'autre, jetant des regards à droite et à gauche dans l'espoir d'apercevoir enfin une façade de marbre rose. Et se prenait à douter. N'était-elle pas, dans sa hâte, passée devant cette maison sans la voir ? Fallait-il ralentir, ou foncer, au contraire, pour voir le plus grand nombre de rues possible ?

Encore et encore. Un pâté d'immeuble, un autre, un autre... Et toujours rien.

Après la mort du misérable, les policiers saisirent tous ses effets et les examinèrent. Son journal montrait qu'il avait tué huit honnêtes citoyens de la ville. Il ne répugnait pas non plus à la violation de sépultures, comme en témoignaient ces pages, (et si on devait le croire) et avait profané plusieurs tombeaux dans la terre sacrée des cimetières aux abords de la ville. Aucune de ses victimes ne lui avait fait le moindre affront ; et il s'agissait pour la plupart d'honorables citoyens, travailleurs et exempts de toute vilenie. Mais il n'en éprouvait pas l'ombre d'un remords. Il semblait, en vérité, avoir commis tous ces méfaits avec la certitude démente d'œuvrer pour le bien de ses victimes.

L'annulaire gauche de Lincoln Rhyme bougea imperceptiblement et l'appareil tourna la page en papier-bible de *Crimes du vieux New York*, que deux officiers du FBI lui avaient apporté dix minutes plus tôt — marque de l'étourdissante efficacité qui faisait tout le style de Dellray.

« La chair se flétrit et peut être faible [écrivait le misérable]. L'os est ce que le corps offre de plus solide. Aussi vieux soit-on dans sa chair, on sera toujours jeune dans ses os. Le but que je poursuis est noble, et je ne conçois pas qu'on trouve à y redire. J'ai accompli pour chacun d'eux un geste de bonté. Les voici désormais immortels. De la chair, je les ai ramenés à l'os. »

Terry Dobyns avait vu juste. Le chapitre 10, « James Schneider, "Le Collectionneur d'Os", décrivait avec une parfaite exactitude le comportement de l'Inconnu 823. Les modus operandi étaient les mêmes — feu, animaux, eau, meurtre par l'eau bouillante. On reconnaissait à quatre-vingts pour cent les fantasmes qui hantaient Schneider. 823 avait pris une touriste allemande pour Hanna Goldschmidt, immigrante du début du siècle, et s'était risqué dans un immeuble habité par des Allemands pour y chercher une victime. De même, il avait appelé Pammy Ganz Maggie — ce qui semblait être le prénom de la petite O'Connor, l'une des victimes de Schneider.

Dans le livre, un très mauvais dessin, protégé par une feuille de papier de soie, montrait un James Schneider aux traits démoniaques, en train d'examiner un tibia dans quelque sous-sol.

Rhyme regarda le plan Randel de la ville de New York.

Des os...

Rhyme se souvenait d'une scène sur laquelle il avait travaillé. Il avait été appelé sur un chantier dans la partie basse de Manhattan, après que des ouvriers avaient découvert un crâne humain à une trentaine de centimètres de profondeur en creusant dans un terrain vague. Rhyme, ayant tout de suite vu que le crâne était très ancien, avait fait appel à un médecin légiste anthropologue. En continuant à creuser, on avait mis à jour une grande quantité d'os et des squelettes complets.

Une courte recherche avait révélé qu'à la suite d'une révolte d'esclaves à Manhattan en 1741, on avait pendu de nombreux esclaves — et des militants abolitionnistes blancs — sur une petite île du Collect. L'île étant ainsi devenue un lieu souvent utilisé pour des pendaisons, plusieurs cimetières s'étaient créés spontanément aux alentours.

Où donc se trouvait cet étang, se demanda Rhyme. Près de la frontière entre Chinatown et le Lower East Side. Mais comment en être certain, alors qu'il était comblé depuis si longtemps ? C'était...

Mais oui ! Son cœur s'était mis à battre plus vite. On avait comblé le Collect parce qu'il était si pollué que les autorités y voyaient un risque pour la santé des riverains. Et parmi les principaux pollueurs, il y avait les tanneries de la rive gauche !

Assez adroit, désormais, avec le nouveau dispositif électronique, Rhyme composa le numéro du maire sans rater un seul chiffre. Mais, répondit la secrétaire personnelle, celui-ci s'était rendu pour un brunch au siège des Nations unies. Puis, Rhyme s'étant fait connaître, elle dit : « Ah. Attendez, monsieur, une minute, et la minute ne s'était pas écoulée qu'un homme, la bouche pleine, lui demanda : Bon Dieu, inspecteur, on avance, ou quoi ? »

« 5-8-8-5 », dit Amelia, en réponse à l'appel radio. Rhyme perçut une note de nervosité dans sa voix.

« Sachs ?

— Ça ne va pas, lui dit-elle. Nous jouons de malchance.

— Je crois que je le tiens.

— *Quoi ?*

— Le bloc 600, East Van Brevoort Street. Près de Chinatown.

— Comment avez-vous trouvé ?

— Le maire m'a mis en relation avec le patron de la société d'Histoire. Il y a des fouilles archéologiques là-bas. Sur un ancien cimetière. En face, de l'autre côté de la rue, il y avait une tannerie. Et aussi quelques grosses bâtisses qui ont abrité à une époque des administrations. À mon avis, il est par là.

— J'y vais. »

Il entendit crisser les pneus, puis une sirène.

« J'ai appelé Lon et Haumann, ajouta-t-il. Ils arrivent.

— Rhyme, dit-elle, d'une voix tendue, dans les grésillements de la radio, je vais la sortir de là. »

Ah, tu as un vrai cœur de flic, Amelia, un cœur *professionnel*, songea Rhyme. Mais tu es encore une bleue. « Sachs ?

— Oui ?

— Je viens de lire ce livre. 823 a pris un sale type pour modèle. Un vrai sale type. »

Elle resta silencieuse.

« Ce que je veux dire, poursuivit-il, c'est qu'il faut vous méfier. Que la gamine soit là ou pas, au premier geste, vous le descendez.

— Mais si on le prend vivant, il pourra nous amener jusqu'à elle. On...

— Non, Sachs. Écoutez-moi. Vous le descendez. S'il fait mine de saisir une arme, n'importe quoi... vous le descendez. »

À nouveau, des grésillements sur la ligne. Puis la voix décidée d'Amelia. « Je suis à Van Brevoort Street, Rhyme. Vous aviez raison. Ça a bien l'air d'être chez lui. »

Dix-huit voitures banalisées, deux fourgons de la BIR et le break d'Amelia étaient regroupés dans une petite rue déserte du Lower East Side.

East Van Brevoort Street avait un air de Sarajevo. Les immeubles étaient abandonnés — deux d'entre eux rasés par des incendies. En face, une sorte d'hôpital tombait en ruine sous sa toiture affaissée. Et à côté, un panneau DÉFENSE D'ENTRER se dressait au-dessus d'une large excavation protégée par des cordes — les fouilles archéologiques dont Rhyme avait parlé. Un chien squelettique était mort là, et son cadavre gisait dans le ruisseau, à demi dévoré par les rats.

De l'autre côté de la rue se dressait une grande maison à façade de marbre rose flanquée d'un hangar à attelages, légèrement moins décrépite que les autres bâtiments bordant Van Brevoort Street.

Sellitto, Banks et Haumann attendirent à côté du fourgon de la BIR pendant qu'une douzaine de policiers enfilaient leurs tenues pare-balles et assemblaient leurs mitrailleuses M-16. Amelia les rejoignit et, sans rien demander, fourra ses cheveux roux sous un casque et commença à passer une tenue.

« Sachs, vous ne participez pas à l'assaut », dit Sellitto.

Rabattant d'une claque la bretelle de Velcro, elle regarda fixement l'inspecteur, un sourcil levé, jusqu'à ce qu'il cède et dise : « D'accord. Mais en arrière-garde. C'est un ordre.

— Dans la deuxième équipe, ajouta Haumann.

— Ouichef. Je m'en contenterai. »

L'un des agents de la BIR lui offrit une mitrailleuse. Elle pensa à Nick — à leur premier rendez-vous au stand de tir. Ils s'étaient entraînés deux heures durant avec des armes automatiques, traçant des Z sur des portes, réarmant d'une chiquenaude sur leurs chargeurs puis démontant leurs M-16 pour chasser le sable qui abîmait les mécanismes. Nick adorait le crépitement de ces mitrailleuses, contrairement à Amelia, que les armes de forte puissance n'attiraient guère. Elle avait proposé à Nick un match au pistolet et l'avait battu en trois coups d'une quinzaine de mètres. Il avait ri et l'avait fougueusement embrassée tandis que sa dernière douille tombait avec un bruit sec sur le sol.

« Je me servirai de mon arme réglementaire », dit-elle à l'agent.

Les Hardy Boys accoururent, accroupis comme s'ils craignaient qu'on leur tire dessus.

« Voici ce que nous avons appris. Il n'y a pas de voisins. Le pâté d'immeubles est...

— ... vide.

— Les fenêtres de sa maison sont toutes barricadées. Il y a une porte à l'arrière...

— ... donnant sur l'allée. Elle est ouverte.

— Ouverte ? répéta Haumann, en regardant ses hommes.

— Non seulement ouverte, mais béante, confirma Saul.

— Ça pourrait être piégé ?

— Pas d'après ce que nous avons pu voir. Ce qui ne veut pas dire...

— ... que ça ne l'est pas.

— Vous avez vu des véhicules dans l'allée ?

— Aucun.

— Deux entrées en façade. Une entrée principale...

— Cette porte-là a l'air collée par la peinture. L'autre est celle du hangar à attelages. Il est double, assez grand pour deux voitures. Avec une chaîne et un cadenas.

— Mais ils sont par terre. »

Haumann hocha la tête. « Donc, il se peut qu'il soit à l'intérieur.

— Peut-être », dit Saul. Puis il ajouta : « Dis-lui aussi ce qu'il nous a semblé entendre.

— Très faiblement. Comme des pleurs.

— Ou des cris.

— La petite fille ? demanda Amelia.

— C'est possible. Mais ça s'est tout de suite arrêté. Comment Rhyme a-t-il trouvé cet endroit ?

— Bonne question, dit Sellitto. Si je connaissais la réponse, je saurais ce qu'il a à la place du cerveau. »

Haumann appela l'un de ses officiers et donna une série d'ordres. Un instant plus tard, deux fourgons de la BIR prenaient position au carrefour pour fermer l'extrémité de la rue.

« Première équipe, à la porte principale. Faites-la sauter. Mais c'est du bois et il est vieux, alors doucement sur le plastic, d'accord ? Deuxième équipe, dans l'allée. À trois, vous y allez. Compris ? Neutralisez-le, mais nous pensons que la gamine est là aussi, donc vérifiez bien qu'il n'y a personne derrière lui avant de tirer. Officier Sachs, vous tenez vraiment à faire ça ? »

Un hochement de tête déterminé.

« Très bien, les enfants. Coincez-le. »

INCONNU 823			
Apparence	**Résidence**	**Véhicule**	**Divers**
Mâle de race blanche et de petite taille Tenue sombre Vieux gants, cuir rouge Eau de toilette (pour masquer autre odeur ?) Cagoule ? Bleu marine ? Gants sombres Eau de toilette : Brut Couleur de cheveux : pas brun Cicatrice profonde à l'index Vêtements ordinaires Gants décolorés ? Teints ? Gants noirs	A prob. une planque Habite près de : B'way & 82e Rue, *ShopRite* ~~B'way & 96e Rue,~~ ~~*Anderson Foods*~~ Greenwich & Bank, *ShopRite* ~~2e Av., 72-73e Rue,~~ ~~*Grocery World*~~ ~~Battery Park City,~~ ~~*J & G's Emporium*~~ ~~1709, 2e Av.,~~ ~~*Anderson Foods*~~ ~~34e Rue & Lex. Av.,~~ ~~*Food Warehouse*~~ 8e Av. & 24e Rue, *ShopRite* Houston & Lafayette, *ShopRite* ~~6e Av. & Houston,~~ ~~*J & G'S Emporium*~~ ~~Greenwich & Franklin,~~ ~~*Grocery World*~~ Immeuble ancien, marbre rose Au moins cent ans d'âge, hôtel part. ou bâtiment administratif Bâtiment style « fédé- ral », Lower East Side Proche site de fouilles archéologiques	Taxi jaune Cond. intérieure d'un modèle récent Teinte claire : gris, argent ou beige Voit. de location, sans doute volée Silver Taurus, Hertz, modèle de l'année	Prob. fiché à la police Connaît trav. sur scènes de crime Connaît tech. relevés d'empreintes Arme : Colt .32 Attache vict. avec des nœuds bizarres Attiré par l'« ancien » A appelé l'une des vict. « Hanna » Connaît l'allemand Attiré par les lieux souterrains Double personnalité Peut-être prêtre, assistant social, conseiller… Usure des semelles inhabituelle : peut-être un grand lecteur ? A écouté en cassant le doigt d'une victime A laissé un serpent pour narguer les enquêteurs Voulait écorcher le pied d'une victime A appelé une victime « Maggie » Mère et enfant : un sens particulier pour lui ? Livre *Crimes du vieux* *New York* pour modèle ? Imite les crimes de James Schneider, « Le Collectionneur d'Os » Hait les policiers

32

AMELIA et les cinq hommes de la deuxième équipe s'élancèrent en courant dans l'allée écrasée de chaleur, que bloquaient les fourgons de la BIR. Des herbes folles poussaient entre les pavés et dans les fissures des murs et l'endroit, avec son aspect désert et abandonné, rappela à Amelia la voie ferrée où elle avait trouvé la veille un premier cadavre.

Il espérait que la victime était morte. Pour son propre bien...

Haumann avait placé des hommes sur les toits des bâtiments environnants, et elle voyait les canons de leurs armes briller comme des antennes.

Ils contournèrent la maison et s'arrêtèrent devant la porte arrière. Ses collègues regardèrent Amelia vérifier que les bandes de caoutchouc tenaient bien autour de ses chaussures. L'un d'eux dit quelque chose à voix basse et elle entendit le mot de superstition.

Puis, le dialogue suivant, dans ses écouteurs :

« Ici chef première équipe à la porte d'entrée. Charge explosive en place. Nous sommes prêts. Terminé.

— Reçu, première équipe. Deuxième équipe ?

— Ici deuxième équipe. En position. Terminé.

— Reçu, deuxième équipe. Aux deux équipes, préparez-vous à l'action. Quand je dirai trois. »

Elle vérifia une dernière fois que son arme était bien en place.

« Un... »

Du bout de la langue, elle cueillit une goutte de sueur sur sa lèvre tuméfiée.

« Deux... »

Eh bien, Rhyme, nous y voilà...

« Trois ! »

L'explosion à l'entrée principale fut étonnamment discrète — un claquement lointain. Les deux équipes entrèrent en même temps. Très vite. Elle suivit en courant les hommes de la BIR qui fonçaient dans toutes les directions, les faisceaux des torches fixées au canon de leur arme s'entrecroisant avec les rais de lumière qui passaient par les fenêtres barricadées. Elle se retrouva seule tandis que les autres se dispersaient pour fouiller les armoires et les placards et les multiples coins sombres derrière les statues délirantes qui encombraient les pièces.

Elle se retourna. Aperçut un visage blême. Un couteau...

Son cœur bondit dans sa poitrine et elle se mit instinctivement en position de combat, son arme pointée. Elle commençait à presser la détente quand elle se rendit compte qu'elle avait devant elle une peinture murale. Un boucher au visage lunaire et au regard halluciné, tenant d'une main son couteau et de l'autre un quartier de bœuf.

Eh bien...

Quelle maison il s'est choisie !

Les hommes de la BIR s'engagèrent dans l'escalier pour fouiller le premier et le deuxième étage.

Mais Amelia Sachs avait une autre idée.

Elle trouva la porte du sous-sol. Entrouverte. Bien. Éteins ton halogène. Commence par jeter un coup d'œil. Mais elle se rappela les mots de Nick : ne jamais entrer dans une pièce debout — s'il est prêt à tirer, il vise déjà la tête et la poitrine. Baisse-toi. Prends appui sur un genou. Respire un grand coup. Vas-y !

Rien. L'obscurité.

Remets-toi à couvert.

Écoute...

D'abord, elle n'entendit rien. Puis un grattement. Un cliquetis. Un halètement, ou un grognement.

Il est là, et il creuse pour s'échapper !

Elle dit dans son micro : « J'entends quelque chose dans le sous-sol. Envoyez renfort.

— *Entendu.* »

Mais elle ne pouvait pas attendre. Elle pensait à la petite fille, là en bas, avec lui. Et elle commença à descendre les marches. S'arrêta à nouveau pour écouter. Se rendit compte, soudain, qu'elle était debout et bien visible. Bondit en avant et se reçut en position accroupie dans l'obscurité.

Respire.

Maintenant !

Le faisceau de la torche halogène qu'elle tenait dans sa main gauche traversa la pièce. Le canon de son arme suivit le disque blanc qui courait de la gauche à la droite. Maintiens le faisceau vers le bas. Lui aussi a dû se baisser maintenant. Rappelle-toi ce que disait Nick : ils ne s'envolent pas.

Rien. Personne.

« Officier Sachs ? »

Un type de la BIR se tenait en haut des marches.

« Oh, non », murmura-t-elle, au moment où sa torche éclairait Pammy Ganz recroquevillée sur elle-même dans un coin du sous-sol.

« Ne bougez pas ! » cria-t-elle au policier.

Les chiens étaient là, tout à côté de la fillette, flairant ses jambes, ses doigts, son visage. Le regard terrifié de Pammy allait de l'un à l'autre. Son torse maigre se soulevait à un rythme précipité et son visage était ruisselant de larmes. Elle avait la bouche ouverte et la pointe rose de sa langue semblait collée à ses lèvres.

« Restez où vous êtes, dit-elle au policier. Ne leur faites pas peur. »

Elle les mit en joue mais ne tira pas. Elle en tuerait deux ou trois mais les autres, pris de panique, risquaient de se jeter sur la fillette. Il y en avait un aussi famélique que les autres mais assez grand pour lui briser la nuque d'un seul coup de dents.

« Il est là ?

— Je n'en sais rien. Faites venir un médecin. En haut de l'escalier. Que personne ne descende.

— J'y vais. »

Son arme braquée tantôt sur l'un tantôt sur l'autre des animaux, elle s'avança très lentement dans leur direction. L'un après l'autre, ils se détournèrent de Pammy pour suivre ses mouvements. La petite fille, pour eux, ne représentait qu'une promesse de nourriture; Amelia était un prédateur. Ils grondaient en retroussant leurs babines, leurs pattes antérieures tremblant et les muscles de leurs arrière-trains bandés, prêts à l'attaque.

« J'ai peur », cria Pammy, d'une voix aiguë, attirant de nouveau leur attention sur elle.

« Chuuuutt, ma chérie, dit Amelia d'une voix douce. Ne parle pas. Ne bouge pas.

— Maman. Je veux *ma maman* ! » Son cri déchirant provoqua un regain d'agitation parmi les chiens. Ils se mirent à danser sur place, en grondant de plus en plus fort et en tournant à gauche et à droite leurs museaux couverts de plaies et de cicatrices.

« Du calme, du calme... »

Amelia se déplaça vers la gauche. Les chiens lui faisaient face maintenant, en regardant tour à tour ses yeux et le pistolet qu'elle tenait à bout de bras. Ils se séparèrent en deux groupes. L'un resta près de Pammy. L'autre s'en écarta pour tenter de contourner la jeune femme.

Elle s'avança entre la fillette et les trois chiens qui la serraient de plus près.

Le pistolet se balançant d'avant en arrière, tel un pendule. Leurs yeux noirs sur l'objet noir qui luisait entre ses mains.

L'un des chiens, à la robe jaune couverte de croûtes, s'approcha d'Amelia par la droite en montrant les dents.

La petite fille sanglotait. « Maman... »

Amelia se pencha en avant, très lentement, tendit la main pour saisir l'enfant par son T-shirt et la tirer derrière elle. Le chien jaune s'approcha encore.

« Va-t'en ! » cria Amelia.

Encore plus près.

« Va-t'en ! »

Derrière le chien jaune, un autre prit son élan pour bondir en retroussant ses babines sur une double rangée de dents brunes et ébréchées.

« Fous le camp ! » hurla Amelia en abattant sur son museau la crosse du pistolet. Le chien cligna des yeux, affolé, avec un jappement aigu, et s'enfuit dans l'escalier.

Pammy poussa un cri qui acheva de semer la panique dans le groupe. Les bêtes se mordaient les unes les autres en hurlant, bavant et claquant des mâchoires. Un Rottweiler furieux se jeta sur un corniaud qui roula aux pieds d'Amelia. Elle repoussa du pied la boule de poils qui bondit sur ses pattes pour s'enfuir à son tour dans l'escalier. Les autres s'élancèrent derrière lui comme des chiens de meute poursuivant un lapin.

Pammy s'était remise à sangloter. Amelia s'accroupit à côté d'elle et balaya encore une fois le sous-sol du faisceau de sa lampe. Rien ne permettait de déceler la présence de 823.

« C'est fini, ma chérie. Tu vas bientôt rentrer à ta maison. Tout va bien. Le monsieur qui était là, tu l'as vu ? »

La petite hocha la tête.

« Il est parti ?

— Je sais pas. Je veux ma maman. »

Elle entendit les hommes de la BIR qui appelaient. Ils n'avaient rien trouvé dans les étages. « Et la voiture ? Et le taxi ? demanda-t-elle.

— Il n'y a plus ni taxi ni voiture. Il a sans doute filé. »

Il n'est pas là. Ce ne serait pas logique.

« Il n'y a personne au sous-sol ? demanda un agent, du haut des marches.

— Je vérifie. Attendez.

— On descend.

— Négatif, dit-elle. On a une scène de crime à peu près nette, ici, et je tiens à ce qu'elle le reste. Envoyez seulement un médecin pour qu'il voie la petite fille. »

Le médecin, un jeune blond, descendit aussitôt et s'agenouilla à côté de Pammy.

C'est alors qu'Amelia aperçut une porte métallique noire, tout au fond du sous-sol. Elle s'en approcha, en faisant un détour pour ne pas effacer les empreintes, et s'accroupit. La porte était entrouverte et semblait donner sur un passage souterrain, très sombre, menant à un autre immeuble.

Une issue de secours. Le salaud.

Avec les phalanges de sa main gauche, elle poussa la porte qui s'ouvrit sans grincer. Elle jeta un coup d'œil dans le passage souterrain. Une vague lueur se devinait à une dizaine de mètres. Rien ne bougeait.

Si Amelia voyait quelque chose dans la pénombre, c'était le corps affreusement tordu de Tammie Jean Colfax, le corps potelé de Monelle Gerber, évanouie et inerte sous les rats qui rampaient vers sa gorge.

« Portable 5-8-8-5 à poste de commandement, dit-elle dans son micro.

— Poste de commandement, j'écoute, répondit la voix tendue de Haumann.

— Je suis devant un passage souterrain qui semble conduire à l'immeuble voisin. Il faut quelqu'un pour couvrir les portes et les fenêtres.

— On s'en occupe.

— J'y vais, dit-elle.

— Où ? Dans ce passage ? On va vous envoyer du renfort, Sachs.

— Négatif. Je ne veux pas que la scène soit contaminée. Une seule personne suffit pour s'occuper de la gamine.

— Vous en êtes sûre ?

— Oui. Pas de renfort. »

Elle éteignit sa lampe et s'avança dans le passage obscur, toujours en position accroupie.

À l'académie, on ne leur avait jamais fait de cours, bien entendu, sur les opérations dans des trous à rats. Mais certaines choses que Nick lui avait dites sur la façon de se conduire sur des scènes non sécurisées lui revenaient en mémoire. Tenir son arme près du corps et jamais à bout de bras, pour ne pas se la faire arracher. Trois pas — très lents — en avant, puis une pause. Écouter. Encore deux pas. Une pause. Écouter. Puis quatre ou cinq pas. Ne rien faire de prévisible.

Bon Dieu, qu'il fait noir là-dedans.

Et cette odeur ? Un frisson de dégoût la secoua. C'était une odeur chaude, insistante. Une puanteur.

La claustrophobie l'étreignit, collant à sa peau comme un nuage de fumée grasse, et elle dut s'arrêter quelques secondes en essayant de se concentrer sur n'importe quoi plutôt que sur la proximité des murs. Sa panique reflua, mais l'odeur était de plus en plus forte. Elle eut un haut-le-cœur.

Du calme, ma fille. Du calme !

Elle se ressaisit, reprit sa progression.

Et ce bruit ? Quelque chose d'électrique. Un bourdonnement. Qui monte et qui descend.

Encore trois mètres jusqu'au bout du passage. Dans l'embrasure de la porte, elle aperçut un autre sous-sol. Tout aussi vaste et à peine moins sombre que celui où se trouvait Pammy. Un peu de lumière filtrait à travers la vitre sale d'un soupirail. Elle vit des particules de poussière en suspension dans ce demi-jour.

Non, non, ma fille, l'arme est beaucoup trop loin de toi. Un coup de pied, et elle s'envole. Près du visage. Ton poids le plus bas possible, et en arrière ! Sers-toi de tes bras pour viser, de tes fesses pour t'équilibrer.

Elle se retrouva sur le seuil.

Eut un nouveau haut-le-cœur, dont elle s'efforça d'étouffer le bruit.

Est-ce qu'il est là, à m'attendre, ou non ?

Passe la tête, jette un coup d'œil. Tu as un casque. Il résistera à tout sauf à une full-metal ou à une Teflon, et rappelle-toi qu'il tire avec un .32. Une arme de fille.

Très bien. Réfléchissons. Où vais-je regarder en premier ?

Le *Guide du policier en patrouille* était muet sur la question et Nick n'avait plus rien à dire pour le moment. Si tu le jouais à pile ou face ?

Gauche.

Elle sortit rapidement la tête, jeta un coup d'œil à gauche. Se rejeta en arrière.

Elle n'avait rien vu. Un mur nu, des ombres immobiles.

S'il est de l'autre côté, il m'a vue et il sait où tirer.

Ah, merde. Vas-y, et puis voilà. Mais vite !

Tant que tu bouges...

Amelia Sachs bondit.

... on ne peut pas t'attraper.

Elle heurta le sol, durement, et roula sur elle-même. En se retournant.

La silhouette était à peine visible dans la pénombre contre le mur de droite, sous le soupirail. Le doigt d'Amelia frémit sur la détente. Puis elle se figea sur place.

Elle ouvrit grand la bouche mais ne cria pas.

Oh, mon Dieu...

Elle voulait regarder ailleurs mais ses yeux revenaient obstinément se fixer sur le corps de femme adossé au mur.

Au-dessus de la ceinture elle était maigre et brune, avec un visage émacié, de petits seins, des bras osseux. Sa peau disparaissait sous des essaims de mouches — le bourdonnement qu'Amelia avait entendu.

À partir de la taille, elle était... elle n'était plus rien. Cubitus sanguinolents, fémurs, le fouet de la colonne vertébrale, pieds... Toute la chair s'était dissoute dans le bain répugnant qu'on voyait à coté d'elle — un affreux bouillon, marron foncé, dans lequel flottaient des lambeaux de chair. Du détergent, ou de l'acide. Les émanations faisaient piquer les yeux d'Amelia. L'horreur — et la colère, aussi — lui montait à la gorge.

Oh, malheureuse...

Elle agita la main, vainement, pour chasser les mouches qui se précipitaient sur la nouvelle arrivante.

Les mains de la femme pendaient, les paumes tournées vers le haut comme pour méditer. Les yeux clos. Une tenue de jogging violette était posée à côté d'elle.

Elle n'était pas seule.

Un autre squelette — entièrement dépouillé de sa chair, celui-là — gisait à côté d'une cuve similaire, plus ancienne, et dans laquelle l'affreux bain acide avait pris la teinte sombre du sang et des muscles en partie dissous qui s'y mêlaient. Il n'avait ni mains ni avant-bras. Et un peu plus loin gisait une autre victime, à l'état de squelette également mais dont les os, méticuleusement nettoyés, étaient posés sur le sol. Une liasse de papier de verre était restée à côté du crâne. La tête, avec sa calotte crânienne à la courbe élégante, avait l'air d'un trophée.

C'est alors qu'elle entendit quelque chose derrière elle.

Une respiration. Ce n'était pas très bruyant, mais on ne pouvait pas s'y tromper. Le bruit de l'air qui s'engouffre par saccade dans une gorge.

Elle fit volte-face, furieuse contre elle-même de s'être laissé surprendre.

Mais son regard ne rencontra que le vide. Elle balaya le sol de sa torche. Il était dallé et ne laissait pas voir les empreintes aussi clairement que le sol poussiéreux de la maison de 823.

Respirons à fond, encore une fois.

Où était-il ? *Où* ?

Elle se baissa encore plus, le faisceau de sa torche inspectant les côtés, et de haut en bas... Rien.

Mais où est-il, merde ? Dans un autre souterrain ? Une sortie sur la rue ?

En regardant à nouveau le sol elle aperçut ce qui lui parut une piste à peine visible, allant vers la partie de la pièce plongée dans la pénombre. Elle suivit le mur le plus éloigné.

Arrête-toi. Écoute.

Une respiration ?

Oui. Non.

Sans réfléchir, elle se retourna vivement et son regard tomba sur la femme morte.

Allons !

Détourne les yeux.

Avance.

Rien. Comment se fait-il que je l'entende et que je ne parvienne pas à le voir ?

Le mur qu'elle avait devant elle était massif. Sans portes ni fenêtres. Elle recula, en direction des squelettes.

Il lui sembla entendre la voix de Lincoln Rhyme. « *Les scènes de crime sont en trois dimensions.* »

Elle releva brusquement la tête, en allumant sa torche pour éclairer droit devant elle et vit briller les dents d'un grand Doberman entre les lambeaux de chair grisâtre qui pendaient à sa gueule. À moins d'un mètre d'elle, sur une haute marche, il l'attendait.

Ils restèrent face à face deux ou trois secondes, sans faire un mouvement.

Puis Amelia laissa instinctivement retomber sa main et, avant qu'elle ait pu saisir l'arme, il lui sauta au visage. Ses dents heurtèrent le casque. Refermant les mâchoires sur la jugulaire, il la secoua violemment, comme pour lui briser la nuque, tandis qu'ils tombaient en arrière, au bord d'une cuve d'acide. Le pistolet lui échappa des mains.

Le chien n'avait pas lâché prise et, tout en tirant sur le casque, lui labourait le ventre et la poitrine de ses griffes à travers l'étoffe. Elle le frappait à coups de poing, de toutes ses forces, mais c'était comme frapper sur du bois ; il ne sentait pas ses coups.

Arrachant le casque, il retomba en arrière mais repartit aussitôt à l'attaque, en visant toujours le visage. Elle leva son bras gauche pour se protéger et, tandis que les dents s'enfonçaient profondément dans la chair de son avant-bras, tira le couteau à cran d'arrêt de sa poche et plongea la lame entre les côtes de l'animal. Il poussa un jappement bref et aigu, roula sur le sol, se remit sur ses pattes et fila vers la porte qu'elle venait de franchir.

Amelia récupéra son pistolet et le suivit le long du passage souterrain. Elle fit irruption dans le premier sous-sol pour voir Pammy et le médecin qui regardaient, pétrifiés, le Doberman bondir sur eux.

Amelia se laissa choir en position accroupie et tira deux fois. La première balle atteignit l'animal à la nuque et la deuxième érafla le mur de briques. Le chien s'écroula, secoué de soubresauts, aux pieds du médecin.

« Coups de feu ! » entendit-elle dans sa radio, et une demi-douzaine d'hommes en tenue de combat se ruèrent au bas des marches, repoussèrent le chien et se déployèrent autour de la petite fille.

« Ça va ! cria Amelia Sachs. C'était moi ! »

Les hommes se redressèrent.

Pammy hurlait : « Il est mort le chien... Elle l'a tué le chien ! »

Amelia remit son arme dans l'étui et prit la petite fille dans ses bras.

« Maman !

— Tu vas la voir bientôt, ta maman. On va l'appeler tout de suite. »

Une fois en haut, elle reposa Pammy et se tourna vers un jeune agent de la BIR qui se trouvait là en faction. « J'ai perdu ma clé à menottes. Vous voulez bien les lui retirer ? Ouvrez-les au-dessus d'une feuille de papier propre, enveloppez-les dans le papier et mettez le tout dans un sachet en plastique. »

L'agent la regarda avec des yeux étonnés. « Dis donc, ma grande, trouve-toi un bleu si tu veux donner des ordres. »

Déjà, il s'éloignait.

« Fais ce qu'elle te demande ! aboya la voix de Haumann dans la radio.

— Mais chef, je suis de la BIR, protesta-t-il.

— Il y a du nouveau, dit Amelia entre ses dents. Tu bosses sur la scène du crime, à partir de maintenant. »

Carole Ganz était couchée sur le dos, les yeux au plafond, dans une chambre toute beige. Elle pensait aux soirées passées chez Kate et Eddie dans le Wisconsin, tous assis autour d'un feu de camp avec un groupe d'amis, à discuter, à chanter et à se raconter des histoires.

Kate avait une voix assez banale mais Eddie, lui, aurait pu faire une carrière de chanteur. Et il jouait de la guitare. Il avait chanté *Tapestry* de Carole King, rien que pour elle, et Carole avait timidement repris le refrain, chantant à travers ses larmes et se disant que peut-être, peut-être, elle était en train de laisser la mort de Ron derrière elle et de prendre un nouveau départ.

Elle entendait encore Kate lui disant, ce soir-là : « Quand tu es en colère, la seule chose à faire est de prendre cette colère et de t'en débarrasser. Donne-la à quelqu'un. Tu m'entends ? Ne la garde pas en toi. Donne-la. »

Eh bien, elle était en colère maintenant. Et pour de bon.

Un gamin — un petit crétin sans foi ni loi — avait tué son mari, d'une balle dans le dos. Et un cinglé lui avait pris sa fille. Elle bouillait intérieurement. Elle avait envie de tout casser, de jeter contre le mur tout ce qui lui tomberait sous la main et de hurler à la mort, comme un coyote.

Elle se dressa sur son séant et ramena son poignet fracturé

contre son ventre. Le Demerol avait chassé la douleur, mais elle n'avait pas pu dormir. Elle n'avait rien fait de la journée, sinon attendre des nouvelles de Pammy et chercher, vainement, à joindre Kate et Eddie.

Elle ne cessait de penser à Ron, et à sa colère. Elle s'imaginait en train de la mettre dans une boîte, qu'elle empaquetait avec soin, refermait...

Puis le téléphone sonna. Elle le regarda fixement une seconde avant d'arracher le récepteur de son socle.

« Allô ? »

Elle écouta le policier lui dire qu'on avait retrouvé Pammy, qu'elle était à l'hôpital mais que son état n'inspirait pas d'inquiétude. Puis Pammy prit le téléphone à son tour et elles se parlèrent, riant et pleurant à la fois.

Dix minutes plus tard elle était en route pour l'hôpital, à l'arrière d'une grosse voiture noire de la police.

Elle courut le long du corridor et fut surprise de tomber sur un policier de garde à la porte de la chambre. Ils n'avaient pas encore arrêté ce type, cette ordure ? Mais en voyant Pammy elle l'oublia, oublia les instants de terreur qu'elle avait vécu dans le taxi puis dans le sinistre sous-sol. Elle serra sa petite fille contre elle.

« Ah, ma chérie, comme tu m'as manqué ! Tu vas bien ? Vraiment bien ?

— La dame, elle a tué le chien... »

Carole se retourna et vit la haute silhouette et la chevelure flamboyante de la femme policier qui se tenait près du lit — celle qui l'avait secourue dans le sous-sol de l'église en feu.

« ... Mais elle a bien fait, parce qu'il voulait me manger. »

Carole prit Amelia dans ses bras. « Je ne sais que dire... Je... Merci, merci.

— Pammy va bien maintenant. Elle n'a que quelques égratignures — rien de grave. Et elle tousse un peu.

— Madame Ganz ? » Un jeune homme entra dans la chambre, portant sa valise et le sac à dos jaune. « Inspecteur Banks. Nous avons récupéré vos affaires.

— Ah, grâce au ciel.

— Il ne manque rien ? »

Elle inspecta attentivement le contenu du sac à dos. Tout était là. L'argent, la poupée de Pammy, le bloc de pâte à modeler, M. Boubouille, les CD, le radioréveil... Il n'avait touché à rien. À moins que... « Je crois qu'il manque une photo. Je n'en suis pas certaine. Je pensais en avoir plus. Mais tout le reste est là, c'est ce qui compte. »

L'inspecteur lui fit signer un reçu.

Un jeune interne entra à son tour. Il plaisanta avec Pammy à propos de son ours en peluche tout en lui prenant sa tension.

« Elle peut sortir ? lui demanda Carole.

— Nous préférons la garder ici quelques jours. Pour être certains que...

— Quelques *jours ?* Mais elle n'a rien ?

— Un début de bronchite. C'est à surveiller. Et... » Il baissa la voix. « Nous faisons venir un spécialiste pour l'examiner. Nous ne pensons pas qu'il y ait eu viol, mais il vaut mieux le vérifier.

— Mais elle devait m'accompagner, demain. Pour la cérémonie, aux Nations unies. Je le lui ai promis !

— Il est plus facile d'assurer sa sécurité, ici », expliqua la femme policier. « Nous ne savons pas où 823 — l'homme qui vous a enlevées — se trouve pour le moment. Nous allons vous donner, à vous aussi, un agent pour votre protection.

— Ah, bon. Je peux rester un peu avec elle ?

— Mais bien sûr, dit l'interne. Vous pourrez dormir ici, on va ajouter un lit pour vous. »

Puis Carole resta seule avec Pammy. Elle s'assit au bord du lit et entoura de son bras les frêles épaules de la fillette. Elle se sentit défaillir à nouveau en se rappelant la façon dont il — le fou — l'avait touchée, et ce qu'elle avait vu dans son regard lorsqu'il lui avait demandé sa peau... Elle frissonna et se mit à pleurer.

Ce fut Pammy qui l'aida à se ressaisir. « Maman, raconte-moi une histoire... Non, chante ! Chante-moi une chanson. La chanson de l'ami. S'il te plaît ?

— C'est celle-là que tu veux ?

— Oui ! »

Carole prit la fillette sur ses genoux et, d'une voix mal assurée, entonna *You've Got a Friend.* Pammy en chanta quelques bribes avec elle.

Cette chanson était l'une des préférées de Ron et, depuis deux ans, depuis qu'il n'était plus là, Carole ne pouvait en entendre plus de quelques mesures sans se mettre à pleurer.

Ce jour-là, elles allèrent jusqu'au bout, Pammy et elle, en chantant à peu près juste, les yeux secs, et en riant.

33

AMELIA RENTRA chez elle, dans son appartement de Carroll Gardens, à Brooklyn.

À six pâtés d'immeubles exactement de la maison de ses parents, où habitait toujours sa mère. Sitôt arrivée, elle décrocha le téléphone mural de sa cuisine et appela celle-ci en enfonçant la touche unique qui correspondait à son numéro.

« M'man ? C'est moi. Je t'offre un brunch au *Plaza*. Mercredi. C'est mon jour de congé.

— En quel honneur ? Pour fêter tes nouvelles fonctions ? Ça se passe comment, aux affaires publiques ? Tu ne m'as plus appelée. »

Amelia laissa échapper un petit rire, en se rendant compte que sa mère ne savait rien de ce qu'elle avait fait depuis deux jours.

« Tu n'as pas regardé les infos à la télé, M'man ?

— Moi ? Tu sais bien que je ne rate jamais un journal.

— Tu as donc entendu parler de ce kidnappeur ?

— C'est le contraire qui serait étonnant... Pourquoi, ma chérie ?

— Je pourrai t'en dire plus, j'étais en plein dans cette histoire. »

Et de raconter toute l'affaire à sa mère — le sauvetage des victimes, Lincoln Rhyme et, avec quelques omissions, les scènes de crime.

« Ah, Amie. Comme ton père serait fier de toi !

— Donc, on se retrouve mercredi. Au *Plaza*. D'accord ?

— Sois raisonnable, mon petit. Garde ton argent pour autre chose. J'ai tout ce qu'il faut dans mon congélateur. Tu peux venir à la maison.

— Ce n'est pas cher, M'man.
— Tu plaisantes ? C'est *hors de prix !*
— Attends un peu », dit Amelia, comme si elle venait tout juste d'y penser. « Tu aimes bien le *Pink Teacup*, pas vrai ? »
C'était un petit salon de thé du Village où l'on servait à des prix défiant toute concurrence des assiettes composées et les meilleurs pancakes de toute la côte Est.
Un silence.
« Ce n'est pas une mauvaise idée. »
Ce n'était pas la première fois qu'Amelia avait recours à cette petite stratégie. Et depuis des années, elle marchait toujours.
« J'ai besoin de me reposer, M'man. Je te rappellerai demain.
— Tu travailles trop, Amie. Cette affaire dont tu parles... c'était dangereux, n'est-ce pas ?
— Je me suis seulement occupée de la partie technique, M'man. Le travail sur les scènes de crime. C'est ce qu'il y a de moins dangereux.
— Et c'est *toi* qu'on a chargée de ça ! » s'exclama Mme Sachs. Et de répéter : « Ton père serait si fier de toi ! »
Elles raccrochèrent. Amelia passa dans la chambre à coucher et se laissa choir sur le lit.
En quittant la chambre de Pammy, elle était allée voir les autres victimes de 823. Monelle Gerber, couverte de pansements et traitée au sérum antirabique à haute dose, était sortie de l'hôpital et s'apprêtait à partir pour Francfort, chez ses parents. « Mais seulement pour l'été, pas pour y rester », avait-elle précisé, en montrant la chaîne stéréo et la collection de CD dans son appartement miteux de la Résidence Deutsche Haus, comme une façon de dire qu'elle ne se laisserait pas chasser par un cinglé new-yorkais.
William Everett, lui, était toujours à l'hôpital. La fracture au doigt n'avait rien de grave, mais son cœur avait recommencé à faire des siennes. Amelia fut étonnée d'apprendre qu'il avait tenu une boutique à Hell's Kitchen et pensait avoir connu son père. « J'étais copain avec tous les flics du quartier », lui dit-il. Elle lui montra la photo de l'officier Sachs en uniforme qu'elle gardait dans son portefeuille. « Je crois bien. Je n'en jurerais pas, mais je crois bien. »
Ces visites n'étaient pas totalement gratuites : elle s'y était rendue armée de son calepin. Mais aucune des victimes n'avait pu lui en dire plus sur l'Inconnu 823.

De son lit, elle regarda au-delà de la fenêtre. Un vent assez violent faisait danser les branches des ormes et des gingkos. Elle retira son uniforme, se gratta la poitrine — comprimée par le gilet pare-balles, elle la démangeait toujours affreusement. Puis elle passa un peignoir de bain.

Bien qu'il n'ait guère été prévenu, l'Inconnu 823 avait consciencieusement éliminé de la maison de Van Brevoort Street tout ce qui aurait permis de l'identifier. Il occupait pourtant les lieux depuis le mois de janvier précédent, d'après les déclarations du propriétaire — et sous une fausse identité, ce qui n'avait rien d'étonnant. Mais il avait disparu avec tout ce qu'il y avait apporté, ordures comprises. Après qu'Amelia avait achevé ses investigations, des spécialistes des empreintes de la police de New York étaient venus saupoudrer chaque centimètre carré de surface. Les résultats n'étaient pas très encourageants.

« C'est à croire qu'il ne quittait jamais ses gants », lui avait dit le jeune Banks.

On avait retrouvé le taxi jaune et la Ford Taurus que l'Inconnu 823 avait garés près de l'Avenue D et de la 9e Rue. D'après l'estimation de Sellitto, l'équipe de mécaniciens spécialisés de la police n'avait pas mis plus de sept ou huit minutes pour les désosser jusqu'au châssis. Une douzaine d'officines réparties à travers la ville étaient déjà en train de passer au crible l'ensemble des pièces pour y retrouver d'éventuels indices matériels.

Amelia Sachs alluma la télévision pour avoir les informations. Pas un mot sur les enlèvements. On ne parlait que des cérémonies d'ouverture de la conférence de l'ONU.

Elle écouta le discours du secrétaire général, les déclarations de quelques ambassadeurs des pays du Moyen-Orient avec une attention qui allait bien au-delà de son intérêt pour l'événement. Elle regarda même les spots publicitaires comme si elle avait voulu les apprendre par cœur.

Parce qu'il y avait une chose à laquelle elle ne voulait absolument pas penser : le marché qu'elle avait conclu avec Lincoln Rhyme.

Les termes en étaient clairs. Maintenant que Carole et Pammy se trouvaient en sécurité, elle n'avait plus qu'à tenir parole. Le laisser une heure seul avec le docteur Berger.

Ce Berger... Il lui avait déplu au premier coup d'œil. On sentait trop, derrière ce regard fuyant et cette carrure d'athlète, l'homme égoïste et imbu de lui-même. Ses cheveux noirs impeccablement coiffés. Ses vêtements ostensiblement coûteux. Pourquoi Rhyme n'avait-il pas trouvé quelqu'un comme Kevorkian ? Il était un peu bizarre, peut-être, mais il avait l'air d'un grand-père plein de sagesse.

Ses paupières se fermaient toutes seules.

En finir avec les morts...

Un marché était un marché. Mais bon Dieu, Rhyme...

Elle ne pouvait pas en rester là. Ne pas essayer encore une fois. Elle s'était laissé avoir par surprise. Elle avait été prise de court. N'avait pas eu le temps de trouver les bons arguments. Lundi. Elle avait jusqu'au lendemain pour le dissuader de faire ça. Ou, au moins, d'attendre un peu. Un mois. Un jour !

Que pourrait-elle lui dire ? Il fallait réfléchir aux arguments. Les peaufiner. Les écrire à l'avance.

Elle rouvrit les yeux, descendit du lit pour chercher un stylo et du papier. Je pourrais...

Elle se figea, sa respiration sifflant dans ses poumons comme le vent au-dehors.

Les vêtements sombres, la cagoule et des gants noirs.

L'Inconnu 823, debout au milieu de sa chambre.

Amelia Sachs tendit la main vers la table de chevet — son pistolet et le couteau. Mais il fut plus rapide. La bêche s'abattit sur sa tête. Une grande lueur jaune l'aveugla.

Elle était à quatre pattes quand un coup de pied l'atteignit à la cage thoracique et elle tomba à plat ventre, le souffle coupé. Elle sentit qu'on lui tirait les bras dans le dos et que des menottes se refermaient sur ses poignets. Une bande de ruban adhésif fut plaquée sur bouche. Les gestes de l'homme étaient rapides, efficaces. Il la fit rouler sur le dos ; le peignoir s'ouvrit.

Elle donnait des coups de pieds, se débattait avec l'énergie du désespoir pour se débarrasser des menottes.

Un autre coup dans l'estomac. Elle émit un râle et ne bougea plus. Il la prit sous les aisselles, la traîna jusqu'à la porte du fond et dans le grand jardin privatif derrière l'appartement.

Il fit tout cela en fixant son visage, sans un regard pour les seins, le ventre plat et le mont de Vénus orné de quelques boucles flamboyantes. Elle l'aurait volontiers laissé faire, pour avoir la vie sauve.

Mais non. Rhyme ne s'était pas trompé dans son diagnostic. 823 n'agissait pas par concupiscence. Il avait autre chose en tête. Il la laissa choir, la face contre terre, dans un massif d'yeux de Suzanne et de pachysandra, hors de vue des voisins. Il regarda autour de lui, en reprenant haleine. Puis, empoignant la bêche à deux mains, il l'enfonça dans le sol.

Amelia Sachs se mit à pleurer.

La nuque et la tête frottant contre l'oreiller.

Geste compulsionnel, lui avait dit un jour un médecin qui l'observait. Rhyme n'avait ni demandé ni souhaité connaître son avis. Amelia Sachs, elle, se triturait la chair avec les ongles. Ce qui revenait au même, songea-t-il.

Il tirait sur les muscles de sa nuque en faisant pivoter sa tête tout en regardant le tableau fixé au mur devant lui. La folie de cet homme, pensait-il, avait une histoire, et elle était là tout entière. Dans ces mots tracés à l'encre noire, d'une écriture penchée. Et dans les blancs entre les mots. Mais il ne voyait pas la fin de l'histoire. Pas encore.

Il parcourut à nouveau les indications. Quelques-unes, seulement, restaient inexpliquées.

La cicatrice au doigt.

Le nœud.

L'eau de toilette.

Il n'y avait rien à attendre de la cicatrice à moins d'avoir un suspect et d'examiner ses doigts. Et ils n'avaient rien pu déduire de ce nœud insolite — sinon, à en croire Banks, qu'il était utilisé dans la marine à voile.

Et cette eau de toilette à bon marché ? Sachant que les criminels n'avaient pas, en principe, l'habitude de se parfumer avant de commettre leur forfait, pourquoi celui-ci le faisait-il d'une manière aussi ostensible ? Rhyme ne pouvait qu'en conclure, cette fois encore, qu'il voulait masquer une autre odeur, susceptible de le trahir. Il passa en revue différentes hypothèses : nourriture, alcool, produits chimiques, tabac...

Il sentit un regard sur lui et tourna la tête vers la droite.

Les pupilles noires du squelette de serpent à sonnette fixaient le Clinitron. Cet indice-là était insolite entre tous. Il ne correspondait à rien, sinon au désir de les narguer.

Puis une idée lui traversa l'esprit. Manipulant à grand-peine l'appareil à tourner les pages, Rhyme feuilleta lentement *Crimes du vieux New York*. Jusqu'au chapitre consacré à James Schneider. Il trouva le paragraphe dont il venait de se rappeler.

Un célèbre médecin de l'esprit (pratiquant cette discipline dont on parle beaucoup de nos jours sous le nom de « psychologie ») émit l'idée que le but ultime et véritable de James Schneider n'était pas de faire du mal à ses victimes. Il cherchait plutôt — toujours selon ce célèbre praticien — à se venger de ceux qui lui avaient fait ce qu'il considérait comme du mal : les autorités de la ville, voire la société tout entière.

Qui pourra dire où cette haine prenait sa source ? Peut-être, comme le croyaient les anciens à propos du Nil, cette source était-elle cachée aux yeux du monde — et ignorée, peut-être, du scélérat lui-même. Mais peut-être, aussi, faut-il voir une explication dans un fait peu connu : le jeune Schneider, à peine âgé de huit ans, avait vu des policiers emmener son père et le jeter dans une prison où il devait mourir, pour un délit qu'il n'avait pas commis, comme cela fut prouvé par la suite. Après cette malheureuse arrestation, la mère du jeune garçon avait roulé dans le ruisseau, abandonnant son fils, qui avait grandi dans un orphelinat.

Se pourrait-il que l'homme, dans sa folie, ait commis tous ces crimes pour se venger des policiers qui avaient, par leur erreur, détruit sa famille ?

Il est certain que nous ne le saurons jamais.

Il n'en semble pas moins vrai qu'en narguant l'impuissance de ceux qui ont pour mission de protéger les citoyens, James Schneider, le « collectionneur d'os », assouvissait sa haine et son désir de vengeance sur la cité elle-même autant que sur ses innocentes victimes.

Lincoln Rhyme laissa retomber sa tête sur l'oreiller.

Rien n'est aussi lourd que la terre.

Elle ne tue pas en privant les poumons d'air mais en comprimant les cellules jusqu'à ce qu'elles meurent de leur immobilité.

Amelia aurait voulu être morte. Elle priait pour cela. Mourir, et vite. De peur, ou d'une crise cardiaque. Avant de recevoir la première pelletée au visage. Elle priait pour cela plus intensément que Lincoln Rhyme n'avait jamais prié pour ses pilules et son cognac.

Couchée dans la tombe que 823 avait creusée pour elle dans son propre jardin, elle sentait monter le long de son corps la terre épaisse, lourde et vivante de toutes les créatures qui l'habitaient.

Avec un plaisir sadique, il l'ensevelissait lentement, ne

jetant dans la tombe qu'un peu de terre à la fois avant de l'étaler avec soin. Il avait commencé par les pieds. Il en était maintenant à la poitrine, et la terre s'insinuait comme les doigts d'un amant sous le peignoir et autour des seins de la jeune femme.

De plus en plus lourde, comprimant ses poumons ; elle ne pouvait plus respirer que par petites bouffées. Il s'arrêtait de temps en temps pour la regarder, puis reprenait sa tâche.

Il aime regarder...

Les mains dans le dos, écrasées sous le poids, le cou tendu pour garder la tête au-dessus de la surface.

Son torse disparut entièrement. Puis ses épaules, sa gorge. Elle sentit la terre froide sur la peau brûlante de son visage, la terre qui se tassait tout autour de sa tête et l'empêchait définitivement de bouger. Il se pencha pour arracher le bâillon de sa bouche. Comme elle voulait crier, il lui lança une grosse poignée de terre en pleine figure. Elle frissonna, suffoqua, la bouche pleine. Ses oreilles bourdonnaient, mais elle entendit soudain sans savoir pourquoi une chanson de son enfance, *The Green Leaves of Summer*, que son père ne cessait d'écouter sur leur chaîne hi-fi. Elle ferma les yeux. Tout devenait noir. Elle rouvrit la bouche, et avala une autre poignée de terre.

En finir avec les morts...

Elle était maintenant sous la terre.

Complètement immobile. Plus de spasmes, plus d'étouffements. La terre bloquait tout. Les poumons privés d'air, elle ne faisait plus le moindre bruit. Il n'y avait dans le silence que le vacarme de plus en plus fort du sang dans ses oreilles et quelque part, très loin, cette mélodie obstinée.

Puis le poids qui lui écrasait le visage parut diminuer et elle ne sentit plus rien de son corps — à l'instar de Lincoln Rhyme. Les ténèbres commencèrent à envahir son esprit.

Noir, noir... Pas un mot de son père. Rien de Nick, non plus... Plus question de rétrograder de cinquième en quatrième pour faire redescendre l'aiguille des vitesses.

Noir.

En finir avec...

Cette masse énorme sur elle. Lourde, si lourde. Et une seule, une dernière image : le bras sortant de terre, la veille, la main implorant la pitié. En vain.

La main tendue comme une invitation à la suivre.

Rhyme, tu vas me manquer.

En finir...

34

QUELQUE CHOSE LA FRAPPA à la tête. Violemment. Elle sentit le choc, mais aucune douleur.

Quoi ? Quoi ? Sa bêche ? Une pierre ? Peut-être 823 s'était-il dit que cette mort lente était au-delà de ce qu'un humain pouvait supporter, et cherchait-il à dégager sa gorge pour lui trancher les veines ?

Un autre coup, un autre encore. Elle ne pouvait pas ouvrir les yeux mais elle distinguait la lumière de plus en plus forte autour d'elle. Des couleurs. Et de l'air. Elle rejeta la terre qui lui obstruait la bouche et se mit à respirer à petites bouffées, autant qu'elle le pouvait. Puis elle toussa violemment, cracha, vomit.

Ses paupières se soulevèrent d'un coup et elle vit à travers ses larmes un Lon Sellitto couvert de boue agenouillé devant elle, entre deux médecins des urgences. L'un d'eux enfonça dans sa bouche ses doigts gantés de caoutchouc et en sortit une poignée de terre mêlée de salive tandis que l'autre lui appliquait un masque à oxygène.

Sellitto et Banks continuaient à dégager son corps, rejetant la terre au loin de leurs mains puissantes. Puis ils la soulevèrent, et le peignoir se détacha d'elle et tomba comme une peau morte. Sellitto, en vieux divorcé, détourna pudiquement les yeux en lui passant sa veste sur les épaules. Le jeune Jerry Banks regarda bien sûr, mais elle ne l'en aima pas moins.

« Vous... avez... ? » commença-t-elle d'une voix sifflante, mais une toux explosive l'interrompit.

Sellitto se tourna vers Banks, qui était le plus essoufflé des deux. C'était lui, apparemment, qui s'était lancé à la poursuite de l'Inconnu 823. Il secoua la tête. « Il a filé. »

Elle s'assit, inhala de l'oxygène.

« Comment ? demanda-t-elle. Comment avez-vous su ?

— Rhyme. Ne me demandez pas comment. Il a appelé tous les gens de notre équipe les uns après les autres. Et quand il a vu que nous étions tous là, il nous a dit de foncer chez vous. »

Puis le corps qu'elle ne sentait plus se réveilla d'un seul coup. Et elle se rendit compte de ce qui avait failli lui arriver. Elle laissa tomber le masque à oxygène, se rejeta en arrière, affolée, en larmes, et la plainte qui sortait de sa bouche s'éleva comme une mélopée de plus en plus forte. « Non, non, non... ! »

Battant des bras et des cuisses, frénétiquement, pour rejeter au loin l'horreur qui collait à elle, l'environnait, l'aveuglait comme un essaim d'abeilles bourdonnantes.

« Sachs ? appela Banks, effrayé. Eh, Sachs ? »

Sellitto fit signe à son jeune collègue de s'écarter. « Ça va. » Il entoura de son bras les épaules d'Amelia Sachs tandis qu'elle tombait à quatre pattes et vomissait, secouée de spasmes et de sanglots, en agrippant la terre de ses doigts comme pour l'étrangler.

Puis elle se calma. Nue, dressée sur son séant, elle se mit à rire, doucement d'abord puis de plus en plus fort, à rire comme une folle, étonnée de voir que les nuages avaient crevé et qu'il s'était mis à pleuvoir — une lourde pluie d'été — sans qu'elle s'en rende compte.

Les bras autour de ses épaules et son visage pressé contre celui de Rhyme.

« Sachs... Oh, Sachs. »

Elle s'écarta du Clinitron et approcha le vieux fauteuil qui se trouvait dans un coin de la chambre. Vêtue d'un pantalon de survêtement et d'un T-shirt de Hunter College, elle se laissa choir dans le fauteuil et replia ses longues jambes sur l'accoudoir.

« Pourquoi nous, Rhyme ? Pourquoi s'en prend-il à nous ? » Sa voix n'était plus qu'un murmure éraillé après toute la terre qu'elle avait avalée.

« Parce que les gens qu'il a enlevés n'étaient pas les vraies victimes. Nous, oui.

— Qui, *nous* ?

— Je ne le sais pas précisément. La société, peut-être. Ou la ville. Ou l'ONU. Les flics. J'ai relu sa bible — le chapitre sur James Schneider. Vous vous rappelez la théorie de Terry Dobyns, pour expliquer le fait qu'il laisse toujours des indices à notre intention ?

— Pour faire de nous ses complices, en quelque sorte, dit Sellitto. Pour nous faire partager la faute. Parce que ça l'aide à tuer. »

Rhyme hocha la tête. « À mon avis, ce n'est pas tout à fait ça. Je crois que ces indices sont pour lui une façon de *nous* attaquer. Chaque fois qu'une victime meurt, c'est un échec pour nous. »

Avec ses vieux vêtements et ses cheveux tirés en arrière en queue de cheval, Amelia Sachs était plus belle que jamais. Mais elle avait les yeux cernés. Sans doute avait-elle revécu en pensée chaque seconde de ce qui lui était arrivé, songea Rhyme. L'idée qu'on l'avait enterrée vivante lui était si pénible qu'il détourna le regard et se força à penser à autre chose.

« Pourquoi nous en veut-il ? demanda Amelia.

— Je n'en sais rien. Le père de Schneider avait été arrêté par erreur et il était mort en prison. Mais notre inconnu ? Qui peut savoir ? Ce qui m'intéresse, ce sont les preuves...

— ... et non les mobiles, acheva-t-elle.

— Oui, pourquoi s'en prend-il directement à nous, maintenant ? demanda Banks, en regardant Amelia.

— Nous avons trouvé son repaire et nous avons sauvé la petite fille. Je ne pense pas qu'il s'attendait à nous voir arriver aussi vite. Il se peut qu'il soit furieux, tout simplement. Lon, il nous faut à chacun un baby-sitter, vingt-quatre heures sur vingt-quatre. Il aurait pu se contenter de filer, mais il est resté dans les parages pour se venger. Toi et Jerry, moi, Cooper, Haumann, Polling, nous sommes tous sur sa liste. Envoie les types de Peretti chez Sachs. Je suis certain qu'il a pris toutes les précautions mais on ne sait jamais, il y aura peut-être quelque chose. Il est reparti plus vite qu'il n'en avait l'intention.

— Je ferais mieux d'y aller, dit Amelia.

— Non.

— J'ai du travail qui m'attend là-bas. C'est une scène de crime.

— Il faut vous reposer, dit Rhyme, d'un ton sans réplique. Voilà ce que vous avez à faire, Sachs. Permettez-moi de vous dire que je vous trouve une très sale mine.

— Oui, officier, renchérit Sellitto. C'est un ordre. Je vous ai dit de prendre votre journée. Nous avons mis deux cents personnes à sa recherche. Sans compter Fred Dellray, qui en a cent autres, et une vingtaine d'agents du FBI.

— J'ai une scène de crime dans mon propre jardin et vous ne voulez pas me laisser faire le travail ?

— C'est ça, dit Rhyme. C'est aussi simple que ça. »

Sellitto s'apprêtait à sortir. « Un problème, officier ?

— Nonchef.

— Viens, Banks, nous avons de quoi faire. On vous dépose quelque part, Sachs ? Ou bien vous avez toujours votre permis ?

— J'ai une voiture en bas, merci. »

Les deux policiers sortirent. Rhyme entendit leurs voix résonner dans l'entrée. Puis la porte se referma sur eux.

Il se rendit compte que la chambre baignait dans une lumière crue dispensée par le plafonnier et actionna une commande pour en réduire l'intensité.

Amelia s'étira.

« Bon », dit-elle, au moment où Rhyme disait : « Bien. »

Elle jeta un coup d'œil à la pendule. « Il se fait tard.

— C'est vrai. »

Elle se leva, s'approcha de la table sur laquelle était posé son sac. Elle le prit, l'ouvrit, trouva son poudrier et examina sa lèvre recousue dans le miroir.

« Ça ne se voit pas tellement, dit Rhyme.

— Frankenstein, dit-elle, en tâtant du bout des doigts. Vous ne croyez pas qu'on pourrait avoir du fil couleur chair ? » Elle rangea le miroir, jeta le sac par-dessus son épaule. « Vous avez déplacé le lit », remarqua-t-elle. Il était maintenant plus près de la fenêtre.

« C'est Thom. Comme ça, je peux regarder le parc. Quand j'en ai envie.

— C'est bien. »

Elle s'approcha de la fenêtre. Regarda en bas.

Ah, mais vas-y ! se dit Rhyme. Dis-le lui. Qu'est-ce que tu risques ? Il se lança : « Vous ne voulez pas rester ? C'est qu'il est tard, voyez-vous. Et il doit encore y avoir du monde chez vous. »

Il sentit tout au fond de lui-même un tressaillement d'impatience et d'anticipation. Arrête donc avec *ça*, songea-t-il, furieux contre lui-même. Puis elle sourit, d'un sourire qui illumina tout son visage. « Volontiers !

— Très bien. » Une décharge d'adrénaline faisait trembler sa mâchoire. « Formidable. Thom ! »

Ils écouteraient de la musique, boiraient un peu de Scotch. Il lui raconterait peut-être d'autres histoires de scènes de crime célèbres. L'historien, en lui, brûlait de l'interroger sur son père, sur ce qu'était la police dans les années 60 et 70.

« Thom ! Apporte des draps. Et une couverture. Thom ! Mais qu'est-ce qu'il fait, nom d'un chien ? *Thom* ! »

Elle s'apprêtait à dire quelque chose, mais le garde-malade apparut sur le seuil de la chambre et dit d'un air pincé : « Une fois aurait suffi. C'est déjà assez pénible de s'entendre appeler sur ce ton, vous savez, Lincoln.

— Amelia va rester ce soir encore. Tu peux aller chercher des couvertures et un oreiller pour le divan ?

— Non, pas le divan, dit-elle. Il est dur comme de la pierre. »

Ce fut pour Rhyme comme un coup de poignard en plein cœur. Il y avait bien des années qu'il n'avait ressenti cela, pensa-t-il. Résigné, toutefois, il parvint à sourire et dit : « Il y a une chambre au rez-de-chaussée. Thom va la préparer pour vous.

— Mais oui, dit Thom. Sans problème.

— Pas la peine. Bonne nuit, Thom. » Elle se dirigea vers la porte.

« Mais... »

Elle sourit.

« Mais... », commença-t-il, regardant tour à tour la jeune femme et Rhyme, qui secoua la tête en fronçant les sourcils.

« *Bonne nuit*, Thom, répéta-t-elle d'un ton ferme. Attention à vos pieds. » Et elle repoussa lentement la porte tandis qu'il reculait dans le corridor. La porte se ferma avec un déclic sonore.

Elle envoya valdinguer ses chaussures, retira son pantalon et son T-shirt. Elle portait un soutien-gorge en dentelle et une grande culotte en coton. Elle se glissa dans le Clinitron à côté de Rhyme, avec l'autorité sereine d'une belle fille décidée à se mettre au lit avec celui qu'elle a choisi.

Elle se tortilla un peu pour entrer sous les draps, et se mit à rire. « Quel lit ! » dit-elle, en s'étirant comme une chatte. Puis, les yeux clos, elle demanda : « Ça ne vous gêne pas, au moins ?

— Ça ne me gêne pas le moins du monde.

— Rhyme ?

— Quoi ?

— Parlez-moi encore de votre livre, vous voulez bien ? Des autres scènes de crime ? »

Il commença à lui raconter l'histoire d'un tueur en série particulièrement adroit qui avait sévi dans le Queens, mais une minute ne s'était pas écoulée qu'elle dormait déjà.

Rhyme baissa les yeux et vit les seins pressés contre sa poitrine, le genou qui reposait sur sa cuisse. Il sentit, pour la première fois depuis des années, une chevelure de femme contre sa joue. Ça chatouillait. Il avait oublié ce détail. Lui qui vivait tellement dans le passé, et avec une formidable mémoire, constata avec étonnement qu'il ne savait plus quand il avait senti cela pour la dernière fois. Le souvenir de ses soirées avec Blaine avant l'accident formait une sorte d'amalgame. Il se souvenait qu'il avait décidé d'endurer ce chatouillement, sans repousser les mèches de cheveux, pour ne pas déranger sa femme dans son sommeil.

Évidemment, il était bien incapable, désormais, d'écarter les cheveux d'Amelia Sachs, Dieu en personne le lui aurait-il demandé. Mais il n'y songeait pas ; c'était même tout le contraire ; cette sensation-là, il était prêt à la faire durer jusqu'à la fin du monde.

35

LE LENDEMAIN MATIN, Lincoln Rhyme se retrouva seul une fois de plus.

Thom était sorti pour faire des courses et Mel Cooper était à son laboratoire. Vince Peretti avait achevé les investigations dans la maison de Van Brevoort Street et chez Amelia. On n'avait relevé que de maigres indices, ce que Rhyme avait bien voulu attribuer à l'habileté de l'Inconnu 823 plutôt qu'à l'incompétence de Peretti.

Rhyme attendait maintenant le rapport. Mais Dobyns et Sellitto pensaient tous deux que 823 s'était planqué quelque part — au moins pour un certain temps. Il n'y avait pas eu de nouvelle agression sur des policiers et aucun enlèvement n'avait été signalé au cours des douze heures écoulées.

L'ange gardien d'Amelia — un grand costaud — l'avait accompagnée à un hôpital de Brooklyn où elle avait rendez-vous avec un oto-rhino-laryngologiste ; la terre avait fait de sérieux dégâts dans sa gorge. Rhyme disposait lui aussi d'un garde du corps en uniforme, envoyé par le commissariat de la 20e Rue pour monter la garde devant sa maison : un flic jovial qu'il connaissait depuis des années et avec lequel il discutait à perdre haleine des mérites respectifs des tourbes irlandaise et écossaise pour la production du whisky.

Rhyme était d'excellente humeur. Il appela au rez-de-chaussée par l'interphone. « J'attends un médecin dans deux heures. Vous le laisserez monter. »

Le policier acquiesça.

Le docteur William Berger avait promis à Rhyme que, cette fois, il serait à l'heure.

Rhyme laissa retomber sa tête sur l'oreiller et s'aperçut qu'il n'était pas seul. Sur l'appui de la fenêtre, les faucons allaient et venaient à petits pas précipités. Cette fébrilité n'était pas habituelle chez eux. Une nouvelle dépression approchait. Un ciel serein se découpait dans l'encadrement de la fenêtre, mais Rhyme faisait confiance aux oiseaux ; il ne connaissait pas de meilleur baromètre.

Il jeta un coup d'œil à la pendule. Onze heures. Deux jours plus tôt, à la même heure, il était déjà en train d'attendre Berger. La vie est ainsi faite, songea-t-il : de report en report on finit toujours, avec un peu de chance, par rattraper son destin.

Il alluma la télévision et, pendant vingt minutes, passa d'une station à l'autre, à la recherche d'informations sur les enlèvements. Mais il n'y avait que des éditions spéciales sur l'ouverture de la conférence des Nations unies. Comme il trouvait la chose particulièrement assommante, il regarda une rediffusion de la série policière *Matlock*, revint sur CNN où une journaliste très aguichante faisait un reportage en direct depuis le quartier général de l'ONU. Puis il éteignit.

Le téléphone se mit à sonner et, au prix d'une manœuvre compliquée, il parvint à décrocher. « Allô ? »

Il y eu un silence, puis une voix masculine à l'autre bout du fil. « Lincoln ?

— Oui ?

— Jim Polling. Comment ça va ? »

Rhyme se dit qu'il n'avait guère vu le capitaine depuis la matinée de la veille, sauf pour la conférence de presse qui s'était tenue dans la soirée et à laquelle Polling avait participé pour souffler des réponses au maire et à Wilson, le patron de la police.

« Ça va. Toujours pas de nouvelles de notre lascar ? demanda Rhyme.

— Non, toujours rien. Mais on l'aura. » Nouveau silence. « Tu es seul ?

— Oui. »

Un silence encore plus long.

« Je peux passer ?

— Bien sûr.

— D'ici une demi-heure ?

— Je serai toujours là », dit Rhyme, en souriant.

Il se cala la nuque dans l'épaisseur de l'oreiller et son regard se posa sur le nœud de corde à linge qu'on avait accroché au mur à côté du tableau signalétique. Ce nœud gardait son mystère. Saurait-on jamais ce qu'il signifiait, même si l'enquête aboutissait ? Cette idée lui déplaisait profondément. Puis il se rappela que Polling était un passionné de pêche. Peut-être saurait-il, lui...

Polling.

James Polling...

Rhyme en était toujours à se demander pourquoi le capitaine avait tant insisté pour qu'on fasse appel à lui. Pourquoi il s'était battu, ensuite, pour qu'on ne lui retire pas cette enquête. D'un point de vue strictement politique, le choix d'un Peretti aurait mieux servi les intérêts de Polling. Et Rhyme de se rappeler la fureur du capitaine le jour où les agents du FBI avaient tenté de reprendre l'enquête à la police de New York.

Plus il y réfléchissait, plus l'attitude de Polling lui paraissait inexplicable. Cette enquête n'était pas de celles sur lesquelles on se précipite, même lorsqu'on cherche à inscrire quelques affaires retentissantes à son tableau de chasse. Elle offrait trop de risques de voir les victimes s'accumuler, trop d'occasions pour la presse — et pour les autorités — de vous fusiller à bout portant.

Polling... Cette façon qu'il avait de surgir à l'improviste dans la chambre de Rhyme, de prendre les nouvelles et de s'éclipser...

Il fallait, évidemment, qu'il rende compte au maire et au grand patron. Mais — l'idée surgit à l'esprit de Rhyme — se pouvait-il que Polling ait *quelqu'un d'autre* à informer ?

Quelqu'un qui voulait se tenir au courant des progrès de l'enquête ? 823 lui-même ?

Mais comment imaginer un lien quelconque entre Polling et 823 ?

L'idée n'avait fait que l'effleurer. Puis, soudain, elle se précisa.

Et si Polling *était* l'Inconnu 823 ?

Bien sûr que non ! C'était ridicule. Risible. Même en laissant de côté la question du mobile et des moyens, il restait celle de la possibilité physique. Le capitaine s'était trouvé ici, dans la chambre de Rhyme, au moment où avaient lieu certains de ces enlèvements.

Ici, vraiment ?

Rhyme regarda le tableau.

Tenue sombre, pantalon en coton chiffonné. Polling portait

des vêtements sombres ces jours derniers. Et alors ? Tout comme...

Une porte s'ouvrit et se referma au rez-de-chaussée.

« Thom ? »

Pas de réponse. Thom avait prévenu qu'il s'absentait pour plusieurs heures.

« Lincoln ? »

Ah, non ! Il commença à composer le numéro de la police avec sa nouvelle commande électronique.

9- 1-

Mais il heurta le curseur du menton et fit le 2.

Il voulut recommencer mais, dans sa hâte, laissa échapper la baguette qu'il tenait entre ses dents.

Et Jim Polling entra dans la chambre. Rhyme espérait que le policier de garde le préviendrait. Mais un flic de base qui voit passer un capitaine le salue et ne l'arrête pas.

La veste sombre de Polling était déboutonnée et Rhyme aperçut l'arme qu'il portait à la hanche. Était-ce son pistolet de service ? Il savait que les Colts .32 faisaient partie des armes autorisées.

« Lincoln », dit Polling. On le sentait mal à l'aise, hésitant. Son regard se posa une seconde sur le fragment de colonne vertébrale décoloré.

« Comment ça va, Jim ?

— Pas trop mal. »

Polling le sportif. Cette cicatrice révélée par les empreintes était-elle la conséquence de toutes ces années de pêche à la ligne ? Ou bien d'une blessure avec un couteau de chasse ? Rhyme aurait voulu voir ses doigts, mais Polling gardait les mains enfoncés dans ses poches. Que tenait-il ainsi ? Un couteau ?

Polling s'y connaissait en médecine légale et il savait fort bien comment s'y prendre pour *ne pas* laisser d'indices sur une scène de crime.

Et la cagoule ? Si Polling était l'Inconnu 823, il fallait, bien sûr, qu'il la porte. Sinon, l'une de ses victimes risquait de le reconnaître plus tard. Et l'eau de toilette... comment savoir si 823 *portait* réellement cette eau de toilette ? Ou s'il se contentait d'en asperger les scènes pour leur *faire croire* qu'il la portait ? Ainsi, quand Polling venait ici, sans qu'on sente quoi que ce soit sur lui, personne ne pouvait le soupçonner.

« Tu es seul ? demanda Polling.

— Thom...

— Le flic de garde m'a dit qu'il était sorti pour un bon moment. »

Rhyme hésita. « C'est vrai. »

Polling était mince mais vigoureux, avec des cheveux d'un blond clair. Rhyme se rappela les mots de Terry Dobyns : quelqu'un de serviable. Un travailleur social, un conseiller, un politicien. Quelqu'un qui aide les gens.

Un policier, par exemple.

Rhyme se demanda s'il allait mourir. Et se rendit compte, à sa grande stupeur, qu'il n'en avait pas envie. Pas de cette façon, pas si c'était quelqu'un d'autre qui en décidait pour lui.

Polling s'approcha du lit.

Mais Rhyme ne pouvait rien faire. Il était à la merci de cet homme.

« Lincoln », répéta Polling, d'un ton grave.

Leurs regards se croisèrent et ce fut comme si un courant électrique passait entre eux. Le capitaine jeta un bref coup d'œil vers la fenêtre. « Tu te poses des questions, n'est-ce pas ?

— Des questions ?

— Tu te demandes pourquoi j'ai tenu à ce qu'on te mette sur cette affaire.

— J'ai pensé que j'avais le bon profil... »

Le capitaine ne sourit pas à la remarque.

« *Pourquoi*, alors, Jim ? »

Les mains du capitaine étaient étroitement nouées, les doigts entrelacés. Minces et vigoureux. Des mains de pêcheur à la ligne. Un sport aimable, certes, un sport de tout repos. Qui n'en consiste pas moins à tirer brutalement de chez elles de pauvres bestioles qui ne demandaient qu'à vivre en paix pour, finalement, leur planter dans le ventre une lame bien affûtée.

« L'affaire Shepherd, il y a quatre ans. Tu te souviens ? On était ensemble sur ce coup-là. »

Rhyme fit oui de la tête.

« Les ouvriers ont découvert le corps du flic sur le chantier de la station de métro. Tu te souviens ? »

Oui, Rhyme se souvenait. Ce gémissement suivi d'une véritable déflagration au moment où la poutre s'abattait sur sa malheureuse vertèbre, et la terre et les décombres s'amoncelant autour de lui.

« Tu étais venu sur la scène de crime. Seul, comme toujours.

— En effet.

— Tu sais ce qui nous a finalement permis de coincer Shepherd ? Un témoin. »

Un témoin ? Rhyme n'était pas au courant. Après l'accident, il n'avait plus entendu parler de l'affaire, sinon pour apprendre que Shepherd avait été arrêté et, trois mois plus tard, poignardé à mort dans sa prison de Ricker's Island sans qu'on ait jamais retrouvé son meurtrier.

« Un témoin oculaire, poursuivit Polling. Il avait vu Shepherd avec l'arme du crime chez l'une de ses victimes. » Le capitaine s'approcha encore du lit, croisa les bras sur sa poitrine. « Nous avons reçu ce témoignage *la veille* du jour où on a découvert le dernier corps — celui du métro. Et, donc, avant que je t'envoie sur cette dernière scène.

— Que veux-tu dire, Jim ? »

Le capitaine ne le regardait plus. Il fixait le sol à ses pieds. « Je veux dire qu'on aurait pu se passer de toi, Lincoln. Et de ton rapport. »

Rhyme resta silencieux.

Polling hocha plusieurs fois la tête. « Tu comprends, maintenant ? Je tenais tellement à le coincer, ce Shepherd. Je voulais un dossier en béton. Et tu connais l'effet d'un rapport signé Lincoln Rhyme sur les avocats de la défense. Rien qu'à cette idée, ils font dans leur froc.

— Si je comprends bien, Shepherd aurait été condamné avec ou sans mon rapport, étant donné les charges que vous aviez contre lui ?

— C'est ça, Lincoln. Mais il y a pire. Les responsables du chantier m'avaient prévenu que le site était dangereux.

— Le souterrain. Et tu m'as laissé travailler sur la scène alors qu'ils n'avaient pas encore étayé ?

— Shepherd était un tueur de flics. » Une grimace de dégoût tordit les traits de Polling. « Il me le fallait. J'étais prêt à tout pour l'avoir. Mais... » Il baissa la tête, enfouit son visage dans ses mains.

Rhyme ne dit rien. Il entendait le gémissement, la déflagration. Le long bruissement de la terre et de la poussière retombant en pluie tout autour de lui. Avec, dans son corps, cette sensation étrange de paix, de calme et presque de chaleur, démentie par les battements affolés de son cœur.

« Jim...

— Tu comprends, maintenant, pourquoi je tenais tant à te mettre sur cette affaire, Lincoln ? » Une lueur de détresse passa dans le regard du capitaine ; il fixa une seconde la vertèbre posée sur la table de chevet. « J'entendais sans cesse parler de toi. On disait que ta vie était foutue. Que tu étais en train de crever à petit feu. Que tu parlais de te suicider. Et plus le temps passait, plus je me sentais mal. Alors, voilà... J'ai voulu faire quelque chose pour toi. Quelque chose qui t'aide à vivre.

— Et tu as ça sur la conscience depuis trois ans et demi ?

— Tu me connais, Lincoln. *Tout le monde* me connaît. Si j'arrête un type et qu'il m'emmerde d'une façon ou d'une autre, je n'hésite pas, je lui rentre dedans. Quand je suis sur une enquête et que j'ai un salopard dans mon collimateur, rien ni personne ne peut m'arrêter tant que je ne lui ai pas passé les bracelets. C'est plus fort que moi. Je sais bien qu'il m'est arrivé, aussi, de me planter et d'en laisser filer. Mais ce n'étaient pas des flics, pas des gens comme toi et moi. Ce qui t'es arrivé, c'est une horreur, un péché... Je ne pourrai jamais me le pardonner.

— Je n'étais pas un débutant, dit Rhyme. Je n'aurais jamais dû me risquer sur une scène qui n'était pas encore sécurisée.

— Mais...

— Des problèmes ? » claironna une voix, sur le seuil de la chambre.

Rhyme tourna la tête, s'attendant à voir Berger. Mais c'était Peter Taylor. Rhyme se rappela qu'il devait passer dans la journée pour l'examiner, à la suite de son attaque de dysréflexie. Il s'attendait qu'il lui fasse toute une histoire au sujet de Berger et de sa Lethe Society, et ne se sentait pas d'humeur à le supporter ; il avait besoin d'être seul, pour digérer ce que Polling venait de lui apprendre. « Entrez donc, Pete, dit-il, néanmoins.

— Vous avez un service de sécurité quelque peu laxiste, Lincoln. Le policier de garde m'a demandé si j'étais médecin, et m'a laissé monter. Qu'est-ce à dire ? Qu'on ne refoule plus que les comptables et les avocats ? »

Rhyme se mit à rire. « Je suis à vous tout de suite. » Puis, se tournant vers Polling : « Le destin, Jim... Je me suis trouvé au mauvais endroit au mauvais moment. Ce sont des choses qui arrivent.

— Merci, Lincoln. » Polling posa la main sur son épaule, qu'il pressa doucement.

Rhyme hocha la tête et, pour détendre l'atmosphère, fit les présentations. « Jim, je te présente Pete Taylor, l'un de mes médecins. Peter, vous avez certainement entendu parler de Jim Polling, avec qui je travaillais avant mon accident.

— Enchanté », dit Taylor, en tendant la main droite. Le geste était ample, et comme Rhyme le suivait des yeux, il remarqua, pour la première fois, la profonde cicatrice en forme de croissant sur l'index du médecin.

« Non ! cria Rhyme.

— Vous êtes donc de la police, vous aussi ? » dit Taylor en saisissant fermement la main de Polling tandis que, de sa propre main gauche, il enfonçait profondément et à trois reprises la lame de son couteau dans la poitrine du capitaine, en louvoyant entre les côtes avec une délicatesse de chirurgien. Ainsi les os, les précieux os, resteraient-ils intacts.

36

EN DEUX ENJAMBÉES, Taylor fut tout près du lit. Arrachant le clavier de commande électronique placé sous le doigt de Rhyme, il le lança à travers la pièce. Rhyme ouvrit la bouche pour crier. Mais le docteur dit : « Il est mort, lui aussi. L'agent de police. » Il accompagna ces mots d'un signe de tête en direction de la porte pour désigner le garde du corps. Tout en parlant il regardait, fasciné, Polling qui se traînait comme une bête dont on vient de briser les reins, aspergeant le sol et les murs de son sang.

« Jim ! cria Rhyme. Non, non, non... »

Les mains du capitaine se crispèrent sur sa poitrine. Un affreux gargouillement sorti de sa gorge emplit la pièce, accompagné par le bruit de ses talons battant le sol en un spasme d'agonie. Il fut secoué d'un violent soubresaut et ne bougea plus. Ses yeux vitreux, injectés de sang, restèrent fixés au plafond.

Taylor contourna le lit sans quitter Rhyme du regard. Lentement, le couteau à la main. Sa respiration s'était accélérée.

« Qui *êtes*-vous ? » demanda Rhyme, dans un souffle.

Sans rien dire, Taylor fit encore un pas, entoura le bras de Rhyme de ses doigts et pressa l'os à plusieurs reprises, peut-être très fort, peut-être pas. Sa main descendit jusqu'à l'annulaire gauche. Il le souleva et le caressa avec la lame pointue de son couteau, encore dégoulinante de sang. Glissa la pointe sous l'ongle.

Rhyme ressentit une légère douleur, une sensation désagréable. La lame s'enfonça un peu plus. Il se contracta.

Puis Taylor aperçut quelque chose et se figea. Il ouvrit la bouche mais aucun son ne sortit de ses lèvres. Penché en avant, il regardait le livre *Crimes du vieux New York* ouvert sur le plateau de la machine à tourner les pages.

« Ah... Voilà comment... Ainsi, vous l'avez trouvé ! Vraiment, Lincoln Rhyme, les policiers peuvent être fiers de vous compter parmi eux ! Je pensais qu'il vous faudrait des jours et des jours pour arriver jusque chez moi. Et que d'ici là, les chiens n'auraient laissé de Maggie que les os.

— Pourquoi faites-vous ça ? »

Taylor ne répondit pas ; il examinait Rhyme avec beaucoup d'attention, en marmonnant comme pour lui-même : « Vous n'êtes pas si fort que ça, hein ? Dans le temps, ça vous arrivait de louper votre coup, hein ? Dans le temps ? »

Dans le temps... Que voulait-il dire ?

Il secoua sa tête couronnée de cheveux gris, regarda le manuel de médecine légale écrit par Rhyme. Rhyme vit dans ses yeux qu'il le connaissait bien et commença, lentement, à comprendre.

« Vous avez lu mon livre, dit le criminologue. Vous l'avez étudié. À la bibliothèque, n'est-ce pas ? »

823, on le savait maintenant, était un grand lecteur.

Il connaissait donc les méthodes d'investigation de Rhyme. Voilà pourquoi il avait si soigneusement balayé les scènes de crime, pourquoi il avait enfilé des gants même pour toucher des surfaces dont la plupart des criminels auraient pensé qu'elles ne retiendraient pas d'empreintes, et pourquoi il avait chaque fois vaporisé de l'eau de toilette. Il savait exactement ce qu'Amelia Sachs chercherait.

Et le manuel n'était pas, bien sûr, son unique lecture. Il y avait aussi *Les Scènes de crime*. C'était même ce dernier ouvrage qui lui avait donné l'idée de semer des indices. Des indices parlant du vieux New York, et que seul Lincoln Rhyme était capable de déchiffrer.

Taylor prit sur la table de chevet la vertèbre qu'il avait offerte à Rhyme quelques mois plus tôt. Il se mit à la tripoter d'un air absent. Et Rhyme comprit que ce cadeau, qui l'avait touché alors, n'était qu'un prélude à l'horreur.

Le regard de l'homme s'était fait vague, lointain. Rhyme se souvint d'avoir déjà vu ce regard, quand Taylor l'examinait, au cours des mois précédents. Il l'avait mis, alors, au compte de la concentration, mais il comprenait maintenant qu'il n'exprimait que de la démence. Taylor, qui s'était efforcé jusque-là de rester maître de lui-même, perdait peu à peu son calme.

« Dites-le moi, reprit Rhyme. Pourquoi ?

— Pourquoi ? répéta Taylor à voix basse, tandis que sa main descendait le long de la jambe de Rhyme, tâtant au passage le genou, le tibia, la cheville. « Parce que vous étiez un phénomène rare, Rhyme. Vous étiez unique. Invulnérable.

— Qu'entendez-vous par là ?

— Comment punir un homme qui veut mourir ? Le tuer, c'est lui offrir ce qu'il désire. Il fallait donc que je vous donne l'envie de vivre. »

Et Rhyme à cet instant comprit qu'il avait, enfin, trouvé la réponse à ses questions.

Dans le temps...

« Ce certificat de décès signé par le coroner d'Albany était un faux, n'est-ce pas ? Vous l'aviez écrit vous-même ? »

Colin Stanton. Le docteur Taylor était Colin Stanton.

L'homme qui avait vu sa femme et ses enfants abattus sous ses yeux dans une rue de Chinatown. Et qui était resté paralysé à les regarder perdre leur sang, incapable de choisir lequel secourir et, peut-être, sauver.

Ça vous arrivait de louper votre coup. Dans le temps.

Tout s'expliquait. Les pièces du puzzle étaient enfin assemblées. Mais trop tard.

Il regardait ses victimes. Tammie Jean Colfax. Monelle. Carole Ganz. Amelia Sachs. Il avait failli se faire prendre pour les regarder, comme il avait regardé mourir les siens. Il avait soif de vengeance mais il était médecin, il avait fait le serment de ne jamais ôter la vie et il lui fallait pour tuer se glisser dans la peau d'un autre — son ancêtre spirituel, James Schneider, ce tueur fou du siècle précédent dont la famille avait été détruite par la police.

« À ma sortie de l'hôpital psychiatrique je suis revenu à Manhattan. J'ai lu le rapport d'enquête, j'ai vu comment vous aviez laissé filer l'assassin alors qu'il se trouvait encore sur la scène du crime. J'ai compris que je ne connaîtrais pas la paix tant que je ne vous aurais pas tué. Mais à ce moment-là, je n'ai pas pu le faire. Je ne sais pas pourquoi. J'ai attendu, attendu qu'il se passe quelque chose. Puis je suis tombé sur ce livre. James Schneider... Son histoire ressemblait à la mienne. Ce qu'il avait fait, je pouvais le faire aussi. Je les ai réduits à l'os.

— Et le certificat de décès ? demanda Rhyme.

— Vous avez deviné. Je l'ai rédigé moi-même sur mon ordinateur, puis je l'ai expédié par télécopie à la police de

New York pour ne pas être soupçonné. Et je suis devenu un autre. Le docteur Peter Taylor. Il n'y a pas longtemps que j'ai compris pourquoi j'avais choisi ce nom. Vous ne devinez pas ? » Stanton montra le tableau. « Vous avez la réponse devant vous. »

Rhyme parcourut rapidement les colonnes.

Connaît l'allemand.

« Je vois, dit Rhyme en soupirant. Schneider, en allemand, signifie la même chose que Taylor en anglais. *Tailleur.* »

Stanton salua la réponse d'un hochement de tête. « J'ai bûché pendant des semaines, à la bibliothèque, pour tout savoir sur les lésions de la colonne vertébrale. Puis je vous ai appelé en vous faisant croire que j'étais envoyé par les services de santé. J'avais projeté de vous tuer dès ce premier rendez-vous. Je vous aurais écorché en prenant tout mon temps, et je vous aurais laissé mourir d'hémorragie. Vous auriez agonisé sous mes yeux pendant des heures, des jours, peut-être... Mais voici que j'apprends, par votre bouche, que vous aviez envie de mourir ! »

Il se pencha pour se rapprocher encore de Rhyme. « Ah ! Je me rappelle la première fois que je vous ai vu ! Mon salaud ! Vous *étiez* mort. Et j'ai compris ce qu'il me restait à faire. Il fallait vous redonner l'envie de vivre. Vous trouver une *raison* de vivre. »

Peu importait, donc, qui il kidnappait. N'importe qui faisait l'affaire. « Vous vous fichiez bien, au fond, que les victimes meurent ou en réchappent ?

— Tout ce que je voulais, c'était vous obliger, vous, à leur porter secours, à essayer de les sauver.

— Ce nœud, dit Rhyme, dont le regard venait de rencontrer le bout de corde à linge pendant à côté du tableau, c'est celui qu'on fait en chirurgie pour arrêter les points de suture, n'est-ce pas ? »

Taylor se contenta de hocher la tête.

« Évidemment. Et cette cicatrice à votre doigt ?

— Mon doigt ? » Taylor fronça les sourcils. « Comment avez vous su... Ah, son cou ! Vous avez relevé mes empreintes sur le cou d'Hanna ! Je *savais* que c'était possible. Mais je n'y ai pas pensé sur le moment. »

Furieux contre lui-même. « J'ai brisé un verre à la bibliothèque de l'hôpital psychiatrique, poursuivit Stanton. Pour me trancher les veines du poignet. Je l'ai serré entre mes doigts jusqu'à ce qu'il se casse. »

De la pointe de son index gauche, il suivit le tracé de la cicatrice, une lueur de folie dans le regard.

« Ces morts, dit Rhyme d'un ton calme. La mort de votre femme et celles de vos enfants, se sont produites par accident. Un affreux accident. Personne ne l'a voulu. Cela n'aurait jamais dû se produire. Une tragique erreur. J'ai de la peine pour vous et pour eux.

— Vous vous rappelez ce que vous avez écrit dans la préface de votre manuel ? » demanda Stanton d'une voix moqueuse. Et de citer, sans une hésitation : « Le criminologue sait qu'il n'y a pas d'action sans conséquence. La présence du criminel altère toujours la scène du crime, si peu que ce soit. C'est grâce à cela que nous pouvons identifier et retrouver les criminels et les livrer à la justice. »

Puis, saisissant Rhyme par les cheveux, il lui rabattit la tête en avant. Leurs visages se touchaient presque. Rhyme sentait l'haleine du dément, voyait la sueur qui perlait sur sa peau grisâtre. « Eh bien, voilà ! *Je suis* la conséquence de vos actions !

— Vous voulez me tuer ? Très bien. Mais qu'avez-vous à y gagner ? Pour moi, ce ne sera pas pire après qu'avant.

— Ah, mais non ! Je ne vais pas vous tuer ! Pas tout de suite... »

Lâchant les cheveux de Rhyme, Stanton recula. « Vous savez ce que je vais faire ? dit-il, en baissant la voix comme pour lui faire une confidence. Je vais tuer votre docteur Berger. Pas comme il a l'habitude de tuer lui-même. Il n'aura pas droit aux somnifères, lui, ni au cognac ! Nous allons voir ce qu'il pense de la mort à l'ancienne mode, n'est-ce pas ? Ensuite, je tuerai votre copain Sellitto. Et l'officier Sachs, me direz-vous ? Elle aussi, bien sûr ! Elle a eu de la chance, hier soir, mais cette fois je ne la raterai pas. Je lui ferai une petite tombe à ma façon... Puis ce sera le tour de Thom. Celui-là, c'est sous vos yeux qu'il mourra. Je le caresserai jusqu'à l'os. Gentiment, doucement... » Il parlait de plus en plus fort, le souffle court. « Pourquoi ne pas nous occuper de lui sans plus attendre ? Il revient quand ?

— C'est moi qui me suis trompé ce jour-là, Stanton. C'est de ma... »

Rhyme s'interrompit, secoué par une brusque quinte de

toux. Il s'éclaircit la gorge, reprit haleine. « Ce qui est arrivé était de *ma* faute. Faites de moi ce que vous voudrez.

— Non ! C'est de votre faute à tous ! C'est...

— Je vous en prie. Vous ne pouvez pas... » Rhyme se remit à tousser. Puis la toux se transforma en un râle profond et déchirant. Il parvint à se contrôler. Stanton le regardait, vaguement décontenancé.

« Vous ne pouvez pas leur faire du mal. Je suis prêt à... » La voix de Rhyme s'étrangla. Sa tête partit en arrière. Un violent soubresaut lui secoua les épaules. Les tendons de son cou étaient comme des câbles d'acier prêts à se rompre.

« Rhyme ! »

Éructant, soufflant, la bave aux lèvres, Rhyme trembla une fois, deux fois, son corps sans vie soulevé par une sorte de séisme. Sa tête retomba en avant, un filet de sang apparut au coin de sa bouche.

« Non ! hurla Stanton, en martelant de ses poings la poitrine de l'infirme. Tu ne vas pas mourir maintenant ! »

D'un geste professionnel, il souleva les paupières de Rhyme, faisant apparaître le blanc des yeux.

Puis, bondissant sur la trousse médicale, il saisit une seringue hypodermique, et injecta la drogue dans le bras de Rhyme. Puis il retira l'oreiller pour le faire allonger. Saisissant à deux mains la tête pendante, il la redressa et plaqua ses lèvres sur celles de Rhyme pour souffler de toutes ses forces dans les poumons inertes.

« Non ! » hurla encore Stanton, ivre de rage. « Je ne vais pas te laisser mourir maintenant ! *Il n'en est pas question !* »

Pas de réaction.

Il se remit à souffler. Regarda les yeux de Rhyme, qui ne bougeaient plus.

« Reviens ! Reviens tout de suite ! »

Nouvelle expiration. Nouvelle pluie de coups de poing sur la poitrine de Rhyme.

Il recula, affolé et hagard, ne sachant plus que faire sinon le regarder mourir.

Puis, se ressaisissant, il inspira profondément et se pencha à nouveau pour essayer, une dernière fois, d'insuffler de l'air dans les poumons du mourant. Et comme il tournait la tête et l'inclinait légèrement, tendant l'oreille et épiant le moindre souffle entre les lèvres de Rhyme, la tête de l'infirme se détendit comme celle d'un serpent et ses mâchoires se refermèrent sur le cou de Stanton, déchirant la carotide, agrippant une partie des vertèbres cervicales.

Jusqu'à...

Stanton poussa un hurlement et se rejeta en arrière, entraînant Rhyme hors du lit. Ils tombèrent ensemble. Le sang chaud giclait à flots, emplissant la bouche de Rhyme.

...l 'os.

Ses poumons, ses poumons de tueur, étaient déjà privés d'air depuis une minute, mais il ne voulait pas desserrer les mâchoires pour respirer, de crainte de lâcher prise, pas plus qu'il ne voulait prêter attention à la douleur aiguë de sa joue à l'endroit où il l'avait mordue pour la faire saigner en simulant une attaque de dysréflexie. Grondant de douleur et de rage tandis que des images d'Amelia enterrée vivante et du corps ébouillanté de Tammie Jean Colfax se bousculaient à son esprit, il secoua violemment la tête et sentit sous ses dents craquer les os et des cartilages.

Martelant de ses poings la poitrine de Rhyme, lançant des coups de pieds en un effort désespéré pour échapper à l'étreinte du monstre, Stanton laissa échapper un nouveau hurlement.

Mais rien ne pouvait faire lâcher prise à Rhyme. On aurait dit que toute l'énergie de ses muscles morts avait reflué vers sa mâchoire.

Stanton parvint à les tirer tous deux jusqu'à la table de chevet pour saisir son couteau. Il le planta dans le bras de Rhyme. Une fois, deux fois. Mais il ne pouvait atteindre le criminologue qu'aux bras ou aux jambes. Et Rhyme ne sentait pas la douleur.

Les mâchoires se resserrèrent encore et le cri de Stanton mourut à la seconde où elles se refermèrent sur sa trachée artère. Il planta encore une fois son couteau dans le bras de Rhyme. S'arrêta en sentant l'os. Retira le couteau pour recommencer mais un spasme le secoua tout entier et son corps, soudain, se détendit.

Stanton tomba par terre, et Rhyme avec lui. La tête du criminologue heurta le plancher avec un bruit sourd. Mais Rhyme ne lâcha pas prise. Il continua à broyer le cou de l'autre en secouant la tête et en en déchirant les chairs comme un lion affamé rendu fou par le goût du sang et l'incommensurable jouissance d'un désir satisfait.

V

TANT QUE TU BOUGES
ON NE PEUT PAS T'ATTRAPER

Le devoir d'un médecin n'est pas de prolonger la vie, mais de mettre fin à la souffrance.

DOCTEUR JACK KEVORKIAN

LUNDI, DE 19 H 15 À 22 HEURES

37

LE SOLEIL était presque couché quand elle franchit la porte d'entrée de son immeuble.

Elle ne portait plus son vieux sweater. Ni son uniforme. Elle avait passé un jean et un chemisier vert bouteille et avait au visage plusieurs égratignures que Rhyme ne reconnut pas. Mais il pensa que, compte tenu des événements des trois derniers jours, elles ne relevaient sans doute pas de l'automutilation.

« Beurk ! » dit-elle, en marchant à l'endroit où étaient morts Stanton et Polling. On avait nettoyé à l'eau de Javel — une fois l'assassin mort et son corps enlevé, il n'y avait plus à se préoccuper des traces — mais il restait sur le parquet une grande tache rose.

Rhyme regarda Amelia s'immobiliser et saluer sèchement, d'un bref signe de tête, le docteur Berger qui se tenait près de la fenêtre avec son affreux attaché-case.

« Alors, vous l'avez eu ? dit-elle, en montrant la tache de sang.

— Oui, dit Rhyme. Et bien eu.

— Et vous avez fait ça tout seul ?

— On n'était pas vraiment à armes égales. Il a fallu que je me retienne. »

Dehors, le couchant allumait des feux à la pointe des arbres et sur les immeubles alignés avec élégance le long de la 5e Avenue, de l'autre côté du parc.

Amelia jeta un bref regard à Berger qui dit aussitôt : « Lincoln et moi avions simplement une petite conversation.

— Vraiment ? »

Il y eut un long silence.

« Amelia. Je suis décidé.

— Je vois. » Elle serra les lèvres. Ce fut sa seule réaction visible. « Vous le savez, je déteste que vous m'appeliez par mon prénom. Bon sang, ce que je déteste ça ! »

Comment aurait-il pu lui expliquer que c'était en grande partie à cause d'elle qu'il voulait mourir ? En s'éveillant ce matin-là et en la retrouvant à ses côtés, il s'était dit, avec un pincement douloureux au cœur, qu'elle allait bientôt quitter ce lit et s'habiller et sortir pour rejoindre tout ce qui faisait sa vie, sa vie *normale*. En tant qu'amants —, à supposer qu'il ose penser à eux comme des amants — leur destin était déjà tout tracé. Tôt ou tard, elle rencontrerait un autre Nick et tomberait amoureuse. L'affaire de l'Inconnu 823 les avait rapprochés mais elle était close, et chacun devait maintenant reprendre le cours habituel de son existence. Inévitable.

Ah, ce Stanton était encore plus fort qu'il ne le pensait ! Rhyme *avait* effectivement retrouvé le goût de la réalité, puis il était reparti à nouveau, très loin.

Sachs, j'ai menti : on est parfois incapable d'en finir avec les morts. Il arrive qu'on les rejoigne, simplement parce qu'on ne peut pas faire autrement...

Les mains nouées, elle s'approcha de la fenêtre. « J'aurais voulu trouver un argument imparable pour vous dissuader. Mais je n'ai pas pu. Tout ce que je peux dire, c'est que je ne veux pas que vous fassiez ça.

— Un marché est un marché, Sachs. »

Elle regarda Berger. « Merde, Rhyme. » Elle s'approcha du lit, s'accroupit, mit une main sur son épaule, ébouriffa les cheveux sur son front. « Mais... vous voulez bien faire quelque chose pour moi ?

— Quoi ?

— Accordez-moi quelques heures.

— Ma décision est prise, je n'en changerai pas.

— Je comprends. Deux heures, pas plus. Vous avez quelque chose à faire, avant. »

Rhyme regarda Berger, qui dit : « Je ne peux guère rester plus longtemps, Lincoln. Mon avion... Si vous voulez attendre une semaine, je pourrai revenir...

— C'est bon, docteur, dit Amelia. C'est moi qui l'aiderai, le moment venu.

— Vous ? » demanda le docteur, prudent.

Elle hocha la tête, à contrecœur. « Oui. »

Ce n'était pas dans *sa* nature. Rhyme s'en rendait très bien compte. En la regardant, il s'étonna que ses yeux, malgré les larmes, fussent d'un bleu aussi limpide.

« Quand j'étais..., commença-t-elle. Pendant qu'il m'enterrait, je ne pouvais pas bouger. Pas d'un centimètre. Et à un certain moment, j'ai souhaité mourir, de toutes mes forces. En finir. J'ai compris ce que vous ressentiez. »

Rhyme hocha lentement la tête, puis dit à Berger : « Très bien, docteur. Vous n'avez qu'à nous laisser le... quel euphémisme emploierons-nous, aujourd'hui ?

— Pourquoi pas l'"attirail" ? suggéra Berger.

— Vous voulez bien nous le laisser là, à côté de moi ?

— Vous en êtes bien certaine ? » demanda Berger à Amelia.

Elle fit signe que oui.

Le médecin posa les pilules, le cognac et le sac en plastique sur la table de chevet. Puis il fouilla dans son attaché-case. « Je crois qu'il ne me reste plus de bandes de caoutchouc. Pour le sac.

— Ça ne fait rien, dit Amelia en regardant ses chaussures. J'ai ce qu'il faut. »

Berger s'approcha du lit à son tour, mit une main sur l'épaule de Rhyme. « Je vous souhaite une paisible auto-délivrance, dit-il.

— Auto-délivrance », répéta Rhyme, sarcastique, après le départ du docteur. Puis, se tournant vers Amelia. « Bon. C'est quoi, cette chose que je dois faire ? »

Elle prit le virage à quatre-vingts, dérapa du train arrière et repassa en quatrième sans le moindre à-coup.

Les vitres étaient baissées et l'air qui s'engouffrait dans la voiture faisait voler leurs cheveux. C'était violent, mais il n'était pas question, pour Amelia, de rouler avec les vitres fermées.

« Ce serait anti-américain », dit-elle, au moment où ils atteignaient le cent soixante.

Tant que tu bouges...

Rhyme avait proposé, par prudence, un tour sur le circuit d'entraînement de la police de New York, et n'avait pas été surpris de s'entendre répondre que c'était tout juste bon pour les débutants ; ce circuit-là, elle l'avait fait les yeux fermés dès sa première semaine à l'académie de police. Ils avaient donc filé jusqu'à Long Island, après avoir mis au point et dûment répété ce qu'ils diraient, le cas échéant, aux flics du comté de Nassau.

« Avec ces boîtes à cinq vitesses, la surmultipliée n'est pas la plus rapide. Elle est utile pour les longues distances. Mais je m'en fous, moi, des longues distances ! » Prenant la main gauche de Rhyme, elle la mit sur le bouton rond et noir du levier de vitesses, l'entoura de la sienne, et rétrograda.

Le moteur hurla et la voiture bondit à cent quatre-vingt-dix à l'heure tandis que les arbres et les maisons fuyaient de chaque côté et que les chevaux qui paissaient dans les près levaient la tête pour voir passer à la vitesse de l'éclair la grosse Chevrolet noire.

« Qu'est-ce que vous dites de *ça*, Rhyme ? cria-t-elle. C'est mieux que de faire l'amour, mieux que tout !

— Je sens les vibrations, dit-il. Il me semble, du moins. Dans mon doigt. »

Elle sourit et il eut l'impression qu'elle pressait sa main dans la sienne. Mais la route déserte arrivait dans une zone habitée. Amelia ralentit à regret, et fit demi-tour pour pointer le capot de la voiture vers le croissant de lune voilé d'humidité qui se levait au-dessus de la ville à peine visible, au loin, dans l'air surchauffé du mois d'août.

« On va voir si on peut la pousser jusqu'à deux cent dix », annonça-t-elle. Tandis que la voiture reprenait de la vitesse, Lincoln Rhyme ferma les yeux pour s'abandonner à la sensation du vent qui lui fouettait le visage et au parfum de l'herbe fraîchement coupée.

C'était la soirée la plus chaude depuis le début de ce mois d'août.

De l'endroit où il se trouvait désormais, Lincoln Rhyme voyait le parc en contrebas, les clochards sur leurs bancs, les joggers à bout de souffle, les familles rassemblées autour de maigres feux de camp comme les rescapés de quelque bataille médiévale. Quelques propriétaires de chiens, devançant l'heure, faisaient leur promenade obligée, tenant la laisse d'une main et le sachet à crottes de l'autre.

Thom avait mis un disque sur la platine — l'*Adagio pour cordes* de Samuel Barber. Mais Rhyme était parti d'un rire moqueur, déclarant qu'il ne voulait pas de cette tristesse de commande, et l'avait fait remplacer par du Gershwin.

Amelia Sachs, en entrant dans la chambre, le vit qui regardait au-dehors. « Qu'est-ce que vous voyez ?

— Des gens qui ont chaud.

— Et les oiseaux ? Les faucons ?

— Ah, oui, ils sont toujours là.

— Ils ont chaud, eux aussi ? »

Il regarda le mâle. « Je ne pense pas. Ce genre de choses ne semble pas les affecter. »

Elle posa un sac de papier au pied du lit pour en extraire le contenu, une bouteille de cognac de grand prix. Il lui avait demandé de ne pas oublier le Scotch, mais elle avait répondu qu'elle tenait à offrir l'alcool. Elle posa la bouteille à côté des pilules et du sac en plastique. Elle avait tout de l'épouse moderne qui rentre du bureau après un crochet chez Balducci, les bras chargés de victuailles mais trop pressée pour en faire un repas.

Elle avait aussi apporté de la glace, comme Rhyme le lui avait demandé. Il n'avait pas oublié ce que lui avait dit Berger à propos de la température à l'intérieur du sac. Elle déboucha la bouteille de Courvoisier, se servit un verre, emplit le gobelet de Rhyme et approcha le chalumeau de ses lèvres.

« Où est Thom ? demanda-t-elle.

— Sorti.

— Il est au courant ?

— Oui. »

Elle but une gorgée de cognac.

« Vous voulez que je dise quelque chose à votre femme ? »

Rhyme réfléchit un instant à la question, en songeant : nous avons des années pour discuter avec quelqu'un, pour râler, ressasser nos griefs, expliquer nos désirs et nos regrets, et nous les gaspillons. Il ne connaissait Amelia que depuis trois jours, et ils avaient plus ouvert leur cœur, elle et lui, qu'il ne l'avait fait avec Blaine en presque dix années de vie commune.

« Non, dit-il. Je lui ai adressé un courrier. C'est un signe des temps, dirais-je. »

Il reprit du cognac. La morsure de l'alcool sur son palais semblait s'atténuer. Il se sentait plus calme, plus triste, plus léger.

Amelia se pencha au-dessus du lit pour choquer son verre contre le sien.

« J'ai de l'argent, commença Rhyme. Je laisse une grosse somme à Blaine, et une autre à Thom, et je... »

Elle le fit taire d'un baiser sur le front et secoua la tête.

Les pilules de Seconal, en tombant dans sa paume, firent un petit bruit de cailloux.

Rhyme pensa, machinalement : test de Dillie-Koppanyi au réactif coloré. Ajouter un pour cent d'acétate de cobalt à du méthanol, puis cinq pour cent d'isopropylamine. Si la substance à tester est un barbiturique, le réactif donnera une magnifique couleur violette.

« Comment faut-il faire ? demanda-t-elle, en regardant les pilules. Je ne sais vraiment pas.

— Il n'y a qu'à les dissoudre dans l'alcool. »

Elle versa les pilules dans le gobelet. Elle furent très vite dissoutes.

Si fragiles. Comme le rêve qu'elles apportaient.

Elle remua le mélange avec le chalumeau.

Lincoln Rhyme se revit soudain, enfant, dans une banlieue de l'Illinois. Il ne finissait jamais son lait et, pour l'y encourager, sa mère lui avait un jour acheté des chalumeaux parfumés. À la fraise, au chocolat. Une formidable invention. À partir de ce jour-là, il avait réclamé du lait au goûter.

Amelia approcha le chalumeau de ses lèvres. Posa la main sur son bras.

La lumière ou les ténèbres, la musique ou le silence, les rêves ou la méditation d'un sommeil sans rêve ? Que vais-je trouver ?

Il but une première gorgée. Le goût était bien celui du cognac. Avec, peut-être, une pointe d'amertume. C'était comme...

Des coups violents retentirent contre la porte du rez-de-chaussée. À croire qu'on tapait des poings et des pieds à la fois. Puis on entendit crier.

Il lâcha le chalumeau qu'il tenait entre ses lèvres. Jeta un regard vers la cage d'escalier plongée dans la pénombre.

Elle le regarda en fronçant les sourcils.

« Allez voir », lui dit-il.

Elle disparut pour revenir un instant plus tard, l'air contrarié. Lon Sellitto et Jerry Banks sur ses talons. Rhyme remarqua que le jeune inspecteur avait encore fait un carnage avec son rasoir. Il faudrait vraiment qu'il apprenne à se servir de cet instrument.

Sellitto vit la bouteille et le sac en plastique. Il se tourna vers Amelia, mais elle resta immobile, les bras croisés, comme pour lui demander en silence de s'en aller. Ce qui se passe ici ne concerne pas le service, disait le regard de la jeune femme, et vous n'avez pas à vous en mêler. Sellitto comprit le message, mais il n'était pas décidé à s'en aller aussi vite.

« Lincoln, il faut que je te parle.

— Vas-y. Mais vite, Lon. Nous sommes occupés. »

L'inspecteur se laissa choir de tout son poids dans le fauteuil en rotin. « Il y a une heure, une bombe a explosé au siège des Nations unies. À côté de la salle des banquets. Pendant le dîner d'ouverture auquel assistaient tous les participants à la Conférence de la Paix.

— Six morts, cinquante-quatre blessés, ajouta Banks. Dont vingt gravement atteints.

— Mon Dieu, murmura Amelia.

— Dis-lui ce qu'on sait déjà, dit Sellitto.

— Pour cette conférence, poursuivit Banks, l'ONU a embauché du personnel temporaire en assez grand nombre. La femme qui a posé cette bombe en faisait partie, comme hôtesse. Cinq ou six personnes l'ont vue alors qu'elle arrivait avec un sac à dos qu'elle a laissé dans un cagibi à côté de la salle des banquets. Elle est repartie juste avant l'explosion. Les spécialistes dépêchés sur les lieux estiment qu'il s'agissait d'une charge de C4 ou de Semtex d'environ un kilo.

— Et, Linc, les témoins disent que cette bombe était dans un sac à dos jaune, ajouta Sellitto.

— Jaune ? » Voilà qui lui rappelait quelque chose. Mais quoi ?

« Le service du personnel de l'ONU a identifié cette hôtesse. Elle s'appelle Carole Ganz.

— La mère, dirent en même temps Rhyme et Amelia.

— Oui. La femme que vous avez secourue dans l'église en feu. Mais Ganz est un pseudonyme. De son vrai nom, elle s'appelle Charlotte Willoughby. Elle était mariée à un certain Ron Willoughby. Ce nom ne te dit rien ? »

Non. Cela ne disait rien à Rhyme.

« Tu aurais pu le voir dans les journaux il y a deux ans. Willoughby était sergent dans l'armée de terre, et il devait faire partie du contingent de Casques bleus envoyés à Burma par l'ONU pour une mission de maintien de la paix.

— Continue.

— Willoughby a refusé d'y aller. Il estimait qu'un soldat américain n'avait pas à porter l'uniforme de l'ONU ni à recevoir des ordres de quiconque ne faisait pas partie de l'armée américaine. Les mouvements de droite, ces derniers temps, font tout un raffut à ce sujet. Mais il y est tout de même allé. Et il n'y était pas depuis une semaine qu'il s'est fait descendre par un petit malfrat, à Rangoon. D'une balle dans le dos. Les conservateurs en ont aussitôt fait un martyr. Les types de l'unité antiterroriste disent que sa femme a été recrutée par un groupe d'extrémistes de la banlieue de Chicago. D'anciens étudiants de l'université de Californie passés à la clandestinité. Edward et Katherine Stone.

— L'explosif se trouvait dans une boîte de pâte à modeler, parmi d'autres jouets, enchaîna Banks. Elle avait sans doute l'intention d'emmener la petite fille avec elle pour que les agents de sécurité placés à l'entrée de la salle les laissent passer sans s'inquiéter de cette pâte à modeler. Mais comme Pammy était retenue à l'hôpital, elle n'a pas pu exécuter son plan jusqu'au bout et elle s'est contentée de déposer la bombe dans un cagibi. Ce qui a tout de même fait pas mal de dégâts.

— Puis elle a filé ?

— Oui. Sans laisser de trace.

— Et la gamine ? demanda Amelia. Pammy ?

— Envolée, elle aussi. Sa mère est venue la chercher à l'hôpital tout de suite après l'explosion.

— Et les autres membres du groupe ? demanda Rhyme.

— Ceux de Chicago ? Même chose. Ils avaient une planque dans le Wisconsin, mais ils l'ont nettoyée pour faire disparaître toute trace de leur présence avant de s'en aller. Nous ne savons pas où ils sont passés.

— C'était donc *ça*, la rumeur que Dellray avait recueillie auprès de son indic ! » Rhyme se mit à rire. « La personne qui devait arriver à l'aéroport, c'était *Carole*. Et elle n'avait rien à voir avec l'Inconnu 823 ! »

Il s'aperçut, soudain, que Sellitto et Rhyme le regardaient sans rien dire.

Le vieux truc du silence, une fois de plus.

« Laisse tomber, Lon », dit Rhyme, sans quitter des yeux le verre posé entre eux et d'où se dégageait une chaleur bienfaisante qu'il lui semblait sentir à distance. « C'est impossible. »

L'inspecteur tira, pour la décoller, sur l'étoffe de sa chemise trempée de sueur. « Putain, ce qu'il fait froid ici, Lincoln ! Écoute. Réfléchis une seconde. Pourquoi pas ?

— Je ne peux pas t'aider.

— On a retrouvé une lettre, reprit Sellitto. Écrite par Carole Ganz, qui l'a adressée au secrétaire général par le courrier interne. Avec une diatribe contre l'ONU, accusée d'attenter aux libertés du peuple américain. Tu vois le genre. Et revendiquant l'attentat à la bombe contre la conférence de l'Unesco à Londres, et promettant qu'il y en aura d'autres. Il faut absolument qu'on les arrête, Linc.

— Le secrétaire général et le maire vous ont déjà demandé, dit Banks-le-Balafré. Et aussi Perkins, du FBI. Et si ça ne suffit pas, c'est la Maison-Blanche qui vous appellera. Mais nous sommes certains que ça suffira, inspecteur. »

Rhyme ne releva pas l'inexactitude concernant son grade.

« On a mis une équipe du FBI sur l'affaire. C'est Fred Dellray qui s'en occupe et il vous demande *respectueusement* — oui, c'est bien le terme qu'il a employé — si vous voulez bien vous charger des investigations sur la scène du crime. Elle est vierge, puisqu'on n'a fait qu'en évacuer les morts et les blessés.

— Donc, elle n'est pas vierge, rétorqua Rhyme, sèchement. Elle est sérieusement contaminée.

— Nous avons d'autant plus besoin de vous », dit Banks, avant d'ajouter un « chef », en toute hâte, comme pour se protéger du regard furieux de Rhyme.

Rhyme poussa un soupir, regarda le verre et le chalumeau. La paix à portée de main. Et la souffrance, aussi. En quantités égales.

Il ferma les yeux. Un silence total régnait dans la pièce.

« S'il n'y avait que cette femme, reprit Sellitto, ça ne serait pas si grave. Mais elle a emmené sa petite fille avec elle, Lincoln. Les voilà en cavale toutes les deux. Tu imagines ce que va être la vie de cette gamine ? »

Celle-là aussi, tu me la revaudras, Lon.

Rhyme laissa retomber sa tête au creux du voluptueux oreiller. Puis ses paupières s'ouvrirent d'un coup. « À certaines conditions, dit-il.

— Lesquelles, Linc ?

— Premièrement, je ne travaille pas seul. »

Il regarda Amelia, qui hésita un quart de seconde avant de se lever pour prendre le verre de cognac et son chalumeau. Puis elle ouvrit en grand la fenêtre et lança le liquide couleur d'ambre dans l'air épais qui stagnait au-dessus de l'allée. Le faucon, qui se tenait tout près de là, suivit d'un œil furieux le mouvement de son bras, pencha sa tête grise, puis lui tourna le dos pour donner à manger à son petit affamé.

Dans la collection « Suspense »

AMBROSE David
Cyber Killer, 1997

DEAVER Jeffery
Dix-Huit Heures pour mourir, 1996

DIBDIN Michael
Coups tordus, 1993
Spectre noir, 1996

EVANS Penelope
La Locataire, 1996
Voyage au cœur des ténèbres, 1998

FRANCIS Dick
À couteaux tirés, 1996

GERRITSEN Tess
Donneur sain, 1997

HEGARTY Frances
Jeux d'enfants, 1992
Peinture au couteau, 1994

HIGHSMITH Patricia
L'Inconnu du Nord-Express, 1952
Monsieur Ripley (Plein Soleil), 1957-1980
Eaux profondes, 1958
Le Meurtrier, 1960
Jeu pour les vivants, 1963
Le Cri du hibou, 1964-1987
Ce mal étrange (Dites-lui que je l'aime), 1966
Ceux qui prennent le large, 1968
L'Empreinte du faux, 1969
Ripley et les ombres, 1970
La Rançon du chien, 1972
Ripley s'amuse (L'Ami américain), 1974-1982
L'Amateur d'escargots, 1975
Le Rat de Venise et autres histoires de criminalité animale à l'intention des amis des bêtes, 1977
Le Journal d'Édith, 1978-1991
L'Épouvantail, 1979
Sur les pas de Ripley, 1980
La Proie du chat, 1981
Les Deux Visages de Janvier, 1982
Le Jardin des disparus, 1982
Ces gens qui frappent à la porte, 1983
L'Homme qui racontait des histoires, 1983
Les Sirènes du golf, 1984

La Cellule de verre, 1984-1991
Carol (Les Eaux dérobées), 1985-1990
Une créature de rêve, 1986
Catastrophes, 1988
Les Cadavres exquis, 1990
Ripley entre deux eaux, 1992
Small g, 1995
On ne peut compter sur personne (nouvelles), 1996

KENNEY Charles
Le Code Hammourabi, 1996

KORELITZ Jean Hanff
Un jury sur mesure, 1996

NOLL Ingrid
Rien que pour moi, 1996

RENDELL Ruth
Un enfant pour un autre, 1986
L'Homme à la tortue, 1987
Vera va mourir, 1987
L'Été de Trapellune, 1988
La Gueule du loup, 1989
La Maison aux escaliers, 1989
L'Arbre à fièvre (nouvelles), 1991
La Demoiselle d'honneur, 1991
Volets clos (nouvelles), 1992
Fausse Route, 1993
Plumes de sang (nouvelles), 1993
Le Journal d'Asta, 1994
L'Oiseau-crocodile, 1995
Une mort obsédante, 1996
En toute honnêteté (nouvelles), 1996
Noces de feu, 1997

VINE Barbara
Ravissements, 1991
Le Tapis du roi Salomon, 1992

WALKER Mary Willis
Cri rouge, 1997
Statues de sang, 1997

Photocomposition CMB Graphic
(Saint-Herblain)
Achevé d'imprimer en mars 1998
sur les presses de Brodard et Taupin
à La Flèche
pour le compte des Éditions Calmann-Lévy
3, rue Auber, Paris 9e

N° d'impression : 1019U-5
Dépôt légal : avril 1998
N° d'éditeur : 12577/01